Alexandra Stefanie Höll
Wie weit du auch gehst …

Das Buch:

Trotz der Sicherheit des Zeugenschutzprogramms lebt die junge Constanze in ständiger Angst vor der Rache ihres brutalen Exmanns, weil sie die Person war, die ihn wegen Misshandlung und Waffengeschäften ins Gefängnis gebracht hat. Drei Jahre sind seit dem Prozess vergangen, da bleibt Constanze mit dem attraktiven Daniel in einem Aufzug stecken. Obwohl sie sich geschworen hat, nie wieder einen Mann an sich heranzulassen, durchbricht er mit seiner einfühlsamen und lockeren Art ihre sicher geglaubte Abwehr. Constanze beginnt zu hoffen, an Daniels Seite ihre tief verwurzelte Angst vor körperlicher Nähe überwinden zu können und zum ersten Mal denkt sie darüber nach, einem Mann ihre wahre Vergangenheit zu offenbaren. Doch dann erfährt sie, dass sich ihr Exmann wieder auf freiem Fuß befindet – sie steht nun auf der Todesliste des Magiers, einem geheimnisvollen Killer, der an Effektivität und Raffinesse nicht mehr zu überbieten ist. Voller Panik versucht Constanze, ihren Sohn und sich zu schützen – bis sie herausfindet, dass es noch jemand gibt, der nicht alles über sich preisgegeben hat: Daniel.

Die Autorin:

Alexandra Stefanie Höll wurde 1975 in Bühl/Baden geboren. Nach dem Abitur am technischen Gymnasium folgte das Studium an der Fachhochschule für Finanzen in Ludwigsburg, das sie 1998 als Dipl. Finanzwirtin beendete. Schon als Teenager verschlang sie einen Roman nach dem anderen und war praktisch ständig mit Büchern unterm Arm anzutreffen. Daran hat sich bis heute nichts geändert. In 2006 begann sie, quasi über Nacht, selbst mit dem Schreiben. Ihre Geschichten bewegen sich im Bereich Liebesroman, gewürzt mit einem Hauch Abenteuer und Spannung. Derzeit arbeitet sie an ihrem fünften Roman.

Alexandra Stefanie Höll

Roman

Wie weit du auch gehst …
Alexandra Stefanie Höll

Copyright © 2013 at Bookshouse Ltd.,
Villa Niki, 8722 Pano Akourdaleia, Cyprus
Umschlaggestaltung: © at Bookshouse Ltd.
Coverfotos: www.shutterstock.com
Satz: at Bookshouse Ltd.
Druck und Bindung: CPI books
Printed in Germany

ISBN: 978-9963-724-08-6 (Paperback)
978-9963-724-11-6 (E-Book .mobi)
978-9963-724-09-3 (E-Book .pdf)
978-9963-724-10-9 (E-Book .epub)
978-9963-724-12-3 (E-Book .prc)

www.bookshouse.de

*Für meine geliebte Familie
und meine genialen Freundinnen.*

*Eure Unterstützung und Begeisterung
verleihen wahrlich Flügel!*

1.
Gescheiterte Träume

»**A**utsch!« Constanze schnappte nach Luft. Vorsichtig betastete sie die schmerzende Stelle. Der blaue Fleck lief quer über ihre linke Schläfe und hob sich im Spiegel deutlich von ihrer hellen Haut ab. Die Prellung tat nicht nur entsetzlich weh, sie sah auch dementsprechend übel aus. So konnte sie das nicht lassen. Nicht heute Abend.

Mit zitternden Händen griff sie nach dem Make-up-Fläschchen und schraubte den massiven Deckel ab. In weniger als einer Stunde begann die Galaveranstaltung der »Children for Future«-Stiftung, bei der sie später in den 43. Geburtstag ihres Mannes hineinfeiern wollten. Sie hatte nicht mehr viel Zeit. Michael würde in einer halben Stunde aus dem Club kommen, bis dahin musste sie fertig sein. Ihr Mann saß im Vorstand der Stiftung und sie hatte an seiner Seite strahlend zu lächeln.

Michael von Richtstetten war sehr stolz auf sie, dennoch tat er durch Fitness und regelmäßige Kosmetikerbesuche alles dafür, damit man ihnen die achtzehn Jahre Altersunterschied nicht auffällig ansah.

Constanzes Blick in den Spiegel blieb an dem edlen Dolce-Gabbana-Abendkleid hängen, das schräg hinter ihr auf einem Bügel an der Halterung der gigantischen Schrankwand auf seinen Einsatz wartete. Die Spiegelbeleuchtung ließ den raffiniert geschnittenen dunkelgrünen Satinstoff geheimnisvoll glänzen. Sie seufzte. Am liebsten hätte sie das Kleid wieder in den Schrank gehängt, Jeans und Rolli angezogen und einen gemütlichen Abend zu Hause verbracht, doch ihre Anwesenheit auf der Gala war unvermeidlich. Genauso wie ihr perfektes Aussehen. Genauso wie alles, was Michael anordnete. Constanze verzog die Mundwinkel. Ihr Mann, der einflussreiche, allseits beliebte Lebemann, das angesehene Mitglied der High Society von Baden-Baden. Freundlich, immer einen passenden Satz auf den Lippen, stets zuvorkommend gegenüber seinen Geschäftspartnern – und stets brutal zu seiner Frau. Sobald die Öffentlichkeit hinter den schalldichten Türen der Villa zurückblieb, verwandelte sich Mr. Perfekt in ein brutales Schwein.

Sachte tupfend verteilte sie Make-up über der blau verfärbten Stelle ihres Gesichts. Der Fleck wurde zu einem Schatten und verschwand schließlich. Allein der Gedanke an den Grund, weshalb sie überhaupt stark deckendes Make-up besaß, ließ ihr übel werden. Noch schlimmer wurde es, wenn sie sich vor Augen hielt, dass sie schon nahezu fünf Jahre durch eine Hölle ging, die sich Ehe nannte. Für das Leben an Michaels Seite gab es keine treffendere Bezeichnung – selbst nicht für jemanden, der eine derart bescheidene Vergangenheit hatte wie sie.

Als Constanze vor zweieinhalb Jahren Eliah zur Welt gebracht hatte, hegte sie die naive Hoffnung, die krankhafte Eifersucht ihres Mannes damit ein wenig besänftigen zu können. Sie hatte sich geirrt. Nicht das Geringste hatte sich geändert.

Doch. Sie schluckte. Eine Sache ... Er schlug sie mittlerweile nicht mehr gelegentlich, er schlug sie ständig. Aus jedem unerfindlichen Grund, mochte er noch so absurd sein. Aus Banalitäten heraus, deren Verfehlungen sich nur ihm allein erschlossen. Als Constanze die Leere ihrer Augen im Spiegel auffiel, ließ sie die Hände sinken. Wo war das leuchtende Tiefbraun geblieben? Wann war sie dermaßen abgestumpft?

Nicht einmal in ihren elendsten Kindertagen im Waisenhaus hatten ihre Augen jenen lebhaften Glanz verloren.

Wie viel Zeit blieb ihr noch? Wie viel konnte sie noch einstecken, bis sie endgültig an dieser Ehe zerbrach? Schon seit geraumer Zeit fragte das eine immer lauter werdende Stimme in ihrem Kopf. Sie war nicht mehr allein, sie musste an Eliah denken. Was, wenn Michael ihm in seiner unkontrollierten Wut ebenfalls Gewalt antat?

Diese Möglichkeit jagte ihr furchtbare Angst ein. Es war schlimm genug, dass ihr Sohn von Geburt an ein leicht deformiertes Bein hatte. Doch die Art, wie Michael mit Eliah umsprang … All dieser Hass. Lieber Gott, Eliah war doch ein Baby. Constanzes Herz krampfte sich zusammen. Niemals würde sie zulassen, dass ihrem Sohn Leid geschah. Sie setzte alles daran, Michaels Aufmerksamkeit möglichst von ihm fernzuhalten. Leider war das nicht immer einfach, vor allem nicht, wenn Eliah nachts weinte. Obwohl sie dann sofort aus dem Bett schlüpfte, um ihn zu beruhigen, konnte sie meistens nicht verhindern, dass Michael ebenfalls wach wurde. Das zog eine von zwei Konsequenzen nach sich: Entweder, er wurde wütend, was sie unverzüglich körperlich zu spüren bekam, oder er kam auf die Idee, mit ihr zu schlafen. Letzteres war noch grauenhafter.

Ihre kindlich romantische Vorstellung der Intimität zwischen Mann und Frau war der brutalen Realität dieser Ehe zum Opfer gefallen. Michael geilte sich geradezu an ihrer Angst, an ihrem Schmerz auf. Je gröber er ihr seinen Willen aufzwang, desto mehr steigerte sich sein Vergnügen. Bei ihr verhielt es sich dagegen immer gleich. Nicht ein einziges Mal spürte sie dabei etwas anderes als den schieren Wunsch, alles möge rasch vorüber sein.

Die anfängliche Euphorie, dass ein Mann wie er sich für eine junge, mittellose Waise wie sie entschieden hatte, war bald der bitteren Erkenntnis gewichen, dass er genau aus diesem Grund so mit ihr umspringen konnte. Sie hatte keine einflussreiche Familie, zu der sie flüchten, niemanden, dem sie sich anvertrauen oder den sie um Hilfe bitten konnte. Sie war allein. Wahrscheinlich hatte es deshalb so lang gedauert, bis sie die schmerzvolle Entwicklung ihres Lebens wirklich begriffen hatte. Dabei war sie die ganze Zeit vor ihren Augen gewesen. Bereits auf ihrer Hochzeitsreise nach Bora Bora hatte Michael sie wegen eines zerbrochenen Tellers geschlagen. Eigentlich hätte ihr das schon ein Alarmsignal sein müssen. Doch damals hatte sie den Vorfall noch als Ausrutscher abgetan ... Gott, war sie naiv gewesen.

Constanze zuckte zusammen, als die Tür in der Eingangshalle lautstark ins Schloss fiel. Sie hatte sich durch ihre Grübelei gnadenlos verzettelt.

Gehetzt sprang sie auf, riss das Satinkleid vom Bügel und schlängelte sich hinein. Ihr Blick glitt prüfend über ihr Spiegelbild. Auch wenn das Dekolleté viel zu tief ausgeschnitten war, musste sie doch einräumen, dass das Kleid wie für sie gemacht schien. Es umschmeichelte ihre Figur, wobei die dunkelgrüne Farbe einen reizvollen Kontrast zu ihrem Teint bot.

Sie war gerade dabei, den Reißverschluss nach oben zu zerren, als Michael das Zimmer betrat. Allein sein massiger Körper jagte ihr inzwischen Angst ein. Das und sein Gesicht. Wenn er sich fern von den Blitzlichtern der Kameras, unbeobachtet von der Öffentlichkeit wähnte, verlor seine Miene das gönnerhafte Lächeln und zeigte die ungeschminkte Rohheit seines Charakters. Dann wirkten die wasserblauen Augen noch toter als sonst, fast wie bei einem Hai. Die kurz gestutzten blonden Haare und das feiste Kinn rundeten den aalglatten Eindruck perfekt ab.

»Du bist spät dran«, teilte er barsch mit und trat hinter sie. Bevor sie reagieren konnte, wischte er ihre Finger zur Seite und schloss ohne größere Sorgfalt das Kleid. Als er beide Hände auf ihre nackten Schultern legte, verkrampfte sie sich, wohl wissend, dass jederzeit ein Schlag folgen konnte. Im Moment jedoch liebkoste er nur ihre Haut, dann rutschte seine Hand scheinbar zufällig ihren Nacken hinauf.

»Hatte ich nicht befohlen, dass du deine Haare offen tragen sollst?«, erkundigte er sich beiläufig, doch der Griff um ihr Genick verstärkte sich.

»Ich …«, Constanze räusperte sich. »Ich dachte, die Hochsteckfrisur passt besser zum Kleid.« Sie flüsterte fast, aus Sorge, ein zu laut gesprochenes Wort könnte seinen Zorn heraufbeschwören und unabsehbare Folgen haben. Ängstlich sah sie im Spiegel zu ihm auf. Welcher Teufel hatte sie nur geritten, seine Anweisung zu missachten?

Michaels Finger wanderten scheinbar spielerisch weiter nach oben und bohrten sich rücksichtslos in die kunstvolle Frisur. »Wenn ich dir sage, die Haare bleiben offen«, ermahnte er sie in einem Ton, den man gegenüber einem ungezogenen Kind anschlug, »dann bleiben sie auch offen, hast du mich verstanden?« Noch bevor er zu Ende gesprochen hatte, riss er ihren Kopf nach hinten.

Constanze schossen Tränen in die Augen. Der unerträgliche Zug auf ihre Kopfhaut ließ erst nach, als die Haarnadeln mit metallischem Klingen auf den Steinboden regneten. Völlig ohne Halt ergoss sich ihr Haar bis zur Taille.

Befriedigt von seinem Zerstörungswerk striegelte Michael über die Strähnen. Dass seine grobschlächtigen Finger darin seltsam deplatziert wirkten, schien ihn nicht zu kümmern. »So gefällst du mir schon besser.« Er nahm seine Hand weg. »Jeder Mann soll sehen, wie schön meine Frau ist.« Er beugte sich vor und saugte mit feuchten Lippen an ihrem Hals.

Constanze unterdrückte ihren Ekel, dennoch schüttelte es sie leicht. Eine Reaktion, die Michael für Erregung hielt, aber sie würde ihn über seinen Irrtum nicht aufklären.

Als ihr sein Blick im Spiegel begegnete, zwang sie sich zu einem Lächeln. Und wenn ihr das Gesicht zerbrach, sie würde sich nicht anmerken lassen, wie verstört sie war. Wenigstens diesen Triumph wollte sie ihm nicht gönnen. Hastig senkte sie den Kopf.

Er richtete sich auf und grinste spöttisch. Wie immer entging ihm nichts. »Wegen der albernen Frisur musst du doch nicht gleich heulen«, tadelte er mild. »Sei froh, dass mein Geschmack so wenig Aufwand erfordert.« Er pflückte ein Kosmetiktuch aus der Box und hielt es ihr hin. »Und jetzt wisch dir die Augen, bevor das Make-up noch verläuft. Du bist ohnehin spät dran und ich habe keine Lust, noch länger zu warten.«

Constanze schluckte krampfhaft, ehe sie das Tuch entgegennahm und sich die Augenwinkel abtupfte.

Als sie wenig später an Michaels Arm in den festlich geschmückten Ballsaal schwebte, ließ nichts mehr auf die demütigende Szene im Ankleidezimmer schließen. Ihr Lächeln, bis zum Erbrechen perfektioniert, strahlte heller als ein Sonnenaufgang. Keiner der umstehenden Gäste ahnte, welche Fassade dieses gehaltlose Lippenverziehen in Wahrheit war.

Michael führte sie am Ellbogen, während er mit großer Geste die Gratulationen zum Erfolg der Stiftung entgegennahm. Nur Constanze wusste, dass die wohltätige Organisation genauso unecht war wie ihr inszeniert glückliches Eheleben. Hinter den gestifteten Beträgen verbargen sich gut getarnt Gelder für Waffengeschäfte, die ihr Mann unter dem Schutzmantel seines Bekanntheitsgrades tätigte. Niemand außer ihr kannte den wahren Grund seines feudalen Reichtums. Michael hatte in den letzten Jahren Millionen mit diesem schmutzigen Handel verdient. Dagegen nahmen sich die sechsstelligen Einnahmen aus seinem legal betriebenen Immobiliengeschäft wie Peanuts aus.

Die Idee mit der Stiftung war sein neuester Clou. Waffengelder quasi steuerfrei. Auch heute Abend waren einige der mächtigen Kunden anwesend. Neue Geschäfte warteten auf ihren Abschluss. Wie zur Bestätigung bemerkte Constanze einen grauhaarigen Russen, der direkt auf sie zusteuerte. Eigentlich wirkte dieser Mann wie der Inbegriff eines netten Onkels, doch der harmlose Eindruck täuschte.

Sie kannte ihn aus früheren Treffen. Ohne mit der Wimper zu zucken, hatte er seine halbe Familie ausradiert – nur der Konkurrenz wegen. Sentimentalität konnte der Russe sich nicht leisten, denn genau wie Michael gehörte er dem erlesenen Kreis der Waffenhändler an. Er stellte das wichtigste Bindeglied zum Handel in den Nahen Osten dar.

»Der Deal läuft in zwei Wochen«, eröffnete ihr Ehemann ohne Vorgeplänkel die Konversation.

»Sachmarov wittern gutes Geschäft.« Der Russe zündete sich eine Zigarre an. »Er langsam wird zu – wie sagt man – Problem?«

Michael furchte die Stirn. »Ein Bauer, der seinen Platz in der Rangordnung vergisst?«

Der Russe nickte langsam. »Lieferant behaupten, er noch hätten andere Angebot.«

»Es wird sich zeigen, ob Sachmarov wirklich dumm genug ist, sich mit uns anzulegen«, erwiderte Michael in gelangweiltem Tonfall und nickte dabei der Frau des Bürgermeisters freundlich zu. »Wenn er Ihnen noch einmal dazwischenfunkt, muss ich ihm wohl mal den Magier vorbeischicken.« Beide Männer lachten gemein.

Constanze durchlief ein kaltes Kribbeln. Der Magier. Was das hieß, konnte sie sich denken. Dieser Sachmarov würde Besuch vom Tod höchstpersönlich bekommen. Sie war lang genug Michaels Frau, um zu wissen, wer der Magier war. Ein Killer, ein Todesengel. Unsichtbarer und anonymer als ein Schatten. Es war erschreckend, wie gleichgültig in Michaels Kreisen über Mord gesprochen wurde.

»Herr von Richtstetten. Bitte entschulden Sie die Störung.«

Constanze blickte auf. Andrea Kressfeld, Michaels Sekretärin, trat vorsichtig in die kleine Runde. Wie immer, wenn sie ihren Chef ansah, glomm ein anbetungsvoller Funke in ihren Augen.

»Was gibt's denn, Frau Kressfeld?« Er blickte die junge Frau ungeduldig an.

»Herr Maurer lässt ausrichten, dass sich Ihre Ansprache um einige Minuten verzögert. Es gab Schwierigkeiten mit der Tontechnik.«

»Sagen Sie ihm, er soll mir noch mal Bescheid geben, wenn er seinen Job richtig gemacht hat.«

»Natürlich. Sofort.« Bei Michaels herrischer Miene schlich die Blondine eingeschüchtert davon.

Als ihr Mann sich wieder seinem Gesprächspartner zuwandte, nutzte Constanze die Gelegenheit, die Toilette aufzusuchen. Dort angekommen betrachtete sie ihr maskenhaftes Gesicht. Der blaue Fleck blieb unsichtbar. Sie hatte gelernt, sich so professionell zu schminken, als ginge es um die Oskarverleihung. Sorgfältig puderte sie einige glänzende Stellen und fuhr sich durch die Haare, dann machte sie sich auf den Rückweg, ehe ihr Mann an der Dauer ihrer Abwesenheit Kritik üben konnte. Vor etwa einem Jahr hatte Constanze schmerzhaft lernen müssen, dass Michael eine zu ausgedehnte Toilettenpause für eine heimliche Affäre hielt. Damals hatte er ihr vor Wut den Arm gebrochen. Seitdem achtete sie penibel darauf, nicht länger als zehn Minuten aus eigenem Antrieb von seiner Seite zu weichen.

Sie bahnte sich lächelnd einen Weg durch die Gästeschar, doch kurz bevor sie ihren Mann erreichte, kreuzte ein junger Araber ihren Weg. Er lächelte sie an, unaufdringlich, und doch las sie sein gut verborgenes Interesse hinter den kaffeebraunen Augen. Sie wollte sich rasch an ihm vorbeidrücken, denn Michael beobachtete sie ohne Zweifel mit Adleraugen.

»Wir sind uns, glaube ich, noch nicht vorgestellt worden.« Er deutete eine Verbeugung an. »Mein Name ist Prinz Jamal Tahir Benfur.«

»Constanze von Richtstetten. Ich bin erfreut, Ihre Bekanntschaft machen zu dürfen, Prinz Benfur.«

Seine dunklen Brauen zogen sich überrascht zusammen. »Richtstetten? Sie sind mit dem Gastgeber verwandt? Ich wusste nicht, dass er solch eine hübsche Tochter hat.«

Sie sah ihn bestürzt an. Gott sei Dank hatte Michael das nicht gehört. Er wäre bei diesen Worten direkt aus der Haut gefahren. »Ich bin seine Frau, Prinz Benfur«, erwiderte sie freundlich, entzog ihm aber zielstrebig ihre Hand.

»Wenn sie meine Frau wären, Gnädigste, würde ich Sie niemals aus den Augen lassen.« Der Blick, den er ihr zuwarf, ließ keinen Zweifel am Ernst seiner Worte.

»Sie schmeicheln mir, Prinz Benfur«, murmelte sie versteinert.

»Das ist keine Schmeichelei.« Prinz Benfur lachte erheitert und betrachtete anerkennend ihre Figur.

Langsam erweckte ihr Gespräch die Aufmerksamkeit der umstehenden Gäste. Constanze warf einen Blick in Michaels Richtung. Ihre Hoffnung, das kleine Intermezzo wäre ihm vielleicht entgangen, wurde enttäuscht. Er kam bereits auf sie zu. Nonchalant lächelnd.

Nur Constanze erkannte die Wut, die für Außenstehende unsichtbar hinter der strahlend weiß gebleichten Mauer seiner Zähne lauerte.

»Schatz, würdest du mir den jungen Mann vorstellen?«, fragte er leichthin, packte sie aber unmissverständlich hart am Arm.

Constanze drehte sich zu Prinz Benfur, der Michael und sie aufmerksam betrachtete. »Michael, dieser Herr ist Prinz Jamal Tahir Benfur ...« Ehe sie weitersprechen konnte, ergriff ihr Mann bereits in einstudierter Geste die Hand des Arabers.

»Nett, Sie kennenzulernen. Erinnere ich mich recht, dass Ihr Vater und ich in Geschäftsverhandlungen stehen?«

Constanze sah Michael an, dass er verwirrt war, auch wenn dies kein Außenstehender wahrnehmen würde. Sie spürte es förmlich hinter seiner Stirn brodeln. Ein heißer Schauder durchlief sie. Normalerweise kannte Michael jeden der Anwesenden auf Zusammenkünften und wer neu dabei war, über den hatte er binnen Minuten Informationen eingeholt.

Prinz Benfur ließ das gleiche weltmännische Lächeln sehen. »Schon möglich. Aber ich vertrete meine eigenen Geschäfte.«

Michaels Wangenmuskeln spannten sich kaum merklich an. »Dann werden wir sicher Gelegenheit bekommen, uns an einen Tisch zu setzen.«

»Gewiss.«

Die Männer tauschten noch einige belanglose Sätze, dann wandte sich Michael anderen Gästen zu und zog Constanze mit. Sie entspannte sich etwas, dennoch machte sie sich nichts vor. Ihr cholerischer Ehemann würde keinesfalls vergessen, was er vor wenigen Minuten beobachtet hatte.

Den restlichen Abend über saß ihr ein ungutes Gefühl im Nacken. Immer wieder überlegte sie, was sie später sagen konnte, um dem drohenden Eklat zu entgehen. Ihr wollte nichts einfallen. Es gab schlichtweg nichts, was Michael glauben geschweige denn besänftigen würde.

Sie behielt recht. Als sie wenige Stunden später auf dem Weg nach Hause in der Limousine saßen, behandelte ihr Mann sie mit jener ausgesuchten Höflichkeit, die einzig für den Chauffeur bestimmt war. Kaum hatte sich das Hauspersonal für die Nacht verabschiedet, fiel die aufgesetzte Freundlichkeit von ihm ab. Er fixierte sie aus schmalen Augen, den Mund zu einem Strich verkniffen.

»Ich werde mal schnell nach Eliah sehen«, versuchte Constanze, das Unvermeidliche hinauszuschieben und wandte sich hastig in Richtung des nebenan liegenden Kinderzimmers. Tapfer das Kinn erhoben, betete sie darum, unbehelligt an ihrem Mann vorbeigehen zu können.

Sie hatte kein Glück. Noch ehe sie drei Schritte weit gekommen war, packte Michael sie an den Haaren und wickelte sich die Strähnen mit einer raschen Drehung um das Handgelenk. Constanze gab einen Schmerzenslaut von sich, als sie abrupt gestoppt wurde.

Michael kümmerte sich nicht darum. »Moment noch, Täubchen«, zischte er. »Du und ich, wir haben eine Kleinigkeit zu bereden.«

»Bitte, Michael, nicht so laut, du weckst Eliah.«

»Das ist mir scheißegal«, brüllte er. »Der Junge soll ruhig mitbekommen, was für eine liederliche Schlampe seine Mutter ist.« Er riss sie so nahe an sich, dass Constanze beide Hände gegen seine Brust stemmen musste, um nicht gegen ihn zu krachen. Gnadenlos zog er an ihren Haaren, bis ihr Kopf so weit hinten lag, dass sie zu ihm aufsah.

»Der Araber hat dich angemacht, was? Du bist ja förmlich in ihn hineingekrochen.« Er schüttelte sie ruckartig. »Was läuft da mit ihm? Hättest ihn wohl gern zwischen deinen Beinen, was?«

Sie schnappte nach Luft. »N... nein. Nein!« Hilflos klammerte sie die Hände ineinander. »Es ist nicht so, wie du denkst. Ich kenne ihn doch überhaupt nicht.« Obwohl sie wusste, dass Erklärungen die Sache nur verschlimmerten, konnte sie die ungerechten Anschuldigungen nicht einfach unkommentiert lassen.

»Du lügst! Ich habe gesehen, wie du ihn angeschmachtet hast«, tobte Michael. Speicheltropfen regneten auf ihr Gesicht.

All ihre Sinne waren wie gelähmt. Selbst wenn sie es geschafft hätte, etwas zu sagen, wäre das Ergebnis das

Gleiche gewesen. Genau, wie sie befürchtet hatte, gab es nichts auf Erden, das seine Wut zu beschwichtigen vermochte. Nichts. Rein gar nichts.

Michael packte sie am Kinn. Neue blaue Flecken entstanden. »Soll ich dich daran erinnern, dass du meine Frau bist? Meine Frau, kapiert?« Unvermittelt ließ er ihr Gesicht los und wühlte sich unter den Saum ihres Kleides.

Constanze erwachte aus ihrer Lähmung, aufgerüttelt von der Angst, was das zu bedeuten hatte.

Michaels Finger schraubten sich klauenartig in ihre Oberschenkel. »Du gehörst mir. Wenn du das vergisst, bringe ich dich um. Hast du verstanden? Egal wo du dich verkriechst, ich finde dich und breche dir jeden Knochen im Leib.«

Aus dem Nebenzimmer drang weinerliches Jammern. Eliah war aufgewacht – gerade rechtzeitig, um Michaels schlechte Laune noch mehr anzuheizen.

»Verfluchtes Krüppelbalg!« Er stieß Constanze unwirsch beiseite und stapfte auf das Kinderzimmer zu.

Constanze hatte nur noch einen Gedanken. Sie musste verhindern, dass Michael den Kleinen erreichte. Sie musste ihr Kind schützen. Ohne an die Folgen zu denken, sprang sie ihrem Mann in den Weg und umklammerte seinen Arm. »Nein, nicht! Bitte, tu ihm nicht weh. Er ist doch noch so klein.«

Michael wischte sie beiseite wie ein lästiges Insekt. »Du kommst später dran, jetzt kümmere ich mich erst mal darum, dass aus diesem Waschlappen ein echter Mann wird.«

Sie gab nicht auf. Mit einem schrillen Geräusch warf sie sich gegen seinen Rücken. »Nein! Lass ihn in Ruhe. Du furchtbares Monster!« Sie trommelte auf seinen Nacken ein, bis er stehen blieb. Freuen konnte sie sich über diesen Erfolg nicht, denn Michael packte ihre Schulter und riss sie nach vorn.

»Elendes Dreckstück!« Ohne Vorwarnung schlug er ihr mit dem Handrücken quer übers Gesicht. Die Wucht des Hiebes schleuderte sie wie eine Lumpenpuppe durch den Raum.

Ehe sie sich fangen konnte, krachte sie gegen den niedrigen Marmortisch. Obwohl Michaels Schlag sie halb ohnmächtig hatte werden lassen, war der Schmerz fürchterlich. Einen Herzschlag lang glaubte sie, ihre Beine müssten an der harten Kante brechen, dann sackte sie haltlos zusammen und riss eine Mingvase mit sich. Das dünne Porzellan fiel mit ihr zu Boden und zersprang in tausend Teile. Geistesgegenwärtig streckte Constanze beide Arme aus, damit sie nicht mit dem Gesicht voran in den Scherben landete. Die messerscharfen Bruchstücke zerschnitten ihre Handgelenke. Constanze wurde sterbensschlecht. Benommen blieb sie liegen, während sie Eliahs Weinen nur noch durch einen Nebel aus Schmerz wahrnahm.

Bevor sie die Chance hatte, in seine Richtung zu kriechen, zerrte Michael sie wieder auf die Beine. Er schien seinen Sohn ausgeblendet zu haben, all seine Wut konzentrierte sich auf sie. Mit grotesk verzerrter Miene schlug er ihr erneut ins Gesicht, dann stieß er sie aufs Bett.

Ihr wurde schwarz vor Augen. Sie schmeckte Blut, spürte es an ihren Fingern und Handgelenken. Ihre Unterarme brannten, als sie die Laken streiften. Der Gedanke an die Scherben, die in den Wunden stecken mussten, drehte ihr den Magen um. Unverzüglich warf sie sich herum und versuchte, vom Bett zu kriechen. Vergebens. Michaels schwerer Körper nagelte sie fest, bevor sie auch nur in die Nähe der Bettkante kam. Constanze schluchzte. Sie schaffte keinen Millimeter mehr, erst recht nicht, nachdem Michael auch noch ihre Hüften packte und ordinär gegen seine presste.

»Ich werde dir zeigen, was es heißt, einen richtigen Mann im Bett zu haben.« Sein Tonfall ließ ihr das Blut in den Adern stocken.

Sie hatte gedacht, den Zenit seiner Wut bereits überstanden zu haben. Sie hatte sich getäuscht. Er war noch lange nicht mit ihr fertig.

In blinder Raserei griff er unter ihr Kleid und zerfetzte den Stoff mit einem Ruck. Constanze schrie und strampelte. Selbst als sie begriff, dass der Anblick ihrer nackten Beine ihn nur noch mehr anstachelte, konnte sie nicht aufhören. Panik beherrschte all ihre Sinne und ließ sie wie ein gefangenes Tier handeln. Michael scherte das wenig. Er riss ihr das Höschen vom Körper und zwang mit dem Knie ihre Beine auseinander.

»Nein!« Constanze brachte nur noch ein heiseres Krächzen zustande. »Bitte nicht.« Ekel und Widerwille überschwemmten sie mächtiger als je zuvor. Sie wollte nur noch weg. Weg von Michael, weg von seinen brutalen Übergriffen, weg von dem sich anbahnenden Albtraum.

Als sie ihre Gegenwehr nicht aufgab, packte Michael sie am Hals und drückte zu, bis sie würgend nach Luft rang.

Ihre Fingernägel gruben sich in sein Fleisch, aber statt von ihr abzulassen, drückte er nur noch härter zu. Angespornt von ihrem Todeskampf ließ er seiner Gier freien Lauf. Er leckte ihr über die Wange, öffnete seine Hose und stieß rücksichtslos in sie.

Constanze krümmte sich. Mit letzter Kraft versuchte sie, seinem Körper auszuweichen. Es half nichts. Michael war nicht zu beirren. Immer wieder rammte er sich stöhnend in sie. Irgendwann gab sie auf, lag halb tot unter ihm. Regungslos, verkrochen in ihr Innerstes, an einem fernen Ort, an dem es nichts mehr gab außer Leere.

Erst als sich Michael wenige Minuten später keuchend von ihr hinunterrollte, gelang es ihr, wieder genügend Luft zu bekommen. Verkrampft blieb sie liegen. Sie fühlte sich wie in zwei Teile zerrissen. Jeder Zentimeter ihres Körpers pochte vor Schmerz. Der Drang, sich all die Qual von der

Seele zu schreien, war beinahe übermächtig, steigerte sich mit jedem Herzschlag. Trotzdem blieb sie stumm liegen.

Sie presste die Lippen aufeinander und wartete. Selbst als sie spürte, dass ihr Hals nach Michaels schraubstockartigem Griff anzuschwellen begann, regte sie sich nicht. Eisern beherrscht wartete sie, bis Michael eingeschlafen war.

Genau zwanzig Mal zählte sie sein Schnarchen mit, dann kroch sie zur Bettkante. Haltlos wie ein nasser Lappen rutschte sie hinab und traf mit einem Klatschen auf dem Steinboden auf. Erschrocken hielt sie inne und betete, ihr ungeschickter Fall möge unbemerkt bleiben. Die Augen geschlossen, das schmerzende Gesicht gegen den kühlen Stein gepresst, harrte sie aus. Ihr Atem wehte rau über die blank polierte Fläche, während sie wartete und wartete. Minutenlang. Erst als sie sich sicher war, dass aus dem Bett über ihr keine Reaktion kam, kämpfte sie sich auf die Füße. Mit zusammengebissenen Zähnen schaffte sie es auf die Knie. Ihr Körper zitterte so stark, dass sie den Bettpfosten zu Hilfe nehmen musste, um aufstehen zu können. Als sie die feuchte Spur sah, die ihre Finger auf dem geschliffenen Holz hinterließen, wäre sie fast wieder hingefallen. Sie blutete immer noch. Auch das taube Gefühl an ihren Handgelenken machte deutlich, wie dringend die Schnitte versorgt werden mussten. Aber es gab etwas, was Vorrang hatte. Schwankend taumelte sie ins Nebenzimmer und trat an das Kinderbett.

Tränen rollten über ihre Wangen und brannten in den Kratzern auf ihrem Gesicht, als sie ihren Sohn betrachtete. Irgendwann während ihres Martyriums musste er vor Erschöpfung eingeschlafen sein. Er atmete tief und gleichmäßig. Gott sei Dank!

Einige Augenblicke wachte sie bei ihm, dann raffte sie mit flatternden Händen den Rest des Abendkleides zusammen und wankte in Richtung Bad. Sie wollte sich nicht ausmalen, was Michael ihrem Sohn angetan hätte, wäre sie nicht dazwischengegangen.

Langsam tastete sich Constanze an der Wand entlang. Das Bad hätte genauso gut auf einem anderen Planeten liegen können, so weit entfernt schien es. Zum ersten Mal würdigte sie das Terrarium mit den beiden Skorpionen keines Blickes. Achtete sie sonst sorgfältig darauf, den tödlich giftigen Tieren nicht zu nahe zu kommen, war ihr das im Augenblick vollkommen egal. Es blieb ihr ohnehin nichts anderes übrig, wollte sie weiterhin an der stützenden Wand bleiben. Sie drehte den Kopf, um die schwarzen Spinnentiere nicht ansehen zu müssen, und arbeitete sich Schritt für Schritt voran.

Nach einer schier endlos dauernden Strecke erreichte sie das Waschbecken. Ein Blick in den Spiegel ließ sie aufschluchzen. Nicht nur ihr Hals, sondern die ganze linke Gesichtshälfte war geschwollen und begann sich bereits blau zu verfärben. Fahrig befeuchtete Constanze einen Waschlappen. Sie schaffte es kaum, über ihre verbluteten Arme zu reiben, so schockiert war sie von dem Anblick. Trotzdem hatte sie noch Glück gehabt. Wenigstens befanden sich keine Scherben mehr in den Wunden. Sie wusch das Frotteetuch mit kaltem Wasser aus und drückte es sacht an die Wange. Die Berührung ließ sie zusammenzucken. Einige Zeit stand sie mit geschlossenen Augen da und wartete, bis der Schmerz nachließ.

Michael hatte ihr schon vieles angetan. Sie hatte unzählige Nächte wie diese verbracht, und doch bargen die vergangenen Stunden einen neuen Schrecken: Zum ersten Mal hatte er offen Eliah bedroht. Constanze schluckte. Niemals hätte sie gedacht, dass er sich gegen sein Kind, sein eigen Fleisch und Blut wenden würde. Sie hatte sich wie so oft geirrt. Er konnte, und er würde – sollte sie nicht da sein, um es zu verhindern. Und das würde sie. Egal was geschah. Ihr Leben hätte keinen Sinn mehr, wenn Eliah etwas zustieß.

Blinzelnd sah sie auf ihre Arme. Immer noch tropfte Blut aus einem tiefen Schnitt knapp oberhalb des rechten Handgelenks in das Waschbecken. Rot auf schneeweißem Porzellan. Ein plakatives Mahnmal. Wie lange konnte sie das noch durchhalten?

Michael hatte schon oft gedroht, sie zu töten, sollte sie jemals auf die Idee kommen, ihn zu verlassen. Doch im Grunde war es ohnehin nur eine Frage der Zeit, bis er sie bei einem seiner brutalen Angriffe umbrachte. Sie hatte nichts zu verlieren. Eliah schon.

Constanze hob den Kopf und blickte in den Spiegel. Es war höchste Zeit, ihren lang gehegten Plan in die Tat umzusetzen. Sie würde mit Eliah fliehen. So schnell wie möglich. Sofort. Heute Nacht noch.

Kaum hatte sie die Entscheidung gefällt, wischte sie energisch die Tränen ab und öffnete den Medizinschrank. Nachdem sie die klaffende Wunde am Handgelenk notdürftig verarztet hatte, schlich sie zum Ankleidezimmer. Penibel darauf bedacht, kein Geräusch zu verursachen, öffnete sie die Tür. Erfahrungsgemäß schlief Michael nach dem Sex wie ein Murmeltier, aber sie wollte kein Risiko eingehen. Sie schnappte sich eine Sporttasche und griff mit zitternden Händen an die Türen der riesigen Schrankwand. Zum ersten Mal kam ihr Michaels Sinn für teure Einrichtung wirklich zunutze, denn die Schrankfronten liefen ohne die geringste Erschütterung geräuschlos auf. Sie stopfte das Nötigste an Kleidung für Eliah und sich in die Tasche, schälte sich aus den Resten des Abendkleides und ließ es zu Boden fallen.

In Jeans und Pulli zu schlüpfen tat so weh, dass ihr vor Schmerz wieder Tränen übers Gesicht rannen. Vorsichtig zog sie die Ärmel über ihre bandagierten Handgelenke und atmete tief durch, bis die Übelkeit in ihrem Magen etwas nachließ, dann eilte sie zurück und betrat leise das Kinderzimmer.

Nun begann der heikelste Teil ihrer Flucht. Sie musste Eliah aus dem Bett nehmen, ohne ihn aufzuwecken. Die Aktion verlangte Nerven wie Drahtseile. Sie hatte ihn schon fast im Arm, da hörte sie durch die offene Zimmertür, wie sich Michael grunzend auf die Seite warf. Ihr blieb vor Schreck fast das Herz stehen. Sie drehte den Kopf und fixierte das Ehebett. Nichts geschah. Michael schlief weiter.

Constanze drückte Eliah behutsam an sich und durchquerte das Zimmer. An der Tasche angekommen, ging sie leicht in die Knie und fädelte den Gurt über ihren Arm. Eine neue Schmerzwelle raste durch ihren Körper, trotzdem blieb sie nicht stehen. Sie durfte keine Zeit verschenken. Mit angehaltenem Atem öffnete sie die breite Flügeltür, die das Schlafzimmer vom Gang trennte, und schlüpfte hinaus.

Es kam ihr wie Stunden vor, bis sie das obere Stockwerk verlassen und die Treppe hinter sich gebracht hatte. Das Haus lag dunkel und schweigend da, nichts rührte sich. Auch nicht, als sie ins Büro schlich. Es gab etwas, das sie unbedingt mit sich nehmen musste. Papiere, die den wahren Inhalt von Michaels Stiftung bewiesen. Da Constanze aufgrund ihrer Ordnung und schnellen Auffassungsgabe die Buchhaltung für seine Geschäfte mitbetreute, wusste sie genau, wo sich die wichtigsten Unterlagen befanden. Ihr Finger bebten so stark, dass sie den Sicherheitscode zweimal eingeben musste, ehe der hinter der Holztäfelung eingelassene Tresor aufsprang.

Sie klemmte sich die wichtigste Mappe unter den freien Arm. Sobald sie wieder in der Halle stand, stopfte sie die Unterlagen in die Reisetasche, fischte den Autoschlüssel ihres Minis aus dem Fach und verschwand samt Eliah durch den Dienstboteneingang. Nicht eine Sekunde lang erwog sie, den schwarzen CLK zu nehmen, den ihr Mann ihr zum ersten Hochzeitstag geschenkt hatte. Der Wagen erinnerte sie zu sehr an Michael. Groß und protzig.

Lautlos trat sie in die sternenklare Nacht hinaus. Ihr Wagen stand etwas abseits vom Haupthaus auf seinem Stellplatz. Im Stillen dankte sie dafür, dass sie das Fahrzeug am Nachmittag nicht in die Hausgarage gefahren hatte.

Sie schnallte Eliah in seinen Kindersitz, was ihn unruhig werden ließ, und strich über seine weiche Wange. Er blinzelte, schlief aber weiter. Als sie die Tasche neben ihn hievte, blitzte der Verband unter den Ärmeln des Pullover hervor und machte ihr wieder bewusst, was in dieser Nacht alles geschehen war. Sie unterdrückte ein Schluchzen. Was sie tat, war das einzig Richtige, auch wenn es bedeutete, ihr gesamtes Leben hinter sich zu lassen.

Mit klopfendem Herzen startete sie den Motor und bangte vor im Haus aufflammendem Lichtern. Hastig betätigte sie den Knopf für das elektrische Hoftor, dann fuhr sie, so ruhig es ihre Nerven zuließen, die lange Auffahrt entlang, den Blick stetig zwischen Rückspiegel und Eliah wechselnd. Erst als sie mehrere Hundert Meter von der Villa entfernt war, gab sie Gas. Den gefährlichsten Teil ihrer Flucht hatte sie hinter sich, doch nicht einmal dieses Wissen vermochte ihre verkrampften Muskeln zu lockern.

Die diensthabende Polizistin musterte Constanze entgeistert, als sie mit Eliah auf dem Arm um drei Uhr nachts die Wache betrat.

»Was um Himmels willen ist mit Ihnen passiert?« Die Beamtin kam um die Trennwand herum und musterte betroffen ihr Gesicht. »Sind Sie überfallen worden? Hat man Sie angegriffen?«

Obwohl Letzteres gewissermaßen zutraf, schüttelte Constanze den Kopf. »Nein, ich ...« Schock und Blutverlust forderten ihren Tribut und ließen ihre Stimme versagen.

Die Polizistin reagierte sofort und drückte sie auf den nächsten Stuhl. Inzwischen war ein Kollege aus dem Nebenraum eingetroffen und legte Constanze eine Decke um die Schultern.

Sie drückte Eliah fest an sich und holte tief Luft. »Ich bin Constanze von Richtstetten, die Frau von Michael von Richtstetten.« Ihre Stimme klang erstaunlich fest. Sie schluckte und räusperte sich, während die Beamten einen bedeutungsvollen Blick tauschten. Der Name war fast genauso bekannt wie Baden-Badens römische Thermen. »Ich möchte meinen Mann anzeigen.« Sie schluckte. »Wegen Körperverletzung und illegalen Waffenhandels. Ich habe Unterlagen bei mir, die das beweisen werden, und bitte im Gegenzug um Aufnahme in das Zeugenschutzprogramm.«

Constanze kam in den seltenen Genuss zu sehen, wie zwei erfahrenen Polizisten gleichzeitig das Kinn hinunterklappte.

2.

Der Besuch des Magiers

3 Jahre später

Giovanni Lombardi betrat den Aufzug seiner Penthouse-Wohnung. Das ihm gehörende Gebäude lag in einer der vornehmsten Gegenden Hamburgs, direkt an der Alster.

Während er auf die Taste für die neunte Etage hämmerte, betrachtete er sich in der verspiegelten Wandfläche. Er fuhr sich glättend über die Haare und lockerte mit rohem Griff seine Krawatte. Wenn Paolo weiterhin derart schlechte Ware lieferte, musste er sich bald nach einem anderen Schlepper umsehen. Die kasachischen Mädchen der letzten Übergabe waren allesamt krank gewesen und einige davon auch noch so hässlich, dass er sie beim besten Willen nicht einsetzen konnte. Seine Kunden wollten Klasse, keine Bauernmägde.

Die Türen des Fahrstuhls öffneten sich mit dezentem Klingeln und gaben den Blick auf sein Wohnzimmer frei. Giovanni schaltete das Licht per Sprachkennung ein, schälte seinen Mantel von den Schultern und fuhr sich durchs Haar. Wenigstens einen lukrativen Erfolg konnte er heute verbuchen – wenn schon der Rest schieflief. Das besserte seine Laune minimal. Er dachte an die Viertelmillion, die ein Kunde für die Beschaffung einer vierzehnjährigen Thailänderin geboten hatte. Kein schlechtes Geschäft. Er würde Tran Phuc Bescheid geben, eine zu besorgen. Deutlich beschwingter wandte er sich in Richtung Barschrank.

Als sein Blick den Ledersessel vor der Glasfront des Raumes streifte, blieb er abrupt stehen.

Ein Mann saß darin. Unbewegt, ein Fußgelenk locker aufs andere Knie gelegt, blickte er Giovanni an. Ganz in Schwarz gekleidet verschmolz er fast mit dem dunklen Leder, was erklärte, weshalb Giovanni ihn nicht eher bemerkt hatte. Er verkniff den Mund. Verdammt noch mal, was machte dieser Typ in seinem Penthouse?

Er hätte seinen Ferrari darauf verwettet, dass er den Besucher nie zuvor gesehen hatte. Trotzdem wirkte der Mann vollkommen entspannt, gerade so, als wäre er hier zu Hause und nicht Giovanni. Einzig die matt schimmernde Waffe, die mit der Gelassenheit jahrelanger Erfahrung in seiner Hand lag, störte das legere Bild. Die gegensätzliche Wirkung war regelrecht unheimlich.

»Wie zur Hölle sind Sie hier hereingekommen?« Giovannis Stimme klang weit weniger barsch, als er sich gewünscht hätte. Irgendwie war ihm die Sache nicht geheuer. Er wusste zwar nicht, wer der Fremde war, aber eines wusste er genau: Der Kerl war ein Profi. Die schlaksige Körperhaltung täuschte keine Sekunde über die Schnelligkeit hinweg, die der drahtige, junge Mann zweifellos besaß.

Der Killer reagierte auf die geschockte Frage wenig beeindruckt. Lediglich seine Mundwinkel hoben sich süffisant. Ein Lächeln, das die silbergrauen Augen des hageren Gesichts nicht einmal annähernd erreichte.

Giovanni prickelte plötzlich ein ungewohntes Gefühl im Nacken. Angst. Tatsächlich, er hatte Angst. Er konnte sich nicht erinnern, wann er das letzte Mal so etwas wie Angst verspürt hatte. In den langen Jahren seiner Geschäfte im Mädchenhandel waren ihm schon viele Widersacher begegnet. So viele, dass er irgendwann aufgehört hatte, zu zählen. Er hatte sie alle über die Klinge springen lassen. Einen nach dem anderen. Keiner konnte ihm das Wasser reichen, keiner war schneller, rücksichtsloser oder gerissener als er. Keiner – bis jetzt. Der Mann im Sessel hatte augenscheinlich das Zeug, dieser Erfolgsgeschichte ein Ende zu bereiten. Er strahlte eine emotionslose Ruhe aus, die selbst einem Giovanni Lombardi bisher noch nie untergekommen war. Was das hieß, lag auf der Hand. Es gab keinen Zweifel, weshalb der Fremde in seinem Wohnzimmer saß. Sicher nicht, um mit ihm über das Wetter zu plaudern …

Giovanni hatte geahnt, dass sein polnischer Intimfeind Rasnik ihm einen Killer auf den Hals hetzen würde und die Sicherheitsvorkehrungen verstärkt. Er hatte keine Kosten und Mühen gescheut, die ausgefeilteste Technik an Alarm und Überwachungsgeräten einbauen zu lassen – völlig vergebens, wie sein nächtlicher Besucher demonstrativ bewies.

Giovanni presste die Lippen zusammen. In seine Privatsphäre einzudringen war bisher noch keinem gelungen – und es würde normalerweise auch keinem gelingen, höchstens vielleicht diesem Schattentypen, diesem Magier. Der Killer war bekannt dafür, in jedes Gebäude, in jedes Versteck vordringen zu können. Seine Zielperson hätte sich im Untergeschoss der Area 51 verstecken können, das Ergebnis wäre dasselbe gewesen.

Giovanni stutzte, als ihm plötzlich klar wurde, dass er gerade auf die einzig logische Erklärung gestoßen war, weshalb dieser Mann unbehelligt in seiner Wohnung saß. Er war der Magier. Kalter Schweiß brach ihm aus. Nur zu gut begriff er, was das zu bedeuten hatte. Er stand seinem leibhaftigen Tod gegenüber. Falls nicht irgendein absurdes Wunder geschah, würde er sterben. Dem Magier entkam man nicht.

Es gab niemanden in den einschlägigen Kreisen, der nicht schon einmal von dem geheimnisvollen Killer gehört hatte, genauso wie es niemanden gab, der wusste, wer er war oder wie er aussah, zumindest niemanden, der noch lange genug gelebt hatte, um diese Information weiterzugeben. Keine der Zielpersonen, die auf der Liste dieses

Mannes standen, hatte überlebt. Giovanni wusste das deshalb so genau, weil er selbst den Magier vor einigen Jahren anonym mit drei Aufträgen kontaktiert hatte. Damals war er beeindruckt gewesen, von der Präzision dieses Mannes. Jetzt saß der Killer in seinem Wohnzimmer und Giovanni war der Auftrag. Makabrer ging es fast nicht. Wäre die Situation nicht so fatal ernst, hätte er darüber gelacht.

Fassungslos musterte er den jungen Mann. Eigentlich hatte er sich den Magier immer ganz anders vorgestellt. Viel älter und nicht so smart. Er schätzte seinen Gegner auf Anfang dreißig. Der schlanke, durchtrainierte Körper zeugte von Kraft und Disziplin. Zerzauste schwarze Haare, kombiniert mit dem zugegeben äußerst attraktiven Gesicht, verliehen ihm fast eine jungenhafte Ausstrahlung … wären da nicht diese grauen Polaraugen. Mit Abstand das Kälteste, was Giovanni je gesehen hatte. Es gab keinerlei Zweifel. Der junge Modeltyp würde ihn ohne mit der Wimper zu zucken abknallen.

Fieberhaft überlegte er, wie er Zeit gewinnen konnte. Giovanni schluckte, trotzdem brachte er nur ein trockenes Krächzen zustande. »Wer hat Sie geschickt? Es war Rasnik, oder?«

Sein Gegenüber hob eine schwarze Augenbraue, machte aber immer noch keine Anstalten, zu antworten.

»Was er Ihnen auch bezahlt hat – ich verdopple den Betrag.«

»Das spielt keine Rolle«, erwiderte der Magier sanft, fast freundlich. Er drehte mit einer ruhigen Bewegung die Hand und drückte ab.

Giovanni Lombardi traf auf dem teuren Aubussonteppich auf, noch ehe er den zu einem unausgestoßenen Schrei aufgerissenen Mund wieder geschlossen hatte.

Silas stand auf und betrachtete den Mädchenhändler.

Wieder eine Kakerlake weniger. Wie er es hasste, mit welchem Prunk sich Menschen wie Giovanni Lombardi umgaben, bezahlt von dem Blutgeld, das ihnen ihre schmutzigen Geschäfte einbrachten. Er bückte sich und fischte Lombardis Schlüsselbund aus dessen Hosentasche.

Silas konnte nicht gerade behaupten, dass es ihm etwas ausmachte, solche Typen aus dem Weg zu räumen. Je weniger es von der Sorte gab, desto besser. Er steckte die Waffe ins Halfter an seiner Wade zurück und ließ den Stoff der Hose darüberfallen. Ohne Lombardi weiter zu beachten, sah er auf seine Armbanduhr, dann ging er lautlos in Richtung Flur – und zwar so, dass die Überwachungskameras der Wohnung ihn nicht erfassen konnten. Giovannis Männer würden sich die Haare raufen, wenn sie dahinterkamen, dass auf den Bändern nur unbrauchbare Einstellungen des Eingangsbereichs zu sehen waren. Er hatte ein wenig an der Anlagensteuerung herumgespielt und jetzt zeigten die Hightech-Linsen eine gestochen scharfe Aufnahme des teuren Blumenbouquets neben der Garderobe. Er entsicherte die Alarmanlage und öffnete die Fahrstuhltüren, um den Schlüssel hineinzustecken, sodass der Aufzug ungehindert genutzt werden konnte. Zwangsläufig würden Lombardis Männer nie darauf kommen, wer ihren Chef aus dem Verkehr gezogen hatte und wie.

Silas durchquerte erneut den Wohnraum und öffnete grinsend die Balkontür. Er schlüpfte hindurch, bevor er sie sorgfältig wieder einrasten ließ.

Lauer Sommerwind begrüßte ihn und zerzauste seine Haare. Hamburgs Lichter glitzerten in der klaren Nacht wie ein millionenschweres Diamantcollier, aber er beachtete die fantastische Aussicht kaum. Stattdessen streifte er die dünnen Gummihandschuhe ab und verstaute sie ebenfalls im Halfter. Ruhig trat er an das massive Steingeländer, krempelte sein Hemd über den Handgelenken zurück und legte die Finger auf den angenehm warmen Stein. Die letzten Maitage hatten einen Hauch des nahenden Sommers mit sich gebracht und das kalte Gestein aufgeheizt.

Ein schneller Blick über die Brüstung bestätigte ihm, was er bereits wusste. Die Party im Appartement unter ihm war inzwischen in vollem Gange und wie erwartet befand sich niemand auf dem hinteren Seitenbalkon, der von der Fensterfront des Partyraumes aus nicht einzusehen war.

Behände schwang er sich am Rand des Balkons über das Geländer und balancierte über die schmale Brüstung an der Hauswand entlang. Er musste knapp sechs Meter zurücklegen, bis er an deren Ende angelangt war. Dass ihn nur ein winziger Schritt vom Sturz in die Tiefe trennte, kümmerte ihn wenig. Der Tod war ohnehin sein ständiger Begleiter, er hatte keine Angst vor dem Sterben. Wahrscheinlich lag darin auch der Grund, warum er in seinem Job so effektiv arbeitete. Angst war wie Kaugummi. Ließ man sie erst an sich heran, blieb sie an einem haften und führte dazu, dass man Dinge tat, die man später garantiert bereuen würde – vorausgesetzt, es blieb überhaupt noch Zeit dafür. Meistens starben Vertreter seiner Branche ziemlich schnell.

Er ging federnd in die Hocke, lockerte kurz die Hände, dann fasste er mit festem Griff an die vorstehende Kante der Fassade und ließ sich langsam hinabgleiten. Die Muskeln seiner Arme spannten sich an, als er sein gesamtes Gewicht an den Absatz hängte. Er hangelte sich nach links, bis er über dem Balkon angelangt war, und sah wieder nach unten. Noch immer ließ sich keine Menschenseele blicken, nur Musiklärm dröhnte dumpf hämmernd zu ihm herauf.

Silas holte Luft, löste seine Hände und ließ sich die drei Meter nach unten fallen. Er rollte sich ab und verharrte in geduckter Haltung. Ein kurzer Blick nach oben ließ ihn eine Grimasse schneiden. Runter ging's doch immer wesentlich schneller als rauf.

Er kippte eine der antiken Tonvasen, die als Dekoration herumstanden, und brachte ein Päckchen zum Vorschein. Silas richtete sich auf, befreite das sauber gefaltete Kleidungsstück aus der wasserdichten Plastikhülle, schüttelte es aus und schlüpfte hinein. Er bewegte die Schultern, bis das sandfarbene Sakko korrekt saß, dann pflügte er sich mit beiden Händen durch die Haare. Ein knapper Handgriff an der Schiebetür, schon stand er im dunklen Arbeitszimmer des Gastgebers. Unbekümmert durchquerte er den klimatisierten Raum und trat an die edle Mahagonitür. Er gab sich keine Mühe, leise zu sein. Selbst wenn er eine der Vitrinen umgestoßen hätte, wäre das Klirren noch locker im Geräuschpegel von nebenan untergegangen.

Schwungvoll öffnete er die Tür und trat mit frechem Selbstverständnis in den dezent beleuchteten Gang. Er hatte Glück. Niemand war zu sehen, als er lässigen Schrittes in Richtung Toilette steuerte. Zwei ältere Männer kamen heraus und hielten ihm die Tür auf. Silas nickte ihnen zu, ehe er den Raum betrat. Ein kurzer Blick in den Spiegel überzeugte ihn, dass er haargenau so aussah wie vor seinem kleinen Ausflug. Kein Steinstaub, keine Kratzer, kein Blut. Alles saß perfekt.

Niemandem würde auffallen, dass einer der fast achtzig Gäste für dreiundzwanzig Minuten verschwunden war. Genauso wenig wie jemand bemerkt hatte, dass Silas ohne Einladung auf der Party erschienen war.

Zufrieden lächelnd wusch er sich die Hände und spritzte sich etwas Wasser ins Gesicht. Bis die eingeschmuggelten Bandschleifen in den Überwachungsgeräten des Party-Appartements abliefen, würden noch über zwei Stunden vergehen. Zu diesem Zeitpunkt war er längst verschwunden und den Aufzeichnungen der Kameras zufolge auch nie da gewesen. Nicht einmal dem gewissenhaftesten Wachmann würde auffallen, dass sich auf den Überwachungsbildschirmen noch einmal die gestrige Party abspulte. Schon toll, was man mit technischen Tricks alles machen konnte. Ungezwungen mischte sich Silas wieder unter die Gäste.

Es dauerte nicht lang, bis sich eine hübsche Blondine bei ihm einhängte.

»Aber hallo. Sie habe ich ja noch gar nicht gesehen«, säuselte sie mit verführerischem Tonfall und anerkennendem Blick, dabei lehnte sie sich ungeniert gegen ihn.

Silas ließ seine Zähne aufblitzen. »Ich hatte einen dringenden Anruf. Aber wenn ich gewusst hätte, dass Sie auf mich warten, wäre ich nicht drangegangen«, schmeichelte er.

Als er mit einem heißen Blick belohnt wurde, seufzte er innerlich. Er musste noch mindestens eine Stunde lang bleiben, damit sein Aufbruch von der Party nicht in zeitlichen Zusammenhang mit den Ereignissen in der Penthouse-Wohnung gebracht werden konnte. Um Lombardi machte er sich keine Sorgen. Dessen Männer würden vor morgen früh nicht versuchen, ihn zu erreichen.

Eine Stunde, dachte er. Bis dahin musste er die Lady an seinem Arm charmant wieder losgeworden sein. Als ihr Begleiter die Party zu verlassen, wäre zwar die perfekte Tarnung gewesen, aber er hatte keine Lust auf ein sexuelles Intermezzo. Außerdem hatte er das untrügliche Gefühl, dass die Blondine mehr wollte als einen belanglosen One-Night-Stand. Was anderes war bei ihm leider nicht drin. Auf etwas Längerfristiges ließ er sich generell nicht ein. Beziehungen passten weder zu ihm noch zu dem Leben, das er führte. Deshalb ging er jeder möglichen emotionalen Verwicklung bereits im Ansatz aus dem Weg.

Er beugte den Kopf tiefer und hörte der jungen Frau aufmerksam zu, jedoch nicht, ohne gleichzeitig die Umgebung im Blickfeld zu behalten. Während sie ihm etwas ins Ohr flüsterte, spürte er, wie sich ihre Hand vertraulich auf seinen Bauch stahl. Als sie wenig später auch noch eine Hand in seinem Nacken platzierte, entschied er, dass es jetzt angebracht war, schleunigst das Weite zu suchen.

Doch so einfach war das nicht. Was er auch tat, es wollte ihm einfach nicht gelingen, geschickt ein Gesprächsende zu finden. Dummerweise hatte die Blondine einen echten Narren an ihm gefressen und ließ sich partout nicht abschütteln.

Als Silas beim besten Willen keine elegante Lösung mehr einfiel, zog er das letzte Register. Er stoppte sanft ihre wandernde Hand und bedachte sie mit einem schmelzenden Lächeln. »Tut mir leid, Darling, aber ich muss jetzt wirklich gehen. Mein Freund Maurice wartet sicher schon auf mich und er ist immer entsetzlich eifersüchtig, wenn ich mich verspäte.« Zufrieden registrierte er, wie die Blondine zusammenzuckte. Diese Masche hatte eine hundertprozentige Erfolgsquote, so viel stand fest.

Zögernd nahm sie ihre Finger von ihm. »Schade. Hätte ich mir eigentlich denken können, dass ein gut aussehender Kerl wie du nicht mehr zu haben ist«, sagte sie mit bedauerndem Blick. Um es nicht wie eine Flucht aussehen zu lassen, trank sie noch ihr Glas leer, dann verabschiedete sie sich und ließ ihn stehen.

Silas blickte ihr schmunzelnd hinterher. Das wäre geschafft. Ohne Eile bewegte er sich durch die Gästeschar in Richtung Aufzug, wechselte zwar ab und an ein paar Worte, ließ sich jedoch nirgends mehr länger aufhalten. Dort angekommen schlüpfte er in seinen Mantel und blickte sich um. Unauffällig hängte er sich an eine Gruppe Gäste, die ebenfalls gerade aufbrach, und verließ mit ihnen das Appartement.

Wenig später trat er auf die dunkle Straße. Bis zu seinem Hotel waren es kaum zwei Kilometer, deshalb ging er zu Fuß. Je weniger Menschen ihn sahen, desto besser. Ohne die Hand aus der Manteltasche zu nehmen, tippte er eine Tastenkombination in sein Handy. Es vibrierte zweimal kurz, dann verstummte es.

Zufrieden schaltete er es aus. Auf seiner E-Mail-Adresse war eine neue Nachricht eingegangen. Das bedeutete, er hatte einen neuen Auftrag. Sein letzter. Danach würde er sich endgültig zur Ruhe setzen. Er hatte in den vergangenen fünfzehn Jahren eine ansehnliche Summe Geld nach Chile geschafft, davon konnte er gut leben.

Silas hatte sich geschworen, aufzuhören, sobald er finanziell unabhängig war. Je länger man in dem Geschäft blieb, desto höher wurde das Risiko, dass etwas durchsickerte. Anonymität war sein höchstes Gut und gehörte zu seinem Grundprinzip. Mehrmals hatten diverse Ganoven versucht, herauszufinden, wer er war. Vergeblich. Sein Ruf kam nicht von ungefähr.

Dann wollen wir mal sehen, was Neues reingekommen ist, dachte er und wechselte auf die andere Straßenseite.

Da Internetcafés quasi sein Büro darstellten, wusste er immer, wo das nächste zu finden war. Selbst um diese Uhrzeit waren die Treffpunkte gut besucht, sodass er nicht auffallen würde.

Eine Viertelstunde später saß er vor einem Computer. Seine Finger tanzten über die Tasten, als er den Sicherheitscode der Adresse eingab. Ohne die Nachricht zu öffnen, speicherte er sie auf den USB-Speicher, der sich gut getarnt in einem breiten Silberring befand, den Silas ständig an der linken Hand trug. So hatte er sämtliche Daten des aktuellen Auftrags bei sich, ohne dass jemand etwas davon ahnte. Außerdem ließ sich das Speichermedium im Notfall leicht verstecken. Was das anging, war er genauso vorsichtig wie bei seinem E-Mail Account. Er hielt nichts von Spuren im Netz, die man leicht zurückverfolgen konnte. Seine Daten holte er immer von einer anderen Stelle ab, so wusste keiner, wo er zu finden war.

Er löschte den Posteingang und meldete sich ab.

Nicht einmal fünf Minuten später befand er sich wieder auf dem Weg zum Hotel. Dort angekommen startete er seinen autonomen Laptop und steckte den Massenspeicher ein. Beinahe sofort erschienen die Auftragsdaten auf dem Bildschirm. Als er den Inhalt überflog, runzelte er die Stirn. Es kam nicht oft vor, dass sein Ziel eine Frau war. Das weibliche Geschlecht bewegte sich eher selten in den Abgründen der Kreise, mit denen er zu tun hatte. Neugierig las er den Steckbrief. Diese hier schien nicht ohne zu sein, gehörte zu einem berüchtigten Waffenschmugglerring. Nicht schlecht für ihr Alter.

Sie war erst neunundzwanzig, gerade mal drei Jahre jünger als er. Er klickte weiter. Offensichtlich war die Lady untergetaucht, was die Sache anspruchsvoller machte. Der Auftraggeber bot eine Million Euro Kopfgeld. Priorität: höchste Stufe. Er rieb sich übers Kinn. Da hatte es jemand ziemlich eilig.

Er öffnete den Anhang und beugte sich vor, als das Foto erschien. Sie sah nicht mal übel aus, war mit ihren mokkafarbenen Augen und Haaren sogar recht hübsch. Was für eine Verschwendung.

Silas hätte Wetten darauf abgeschlossen, dass ihr Mann hinter dem Auftrag stand. Der war in diesem Metier nicht gerade ein unbeschriebenes Blatt. Er lehnte sich zurück und las noch einmal den Namen seines neuen Auftrags: Constanze von Richtstetten.

3.

Ein »goldenes Händchen«?

Constanze schloss den Reißverschluss ihrer Weste und eilte die Treppe zum Lager hinab. So sehr sie die Arbeit in ihrem kleinen Buchladen auch liebte, das Klima darin umfasste die ganze Bandbreite Europas.

War es jetzt im Juli oben im Verkaufsraum drückend heiß wie in einer Sauna, konnte man im Lager trotzdem problemlos Eiswürfel herstellen. Die alten Kellerräume des Gebäudes schienen die Kälte regelrecht zu konservieren. Was in den Sommermonaten recht angenehm war, artete im Winter zu einer Zitterpartie aus, weil es Constanze selbst zwei Jahre nach Übernahme des Buchladens nicht gelingen wollte, die marode Heizung ordentlich zum Laufen zu bringen.

Kopfschüttelnd kehrte sie dem Teil den Rücken, schnappte sich die Holzleiter und erklomm die Sprossen an einer hohen Regalwand.

»Hab ich's mir doch gedacht«, murmelte sie und griff nach einem dicken Buch. Sie rollte die Leiter in die Ecke zurück und kehrte ins Erdgeschoss zurück. Das Gesicht der betagten Kundin begann zu strahlen, als Constanze ihr den Band gab.

»Ja, das ist es.« Plötzlich unsicher geworden, blickte die alte Dame sie an. »Glauben Sie, dass es meiner Schwester gefallen wird? Gehört habe ich ja schon viel davon, aber selbst gelesen habe ich es noch nicht.«

Constanze lächelte ihre Kundin an. »Sie haben die richtige Auswahl getroffen, da bin ich mir sicher. Als ich das Buch gelesen habe, konnte ich es nicht mehr aus der Hand legen.«

»Auf Ihren Rat ist immer Verlass, ich kenne niemanden, der sich mit Büchern so gut auskennt wie Sie. Ich nehme es.«

Constanze lächelte. »Soll ich es als Geschenk einpacken?«

»Das wäre nett.«

Während Constanze sich nach dem Geschenkpapier bückte, erklang die Türklingel.

»Entschuldigung.«

»Ja?«

»Ich ... äh ... wollte nur fragen, ob wir wieder Plakate für das Schulfest bei Ihnen aufhängen dürfen«, stammelte ein junger Bursche.

»Kein Problem. Warum klebst du es nicht an die Tür, da fällt es am meisten auf«, schlug Constanze vor.

»Ja. Sofort ... toll. Bis dann.« Schon war er wieder draußen.

Die ältere Dame schüttelte das weiße Dauerwellenhaupt. »Also die jungen Leute haben nur Feiern und Unsinn im Kopf.«

»Ach, sie werden noch schnell genug erwachsen«, erwiderte Constanze beinahe sehnsüchtig in Gedanken an ihre eigene, farblose Jugend. Sie steckte das sorgfältig verpackte Buch in eine Papiertüte und begleitete die Kundin zur Tür. Als sie beim Öffnen ein Schwall heißer Luft traf, blies Constanze sich einige Strähnen aus dem Gesicht. Irgendwie schafften ihre Haare es immer wieder, dem strengen Nackenknoten zu entfliehen. Vor allem bei dieser Hitze. Wenn es nicht bald kühler wurde, würde sie voraussichtlich in ihre Elemente zerfließen.

Sie marschierte zur Theke zurück und fächelte sich mit der Liste der Neuerscheinungen Luft zu, während sie begann, die unterbrochene Bücherbestellung zu vervollständigen.

»Sabine, ich bin dann mal hinten im Büro, falls du mich suchst«, erklang die helle Stimme ihrer Angestellten Beate aus Richtung des kleinen Raums.

»Ist gut«, antwortete Constanze, ohne aufzusehen. In den vergangenen drei Jahren hatte sie sich so sehr an ihren neuen Namen gewöhnt, dass sie fast schon im Schlaf darauf reagierte. Anfangs war es ihr noch oft passiert, dass sie sich überhaupt nicht angesprochen gefühlt hatte. Ein wenig seltsam, wenn man den eigenen Namen nicht erkannte. Gottlob ließen sich die Großstadtmenschen in Köln anscheinend durch nichts aus der Fassung bringen. Anonymität gehörte hier zum Alltag und so hatte sich niemand über ihr komisches Verhalten gewundert. Stattdessen hatte Constanze schnell herausgefunden, dass es offenbar sogar als hip galt, nicht mehr alle Tassen im Schrank zu haben. Schmunzelnd schüttelte sie den Kopf und dachte an ihren Sohn. Nur Eliah war es nicht schwergefallen, sich an ihren neuen Namen zu gewöhnen.

Manchmal kam ihr die Zeit vor ihrem Eintritt in das Zeugenschutzprogramm wie ein ferner Traum vor. Oder besser gesagt wie ein ferner Albtraum. Ohne zu lügen, konnte sie behaupten, dass sich ihr Leben in jeder Hinsicht gebessert hatte. Nicht nur ihres, sondern auch Eliahs. Ihr anfänglich schüchterner und schreckhafter Sohn war mittlerweile ein ganz normaler Junge. Sogar das von seiner Behinderung herrührende Hinken hatte sich erheblich gebessert.

Dafür war sie von Herzen dankbar. Sie war für vieles dankbar. Dafür, dass sie finanziell unabhängig war, oder für die Tatsache, dass sie ohne Angst nach Hause gehen konnte. Nie mehr befürchten musste, mit einer unbedachten Aussage oder Handlung die Wut eines Mannes heraufzubeschwören. Sie lebte allein. Sie wollte es so. Die seelischen Narben saßen tief und würden wahrscheinlich nie ganz verschwinden.

Selbst heute noch konnte sie sich nicht vorstellen, jemals wieder eine Beziehung einzugehen, geschweige denn, körperliche Nähe zuzulassen. Allein der Gedanke verursachte ihr immer noch Übelkeit. Die furchtbaren Erlebnisse mit Michael waren in ihrem Gedächtnis eingebrannt, hatten Misstrauen und Angst gesät, die sich nicht überwinden ließen.

Das war auch der Grund, warum Constanze jegliche Annäherungsversuche von Männern bereits im Keim erstickte. Zu ihrem Leidwesen hatte das allerdings bei Roland Becker, ihrem aufdringlichen Nachbarn, nicht gefruchtet, denn er machte ihr trotzdem hartnäckig den Hof. Es fiel ihr immer schwerer, ihn höflich zurückzuweisen. Wie sagte man einem Mann, der sich als guter Freund ausgab, dass er unerwünscht war – und das möglichst, ohne ihn zu verärgern? Eine gute Nachbarschaft war eine der wichtigsten Voraussetzungen für ein ruhiges Leben. Obwohl das nicht hieß, dass sie nicht weiterhin versuchen konnte, sich höflich zurückzuziehen. Einen beleidigten Gockel wollte sie möglichst lange nicht riskieren – und erst recht nicht irgendwelches Getuschel, das er aus verletztem Stolz vielleicht provozieren würde.

Nur ihre Freunde Susanne und Frank Schütz kannten den wahren Hintergrund ihres Lebens. Aber im Gegensatz zu ihrem Nachbarn handelte es sich bei den beiden um Menschen, denen sie uneingeschränktes Vertrauen entgegenbrachte. Das Paar war etwa in ihrem Alter und wohnte nur wenige Kilometer entfernt.

Susanne arbeitete als Lektorin in einem der Verlage, mit denen Constanze über ihren Buchhandel in Verbindung stand. Sie waren sich bei einer Buchbesprechung über den Weg gelaufen und hatten sich auf Anhieb gemocht. Weil Eliah in den beiden Söhnen von Frank und Susanne gleichzeitig seine besten Spielkameraden gefunden hatte, trafen sie sich regelmäßig und oft. Die vier waren für Constanze aus ihrer kleinen Familie nicht mehr wegzudenken.

Obwohl Frank als Detektiv seine Brötchen verdiente und folglich schon einiges gesehen und gehört hatte, war das Paar schockiert gewesen, als sich Constanze vor knapp zwei Jahren ein Herz gefasst und ihre Geschichte erzählt hatte.

Susanne hatte sie daraufhin in die Arme geschlossen, während ihr Mann derart fantasievoll über Michael geflucht hatte, dass Constanze bei den Gedanken daran sogar heute noch lächeln musste. Nie hätte sie erwartet, einmal solch liebe Freunde zu finden. Nur bei ihnen fühlte sie sich ungezwungen und konnte sie selbst sein.

Beates Stimme riss sie aus ihrer Erinnerung. »Sabine, da ist ein Anruf für dich. Ein Herr Becker.«

Sie verdrehte die Augen. Wenn man vom Teufel sprach ...

Gespannt, was sich Roland nun schon wieder ausgedacht hatte, um sich ihre Gesellschaft zu sichern, steuerte sie auf das Büro zu. Beate empfing sie mit einem mitfühlenden Blick. Roland war bereits des Öfteren in der Buchhandlung aufgetaucht, daher war sie über das Dilemma weitgehend im Bilde.

»Sabine Anger«, meldete sie sich mit neutraler Stimme.

»Hallo Sabine, hier ist Roland.« Er klang wie immer aufgeregt und atemlos.

»Hallo, was gibt's denn?« Sie wunderte sich, wie freundlich ihr die Worte trotz ihres Unmuts über die Lippen kamen, wahrscheinlich noch Reste aus der jahrelangen Übung mit Michael.

»Ich wollte dich nur fragen, wann du heute Abend zu Hause bist. Ich habe vorhin ein Päckchen für dich angenommen und das würde ich gern vorbeibringen.«

Constanze konnte sich lebhaft vorstellen, wie er dem armen Briefträger auf der Suche nach einer günstigen Gelegenheit das Päckchen förmlich aus den Händen gerissen haben musste. Wäre ihre Abneigung gegen jedwede Art von männlichem Interesse nicht so tief verwurzelt, hätte sie seiner Beharrlichkeit vielleicht sogar Bewunderung gezollt. Anbetracht ihrer Erfahrung mit Michael hingegen bestärkte sie Rolands im Grunde unsensibles Verhalten nur noch darin, sich nie wieder auf einen Mann einzulassen. Ihre Meinung und ihre Wünsche waren ihm genauso egal wie ihre Privatsphäre. Er wollte sie haben und sie hatte seufzend dahinzuschmelzen. Nein danke, nicht mit ihr. Nie mehr!

Wenigstens war er bisher noch nicht der Idee verfallen, sie vertraulich zu berühren oder ihr anderweitig zu nahe zu treten. Sie war überzeugt, dass ihr Nachbar in diesem Fall ziemlich staunen würde, zu welchem Widerstand sie fähig war. Schon einmal hatte ein Mann erlebt, wie vulkanartig die über Jahre sorgsam kontrollierte Panik aus ihr hinausbrechen konnte. Der Ahnungslose war ein verkleideter Faschingsclown gewesen, der sie ohne Vorwarnung von hinten gepackt hatte. Constanze war damals zu Tode erschrocken und hatte sich verzweifelt gewehrt. So schnell war sie noch nie losgelassen worden. Dem Mann hatte der Vorfall mindestens ebenso leidgetan, wie er ihr peinlich gewesen war. Seit diesem Tag stand sie auf den Faschingsumzügen, die Eliah so sehr liebte, vorsorglich immer mit dem Rücken zur Wand.

»Ich muss Eliah noch abholen und einkaufen. So gegen zwanzig Uhr müssten wir da sein.«

»Super. Dann bis heute Abend.«

Sie legte den Hörer auf und runzelte schicksalsergeben die Stirn. Jetzt hatte sie Roland schon wieder an sich kleben.

»Du musst ihm einfach härter entgegentreten«, bemerkte Beate, als könnte sie Gedanken lesen. »Solange du ihm nicht klipp und klar die Meinung geigst, wird er dich nie in Ruhe lassen.«

Mit einem inbrünstigen Schnauben setzte sich Constanze auf den Rand des Schreibtischs. »Ich kann schon nicht mehr zählen, wie oft ich das bereits versucht habe. Er will es einfach nicht begreifen.« Constanze griff nach einer Keksdose. »Ich verstehe das alles sowieso nicht. Warum hat er es ausgerechnet auf mich abgesehen? In Köln gibt es weiß Gott genug alleinstehende Frauen, die danach lechzen, einen Mann zu finden.«

»Du bist halt was Besonderes. Deine schüchterne Art weckt in jedem Typen den urmännlichen Beschützerinstinkt.«

An einem Schokoladenkeks knabbernd beäugte Constance ihre Angestellte, die ihren Blick zum Anlass nahm, weiterzusprechen.

»Ich weiß zwar nicht, was genau du bisher mit Männern durchgemacht hast, du musst es mir auch nicht sagen, wenn du nicht willst, aber ich kenne dich jetzt seit zwei Jahren. Du bist nicht ein einziges Mal ausgegangen oder hast dich mit irgendwelchen Typen verabredet. Denkst du nicht, es ist an der Zeit, über Was-auch-immer-dir-passiert-Ist hinwegzukommen und einen Neuanfang zu wagen? Ich garantiere dir, dein Traummann spaziert irgendwo da draußen herum. Du musst ihm nur die Chance geben, dich zu finden.«

Constanze verschränkte die Arme vor der Brust. »Du hast nicht zufällig von Susanne den Auftrag erhalten, mich unter die Haube zu bringen? Du klingst nämlich verdächtig nach ihr.«

Beate begegnete ihrem fragenden Blick arglos und zuckte leichthin mit den Schultern. »Dafür brauche ich keinen Auftrag. Wenn wir Mädels im gleichen Team spielen, dann liegt das offensichtlich daran, dass wir recht haben. Wir wünschen uns halt beide, dass du glücklich wirst.«

Constanze warf flehend die freie Hand in die Luft. »Aber ich bin doch glücklich. Wo steht bitte geschrieben, dass man zum Glücklichsein unbedingt einen Mann braucht? So ein ausgemachter Quatsch.«

Beate, von ihrem Ausbruch gänzlich unbeeindruckt, grinste sie tiefgründig an. »Also wenn du das wirklich glaubst, dann hat du Mr. Right definitiv noch nicht getroffen.«

Darauf wusste Constanze nichts zu sagen. Sie wusste nur, dass sie bereits einen Mr. Wrong geheiratet hatte und das war ihr Lektion genug gewesen.

Die Türglocke schellte. Constanze stellte die Keksdose ab und sprang auf, erleichtert, weiteren Eingriffen in ihr Privatleben entfliehen zu können.

Als hätten die Kunden sich untereinander abgesprochen, stürmten sie aneinandergereiht wie eine Perlenkette in den Buchladen und gaben sich bis Geschäftsschluss quasi die Klinke in die Hand. Beate und sie kamen nicht mehr dazu, Luft zu holen, geschweige denn, eine kleine Pause zu machen.

Erschöpft, aber zufrieden, verabschiedete Constanze Stunden später ihre Mitarbeiterin und schloss hinter ihr ab. Dann setzte sie sich wie jeden Abend an die Kasse und erledigte mit geübter Routine den Tagesabschluss. Das Ergebnis konnte sich sehen lassen. Das Geschäft warf mittlerweile anständige Gewinne ab.

Als sie den Laden mit einem Teil des Geldes aus der Scheidungsabfindung gekauft hatte, war sie anfangs noch am Grübeln gewesen, ob sie die richtige Entscheidung getroffen hatte. Zwar hatte sie bereits als Kind Bücher über alles geliebt, sie als Zuflucht vor der oft harten Realität des Waisenhauses gesehen, aber das allein reichte für den Erfolg einer Buchhandlung bei Weitem nicht aus. Letztlich war es die Mischung aus Trotz und Sich-etwas-beweisen-Wollen gewesen, die ihr das nötige Durchhaltevermögen für die nervenaufreibende Aufbauphase gegeben hatte. Michael hatte es nie versäumt, ihr klarzumachen, wie verloren und hilflos sie ohne ihn wäre. Auch wenn er ihren Sinn für Organisation und Finanzen in geschäftlichen Dingen gern genutzt hatte, hatte er sie doch für schwach und unsicher gehalten.

Es war ein Schock für sie gewesen, feststellen zu müssen, dass seine wenig schmeichelhafte Einschätzung irgendwann zu ihrem Selbstbild avanciert war. Diese bittere Erkenntnis war es letztlich gewesen, die Constanze dazu bewogen hatte, direkt und ohne lange nachzudenken, ins kalte Wasser zu springen.

Heute war sie froh darüber. Inzwischen hatte sich gezeigt, dass sie sehr wohl in der Lage war, allein zurechtzukommen. Und das nicht einmal schlecht.

Das Wissen darum, mit dem Einkommen aus dem Buchhandel Eliahs und ihren Lebensunterhalt bestreiten zu können, machte Constanze stolz. Zumindest was das anging, war es ihr gelungen, sich aus dem Sumpf des Selbstzweifels, in den Michael sie gestoßen hatte, wieder hinauszustrampeln.

Ihre Gedanken wanderten zu dem Gespräch mit Beate zurück. In puncto Partnerschaft und Sexualität war ihr ein ähnlicher Befreiungsschlag leider nicht gelungen. Diesbezüglich konnte sie mit keinen Erfolgen aufwarten. Na, und wenn schon? Sie hatte nicht das Bedürfnis, etwas Derartiges versuchen zu müssen, auch wenn Beate anscheinend anderer Meinung war. Wenn ihre Angestellte nur einen blassen Schimmer hätte, welche Hölle Constanze in ihrer Ehe hatte durchmachen müssen, würde sie sicher von ihren gut gemeinten Ratschlägen ablassen. Leider war es ihr unmöglich, Beate davon zu erzählen. So gern sie sie auch mochte, keinesfalls würde sie ihre Tarnung aufs Spiel setzen.

Constanze überschlug die Zahlen der Tagesumsätze und unterstrich die Summe schwungvoll. Die Abrechnung stimmte. Zufrieden lächelnd schloss sie die Kasse und steckte die Aufzeichnungen in die Tasche. Jetzt musste sie die Ergebnisse später nur noch in ihren Computer zu Hause übertragen.

Ihr Blick umfasste die kleine Buchhandlung, während sie aufstand. Das, was sie Beate gegenüber gesagt hatte, entsprach der Wahrheit. Sie war glücklich. Ihres Erachtens ging es allein um die Sichtweise, unter welchen Voraussetzungen man so etwas wie Glück empfinden konnte.

Weil sie ohne Familie und Geborgenheit aufgewachsen war, rangierten diese Dinge an oberster Stelle ihrer Wunschliste. Erst seit sie mit Eliah in Köln lebte, hatte sie so etwas wie ein normales Leben erfahren dürfen. Auch Susanne und Frank trugen wesentlich dazu bei. Sie waren das erste Paar, das genauso glücklich war, wie es den äußeren Anschein hatte. Nichts war gespielt. Wenn Susanne und Frank ihre seltenen Meinungsverschiedenheiten austrugen, so taten sie das in Liebe und ohne den anderen in irgendeiner Form zu verletzen, selbst wenn manchmal sprichwörtlich die Fetzen flogen. Die Zeit mit den beiden taten Eliah und ihr unendlich gut.

Nein, an ihrem Leben gab es nichts auszusetzen. Sie hatte alles, was sie sich nach ihrer Trennung von Michael jemals erhofft hatte. Sie verstaute den Taschenrechner und sah auf die Uhr. Höchste Zeit Eliah abzuholen.

Eilig machte sie sich auf den Weg zu ihrem Wagen. Der PS-starke Mini vom Tag ihrer Flucht war einem VW-Polo älteren Baujahrs gewichen. Weil sie nichts aus ihrem alten Leben hatte mitnehmen dürfen und wollen, hatte sie sich von allem getrennt, was sie in irgendeiner Weise daran erinnerte.

Als sie wenig später vor der Kindertagesstätte anhielt, hüpfte Eliah gerade aus dem Gebäude. Constanze stieg aus, ging in die Knie und schloss ihren Sohn in die Arme. »Hallo Spätzchen, hattest du einen schönen Tag?«

Eliah nickte eifrig. »Frau Berent meint, dass wir nächste Woche Knetmasse mitbringen dürfen. Bitte Mama, können wir jetzt gleich welche kaufen?«

Constanze verwuschelte ihm lächelnd die blonden Haare. »Heute nicht, Eliah. Wir müssen noch zum Supermarkt, und dann ist es zu spät, um noch in die Innenstadt zu fahren. Lass uns das morgen Nachmittag besorgen, wenn ich freihabe, einverstanden?«

Eliah schob enttäuscht die Unterlippe vor, nickte dann aber. »Aber morgen gehen wir, ja?«

Constanze rieb über einen Farbfleck an seinem schmalen Arm. »Versprochen.«

Als sie kurz vor zwanzig Uhr endlich auf die Stellfläche vor ihrem Haus einbogen, machte ihr ein Blick zur Haustür klar, dass ihr keine Sekunde Erholung vergönnt war. Wie befürchtet wartete Roland bereits mit einem Päckchen unter dem Arm. Constanze zwang sich zu einem Lächeln, wofür Beate und Susanne sie höchstwahrscheinlich kräftig in den Hintern getreten hätten. Es lag ihr einfach nicht, sich unhöflich zu benehmen, auch wenn es in Rolands Fall dringend geboten schien.

Mit Eliah an der einen, dem Einkaufskorb an der anderen Hand, ging sie die Stufen hinauf.

Roland trat zur Seite. »Hallo Sabine. Ihr kommt aber spät.«

»Heute war irgendwie alles auf den Beinen«, rechtfertigte sie sich automatisch, obwohl sie mehr als pünktlich eingetroffen waren. Noch ein Überbleibsel aus früheren Zeiten. »Danke, dass du meine Post angenommen hast.«

Ehe Constanze die Chance hatte, nach dem Päckchen zu greifen, nutzte Roland die Gelegenheit und trat vor ihr ins Haus. Leicht verärgert folgte sie ihm. Beate hatte recht, sie musste dringend die Notbremse ziehen.

Roland ließ das Päckchen aufs Sofa fallen und machte einen Bogen um Mr. Pepper, der gemütlich ausgestreckt auf die Rückkehr seiner Futterquelle wartete. Der große, schwarz geflreckte Kater verstand es um einiges besser als sein Frauchen, sein Revier gegen ungebetene Besucher zu verteidigen – notfalls auch unter Einsatz seiner Krallen. Constanze musste ein Schmunzeln unterdrücken, als das

Tier bei Rolands Anblick sofort die Ohren anlegte und angriffslustig zu fauchen begann. Deutlicher konnte Mr. Pepper nicht demonstrieren, wie unerfreut er über die Anwesenheit des Nachbarn war.

Vor einigen Wochen hatte das Drama zwischen Mann und Tier seinen vorläufigen Höhepunkt gefunden, als der Kater seine Krallen in Rolands Hand geschlagen hatte, weil er sich zu dicht neben Constanze gesetzt hatte. Constanze hatte es nicht sonderlich eilig gehabt, Mr. Pepper von ihrem Nachbarn zu pflücken. Sie konnte sich keinen besseren Beschützer vorstellen als ihren Mini-Tiger.

Roland hatte das Drama offensichtlich auch noch nicht vergessen, denn er musterte das Tier mit abschätzendem Blick und rollte hastig das hochgekrempelte Hemd wieder über seine Unterarme. Zu Constanzes Überraschung trat er trotzdem einen Schritt in ihre Richtung.

»Ich wollte dir nur sagen, dass ich zur Buchvorstellung nächste Woche auch komme. Meine Redaktion möchte einen Artikel im Lokalteil darüber bringen«, eröffnete er in einem Tonfall, als hätte sie ihn darum gebeten. »Ich könnte quasi als dein Begleiter mitgehen. Natürlich nur, wenn du willst«, fügte er schnell hinzu, als er Constanzes abwehrenden Gesichtsausdruck bemerkte.

»Roland, ich ...«

»Du musst jetzt noch nicht antworten. Überleg's dir, ja?« Hastig eilte er zur Tür. »Ich melde mich nächste Woche.«

Constanze folgte ihm. Als die Tür hinter ihm ins Schloss fiel, lockerte sie die verkrampften Schultern. Im Umgang mit Männern musste sie noch viel lernen. Darin hatte sie kein besonders glückliches Händchen.

Seufzend setzte sie sich neben Mr. Pepper aufs Sofa und streichelte ihm über das seidige Fell. Irgendwie musste sie endlich den Spagat schaffen, Roland ihr Desinteresse an einer Beziehung zu vermitteln, ohne ihn brüsk vor den

Kopf zu stoßen. Vielleicht würde er sich mit ihrer Freundschaft zufriedengeben, auch wenn sie darauf im Grunde genauso wenig scharf war. Am liebsten hätte sie ihn komplett aus ihrem Umfeld gestrichen, aber das war nicht so einfach, weil sie praktisch Tür an Tür wohnten. Sie war einfach nicht bereit, schon wieder eines Mannes wegen die Koffer zu packen und ihr sorgsam aufgebautes, neues Leben hinter sich zu lassen. Constanze musste sich eine andere Lösung einfallen lassen.

»Hast du vielleicht eine Idee?«, fragte sie den Kater, der es sich auf ihrem Schoß bequem gemacht hatte.

Mr. Pepper öffnete zwar ein Auge, aber außer einem Schnurren bekam sie keine Antwort.

Constanze seufzte. Im nächsten Leben werde ich eine Katze, schwor sie sich.

4.

Silbergraue Huskyaugen

»Bitte Mama, darf ich den zum Geburtstag haben?« Eliah stand in der Spielzeugabteilung vor einem beweglichen Plastikhubschrauber und blickte mit glänzenden Augen zu ihr auf.

»Du bekommst doch schon das Fahrrad, Schatz. Das ist wirklich ein großes Geschenk.«

Eliah kniff die Lippen zusammen und ähnelte damit verblüffend Constanze in ihren eigenen Kindertagen. Es war der gleiche Gesichtsausdruck, den sie immer gezeigt hatte, wenn nichts nach ihren Wünschen gelaufen war. Das zumindest bezeugten die wenigen Fotos, die sie aus dieser Zeit besaß. Mit ihrem Trotz hatte sie bei ihrer Heimleiterin immer denselben Erfolg gehabt wie Eliah jetzt bei ihr, nämlich gar keinen.

Sie ging vor ihm in die Knie. »Na, was ist, möchtest du ein Eis?«, fragte sie, um den kleinen Quälgeist von seinem neuesten Wunschtraum abzulenken.

Sofort hellte sich das Kindergesicht auf. »Au ja«, quietschte er. »Banane mit Erdbeere.«

»Dann lass uns mal nachsehen, ob sie diese Sorten hier auch haben.« Constanze wechselte die beiden Einkaufstüten auf die andere Seite und fasste ihren Sohn an der Hand. Neben der Knetmasse für Eliah hatte sie sich ausnahmsweise auch etwas für sich gegönnt. Einen zarten, dunkelblauen Spitzen-BH. Selig blickte sie auf die kleine, blickdichte Tüte. Es kam nicht oft vor, dass sie sich teure Extras leistete, obwohl das bei den Einnahmen der Buchhandlung durchaus ab und an drin gewesen wäre. Sie brauchte keine materialistischen Dinge, um zufrieden zu sein. Es war ihr nicht schwergefallen, den feudalen Lebensstil an der Seite ihres Exmannes hinter sich zu lassen. Einzig ihre Vorliebe für schöne Unterwäsche hatte sie sich bewahrt. Naheliegend war dem so, weil sie im Kinderheim immer die abgetragene Kleidung der älteren Mädchen hatte tragen müssen.

Sobald Eliah sein Eis bekommen hatte, steuerten sie Hand in Hand den Aufzug an. Constanze blieb vor dem Wegweiser stehen und fahndete in dem fünfstöckigen Kaufhaus nach der Kinderabteilung. Eliah benötigte dringend Schuhe für das in drei Wochen geplante Zeltlager mit Susanne, Frank und den Jungs. Sie drückte die Ruftaste des Aufzugs. Welcher Architekt plante eine Kinderabteilung in der obersten Etage?

Ein schwarzhaariger Mann trat als Einziger zu ihnen in die Kabine. Er sah kurz in ihre Richtung und Constanze hob ebenfalls den Kopf. Sie blickte in silbergraue Huskyaugen, die zu einem hageren, gut geschnittenen Gesicht gehörten.

Rasch senkte sie den Kopf. Es kam nicht oft vor, dass sie einen fremden Mann offen ansah – falsch. Es kam praktisch nie vor. Ganz besonders nicht, wenn der Mann so aussah wie dieser hier.

Er war etwa in ihrem Alter, um die einsfünfundachtzig groß, hatte sommerlich gebräunte Haut und locker fallende tiefschwarze Haare, die keiner erkennbaren Ordnung folgten. Überhaupt wirkte seine Frisur, als hätte er die Angewohnheit, ständig mit den Fingern darin herumzupflügen.

Constanze musste gegen ihren Willen lächeln. Eigentlich fand sie diesen Tick durchaus sympathisch. Unauffällig musterte sie ihn erneut.

Trotz seiner Größe besaß er den gut proportionierten Körperbau eines Athleten. Breite Schultern, schmale Hüften. Die drahtigen Muskeln an seinem Halsansatz ließen vermuten, dass er sportlich war, genauso wie seine Ausstrahlung. Er verströmte eine nahezu greifbare Energie. Sie umgab ihn wie ein unsichtbares Kraftfeld, schien fester Bestandteil seines Wesens zu sein.

»In welchen Stock möchten Sie?«, erkundigte er sich höflich. Die angenehm tiefe Stimme passte zum Rest.

Constanze sah zur Seite. »In den fünften, bitte.«

Er drückte die Taste, worauf sich der Aufzug in Bewegung setzte.

Constanze fixierte die geschlossenen Türen. Seltsam, dass es sie nicht nervös machte, mit einem derart maskulinen Fremden im Aufzug zu fahren. Oft empfand sie schon die schlichte Anwesenheit eines Mannes als unangenehm. Ganz besonders, wenn er groß oder selbstbewusst war. Dieser hier vereinte beides. Trotzdem reagierten ihre angsterprobten Nerven bei ihm überhaupt nicht. Nicht einmal ein winziges bisschen.

Vielleicht lag es an der entspannten, fast sorglosen Haltung, mit der er dastand. Vielleicht auch an seiner legeren Kleidung. Er trug Jeans und eine karamellfarbene Freizeitjacke, unter der ein weißes Hemd hervorblitzte. In der einen Hand hielt er eine grüne Papiertüte aus der Buchabteilung, die andere ruhte bequem in seiner Hosentasche.

Er sah wirklich verteufelt gut aus – selbst für ihre Maßstäbe. Zu Michaels Zeiten waren ihr unzählige attraktive Vertreter des starken Geschlechts begegnet. Männer aus den verschiedensten Ländern und Gesellschaftsgruppen. Trotzdem wollte ihr nicht einer einfallen, der sich seines guten Aussehens nicht genauestens bewusst gewesen wäre.

Diese arrogante Note ging ihrem Gegenüber völlig ab. Irgendwie machte er nicht den Eindruck, als würde er seinem Äußeren gesteigerte Beachtung schenken. Warum auch? Er schien zu jenem Typ Mann zu gehören, dem die Attraktivität schlichtweg angeboren war. Wie praktisch für ihn, wie ungerecht für alle anderen. Bestimmt stand ihm selbst ein rosa Blümchennachthemd unverschämt gut.

Erschrocken, in welche Richtung ihre Gedanken marschierten, konzentrierte sich Constanze schnurstracks auf ein unverfängliches Thema. Eliahs Schuhe.

Silas registrierte jedes Detail. Das züchtige blaue Sommerkleid, das Constanze trug, die akkurate Art, mit der sie ihre glänzenden Haare zu einem dicken Knoten geschlungen hatte, ihre biegsam schlanke Figur bis hin zu den zierlichen Füßen, die in filigranen weißen Riemchensandalen steckten.

Sie war noch hübscher als auf dem Foto. Und sie hatte sich seit ihrer letzten Begegnung kaum verändert. Vielleicht wirkte sie ein bisschen reifer, aber das war es auch schon. Alles an ihr wirkte frisch, natürlich und verlockend weiblich – trotz der strengen Frisur. Automatisch versuchte er, sie sich mit offenen Haaren vorzustellen. Wie lang die kastanienbraune Mähne wohl reichte? Bis auf den Rücken?

Sein Blick blieb an ihren schmalen, unberingten Fingern hängen, die sie vertraut um die ihres Sohnes geschlungen hatte. Er beobachtete die beiden schon seit mehreren Stunden, dennoch hatte er nur wenige Minuten gebraucht, um zu erkennen, dass die Angaben im Steckbrief ausgemachter Bockmist waren. Durch seine langjährige Erfahrung entging ihm nicht viel. Und wenn hier eines offensichtlich war, dann die Tatsache, dass diese Frau nicht einen zarten Finger in schmutzigen Geschäften hatte. Niemand, den er kannte, verhielt sich so harmlos oder ging dermaßen liebevoll mit seinem Kind um. Ihr Verhalten passte nicht zu der Person, die von Richtstetten umrissen hatte. Der Grund, warum er sie aus dem Weg schaffen wollte, betraf nicht das Geschäft. Nicht einmal im Ansatz. Wohl eher verletzten Stolz. Ein Mann vom Kaliber des Waffenhändlers konnte augenscheinlich nicht damit leben, von einer Frau übertrumpft worden zu sein.

Silas betrachtete ihre Silhouette über die Spiegelfläche. Sie musste bei ihrem Verschwinden höllisch vorsichtig gewesen sein, wenn von Richtstettens Wahl auf ihn gefallen war, um sie aufzutreiben. Ihr Glück, dachte er, für einen Moment verblüfft über die Richtung, in die sich seine Gedanken bewegten. Seit wann interessierten ihn die Belange seiner Zielobjekte? Er hatte einen Auftrag zu erledigen, und das würde er tun wie immer. Schnell, präzise, unsichtbar.

Als ahnte Constanze, dass etwas nicht stimmte, fasste sie sich in diesem Moment an den Hals. Eine Geste voller Unsicherheit. Ja, dachte Silas. Sie war vorsichtig gewesen – und sie war es noch.

Wieso fuhr dieser Aufzug nur so entsetzlich langsam? Constanze rief sich zur Ordnung. Entschlossen nahm sie die Hand vom Hals. Nicht, dass diese ängstlich wirkende Geste ihrem Mitfahrer noch auffiel. Obwohl der Fremde in gut zwei Meter Entfernung von ihr stand, vermeinte sie, seine Nähe körperlich zu spüren.

Sie hatte sich geirrt. Seine Anwesenheit machte sie doch nervös. Die Intimität des Aufzugs wurde ihr mit jedem Herzschlag bewusster und damit auch ihre Verletzbarkeit. Unruhig blickte sie zur Anzeige. Dritter Stock. Noch zwei Etagen. Es war zum Verrücktwerden.

Fieberhaft rang sie darum, in den letzten Sekunden nicht noch die Nerven zu verlieren. Der Mann neben ihr tat nichts, absolut nichts, was ihr Angst einjagen müsste, und doch benahm sie sich wie ein in die Enge getriebenes Kaninchen.

Wenn das so weiterging, würde sie wie eine psychotische Irre aus dem Aufzug stürzen, sobald sie endlich anhielten.

»Mama, wann darf ich mit meinem neuen Fahrrad fahren?«

Constanze ignorierte ihr Unbehagen und strich ihrem Sohn liebevoll über die Wange. »An deinem Geburtstag, Schatz.«

»Aber das sind ja noch genau siebenundzwanzig Tage und fünf Stunden. Bis dahin ist der Sommer ja um.«

Constanze schmunzelte. »Keine Sorge. Der Sommer dauert schon noch länger. Wir haben doch erst Anfang Juli, Spätzchen.«

Ehe er etwas erwidern konnte, ruckte der Aufzug und blieb stehen – mitten zwischen dem vierten und fünften Stock.

Erschrocken blickte Constanze auf die halbierten Leuchtziffern. Was war denn jetzt los? Sie kam nicht mehr dazu, den Satz laut auszusprechen, weil in diesem Moment das Licht ausging. Plötzlich befanden sie sich in völliger Dunkelheit, man erkannte nicht einmal die Hand vor Augen. Ihr Herzschlag stolperte.

Sie presste Eliah an sich. »Keine Angst, das ist nur ein kleiner Stromausfall.

»Ich habe aber Angst.«

Constanze ging neben ihm in die Hocke und tastete nach seinem Gesicht. Warum um Himmels willen gab es denn keine Notbeleuchtung? Hoffentlich bekam Eliah nicht mit, wie aufgeregt ihr Herz klopfte. »Bestimmt geht das Licht gleich wieder an«, sagte sie betont fröhlich. Im Stillen hoffte sie, dass sie damit nicht auf dem Holzweg war. Im Grunde hatte sie keine Ahnung, wie lange solche Pannen dauern konnten.

»Warten Sie, das haben wir gleich«, hörte sie eine Stimme rechts neben sich. Einige Wimpernschläge später flackerte ein kleiner Lichtpunkt auf.

»Danke.« Constanze blickte auf die winzige LED-Lampe, die der Mann an seinem Schlüsselbund angeschaltet hatte. Sie streichelte ihrem Sohn über den Kopf. »Siehst du, alles nicht so schlimm.«

Silas drückte den Alarmknopf des Aufzugs. Das Gebäude war unbestreitbar genauso marode, wie er befürchtet hatte. Nicht einmal die Notbeleuchtung der Kiste funktionierte.

»Hallo?« Er beugte sich nah an den Lautsprecher. »Hört uns jemand? Wir stecken zwischen dem vierten und fünften Stock fest. Hallo?« Die Leitung knackte bedeutungsvoll, mehr geschah jedoch nicht. »Hallo, ist da irgendwer?«, versuchte Silas es noch einmal in das stoische Schweigen hinein. Der Lautsprecher blieb ihm weiterhin eine Antwort schuldig.

»Und was jetzt?«

Silas leuchtete die Decke ab. »Möglicherweise ist der Strom im ganzen Gebäude ausgefallen.«

»Haben Sie ein Handy?«

»Das Gerät funktioniert hier drin nicht. Die Wände bestehen aus massivem Stahl, da kommt kein brauchbares Signal durch.«

Ohne Vorwarnung sackte die Kabine einen halben Meter nach unten. Constanze schrie auf und schlang die Arme um den Jungen, der sich kreischend an ihre Beine klammerte.

»Uns passiert nichts. Wir sind ...« Der Rest des Satzes blieb ungesagt, weil der Aufzug erneut nachgab.

Eine Schrecksekunde lang befanden sie sich in freiem Fall, dann stoppten sie genauso unvermittelt.

»Wir fallen runter«, quietschte Eliah hysterisch. Er zitterte und seine Atemfrequenz beschleunigte sich rapide.

Constanze drückte ihn an sich. »Das werden wir nicht. Hab keine Angst, Liebling. Alles wird gut.«

»Der Aufzug hat Notbremsen.« Silas trat neben sie und ging in die Hocke. »Deine Mutter hat recht«, sprach er ruhig weiter. »Uns passiert nichts. Du wirst sehen, morgen lachst du über dieses Abenteuer.«

»Meinen Sie wirklich?« Eliah musterte ihn argwöhnisch, nur geringfügig beschwichtigt von den logischen Argumenten eines Erwachsenen. Dennoch entspannte er sich ein wenig.

»Da bin ich sogar sicher.«

Der Fremde sah sie verständig an. Im schwachen Licht der kleinen Lampe glichen seine Augen flüssigem Silber, umgrenzt von dichten schwarzen Wimpern. Constanze wurde schlagartig bewusst, wie nah er inzwischen war. Wechselnde Schatten tanzten über seine Haut, als er sich kurz abwandte, um die Buchtüte zur Seite zu stellen. Selbst aus weniger als einem halben Meter Entfernung wirkten die harten Flächen seines markanten Gesichts wie aus Stein gemeißelt.

Ein leichtes Rütteln lief durch die Stahlkonstruktion.

»Wir stürzen ab«, meldete sich Eliah sofort wieder zu Wort. Er schluchzte erstickt.

Wie zur Bestätigung schabte in diesem Augenblick ein metallisches Kratzen über die Decke des Aufzugs. Der Fremde und sie blickten gleichzeitig nach oben.

»Was war das?«, fragte Constanze tonlos.

»Ich habe keinen blassen Schimmer«, gestand er bestechend ehrlich. »Vielleicht das Wartungspersonal.«

Eliah starrte ebenfalls zur Decke. Tränen rannen über seine Wangen. Er stand stocksteif da, schien eingefroren zu sein, trotzdem begann er, wie ein Fisch auf dem Trockenen zu japsen.

Constanze drückte seine Hand. »Du darfst nicht so schnell atmen, Schatz. Sonst wird dir schwindelig.« Er reagierte nicht. Besorgt umfasste sie sein Gesicht und drehte sacht seinen Kopf in ihre Richtung. »Eliah, sieh mich an.«

Als ihr Sohn zögernd gehorchte, fixierte sie eindringlich seine weit aufgerissenen Augen. »Du atmest jetzt einfach mit mir zusammen, hast du gehört? Es ist ganz einfach: ein … und aus … und ein.«

Es half nichts. Eliah blickte sie zwar an, reagierte ansonsten jedoch auf überhaupt nichts mehr. Seine Atmung ging weiterhin beängstigend schnell und flach. Ohne noch lange zu zögern, rutschte der Fremde dicht neben Constanze und griff nach Eliah.

»Geben Sie mir die kleine Tüte«, forderte er und streckte die Hand aus. »Wir brauchen etwas, in das er hineinatmen kann, sonst wird er ohnmächtig.«

Constanze nahm die LED-Lampe entgegen und reichte ihm die Tüte. Er kippte den Inhalt in seine Hand und steckte ihn achtlos in die Jackentasche, dann rollte er mit geschickten Bewegungen den Rand des Plastikbeutels auf. Einen Arm um Eliahs Rücken gelegt, stülpte er ihm die Öffnung über Mund und Nase.

»Alles ist gut, Schatz. Er wird dir helfen.« Sie beugte sich über Eliah und streichelte ihm die Haare aus der Stirn. Sein Keuchen ließ langsam nach.

»Du machst das großartig, Junge.« Der Fremde lächelte Eliah zu. »Keine Angst, gleich geht's dir besser.« Seine gemurmelten Beruhigungen sorgten nicht nur dafür, dass sich Eliah allmählich erholte, sie halfen auch Constanze, ihren hämmernden Puls wieder unter Kontrolle zu bringen. Sorgfältig achtete sie darauf, ihn nicht mit dem Lichtstrahl zu blenden, dabei strandete ihr Blick auf den Händen ihres Helfers.

Er trug einen breiten Silberring, der sich deutlich von seiner gebräunten Haut abhob. Der Kontrast zwischen seinen kräftigen Fingern und Eliahs kleinen Kinderhänden gab ein ungewohntes Bild ab, genauso wie die selbstverständliche Art, mit der die beiden sich berührten. Von der Tatsache, dass der Mann ihren Sohn praktisch im Arm hielt, ganz zu schweigen.

Constanze konnte sich nicht erinnern, wann Eliah zuletzt jemandem außer Susanne und Frank derart nahe gekommen war – und sie selbst ... Undenkbar. Erst recht bei einem völlig Fremden.

Und doch war es so. Ihre Körper lehnten nahtlos aneinander. Die Wärme seiner Haut strahlte durch den dünnen Stoff ihres Kleides und verdeutlichte diesen Umstand noch mehr. Ihn schien die Nähe nicht zu stören, denn er machte keinerlei Anstalten, von ihr abzurücken. Und Constanze konnte das ebenfalls nicht, wollte sie Eliah nicht loslassen. Sie schluckte. Zu keiner Zeit ihres Lebens war Raum für innigen Körperkontakt mit einem Mann gewesen – vor allem nicht in ihrer Ehe. Und jetzt sorgte ausgerechnet ein stecken gebliebener Aufzug dafür. Ungewöhnlicher ging es wohl nicht mehr.

Nach wenigen Minuten hatte sich Eliahs Atmung wieder so weit normalisiert, dass ihr Helfer die Tüte wegnehmen konnte.

»Geht's dir besser, Schatz? Ist dir noch schwindelig?«

Eliah schüttelte den Kopf, auch wenn noch vereinzelt eine Träne über seine Wangen kullerte. Constanze küsste ihn erleichtert auf die Stirn, dann drehte sie sich dem Fremden zu. »Danke. Ich weiß nicht, was ich ohne Sie gemacht hätte«, gestand sie leise. »Vielen Dank.«

»Keine Ursache.« Er streckte ihr eine Hand entgegen. »Daniel Lander. Es ist mir eine Ehre.«

Sie erwiderte schüchtern sein Lächeln, während sie zaghaft seine Hand ergriff. »Sabine Anger.«

Der feste Druck seiner Finger entsprach genau seinem Verhalten. Beherzt und geradlinig. Offensichtlich war er ein Mann, der genau verstand, wo es anzupacken galt. Als er den Arm wieder senkte, spürte Constanze die Bewegung seiner Muskeln detailgetreu an ihrer Schulter.

Irritiert von ihrem Mangel an Unbehagen in seiner Nähe, rutschte sie mit Eliah auf dem Schoß etwas zur Seite. »Das ist übrigens mein Sohn, Eliah. Vermutlich wissen Sie das schon«, merkte sie schmunzelnd an.

Daniel grinste zurück. »Ich hab's mir gedacht.« Mit einer fließenden Bewegung richtete er sich auf, schlüpfte aus der Jacke und legte sie neben sich ab.

Zusammen mit dem Stromausfall hatte auch die Klimaanlage den Geist aufgegeben, was den kleinen Raum beständig wärmer werden ließ. Als sich Daniel die Haare aus dem Gesicht streifte, blieb Constanzes Blick zwangsläufig an seinen Armen hängen. Selbst das spärlichste Licht reichte aus, um die geschmeidigen Muskeln erkennen zu lassen, die sich schön definiert unter den kurzen Hemdsärmeln abzeichneten. Constanze biss sich auf die Unterlippe. Ihr erster Eindruck hatte sie nicht getäuscht. Er war sehr sportlich. Auch ihre zweite Beobachtung stimmte. Er fuhr sich tatsächlich des Öfteren durch die Haare.

Aus heiterem Himmel glomm die Notbeleuchtung auf und tauchte den Raum in rötliches Licht. Ein Rauschen dröhnte aus dem Lautsprecher. Ehe Constanze etwas erkennen konnte, war Daniel schon leichtfüßig aufgesprungen und an die Sprechanlage getreten.

»Hallo?«

Gespannt lauschten sie auf eine Reaktion. Es gab ein disharmonisches Knacken, dann ertönte eine blecherne Stimme.

»Wir hören Sie. Sind Sie wohlauf? Wie viele Personen befinden sich im Aufzug?«

»Es geht uns gut«, bestätigte Daniel. »Wir sind zwei Erwachsene und ein Kind.«

Stille.

»Wie viele Personen?«

»Zwei Erwachsene und ein Kind«, wiederholte Daniel geduldig.

Erneut Stille.

»Hallo?« Daniel lehnte sich gegen die Wand.

»Ja ... Moment«, tönte es aus dem Lautsprecher. Einige Sekunden verstrichen. »Hallo?«, meldete sich die Stimme von Neuem. »Hören Sie mich jetzt?«

»Wir hören Sie schon die ganze Zeit«, antwortete Daniel mit einer Ruhe, die selbst Constanze in Erstaunen versetzte. »Können Sie uns sagen, was los ist?«

Ein lautes Knacken war die Antwort. Constanze runzelte die Stirn, schaltete die LED-Lampe aus und legte sie neben sich ab. Konzentriert starrte sie auf den Lautsprecher, als könnte sie eine bessere Verbindung zur Außenwelt herstellen, wenn sie nur lange genug hinsah.

Ein weiteres Knacken hallte aus der Anlage. »Wie viele Personen sind Sie?«, fragte eine andere Stimme.

Daniel blickte Constanze an und verdrehte die Augen. »Genug, um Sie zu verklagen. Wird das heute noch was oder müssen wir hier übernachten?«

»Wir versuchen in ungefähr einer Stunde, den Strom wieder anzustellen. Bitte verhalten Sie sich bis dahin ruhig und unternehmen Sie nichts.«

»Das ist doch nicht Ihr Ernst. Wir haben ein Kind hier«, gab Daniel zurück, aber die Verbindung war bereits unterbrochen. Er setzte sich wieder neben sie. »Wenn das so weitergeht, können wir Eliahs Geburtstag gleich hier feiern«, scherzte er und zuckte hilflos die Schultern.

Trotz der widrigen Umstände musste Constanze lachen. »O bitte nicht. Ich glaube nicht, dass wir hier auch noch ein Fahrrad unterbringen, stimmt's, Eliah?«

Er nickte. Offensichtlich fand er das Ganze inzwischen eher spannend als beängstigend.

Fasziniert betrachtete Silas Constanzes erheiterte Miene. Ihr glockenhelles Lachen klang einfach bezaubernd. Mehrere vorwitzige Strähnen hatten sich aus ihrer strengen Frisur gelöst und umspielten ihr hübsches Gesicht. In dem rötlichen Licht wirkte sie zart und zerbrechlich wie eine Elfe. Plötzlich erinnerte er sich an den Grund, weshalb er den Aufzug betreten hatte.

Verdammter Mist! Silas lehnte den Kopf zurück und stützte die Unterarme auf die angezogenen Knie. Irgendwie wurde er das Gefühl nicht los, dass er seinen Auftrag neu überdenken musste. In diesem Moment ruckte der Aufzug, dann erlosch die Notbeleuchtung wieder.

»Das mit dem Strom war wohl nichts.«, kommentierte er die erneute Dunkelheit.

»Sieht nicht danach aus. Wo ist das Licht?« Constanze tastete nach der LED-Lampe.

Silas suchte ebenfalls danach, was geradewegs dazu führte, dass ihre Finger aufeinandertrafen. Constanze riss reflexartig die Hand zurück und krachte unsanft mit dem Ellbogen in Silas' Rippen.

Mit einem leisen Zischen zuckte er zusammen und kippte nach vorn. Einen Wimpernschlag lang spürte er ihren Rücken am Brustkorb, dann stützte er sich ab – ausgerechnet auf ihrem nackten Oberschenkel.

Die Berührung traf Constanze wie ein Blitz. Und das lag nicht nur an der stockdunklen Finsternis. Der Körperkontakt mit Daniel warf sie irgendwie aus der Bahn. Ihr Herz schlug gleich mehrere Purzelbäume, während sie nach Luft schnappte.

»Sorry. Ich hab's gleich«, entschuldigte sich Daniel, ehe er seine Hand zügig wieder wegnahm.

»Das war meine Schuld. Habe ich Ihnen wehgetan?« Hoffentlich hörte man nicht, wie verstört sie war.

»Ich werd's überleben.«

Sie hörte das Grinsen in seiner Stimme. Wie schön, dass er das so amüsant fand. Sie konnte das nicht. Ihre Haut prickelte wie verrückt und ihre Sinne schienen in Flammen zu stehen. Du lieber Himmel, das durfte doch nicht wahr sein. Innerlich schlug sie die Hände über dem Kopf zusammen. Sie fuhr gleich Achterbahn, nur weil er sie versehentlich angefasst hatte. Das ging ja gar nicht. Sie musste sich unbedingt beruhigen.

»Da ist die Lampe«, sagte Eliah plötzlich aufgeregt und schaltete sie ein. Vollkommen umsonst, denn gleichzeitig flackerte die rötliche Notbeleuchtung wieder auf und ein undeutliches Krächzen drang aus dem Lautsprecher.

»Hallo, bitte melden Sie sich.«

Silas rappelte sich hoch. »Wir sind noch da.«

»Wir konnten die Leitungen wieder intakt setzen. In wenigen Minuten wird der Aufzug wieder funktionsfähig sein.«

Inzwischen war Constanze ebenfalls aufgestanden und neben ihn getreten. »Hoffentlich klappt's diesmal, ich hab echt keine Lust, wieder im Dunkeln zu sitzen«, beschwor sie leise.

Umsonst. Nicht einmal drei Minuten später umgab sie wieder undurchdringliche Schwärze. Eliah knipste die Lampe an.

»Langsam frage ich mich, ob die den übereifrigen Verkäufer aus der Buchabteilung zur Reparatur abkommandiert haben«, murmelte Silas. »So einen Mist fabriziert doch niemals ein Fachmann.«

»Was für ein Buch haben Sie denn gekauft?«, fragte Constanze, um keine Stille aufkommen zu lassen.

»Ein japanisches Wörterbuch.« Daniel reichte ihr das Werk. »Ich war in drei Läden, bis ich was Gescheites gefunden habe.«

»Sie hätten zu uns kommen sollen. Wir haben auch welche da.«

»Sie arbeiten in einem Buchgeschäft?«

»Meine Mama hat sogar ein eigenes. Es ist riesengroß und hat Millionen Bücher.«

Constanze zerzauste Eliah etwas verlegen das Haar. »Also so groß ist es nun auch wieder nicht. Wozu benötigen Sie Japanisch?«

»Meine Firma hat in Tokio eine Zweigstelle und da ist es eine Frage der Höflichkeit, wenigstens das Nötigste verstehen zu können.« Er zuckte die Schultern. »Schaden kann's nicht. Wo ist denn Ihr Buchladen?«

»Wenn Sie die Fußgängerzone in Richtung Dom gehen, biegen Sie in die kleine Seitenstraße direkt nach dem blauen Teegeschäft ein und schon stehen sie davor. Eigentlich können Sie es nicht verfehlen.«

»Ich komme nicht oft in die Innenstadt, deshalb kenne ich viele Geschäfte nicht.«

Das grelle Neonlicht des Aufzugs flammte auf. Constanze blinzelte in die plötzliche Helligkeit. Mit einem sanften Ruck setzte sich die Kabine in Bewegung.

»Na also, wer sagt's denn.« Daniel griff nach seiner Jacke.

Constanze drückte Eliahs Hand. »Gott sei Dank. Ich glaube, für heute reichen uns die Abenteuer.«

Silas fuhr den Wagen vor die Garage und stieg aus. Er sprintete die Stufen zum Eingang hinauf und checkte die Alarmanlage, nachdem er das Haus betreten hatte. Diese Sicherheitskontrolle war ihm so in Fleisch und Blut übergegangen, dass er sie wahrscheinlich im tiefsten Delirium beherrscht hätte. Zufrieden klappte er das Display wieder zu und verwandelte es damit erneut in einen harmlosen Lichtschalter. Wie erwartet hatte kein Unbefugter den gesicherten Bereich verletzt. Hätte ihn auch gewundert.

Niemand betrat ungebeten sein Haus, dafür hatte er schon gesorgt.

Ohne Schlüssel war es nahezu unmöglich, ins Innere zu gelangen. Und selbst wenn einem Eindringling dieses abwegige Kunststück gelang, erfuhr Silas noch in derselben Sekunde davon – per SMS. Es war unbestreitbar von Vorteil, ein begnadeter Computerfreak zu sein, auch wenn man keine Zweigstelle in Japan unterhielt. Grinsend holte er das Wörterbuch aus der Tüte und warf es auf den massiven Eichentisch im Wohnbereich. So einen Schinken brauchte er beim besten Willen nicht. Er sprach genug japanisch, um sich im Notfall zurechtzufinden, sollte ihn ein Auftrag jemals auf diese Insel verschlagen. Er fluchte halblaut. Auftrag.

Blindlings fasste er in die rechte Jackentasche und zog Constanzes zarten Spitzen-BH heraus. Obwohl Silas wusste, dass die Geste komplett schwachsinnig war, hob er ihn an die Nase und schnupperte. Nichts … Natürlich nicht. Sie hatte ihn ja auch noch nicht getragen.

Neugierig drehte er das Wäschestück in den Fingern. 70 C. Nicht übel für ihre schlanke Figur. Während er mit den Daumen über das weiche Gewebe rieb, stellte er sich dessen Besitzerin vor. Ob sie das Fehlen des BHs schon bemerkt hatte? Garantiert. Zu gern wüsste er, was sie im Moment tat. Wie er sie einschätzte, haderte sie gerade mit sich, weil sie das Dessous vergessen hatte.

Silas grinste. Ja, er war hundertprozentig sicher, sie dachte über den Abend nach. Es kam bestimmt nicht oft vor, dass sie in einem Aufzug stecken blieb – und dann noch mit einem Wildfremden. Das musste ein Höllentrip für sie gewesen sein. Er hängte das Wäschestück über eine Stuhllehne und ging in die Küche.

Dass er seinen Auftrag nicht wie geplant würde ausführen können, lag mittlerweile auf der Hand. Dafür reizte Constanze ihn einfach zu sehr. Die Frage war nur, wie weit würde er gehen?

Er nahm eine Flasche Saft aus dem Kühlschrank, schenkte sich ein und lehnte sich mit dem Glas in der Hand an die Anrichte. Trotz all dieser Überlegungen würde er mit seinem Abgang noch warten. Zum einen, weil die zierliche Ausreißerin sein Interesse geweckt hatte, zum anderen, weil von Richtstetten im Falle seines Rücktritts postwendend einen neuen Killer anheuern würde. Diese Scherereien konnte er nicht gebrauchen.

5.

Spiel ohne Grenzen

Constanze streckte sich und schob das Lexikon mit den Fingerspitzen ins Regal. Das Schellen der Türglocke kündigte einen neuen Kunden an. Da Beate an der Kasse stand, schnappte sich Constanze unbeirrt das nächste Lexikon und fixierte aus schmalen Augen dessen Bestimmungsort. Vielleicht doch die Leiter? Sie stützte sich auf das Ablagebrett und hob den Arm.

»Haben Sie auch Bücher über Angstzustände im Aufzug?«, fragte eine samtige Männerstimme hinter ihr.

Constanze schnellte so zackig herum, dass ihr das Lexikon aus der Hand rutschte. Ehe sie auch nur annähernd reagieren konnte, hatte ihr Kunde das Buch schon aufgefangen.

Grinsend gab er es ihr zurück. »Tut mir echt leid. Ich wollte Sie wirklich nicht erschrecken.«

Constanze klappte rasch den Mund zu. Daniel Lander. Hier? In ihrer Buchhandlung? Ihr Herz klopfte viel zu schnell.

»Nicht so schlimm.« Als sie bemerkte, wie heiser sie klang, räusperte sie sich. »Wenn ich am Sortieren bin, vergesse ich einfach alles um mich herum.«

»Schätze, dann haben Sie sich den richtigen Beruf ausgesucht.«

Constanze lächelte. »Ja, das stimmt.« Ihr Blick blieb an dem ordentlich gefalteten Papierpäckchen in seiner Hand hängen. Sie räusperte sich gleich noch einmal. Der BH. Er brachte ihr den BH zurück. Gab es etwas Peinlicheres?

Daniel war nicht entgangen, was sie entdeckt hatte. »Ich glaube das gehört Ihnen. Ich habe es versehentlich mitgenommen.« Ohne großen Umstand reichte er ihr das Päckchen.

Dankbar, dass er sich so diskret verhielt, nahm Constanze es entgegen. Einen Moment hielt sie sich daran fest, als handele es sich um einen rettenden Anker, dann stopfte sie es in ihre Hosentasche. »Dankeschön.«.

Daniel schwieg einen Moment. »Haben Sie und Eliah vielleicht Lust, mich am Sonntag zu begleiten. Ich würde gern den Park erkunden«, fragte er dann ohne Umschweife.

Constanze blinzelte ihn verdutzt an. »Ich ... Nun ... « Hastig schluckte sie. Was stotterte sie hier denn so rum? Natürlich würde sie ablehnen – musste sie ablehnen. Sie holte Luft. »Leider geht das ...«

»Du und Eliah, ihr seid doch Sonntag ohnehin im Park«, schaltete sich Beate ein, die verdächtigerweise keine drei Meter entfernt Preisschilder austauschte. »Das ist doch eine nette Idee.«

Constanze fuhr herum. Am liebsten hätte sie ihre Angestellte erwürgt – oder im Keller eingeschlossen – am besten gleich beides. Jetzt konnte sie ja schlecht absagen.

Sie drehte sich zu Daniel.

Der betrachtete sie mit erheitert hochgezogener Augenbraue. Constanze wurde das Gefühl nicht los, dass es nicht viel gab, was diesen durchdringenden Silberaugen entging. Dennoch strahlte er dieselbe Gelassenheit aus wie im Aufzug.

»Also gut, aber nur wenn es Ihnen keine Umstände macht«, hörte sie sich antworten, ehe sie sich ganz im Klaren war, was sie da tat. Stumm betete sie, dass er seine Meinung änderte. Sie konnte gar nicht glauben, dass sie ihm ansonsten gerade zugesagt hatte.

Er grinste. »Es macht keine Umstände.«

Vier Tage später hetzte Constanze unruhig durchs Schlafzimmer. Es war Sonntag, kurz vor halb drei, und sie musste sich noch umziehen. Sie wusste nicht, zum wievielten Mal sie sich vorwarf, zu voreilig gehandelt zu haben. Warum nur hatte sie sich auf die Verabredung mit Daniel im Park eingelassen?

Eilig schlüpfte sie aus dem weiten Shirt, pfefferte es aufs Bett und riss den Schrank auf. Was zog man bei solch einem Treffen bloß an? Enges Sommerkleid? Unpassend. Der beige Rock? Zu empfindlich. Nach einem schnellen Blick auf die Uhr zerrte sie kurzerhand eine knielange braune Stoffhose vom Bügel.

Constanze warf sie aufs Bett und stieg rasch aus ihren Jeansshorts. Eigentlich musste sie Eliah dankbar sein, dass er sie mit der Suche nach seiner Frisbeescheibe so lange aufgehalten hatte. So blieb wenigstens keine Zeit, noch vollständig in Panik auszubrechen. Nicht, dass sie die letzten Tage ruhig gewesen wäre ...

Sie hatte sich unzählige Mal gefragt, ob sie das Treffen mit Daniel Lander nicht lieber absagen sollte – und genauso oft war ihr wieder eingefallen, dass sie das überhaupt nicht konnte. Sie kannte weder eine Adresse noch Rufnummer von ihm. Und im Telefonbuch stand er mit absoluter Sicherheit auch nicht. Das konnte sie getrost behaupten, weil sie nach geschätzten dreihundert Suchläufen immer noch keinen Eintrag gefunden hatte.

Constanze seufzte. Zufall oder Absicht, letztlich blieb ihr nichts anderes übrig, als die Vereinbarung einzuhalten. Hoffentlich ging der Nachmittag schnell vorbei. Sie konnte nur beten, dass Daniel Lander ihr die Nervosität nicht direkt von der Nasenspitze ablas. Das wäre nicht nur schon wieder peinlich, sondern auch äußerst unangebracht nach der sympathischen Art, mit der er ihr im Aufzug geholfen hatte.

Constanze rang nach Luft. Sie musste einfach locker bleiben, das war alles. Das war das ganze Geheimnis. So schwer konnte das ja wohl nicht sein, in einem öffentlichen

Park, zusammen mit mindestens fünfhundert anderen Personen.

Ihre Nerven waren offenbar anderer Meinung, denn als sie nach ihrem kirschroten Oberteil griff, zitterten ihre Hände mehr als nur ein bisschen.

Ganz toll. Gelassenheit sah anders aus. Sie zerrte sich den Stoff über den Kopf. Na gut, ganz so einfach war es wohl doch nicht.

Akribisch kontrollierte sie ihre Frisur und verstaute einige lose Strähnen im Knoten. Zum einen, weil ihre Haare es irgendwie immer fertigbrachten, dem Knoten zu entwischen, zum anderen, weil die gewohnten Handgriffe sie beruhigten. Sie nahm sich noch zwei Minuten Zeit, um dezent Make-up aufzutragen, dann eilte sie die Treppe hinab.

»Können wir jetzt gehen?« Bei Eliahs eifriger Miene musste sie lächeln. Es tat gut, ihren Sohn so unternehmungslustig zu sehen.

»Lass Mr. Pepper schon mal raus, ich muss nur noch den Korb und die Schlüssel holen.« Constanze ging in die Küche und griff sich den fertig gepackten Picknickkorb. Es war ein eigenartiges Gefühl, wenn sie daran dachte, dass er erstmals Proviant für drei Personen enthielt.

Warum dieses Wissen sie derart aufwühlte, begriff sie nicht. Vielleicht lag es schlicht an der Tatsache, dass sie Daniel dadurch in gewisser Weise an ihren lieb gewonnenen Ritualen teilhaben ließ. Fast wie ein Familienmitglied ... Hastig schob sie den Gedanken beiseite. Sie musste aufhören, sich über Belanglosigkeiten den Kopf zu zerbrechen. Es war einfach nur höflich, einem Gast etwas von der Verpflegung anzubieten. Ende der Geschichte.

Zwanzig Minuten später spazierten sie über einen Sandweg in den Park. Constanze entdeckte Daniel schon von Weitem. Er lehnte lässig an der Erntedanksäule. Beide Hände in den

Hosentaschen vergraben, wirkte er mit seinem hellblauen T-Shirt und der gebräunten Haut, als wäre er gerade auf einem Fotoshooting für Freizeitmode. Zum ersten Mal sah sie ihn unrasiert, was den smarten Eindruck verstärkte. Der dunkle Bartschatten ließ sein hageres Gesicht noch interessanter wirken und gab ihm etwas von einem Abenteurer.

Wie brachte er es fertig, mit so wenig Aufwand derart gut auszusehen? Eine ähnliche Frage schien sich auch eine Joggerin zu stellen, denn sie musterte Daniel nicht gerade unauffällig. Er grinste charmant zurück, nicht im Mindesten irritiert, derart unverblümt begutachtet zu werden. Wahrscheinlich passierte ihm das öfter und die halbe – sprich weibliche – Parkbevölkerung überlegte sich gerade, wie es möglich war, ein Date mit diesem Mann zu ergattern.

Constanze unterdrückte ein Schmunzeln. Man musste bloß mit ihm im Aufzug stecken bleiben.

»Hallo. Schön, dass es geklappt hat.« Daniels Stimme umfing sie warm.

Constanzes Puls schnellte in die Höhe, als er ihr die Hand gab. Sie hatte gedacht, sie wäre bisher schon nervös gewesen … Das war ein Irrtum. Jetzt war sie nervös.

»Sie haben richtig gutes Wetter mitgebracht.« Den Kopf in den Nacken gelegt, blickte sie zum Himmel, an dem sich langsam die Sonne durch die Wolken kämpfte.

»Scheint so.« Daniel grinste unbekümmert, dann zeigte er auf den Korb. »Für den Fall, dass wir wieder irgendwo festsitzen?«

Constanze musste lachen und vergaß prompt ihre Aufregung. »Nein, der Korb gehört zur üblichen Parkausstattung. Den nehmen wir eigentlich immer mit.«

»Da sind Gummibärchen, Schokolade und Kekse drin«, ergänzte Eliah eifrig.

Constanze zerzauste ihm die Haare. »Und Obst, Vollkornsandwiches und Getränke«, erinnerte sie an den weitgehend gesunden Inhalt.

»Das klingt vielversprechend.«

Ehe sich Constanze versah, hatte Daniel ihr den Korb abgenommen und einen interessierten Blick hineingeworfen.

In gespielter Empörung verschränkte sie die Arme vor der Brust. »Neugierig sind Sie ja gar nicht.«

»Nicht sehr«, beteuerte er grundehrlich, inspizierte aber trotzdem seelenruhig den Inhalt einer Plastikdose, bevor er sie wieder zurücklegte.

Eliah zog seine Schuhe aus und tollte johlend davon. Daniel und Constanze folgten etwas langsamer, wobei Daniel weiterhin wie selbstverständlich den Korb trug.

»Eliahs Hinken«, sagte er mit gerunzelter Stirn. »Hat er sich am Mittwoch verletzt?«

»Sein rechtes Bein ist kürzer als das linke, deshalb läuft er barfuß etwas unsicher.«

»Verwächst sich das, wenn er älter wird?«

»Nein. Aber er lässt sich davon nicht unterkriegen.«

»Sie können stolz auf ihn sein.«

Constanze sah kurz zu Daniel. »Das bin ich auch.«

Eine Frau mit zwei Mädchen kam ihnen entgegen und nickte grüßend in ihre Richtung. Als Constanze den wohlgefälligen Blick bemerkte, mit dem die junge Mutter sie beide betrachtete, wurde ihr schlagartig klar, dass sie samt Korb wie eine Familie wirken mussten. Komischerweise fand sie den Gedanken nicht abwegig. Sie fühlte sich neben Daniel tatsächlich überraschend wohl. Etwas, was bis vor Kurzem in Zusammenhang mit einem Mann noch völlig undenkbar gewesen wäre.

Diskret betrachtete sie ihn. Wie immer waren seine schwarzen Haare ein wenig unordentlich und verliehen ihm jungenhafte Nonchalance. Er ging zwanglos neben ihr her, fast so dicht, als wären sie tatsächlich ein Paar. Trotzdem fühlte sich Constanze nicht bedrängt. Auch etwas, was sie bisher für unmöglich gehalten hatte. Es lag einfach an

Daniel. Für seine körperliche Ausstrahlung gab es nur eine treffende Beschreibung. Vollkommen relaxed. Sie bemerkte erstaunt, dass seine lockere Art langsam auch auf sie abzufärben begann. Ihre innere Anspannung löste sich merklich auf. Noch eine Premiere. Vielleicht war es doch nicht so schlecht, einen Nachmittag mit ihm zu verbringen.

Als sie sich gerade nach Eliah umsehen wollte, kam sein Ball angeflogen. Sie pflückte ihn vom Rasen und warf ihn zurück.

Den nächsten Ball fing Daniel ab. Geschickt balancierte er ihn auf einer Hand und wich zurück, als Eliah einen Angriff startete. Lachend hüpfte der Junge ihm nach.

Bevor Constanze begriff, was Daniel vorhatte, machte er einen Schritt um sie herum und brachte sie mitten ins Gerangel. Eliah reckte die Hände. Immer wieder an ihr hochspringend nutzte er ihre Hüfte als Starthilfe. Nur darauf aus, Daniel seine Beute wieder abzujagen, merkte er nicht, in welche Bedrängnis er sie brachte, denn das wilde Gehopse trieb Constanze unweigerlich gegen Daniel. Zum zweiten Mal innerhalb weniger Tage spürte sie seinen Brustkorb im Rücken.

Davon abgelenkt achtete sie nicht darauf, wohin sie ihre Schritte setzte, und trat geradewegs in ein Loch. Strauchelnd kippte sie zur Seite. Daniels Hand schloss sich in derselben Sekunde um ihren Ellbogen, trotzdem verlor Constanze kurz die Balance. Hastig steckte sie die Hand aus und erwischte Daniel am Bauch. Nicht nur ein bisschen, sondern richtig, mit allen zehn Fingern. Ihm schien das nichts auszumachen, ihr dagegen schon. Augenblicklich stockte ihr Atem. Die Fläche unter dem dünnen T-Shirt fühlte sich extrem hart an. Sie spürte ein Waschbrett, das nur aus durchtrainierten Muskeln zu bestehen schien – unnachgiebig, aber sehr lebendig.

Constanze schluckte. Die Berührung wirkte erschreckend intim. Bevor diese Erkenntnis allzu sehr auf ihre

Nerven durchschlagen konnte, nahm sie die Finger weg. In diesem Moment ließ sich Daniel den Ball abjagen, fasste um Constanze herum und begann, Eliah gnadenlos zu kitzeln. Statt auf Abstand zu kommen, war Constanze plötzlich in seinen Armen gefangen. Ihr Puls erreichte neue Rekorde. Jetzt konnte sie ihn fast überall um sich spüren. Instinktiv tat sie das einzig Naheliegende und tauchte ab. Dass sie sich nahezu kriechend in Sicherheit brachte, war ihr egal. Hauptsache, sie entkam dieser Zwickmühle. So lustig sie das Gebalge der beiden auch fand, dermaßen auf Tuchfühlung wollte sie mit keinem Mann gehen, selbst dann nicht, wenn er so sympathisch war wie Daniel.

Constanze warf einen Blick zurück und staunte, mit welch ästhetischer Leichtigkeit er sich bewegte. Vor allem, wenn man in Betracht zog, dass er auch noch einen schweren Korb – sie blinzelte alarmiert. Ihre sauber verstauten Sandwiches wurden gerade wild durchgerüttelt.

Entgegen allen vorherigen Befürchtungen sprang sie beherzt ins Gerangel und angelte nach dem Henkel. Nach mehreren Fehlschlägen bekam sie den Griff endlich zu fassen. Dabei streiften ihre Finger versehentlich Daniels Unterarm. Sofort besaß sie seine ungeteilte Aufmerksamkeit. Er sah ihr geradewegs in die Augen.

Constanzes Herz geriet außer Takt. Seine hellen Augen waren der Wahnsinn. Je nach Stimmung schienen sie die Farbe zu wechseln. Hatten sie bisher silbern gewirkt, erinnerten sie im Moment eher an blaue Gletscherseen. Gebannt hielt sie seinen Blick. Es schien eine Ewigkeit zu dauern, bis er den Korb losließ.

In Wahrheit waren es nur wenige Sekunden, trotzdem reichten sie Eliah, um flink samt Ball auszubüxen. Daniel schüttelte lachend den Kopf, nahm aber sofort die Verfolgung auf.

Constanze kämpfte gegen das Herzrasen, das der unerwartete Blickkontakt ausgelöst hatte. Sie hatte nicht damit gerechnet, so intensiv angesehen zu werden, redete sie sich ein. Er hatte sie überrumpelt, das war alles. Davon durfte sie sich nicht nervös machen lassen.

Entschlossen zerrte sie die Decke aus dem Korb und suchte einen geeigneten Platz fürs Picknick. Wenn man bedachte, wie unbehaglich sie sich sonst in Gegenwart eines Mannes fühlte, konnte man ihr gegenwärtiges Verhalten wohl ungelogen – sie suchte nach dem richtigen Wort – *normal*? Ja, man konnte es fast als normal bezeichnen. Etwas geschockt kramte sie im Korb. Wann hatte sie nach den schrecklichen Erfahrungen mit Michael ihren Umgang mit dem anderen Geschlecht jemals als normal beschrieben? Die Antwort war denkbar einfach. Nie.

Seltsam zumute packte sie die Verpflegung aus, da gesellten sich die beiden zu ihr. Keuchend plumpsten sie rechts und links von ihr ins Gras. Sie reichte jedem ein Sandwich.

»Was ist da drauf?« Neugierig klappte Daniel die Brotscheiben auseinander.

»Putenwurst«, antwortete Constanze abwesend, während sie seine schlanken braunen Finger betrachtete. Von dem matten Silberring, den sie schon im Aufzug bemerkt hatte, einmal abgesehen, trug er keinerlei Schmuck. Ganz anders als Michael. Dessen protzige Siegelringe waren ebenso zahlreich wie hässlich gewesen. Ihr hatte das nie gefallen. Daniel hingegen stand der Ring. Was mit Sicherheit daran lag, dass er einfach schöne Hände hatte.

»Mama, da drüben starten sie gleich ein *Spiel ohne Grenzen*. Sackhüpfen, Bogenschießen und Hindernislauf.« Eliah blickte flehentlich von Constanze zu Daniel. »Können wir da mitmachen? Bitte!«

»Ich weiß nicht, Schatz ...«, begann Constanze zögernd.

»Warum eigentlich nicht?« Daniel hob lässig die breiten Schultern und richtete sich auf. »Kommen Sie, Sabine. Geben Sie sich einen Ruck. Das wird garantiert lustig.« Er grinste diabolisch.

»Ich … das geht doch bestimmt nicht so einfach«, versuchte Constanze abzublocken. »Da muss man sich doch vorher angemeldet haben.« Die Aussicht, Daniel bei einem chaotischen Spiel noch näher zu kommen, ließ ihre Nerven flattern. Wenn sie an ihre heftige Reaktionen auf die bisher rein zufälligen Berührungen dachte, konnte das nur übel ausgehen.

»Normalerweise kann da jeder mitmachen.« Daniel ließ sie nicht vom Haken.

»Los Mama, das wird klasse.« Eliah zog sie auf die Beine.

Je näher sie dem Ort des Geschehens kamen, desto unruhiger wurde Constanze. Beinahe panisch verfolgte sie, wie Daniel flankiert von Eliah mit dem Schiedsrichter sprach. Als der Mann begeistert in ihre Richtung nickte, sackte ihr das Herz klaftertief in die Hose. Das Gefühl der Unausweichlichkeit hing über ihr wie ein Damoklesschwert. Jetzt konnte sie schlecht kneifen. Zumindest nicht, ohne eine längere Erklärung abgeben zu müssen. Ehe sie noch Zeit hatte, sich in die Büsche zu schlagen, kamen die beiden zurück.

Gefühlte fünf Stunden später wedelte Eliah johlend mit ihrem gewonnenen Kinogutschein herum und strahlte. Sie hatten gemeinsam Wasserschlachten, Rätsel und andere Herausforderungen gemeistert und Eliah bat Daniel um seine Begleitung beim Kinobesuch. Zwar musste auch Constanze lächeln, dennoch kam sie sich übergangen vor. Schon wieder. Erst Beate und jetzt Eliah. Wenn das so weiterging, hatte sie in Sachen Treffen mit Daniel bald nichts mehr zu melden. Trotzdem gelang es ihr nicht, angemessen verärgert zu sein. Irritiert horchte sie in sich hinein. Unruhe? Ja. Aufregung? Definitiv. Angst? Ein wenig. Panik? Bis jetzt noch nicht. Seltsam.

Sie beobachtete Daniel, der inzwischen zwar trocken, aber immer noch einnehmend zerzaust war. Nun ja, vielleicht war es doch nicht ganz so seltsam, korrigierte sie zögernd. Es war nicht schwer, sich in seiner Gegenwart wohlzufühlen, nicht einmal für sie. Jetzt musste sie sich wenigstens nicht damit auseinandersetzen, ob sie ein weiteres Date aus Vernunft oder Feigheit heraus abgelehnt hätte. Das konnte sie immer noch – das nächste Mal.

»Ich hoffe nur, du magst Harry Potter.«

Daniel grinste unbekümmert. »Dann erkenne ich wenigstens ein Zauberbuch, falls ich in deiner Altertumsabteilung eins finde«, scherzte er in Anspielung auf seinen Besuch in ihrer Buchhandlung vor zwei Tagen.

Offenbar war er nicht nur ein aufmerksamer Zuhörer, sondern auch ein guter Beobachter. Feinsinnig ging sie auf sein Spiel ein. »Aber wehe, du lieferst es dann nicht unverzüglich bei mir ab, dann hetze ich dir unseren schwarz gefleckten Kater auf den Hals. Da hilft kein Zauberbuch mehr, das kannst du mir glauben.«

Eliah kicherte. »Mr. Pepper ist Mamas Beschützer.«

Daniel blickte mit gerunzelter Stirn von Eliah zu Constanze. »Reden wir hier von einer Katze oder von einem Tiger?«, erkundigte er sich vorsichtig.

»Von irgendwas dazwischen«, antwortete Constanze geheimnisvoll.

Nachdem Eliah frisch gebadet im Bett lag und augenblicklich eingeschlafen war, ging Constanze ins Wohnzimmer uns ließ sich auf die Couch fallen. Seufzend lehnte sie sich zurück.

Jetzt war er also vorüber, der Tag, der ihr schlaflose Nächte beschert hatte. Im Nachhinein betrachtet war das eigentlich ziemlich unverständlich. Von wenigen Augenblicken abgesehen – die sich im Wesentlichen auf winzige Berührungen und ihre blamable Landung auf Daniels lang ausgestrecktem Körper beim Sackhüpfen beschränkten –, war nichts Schlimmes geschehen. Trotzdem waren es genau diese Augenblicke, die ihr nicht aus dem Kopf gingen. Am liebsten hätte sie ihre Unruhe als die übliche Angstreaktion abgetan. Leider schien die Sache nicht ganz so einfach. Natürlich war der Tag an sich schon aufwühlend gewesen. Natürlich hatte sie Panik bekommen, als Daniel sie umarmt hatte ... aber da war noch eine andere Empfindung mitgeschwungen. Etwas, was sie schon im Aufzug gespürt hatte. Etwas, was neu war und völlig anders als der Ekel, den sie seit Michael bei Berührungen immer empfunden hatte. Ein warmes Kribbeln, eine Aufregung, die ausschließlich mit Daniel einherging. Irgendetwas an ihm überwand ihre sicher geglaubte Abwehr. Diese Erkenntnis war umso erschreckender, je offensichtlicher es wurde, dass Daniel nicht das Geringste gegen weitere Treffen einzuwenden hatte. Genauso wenig wie er ein Problem darin sah, sie zu berühren oder sich von ihr berühren zu lassen.

Was, wenn das so weiterging? Constanze spürte, wie ihr trotz der stickig heißen Luft Eiseskälte unter die Haut kroch. Sie konnte nur hoffen, dass Daniel das Interesse an ihr verlor, bevor das zu einem Problem werden konnte. Sie hoffte es, aber gleichzeitig wünschte sie, dem wäre nicht so. Sie kannte ihn erst seit wenigen Tagen und doch hatte er in der kurzen Zeit mehr Boden gutgemacht als jeder andere Mann vor ihm.

Constanze fuhr zusammen, weil plötzlich das Telefon läutete. Fahrig griff sie nach dem Telefon. »Anger?«

»Hi Sabine, Roland hier.«

O nein!

»Hallo.« Sie klemmte den Apparat gegen die Schulter, obwohl sie nichts lieber getan hätte, als unverzüglich aufzulegen.

»Ist bei dir alles in Ordnung? Ich versuche schon seit zwei geschlagenen Stunden, dich zu erreichen.«

»Wir waren bis gerade eben im Park.«

»So lange?«

Constanze ließ die unausgesprochene Frage unkommentiert. Irgendwie ärgerte es sie, dass Roland anscheinend genauestens Bescheid wusste, wann sie sonntags üblicherweise nach Hause kamen. »Was gibt's denn? Ich wollte eigentlich gerade unter die Dusche.«

»Ich habe hier eine gute Flasche Wein und ... ich könnte doch noch vorbeischauen.«

Constanze umfasste den Hörer fester. Bloß das nicht. »Bitte sei nicht böse, Roland, aber ich bin völlig erledigt. Alles, was ich heute Abend noch machen werde, ist eine schöne lange Dusche nehmen und danach ins Bett fallen. Ich wäre bestimmt kein unterhaltsamer Gesprächspartner, glaub mir.« Sekundenlang war nichts zu hören und sie hatte den unguten Verdacht, Roland stellte sich gerade vor, wie sie nackt unter der Dusche stand. Ein schrecklicher Gedanke.

»Na gut, war ja nur so eine Idee«, murmelte er. »Wie sieht's morgen Abend bei dir aus?«

Constanze biss sich auf die Lippen, um nicht frustriert aufzustöhnen. Sie kannte niemanden, den das Wort *penetrant* besser beschrieb als Roland. »Da bin ich mit Susanne verabredet.«

Da ihm kaum eine andere Wahl blieb, wünschte Roland ihr eine gute Nacht und legte auf. Erleichtert hängte Constanze das Telefon in die Station. Das wäre geschafft. Fürs Erste. Spätestens, wenn er sie auf den Ball ansprach, musste sie die Karten auf den Tisch legen und ihm endlich sagen, dass sie an seiner Gesellschaft kein Interesse hatte. Dafür an der eines anderen ...

Plötzlich wünschte sie sich, ihre Vergangenheit einfach vergessen zu können. Diszipliniert straffte sie den Rücken. Sich Wunschträumen hinzugeben brachte rein gar nichts, das hatte ihr die Zeit mit Michael schmerzlich klar gemacht.

Sie ging ins Bad. Ihr Blick blieb am Spiegel hängen. Erschrocken schlug sie die Hand vor den Mund. Ach du meine Güte, wie sah sie denn aus? Als sie Roland gesagt hatte, sie müsse dringend unter die Dusche, hatte sie das eigentlich nicht so wörtlich gemeint.

Silas streifte die Schuhe ab und ging barfuß die Treppe hinauf. Wenn ihm jemand vor wenigen Wochen gesagt hätte, er würde einmal einen netten Familiennachmittag im Park verbringen und dabei noch richtig Spaß haben, hätte er ihn für verrückt erklärt. Aber es war so. Er hatte den Tag genossen. Mehr noch als erwartet. In Gedanken sah er Constanze vor sich, wie sie neben ihm im Gras gelegen hatte. Ihr weicher Körper dicht an seinem, außer Atem, mit zerwühlten Haaren ... Die Erregung, die ihn seither begleitete, rauschte mit neuer Hitze durch seine Adern.

Silas schüttelte den Kopf. Er war jetzt zweiunddreißig, alles andere als ein grüner Junge und doch ... Lächelnd fischte er eine von Constanzes Haarnadeln aus seiner Hosentasche. Sein Daumen folgte der glatten Kontur der Metallklammer. Er konnte sich nicht erinnern, wann er das letzte Mal etwas gestohlen hatte. Das musste Jahrzehnte her sein – und dann war es garantiert keine Haarnadel gewesen. Erheitert schnippte er seine Beute auf die Ablage. Constanze würde sie nicht vermissen. Ein Grinsen stahl sich in sein Gesicht. Er konnte sich lebhaft vorstellen, wie sie reagieren würde, sah sie ihre abenteuerliche Erscheinung erst im Spiegel. Besonders die wilde Frisur mit den wie Funkantennen abstehenden Haarnadeln. Leise lachend rieb er sich den Nacken. Schade, dass er das nicht miterleben durfte.

Immer noch schmunzelnd trat er ans Waschbecken. Der Tag war viel zu schnell vergangen, aber wenigstens hatte er es geschafft, ihre Verteidigungslinien auszuloten. Verdammt knifflige Sache. Noch nie war ihm eine Frau begegnet, die derart um Abstand bemüht war.

Dass weibliche Wesen in seiner Gegenwart auf Distanz gingen, war er eigentlich nicht gewohnt. Normalerweise traf eher das Gegenteil zu. Frauen suchten gern seine Nähe. Nachdenklich fuhr er sich übers Kinn. Vielleicht lag es an seinem Aussehen, vielleicht an seiner lockeren Art. Er wusste es nicht. Letztlich war es auch egal. Er hatte bei Frauen in der Regel einfach gute Karten ... außer vielleicht im Moment, ergänzte er belustigt, als er sein Abbild im Spiegel erblickte. Im Moment sah er eher zum Fürchten aus, wie ein Typ, dem keiner gern bei Nacht begegnete.

Er bildete quasi das männliche Gegenstück zu Constanze – nur in der düsteren Version. Seine ohnehin eigenwilligen Haare hingen ihm chaotisch über die Augen, was deren Farbe noch mehr hervorhob. Auf seinem Kinn prangte ein Schmutzfleck und seine Wangen wiesen deutliche Bartschatten auf. Vielleicht hätte er sein morgendliches Nahkampftraining doch lieber zugunsten einer Rasur abkürzen sollen. Er senkte den Blick. Seine Kleidung war in einem ähnlich desolaten Zustand. Hose und T-Shirt vermittelten den Eindruck, als wäre er damit einmal quer durch den Park gerobbt – was genau genommen auch stimmte. Grinsend streifte er sich das Shirt über den Kopf und pfefferte es in die Wäschetonne.

Als er nach dem Reißverschluss seiner Hose griff, streiften seine Finger die Stelle, an der Constanze seinen Bauch berührt hatte. Er hielt inne. Immerhin hatte sie ihn schon mal angefasst, wenn auch nicht ganz freiwillig. Er hüpfte aus der Jeans und versenkte sie ebenfalls in der Tonne, dann trat er unter die Dusche.

Abwesend ließ er sich das kühle Wasser ins Gesicht prasseln. Die Herausforderung, Constanze besser kennenzulernen, hatte auch einen Haken ... Je näher er ihr kam, desto näher kam sie zwangsläufig auch ihm. Je mehr er von ihrem Wesen erfuhr, umso stärker fühlte er sich zu ihr hingezogen. Sie beschäftigte ihn wie keine andere Frau. Dieses emotionale Interesse an ihr war bedenklich. Zum einen, weil sein Abtauchen nach Chile oberste Priorität besaß, zum anderen, weil er sich garantiert Schwierigkeiten einfing. Er zuckte die Schultern. Bedenklich? Vielleicht. Aber nicht genug, um seinem Ziel, Constanze für sich zu gewinnen, den Rücken zu kehren.

Er war noch nie der Typ Mann gewesen, der leicht aufgab. Solange Constanze ihm nicht unmissverständlich die Rote Karte zeigte, würde er an ihr dranbleiben. Inzwischen war klar, welches Fingerspitzengefühl es erforderte, sie aus ihrem selbst errichteten Schutzpanzer zu holen. Ihr auch körperlich wirklich nahe zu kommen – davon war er im Augenblick noch weiter entfernt als vom Mond. Trotzdem. Er würde nicht locker lassen, bis er auch das geschafft hatte. Irgendwie war er überzeugt davon, dass das Ergebnis jeden Aufwand rechtfertige. Und danach ...

Danach würde er weitersehen. Sinnend griff Silas nach einem Handtuch und schlang es um die Hüften. Offensichtlich war Chile gerade auf den zweiten Platz gerückt.

6.

Schmerzhafte Erinnerungen

Der Bücherstapel kam ins Rutschen. Unüberlegt machte Constanze einen Schritt zur Seite und trat mit dem Fuß in gähnende Leere. Noch ehe sie begriff, was geschehen war, gab es ein rumpelndes Geräusch und sie fand sich auf dem Betonboden wieder. Einen Moment lang tanzte die Deckenbeleuchtung vor ihren Augen Tango, dann klärte sich ihr Blick.

»Sabine, ist alles in Ordnung?« Hastige Schritte trommelten auf der Kellertreppe – oder war das ihr Herzschlag? Constanze war sich nicht sicher. Sie versuchte immer noch, es herauszufinden, als Beates Gesicht über ihr auftauchte.

»Sabine? Um Himmels willen, was ist passiert?« Die junge Angestellte kniete neben ihr und fasste nach ihrer Schulter. »Sabine, sag doch was.«

»Ich bin okay«, krächzte sie. Langsam hob sie die Hand an die Stirn. Noch immer waberte die Umgebung vor ihren Augen. Anscheinend war sie doch übler gefallen, als sie gedacht hatte. »Es geht schon wieder. Das ist nur der Schreck«, versuchte sie, sich ebenso zu beruhigen wie Beate. Langsam winkelte sie die Beine an und rappelte sich hoch.

Beate bot ihr die Hand. »Du stehst völlig neben dir. Soll ich einen Arzt rufen?«

»Es geht schon.« Constanze richtete sich auf. »In wenigen Minuten ist alles – autsch!« Reißender Schmerz in ihrem linken Knöchel machte ihr klar, dass sie sich irrte.

Beate legte einen Arm um Constanzes Taille. »Von wegen, nichts getan, dein Fuß wird ja schon ganz dick.«

Trotz aller Sorglosigkeit musste Constanze einräumen, dass Beate recht hatte. Na wunderbar. Ausgerechnet heute musste ihr das passieren. In nicht einmal vier Stunden würde Daniel Eliah und sie zum Kinobesuch abholen.

»Den musst du sofort hochlegen, sonst passt du morgen in keinen Schuh mehr«, mahnte Beate.

Constanze biss sich auf die Unterlippe. Beates Prognose war noch recht optimistisch gehalten. So, wie ihr Knöchel in den letzten Minuten an Umfang zugelegt hatte, konnte das schon gut heute Abend der Fall sein. Mist!

Sie holte tief Luft. Wenn sie schnell handelte, konnte sie bestimmt noch etwas dagegen ausrichten. Sie brauchte Eis, und zwar schnell. Der vertraute Gedanke ließ sie zusammenzucken. Diese Situation erinnerte so sehr an Michael-Zeiten, dass ihr das Grauen ins Genick fuhr. Übelkeit kroch in ihren Magen. Nein, diese Emotionen durfte sie nicht zulassen. Das hier war etwas ganz anderes. Ein Unfall. Nur ein Unfall.

»Sabine? Geht's dir wirklich gut? Du bist weiß wie eine Wand.« Die Furcht in Beates Stimme riss Constanze aus ihrer Starre.

»Ja.« Sie hob den Kopf. »Hilfst du mir bitte die Treppe rauf?« Mit zusammengebissenen Zähnen versuchte sie einen Schritt.

Beate setzte augenblicklich sämtliche Kraft ein, um ihr zu helfen. Schritt für Schritt erklommen sie die Treppe. Noch nie hatte Constanze so lange für die siebzehn Stufen gebraucht. Bis sie oben ankamen, war sie in Schweiß gebadet. Dumpfer Schmerz pochte in ihrem Knöchel und sie war unendlich froh, als sie sich endlich auf einen Bürostuhl setzen konnte.

»Bist du so gut und holst mir ein Geschirrtuch und einen Beutel Eiswürfel?«

Kaum war Beate zurück, faltete Constanze das Tuch um das Eis und drückte es vorsichtig auf ihren Knöchel. Erinnerungen blitzten auf. Wie oft hatte sie das in ihrem früheren Leben getan. Unzählige Male. Ihre Finger begannen zu zittern. Nur ein Unfall. Ein dummer Unfall …

»Geht's wieder? Du bist immer noch total blass.« Beate musterte sie mit Argusaugen.

Constanze nickte. »Es tut schon fast nicht mehr weh.« Sie räusperte sich. Ihre Vergangenheit hatte auch einen Vorteil. Sie war weitaus schlimmere Schmerzen gewohnt. Dagegen nahm sich ein verstauchter Knöchel als reinste Bagatelle aus.

Die Türklingel ertönte und Constanze und Beate drehten gleichzeitig die Köpfe. Beate legte den zweiten Eisbeutel auf den Schreibtisch. »Ich gehe nach vorn. Kommst du zurecht?«

»Ja, danke.« Constanze drückte den Eisbeutel noch einige Minuten auf den Knöchel, dann legte sie ihn ab. Vorsichtig erhob sie sich und stellte den Fuß auf den Boden. Nach einem ersten bösartigen Stich ließ sich der Schmerz aushalten. Na bitte, wer sagte es denn. Der Abend war gerettet. Sie wollte den Kinobesuch mit Daniel nur ungern verschieben. Eliah sprach von nichts anderem. Seine offensichtliche Vorfreude hatte ihre Bedenken vor dem Wiedersehen ein wenig gedämmt. Wie immer, wenn sie bewusst an Daniel dachte, begann auch jetzt ihr Herz schneller zu klopfen. Daran musste sie unbedingt noch arbeiten, sonst war es nur noch eine Frage der Zeit, bis er ihre Nervosität ansprechen würde. Susanne hatte ja keine Ahnung, was sie bei ihrem letzten Gespräch von ihr verlangt hatte. Den Dingen ihren Lauf lassen ... Einfacher gesagt als getan.

Mit schlurfenden Schritten verließ sie das Büro.

»Was um Gottes willen machst du da?« Mit vorwurfsvoller Miene eilte Beate auf Constanze zu. »Wenn ich an deiner Stelle wäre, hättest du mich wahrscheinlich schon längst in einen Krankenwagen verfrachtet.«

Constanze lächelte. »Das sieht schlimmer aus, als es ist.«

»Aber wenn es nicht mehr geht, dann sagst du es, ja?«
»Natürlich.«

Es ging schon nach einer Stunde nicht mehr, aber Constanze ließ sich nichts anmerken, weil sie wusste, dass Beate wegen einer Wohnungsbesichtigung den Nachmittag freinehmen wollte. Nachdem sie ihr gefühlte tausend Mal versichert hatte, klarzukommen, machte Beate schließlich Feierabend.

Constanze kämpfte sich die verbleibenden Stunden mühsam durch. Zum ersten Mal, seit sie den Laden eröffnet hatte, war sie froh, früher schließen und nach Hause gehen zu können. Schon auf dem Weg zur U-Bahn wurde jeder Schritt zur Tortur, doch es waren die Stufen zu ihrem Haus, die ihr schließlich bewiesen, dass sie mit ihrem Knöchel keinen Blumentopf mehr gewinnen konnte. Mit zusammengebissenen Zähnen öffnete sie die Eingangstür und humpelte in den Flur. Nach einem raschen Blick auf die Uhr war klar, dass es viel zu spät war, das Treffen mit Daniel abzusagen. In nicht einmal zwanzig Minuten würde er sie abholen. Wahrscheinlich war er sogar schon unterwegs. Eine aufwühlende Vorstellung.

Eliah kam die Treppe heruntergefegt. »Hallo Mama. Wo hast du denn die Kinogutscheine?« Aufgeregt sprang er um sie herum.

Constanze drückte ihn an sich. Nein, sie konnte unmöglich absagen. »Die sind in meiner schwarzen Handtasche, damit sie nicht verloren gehen. Hat mit Sebastians Mutter alles geklappt?«

»Klar. Ich bin doch hier, oder?«

Constanze lachte und wartete, bis Eliah ins Wohnzimmer getollt war, dann schlüpfte sie vorsichtig aus den Schuhen. Ächzend tastete sie ihren Knöchel ab. Vielleicht würde eine Salbe helfen.

»Komm doch rein, wir sind sofort fertig.« Constanze drehte sich zur Seite, damit Daniel in den Flur treten konnte.

»Gern.« Er betrachtete sie und runzelte die Stirn.

Constanze hängte sich ihre Handtasche über die Schulter. Als sie sich umdrehte, rannte sie fast in ihn, weil er plötzlich direkt hinter ihr stand. Überrascht hob sie den Kopf.

»Hast du dich verletzt?«, fragte er so unverblümt, dass ihr entgeistert der Mund aufklappte.

»Woher weißt du ...?« Konnte der Mann etwa hellsehen?

Daniel zeigte auf ihre Beine. »Du bewegst dich anders. Ist alles in Ordnung?«

»Nicht weiter schlimm, nur eine harmlose Verstauchung«, versicherte sie, als er vor ihr in die Hocke ging.

»Welcher Fuß? Lass mal sehen.«

»Der linke.«

Er griff nach dem weiten Stoff ihrer Hose und hob ihn an. Seine kräftigen Finger umschlossen fast vollständig ihre Wade, während er ihre Fußsohle auf seinem Knie absetzte. Constanzes Haut begann sofort zu prickeln. Langsam wurde das schon zur Gewohnheit.

Daniel fluchte leise, als er den bläulich verfärbten Knöchel sah. »Das muss höllisch wehtun.« Er blickte betroffen zu ihr auf. »Damit kannst du unmöglich rumlaufen. Warst du schon beim Arzt?«

Constanze schüttelte den Kopf.

»Das solltest du schleunigst nachholen«, murmelte er und tastete vorsichtig über die Schwellung.

Constanze spürte seine Fingerspitzen kaum, trotzdem begannen ihre Zähne zu klappern. Teils vor Nervosität, weil er sie berührte, teils vor Schock. Der Knöchel sah wirklich zum Fürchten aus. Zu allem Übel spürte sie, wie ihr schwindlig wurde. Ohne auch nur eine Winzigkeit zu zögern, stützte sie sich mit beiden Händen auf seinen Schultern ab. In diesem Moment war es ihr ausnahmsweise herzlich egal, ob sie ihn anfasste. Alles war vertretbar, wenn man kurz davorstand, schmählich umzukippen.

Daniel sah es offenbar genauso, denn er reagierte nicht weiter darauf, als wäre es völlig normal, dass sie an ihm Halt suchte. Ungestört fuhr er mit seiner Erkundung fort. Sie spürte jede Bewegung seiner kräftigen Schultermuskeln unter den Händen, während er ihren Fuß achtsam wieder abstellte. Die Vertraulichkeit dieses Augenblicks setzte ihr zu. Im Park hatte sie seinen Bauch berührt, jetzt seine Schulter. Was kam als Nächstes?

So oft wie Daniel hatte sie seit Jahren keinen Mann berührt. Und einen, dessen Körper sich wie ein gespanntes Drahtseil anfühlte, noch nie. Alarmiertes Flimmern nistete sich in ihrer Magengrube ein. Als würde es etwas ändern, zog sie ihre Hände zurück, sobald sich ihr Kreislauf einigermaßen stabilisiert hatte.

»Gebrochen scheint nichts zu sein.« Daniel richtete sich auf. »Aber böse gezerrt ist er allemal. Du solltest den Knöchel möglichst wenig belasten.«

Eliah tauchte im Türrahmen auf. »Wo bleibt ihr denn? Wir verpassen noch die Bahn.«

»Eliah, ich glaube, deine ...«, begann Daniel, aber Constanze fiel ihm ins Wort.

»Wir kommen gleich. Schatz, bist du so lieb und schaust, ob im oberen Stock alle Fenster zu sind?«

»In Ordnung.« Eliah drehte sich um und polterte die Treppe hinauf.«

»Er hat sich so auf diesen Abend gefreut, den möchte ich ihm nicht verderben«, gestand sie. »Bitte lass uns gehen. Sobald wir im Kino sind, kann ich mich ja setzen. Das schaff ich schon.«

»Bist du sicher?«

Constanze nickte. »Ja.« Sie setzte eine entschlossene Miene auf.

»Lass mich den Knöchel wenigstens bandagieren. Nicht, dass du noch mal umknickst. Hast du einen elastischen Verband?«

»In der Küche. Der kleine Eckschrank, oberstes Fach.« Constanze wies ihm die Richtung und folgte ihm mit dem Blick. Über die v-förmige Silhouette seines Rückens blieb sie schließlich an seiner verwaschenen Jeans hängen. Einer Jeans, in der ein wirklich knackiger Hintern steckte ...

Daniel drehte sich um. Constanze riss hastig den Kopf nach oben. Verlegene Röte schoss ihr ins Gesicht. Wie konnte sie nur dastehen und ihm derart offensichtlich auf die Kehrseite glotzen? Peinlicher ging es nicht. Hoffentlich hatte er es nicht bemerkt.

Er lächelte sie kurz an und verschwand in der Küche. Während sie ihn am Schrank hantieren hörte, sank Constanze auf eine Treppenstufe und streckte den verletzten Fuß von sich.

Daniel kam schneller mit dem Verband zurück, als sie Zeit brauchte, um ihre flatternden Nerven zu beruhigen. Er trat dicht vor sie hin. Als er sich über ihren Knöchel beugte, fielen ihm seine dunklen Haare in die Stirn und verbargen sein Gesicht. Constanze hatte seinen Nacken direkt vor Augen. Er besaß wirklich schöne Haut. Glatt und tief gebräunt. Sie schloss die Augen. Vielleicht ließ sich auf diese Weise seine beunruhigende Nähe elegant ausblenden ...

Weit gefehlt. Kaum konnte sie ihn nicht mehr sehen, registrierte ihre Nase seinen Geruch umso deutlicher. Er verströmte den gleichen angenehmen Duft nach Seife und Mann wie im Park. Und daran erinnerte sie sich deshalb so gut, weil sie auf ihm gelegen hatte. Schnell klappte sie die Augen wieder auf. Diese Erinnerung konnte sie jetzt wahrlich nicht gebrauchen. Angelegentlich fixierte sie ihren Knöchel. Immer noch besser, als Daniel anzublicken. Die Lippen aufeinandergedrückt verfolgte sie, wie er mit flinken Bewegungen den Verband um ihren Fuß wickelte. Sie beugte sich weiter vor, einzig darauf aus, sich von ihm abzulenken. Fast hätte sie es geschafft – bis ihre Wange versehentlich sein Haar streifte. Sie zuckte zurück.

»Tut's weh?«

»Nein. Es ... entschuldige.« Nicht einmal, wenn ihr Leben davon abgehangen hätte, hätte Constanze es in diesem Moment fertiggebracht, seinem Blick zu begegnen. Schon gar nicht aus dieser geringen Entfernung.

Daniel zog die Lagen sorgfältig fest. »Geht's oder soll ich es etwas lockerer machen?«

Irgendwann musste Constanze wohl oder übel aufblicken. Noch ausgiebiger konnte sie ihren Fuß beim besten Willen nicht betrachten. Vorsichtig schielte sie zu ihm hoch. Gleich im nächsten Moment wünschte sie, sie hätte es nicht getan.

Sein Gesicht war dem ihren nah genug, dass sie kleine dunkle Splitter in seinen hellen Iris erkennen konnte. Gefrorene Sterne. Atemberaubend.

Ihr Herz pochte mit einem Mal laut gegen ihre Rippen. Überdeutlich wurde ihr bewusst, wie wenig er sich hätte vorbeugen müssen, um sie küssen zu können. Das war nicht gut.

Trotzdem rührte sie keinen Muskel. Die Intensität dieses Augenkontakts wirkte wie ein Energiefeld, das sie vollkommen in sich gefangen hielt. Gebannt starrte sie ihn an. Seine dichten schwarzen Wimpern senkten sich leicht. Eine minimale Bewegung mit einer ungemein sinnlichen Wirkung ... Nein, gar nicht gut. Er würde doch nicht ...

Adrenalin schoss durch ihre Blutbahnen und durchbrach die Bewegungslosigkeit. Verstört lehnte sie sich zurück. »Der Verband sitzt genau richtig, danke«, krächzte sie, bereit, alles zu bestätigen, was ihn auf Abstand brachte.

»Keine Ursache.« Daniel sicherte den Verband mit einer Klammer und trat einen Schritt zurück. Constanze unterdrückte ein erleichtertes Stöhnen. Wenn er ihr weiterhin so zusetzte, starb sie an einem Herzinfarkt, noch bevor sie dreißig war.

Er reichte ihr eine Hand und half ihr von der Stufe auf.

Erstaunt spürte sie, dass der Schmerz sich in Grenzen hielt. Sie ging einige vorsichtige Schritte durch den Flur.

Daniel striegelte sich die Haare aus der Stirn. »Und? Besser?«

»Viel besser.«

Eliah kam die Treppe heruntergerannt. »Alle Fenster sind zu, können wir jetzt los?«

Constanze nickte. »Wir können.«

Als sie langsam die Stufen zur Straße hinunterstiegen, linste sie heimlich in Daniels Richtung. Eine verwirrende Mischung aus Erleichterung und Enttäuschung geisterte durch ihren Körper. Fast so, als hätte sie einen bevorstehenden Fallschirmsprung in letzter Sekunde abgebrochen. Resolut schüttelte sie den Gedanken ab. Welch abwegiger Vergleich. Wahrscheinlich war diese Empfindung bloß ein Produkt ihrer überreizten Nerven. Doch schon, als sie sich diese Erklärung zurechtlegte, schwante ihr, dass die knisternde Spannung zwischen ihnen mitnichten Einbildung gewesen sein konnte.

Sie verdrängte das beunruhigende Thema und warf stattdessen einen Blick auf die Uhr. Die Bahn fuhr in knapp zwanzig Minuten. Wenn sie keine weitere Zeit mehr vertrödelten, konnten sie es noch schaffen.

Daniel neben ihr, der ihre Zeitkontrolle richtig deutete, schüttelte den Kopf. »Wir nehmen den Wagen«, schlug er rücksichtsvoll vor und zeigte auf einen schwarzen, einige Meter entfernt parkenden BMW. Constanze blieb die Spucke weg. Das war sein Wagen?

Eliahs Reaktion ging in dieselbe Richtung: »Wow!« Staunend marschierte er auf das edle Sport-Coupé zu. »Ist das echt deiner? Der ist ja stark.«

Daniel zuckte unbekümmert die Schultern. »Ich bin geschäftlich viel unterwegs. Der Wagen ist quasi mein zweites Zuhause.« Er entriegelte das Fahrzeug, öffnete die Beifahrertür und ließ Eliah auf die Rückbank klettern.

Dann wartete er, bis Constanze eingestiegen war, bevor er um das Coupé herumging.

Ehrfürchtig bestaunte sie den Innenraum. Sie hatte ganz vergessen, wie schön teure Wagen waren. Michael hatte nur solche Autos gefahren. Kraftpakete, deren Anschaffungskosten jenseits von Gut und Böse lagen. Es hatte etwas Befremdliches, wieder ihn solch einem Fahrzeug zu sitzen.

Daniel stieg ein und drehte sich zu Eliah um. »Alles klar da hinten? Bist du angeschnallt?«

»Kann losgehen.«

»Das schaffen wir locker. Was meinst du«, wandte sich Daniel an Constanze. »Ist die Zoobrücke schneller als über die Deutzer?«

»Um diese Zeit müsste die Zoobrücke eigentlich frei sein, die Strecke ist kürzer.«

»Gut.« Nach einem kurzen Blick in den Rückspiegel fuhr Daniel los.

Schon nach wenigen Metern erkannte Constanze, dass Fahrer und Wagen ein perfekt aufeinander eingespieltes Team bildeten. Aber das war nicht das Einzige, was ihr auffiel. Es war auch sein Fahrstil. Forsch, aber nicht aggressiv. Zügig, aber nicht zu schnell. Bei Michael hatte sie sich immer wie auf einer ungesicherten Rennstrecke gefühlt, ständig damit gerechnet, in der nächsten Kurve an einen Baum zu krachen. Davon konnte bei Daniel keine Rede sein. Etwas entspannter lehnte sie sich zurück und genoss die Fahrt. Was Susanne wohl gesagt hätte, wäre sie jetzt hier gewesen? Ihre Freundin schwor darauf, am Fahrstil eines Mannes seinen Charakter ablesen zu können und die Art, wie er ... und noch einiges anderes. Verschämt blickte sie auf die Straße.

Ganze zehn Minuten früher als mit der S-Bahn erreichten sie den Kinokomplex. Daniel steuerte den Wagen vor den Haupteingang und ließ Constanze und Eliah aussteigen, ehe er sich auf die Suche nach einem Parkplatz machte. Constanze nahm Eliahs Hand und ging mit ihm gemächlich in die riesige Eingangshalle. Dank Daniels geschickter Fahrweise hatten sie noch ausreichend Zeit, bis der Film begann. Constanze war ihm unendlich dankbar. Schon das kurze Stück bis zum Kartenschalter machte ihrem Knöchel schwer zu schaffen. Nicht auszudenken, wie es erst gewesen wäre, hätte sie den langen Fußweg zur S-Bahn zurücklegen müssen.

Erwartungsgemäß ging fast eine Viertelstunde ins Land, bis Daniel leichtfüßig ins Gebäude gelaufen kam. Kaum außer Atem blieb er vor ihnen stehen. »Habt ihr die Karten?«

»Hier.« Eliah zückte die Pappkärtchen und winkte mit einer Tüte Popcorn.

Daniel schob seine Hände in die Hosentaschen und beugte sich vertraulich zu Constanze. »Wenn ich euch das nächste Mal suche, folge ich einfach der Popcornspur. Dabei kann gar nichts schiefgehen.«

Constanze musste lachen. »Hoffentlich kommt das Reinigungspersonal nicht auf dieselbe Idee, sonst haben wir ruckzuck Hausverbot.«

»Nicht nur wir.« Er nickte in Richtung eines kleinen Mädchens mit blonden Zöpfen, das sein Popcorn eifrig einem Parkautomaten verfütterte. Als die Mutter schimpfend angerannt kam, grinsten sich Daniel und Constanze an. Für einen winzigen Moment spürte sie den Impuls, sich einfach bei ihm unterzuhaken, so, wie sie es oft bei Susanne tat. Erschrocken ballte sie die Hände. Was war denn nur in sie gefahren?

Ohne Eile folgten sie Eliah in den Kinosaal. Als sie die richtige Sitzreihe gefunden hatten, legte Daniel seine Hand in Constanzes Rücken, um sie vorbeizulassen. Die flüchtige Berührung erzeugte ein warmes Brennen, das sich auch nicht verflüchtigte, nachdem er Constanze längst wieder losgelassen hatte. Sie machte sich Gedanken, ihn nicht zu oft zu berühren. Er offenbar nicht. Auch ohne akribisch Bilanz zu ziehen, war allmählich klar, dass sich die Gelegenheiten, bei denen er zufällig oder absichtlich mit ihr in Kontakt kam, beständig häuften.

Die Aussicht, in dem dunklen Kino stundenlang neben Daniel zu sitzen, tat ein Übriges. Seit der Begegnung im Aufzug hatte sich ihre Reaktion auf ihn nicht im Geringsten verringert. Eher entgegengesetzt. Sie wurde immer stärker. Keine ermutigende Entwicklung.

Eliah rettete sie aus ihrer Bredouille. Um neben Daniel und ihr gleichzeitig sitzen zu können, wählte er ohne zu zögern den mittleren Platz. Constanze schalt sich für die Erleichterung, die sie dabei empfand. Was hätte in einem Kino voller Menschen denn schon geschehen können? Die Antwort war eindeutig: nichts. Zumindest nichts, was von Daniel ausging. Dass sie in seiner Gegenwart auf glühenden Kohlen saß, war nun wahrlich nicht seine Schuld. Ihre Nervosität und Abneigung lag an ihrer scheußlichen Vergangenheit.

Lüge, flüsterte eine penetrante Stimme in ihrem Kopf. Was Daniels Nähe auch immer in ihr auslöste, Abneigung war es jedenfalls nicht.

Ein Paar mit drei Mädchen bahnte sich seinen Weg durch ihre Sitzreihe. Constanze setzte sich etwas schräg, bis die Familie vorbei war, dann lehnte sie sich zurück und sah ihnen zu, wie sie lachend und schwatzend ihre Plätze einnahmen. Sie hatte sich immer ein normales Leben für Eliah gewünscht. Leider konnte sie ihm den Vater nicht ersetzen. So richtig war ihr das erst nach dem Tag im Park bewusst geworden. Nein, sie konnte den männlichen Teil der Familie nicht ausfüllen – aber Daniel konnte es. Sie schluckte. Wie sehr sich Eliah wünschte, er würde ein fester Teil ihres Lebens werden, zeigte seine Verhaltensweise. Das Problem war nur: Ging dieser Wunsch in Erfüllung, würde Daniel nicht nur Teil von Eliahs Leben werden, sondern auch von ihrem.

Der Gedanke ließ sie den ganzen Film über nicht los. Was sollte sie tun? Rechtfertigte ihre panische Angst, den Kontakt mit Daniel ein für alle Mal abzubrechen? Selbst wenn sie wusste, wie gern Eliah ihn hatte? Selbst wenn sie wusste, dass auch sie sich immer mehr zu ihm hingezogen fühlte? Wog ihre Vergangenheit wirklich so schwer oder war es schlicht Feigheit, die sie davon abhielt, dieses Terrain noch einmal betreten zu wollen?

Als sie das Kino verließen, hatte sie immer noch keine Antwort gefunden.

Silas spürte, dass irgendetwas nicht stimmte. Er konnte förmlich mit Händen greifen, wie in sich gekehrt und unsicher Constanze plötzlich war.

»Wie geht's deinem Knöchel?« Vielleicht hatte sie einfach Schmerzen, mutmaßte er, obwohl ihr Gang eigentlich etwas anderes bezeugte.

Erwartungsgemäß schüttelte sie den Kopf. »Gut. Dein Verband wirkt wahre Wunder.«

»Schön.« Silas rieb sich ratlos den Nacken. Das war es also nicht. Irgendwie verstärkten sich die Anzeichen, dass sie sich immer gekonnter vor ihm verkroch. Was auch immer er tat, er kam keinen Schritt voran. Das Innere dieses zierlichen Wesens war ihm ein unergründliches Mysterium – jedenfalls im Moment noch. Wäre Eliah nicht dabei gewesen, hätte er versucht, sie aus der Reserve zu locken. Und das war etwas, worin er sehr geschickt war. Er bekam normalerweise alles raus – vorausgesetzt, er legte es darauf an. Und bei Constanze tat er das eindeutig. Vielleicht sollte er einfach seinem Instinkt vertrauen und sie dazu bringen, von sich aus zu ihm zu kommen. Keine leichte

Aufgabe, wenn man ständig damit beschäftigt war, seine Finger unter Kontrolle zu halten.

»Danke, dass du uns zum Kino gefahren hast«, sagte Constanze vor ihrer Haustür und rang verlegen die Hände. Sie schob Eliah ins Haus. »Geh bitte schon mal ins Bad und putz dir die Zähne, Schatz. Ich komme sofort nach.«

Silas grinste sie gut gelaunt an. Jetzt hatte er sie endlich einen Moment für sich allein. »Hab ich doch gern gemacht.«

»Der Abend hat Eliah sehr viel bedeutet.« Angespannt strich sie sich eine imaginäre Strähne hinters Ohr.

Silas hätte beinahe geschmunzelt. Ihre Nervosität war so offensichtlich, als stünde sie auf ihre Stirn gedruckt. Ein Gentleman hätte ihr Eingeständnis unkommentiert gelassen und sich höflich verabschiedet. Silas tat keines von beidem.

»Geh mit mir aus«, bat er stattdessen leise.

»Was?«

»Geh mit mir aus«, wiederholte er ernst und blickte ihr in die riesigen braunen Augen. Sie blinzelte erschrocken und zog die Schultern in die Höhe. Eine Geste, die sowohl Abwehr als auch Verletzlichkeit ausdrückte. Doch Silas ließ sich nicht vom Kurs abbringen. »Bitte.«

Seine warme Stimme verursachte Constanze Gänsehaut. Jetzt, plötzlich vor die Entscheidung gestellt, siegte die Feigheit, ohne dass sie etwas dagegen unternehmen konnte.

»Ich weiß nicht …« Fieberhaft suchte sie nach einer glaubhaften Ausrede. Langsam gingen ihr die Argumente aus. Schlimmer noch, eigentlich gab es außer ihrer irrationalen Angst keinen Grund, ihn nicht wiederzusehen. Wirklich überhaupt keinen. »Daniel, ich …«

»Nicht.« Zwei Finger legten sich mit sanftem Druck auf ihre Lippen.

Von der unerwarteten Berührung völlig perplex, konnte sie ihn einfach nur reglos anstarren. Zum zweiten Mal an diesem Abend verlor sie sich in den silbernen Tiefen seiner Augen. Noch nie war ihr ein Mann begegnet, der eine solch elementare Präsenz ausstrahlte. Einige Herzschläge lang hatte sie das Gefühl, er würde mit diesem teuflisch intensiven Blick jede ihrer Schutzmechanismen durchdringen, dann spürte sie, wie sein Daumen hauchzart ihre Unterlippe umrandete. Eine Liebkosung, deren filigrane Sanftheit sie endgültig aus der Bahn warf. Augenblicklich begannen ihre Nerven zu knistern. Ihr Herz pochte viel zu schnell und es kostete sie unverschämt viel Kraft, nicht kopflos ins Haus zu flüchten.

»Sag einfach ja«, bat er ruhig und senkte die Hand. »Es ist doch nur ein Essen.«

Seine leise Bitte bewirkte schlagartig, dass sie ihren erbitterten Widerstand als seltsam deplatziert empfand. Kritisch versuchte sie, die Sache von einem normalen – nicht Michael verseuchten – Standpunkt aus zu beurteilen. Das Ergebnis war klar: Daniel hatte recht. Was war schon dabei? Sie räusperte sich.

»Also gut, Essen – mehr aber nicht.« Gütiger Himmel, was sagte sie denn da? Das klang ja, als rechnete sie damit, Daniel könnte sich bei nächster Gelegenheit auf sie stürzen.

Er nahm die infame Unterstellung erstaunlich gelassen auf. »Versprochen, nur das Essen. Wir machen nichts, was du nicht auch willst.« Daniel hob wie zum Schwur die Hand, grinste aber so jungenhaft, dass sich Constanze unwillkürlich an Mr. Pepper erinnert fühlte, wenn er gerade eine Maus gefangen hatte. Sie schluckte. *Wir machen nichts, was du nicht auch willst ...* Wie hatte er das gemeint? Plötzlich beschlich sie das dumme Gefühl, mit ihrem unbedachten Einwurf ein rotes Tuch vor seiner Nase geschwenkt zu haben.

»Samstag?«, erkundigte sich Daniel mit blitzenden Augen.

»Samstag wäre gut. Wohin gehen wir denn?«

»Lass dich überraschen, ich hol dich gegen acht ab, in Ordnung?

»Okay.« Wenn schon wagemutig, dann richtig.

»Gute Nacht.« Er steckte die Hände in die Hosentasche und schlenderte immer noch lächelnd die Treppe hinab.

»Wünsch ich dir auch.« Sie blickte ihm einen Augenblick nach, dann schloss sie bedächtig die Tür. Gleich darauf lehnte sie sich schimpfend dagegen.

O Gott, wie konnte sie nur? Aufgewühlt fasste sie sich an den Hals. Sie hatte sich leichtfertig auf ein weiteres Treffen mit ihm eingelassen. Ein echtes Date. Nur sie und er … Ihr Magen begab sich schon jetzt auf eine Kreisbahn. Sie presste die Augen zu. Herzschlag mit neunundzwanzig und dann auch noch selbst verschuldet.

Es war unklug gewesen, ihn im Flur so nah an sich heranzulassen. Aber statt aus diesem Fehler zu lernen, machte sie gleich lauter neue. Als er sie eben berührt hatte, war sie nicht einmal im Entferntesten auf die Idee gekommen, ihm auszuweichen. Wie denn auch? Noch nie hatte ein Mann sie so zärtlich liebkost. Sanft wie ein Lufthauch – aber mit Folgen, die eher an einen Taifun erinnerten. Unruhig stieß sie sich von der Tür ab. Als sie ins Wohnzimmer humpelte, wanderte ihr Blick beinahe zwanghaft zur Treppe. Wie wäre es erst gewesen, hätte er sie tatsächlich …

»Verdammt noch mal!« Constanze schlug die Hände vors Gesicht. »Hör auf damit! Hör sofort auf! Niemand küsst hier irgendwen.« Als sie begriff, dass sie die Worte laut ausgesprochen hatte, kniff sie erschrocken den Mund zu. Jetzt führte sie schon Selbstgespräche. Frustriert setzte sie sich aufs Sofa und stützte sie den Kopf aufs Knie.

Sie machte sich etwas vor. Auch wenn sie sich noch so oft einredete, die Begegnungen mit Daniel seien harmlos – sie waren es definitiv nicht. Schon jetzt, nach wenigen Tagen, beschäftigte er sie mehr als jeder andere Mann – und sicher mehr, als gut für sie war. Er brauchte sie nur anzutippen und schon begaben sich in ihrem Körper Millionen Ameisen auf Wanderschaft.

Das Telefon klingelte. Das helle Geräusch durchbrach ihre Grübelei derart abrupt, dass sie fast vom Sofa fiel. Eine Hand auf das klopfende Herz gepresst hob sie ab. »Anger.«

»Hey, Sanne hier«, meldete sich ihre Freundin. »Ich wollte – was ist los? Bist du ans Telefon gerannt?«

»Nein, warum?« Constanze betrachtete den Verband in ihrer Hand. Rennen mit einem blauen Knöchel? Wie denn?

»Du klingst so aus der Puste.« Susanne stutzte. »Ich störe doch nicht grad bei was, oder?«

»Natürlich nicht, wo denkst du hin.« Constanze schüttelte ungläubig den Kopf. Susanne hatte vielleicht Nerven. Was glaubte sie denn, was sie mit Daniel trieb? Nichts, nur sich von ihm berühren lassen ... Hastig warf sie den Verband auf den gegenüberstehenden Sessel, als könnte sie dadurch das Geschehene ein für alle Mal aus ihrem Kopf tilgen.

»Schade.« Susannes Enttäuschung kroch förmlich durchs Telefon. »Ist er schon wieder weg?«

Constanze brauchte nicht zu fragen, wen sie meinte. »Ja, Daniel hat sich gerade eben verabschiedet.«

»Aha, und warum bist du dann so außer Atem?«

»Ich bin heute Morgen im Lager von der Leiter gepurzelt. Bis auf einen verstauchten Fuß ist mir nichts passiert. Der ist jetzt schick blau und tut dementsprechend weh.«

Susanne zog scharf die Luft ein. »Autsch. Das klingt übel. Warst du beim Arzt?«

»Nein. Ich glaube nicht, dass es was Ernstes ist. Der Knöchel ist zwar noch geschwollen, aber mit dem Verband, den Daniel angelegt hat, ging's heute Abend schon wieder recht gut.«

»Er hat deinen Fuß bandagiert? Interessant.« Die Besorgnis in Susannes Tonfall wich schlagartig gespannter Neugierde.

»Ja, das kann man so sagen. Es war ein komisches Gefühl, ihn so nah vor mir zu haben.«

»Gut oder schlecht komisch?«

»Vielleicht zu gut?«

»Wirklich? Warum denn?«

Constanze blickte zum Flur. »Ich glaube ... einen Moment lang hatte ich den Eindruck ...«

»Ja?«

»Ich glaube, er hätte mich fast geküsst«, platzte sie raus.

»Und weshalb hat er's nicht getan?«

Constanze atmete tief ein. »Ich habe gekniffen.«

»Verstehe«, murmelte Susanne, nicht im Geringsten überrascht. »Weil du Angst davor hattest.«

»Ich kann das nicht.« Constanze spürte, wie ihr Tränen in die Augen schossen. Wütend blinzelte sie sie zurück. »Ich werde noch verrückt. Irgendwas in mir fragt sich ständig, wie es wohl wäre, Daniel nahezukommen. Aber wenn es darauf hinausläuft, ist da nur noch diese Panik. Ich denke immer noch ...« Sie schluckte. »Ich denke immer noch an diesen Albtraum mit Michael. Manchmal fühlt es sich an, als wäre alles erst gestern gewesen und nicht schon Jahre her.«

»Glaubst du denn, Daniel würde sich genauso brutal und rücksichtslos benehmen?«, fragte Susanne einfühlsam.

»Nein, bestimmt nicht.« Constanze war verblüfft, wie überzeugt sie davon war. »Er hat mich schon berührt ... das war unglaublich schön, Sanne. Gar nicht, wie ich erwartet hätte ...« Sie erzählte von den letzten Minuten an der Haustür.

»Hast du schon einmal in Erwägung gezogen, es einfach auszuprobieren?«, fragte Susanne, nachdem Constanze geendet hatte. »Nimm dir so viel Zeit, wie du brauchst. Ich glaube nicht, dass Daniel zu der Sorte Mann gehört, die sich einer Frau aufzwingen würden. So, wie du ihn mir beschrieben hast, hat er das auch gar nicht nötig. Vielleicht ist er derjenige, mit dem du Michael ein für alle Mal überwinden kannst.« Sie überlegte kurz. »Du hast mir doch neulich erzählt, dass Roland dich auf den Ball begleiten möchte.«

»Ja«, antwortete Constanze, etwas überrumpelt von dem plötzlichen Themenwechsel. »Ich muss noch eine Lösung finden, wie ich ihm das wieder ausreden kann.«

»Daniel könnte als dein Begleiter mitgehen.«

»Was?«, Constanzes Herz hüpfte bis zur Decke. »Du meinst doch nicht ... Willst du damit sagen, dass ich ihn fragen soll?«

»Genau das«, Susanne war mit jeder Minute begeisterter. »Damit würdest du Roland einen Strich durch die Rechnung machen, einen netten Abend mit Daniel verbringen und ganz nebenbei lerne ich diesen Traummann auch mal kennen. Na, was sagst du?«

Constanze holte tief Luft. Zugegeben, Susannes Einfall war einleuchtend. Daran gab es nichts zu rütteln – von der unbedeutenden Tatsache einmal abgesehen, dass sie mit Daniel quasi als Paar auftreten würde. Aufregung und Angst fochten in ihrem Inneren einen erbitterten Kampf. Einen Ballabend ... tanzen ... dicht aneinander ... Sie schluckte.

»Bist du noch dran?«, erkundigte sich Susanne, als sich das Schweigen in die Länge zog.

»Entschuldige, ich denke noch nach.«

»Da gibt's nichts nachzudenken, Biene. Wenn du die Wahl zwischen Daniel und Roland hättest, mit wem würdest du lieber gehen?«

»Ich könnte ja auch allein gehen.«

»Aber du vergisst, dass Roland ohnehin als Berichterstatter seiner Zeitung auf dem Ball sein wird. Und wie lange, glaubst du, würde es wohl dauern, bis er dich unter Beschlag nimmt? Zwei Minuten? Drei?«

Constanze stöhnte unterdrückt. Daran hatte sie noch nicht gedacht. »O nein.«

»O doch. Frag Daniel. Ich glaube, dann wird es ein toller Abend.«

Das vermutlich schon, stimmte Constanze ihrer Freundin gedanklich zu. Aber wie sie dabei ihren dringend nötigen inneren Abstand wahren sollte, war ihr absolut schleierhaft. »Also gut, vielleicht hast du recht«, hörte sie sich trotzdem sagen. »Ich frage ihn, falls es sich ergibt.«

»Schön. Es wird sich ergeben, und du wirst es bestimmt nicht bereuen. Klappt unser Ballkleid-Shopping-Trip am Mittwoch?«

»Aber klar. Ich freue mich, bis nächste Woche dann.«

»Ja, schlaf gut.«

Wie in Trance legte Constanze den Hörer auf. Daniel fragen? Schon bei dem Gedanken daran bekam sie feuchte Hände. Selbst wenn sie irgendwoher den Mut auftreiben konnte, hatte sie dennoch keinen blassen Schimmer, wie sie das bewerkstelligen sollte. Vielleicht auf die saloppe Art. *Ach Daniel, wärst du so nett, mir mal kurz wegen einem aufdringlichen Nachbarn zu helfen?* Unmöglich! So etwas Blödes konnte sie beim besten Willen nicht sagen.

Was also sonst?

Dass sie ihn mochte? Dass seine Berührung sie völlig aus dem Konzept brachte? Unmöglich hoch zehn.

Aufgewühlt arbeitete sie sich die Treppe hinauf. Egal welche Worte auch immer durch ihren Kopf rauschten, eines blieb gewiss. Sie musste den ersten Schritt machen. Einen Schritt, der definitiv in seine Richtung ging ...

Constanze blieb keuchend stehen und ruhte sich ein Weilchen aus. Vielleicht machte sie sich völlig umsonst verrückt. Vielleicht hatte er gar keine Zeit. Vielleicht fand er einen Ball uninteressant. Vielleicht. Vielleicht. Vielleicht.

Es gab tausend plausible Gründe, die Daniel als Entschuldigung anführen konnte. Warum nur hatte sie dann das untrügliche Gefühl, er würde sofort zusagen?

7.

Zu viele Fragen

Das Handy gab ein melodisches Summen von sich. Silas drehte den Kopf, blieb aber lang ausgestreckt auf dem Bett liegen. Er kniff die Augen zusammen und entzifferte die angezeigte Zahlenfolge. Wieder die unbekannte Nummer, die schon mehrfach im Display erschienen war. Stirnrunzelnd nahm er das Telefon vom Nachttisch. Wer das auch war, er musste herausfinden, woher diese Person seine Nummer hatte. Er drückte eine Taste.

»Ja?«

»Aha, du lebst also noch«, meldete sich eine tiefe Männerstimme mit hörbar südländischem Akzent.

»Nevio.« Silas entspannte sich. »Hey, altes Haus. Was gibt's?«

»Das Übliche.« Nevios Grinsen spiegelte sich in seinem Tonfall wider. »Ich dachte schon, du hättest das Zeitliche gesegnet. Hab schon einige Male versucht, dich zu erreichen.«

»Du warst das also.« Silas runzelte die Stirn. »Ich hab deine Nummer nicht erkannt, sonst hätte ich dich zurückgerufen.«

»Ich habe ein neues Telefon.« Nevio schnaubte schicksalsergeben. »Maria hat mein altes in der Toilette versenkt, weil ich ihr nicht erlaubt habe, es mit in die Schule zu nehmen.«

Er lachte lauthals. »Wie geht's dem kleinen Sonnenschein?«

»Wird immer hübscher, genau wie ihre Mutter.«

Silas winkelte ein Bein an und legte locker einen Arm über den Kopf. »Sag Jara einen Gruß von mir, ja?«

»Sag ihr selbst einen, sie steht neben mir.«

Silas hörte ein kurzes Rascheln, dann meldete sich eine weiche Frauenstimme. »Hallo Sil. Wir haben uns echt Sorgen gemacht. Wo hast du denn gesteckt? Nimmt dich dein letzter Auftrag so in Anspruch oder hast du endlich die passende Señorita gefunden?«

Silas schüttelte den Kopf. Jara war einfach unglaublich. Seit er denken konnte, pflegte sie unbeirrbar die Hoffnung, er würde irgendwann eine genauso glückliche Familie gründen wie sie und Nevio. Nun, da hatte er wohl Neuigkeiten für sie. »Möglicherweise beides.«

Sie schnappte nach Luft »Du machst einen Scherz.«

»Eigentlich nicht.«

»Ist sie nett? Wie hast du sie denn kennengelernt?« Jara war nicht mehr zu bremsen. »Ist sie hübsch? Triffst du dich regelmäßig mit ihr?«

Silas schloss grinsend die Augen. Typisch Jara. Zwanzig Fragen auf einmal. »Zu eins:«, begann er, »Ja, unheimlich nett. Zu zwei: beruflich.« Er hörte Nevio im Hintergrund bildgewaltig fluchen. »Zu drei: sehr. Und zu vier: Ich arbeite dran.«

Jara verarbeitete die Informationen in Rekordzeit, dann ging sie auf Nevios Kommentar ein. »Beruflich? Sie ist aber nicht zufällig die Person, die du ...« Sie brach ab.

»Zufällig doch.« Er hörte Nevio gleich noch mal fluchen.

»Oje«, fasste Jara die Situation zusammen.

»Ja.« Silas rieb sich seufzend die Stirn. »Oje trifft's ziemlich.«

»Und was jetzt? Bringst du sie mit nach Chile?«

»Darüber habe ich noch nicht nachgedacht«, antwortete er langsam. Jedenfalls nicht, bis Jara ihn mit der Nase drauf gestoßen hatte. »So nah bin ich ihr bisher nicht gekommen.«

»Aber das wirst du noch«, zog Jara die richtigen Schlüsse. »Hast du dich in sie verliebt?«

Diese Frage war wirklich starker Tobak. Und es gab nur zwei Menschen, denen er darauf eine ehrliche Antwort geben würde. Einer davon befand sich am anderen Ende der Leitung, der andere gleich dahinter. »Weiß nicht, kann schon sein«, sagte er nachdenklich. Dann lauschte er verwirrt seinen eigenen Worten nach. Irgendwie klangen sie falsch.

Warum eigentlich?

Plötzlich traf ihn die Erkenntnis wie ein Keulenschlag. Kann schon sein? Vollkommener Bockmist! Er hatte sich in Constanze verliebt. Hals über Kopf. Bis in das letzte Barthaar. Ende der Ansage.

Er brauchte einige Sekunden, bis er das Ganze verdaut hatte.

»Ja, ich habe mich in sie verliebt« korrigierte er sich leise, »Total.« Ausnahmsweise war von Nevio kein Kommentar zu hören. Silas konnte sich schon denken, warum. Sein Freund war unter Garantie genauso von den Socken wie er.

Jara fand als Erste die Sprache wieder. »Ich denke, dann solltest du sie erst recht fragen, ob sie dich begleiten will.«

»So einfach ist das nicht, Jara« Silas schrubbte sich rastlos durch die Haare. »Dazu müsste ich ihr erst mal sagen, wer zum Teufel ich eigentlich bin.«

»Und das hast du bisher vermieden.« Jara klang nicht wirklich überrascht.

Sie und Nevio gehörten zu den einzigen Menschen, die seine wahre Identität kannten. Es war klar, dass Silas diesen Kreis nicht leichtfertig erweitern würde.

»Sie weiß also noch nicht, was du so treibst?« Das war weniger eine Frage denn eine Feststellung.

»Nicht mal ansatzweise.« Silas unterdrückte ein Stöhnen. »Dafür habe ich schon gesorgt, du kennst mich.«

»Das ist nicht gut, Sil. Je eher du reinen Tisch machst, desto besser.«

»Das ist aber ein verdammt großer Tisch«, witzelte er, obwohl ihm langsam dämmerte, dass es genau darauf hinauslief. Er musste Constanze die Wahrheit sagen ... Irgendwann. Spätestens, wenn er wirklich an den Punkt kam, an dem er sie und Eliah in seine Zukunft einplanen würde. Was, nach der vorherigen Erleuchtung, nicht mehr allzu lange dauern konnte. »Scheiße!« Er legte einen Arm über die Augen und fluchte nicht minder einfallsreich als Nevio gerade. »Sag mir wie, und ich mach's.«

»Das fragt du mich?«, erwiderte Jara ungläubig. »Du bist doch derjenige, der für jede Situation eine Lösung parat hat.«

»Naja. Anscheinend doch nicht. Gib mir bitte mal deinen Mann, sonst gehe ich in meinen Keller und laufe Amok.«

Jara lachte heiter. »Kommt sofort.«

»Junge, das hätte ich nicht gedacht.« Nevio klang höchst amüsiert. »Ausgerechnet du, der nie was anbrennen lässt. Die Dame scheint dich ganz schön aus den Schuhen gehauen zu haben. Die muss ich unbedingt kennenlernen. Sie ist bestimmt ...«

»Nevio?«

»Ja?«

»Das hilft nicht gerade.«

»Tut mir leid.« Er wirkte nicht sehr zerknirscht. »Ich gehe mal davon aus, dass sich dadurch dein Ruhestand etwas nach hinten verschiebt?«

Silas dachte an den in zwei Wochen anberaumten Trip nach Chile. Das konnte er vergessen. Bis dahin würde er es nie schaffen, sämtliche Zelte hinter sich abzubrechen – außer vielleicht, wenn er Constanze und Eliah kommentarlos in einen Koffer packen würde ... Eigentlich eine verlockende Idee.

»Sieht ganz danach aus. »Ich melde mich, sobald sich was Konkretes ergibt.«

»Tu das. Und ... Silas.« Nevio klang plötzlich ernst.

»Ich weiß, was du mir sagen willst.«

»Ich sage es dir trotzdem, und du wirst mir zuhören. Bis zu diesem Punkt war dies ein Gespräch unter Freunden. Du weißt, dass ich dir nicht ewig den Rücken freihalten und dich decken kann.«

»Ja, Sir!« Silas beendete die Verbindung, richtete sich auf und legte das Telefon auf den Nachttisch zurück. Leise stöhnend saß er mit in die Hände gestütztem Kopf da.

Verliebt in Constance. Eigentlich hätte er von selbst darauf kommen müssen. Hinweise gab es wahrlich genug. Angefangen von der Tatsache, dass er zum ersten Mal in seinem Leben von einem Auftrag abgewichen war, bis hin zu dem Ausmaß, mit dem er sich zu Constanze hingezogen fühlte. Selbst jetzt noch, nachdem ihm die Brisanz der Situation deutlich vor Augen stand, konnte er es kaum erwarten, sie wiederzusehen.

Sein Blick wanderte zum Telefon. Im Grunde war es schon fast legendär, auf welch ungewöhnliche Weise er den Menschen begegnete, die ihm wirklich wichtig waren.

Nevio und Jara hatte er auch nicht auf dem üblichen Weg kennengelernt. Als er seinen besten Freund vor knapp zwanzig Jahren das erste Mal getroffen hatte, war dieser ein Dieb gewesen. Der beste, den er je gesehen hatte. Sie waren bei Silas' erstem Einsatz buchstäblich aneinandergeraten. Während er in ein Haus eingestiegen war, um mit den darin wohnenden Brüdern eine Rechnung zu begleichen, hatte Nevio gerade das selbige ausgeraubt. Plötzlich standen sie sich mitten in dem dunklen Flur gegenüber. Ein Mann und ein Junge, beide in Schwarz gekleidet, und bis an die Zähne bewaffnet ...

Keiner hatte mit dem anderen gerechnet. Eine Schrecksekunde lang starrten sie sich sprachlos an, dann sprangen sie gleichzeitig entgegengesetzt hinter den herumstehenden Marmorstatuen in Deckung. Die Aktion dauerte nur Sekunden, löste aber geradewegs den empfindlichen Alarm des Anwesens aus.

»Wer zum Teufel bist du denn?«, zischte Nevio.

»Das geht dich einen verdammten Dreck an«, gab Silas zurück. Ehe sie noch Zeit hatten, sich gegenseitig unter Beschuss zu nehmen, trat ein neuer Gegner auf den Plan. Die Leibgarde der beiden Brüder kam angerannt.

In dem darauf folgenden Kugelhagel blieb Silas und Nevio nichts anderes übrig, als sich weiter zurückzuziehen. Irgendwann saßen sie in der gleichen Ecke. Auch ohne Verständigung begriffen sie, dass sie nur eine Chance hatten, wenn sie sich gegen den gemeinsamen Feind verbündeten. Wie sie es schafften, aus dem zweiten Stock unbeschadet in den Garten zu gelangen, konnte Silas im Nachhinein nicht mehr sagen. Wahrscheinlich lag es schlicht an Nevios Raffinesse oder daran, dass er sich als begnadeter Akrobat entpuppte. In erstaunlicher Einigkeit flüchteten sie in das nahe gelegene Waldstück. Doch kaum waren sie aus der Gefahrenzone, löste sich der trügerische Friede auf.

»Was zum Teufel sollte das werden?«, brüllte Nevio und pfefferte den schwarzen Leinensack mit seiner Beute auf den Boden. »Deinetwegen bin ich beinahe draufgegangen.«

Silas riss sich die Maske vom Kopf. »Jetzt mal langsam, Opa, schließlich war ich es, der dir bei deinem Abgang geholfen hat.«

Nevio zog sich ebenfalls sein Tuch vom Gesicht. »Das soll wohl ein Scherz sein?«, entfuhr es ihm. »Wie alt bist du eigentlich, Bürschchen?«

Silas steckte die Waffe ein. »Jedenfalls alt genug, um zu wissen, dass du auch keine Einladung hattest.«

»Was wolltest du mit dem Ding? Hast du gedacht, du könntest den Selinski-Brüdern damit einfach mal so das Licht auspusten?« Er lachte herzhaft.

Silas warf ihm einen wütenden Blick zu. »Das hätte ich auch geschafft, wenn du nicht dazwischengeplatzt wärst.« Ohne ein weiteres Wort stapfte er davon.

Nevio packte ihn an der Schulter und riss ihn zu sich herum. »Wenn ich nicht gewesen wäre, Jungchen, würdest du jetzt die Radieschen von unten zählen, denk mal darüber nach.«

»Na und wenn schon.« Silas schüttelte unwirsch seine Hand ab. »Wen kümmert das?«

»Warum wolltest du die beiden überhaupt umbringen?« Nevio schnappte sich seine Beute und ging neben ihm her. »So etwas Dummes habe ich in meinem ganzen Leben noch nicht gesehen.«

»Nicht? Na dann pass mal gut auf.« Silas hechtete zur Seite und riss im Fallen bereits die Waffe aus dem Gürtel. Nevios Reflexe waren nicht minder schlecht. Er warf sich nur einen Sekundenbruchteil später hinter einen nahe gelegenen Felsen. »Was soll das?«, bellte er patzig und zog ebenfalls seine Waffe. »Fangen wir jetzt wieder von vorn an?«

»Wir vielleicht nicht, aber die da drüben ganz bestimmt«, sagte Silas. Er zeigte aus der Deckung heraus in Richtung Haus.

Nevio linste um den Felsen herum. Mehrere Leuchtstrahlen von Taschenlampen bewegten sich über den Rasen auf sie zu. »Mist, wir sollten schleunigst verschwinden. Zurück zur Mauer.«

Silas blickte ungläubig in Richtung der meterhohen Umzäunung, die das Anwesen wie ein Gefängniswall umgab. »Spinnst du jetzt total? Wie willst du denn da rüberkommen?«

Nevio robbte bereits los. »Gar nicht. Wir benutzen den Versorgungskanal.«

»Welchen Versorgungskanal?« Silas folgte ihm neugierig.

Eine Stunde später hatte er zwei wichtige Lektionen gelernt. Erstens: Für den Rückzug immer ein Ass im Ärmel behalten. Und zweitens: Warum direkt, wenn's auch umständlich geht. Der kürzeste Weg war nicht zwangsläufig der beste. Während er sich in einer halsbrecherischen Aktion unter eines der Autos gehängt hatte, um auf das Anwesen zu gelangen, war Nevio elegant und gefahrlos durch einen ungesicherten Abwasserkanal spaziert. Silas war vielleicht erst dreizehn, aber eines begriff er trotzdem: Von Nevio konnte er eine Menge lernen. Und das lag nicht nur an dem Altersunterschied von neunzehn Jahren und der damit verbundenen Erfahrung. Es lag vor allem an den Hintermännern, denen Nevio ihn kurzerhand vorstellte. Silas mochte nicht darüber nachdenken, was aus ihm geworden wäre, wenn er Nevio in dieser Nacht nicht begegnet wäre. Fortan lernte er von Nevios wachem Verstand. Der Chilene besaß eine unglaubliche Fähigkeit, in beinahe jeder Umgebung spurlos verschwinden zu können. Silas hatte in dieser Nacht so einiges begriffen. Was er jedoch nicht geahnt hatte, war, dass er in Nevio nicht nur einen ausgezeichneten Lehrer, sondern auch einen Freund fürs Leben finden würde.

Langsam stand Silas vom Bett auf. Manchmal konnte er fast nicht glauben, wie viel Glück er gehabt hatte. Nevio, Jara und er standen seit damals füreinander ein wie eine Familie. Für Nevio war Jara die Frau fürs Leben. Nachdenklich lehnte sich Silas gegen den Fensterrahmen und blickte in die sternenklare Nacht. So, wie sich die Geschichte entwickelte, könnte Constanze diese Frau für ihn sein. Er hatte geahnt, dass sie ihm nahekommen würde. Er hatte nur nicht damit gerechnet, dass es so schnell ging.

8.

Rivalen

Constanze legte den Stapel mit Rechnungen zur Seite und erhob sich aus ihrem Bürostuhl. Noch etwas vorsichtig, aber nahezu schmerzfrei, ging sie an den kleinen Aktenschrank und öffnete ihn. Als sie sich am Morgen nach dem Kinobesuch dazu durchgerungen hatte, doch besser einen Arzt aufzusuchen, hatte der ihren Fuß zwar schnurstracks in eine dicke Schiene gesteckt, darüber hinaus aber gottlob Entwarnung gegeben. Daniel hatte mit seiner Diagnose recht gehabt. Außer einer fiesen Zerrung hatte sie sich nichts getan. Wenn sie daran dachte, dass ihr Sturz erst zwei Tage zurücklag, konnte sie eigentlich nicht klagen. Insgeheim hatte sie schon befürchtet, der Arzt würde sie mit einem strikten Bewegungsverbot aufs Sofa verbannen. Was das bedeutet hätte, war abzusehen. Noch mehr Zeit, um über Daniel nachzugrübeln.

Sie dachte ohnehin viel zu oft an ihn. In der Buchhandlung war sie wenigstens etwas abgelenkt. Noch immer zermarterte sie sich das Gehirn, wie sie ihn nach dem Ball fragen sollte. Bisher hatte sie keine brauchbare Lösung gefunden. Und wie es aussah, würden sich daran bis zu ihrem Treffen am heutigen Abend auch nichts mehr ändern.

Das Einzige, was sie durch das exzessive Nachdenken erreicht hatte, war eine voraussichtlich noch größere Befangenheit in Daniels Nähe. Energisch nahm sie einen dicken Ordner aus dem Schrank. Der Mann brachte sie auf dem direkten Weg in die Klapsmühle. Dabei tat er im Grunde überhaupt nichts – naja, fast nichts. Es hatte keinen Zweck, sich etwas vorzulügen. Die Art, wie er zum Abschied ihre Lippen berührt hatte, konnte man wohl kaum als Nichts bezeichnen.

Sie knallte den Ordner auf den Tisch. Jetzt begann ihr Mund schon wieder zu kribbeln, das musste aufhören. Sie setzte sich an den Schreibtisch und klappte die Unterlagen auf. Um ihre Gedanken im Zaum zu halten, sortierte sie die Rechnungen und begann, konzentriert zu arbeiten. Während sie den dritten Stapel in Angriff nahm, streckte Beate den Kopf zur Tür herein.

»Du hast gesagt, ich soll dich an deine Mittagspause erinnern.« Sie grinste breit, als sie Constanzes verdatterten Blick in Richtung der Uhr bemerkte. »Schien auch nötig gewesen zu sein.«

»Danke, die hätte ich wirklich glatt vergessen.« Constanze schob die verbleibende Post zusammen und stand auf. »Ich muss dringend zum Markt.« Sie nahm ihre Handtasche aus der Schublade. »Soll ich dir was mitbringen?«

»Nein, danke.« Beate zuckte grinsend die Schultern. »Ich bin ein Fast-Food-Junkie. Meine Tiefkühlpizza bekomme ich auch im Supermarkt.«

»Ich frage mich, wie du dabei deine Figur hältst. Wenn ich das machen würde, könntest du mich wahrscheinlich zwischen den Regalen hin und her rollen wie eine Billardkugel.«

Sie lachten herzlich.

»Das liegt bei mir in der Familie, wir sehen alle aus wie Bohnenstangen.« Beate inspizierte etwas wehmütig ihren flachen Busen.

»Jetzt übertreibst du aber.« Constanze wurde wieder ernst. »Sei froh, dass du so schlank bist.« Sie schloss die Bürotür und ging mit Beate zurück in den Verkaufsraum. »Ich war als Kind furchtbar dick, das war nicht schön, glaub mir.«

»Du nimmst mich jetzt auf den Arm, oder?« Beate betrachtete verblüfft Constanzes Statur.

»Nein. Ich habe mit zwölf fast doppelt so viel gewogen wie heute«, erklärte sie. Damals hatte sie gedacht, Einsamkeit ließe sich mit Essen kompensieren. Sie war in einem Waisenhaus gelandet, nachdem ihre Mutter sich auf einer Bahnhofstoilette mit dem falschen Freier eingelassen hatte. Früher hatte Constanze nicht begreifen können, wie man so schnell an einer Verletzung sterben konnte. Inzwischen war sie dahintergekommen, warum das so gewesen war. Ihre Mutter hatte sich aufgegeben – schon lange vor diesem Tag. Der Kontakt zur Familie war viele Jahre zuvor abgebrochen. Geld zum Leben gab es nicht, geschweige denn ein festes Dach über dem Kopf – nur eine siebenjährige Tochter, die nach jenem Vorfall plötzlich allein dastand. Weil die Behörden weder ermitteln konnten, wer ihr Vater war, noch sonst irgendwelche Angaben zu Angehörigen fanden, hatten sie Constanze kurzerhand in ein Waisenhaus gesteckt. Die ersten Jahre dort waren die übelsten ihres Lebens gewesen – von ihrer Ehe mit Michael einmal abgesehen.

»Wie hast du es geschafft, das alles wieder abzunehmen?«, brachte Beate sich in Erinnerung.

Constanze atmete tief durch. »Ich habe irgendwann begriffen, dass es nichts ändert, wenn man alles in sich hineinstopft.«

»Klingt nach einer schlimmen Kindheit«, bemerkte Beate, drang aber einfühlsam nicht weiter vor.

»Die Kindheit kann man sich nicht aussuchen.« Constanze strich sich eine Haarsträhne hinters Ohr. »Ich mach mich dann mal auf den Weg. Ich denke, in einer Stunde müsste ich zurück sein.«

»Lass dir Zeit.«

Constanze hängte sich die Handtasche über die Schulter und trat in die trockene Mittagshitze. Tief atmend hob sie Gesicht der Sonne entgegen und ließ sich von den warmen Strahlen die böse Erinnerung vertreiben, dann machte sie sich auf den Weg.

Wie immer war der Markt gut besucht. Constanze schritt durch die Reihen, kaufte frisches Obst und bewunderte die bunten Blumenstände. Als sie gerade mit einer Packung Eier an der Kasse stand, stach jemand einen Finger in ihre Schulter. Erschrocken drehte sie sich um.

»Hallo, das ist ja ein Zufall.« Rolands braune Augen leuchteten erfreut.

»Hallo.« Sie hatte Mühe, nicht vor lauter Frust die Eier zu zerquetschen. Wieso hatte er nicht drei Minuten später an diesem Stand vorbeikommen können?

»Ich wollte dich heute Abend eigentlich anrufen«, erklärte er.

Da wäre sie wenigstens nicht zu Hause gewesen.

»Aber so ist es natürlich viel besser«, redete Roland weiter. »Hast du Zeit auf einen Kaffee?«

»Ich bin schon spät dran,« log sie und wurde auch noch rot.

»Schade. Habe ich dir schon erzählt, auf was ich letzte Woche gestoßen bin?« Er ignorierte ihren Einwand und begann sogleich, von seiner neuesten Reportage zu schwadronieren.

Unmut ballte sich in Constanzes Magen. Jetzt ließ sie sich schon wieder von ihm in Beschlag nehmen. Eigentlich war sie selbst schuld nach der fadenscheinigen Ausrede, die sie hervorgestammelt hatte. Sie benahm sich wie ein staatlich geprüfter Hasenfuß. Dies war die denkbar günstigste Gelegenheit, Roland endlich in die Schranken zu weisen. Eine größere Menschenmenge als Rückendeckung konnte man sich wahrlich kaum wünschen ... Aber was tat sie? Passiv dastehen und lächeln – wie früher. Constanze schluckte und begann im Stillen zu zählen. Drei, zwei, eins und – nichts. In ihrem Kopf herrschte absolute Leere.

»Ich finde, diese Entscheidung des Gemeinderats ist untragbar, du nicht auch?«, fragte Roland und Constanze nickte abwesend, obwohl sie nicht den leisesten Dunst hatte, wovon er überhaupt sprach. Mit zusammengebissenen Zähnen versuchte sie einen neuen Anlauf. Sie holte Luft und ... und ... packte es wieder nicht. Schützende Menschenmenge in allen Ehren, aber es half kein Stück. Selbst wenn die versammelte europäische Nation über den Markt flaniert wäre, hätte es nichts daran geändert, dass sie sich plötzlich wie ein in die Enge getriebenes Tier fühlte.

Aus purer Verzweiflung tastete sie nach ihrem Handy. Vielleicht konnte sie ja einen Anruf vortäuschen. Das war zwar auch nicht gerade heldenhaft, aber immerhin eine praktikable Lösung. Wo hatte sie das blöde Ding nur hingetan? Schlagartig fiel ihr ein, dass sie es auf dem Schreibtisch hatte liegen lassen. Auch das noch. Der Himmel stehe ihr bei.

Roland erzählte einige Minuten lang belanglosen Klatsch, dann kam, was unweigerlich kommen musste. »Was ich dich noch fragen wollte ...« Er trat einen Schritt näher. »Wann soll ich dich denn nächsten Samstag abholen?«

»Bitte?« Constanze wich unverzüglich zurück und konnte ihn nur sprachlos anblinzeln. Das klang gerade so, als hätte sie ihm für den Ball bereits zugesagt. Ärger keimte in ihr auf. Vor allem auf Roland, aber auch auf sich selbst, weil sie es immer noch nicht zustande gebracht hatte, einen verbalen Schlussstrich unter das Ganze zu ziehen.

Roland überging ihren Einwurf großzügig. »Ich denke, so gegen halb acht wäre eine gute Zeit. Hast du schon ein Kindermädchen? Du hattest doch mal so eine Schülerin. Wie hieß sie noch?«

Constanze blickte zur Seite. Sie musste ihm reinen Wein einschenken. Jetzt – oder sie würde es nie tun. Plötzlich entdeckte sie in der vorbeischreitenden Menschenmenge ein hageres, gut geschnittenes Gesicht, das ihr äußerst bekannt vorkam. Sie schnappte nach Luft. »Daniel?«

In der Sekunde, in der sie seinen Namen nannte, kam er bereits auf sie zu. Ihr Puls beschleunigte sich augenblicklich.

»Daniel?«, wiederholte Roland ratlos. »Wer ist das denn?«

Ehe sie antworten konnte, trat Daniel neben sie. »Das bin ich«, erklärte er Roland nonchalant und lächelte Constanze sonnig an. »Hi, wie geht's deinem Fuß?«

Sie strahlte errötend zurück. »Schon fast wieder gut, danke.« Auf einmal fühlte sie sich weit weniger bedrängt als noch vor einer Minute. Eigentlich widersinnig, wenn man bedachte, dass gerade ein großer, schwarzhaariger Mann dicht neben sie getreten war. Dennoch empfand sie es so.

»Schön.« Daniel nickte zufrieden. Ohne im Geringsten von ihr abzurücken, bot er Roland seine Hand. »Daniel Lander, hallo.«

»Roland Becker«, stellte sich Roland ebenfalls leichthin vor, obwohl ihm deutlich anzumerken war, wie sehr ihn die lockere Art des anderen Mannes irritierte.

Constanze konnte ihm das nicht verdenken. Sogar sie überraschte es immer wieder, mit welch gelassenem Selbstverständnis Daniel nah an sie herankam. Er hielt nie sonderlich viel Abstand. Eigentlich von Anfang an nicht. Trotzdem war ihr noch nie in den Sinn gekommen, ihn deswegen zurechtzuweisen. Im Moment schon gar nicht. Befriedigt stellte sie fest, dass ihr Mangel an Abwehr selbst einem Ignoranten wie Roland auffallen musste.

Daniel schob die Hände in seine Hosentaschen und lächelte Roland an. »Ich wollte das Gespräch nicht unterbrechen, bitte fahren Sie doch fort.«

Constanze verkrampfte sich. O nein, da hatte sie wohl die Rechnung ohne den Wirt gemacht. Jetzt musste sie Farbe bekennen. Hektisch suchte sie nach einer netten Abfuhr – falls es so etwas überhaupt gab.

Roland rückte seine Brille gerade und strich sich das Haar aus der Stirn. Constanze verfolgte überrascht die Handbewegung. Schon seltsam, wie ein und dieselbe Geste bei zwei Männern derart unterschiedliche Wirkungen entfalten konnte. Was bei Daniel in natürlicher Smartheit rüberkam, mutete bei Roland eher verbissen und arrogant an.

»Ich wollte Sabine eben fragen, wann ich sie zum Ball abholen kann.« Herausfordernd blickte Roland seinen Rivalen an, doch Daniel betrachtete immer noch unverändert Constanzes Gesicht.

Sie schwieg beharrlich und rührte sich nicht.

»Nächsten Samstag?«, erkundigte sich Daniel ruhig.

Roland reckte angriffslustig das Kinn. »Ja, warum?«

»Das ist aber schlecht. Da ist sie bereits mit mir verabredet. Ich glaube, es handelt sich um ein Missverständnis, denn auf diesen Ball geht sie in meiner Begleitung. Ich habe sie bei einer Verlosung für wohltätige Zwecke als meine Tischdame gezogen.« Er machte ein betroffenes Gesicht. »Tut mir leid, Mann.«

Constanze blickte ihn sprachlos an. Das war ja wohl das Frechste, was sie je gehört hatte.

»Ja, aber …«, protestierte Roland und sah abwechselnd von Daniel zu Constanze, dann fixierte er sie anklagend. »Davon hast du mir gar nichts gesagt.«

Sie bemühte sich um eine neutrale Miene. »Das wollte ich gerade. Die Verlosung war erst gestern Nachmittag,« hängte sie sich geistesgegenwärtig an Daniels Geschichte. »Ich habe total vergessen, dir davon zu erzählen. Bitte entschuldige.«

Roland öffnete den Mund, doch nach einem Blick in Daniels Augen schloss er ihn wieder. Erstaunlich schnell begriff er, dass er im Moment gut beraten war, die Geschichte kommentarlos zu akzeptieren. Langsam trat er einen Schritt zurück. »Dann sehen wir uns also auf dem Ball. Eine schöne Woche noch, Sabine. Herr Lander.« Er nickte Daniel in schlecht verhohlener Antipathie zu und stapfte davon.

»Ihnen auch.«

Kaum war ihr Nachbar in der Menschenmenge verschwunden, drehte sich Constanze zu Daniel. »Das war wirklich unverschämt schlagfertig.«

»Dito.« Seine grauen Augen funkelten. »Sah so aus, als könntest du etwas Hilfe gebrauchen.«

»Das kannst du laut sagen.« Constanze seufzte aus tiefstem Herzen. »Danke. Ich hätte ihm für den Ball schon lange absagen sollen. Ich wusste nur nicht, wie.«

Daniel betrachtete sie lächelnd. »Und jetzt? Muss ich für nächsten Samstag meinen Smoking bügeln oder funkt mir dummerweise was Dringendes dazwischen?« Abwartend blickte er sie an.

»Würdest du denn ...«, begann Constanze. Sie räusperte sich. Der nächste Satz kostete sie jedes Quäntchen Mut. »Würdest du gern mitkommen? Es wäre schön, dich als Begleiter zu haben – natürlich nur, wenn du willst«, schränkte sie sofort ein. »Das sollte nur ein Vorschlag sein. Du musst jetzt nicht ... Ich meine ... äh.« Als ihr aufging, dass sie kurz davor war, zusammenhanglos herumzustottern, wechselte sie schnell das Thema. »Es ist der Jahresball der Verlagsbranche. Jeder, der in dieser Sparte tätig ist, geht dorthin. Es werden Reden gehalten und Preise verliehen – aber eigentlich kommen alle nur wegen des ausgezeichneten Buffets.«

»Gut, dass du das jetzt erwähnt hast ...« Daniel kratzte sich lachend den Nacken und tat unheimlich erleichtert, doch dann blickte er Constanze ernst in die Augen. »Nein, Spaß beiseite. Ich würde dich gern begleiten – auch ohne Buffet.«

Constanzes Herz sackte eine Etage tiefer, wie immer, wenn er sie so direkt ansah. Sie brachte noch ein schlichtes Okay zustande, dann verabschiedete sich ihre Stimme endgültig. Einen Moment lang konnte sie nicht glauben, was sie gerade zustande gebracht hatte. Sie hatte sich tatsächlich mit Daniel für den Ball verabredet. Die krampfhafte

Ideensuche war völlig umsonst gewesen. Die Möglichkeit, ihn zu fragen, hatte sich einfach so ergeben.

Einfach so ... Mit gemischten Gefühlen trat sie an den Stand und bezahlte die Eier. Im Zusammenhang mit Daniel ergab sich auffällig viel einfach so.

Bemüht, sich ihre Verwirrung nicht anmerken zu lassen, drehte sie sich wieder zu ihm um. »Ich muss langsam in die Buchhandlung zurück, Beate schmeißt den Laden schon seit über einer Stunde allein.«

»Ich bring dich«, bot Daniel sofort an.

»Gern.« Constanze steuerte in Richtung Ausgang des Marktes.

Trotz der beachtlichen Menschenmenge ging Daniel auf gleicher Höhe mit ihr. Wie immer nah und nicht sonderlich um Abstand bemüht. Ihre Schulter streifte mehrmals seinen Arm, während sie den anderen Passanten auswichen. Constanze ertappte sich bei der Frage, warum sie sich eigentlich nicht gleich bei ihm unterhakte. Sie spähte verstohlen zu ihm auf. Diese Frage stellte sie sich jetzt schon zum zweiten Mal ...

Und allmählich begriff sie auch, warum das so war. Eine gewisse Art von Körperkontakt schien ihr mittlerweile bei ihm nicht mehr so viel auszumachen. Auch die ängstliche Befangenheit, über die sie sich in der Buchhandlung noch den Kopf zerbrochen hatte, war durch das Intermezzo mit Roland verflogen. Vielleicht lag es an Daniels spontaner Hilfe oder an ihrer Bereitschaft, diese auch anzunehmen. Eine Bereitschaft, die ihr signalisierte, dass sie ihm inzwischen offensichtlich ein gutes Stück Vertrauen entgegenbrachte. War es da so schlimm, wenn sie sich in seiner Gegenwart etwas weniger steif benahm? Er hatte sie ohnehin schon das eine oder andere Mal vertraulich berührt. Constanze schluckte. Genauso wie sie ihn ...

»Bist du öfter auf dem Markt?«, fragte sie, nur um nicht wieder an die Szene im Park denken zu müssen.

»Nein. Eigentlich nicht.« Daniel blickte sich neugierig um. »Aber ab jetzt bestimmt.«

»Du warst genau im richtigen Augenblick zur Stelle«, merkte Constanze verwundert an. »Wie kommt das?« Er war nicht im Mindesten überrascht gewesen, sie am Eierstand zu treffen – ganz im Gegensatz zu ihr.

»Beate hat mir gesagt, wo du bist«, klärte Daniel sie auf. »Ich war in der Buchhandlung, weil ich dir sagen wollte, dass wir unser Treffen heute Abend leider verschieben müssen.« Er blieb stehen. »Tut mir leid, so kurzfristig abzusagen, aber ich habe eben erst erfahren, dass ich heute noch geschäftlich nach Tschechien muss.«

»Das macht nichts. Wirklich nicht«, beteuerte Constanze und schlenderte weiter. »Dein Job geht vor.« Sie bemerkte seine frustrierte Miene und wünschte, ihr ginge es nicht ähnlich. Obwohl sie sich ihre Zuneigung zu Daniel langsam eingestand – oder gerade deshalb – war es falsch, sich zu sehr auf ihre Treffen zu freuen. Falsch und dumm. Es mochte vielleicht sein, dass sie oberflächlich betrachtet einen gewissen Körperkontakt mit ihm bewältigen konnte. Und es gab vielleicht auch Dinge, die ihr in seiner Gegenwart einfach so gelangen. Aber das räumte noch lange nicht ihr Hauptproblem aus der Welt: Alles, was darüber hinausging.

In Wahrheit war es vollkommen egal, wie gut sie mit seinen bisherigen Berührungen zurechtkam, unerheblich, wie wohl sie sich in seiner Nähe fühlte, oder dass sie ihn gern hatte. Darum ging es letztlich nicht. Es ging um etwas weitaus Ernsteres, um eine Intimität, der sie nicht gewachsen war. Selbst, wenn ihr Innerstes bei der Vorstellung, Daniel könnte sie tatsächlich irgendwann küssen, Purzelbäume schlug, zweifelte sie nicht daran, dass danach unkontrollierbare Panik folgen würde. Die Hinterlassenschaft ihrer Ehe ließ sich nicht abstreifen wie ein altes Hemd. Sie konnte den Dingen nicht ihren Lauf lassen – wie Susanne es so schön formuliert hatte. Es ging nicht, auch wenn sie es tief in ihrem Herzen vielleicht gern versuchen würde.

Als spürte Daniel ihren inneren Konflikt, griff er in diesem Moment nach ihrer Hand. Behutsam schlossen sich seine Finger um ihre und hielten sie fest. Keiner sprach ein Wort. Aber das war auch nicht nötig. Die Geste allein reichte. Zum ersten Mal, seit sie sich kannten, gingen sie Hand in Hand. Die innige Verbindung trieb Constanze fast die Tränen in die Augen. Aufgewühlt betrachtete sie seinen breiten Rücken, während er sich ihr voran geschickt einen Weg durch eine Gruppe von Straßenkünstlern bahnte. Manchmal war es regelrecht unheimlich, wie synchron er auf ihre Empfindungen reagierte. Fast so, als besäße er einen sechsten Sinn. Die maskuline Sicherheit, mit der er sie durch die Menge lotste, machte ihr die Last ihrer Vergangenheit noch deutlicher. Sie schluckte mehrmals gegen die Enge in ihrem Hals.

Erst als sich Daniel prüfend nach ihr umsah, ging Constanze auf, wie sehr sie ihre Finger in seine gekrampft hatte. Hastig lockerte sie den Griff.

»Alles okay?«, fragte er über den Lärm der Menschen hinweg und zog sie augenblicklich näher.

Constanze widerstand gerade noch dem Reflex, die Hand auf seine Brust zu legen. »Ja, natürlich«, bestätigte sie schnell »Ich bin nur über irgendwas gestolpert.« Sekundenlang befürchtete sie, er würde die harmlosen Worte als das durchschauen, was sie waren. Eine Lüge. Doch dann nickte er und drehte sich wieder um. Den knappen Abstand zu ihr behielt er jedoch bei. Sorgsam achtete Constanze darauf, keine neuerlichen Unterbrechungen zu verursachen. Beim nächsten Mal würde er ihr eine vage Ausrede garantiert nicht mehr abkaufen.

Wenige Schritte später hatten sie das Gedränge endlich hinter sich gelassen. Langsam zog Constanze ihre

Hand aus seiner, obwohl sie spürte, dass diese Geste rein physischer Natur war. Denn was sich allmählich zwischen ihnen zu entwickeln begann, ließ sich bei Weitem nicht so einfach trennen. Zu allem Überdruss dachte sie ausgerechnet in diesem Augenblick daran, was Beate vor gefühlten zehn Jahren gesagt hatte. *Ich garantiere dir, dein Traummann spaziert irgendwo da draußen herum. Du musst ihm nur die Chance geben, dich zu finden.*

Na toll. Constanze schnitt eine Grimasse. Mittlerweile war sie ziemlich sicher, wo sich dieses irgendwo da draußen befand. Immer dort, wo Daniel war ...

Er wandte sich zu ihr um und Constanze entspannte hastig ihr Gesicht.

»Wie lange wirst du in Tschechien bleiben?«, fragte sie in einem kläglichen Versuch, ihren abhandengekommenen Seelenfrieden wiederzufinden.

Daniel drückte die Taste der Fußgängerampel. »Kann ich schlecht sagen. Es kommt drauf an, wie schnell der Auftrag abgewickelt ist. Aber ich denke, länger als eine Woche wird es nicht dauern.« Die Ampel sprang auf Grün. »Macht es dir größere Umstände, unser Treffen zu verschieben?«

»Nein, Eliah verbringt die Nacht bei Bekannten. Das wollte er sowieso schon lange mal wieder machen.« Sie überquerten die Straße.

»Was hat er eigentlich zu unseren Plänen für den heutigen Abend gesagt? Hatte er etwas dagegen?«, fragte Daniel weiter.

Sie suchte nach einer Möglichkeit, Eliahs Reaktion in Worte fassen, ohne sich allzu weit aus dem Fenster zu lehnen. Sie konnte Daniel schlecht erzählen, dass ihr Sohn nur darauf wartete, sie beide als Paar zu sehen.

»Er hat sich gefreut«, beschrieb sie die Lage so unverfänglich wie möglich.

»Das gefällt mir.«

In diesem Moment erreichten sie die Buchhandlung. Daniel blieb vor der Tür stehen. »Das Essen holen wir nach, versprochen?«

»Abgemacht«, bestätigte Constanze und meinte es auch so, ihren ganzen Befürchtungen zum Trotz.

Daniel winkte Beate zu, die nicht gerade unauffällig hinter der Schaufensterauslage aufgetaucht war. Sie winkte zurück, legte ihren Buchstapel ab und kam zur Tür.

»Ihr habt euch also gefunden. Sehr gut.« Zufrieden sah sie von Daniel zu Constanze.

»Ja, danke für den Tipp.« Er trat zur Seite, um eine Gruppe Studenten in die Buchhandlung zu lassen.

»Ach Mist«, klagte Beate und verdrehte in gespielter Qual die Augen. »Der Umsatz ruft. Wieder nichts mit einem gemütlichen Plausch. Bis bald, Daniel.« Eilig kehrte sie ins Geschäft zurück.

»Bis bald«, rief Daniel ihr nach, ehe er Constanze anlächelte. »Und wir sehen uns nächste Woche?«

»Ja.« Sie nickte langsam. »Ich wünsche dir eine gute Reise.«

»Danke. Ich melde mich, sobald ich zurück bin.« Er griff nach ihrer Hand und rieb mit dem Daumen über ihren Handrücken. Eine sinnliche Geste. Impulsiv tat sie es ihm nach und ließ ihre Fingerspitzen über seinen Handballen gleiten. Als ihr bewusst wurde, was sie da machte, hörte sie sofort auf.

Zu spät.

Das plötzliche Funkeln in Daniels Augen ließ keinen Zweifel, dass er die Botschaft ihrer unbedachten Reaktion genau begriffen hatte.

Grinsend hauchte er einen Kuss auf die Innenseite ihres Handgelenks, dann ließ er sie los und ging mit seinem typisch elanvollen Gang davon.

Wie vom Donner gerührt blickte Constanze ihm hinterher. Sie war die ganze Zeit einem fatalen Irrtum aufgesessen. Die Dinge nahmen bereits ihren Lauf. Unaufhaltsam. Egal wie sehr sie dagegen ankämpfte, egal wie vorsichtig sie war, er kam ihr näher und näher. Und sie begann auch noch, sich daran zu beteiligen. Das durfte sie nicht tun, das ging nicht.

Constanze schluckte. Einfacher gesagt als getan, denn sämtlichen Kontakt zu Daniel abbrechen … Das ging inzwischen leider genauso wenig.

9.

Begegnung mit der Vergangenheit

Silas wechselte den schwarzen Reisekoffer in die andere Hand und öffnete mit einem Spezialschlüssel die Kellertür. Ohne sich um die Dunkelheit zu kümmern, ließ er die Tür hinter sich zufallen und betrat den grob behauenen Treppenabsatz. Nachdem er den Lichtschalter gedrückt hatte, lief er in blinder Sicherheit die Steinstufen hinab. Er erreichte den Fuß der Treppe, noch ehe die Neonröhren aufflackerten und das großzügige Kellergewölbe in gleißend helles Licht tauchten.

Silas atmete tief durch. »Na, dann wollen wir mal.« Seine Stimme hallte ungewöhnlich rau von den blanken Naturwänden wider. Der Raum war fast leer. Außer einer breiten Gummimatte, auf der er sein Training absolvierte, gab es nur einen Stahlschrank und eine vergleichbar robuste Werkbank.

Silas durchquerte das Gewölbe und deponierte seinen Reisekoffer auf der Arbeitsfläche – direkt neben einem kleineren und erheblich teurer wirkenden Modell. Langsam, beinahe nachdenklich ließ er seine Hand über dessen glatte Metalloberfläche gleiten, dann drückte er den linken Daumen auf ein kleines Feld an der Stirnseite des Koffers. Es gab ein leises Summen, gleich darauf in kurzem Abstand zwei Klickgeräusche, dann öffnete sich der komplizierte Verschlussmechanismus. Ohne Eile hob er den Deckel an.

Seine Keramikwaffe lag, säuberlich in Einzelteile zerlegt, in ihrem Schaumstoffbett. Der Anblick war Silas so vertraut wie sein Gesicht. Wie oft hatte er diese Waffe schon mit sich geführt? Neunzig ... hundert Mal? Er konnte es längst nicht mehr sagen. Irgendwann hatte er aufgehört zu zählen. Routiniert schlossen sich seine Finger um das Griffstück. Das perfekt auf ihn abgestimmte Material fügte sich nahtlos in seine Hand. Im Grunde spielte es auch keine Rolle mehr, wie oft. Diese Reise würde eine der letzten beiden sein, auf der das Unikat zum Einsatz kam – vorausgesetzt, die nächsten Wochen liefen nicht völlig aus dem Ruder.

Er öffnete den Reisekoffer und verstaute den Griff und einige andere Waffenteile in speziell dafür präparierten Alltagsgegenständen. Keine Flughafenkontrolle war bislang dahintergestiegen, was sie da vor sich hatte. Drei der sieben Bauteile würde er wie üblich am Körper tragen. So erwies sich der Inhalt des Koffers für jeden, der zufällig in dessen Besitz kam, als vollkommen nutzlos.

Als er fertig war, verriegelte er den Reisekoffer mit dem daran angebrachten Zahlenschloss, das bei Weitem nicht so altmodisch war, wie es den Anschein hatte, und schob ihn zur Seite. Dasselbe traf auch auf den Rest des Reisekoffers zu. Das Ding war ein Hightech-Teil, obwohl es genauso heruntergekommen wirkte wie jedes andere Gepäckstück, das schon etliche Reisen auf dem Buckel hatte. Ein alter angestaubter Reisekoffer. Welch passendes Accessoire zu dem Mann, der ihn bei sich tragen würde ...

Er schlüpfte aus T-Shirt und Hose und ging in Unterwäsche zum Metallschrank. Nachdem er einen Code in das Tastenfeld eingetippt hatte, klappte er die Schwingtüren auf. Der Schrank besaß fünf geräumige Schubladen mit ähnlichem und doch grundlegend verschiedenem Inhalt. Ohne zu zögern, entschied er sich für die unterste. Silas verzog die Mundwinkel, als er eine mausgraue Perücke herausnahm. So schnell alterte man um schätzungsweise vierzig Jahre. Sorgsam legte er alles, was er zu seiner Metamorphose in den betagten Biologen Paul Erding brauchte, auf die Werkbank. Danach drehte er die Tür des Metallschranks so, dass er sich in dessen verspiegelter Innenseite gut erkennen konnte, und machte sich an die Arbeit.

Er striegelte sich die Haare aus dem Gesicht und verstaute sie unter einer fleischfarbenen Nylonhaube. Hauchdünne Klebestreifen lieferten ihm in Sekundenschnelle neue Fingerabdrücke und nach wenigen Handgriffen kaschierten kleine Silikonpflaster nicht nur seine hageren Wangen, sondern ließen auch die markante Form seines Kinns wie von Zauberhand verschwinden. Er wartete einen Moment, bis der Kleber getrocknet war, dann begann er, Gesicht und Hände mithilfe eines speziellen Make-ups auf alt zu trimmen. Zum Abschluss streifte er sich die Perücke über und färbte seine Augenbrauen in denselben schmutzig grauen Ton. Braune Kontaktlinsen rundeten das Erscheinungsbild ab. Die Sache dauerte weniger als eine halbe Stunde, dennoch war der Effekt beachtlich. Sein Spiegelbild zeigte jetzt einen alten, fahlen und etwas zerstreut wirkenden Mann – mit einem erstaunlich durchtrainierten Körper ...

Schmunzelnd stieg Silas in einen gepolsterten, eng anliegenden Dress, den er während der nächsten Tage ständig unter seiner normalen Kleidung tragen würde, und löste damit auch dieses Problem. Ein braun kariertes Sakko und eine Cordhose, die ihre beste Zeit schon lange hinter sich hatte, vervollständigten seine Verwandlung.

Er nahm einen tiefen Schluck aus der Wasserflasche. Das Zeug, mit dem er sich die Zähne gelblich färbte, hatte einen grässlichen Nachgeschmack. Er war jedes Mal heilfroh, wenn er es nach Beendigung seines Auftritts wieder entfernen konnte.

Als er erneut in den Spiegel sah, deutete nichts mehr auf den jungen Mann hin, der unter der Hülle des leicht übergewichtigen Seniors steckte. Nicht einmal Nevio erkannte ihn, wenn er in eine andere Identität schlüpfte. Das war auch gut so. Schließlich entsprach das dem Zweck der ganzen Scharade. Ohne diese Wandlungsfähigkeit wäre es ihm sicher nicht gelungen, all die Jahre ohne nennenswerte Kratzer zu überleben. Außerdem stellte es einen bedeutenden Vorteil dar, wenn man sich in verschiedenen Kreisen bewegen musste.

Seine Gedanken wanderten zu Constanze. Wie sie wohl reagieren würde, stünde er jetzt vor ihr? Wahrscheinlich freundlich und genauso distanziert, wie sie jedem fremden Mann begegnete – und manchmal auch einem bekannten. Er dachte an ihre deutlich spürbare Abwehr gegen Roland Becker.

Silas könnte schwören, dass Constanze ihrem Nachbarn nicht gestattet hätte, ihre Hand zu ergreifen. Bei ihm hatte sie es getan. Keine Frage, er hatte eine gehörige Portion Glück gehabt, die ersten Hürden durch einen defekten Aufzug überwinden zu können. Obwohl ... Diesem Roland hätte wahrscheinlich nicht einmal das etwas genutzt. Wie lange kannte der Typ Constanze schon? Zwei Jahre? Seiner Recherche zufolge wohnte er jedenfalls von Beginn an in ihrer Nachbarschaft. Und doch war es ihm in all der Zeit offensichtlich nicht gelungen, an sie heranzukommen. Diese Tatsache freute Silas in mehr als nur einer Hinsicht. Erstens hatte es ihm eine perfekte Gelegenheit geschaffen, Constanze auf den Ball zu begleiten, und zweitens – was noch viel wichtiger war – bewies es ihm, dass er mit seinem Feldzug schon weiter gekommen war als zunächst angenommen. Schön. Gut so weit. Aber noch lange nicht weit genug.

Nachdenklich verstaute er die restlichen Waffenteile an seinem Körper. Seit er mit Jara gesprochen hatte, nahm der heimliche Wunsch, Constanze und Eliah mit nach Chile zu nehmen, immer konkretere Formen an. Die Vorstellung einer gemeinsamen Zukunft ließ ihn einfach nicht mehr los, kreiste in seinem Kopf herum wie ein Spielzeugflieger an einer Schnur.

Viel zu früh, klinkte sich sein Verstand ein. Es gab noch jede Menge Geheimnisse auszuräumen. Die Art von Geheimnissen, die alles, was bisher zwischen ihnen entstanden war, mit einem Schlag vernichten konnte.

Silas packte leise fluchend den Reisekoffer und stieg die Treppe hinauf. Manchmal wünschte er wirklich, sein inszeniertes Leben in Köln entspräche der Realität. Der Familientag im Park hatte ihm schmerzlich vor Augen geführt, auf was er, zugunsten seiner Rache, alles verzichtet hatte. Das hatte ihm nichts ausgemacht, war ihm nie als Mangel erschienen – bis vor wenigen Wochen. Bis er seinem *letzten Auftrag* persönlich begegnet war. Nevio hatte mit seiner Vermutung, Constanze würde alles verändern, voll und ganz ins Schwarze getroffen. Das tat sie wirklich. Und seltsamerweise genoss er dieses neue Gefühl. Erst dadurch spürte er, was es hieß, am Leben zu sein. Seine inneren Empfindungen waren längst nicht so abgestorben, wie er jahrelang gedacht hatte. Er hatte Frauen gehabt, das schon. Aber sein Herz war daran nie beteiligt gewesen. Bei Constanze sah es völlig anders aus. Schon jetzt, vor einem intimen Erlebnis, bedeutete sie ihm mehr als alles andere, sogar mehr als seine Zukunft in Chile. Wie musste es dann erst danach sein? Oder dabei?

Silas verließ das Haus durch die Hintertür und machte sich auf den Weg zur Bushaltestelle. Er konnte kaum erwarten, das herauszufinden.

Ohne Zwischenfälle landete er in Tschechien. Nachdem er mit altehrwürdiger Ruhe seinen Koffer von dem Gepäckband gepflückt hatte, machte er sich auf den Weg zu einem schäbigen, kleinen Hotel. Die windschiefe Hütte war jenseits allen Komforts, lag dafür aber in einer der belebten Straßen der Stadt, sodass es ihm jederzeit möglich war, ungesehen ein und aus zu gehen.

Er rechnete nicht damit, auf Schwierigkeiten zu stoßen, dafür war sein letzter Besuch zu lange her. Aber drauf verlassen würde er sich nicht. Der Teufel lag bekanntlich im Detail. Und genau das war es, was einen kleinen Zufall in eine Katastrophe verwandeln konnte. Man musste mit allem rechnen, auf alles gefasst sein und immer ein Ass im Ärmel haben – um es mit Nevios Worten auszudrücken.

Den ersten Tag vertrieb sich Silas mit einer seiner Tarnung entsprechenden Studie der Sehenswürdigkeiten. In Wahrheit frischte er seine Erinnerung auf und prägte sich wieder die verschiedenen Straßen und Kreuzungen ein. Es war wirklich eine Weile her, seit er hier gewesen war. Genauer gesagt neunzehn Jahre und drei Monate.

Ohne den Kopf zu heben, ging er an dem Haus vorbei, in dem er geboren war. Inzwischen befand sich eine Änderungsschneiderei darin, die offensichtlich einer chinesischen Familie gehörte. Die Dinge änderten sich, auch in Tschechien. Manches jedoch blieb immer gleich.

Bar jeder nach außen dringenden Emotion stand er wenig später vor der Stadtvilla des Selinski-Clans. Seit Menschengedenken gehörte dieses Bauwerk zu den teuersten und imposantesten der Gegend. Offenbar schwelgten die Selinskis immer noch unverändert im Reichtum, denn die gepflegte Fassade war, für das ungeschulte Auge versteckt, mit unzähligen Kameras überwacht.

Eine Weile betrachtete er reglos das Haus und fragte sich, ob er damals die richtige Entscheidung getroffen hatte oder ob er nicht doch einen zweiten Versuch hätte starten sollen, die Brüder über den Jordan zu schicken.

Er spürte dem Hass nach, der noch immer in ihm brodelte, und dachte plötzlich an Eliah. Als Silas ein kleiner Junge gewesen war, hatte er davon geträumt, mit einem Zirkus um die Welt zu reisen. Rückwirkend betrachtet war der Traum Wirklichkeit geworden, wenn auch anders als erwartet. Mit seinen Verwandlungskünsten und Kletterfähigkeiten würde er jedem Zirkus alle Ehre machen. Auch über einen Mangel an Reisen konnte er nicht klagen – was den Rest anging …

Ende der Märchenstunde.

Scheinbar interessiert las er in seinem Stadtführer und machte sich mit einem abgekauten Bleistift Notizen. Die Hieroglyphen galten jedoch weniger den Bauten als vielmehr den umherfahrenden Patrouillen.

Er hatte sich gegen 23 Uhr mit Mirco Stamrov, dem Fälscher, an der alten Zugbrücke verabredet, und dafür musste er wissen, wer da sonst noch so abhing. Sein alter Schulfreund aus Kindertagen hatte keine Ahnung, wen er bald treffen würde. Und dabei würde Silas es auch belassen. Je weniger Mirco über ihn wusste, desto besser für seine Gesundheit. Trotzdem war Silas gespannt, ob er den kleinen, stämmigen Straßenjungen von damals noch erkennen würde. Stamrov hatte ein ähnliches Schicksal hinter sich wie er. Aber im Gegensatz zu ihm hatte Mirco sich damit abgefunden und das Beste daraus gemacht. Er hatte eine Frau und drei Kinder – eventuell inzwischen auch vier, wenn man die fortgeschrittene Schwangerschaft seiner Frau bedachte – und einen guten Ruf als Fälscher. Das war mehr, als er von den meisten ehemaligen Mitgliedern seiner Jugendclique behaupten konnte. Viele von ihnen waren schlichtweg nicht mehr am Leben.

Ohne größere Eile ging er weiter. Als er am Friedhof vorbeikam, krampften sich seine Finger um den Stift. Es kostete ihn einiges, die Ruhestätte nicht zu betreten.

Er wusste genau, wo die Gräber lagen. Fast so genau, als wäre die Beerdigung erst wenige Tage her. Auf diesem Friedhof lag seine gesamte Familie. Seine Eltern, seine fünf Schwestern. Alle gestorben an einem einzigen Tag …

Der Bleistift in seiner Hand brach mit leisem Knacken in zwei Teile. Silas riss sich zusammen. Diszipliniert entspannte er sich und ließ die Bruchstücke unauffällig in seinem Sakko verschwinden. Es war frustrierend, dass seine Wut trotz der Jahre, die inzwischen vergangen waren, kaum nachgelassen hatte.

Nevio hatte recht gehabt. Die Zeit ließ sich nicht zurückdrehen, nichts konnte das Schicksal rückgängig machen. Manches war unwiederbringlich verloren. Silas klappte den Stadtführer zu und ging weiter, ehe noch jemandem auffiel, dass er außergewöhnlich lange vor dem Friedhof herumlungerte.

Eine Bäuerin mit einem Kind auf dem Arm kam ihm entgegen und grüßte. Silas nickte ihr zu. Unvermittelt hatte er Constanze und Eliah vor Augen, die mehr als tausend Kilometer entfernt auf seine Rückkehr warteten. Der Gedanke wirkte wie ein heilender Sonnenaufgang auf die finstere Kälte in seinem Inneren. Er hatte vielleicht eine Familie verloren, aber wie es aussah, war er gerade dabei, Teil einer neuen zu werden. Er stutzte. Plötzlich war glasklar, was er noch zu erledigen hatte, bevor er sich mit Stamrov traf. Hieß es nicht, der Fälscher könne neben Ausweispapieren auch jedwede Art von Zulassungen und Bescheinigungen herstellen? Ohne noch eine Sekunde zu zögern, machte sich Silas auf den Rückweg zum Hotel. Wozu hatte er eigentlich eine Kopie von Constanzes Geburtsurkunde dabei, wenn er nicht vorhatte, diese auch zu benutzen?

Bereits zwei Tage später hielt er die Unterlagen in der Hand. Silas musste Stamrov insgeheim ein Lob aussprechen. Besser konnte man Papiere nicht fälschen. Selbst auf den zweiten Blick sahen sie vollkommen echt aus und ließen sich von offiziellen Dokumenten in keinster Weise unterscheiden. Zufrieden packte er die Ausweispapiere in ein Geheimfach seines Koffers und warf einen prüfenden Blick auf die Uhr. Höchste Zeit, zum Flughafen aufzubrechen. Er hatte noch einiges vor, ehe seine Rückreise nach Köln anstand.

In den nächsten Tagen flog Silas kreuz und quer durch Europa. Fünf Länder, fünf verschiedene Flughäfen, fünf verschiedene Schließfächer mit Zahlencodes, deren Nummern er wohl nie vergessen würde. Wie auf seinen vorherigen Reisen war es auch dieses Mal kein Problem, die Fächer unbehelligt aufzusuchen. Nachdem er die jeweils zugehörigen Ausweispapiere untergebracht hatte, waren die fünf Identitäten an die neue Situation angepasst und bereit für ihren Einsatz. Bis er sich auf dem Rückflug von Paris befand, seiner letzten Station, war nahezu eine Woche vergangen. Als er schließlich sein Anwesen in Köln durch die Hintertür betrat, hatte er seit 42 Stunden nicht mehr geschlafen.

Erschöpft, aber zufrieden, setzte er den Koffer ab. Am liebsten hätte er sich auf der Stelle aufs Ohr gehauen, aber an Schlaf war vorerst nicht zu denken. Sobald er das Sicherheitssystem des Gebäudes gecheckt hatte, musste er die Prozedur seiner Verwandlung rückabwickeln. Wenigstens wurde er dadurch wieder um ungefähr vierzig Jahre jünger.

10.

Tanz der Gefühle

Constanze blickte sich suchend im Saal um. Konzentriert versuchte sie, sich ihre Nervosität nicht anmerken zu lassen. Einfach war das weiß Gott nicht. Beates Vorhersage schien nicht übertrieben gewesen zu sein. Noch nie hatte sie mit ihrem Auftauchen derart viel Aufmerksamkeit erregt – nicht einmal zu Michaels Zeiten. Sie fühlte sich verdächtig an einen dieser Western-Saloons erinnert, in denen schlagartig die Musik verstummte, sobald ein Fremder das Parkett betrat. Tatsächlich hatte sie das Gefühl, jeder im Raum würde sie anstarren. Der Grund war nicht schwer zu erraten. Zum einen lag es an dem für ihre Verhältnisse geradezu spektakulärem Outfit, zum Löwenanteil aber an ihrem nicht minder spektakulären Begleiter. Nervös blickte sie zu Daniel, der mit einer Gelassenheit zurückschmunzelte, um die sie ihn aufrichtig beneidete. Sie kannte mindestens die Hälfte der anwesenden Personen, er hingegen kannte niemanden. Und trotzdem fühlte sie sich, als wäre es genau anders herum.

»Ich hoffe, du langweilst dich nicht zu Tode.« Verlegen klammerte sie sich an ihre Tasche.

»Hm?« Daniel neigte sich tiefer.

Um sich bei dem Lärmpegel besser verständigen zu können, drehte Constanze ebenfalls den Kopf. »Ich sagte, hoffentlich wird es dir nicht langweilig. Neunundneunzig Prozent der Gespräche drehen sich um Bücher.«

»Keine Sorge, damit kann ich leben.« Daniel nutzte die Gelegenheit, noch ein wenig dichter an sie heranzurücken. »Ob du's glaubst oder nicht,« er senkte bedeutungsvoll die Stimme, »ich habe selbst welche.«

Constanze biss sich auf die Unterlippe, um nicht laut loszulachen, dann nickte sie übermütig und legte spielerisch eine Hand auf seinen Arm. »Ach ja richtig, du hast ja ein japanisches Wörterbuch.«

Grinsend sahen sie sich an. Silas' Bauchmuskeln zogen sich zusammen, wie immer, wenn Constanze locker mit ihm scherzte. Es war einfach genial, wenn sie ihn erheitert anstrahlte. Und noch genialer, wie oft sie es inzwischen tat. Plötzlich wünschte er, sie wären allein und er könnte – Stopp!

Resolut trat er auf die Bremse. Das zweite Mal an diesem Abend. Als er sie vorhin abgeholt hatte, war er schon kräftig am Rudern gewesen. Es hatte nicht viel gefehlt, und seine legendäre Beherrschung wäre jämmerlich flöten gegangen – und das nur, weil sie in diesem bronzefarbenen Wahnsinnskleid vor die Tür getreten war.

Normalerweise betrachtete er sich als einen Menschen, den nicht viel aus dem Tritt brachte, aber als Constanze vorhin aus ihrem Haus gekommen war, hätte er sie am liebsten geradewegs wieder hineingetragen. Er stand wie ein Teenager mit offenem Mund da und hatte sie sekundenlang höchst unfein angestarrt. Kein Wunder. Sie sah einfach zum Anbeißen aus. Allein die Reaktion der anderen Männer im Saal untermauerte, welchen femininen Zauber sie verströmte.

Und ausgerechnet jetzt berührte sie ihn. Zwar nur am Arm, trotzdem hätte Silas am liebsten aufgestöhnt. Heißes Verlangen züngelte durch seine Lenden und weckte den archaischen Drang, sie vor aller Augen besitzergreifend an sich zu reißen. Gab es einen direkteren Weg, jedem potenziellen Konkurrenten im Raum zu signalisieren, dass sie zu ihm gehörte? Sinnend betrachtete er ihre kunstvolle

Frisur, während sie den Kopf drehte, um nach ihrer Freundin Ausschau zu halten.

»Da ist Susanne.« Erleichtert beugte Constanze sich wieder dicht zu Silas.

Ihr blumiger Duft hüllte ihn ein und machte ihm noch bewusster, wie elektrisiert er von ihr war. Am liebsten hätte er sie geküsst. Nein, das würde er nicht tun. *Beherrschung bewahren, Junge.* Er kräuselte die Mundwinkel. Ja, Beherrschung. Zum dritten und mit Sicherheit nicht letzten Mal.

Constanze ahnte gar nicht, welche Schwierigkeiten ihr sorgloses Verhalten ihm bereitete.

Froh, endlich Verstärkung gegen die glotzende Meute anrücken zu sehen, winkte Constanze Susanne zu.

Diese winkte zurück und traf schon wenige Sekunden später bei ihnen ein. Sie umarmten sich innig, dann nahm Susanne Daniel ins Visier. Noch ehe er etwas sagen konnte, streckte sie ihm selbstbewusst die Hand entgegen.

»Hallo, ich bin Susanne Schütz, Sabines Freundin.« Den Kopf schräg gelegt musterte sie ihn ungeniert. »Und Sie müssen Daniel Lander sein. Jedenfalls Bienes Beschreibung nach.« Sie zwinkerte Constanze verschwörerisch zu.

Vor Verlegenheit wäre Constanze am liebsten im Boden versunken. Es gab Momente – zwar äußerst selten, aber es gab sie –, in denen sie ihrer Freundin liebend gern den Mund zugeklebt hätte. Etwas befangen schielte sie zu Daniel. Er erwiderte grinsend die herzhafte Begrüßung, nicht im Mindesten konsterniert von Susannes Direktheit. Stattdessen sah es sogar verdächtig danach aus, als würde ihm das Ganze einen Heidenspaß machen.

Von wegen langweiliger Abend. Silas war überzeugt, dass Constanze mit ihrer Befürchtung kilometerweit danebenlag. Er war erst seit wenigen Minuten hier und schon amüsierte er sich köstlich. Diese Susanne war jedenfalls nicht auf den Mund gefallen. Er mochte sie auf Anhieb, auch wenn er sich bei ihr vorsehen musste, denn auf den Kopf gefallen war sie offensichtlich genauso wenig. Nachdenklich betrachtete er die beiden plaudernden Frauen. Vielleicht sollte er versuchen, Susanne auf seine Seite zu ziehen, indem er durchblicken ließ, wie ernst er es mit Constanze meinte. Irgendwie schwante ihm, dass er jede Hilfe brauchen konnte, eröffnete er Constanze erst seine wahre Identität. Der Gedanke dämpfte seine Laune erheblich. Auch bei optimistischster Betrachtungsweise musste er zugeben, dass der Punkt, an dem er ihr hätte reinen Wein einschenken sollen, längst überschritten war. Wäre Jara hier gewesen, hätte sie ihm mit Anlauf in den Hintern getreten.

Ein großer rothaariger Mann gesellte sich zu ihnen und legte Susanne einen Arm um die Schulter. Frank Schütz, Susannes Mann. Auch er reichte Silas mit wissendem Lächeln die Hand. »Daniel Lander?«

Silas ergriff seine Hand. »Stimmt.« Anscheinend wusste hier jeder über ihn Bescheid. Er grinste still vergnügt. Wenn das kein gutes Zeichen war, was dann? Darüber hinaus sagte es ihm aber auch noch etwas anderes. Nämlich den Grad, mit dem das Ehepaar in Constanzes Privatleben involviert war. Äußerst hoch. Silas fragte sich, ob die beiden auch Details aus ihrer Vergangenheit kannten. Darauf würde er wetten. Man spürte es an der familiären Art, an der Gründlichkeit, mit der sie ihn in Augenschein nahmen, einfach an allem. Er musste höllisch aufpassen. Frank Schütz war Detektiv. Und nach dem, was er gehört hatte, kein schlechter.

»Sieht doch schon viel besser aus.« Susanne beäugte Constanzes Knöchel, der nur noch leicht bandagiert war. »Glaubst du, du kannst heute das Tanzbein schwingen?«

Sie bremste eine vorbeieilende Kellnerin und schnappte sich einige Gläser. »Die Band soll einfach grandios sein.«

Constanze nahm den perlenden Sekt entgegen. »Ja, ich denke schon. Wenn ich's nicht übertreibe. So arg ...« Sie kam nicht dazu, den Satz zu beenden, weil jemand quer durch den Saal ihren Namen rief.

Roland Becker hatte die Gruppe in dem Gedränge ausgemacht und kam auf sie zu.

»Das mit dem Tanzen würde ich mir bei bestimmten Personen noch mal überlegen«, nuschelte Susanne aus dem Mundwinkel, bevor sie an ihrem Sekt nippte.

Silas' Wangenmuskeln verhärteten sich, als er den gierigen Blick sah, mit dem Roland Constanze betrachtete. Es fehlte nicht viel, und dem Mann wäre der Sabber aus dem Mund gelaufen.

Constanze ließ sich ihren Unmut nicht anmerken. »Hallo Roland«, begrüßte sie ihn höflich, nachdem er sich frech in ihre Runde gedrängt hatte.

Silas wich keinen Millimeter von Constanzes Seite. Nur zu gut erinnerte er sich an die Begegnung auf dem Markt. Dieser Typ war die reinste Landplage. Aber Silas war nicht weniger hartnäckig, das würde Roland schon noch begreifen. Sollte Constanzes Nachbar ruhig merken, aus welcher Richtung der Wind wehte.

Offenbar erinnerte sich Roland ebenfalls außerordentlich gut an seine Niederlage, denn der Blick, mit dem er Silas maß, grenzte an offene Feindseligkeit.

»Und, haben Sie schon Material für ihre Kolumne gesammelt?«, erkundigte sich Frank.

Roland antwortete zwar, sah aber Constanze an. »Ja, sicher. Es sind einige interessante Leute da. Als ich vorhin auf den Parkplatz gefahren bin, habe ich Dr. Bertens gesehen. Er ist kurz vor mir gekommen.«

»Was?« Constanze runzelte irritiert die Stirn. »Das ist aber seltsam. Ich dachte, er wäre wegen Nierenversagens im Krankenhaus – jedenfalls hast du das erzählt, weißt du noch?«

»Da war ich wohl falsch informiert.« Er wollte lässig abwinken und erwischte dabei das Tablett einer Kellnerin. Die Frau versuchte noch, das Missgeschick auszubalancieren – vergeblich. Mit lautem Getöse gingen Gläser samt Inhalt zu Boden.

Erbost packte Roland die Frau am Arm. »Sie dürfen nicht so nahe an den Gästen vorbeigehen. Sie sehen ja, was dann passiert.«

Constanze und Susanne blickten sich an, dann stellten sie gleichzeitig ihre Gläser ab und gingen in die Knie.

Silas griff nach dem Tuch, das über dem Arm der Kellnerin hing. »Darf ich?«

Sie nickte abwesend, noch immer damit beschäftigt, Roland zu beschwichtigen.

Mit dem Tuch bewaffnet beugte sich Silas über Constanze. »Lass mich das machen, nicht dass sich noch jemand schneidet.«

Constanze machte ihm Platz, als er neben ihr in die Hocke ging. Sie hielt ihm das Tablett hin, sodass er mit dem Tuch die Scherben aufwischen konnte. Frank kehrte mit einer Rolle Küchenpapier von der Bar zurück und half ihnen.

Nur Roland war immer noch am Reden. Silas schüttelte den Kopf. An seiner Stelle hätte er sich umgehend um diesen Schlamassel gekümmert, statt hier lang und breit zu diskutieren. Wie peinlich konnte man sein? Und dann noch vor der Frau, die man für sich gewinnen wollte. Kein gelungener Auftritt. Eine Viertelstunde später erinnerte nur noch ein dunkler Fleck am Boden an den Unfall. Roland hatte sich wieder gefangen und fuhr mit seiner endlosen Story fort. Silas wartete auf einen günstigen Moment, dem Palaver ein Ende zu setzen. Da er Rolands heimliche Blicke in Richtung Tanzfläche bemerkte, wusste er, dass er umgehend handeln musste.

»Würdest du mit mir tanzen, Sabine?«

Constanze lächelte ihn sichtlich erleichtert an. »Liebend gern.«

Die Art, wie sie ohne zu zögern die Hand nach ihm ausstreckte, machte Silas glücklich. Er umfasste zärtlich ihre Finger und hakte sie bei sich unter.

»Ihr entschuldigt uns?«

Sobald sie außer Hörweite waren, atmete Constanze geräuschvoll auf. »Glaubst du, es ist eine Schande, wegen eines Nachbarn umzuziehen?«

Silas verzog das Gesicht. »Wenn es sich dabei um Roland Becker handelt? Nein.«

Grinsend gingen sie weiter.

Constanzes Puls beschleunigte sich, als Daniel auf der Tanzfläche eine Hand in ihren Rücken legte und sie dichter an sich zog. Seine Finger folgten ihrer Wirbelsäule, ehe er sie knapp oberhalb ihrer Taille platzierte.

»Melde dich, wenn du aufhören willst.«

Constanze schluckte. Selbst durch den Stoff des Kleides nahm sie seine Berührung noch unverhältnismäßig stark wahr. Um sich nichts anmerken zu lassen, nickte sie fröhlich. »Bis jetzt geht es meinem Knöchel hervorragend.« Sie sah über die Schulter. »Das kann sich natürlich rapide ändern, wenn Roland uns folgt.«

Bei dem flehenden Blick, den sie ihm zuwarf, musste Daniel herzhaft lachen. »Ich werde es mir merken.«

In einer fließenden Bewegung begann er die ersten Tanzschritte und Constanze folgte ihm ohne Schwierigkeiten. Er tanzte so, wie er alles tat. Gelassen und voller Elan.

Constanze versuchte, ihre Aufregung unter Kontrolle zu bringen und ließ sich von ihm führen. Nachdem sie ihre angespannten Muskeln etwas gelockert hatte, war es sogar ganz leicht. Ihre Bewegungen harmonierten in einer Weise, als hätten sie die Schrittfolge gemeinsam einstudiert. Ohne Absicht vertraute sie sich seinen starken Armen an. Es schien so natürlich, das zu tun, und Constanze fühlte sich ausgesprochen wohl. Selbst mit geschlossenen Augen wäre sie ihm gefolgt. Seine Umarmung vermittelte eine Geborgenheit, die ihr das Gefühl gab, vor allem und jedem beschützt zu sein. Sie kamen sich immer näher, während er sie zielsicher um die anderen Paare manövrierte. Vergessen war die unterschwellige Angst vor der Vertrautheit, die ein solcher Abend unweigerlich mit sich brachte. Vergessen die Bedenken wegen des Kleides oder ihres Knöchels. Sie hätte ewig mit ihm tanzen können. Schon auf dem Markt hatte sie festgestellt, wie gern sie seine Berührung inzwischen annahm und daran hatte auch dieser Abend nichts geändert. Die Hand in ihrem Rücken löste den Wunsch aus, er möge sie nochmals streicheln, so wie zu Beginn des Tanzes. Diese Sehnsucht verunsicherte sie zutiefst. So sehr, dass sie letztlich froh war, dass er es nicht tat.

Constanze registrierte weder wie ein Lied endete noch wann ein neues begann. Erst als Frank und Susanne neben ihnen eine Drehung machten, nahm sie ihre Umgebung wieder wahr.

Susanne beugte sich lächelnd herüber. »Na ihr beiden, seid ihr denn gar nicht außer Atem?«

»Es geht noch. Aber es ist ganz schön warm hier.« Constanze wedelte sich bezeichnend Luft ins Gesicht und betrachtete Daniel, der immer noch aussah, als wäre er gerade der Ankleide entsprungen. Wie machte er das nur? Gab es überhaupt irgendwas auf Erden, das ihn anstrengte?

Er lockerte trotzdem seine Krawatte. »Sollen wir etwas trinken gehen?«

Constanze nickte. »Ja, bitte.«

Frank grinste seine Frau an. »Wir auch?«

Susanne blies sich eine Haarsträhne aus dem Gesicht. »Ich dachte schon, du fragst nie.«

Lachend und schwatzend steuerten sie gemeinsam die Bar an. Von Roland war nichts zu sehen. Vorerst. Silas blieb skeptisch. Er glaubte nicht, dass sich dieses Problem von allein lösen würde.

Sie hatten gerade ihre Cocktails bestellt, da traf Roland wieder bei ihnen ein. Silas fluchte innerlich. Jetzt würde der Typ wieder wie eine Klette an ihnen hängen. Dagegen sollte er etwas unternehmen … Er stellte sein Glas ab. Manchmal musste man seinem Glück eben nachhelfen. Hatte Roland nicht vorhin etwas von einem Parkplatz erwähnt?

Silas entschuldigte sich und arbeitete sich in Richtung Toilette. Sein Ziel waren jedoch nicht die Waschräume, sondern ein Nebenausgang, durch den man auf die Terrasse gelangte. Dort angekommen brauchte er keine zwei Minuten, um mithilfe des Handys Rolands Autokennzeichen herauszufinden. Als Nächstes rief er die Rezeption des Hotels an, in dem der Ball stattfand. Nach dem kurzen Gespräch ließ Silas das Handy wieder in die Hosentasche fallen. Leise vor sich hin pfeifend machte er sich auf den Rückweg. Als er an der Bar eintraf, war von Roland weit und breit nichts zu sehen. Silas lächelte. Männer und ihre Autos … das funktionierte immer. Ohne sich irgendetwas anmerken zu lassen, setzte er sich wieder neben Constanze auf den Barhocker und angelte nach seinem Drink.

»Findest du nicht auch, dass man Billigweizen verbieten sollte?«, bezog ihn Susanne umgehend ins Gespräch ein.

Silas blickte sie verwundert an. »Was ist denn aus der Diskussion über gekürzte Zeitungsartikel geworden?«

Constanze lächelte. »Hat mit Roland das Haus verlassen.«

»Roland ist gegangen?«, fragte Silas unschuldig. »Warum?«

Frank zuckte die Achseln. »Holger vom Empfang hat ihm gesagt, dass jemand beim Ausparken einen fiesen Kratzer in seinen Porsche gefahren hat. Er ist davongerannt, als hätte er Hummeln im Arsch – entschuldigt den Ausdruck, Mädels.« Er nahm einen Schluck von seinem Daiquiri. »Dumme Sache.«

Porsche? Silas grinste boshaft in sein Glas. Das war ja ein Volltreffer gewesen.

Constanze runzelte die Stirn. »Roland hat sich einen Porsche gekauft? Neulich hat er mir noch lang und breit erklärt, dass er sich den Wagen eigentlich nicht leisten kann. Und jetzt so ein Schaden. Das ist bitter.«

»Jeder bekommt das, was er verdient«, vermeldete Susanne. »Barkeeper? Darauf noch eine Runde.«

Sie verbrachten fast eine Stunde an der Theke, ehe sie sich wieder unter die anderen Gäste mischten. Silas verfolgte interessiert, wie viele Menschen im Laufe des Abends eine Unterhaltung mit Constanze begannen. Es war offensichtlich, wie gut sie sich in der Buchbranche auskannte. Sie bekam sogar einen Blumenstrauß für ihre außergewöhnliche Unterstützung kleinerer Verlage. Als jedoch ein Fotograf ein Gruppenbild von den Beteiligten dieses Projekts schoss, hielt sie sich gekonnt im Hintergrund. Silas begriff auch sofort, warum. Trotz ihres persönlichen Einsatzes wollte sie unter keinen Umständen in einer Zeitung abgelichtet werden, die möglicherweise Michael von Richtstetten in die Hände fiel. Der Gedanke setzte ihm zu. Es war nicht gerecht, dass sie ihr Leben in vielerlei Hinsicht immer noch nach ihrem Exmann ausrichten musste. Constanze schien sich darüber jedoch nicht zu grämen. Als Silas sah, wie lebhaft sie mit einem weiteren Buchhändler zu plaudern begann, schüttelte er lächelnd den Kopf. Er hatte schon vermutet, dass sie eine leidenschaftliche Person war, jetzt sah er sich bestätigt. Selten hatte er jemanden so enthusiastisch über Bücher diskutieren sehen wie Constanze. Plötzlich dachte er an seine recht beeindruckende Buchsammlung, die er beim Kauf des Hauses mit erworben hatte. Die musste er ihr bei Gelegenheit unbedingt zeigen.

Constanze drehte sich aufgeregt zu ihm. »Puh, Gott sei Dank habe ich die Signierstunde mit Marianne Hellenkamp schon unter Dach und Fach. Ihr Buch hat eingeschlagen wie eine Bombe und jetzt reißen sich alle um die letzten Termine.« Sie betastete unauffällig ihre Frisur.

Silas hob die Hand und glättete mit einem Finger die aufwendig geflochtenen Haare in ihrem Nacken. »Alles noch an seinem Platz.« Er streichelte behutsam die seidigen Strähnen entlang. »Keine Sorge, ich pass schon auf, dass du nicht wie ein Struwwelpeter aussiehst.«

Verlegen senkte Constanze den Kopf und roch an den Blumen. »Struwwelpeter«, wiederholte sie das Wort, als ihr plötzlich dessen Sinn aufzugehen schien. Sie sah zu ihm hoch. »Du meinst, wie an dem Tag im Park?«

Silas grinste nur.

Constanze kniff die Augen zusammen. »Das muss lustig gewesen sein.«

Immer noch grinsend schob er die Hände in die Hosentaschen. »Nur ein ganz kleines bisschen, ehrlich.«

»Lügner. Du hättest wenigstens die Haarnadeln wieder reinschieben können.«

»Schon. Aber damals hättest du mich nie an dich herangelassen.«

Constanze öffnete protestierend den Mund, klappte ihn aber wortlos wieder zu. Er hatte recht. Vor wenigen Tagen noch hätte sie das wirklich nicht ... heute schon. Noch etwas, was sich geändert hatte. Irgendwie schien Daniel diesen Wandel ebenfalls zu spüren. Es war sonnenklar, dass sie durch sein Verhalten auf ihr Umfeld wie ein Paar wirken mussten, mehr noch als an jenem Tag im Park. Obwohl ihr Herz vor Nervosität pochte, konnte sie doch nicht leugnen, dass sie dieser Eindruck nicht im Geringsten störte. Es war einfach schön, ihn heute Abend bei sich zu haben. Seine Nähe, seine galante Art, taten ihr unglaublich gut. Zum ersten Mal fühlte sich Constanze auf diesem Ball wirklich wohl. Durch ihn. Vertrauensvoll berührte sie seine Schulter. »Sollen wir noch mal tanzen gehen? Wegen meiner Haare brauche ich mir ja jetzt keine Sorgen mehr zu machen.«

Daniel legte behutsam einen Arm um ihre Taille. »Wegen des Rests auch nicht«, gab er feinsinnig zurück.

Constanzes Herz setzte einen Takt aus. Irgendwie spürte sie, dass diese Worte ernst gemeint waren. Sie musste sich wirklich keine Sorgen machen – nicht bei Daniel. Er würde nie etwas gegen ihren Willen tun, sich ihr nie aufdrängen oder grob werden, davon war sie inzwischen hundertprozentig überzeugt. Mutig hob sie die Hand und griff ebenfalls um ihn herum. Ihre Finger zitterten kaum, als sie sie auf seine brettharte Taille legte. Eigentlich ein gewagtes Manöver, aber nach der Vertrautheit der letzten Stunden gelang es ihr erstaunlich leicht.

Als Daniel, Susanne, Frank und Constanze später gemeinsam den Ball verließen, gehörten sie zu den letzten Gästen, die sich auf den Heimweg machten. Roland war nicht wieder aufgetaucht, aber darüber war keiner von ihnen wirklich traurig. Vor der Eingangstür des Hotels verabschiedeten sie sich, weil ihre Fahrzeuge in entgegengesetzten Richtungen standen. Susanne und Frank mussten auf denselben abgelegenen Parkplatz, auf dem auch Roland geparkt hatte, Daniel und Constanze in eine Tiefgarage drei Straßen weiter.

Daniel griff im Laufen nach Constanzes Hand. Eine Geste, die inzwischen vollkommen selbstverständlich war.

»Ist dir kalt? Im Saal war es ja fast schon tropisch heiß.« Er verschränkte ihre kühlen Finger mit seinen.

»Ein wenig vielleicht«, gestand Constanze.

»Sekunde, das haben wir gleich.« Er schlüpfte geschmeidig aus seiner Anzugjacke und hängte sie um ihre Schultern.

Der Kontakt mit dem warmen Stoff jagte erst recht Schauder über Constanzes Haut. Eine Reaktion, die weniger mit der Kälte zusammenhing als vielmehr mit der Tatsache, dass es seine Körperwärme war, die sie plötzlich umgab. Das leise Kribbeln, das sie schon den ganzen Abend hartnäckig begleitete, verstärkte sich um eine Nuance. Hand in Hand gingen sie zum Coupé. Als sie wenige Minuten später auf der kaum befahrenen Autobahn dahinrauschten, bewegte Constanze verstohlen die Füße.

»Tun sie weh?«

»Du kannst dir nicht vorstellen, wie.«

»Ich bin wirklich froh, dass ich ein Mann bin. Mit diesen Dingern käme ich nicht einmal zwei Schritte weit.« Er machte eine Handbewegung in Richtung ihrer Schuhe. »Zieh sie aus.«

Constanze sah ihn perplex an. »Nein, das geht doch nicht.«

Im Halbdunkel des Wagens leuchteten seine Zähne. »Wieso denn nicht, sind sie etwa schon angewachsen?«

»Hoffentlich nicht.« Constanze sah kritisch nach unten.

»Also, wo liegt das Problem? Nichts wie weg damit.«

»Ich kann doch nicht einfach in deinem Auto die Schuhe ausziehen.«

Daniel hob frech eine Augenbraue. »Außerhalb des Autos dürfte es im Moment etwas schwierig sein, aber wenn du darauf bestehst, lasse ich gern das Fenster runter.« Er machte Anstalten, den Schalter zu drücken.

Constanze schlug ihm lachend auf den Arm. »Du bist unmöglich. So habe ich das nicht gemeint.« Ohne noch länger zu zögern, beugte sie sich vor und öffnete den Verschluss der Lederriemchen.

Silas versuchte, sich nicht anmerken zu lassen, wie gern er ihr beim Ausziehen geholfen hätte. Nicht nur, was die Schuhe anging ... Hastig verscheuchte er die erotischen Bilder. Jegliche Überlegungen, die in diese Richtung zielten, sollte er heute Abend tunlichst unterlassen – zumindest, wenn er nicht Gefahr laufen wollte, sich doch noch auf sie zu stürzen. Ein vernünftiger Vorsatz, trotzdem schaffte er es nicht, den Blick abzuwenden. Unauffällig bewunderte er ihre schlanken Beine, während sie die Knie anzog, um die Schuhe abzustreifen.

»Besser?«, fragte er und sah wieder auf die Straße.

»Viel besser.« Constanze lehnte sich aufatmend zurück.

Silas lächelte, als sie seufzend die Augen schloss. Offenbar fühlte sie sich in seinem Wagen wohl genug, um ihn blind fahren zu lassen. Eigentlich die Gelegenheit, sie nach Chile zu entführen ... Schade, dass das nicht so einfach war.

Als sie eine halbe Stunde später vor Constanzes Haus anhielten, sah Silas ihr an, dass ihr die Aussicht, wieder in die kühle Nacht hinauszutreten, nicht gerade verlockend erschien.

Unwillig zog sie die Sandalen wieder an.

Er ging um den Wagen herum, öffnete die Autotür und bot ihr seine Hand. Constanze nahm die Hilfe dankbar an. Ohne Scheu hielt sie sich an ihm fest, während er sie aus dem tiefen Sitz auf die Füße zog. Obwohl er gleich danach zum Kofferraum ging, um den Blumenstrauß zu holen, entging ihm nicht, wie vorsichtig sie über den regenfeuchten Asphalt stöckelte. Hilfsbereit umfasste er ihren Ellbogen und gab ihr die Blumen. »Soll ich dich tragen?« Die Frage war durchaus nicht als Scherz gemeint. Er hätte nichts lieber getan.

»Nein.« Constanze schüttelte den Kopf. »Das geht nicht.« Die Worte zischten wie Peitschenhiebe durch die nächtliche Stille.

Bestürzt sah Constanze ihn an. Sich von Daniel tragen lassen? Nach dem, was er an diesem Abend schon mit ihren Sinnen angestellt hatte? Ausgeschlossen! Wenn sie in noch in engen Kontakt mit seinem maskulinen Körper kam, würde sie für den Rest der Nacht garantiert kein Auge mehr schließen.

»Hey, kein Problem.« Daniel hob diplomatisch die Hände. »War nur ein Vorschlag.«

Constanze wurde plötzlich bewusst, wie schroff ihre Abwehr für ihn geklungen haben musste. »Das ist nett gemeint, aber das klappt schon, danke«, fügte sie rasch hinzu, um die heftigen Worte etwas abzumildern. Sie schluckte. Eigentlich sollte sie ihm sagen, warum sie so reagierte. Hatte Susanne nicht genau das vorgeschlagen? Der Moment war geradezu ideal, trotzdem schaffte sie es nicht. Sie brachte es einfach nicht fertig, Daniel von ihrer Vergangenheit zu erzählen. Allein bei dem Gedanken daran ballten sich die Worte wie Steine in ihrem Magen zusammen.

Er schien ebenfalls zu spüren, dass etwas im Argen lag, denn er fragte nicht weiter nach.

Eine Weile herrschte verlegenes Schweigen. Constanze tat ihr Ausbruch schrecklich leid. Sie war drauf und dran, sich bei Daniel zu entschuldigen, da winkelte er den Arm an und grinste ihr unbekümmert zu. »Okay. Tragen ist gestrichen. Darf ich dir dafür anderweitig zu Diensten sein?«

Constanze blinzelte überrascht, hängte sich aber unverzüglich bei ihm ein. »Gern.« Aufatmend schielte sie zu ihm hinüber. Gott sei Dank schien er ihr nicht böse zu sein. So plausibel die Gründe für ihr Verhalten auch sein mochten, verletzen wollte sie ihn nicht.

Langsam erklommen sie nebeneinander die Stufen zum Haus.

»Sollen wir in den nächsten Tagen unser Essen nachholen?«, fragte er, als sie vor dem Eingang standen.

»Das wäre schön.« Constanze nahm den Strauß in beide Hände, froh, etwas zu haben, woran sie sich festhalten konnte. »Ruf in der Buchhandlung an, wenn du Zeit hast.«

»Mmh, mach ich.«

»Also bis dann.« Die Farbe seiner Augen erinnerte trotz der weichen Treppenbeleuchtung an dunkle Sturmwolken. Ungewöhnlich. Woran er wohl gerade dachte?

»Ja, bis der Tage.« Daniel ging langsam die Stufen hinab.

»Daniel?«

»Ja?« Er kam sofort zurück.

Sie machte ebenfalls einen Schritt auf ihn zu. »Danke für den schönen Abend.«

Er grinste breit. »Ich habe zu danken. Ich hatte schon lange nicht mehr so viel Spaß.«

»Ich auch nicht«, erwiderte sie leise.

»Habe ich dir eigentlich schon gesagt, wie umwerfend du heute Abend aussiehst?«

»Das ein oder andere Mal ...« Da er eine Treppenstufe unter ihr stand, befand sie sich ausnahmsweise auf Augenhöhe mit ihm. Warum eigentlich nicht, dachte Constanze und streckte sich in der Absicht, einen flüchtigen Gutenacht-Kuss auf seine Wange zu drücken, nach vorn.

Daniel drehte den Kopf. Gerade so weit, dass ihre Lippen statt seiner Wange seinen Mund streiften. Ein harmloser Kontakt, der genauso schnell endete, wie er begonnen hatte, dennoch traf er Constanze mit der Wucht eines Tsunamis.

Erschrocken riss sie das Gesicht zurück. Hatte sie Daniel etwa gerade geküsst?

Großer Gott!

Wenige Zentimeter voneinander entfernt starrten sie sich in die Augen. Constanze blieb unbewegt, nur ihr Atem war zu hören. Aufgewühlt und schnell. Daniel hob die Hand, ließ sie einen Moment zögernd in der Luft hängen, dann umfasste er ihr Kinn. So vorsichtig, als wollte er einen Schmetterling fangen. Das Papier um den Blumenstrauß knisterte leise, als er sich langsam vorbeugte. Constanze blinzelte atemlos. O Gott, o Gott ...

Sein Mund fand ihren, begegnete spielerisch ihren leicht geöffneten Lippen. Er küsste sie nur zart, ehe er sie wieder freigab, aber es reichte, um ihre Sinne gnadenlos durcheinanderzuwirbeln. Erregende Schwere sickerte durch ihren Körper und weckte Empfindungen, die jenseits von allem lagen, was sie bisher zu kennen geglaubt hatte. Gefangen zwischen Schock und Faszination wich sie zurück.

Silas ließ ihr Kinn los. Damit hatte er schon gerechnet. Man brauchte nun wirklich keine Landkarte, um zu erkennen, wie dicht er vor ihrer Grenzlinie stand. Hätte er sie so wild geküsst, wie ihm der Sinn stand, wäre er kilometerweit darüber hinausgaloppiert.

Wachsam betrachtete er ihr Gesicht. Weil er nicht an sich halten konnte, griff er nach einer einzelnen Haarsträhne neben ihrem Ohr und ließ sie durch seine Finger rinnen. Constanze wehrte sich nicht, sah ihn nur sprachlos an, als könnte sie nicht glauben, was gerade zwischen ihnen geschehen war.

Er senkte die Hand und räusperte sich. »Schlaf gut, Biene.« Der Satz war einer der schwersten seines Lebens.

Bei der Erwähnung ihres Kosenamens musste Constanze zwar lächeln, aber die Art, wie nervös sie dabei schluckte, machte ihm klar, dass er mit seinem Rückzug goldrichtig lag. Viel weiter hätte er heute Abend nicht gehen dürfen.

»Du auch.« In einem verzweifelten Versuch, das Karussell in ihrem Innern zum Halten zu bringen, drückte Constanze die Blumen an sich. Tausend Fragen schwirrten in ihrem Kopf herum. Was hätte sie gemacht, wenn er sie einfach weiter geküsst hätte? Was, wenn er, statt auf Abstand zu gehen, noch näher an sie herangekommen wäre? Hätte sie es verhindert? Hätte sie ihn aufgehalten? Plötzlich war sich Constanze nicht mehr so sicher ... Und dann?

Dieser Gedanke erzeugte Angst, wischte alle Vertrautheit, die sich beim Tanzen zwischen ihnen aufgebaut hatte, beiseite. Stattdessen bohrte sich Frustration in ihren Magen. Warum versetzten sie diese Gefühle immer noch in Panik? Warum konnte sie nicht einfach locker bleiben? Die Enttäuschung war so gewaltig, dass sie am liebsten die Hand nach Daniel ausgestreckt hätte, nur um jene Nähe wieder herzustellen. Sie brachte es nicht fertig. Nicht einmal das wollte ihr gelingen. Ihre Muskeln waren wie gelähmt.

Daniel erlöste sie aus dem inneren Konflikt, indem er sie berührte. Er streichelte zärtlich ihren Arm, dann ging er langsam die Stufen zum Auto hinab. Mit gemischten Gefühlen blickte Constanze ihm nach. Einerseits war sie froh, dass er ohne Verwicklungen ging, andererseits auch wieder nicht. Es war zum Durchdrehen.

Kurz vor dem Einsteigen wandte er sich noch mal um. »Geh lieber rein, es ist kühl hier draußen.«

Constanze schüttelte den Kopf. »Es lässt sich gerade noch aushalten.« Die Untertreibung des Jahrhunderts. In Wahrheit fühlte sie sich, als könnte sie zur globalen Erderwärmung beitragen. Sämtliche Kälte war wie weggeblasen, verbrannt unter seinem Kuss.

Sie stand noch immer an der Tür, als er längst davongefahren war. Den Kopf in den Nacken gelegt, blickte sie in den dunklen Himmel. Sie war jetzt neunundzwanzig und hatte weiß Gott schon einiges erlebt. Und trotzdem fühlte sie sich, als hätte sie nie zuvor einen Mann geküsst.

Daniel ging ihr wahrlich unter die Haut. Noch immer bebte ihr Körper wie unter kleinen Schockwellen. Dabei hatte er sie im Grunde kaum berührt. Jedenfalls weitaus weniger als beim Tanzen. Aber die Art, wie er es getan hatte. Und dann dieser Kuss, die sinnliche Welt, die sich darin verbarg ...

Unglaublich. Während sie langsam hineinging, fragte sie sich, ob sie wohl jemals wieder diese Treppe betreten konnte, ohne an Daniel zu denken.

11.

Erlebnisküche

Am darauf folgenden Montag rannte Constanze in aller Herrgottsfrühe zwischen Bad und Kinderzimmer hin und her. Es war der Tag, an dem Eliah mit Susanne, Frank und ihren Jungs ins Ferienlager fahren würde. Da sie pünktlich um neun in der Buchhandlung stehen musste, hatten sie nicht mehr allzu viel Zeit. Der knappe Terminplan war jedoch weniger Constanzes Problem. Der Grund, warum sie sich wie ein aufgescheuchtes Huhn gebärdete, lag schlichtweg in der Tatsache, dass ihr Sohn zum ersten Mal von ihr getrennt sein würde. Und dann gleich für zwei Wochen.

Constanze wurde allein bei dem Gedanken daran flau im Magen. Obwohl sie ständig versuchte, sich zu beruhigen, lagen ihre Nerven blank. Sie hatte keinerlei Bedenken, Eliah mit Susanne und Frank verreisen zu lassen, wirklich nicht. Es war keine Frage, dass die beiden auf ihren Sohn genauso gut achtgeben würden wie auf die eigenen Kinder. Dennoch vermeldete ihr Mutterinstinkt höchste Alarmstufe.

Offenbar hatte sie die Angst um Eliah aus der Zeit bei Michael doch noch nicht ganz überwunden. Nachdenklich stopfte sie ein Paar Kindersocken in die Seitentasche des Rucksacks. Vielleicht war es ganz gut, dass Eliah auf diesen Ausflug ging. Nicht nur für ihn, sondern auch für sie. Schließlich konnte sie nicht bis ans Ende aller Tage wie eine Besessene über ihn wachen.

Lautes Poltern ließ sie aufblicken. Eliah kam ins Zimmer gestürmt, die Wangen hochrot, das Haar zerzaust. Lächelnd schloss sie den Reißverschluss. Ja, für Eliah war dieser Ausflug genau das Richtige. Sie ging vor ihm in die Hocke und nahm ihn in den Arm. »Na, Spatz? Hast du schon Zähne geputzt?«

Er nickte so eifrig, dass sein Kinn auf ihre Schulter klopfte. »Sind sie schon da? Hast du schon ihr Auto gehört?

»Noch nicht.« Lächelnd ließ sie ihn los. »Aber sie müssen jeden Moment eintreffen. Warum gehst du nicht runter, und guckst aus dem Fenster? Dann siehst du sie gleich.«

Sie hatte kaum ausgesprochen, da rannte er schon johlend die Treppe hinab. Constanze spürte, wie ihre Unruhe etwas nachließ. Eliah sah so glücklich aus. Er würde sicher jede Menge Spaß mit Patrick und Fabian haben, und den wollte sie ihm nicht verderben, nur weil sie sich übertrieben Sorgen machte. Sie straffte den Rücken, nahm den gepackten Rucksack vom Bett und folgte ihm. In diesem Moment schellte es.

Susanne hatte noch nicht einmal den Finger von der Klingel genommen, da riss Eliah bereits die Tür auf. »Hallo. Wir sind schon fertig. Mama hat sich extra beeilt.«

Patrick und Fabian tobten an Susanne vorbei ins Haus und plapperten ebenfalls los.

»Ach du meine Güte.« Constanze drückte ihre Freundin schmunzelnd an sich. »Wollt ihr euch das wirklich antun?«

Susanne grinste zurück. »Habe ich dir mal erzählt, dass ich in meiner Jugend mal in einem Zoo ausgeholfen habe? Schimpansen.«

»Nein.« Lachend schüttelte Constanze den Kopf und machte eilig einen Schritt zur Seite, als die Kindermeute wild um sie herumgehopst kam.

Susanne schob sich die Ärmel nach hinten. »Eigentlich müsstest du auch so herumhüpfen – sobald wir weg sind.« Sie zwinkerte Constanze zu. »Du wirst schnell merken, was sich hinter dem Begriff *Himmlische Ruhe* verbirgt.«

»Das, was man als Vater und Ehemann nicht mehr hat.« Frank kam hereinmarschiert, während sich Constanze und Susanne gerade innig in die Arme schlossen.

»Ihr ruft an, wenn ihr da seid, ja?« Constanze schluckte angestrengt.

Susanne rieb ihr aufmunternd den Rücken. »Na klar. Mach dir keine Sorgen. Genieß einfach die Tage für dich.«

»Und, seid ihr fertig?« Frank grinste Constanze an. Als er sah, wie sie sich verstohlen eine Träne aus dem Augenwinkel wischte, sah er sie bestürzt an. »Ich meinte eigentlich fertig mit Packen, nicht fertig mit den Nerven.«

Constanze musste lachen. »Entschuldige. Ich bin heute einfach nah am Wasser gebaut, das ist alles.«

»Keine Panik, junge Dame.« Er drückte aufmunternd ihre Hand. »Die zwei Wochen gehen schneller um als dir lieb ist. Du wirst schon sehen. Außerdem«, merkte er verschwörerisch an, »gibt es da jemanden, der nur darauf brennt, dafür zu sorgen, dass dir nicht langweilig wird.«

Bei Erwähnung dieses speziellen Jemand wurde Constanze prompt rot. Wenn sie nur daran dachte, wie sich Daniel vorgestern von ihr verabschiedet hatte ... Das war in der Tat alles andere als langweilig gewesen.

Susanne grinste wissend. »Oha, anscheinend hat er das schon.« Sie schnappte Eliahs Gepäck und hielt es Frank hin. »Bist du so lieb, Schatz, und bringst das schon mal ins Auto?«

Frank machte ein enttäuschtes Gesicht. »Immer wenn's spannend wird, muss ich das Weite suchen. Findet ihr das fair?«

Susanne ließ sich nicht erweichen. »Du bist ein Mann, und das hier ist ein Frauengespräch. Damit scheidest du leider aus, Süßer, tut mir leid. Außerdem muss einer nach den Jungs sehen und wir Mädels hatten nach dem Ball noch keine Gelegenheit, richtig zu quatschen.«

»Schon gut, schon gut.« Frank trollte sich grinsend.

»Erzähl!«

»Wir haben uns geküsst«, gestand Constanze, während sie, erheblich langsamer, nach draußen gingen.

Susannes Augen funkelten. »Das wundert mich eigentlich nicht, so wie er dich den ganzen Abend angesehen hat.« Sie beugte sich vor. »Und wie war's?«

»Unglaublich.«

»Noch etwas, was mich nicht wundert. Wie kam es denn dazu, hat er dich überrumpelt?«

»Nicht direkt«, räumte Constanze ein. »Es war eigentlich eher so, dass ich angefangen habe.«

»Was, du?« Susanne bekam den Mund nicht mehr zu. »Das gibt's ja nicht.« Sie packte Constanze an den Armen und drehte sie von einer Seite zur anderen. »Wer sind Sie, und was haben Sie mit meiner besten Freundin angestellt?«

Constanze befreite sich lachend. »Okay, du hast recht. Es war wohl eher ein Zufall.«

»Zufall.« Susanne blieb stehen.

Constanze nickte und erzählte ihrer Freundin in knappen Worten, was nach dem Ball geschehen war. Nachdem sie geendet hatte, pfiff Susanne durch die Zähne.

»Und, wie geht's jetzt weiter? Lässt du ihn gewähren? Was übrigens mein Rat ist. Ihn einfach machen lassen. Ich glaube, du kannst ihm in der Sache voll und ganz vertrauen.«

Constanze holte seufzend Luft. »Ich weiß. Ihm vertraue ich schon, nur mir noch nicht.«

»Das ist doch immerhin ein Anfang. Dein Selbstvertrauen kommt noch, du wirst schon sehen.« Susanne drückte Constanze innig die Hand. »Habe ich eigentlich schon erwähnt, dass dein Daniel ein absoluter Traumtyp ist? Ihr seid ein tolles Paar.«

»Nein, nicht so direkt.« Constanze schlenderte weiter.

»Ist aber so. Frank mag ihn auch.« Susanne schwieg kurz. »Trotzdem hat er, wie du dir sicher denken kannst, sicherheitshalber in seiner Datenbank nach ihm gesucht.

Nun war es an Constanze, sich gespannt vorzubeugen. »Und?«

»Nichts. Er besitzt hier in Köln ein Haus, fast schon ein Anwesen. Keine unbezahlten Hypotheken, keine Vorstrafen, kaum Strafzettel«, zählte sie auf. »Alles in allem scheint er ein unbescholtener Bürger zu sein.«

Constanze stutzte. »Wieso scheint? Ist er es denn nicht?«

»Nein, so war das nicht gemeint. Frank konnte nur rein gar nichts über Daniels Jugend oder Kindheit finden.«

Sie kamen am Auto an, wo Frank gerade die Jungs in den Kindersitzen festschnallte und den letzten Satz mitbekam.

»Das ist an sich nichts Ungewöhnliches«, schaltete er sich ein. »Wenn jemand beispielsweise aus dem Ausland zugezogen ist, gibt es keinerlei Daten aus der Zeit vor diesem Termin. Hat Daniel mal irgendwas in der Richtung erwähnt?«

Constanze kaute nachdenklich auf ihrer Unterlippe. »Nicht dass ich wüsste, nein. Er ist mal nach Tschechien geflogen, aber das war geschäftlich.«

Susanne ergriff ihre Hände. »Ich würde mir deswegen keine Sorgen machen.«

Frank nickte ebenfalls. »Zumindest haben wir nichts Negatives gefunden. Der Rest wird sich zeigen.« Er tippte gegen Constanzes Nase. »Du machst dir jetzt aber nicht den ganzen Tag lang Gedanken darüber, hast du gehört? Dafür gibt es keinen Grund.«

Constanze lächelte. »Ich werd's versuchen.«

Der Glockenturm der nahen Kirche schlug die halbe Stunde und Susanne blickte erschrocken auf ihre Uhr. »Ach herrje! Wir haben uns total verzettelt. Du musst dich beeilen«, sagte sie an Constanze gewandt, »sonst stehen deine Kunden noch vor verschlossenen Türen.«

»Du hast recht.« Constanze trat um Frank herum und beugte sich ins Auto. Sie küsste Eliah und die Jungs, anschließend drückte sie Frank und Susanne.

»Machs gut, Biene. Genieß die freien Stunden.«

Constanze stand winkend am Gehweg und sah dem Van nach, bis er aus ihrem Sichtfeld verschwunden war, dann ging sie zügig die Treppe hinauf. Eigentlich sollte sie dankbar sein, dass sie umgehend in die Buchhandlung musste. Das hielt sie wenigstens davon ab, zu brüten – egal ob es Eliahs Abreise betraf oder die Informationen zu Daniel.

Sie holte ihre Tasche samt Autoschlüssel und machte sich auf den Weg. Doch so einfach, wie sie gehofft hatte, war die Sache nicht. Kaum saß sie im Auto, fragte sie sich, was sie von Franks Angaben über Daniel halten sollte. Ob Daniel etwas vor ihr verbarg? Kopfschüttelnd verwarf sie den Gedanken. Weshalb denn? Welchen Grund sollte er dafür haben? Er hatte bis jetzt aus seinem Leben kein Geheimnis gemacht, hatte auf alle Fragen, die sie ihm gestellt hatte, ohne zu zögern geantwortet. Sie musste endlich aufhören, hinter jeder Kleinigkeit etwas Unheilvolles zu fürchten. Sich keine übertriebenen Sorgen machen ... Das galt nicht nur in Bezug auf Eliah, sondern auch für alles Übrige. Die Zeiten, in denen sie auf jedes Detail hatte achten müssen, waren vorbei. Seit sie Daniel kennengelernt hatte, war sie unbeschwerter und fröhlicher als je zuvor. Und das würde sie geradewegs wieder zunichtemachen, wenn sie zuließ, dass unberechtigter Argwohn einen Keil in dieses Glück trieb.

Nachdenklich setzte sie den Blinker und scherte aus. In letzter Sekunde bemerkte sie einen weißen Volvo, der fast auf gleicher Höhe mit ihr fuhr. Erschrocken trat Constanze auf die Bremse. Das war knapp gewesen. Mit klopfendem Herzen sah sie dreimal in jeden Rückspiegel, ehe sie das Überholmanöver erneut wagte.

Schnaubend packte sie das Steuer fester. Daran war nur ihre dumme Grübelei schuld. Es gab wahrhaft Wichtigeres, was sie mit ihrer Konzentration anstellen sollte – auf den Verkehr zu achten zum Beispiel. Nicht, dass noch etwas geschah, worüber sie sich wirklich Gedanken machen musste.

Constanze erreichte die Buchhandlung eine Minute vor neun. Beate, die noch nie die Pünktlichkeit in Person gewesen war, traf erstaunlicherweise zeitgleich mit ihr ein.

»Hey, du bist ja schon da.«

»Klaro.« Beate strahlte sie an. »Ich dachte, sicher ist sicher. Nur, falls es bei dir heute etwas länger gedauert hätte.«

»Das ist nett von dir.«

»Gern geschehen.«

Obwohl sich schon wenig später Kundschaft einfand und für reichlich Ablenkung sorgte, blieb Constanze den ganzen Morgen über angespannt. Erst als Susanne vom Zeltlager aus anrief, beruhigte sie sich etwas. Sie sprach mit Eliah, der ihr aufgeregt von der Fahrt über die Autobahn berichtete, dann noch einmal mit Susanne.

Als sie aufgelegt hatte, trat Beate neben Constanze. »Und was machst du heute Abend so allein?«

»Ich habe mir fest vorgenommen, endlich die Abrechnungen für die neuen Verlage zu erstellen. Das geht bestimmt drei Stunden und danach werde ich wahrscheinlich so fertig sein, dass ich zu rein gar nichts mehr zu gebrauchen bin.«

Beate verzog das Gesicht »Habe ich eigentlich schon erwähnt, dass ich dich überhaupt nicht als Chefin beneide?«

Constanze lachte. »Nein, hast du nicht.« Sie zuckte die Schultern. »Buchhaltung macht nicht gerade Spaß, aber es gehört leider auch dazu.« Sie richtete einen Stapel Bestelllisten zusammen, die sie später zu Hause in den PC einpflegen musste, und steckte ihn in ihre Tasche.

»Wenn dir die Decke auf den Kopf fällt, kannst du gern bei mir vorbeikommen.«

Constanze winkte beherzt ab. »Keine Sorge, so schlimm ist es nun auch wieder nicht. Wenigstens muss man dabei keine hochgeistigen Gedankengänge absolvieren.«

Drei Stunden nach Feierabend hatte Constanze ihre Meinung geändert, und zwar gründlich. Die Erfassung war schlimm. Nicht nur die Zeit, die sie zum Überprüfen der Angaben benötigte, sondern vor allem die Tatsache, dass mit ihrer Druckereinstellung etwas schiefgegangen war. Auf mehreren Listen fehlten die letzten beiden Zahlen der ISBN, sodass Constanze in mühsamer Kleinarbeit die fehlenden Daten zusammentragen musste.

Gegen ein Uhr nachts warf sie endgültig das Handtuch, weil sie durch das angestrengte Starren auf die Zahlen schon alles doppelt sah. Sie wollte gerade die letzten Eingaben speichern, als plötzlich der Mauszeiger nicht mehr reagierte. Irritiert drückte sie die Esc-Taste. Nichts. Sie versuchte es noch einmal, mit demselben Ergebnis. In der stillen Hoffnung, es habe sich vielleicht nur ein Stecker gelöst, rüttelte Constanze am Maus-Kabel. Vergeblich.

Zehn Minuten lang versuchte sie alles, was ihr irgendwie hilfreich erschien. Der Bildschirm zeigte ungnädig stets dasselbe Programmfenster.

»Bitte nicht«, flehte sie das Gerät an. »Das kannst du mir jetzt nicht antun.« Sie erwartete zwar nicht wirklich eine Antwort, aber zumindest einen Fortschritt hätte sie sich gewünscht. Der Computer blieb ihr beides schuldig. Stöhnend legte Constanze den Kopf in die Hände. Na wunderbar! Vielleicht hätte sie Beates Angebot doch annehmen sollen, denn alles, was dieser Abend gebracht hatte, war ein totaler Computerabsturz. Völlig entnervt schleppte sie sich ins Bett.

»Buchhandlung Anger, was kann ich für Sie tun?«

»Mit mir essen gehen, zum Beispiel«, antwortete eine sonore Männerstimme. »Hast du heute Mittag Zeit?«

Constanze drückte den Hörer näher ans Ohr. »Leider nicht.« Sie seufzte innerlich. Zum einen, weil sie immer noch nicht wusste, wie sie den durch den Computerabsturz verursachten Schlamassel organisieren sollte, zum anderen, weil sie sich wirklich gern mit ihm getroffen hätte. »Mein PC zu Hause streikt seit gestern Abend«, klärte sie Daniel auf. »Und jetzt muss ich die Bücherdaten von Hand zusammenstellen. Das dauert wahrscheinlich den ganzen Tag.«

»So was Blödes, das tut mir leid. Kümmert sich schon jemand darum?«

»Der Servicemann vom Computerladen hat gesagt, er könne frühestens morgen Nachmittag vorbeischauen. Ein Albtraum.«

»Ich könnte mir die Kiste mal ansehen ...«

»Kennst du dich denn mit so was aus?«

»Ein klein wenig schon.« Er klang erheitert. »Bist du heute Abend zu Hause? Wir könnten es ja mal versuchen.«

Zu ihrer Überraschung zögerte sie nur kurz. »Das wäre toll. Danke. Dann lass uns das doch gleich mit dem Essen verbinden,« schlug sie spontan vor. »Ich könnte was kochen.« Atemlos lauschte sie ihren Worten nach. Hatte sie ihn etwa gerade offiziell eingeladen? Wow, sie wurde mutiger und mutiger.

»Das klingt super«, nahm er das Angebot sofort an. »Soll ich was mitbringen? Das Dessert vielleicht?«

»Nein, du bist mein Gast, darum kümmere ich mich«, sagte sie beinahe entrüstet. Sie konnte sein Lächeln durchs Telefon hören.

»Wann soll ich da sein?«

»So gegen acht?«

»Ich freue mich. Bis heute Abend dann.«

Sie legte den Hörer bedächtig auf die Station, danach starrte sie das Telefon an, als müsste sie sich vergewissern, dass das Gespräch nicht bloß ein Traum gewesen war. Vor allem ihr Part. Sie hatte Daniel zu sich nach Hause eingeladen. Das hatte sie noch bei keinem Mann getan und erst recht nicht bei einem, der sie erst wenige Tage zuvor geküsst hatte.

Beate wedelte vor ihrem Gesicht herum und holte sie in die Buchhandlung zurück. »Hallo junge Frau. Alles in Ordnung? Du siehst aus, als stündest du unter Schock oder so.«

Constanze brachte nur ein mageres Lächeln zustande. Wie recht ihre Kollegin hatte. Bis heute Abend war sie bestimmt das reinste Nervenbündel. »Mir geht's gut. Ich bin nur gerade über meinen eigenen Schatten gesprungen.«

Beate grinste. »Bei Daniel?«

Constanze nickte nur.

»Und du hast ihn zum Abendessen eingeladen, wenn ich das richtig mitbekommen habe?«

»Ich fürchte, ja.«

Beate klatschte in die Hände. »Das ist doch perfekt. Ich wusste doch, dass dieser Computerabsturz für etwas gut ist. So habt ihr endlich mal ein Date.«

Das war es ja gerade, worüber sich Constanze Sorgen machte. Allein mit Daniel …

Constanze wischte sich die Hände am Geschirrtuch ab und eilte zur Tür. Mit klopfendem Herzen umfasste sie die Türklinke. Auf welche Weise Daniel sie wohl begrüßen würde? So, wie er sie das letzte Mal verabschiedet hatte, mit einem Kuss? In ihrem Magen starteten tausend Schmetterlinge einen Rundflug. Superklasse. Warum musste sie ausgerechnet jetzt darüber nachdenken?

Daniel grinste ihr entgegen. »Hi.« Die Hände hinter dem Rücken versteckt, stand er unbeschwert auf der obersten Stufe.

»Schön, dass du da bist.« Constanze war so nervös, dass sie schon befürchtete, er könnte es an ihrer Stimme hören. Gespannt blieb sie stockstill stehen, als er einen Schritt auf sie zutrat und sich vorbeugte. Constanze blinzelte, ihr Gesicht seinem nahe – doch er streifte nur leicht mit den Lippen ihre Wange und tat damit genau das, was sie am Abend des Balls eigentlich beabsichtigt hatte. Trotz dieser harmlosen Geste verwandelten sich ihre Knie sofort in Pudding. Auf der Suche nach Halt umklammerte sie das Nächstbeste in Reichweite, den Türgriff. Ansonsten standen nur noch ein Paar breite Schultern zur Verfügung ... Aber so wollte sie den Abend nicht unbedingt beginnen. Hastig drehte sie sich zur Seite, damit er eintreten konnte.

Da sie nicht vorhatten, auszugehen, trug Daniel Jeans und einen dünnen, karamellfarbenen Pullover, der seinem dunklen Teint außerordentlich schmeichelte. Im Vorbeigehen zauberte er eine Orchidee hinter dem Rücken hervor.

»Danke.« Constanze nahm sie schüchtern entgegen. »Die ist aber schön.« Sie betrachtete die dunkelorangefarbenen Blüten. »Eine außergewöhnliche Farbe, erinnert mich ein bisschen an ...«

»An dein Kleid«, beendete er grinsend den Satz. »Deshalb ist sie mir auch aufgefallen.«

»Ja stimmt. Du hast ein gutes Auge. Dass du das noch so genau weißt.«

Er sagte nichts, aber die Art, wie er sie anblickte, brachte Constanzes Herz massiv aus dem Takt. Hastig schloss sie die Tür. »Ich bin ja gespannt, ob du meinen Rechner wieder zum Laufen bringst. Es wäre katastrophal, wenn meine ganzen Aufzeichnungen futsch wären ...«, sprudelte sie drauflos.

Daniels Lächeln vertiefte sich. »Deswegen mach ich mir keine Sorgen. Ich glaube, wir beide kriegen das schon hin.«

Man musste kein Genie sein, um zu erkennen, dass er damit nicht nur den Computer meinte. Constanze spürte, wie sich ihr Gesicht farblich an die Orchidee anpasste. Stumm flehte sie, es würde nicht allzu sehr auffallen. Sie musste dringend daran arbeiten, ihre Aufregung besser zu verbergen.

Wie auf Kommando erschien Mr. Pepper im Flur und sorgte für Ablenkung. Er stoppte vor Daniel, musterte ihn und streifte mit beneidenswerter Ruhe um dessen Beine.

»Hey, wen haben wir denn da?« Daniel ging in die Hocke und nahm den Kater auf den Arm – etwas, was sich das Tier normalerweise von keinem Fremden gefallen ließ. Bei Daniel machte Mr. Pepper offenbar eine großzügige Ausnahme, denn er kuschelte sich sofort an ihn. Und nicht nur das, er schnurrte auch noch.

Constanze stand für einige Sekunden sprachlos da. Seit wann benahm sich ihr Tiger wie ein Plüschtier? Sie räusperte sich. »Das ist übrigens Mr. Pepper.«

»Das habe ich mir fast gedacht.« Daniel zwinkerte ihr zu und drehte den Kater, bis er ihm ins Gesicht sehen konnte. »Du bist also die gefährliche Kampfmaschine? Von dir habe ich ja schon einiges gehört.«

Nachdem er von der Kampfmaschine nur ein harmloses Gähnen zur Antwort bekam, musste sogar Constanze lachen. »Daran müssen wir wohl noch arbeiten.« Angestrengt versuchte sie, nicht auf Daniels schlanke Finger zu blicken, die genüsslich durch das dichte Fell kraulten. Wie es sich wohl anfühlte, von diesen Fingern liebkost und … Stopp!

Constanze wich einen Schritt zurück. Es war bedenklich, wie sehr ihre Fantasie in letzter Zeit ins Kraut schoss. In unnötiger Eile stellte sie die Orchidee auf den Tisch, nur um etwas zu tun, was sie von Mann und Kater ablenkte.

Daniels fragender Blick machte alles noch schlimmer. Constanze sprang die Röte ins Gesicht. Schon wieder. »Ich … ja«, stotterte sie. »Der Computer steht oben.« Peinlich darauf bedacht, es nicht wie eine Flucht aussehen zu lassen, ging sie die Treppe hinauf.

Silas setzte den Kater ab und folgte Constanze. Grinsend betrachtete er ihren steifen Rücken. Er war überzeugt, dass sie direkt aus der Haut fahren würde, sollte er sie jetzt auch nur antippen. So hartnäckig sie sich auch darum bemühte, ruhig zu wirken, eines blieb offensichtlich: Dieser Abend machte ihr zu schaffen. Seine Anwesenheit in ihrem Haus, in ihrer ureigenen Privatsphäre, verunsicherte sie. Und zwar reichlich. Dennoch hatte sie ihn eingeladen, vielleicht spontan und unbedacht, aber sie hatte es getan. Gut. Silas atmete ihr dezentes Parfüm ein, während sie vor ihm die Stufen erklomm. Hoffentlich bereute sie ihre Einladung nicht, denn er hatte vor, noch sehr oft hierher zu kommen.

Der Raum, in dem der PC stand, verdiente diesen Namen kaum. Tatsächlich handelte es sich eher um eine abgetrennte Nische, die mit höchstens vier Quadratmetern Fläche gerade genug Platz für den altersschwachen Schreibtisch bot. In gewohnter Manier blieb Silas dicht neben Constanze stehen.

Als sie sich bückte, um den Kippschalter der Stromzufuhr am Boden zu betätigen, erhaschte er einen atemberaubenden Blick in ihr Dekolleté. Hitze sammelte sich unter seiner Haut und schickte heiße Wellen durch seine Blutbahnen. Am liebsten hätte er nach ihr gegriffen. Er musste nur den Arm ausstrecken und schon … Nein, er würde sich jetzt nicht ausmalen, wie einfach es wäre, sie gegen den Schreibtisch zu drücken. Wenn er gleich die erstbeste Situation ausnutzte, würde sie mit Sicherheit nie wieder eine solche Einladung aussprechen.

Constanze startete den PC und verfolgte die Anzeige auf dem Bildschirm. Als gleich zu Beginn eine hektisch blinkende Fehlermeldung erschien, richtete sie sich auf. »Das ist es.« Sie drehte den Kopf und blickte Daniel an – nur um festzustellen, dass er statt des Bildschirms sie betrachtete.

Ihr Magen schlug einen Salto. Plötzlich schien der ohnehin enge Raum winzig klein zu sein. Sie räusperte sich. »Das ist alles, was er noch tut.«

Daniel beugte sich über den Tisch und konzentrierte sich auf die Anzeige. »Hier ist also Ende, weiter geht nichts, keine Tasten oder Ähnliches?« Er griff nach der Maus und bewegte sie hin und her.

Weil sie ihrer Stimme nicht traute, beschränkte sich Constanze auf ein unverfängliches Nicken. Plötzlich gab es einen dumpfen Schlag, der sie zusammenzucken ließ. Mr. Pepper hatte beschlossen, ohne Rücksicht auf Verluste den Schreibtisch zu erobern. Nicht gerade zimperlich tippte er mit der Pfote gegen den blinkenden Cursor, ein Hinterbein mitten auf der Leertaste platziert. Constanze pflückte den Kater leise schimpfend von der Tastatur.

»So wie's aussieht, hat dein PC-Problem sogar einen Namen.« Daniel grinste in Richtung Mr. Pepper.

Constanze schüttelte lachend den Kopf. »Nein, Mr. Pepper ist sonst nie hier drin, stimmt's, alter Junge?« Sie rieb seinen flauschigen Bauch. Der Kater rollte sich träge herum und fand ein geeignetes Plätzchen zum Dösen: Daniels Schoß. Constanze musste gleich noch mal lachen, als sie sein verdutztes Gesicht sah. »Vielleicht will er dir einfach Gesellschaft leisten«, mutmaßte sie diplomatisch.

»Schaden kann's nicht.« Daniel kraulte dem Tier kurz den weichen Kopf, dann beugte er sich vor und drückte ein zweites Mal die Starttaste des PCs. Constanze stellte sich hinter ihn. Ohne darüber nachzudenken, legte sie eine Hand auf seine Schulter. »Ich bin dann mal in der Küche, falls du mich brauchst.«

Still mit sich hadernd betrachtete sie erst ihre Hand auf seiner Schulter, dann ihn. Es wäre ein Leichtes gewesen, seine Haare zu zerzausen. Irgendwie luden die dicken schwarzen Strähnen förmlich dazu ein, hemmungslos darin herumzuwühlen. Der Wunsch, genau das zu tun, wurde plötzlich so übermächtig, dass Constanzes Finger zu kribbeln begannen. Sie wollte unauffällig die Hand zurückziehen, doch Daniel legte seine darüber. Die vertrauliche Berührung jagte noch stärkere Schauder über ihre Haut.

»Gibt es etwas, was du nicht isst oder nicht magst?«, fragte sie in der Hoffnung, die Konversation würde sie wieder in die Spur bringen.

Er neigte den Kopf nach hinten und blickte zu ihr hoch. »Mach einfach alles wie sonst auch.« Seine Finger schlossen sich mit sanftem Druck um ihre.

Dieses Mal erwiderte Constanze die Liebkosung bewusst. Sie konnte nicht anders. Nicht nach dem, was alles zwischen ihnen vorgefallen war. Nicht nach dem, was sie gerade gedacht hatte. Was machte es schon, wenn sie auf seine Berührung reagierte?

»Bis später dann«, murmelte sie und trat zurück. Sie hatte sich noch keine zwei Meter entfernt, da hörte sie bereits das schnelle Klackern der Tastatur.

Beschwingt ging sie die Treppe hinab. Es war seltsam, aber irgendwie schien durch den innigen Händedruck sämtliche Nervosität wie weggeblasen. Fast, als hätte sie dadurch die Legitimation, dass jedwede Berührung zwischen ihnen in Ordnung war. Sie betrat die Küche und streichelte die Blüten der Orchidee auf dem Tisch. Constanze sah sich verwundert um. Wo blieb Mr. Pepper nur? Normalerweise ließ es sich der Kater nicht nehmen, ihr auf Schritt und Tritt zu folgen, immer in der Hoffnung, etwas Essbares zu ergattern.

Nachdenklich holte sie zwei Zucchini aus dem Kühlschrank. Offensichtlich war sie abgeschrieben, sobald Daniel auf der Bildfläche erschien. Männer hielten eben doch zusammen. Lächelnd richtete sie die Zutaten für ein Risotto.

Wie immer, wenn sie in der Küche arbeitete, vergaß sie alles um sich herum. Sie liebte die gewohnten Handgriffe, die Gerüche der Gewürze und Zutaten. Schon bald summte sie leise vor sich hin. Jede Bewegung, jeder Handgriff war ihr vertraut. Nur das gedämpfte Geräusch der Tastatur aus dem oberen Stock war neu.

Lauschend hielt sie inne. Einfach unglaublich, dass oben im Arbeitszimmer ein Mann saß. In ihrem Haus, an ihrem Computer, mit ihrem Kater auf dem Schoß, während sie das Abendessen zubereitete ...

Constanze wurde flau ums Herz. Und sie verstand auch, warum. Das war sie also, die Harmonie, die sie sich immer gewünscht, aber nie am eigenen Leib erfahren hatte. Auch wenn sie den Gedanken an eine Beziehung eisern verworfen hatte, je länger sie Daniel kannte, desto möglicher erschien es ihr. Abwesend bückte sie sich und holte eine Flasche Wein aus dem untersten Fach des Vorratsschranks. War es denn so falsch, sich heimlich auszumalen, wie eine gemeinsame Zukunft mit ihm aussehen könnte? Bleib auf dem Teppich, ermahnte sich Constanze. Schließlich hatte sie schon einmal bitter erfahren müssen, was geschah, wenn man sich in einer Traumwelt verlor.

Sie füllte Wein in einen Messbecher, machte beim Umdrehen einen Schritt auf den Küchentisch zu, und rannte prompt gegen Daniel, der lautlos hinter sie getreten war.

Sie prallte derart heftig mit ihm zusammen, dass der Wein über den Rand schwappte. Direkt auf seine Brust.

Daniel umfasste blitzschnell ihre Taille. »Sorry, ich dachte, du hättest mich gehört.«

»Grundgütiger!« Constanze hielt sich an ihm fest. Einen Moment lang bekam sie kaum noch Luft. Er hatte sie zu Tode erschreckt. Als sie den größer werdenden Fleck auf seinem Pullover bemerkte, wurde sie kreidebleich. »O nein!«

Daniel blickte an sich hinunter und zuckte gleichmütig die Achseln. »War meine Schuld. Ich hätte mich nicht so anschleichen dürfen.«

»Das tut mir leid.« Constanze stellte mit fahrigen Bewegungen den Messbecher ab, riss ein Geschirrtuch von der Anrichte und begann, den Fleck zu traktieren.

»Es tut mir so leid.« Sie schluchzte fast. »Das war keine Absicht, wirklich nicht. Ich ... ich mach das sofort weg.« Hektisch tupfte sie an ihm herum.

»Ist nicht weiter tragisch.« Silas beschlich eine ungute Vorahnung als sich Constanze, völlig auf den Fleck fixiert, ununterbrochen entschuldigte. Erschüttert sah er Tränen in ihre Augen treten und allmählich begriff er, was sich hier abspielte, was ihr irrationales Verhalten zu bedeuten hatte. Er wurde ganz still. War es so gewesen? Hatte ihr Exmann sie wegen jeder Kleinigkeit bestraft, gar geschlagen? Die Vorstellung schnitt ihm ins Herz.

Instinktiv tat er das, was ihm als Erstes einfiel. Er zog Constanze in die Arme. Noch nie hatte er sie derart intensiv umfangen gehalten. Ihr zarter Körper lag vollkommen an seinen gedrückt. Allein die Tatsache, dass sie es widerstandslos geschehen ließ, war Beweis genug, wie verstört sie war.

»Schht. Es ist alles in Ordnung.« Er rieb sanft mit dem Kinn über ihre Haare. »Es ist nichts weiter passiert, hörst du? Kein Grund zur Sorge.«

Schluckauf erschütterte ihre schmalen Schultern. Constanze gab keine Antwort, aber immerhin brachte sie ein winziges Nicken zustande. An ihn gelehnt, die Hände samt Geschirrtuch in seinen Pullover vergraben, stand sie da. Er spürte genau, wie viel es sie kostete, nicht gänzlich die Fassung zu verlieren. Erst nachdem sie mehrmals geschluckt hatte, hob sie den Kopf.

Silas' Wangenmuskeln verspannten sich. Constanze sah aus, als wäre sie gerade aus einem Albtraum erwacht. Im Grunde war es auch so. Er ließ eine Hand nach oben wandern und massierte sanft ihren Nacken. »Geht's wieder?«

»Ja. Ja. Ich …« Weil er sie ungewohnt eng umfing, beugte sich Constanze etwas zurück. »Entschuldige bitte.« Sie räusperte sich. »Ich weiß nicht, was in mich gefahren ist. Es ist nur, früher hätte so was …« Erschrocken unterbrach sie sich, als ihr dämmerte, was sie im Begriff zu sagen war. Sie schluckte. In ihrem Inneren begann ein erbittertes Tauziehen. Eigentlich sollte sie weitersprechen. Irgendwann musste sie Daniel von ihrer brutalen Vergangenheit erzählen. Warum also nicht jetzt? Sie sah zu ihm auf – und blieb doch stumm. Sie brachte kein einziges Wort mehr über die Lippen.

Daniel löste das Geschirrtuch aus ihren starren Fingern. »Jetzt hast du auch noch was abgekriegt.« Behutsam tupfte er Wein und Tränenspuren aus ihrem Gesicht. »So wie ich das sehe, herrscht also wieder Gleichstand.«

Constanze folgte seinen ruhigen Bewegungen. Wärme breitete sich in ihr aus. Wie konnte er nur so verständnisvoll reagieren? Das hätte sie nicht erwartet, nicht einmal von ihm. Etwas durcheinander nahm sie die Hände von seiner Brust und trat zurück.

»Wir sollten deinen Pulli lieber einweichen, sonst geht der Fleck nie wieder raus.«

»Okay.«

Ehe sie sich versah, zog sich Daniel das Kleidungsstück über den Kopf. Er tat es in einer einzigen fließenden Bewegung, völlig ungezwungen, als wäre es das natürlichste der Welt, halb nackt vor ihr zu stehen.

Das war es mitnichten. Constanze bekam schlagartig weiche Knie. Plötzlich hatte sie eine wunderbare Sicht auf schön geformte Muskeln unter leicht gebräunter Haut. Ihr Mund wurde staubtrocken. So, jetzt wusste sie, wie sein Bauch aussah: fantastisch. Gebannt musterte sie ihn einen Herzschlag lang, dann riss sie sich zusammen. Nicht, dass ihm ihre Neugierde noch auffiel. Sie senkte den Blick und nahm den Pullover entgegen.

Constanze versuchte ein neutrales Lächeln – zumindest hoffte sie, dass es eins war – und eilte davon. Vor der Waschmaschine im Bad hielt sie inne und schloss die Augen. Herrgott noch mal, er war nicht der erste Mann, den sie oben ohne sah.

Aber er war eindeutig der Erste, der wie eine in Stein gemeißelte Skulptur daherkam. Constanze presste sich den Pullover vors Gesicht. In was hatte sie sich nur hineingeritten? Es würde Stunden dauern, bis er sich wieder anziehen konnte. Nirgendwo in ihrem gesamten Haushalt gab es etwas, was diesem Traum von einem Mann auch nur annähernd passen würde. Die Suche konnte sie sich getrost sparen.

Dafür hatte sie jetzt reichlich Zeit, sich seinen phänomenalen Anblick einzuprägen.

Frustriert grub sie das Gesicht noch tiefer in den Stoff. Daniels Duft stieg ihr in die Nase und machte alles noch schlimmer. Jäh stopfte sie den Pullover mit einer Geschwindigkeit in die Waschtrommel, als stünde er in Flammen. Sie drückte die Klappe zu und drehte den Regler. So fahrig, dass sie zweimal kontrollieren musste, ob sie die richtige Temperatur eingestellt hatte. Nicht, dass sie das Teil versehentlich noch bei neunzig Grad kochte. Das würde dem Ganzen mit Abstand die Krone aufsetzen.

Leider war das nicht ihr einziges Problem. Schon aus dem Augenwinkel sah sie vereinzelte Haarsträhnen wie Wimpel um ihr Gesicht flattern. Eigentlich hätte sie nicht erst in den Spiegel zu blicken brauchen, um zu erraten, wie sie aussah. Sie tat es trotzdem. Die Realität war niederschmetternd. Ihre Augen strahlten geradezu, leuchteten mit den roten Flecken auf ihrem Gesicht um die Wette – und die stammten keineswegs vom Wein. Du liebe Güte. Wie sollte sie Daniel in diesem Zustand bloß gegenübertreten? Sie sah aus, als stände sie komplett neben sich, wäre nonstop gerannt oder bis über beide Ohren verliebt. Eine fiese kleine Stimme erinnerte sie daran, dass Letzteres voll und ganz zutraf.

Schnell spritzte sie sich etwas Wasser ins Gesicht. Höchste Zeit, ins Wohnzimmer zurückzukehren. Nicht, dass Daniel noch auf die Idee kam, nachzusehen, wo sie so lange steckte. Hier, in diesem kleinen Bad, mit ihm … das ging überhaupt nicht. Dabei würden ihr alle Nerven durchbrennen. Garantiert!

Eilig ordnete sie ihre Frisur, blickte sich kämpferisch im Spiegel entgegen, und holte tief Luft. So, jetzt würde sie in die Küche zurückgehen und sich vollkommen normal benehmen – so, wie es Erwachsene ohne psychischen Totalschaden gewöhnlich taten.

Silas betrachtete Constanze sinnend, als sie endlich wieder auftauchte. Sie rauschte ins Zimmer, als gälte es, eine Schlacht zu schlagen. Ihre heroischen Versuche, nicht allzu lange in seine Richtung zu schauen waren noch auffälliger, als hätte sie ihn mit einem Vergrößerungsglas inspiziert. Ein kleiner Teufel ritt ihn. Die Arme vor der Brust verschränkt lehnte er sich gegen die Anrichte – obwohl er genau wusste, dass in dieser Haltung seine Muskeln noch deutlicher zutage traten. Als sich ihre Augen beinahe unmerklich verengten, bekam Silas kurz ein schlechtes Gewissen. Langsam zog er wirklich alle Register. Langsam war ihm jedes Mittel recht, egal wie primitiv und kalkuliert es auch sein mochte. Er würde alles tun, Hauptsache, es bezweckte, dass Constanze ein weiteres Stück ihrer Deckung aufgab. Sein Gewissen meldete sich erneut, doch er klappte schnell wieder den Deckel drauf. Das war der falsche Zeitpunkt, Skrupel zu bekommen. Er wollte Constanze im Grunde ja nichts Böses. Er wollte einfach nur sie. Hieß es nicht, der Zweck heilige alle Mittel?

Lächelnd blickte er sie an. »Dein Computer läuft übrigens wieder. Ich bin also quasi arbeitslos. Kann ich dir in der Küche noch irgendwas helfen?« Natürlich völlig ohne Hintergedanken …

Constanze kam um den Küchentisch herum. »Du hast ihn wieder hingekriegt?«

»War nur ein Bootfehler in der Systemdatei. Keine große Sache.« Im Stillen hoffte er, sie würde noch näher kommen.

Sie tat es nicht. »Toll, vielen Dank.« Sie trat nun doch neben ihn an die Anrichte, worauf sich Silas erfreut zu ihr drehte.

»Keine Ursache.« Er fasste an ihr vorbei nach dem Schneidbrett und zeigte auf den Teller mit der Hühnerbrust. »Soll ich das klein schneiden?«

»Gern.« Sie reichte ihm ein frisches Messer. »Vorsicht, es ist ziemlich scharf.«

»Das will ich hoffen«, gab er zurück und grinste. »Ich hasse stumpfe Klingen.«

Erstaunt verfolgte Constanze, wie Daniel das Fleisch zügig in akkurate Würfel schnitt. Das macht er nicht zum ersten Mal, schoss ihr durch den Kopf. Seine präzisen Bewegungen erfolgten mit raubtierhafter Eleganz. Irgendwie war das bei allem so, was er tat – selbst dann, wenn er nicht gerade mit nacktem Oberkörper in ihrer Küche arbeitete. Ein Zustand, in dem sich jede Muskelbewegung live mitverfolgen ließ.

Nicht darüber nachdenken und um Himmels willen nicht glotzen.

Um sich zu beschäftigen, sah sie nach dem schwach köchelnden Reis und warf einen Blick ins Rezeptbuch, ob sie nicht vor Aufregung etwas Wesentliches vergessen hatte. Anschließend schälte sie eine Zwiebel und legte sie ihm hin.

Daniel wechselte Brett und Messer und machte sich daran, die Knolle zu zerkleinern. Auf ihr Nicken hin nahm er sich das restliche Gemüse vor. Während er fröhlich weiterschnippelte, kümmerte sich Constanze um alles Übrige.

In den nächsten Minuten arbeiteten sie schweigend dicht nebeneinander. Constanze konnte nur staunen, wie angenehm es war, mit ihm zu kochen. Sie stießen weder zusammen noch standen sie sich gegenseitig im Weg herum. Allmählich vergaß sie ihre Nervosität, obwohl ihr Herz jedes Mal einen wilden Satz machte, wenn er auf der Suche nach Zutaten nahe an sie herankam. Trotz dieser Momente, trotz seiner Anwesenheit, entspannte sie sich auf geradezu revolutionäre Weise.

Oder war es vielleicht gerade wegen seiner Anwesenheit? Constanze wusste es nicht genau. Jedenfalls begann sie, seine Gegenwart in vollen Zügen zu genießen. Er passte einfach hervorragend in ihre Küche, in ihr Haus, in ihr Leben.

Daniel fragte sie nach ihrem Tag und schon bald unterhielten sie sich angeregt.

Die Zeit verging wie ihm Flug. Constanze konnte sich nicht erinnern, jemals einen zwangloseren Abend mit einem Mann verbracht zu haben. Schwatzend deckten sie den Tisch im Wohnzimmer und stellten die verhängnisvolle Flasche Wein dazu.

Sie aßen ohne Eile. Constanze entdeckte ziemlich schnell, dass Daniel das Gericht genauso zu schmecken schien wie ihrem Sohn, denn er aß eine Portion, die gut und gern das dreifache der ihrigen war. Eliah mochte diesen Reis auch für sein Leben gern. Sollten sie jemals zu dritt davorsitzen, konnte sie sich die Kämpfe um den letzten Rest schon bildhaft ausmalen. Lächelnd griff sie nach dem Weinglas.

Daniel senkte die Gabel und lächelte zurück. »Was ist? Habe ich gekleckert?« Er blickte suchend an sich hinunter.

»Nein.« Constanze schüttelte lachend den Kopf. »Hast du nicht. Ich habe nur gerade daran gedacht, dass dieses Risotto Eliahs Leibgericht ist.«

»Ja, weil es total lecker ist«, stellte Daniel grinsend fest, dann beugte er sich mit verschwörerischer Miene vor. »Sag ihm lieber nicht, dass wir es in seiner Abwesenheit gegessen haben, sonst kündigt er mir die Freundschaft.«

Spontan beugte sich Constanze ebenfalls vor. »Damit kann ich dich jetzt erpressen«, neckte sie ihn.

»Stimmt«, gab er mit blitzenden Augen zu. »Aber ich baue auf dein Ehrgefühl. So etwas Gemeines würdest du nie tun.«

»Nein, wahrscheinlich nicht«, räumte Constanze ein, »außer vielleicht, wenn morgen mein Computer wieder abstürzt.«

»Kein Problem, das lässt sich einrichten.«

Constanze winkte ab. »Bitte nicht, ich habe keinen Reis mehr.«

Als sie später in die Küche ging, um das Dessert zu richten, war es schon selbstverständlich, dass Daniel mitkam.

»Probier mal.« Sie hielt ihm einen Löffel hin, auf den sie etwas Vanillesoße getropft hatte. »Ist dir das süß genug?«

Er nippte. »Genau richtig. Den Löffel kannst du mir gleich mal geben.«

Schmunzelnd überließ sie ihm das Besteck und holte eine Schüssel mit Grütze aus dem Kühlschrank.

»Lässt du den Rollladen die Nacht über herunter?«

Sie blickte auf. »Ja, normalerweise schon.«

Daniel griff nach dem Gurt. »Ich erledige das.«

Der Rollladen hatte sich noch keine fünf Zentimeter bewegt, da passierten zwei Dinge gleichzeitig. Es gab ein lautes Krachen und Constanze rief: »Stopp!«

Daniel hielt mitten in der Bewegung inne.

Sie stellte hastig die Beeren ab. »Nicht loslassen. Sonst rauscht die Jalousie auf Eliahs Kräutertöpfe. Die Arretierung ist defekt.«

»Ups!« Er betrachtete die Tontöpfe. »Dabei gibt es bestimmt einfachere Wege, Kräuter zu hacken.«

»Das mit Sicherheit.« Constanze reckte sich an ihm vorbei zur Fensterbank. »Eliah würde dich wahrscheinlich in Stücke hacken, wenn du seine geliebten Kräuter ramponierst.« Sie angelte nach den Tongefäßen. Als sie sah, wie Daniel im Scherz das Gesicht verzog, musste sie lächeln. »Keine Sorge, so ein Blutbad würde ich niemals zulassen.« Dicht neben ihm stehend, schob sie die Kräutertöpfe außer Gefahr.

»Muss ich das noch festhalten?« Er nickte zum Rolladengurt hin.

»Nein.« Constanze richtete sich wieder auf. »Jetzt kann nichts mehr passieren.«

»Gut.« Daniel ließ den Gurt los, drehte sich zu ihr und umfasste mit beiden Händen ihr Gesicht. Ehe Constanze noch begriff, was er vorhatte, neigte er den Kopf und küsste sie.

Sie blinzelte verdattert, dann schlossen sich ihre Lider von allein. Der Kuss begann zart, dennoch spürte sie, dass er sich diesmal nicht sofort wieder zurückziehen würde. Ihr Herz stockte und begann gleich darauf wild zu hämmern. Seine Finger strichen zärtlich ihren Hals hinab. Die Berührung war kaum zu spüren, dennoch jagte sie eine nie da gewesene Hitze durch ihren Körper. Verunsichert griff sie um seine Handgelenke. Daniel hielt augenblicklich inne, als rechnete er damit, dass Constanze ihn jeden Moment von sich schieben würde. Doch das tat sie nicht. Stattdessen rutschten ihre Hände zaghaft seine Arme entlang.

Als hätte sie ihm damit eine Erlaubnis erteilt, glitten seine Finger in ihre Haare und er küsste sie ein weiteres Mal. Verführerisch, lockend. Der sinnliche Ansturm fegte

Constanzes Verstand beiseite. Leise seufzend ließ sie Daniel ein. Er brummte überrascht, dann zog er sie enger an sich und küsste sie richtig. Zielstrebig drang er in ihren Mund vor, ließ sie Stück für Stück sein Verlangen spüren.

Unter Constanze gab der Boden nach. Es war unglaublich. Berauschend. Nicht mehr jugendfrei. Nie hätte sie gedacht, dass ein Kuss so sein konnte. Jede Bewegung seiner Zunge löste eine neue Supernova in ihrem Inneren aus. Rasend schnell ertrank sie in dem magischen Gefühl seiner Nähe. Es dauerte nicht lange, und sie begegnete ihm mit vorsichtiger Initiative.

Daniel stöhnte leise. Ohne den Kuss zu unterbrechen, hob er sie auf die Anrichte. Constanze bemerkte die Veränderung kaum, ließ sogar zu, dass er zwischen ihre Beine trat. Allmählich verloren ihre Hände jede Scheu. Neugierig strich sie über seinen nackten Rücken und erkundete seine Muskeln unter ihren Fingern. Daniel umfasste ihre Hüften und zog sie langsam über die Anrichte gegen seine.

Constanze atmete rau, als ihre Unterkörper intim aufeinandertrafen. All ihre Sinne explodierten mit einem einzigen Schlag. Es spielte keine Rolle, dass sie unterhalb der Taille vollständig bekleidet waren. Das Gefühl war trotzdem erregender als alles, was sie bisher erlebt hatte. Diese Position, die Bedeutung, die sie innehatte, versengte ihre Nerven. Daniel beugte sich über sie. Eine Hand in ihren Rücken gelegt, küsste er sich abwärts und drückte sie mit jeder Bewegung weiter nach hinten. Constanze keuchte, drauf und dran, sich in seine Umarmung fallen zu lassen. Probeweise lehnte sie sich ein wenig zurück.

Jähes Klingeln durchbrach den Zauber.

Constanze fuhr so abrupt auf, dass sie mit dem Kinn gegen Daniel krachte, weil er im selben Moment den Kopf hob. Gleichzeitig gaben sie ein überraschtes Geräusch von sich, dann sahen sie sich an. Seine Augen, halb von den Haaren verborgen und voll brennender Sehnsucht. Constanze vergaß zu atmen. So hatte er sie noch nie angesehen. So hatte sie überhaupt noch nie jemand angesehen.

In ihrem Inneren tobte ein wildes Durcheinander. Sie fühlte sich, als hätte sie zu viel Alkohol getrunken. Unglaube, Erregung und Schock gaben einander die Klinke in die Hand. Aber am stärksten war der Wunsch, sich sofort wieder in seine Arme zu werfen. Ach, könnte sie doch nur …

Die Türglocke gellte erneut. Der Traum war vorbei, die Realität hatte sie wieder. Daniel pflügte sich durch die Haare und brachte sie damit noch mehr in Unordnung. Constanze streckte spontan die Finger nach den glänzenden Strähnen. So verwuschelt sah er wirklich fabelhaft aus, das war ihr schon einmal aufgefallen. Sie atmete tief durch.

»Ich muss nachsehen, wer das ist.« Selbst in ihren eigenen Ohren klang ihre Stimme heiser. Sie schluckte. Kein Wunder nach dem, was sie gerade getan hatten.

Daniel nickte. »Ja, natürlich.« Er umfasste ihre Taille und half ihr von der Anrichte.

Einen winzigen Moment gestattete sie sich, die Berührung seiner Hände zu genießen, dann trat sie zurück. Etwas wackelig steuerte sie die Haustür an und öffnete.

»Hallo, ich hoffe, ich störe nicht.« Die neugierige Art, mit der Roland Constanzes unordentliche Frisur musterte, bezeugte das genaue Gegenteil. »Darf ich reinkommen?« Er zog ein bettelndes Gesicht. »Bitte, es ist dringend. Mir geht es nicht so gut, ich …« Als er Daniel entdeckte, der halb nackt mit verschränkten Armen an der Flurwand lehnte, klappte ihm der Mund auf.

Daniel hob spöttisch eine Augenbraue. »Guten Abend.«

»Du hast Besuch?« Roland blickte wieder Constanze an. Seine Überraschung war so schlecht gespielt, dass er damit nicht einmal einen Dreijährigen hätte täuschen können.

»Ja. Was gibt's denn?«, fragte Constanze und dachte nicht im Traum daran, ihrem Nachbarn zu erklären, wieso Daniel mit nacktem Oberkörper in ihrem Flur stand.

»Meine Blutwerte sind ziemlich schlecht und mir ist das Insulin ausgegangen«, begann Roland zu erklären und tischte Constanze eine dramatische Geschichte über ein zu Bruch gegangenes Medikamentenfläschchen auf.

Silas überlegte ernsthaft, ob er dem Mann für seinen perfekt inszenierten Auftritt Beifall klatschen sollte. Das war jedenfalls besser als die Alternative, ihm an die Gurgel zu springen. Es war offensichtlich, weshalb Constanzes Nachbar aufgetaucht war. Roland hatte den schwarzen BMW vorm Haus entdeckt und befürchtet, es könne sich Folgenschweres zwischen Constanze und ihrem Besuch abspielen.

Silas unterdrückte ein Grinsen. Die Tatsache, dass genau das geschehen war, verbesserte seine Stimmung enorm. Der Kuss war durchaus bedeutend gewesen, daran gab es keinen Zweifel. Bei Constanzes Reaktion war seine Zurückhaltung schneller gefallen als ein Kartenhaus. Die Pläne, die Zeit, die er sich für ihre Eroberung hatte lassen wollen, alles dahin. In Rauch aufgegangen, sobald sie ihm die Lippen geöffnet hatte. Von nun an würde er jeden Schritt gehen, den sie ihn gehen ließ, egal wie ungestüm er vielleicht sein würde. Hauptsache, sie stoppte ihn nicht. Das war das Einzige, was noch zählte.

Um Roland noch mehr Grund zum Nachdenken zu geben, trat er dicht hinter Constanze und platzierte leicht seine Hände auf ihren Hüften.

Erfreut registrierte er, dass sie sich ohne lange zu zögern gegen ihn lehnte.

Rolands Erklärungen kamen bei dieser Vertrautheit schwer ins Stocken. Er räusperte sich. »Kann mich vielleicht jemand ins Krankenhaus fahren?«

Silas zuckte die Schultern. »Sicher, kein Problem.«

Roland folgte ihnen ins Wohnzimmer. Ohne den aufdringlichen Nachbarn eines Blickes zu würdigen, ging Constanze ins Bad.

Silas lächelte sie warm an, als sie ihm seinen noch leicht feuchten Pulli gab. Wortlos streifte er ihn über den Kopf. Sollte Roland doch spekulieren. Je blühender die Fantasie, desto besser.

Constanze begleitete Roland und ihn zur Tür. Nachdem der Kerl erwartungsgemäß keine Anstalten machte, diskret zum Auto vorauszugehen, zog Silas Constanze unbeirrt vor dessen Augen an sich.

Mit ihr im Arm drehte er Roland plakativ den Rücken zu, dann küsste er sie zärtlich. Trotz seiner immer noch schwelenden Erregung nahm Silas sich schwer zurück. Keinesfalls wollte er Constanze vor ihrem Beobachter in Verlegenheit bringen.

Obwohl dieser Kuss weitaus harmloser war als der vor wenigen Minuten, standen Constanzes Sinne augenblicklich wieder unter Strom. Nur zu lebhaft erinnerte sie sich, was gerade passiert war.

Daniel rieb seine Stirn gegen ihre. »Den Nachtisch holen wir ein andermal nach«, versprach er so leise, dass nur sie es hören konnte.

Constanze nickte leicht. »Ist gut.«

Er drückte ihre Hand, dann drehte er sich um und ging mit ausgreifenden Schritten die Stufen hinab. Roland folgte ihm ohne ein Wort des Abschieds. Wäre Constanze nicht so überdreht gewesen, hätte sie sich gefreut, wie missmutig ihr Nachbar aus der Wäsche blickte.

Sie blieb an der Tür stehen, bis das schwarze Coupé aus ihrem Blickfeld verschwunden war, dann ging sie langsam in die Küche. Mit klopfendem Herzen betrat sie den

Raum, in dem gerade die aufregendsten Minuten ihres Lebens stattgefunden hatten.

Sie hatte Daniel geküsst – und wie.

Als diese Tatsache endlich in Constanzes Verstand einschlug, wurde ihr derart schwindlig, dass sie sich augenblicklich setzen musste. O mein Gott! Sie hatte es getan – und es war fantastisch gewesen. Noch viel schöner, als sie sich je hätte ausmalen können.

Völlig aus der Bahn geworfen saß sie minutenlang da, ohne sich zu rühren, ohne dass ihr Puls sich in irgendeiner Weise beruhigt hätte. Eigentlich war sie sich im Klaren, dass sie dringend nachdenken, irgendwie das Chaos in ihrem Inneren ordnen musste. Aber genauso klar war auch, dass sie dazu im Moment nicht in der Lage war. Weder emotional noch geistig. Da half nur eines: Beschäftigungstherapie.

Constanze stand auf, schnappte sich die unberührten Dessertschüsseln und stellte sie in den Kühlschrank. Danach nahm sie sich das Geschirr vor. Notfalls würde sie die ganze Küche putzen. Immer noch besser, als sich schlaflos im Bett herumzuwälzen, denn Ruhe würde sie in dieser Nacht nicht finden, darüber machte sie sich keine Illusionen.

»Wissen Sie, Sabine ist nicht so unkompliziert, wie man auf den ersten Blick denkt«, eröffnete Roland das Gespräch, kaum dass sie im Wagen saßen. »Sie ist sehr speziell.«

Silas runzelte belustigt die Stirn. Was sollte das denn? Versuchte Roland etwa, ihm Constanze auszureden? Das konnte er vergessen. So leicht ließ er sich nicht aus dem Feld schlagen.

»Was meinen Sie mit speziell?«, ging er zum Spaß darauf ein. »Auf mich macht sie eigentlich einen ganz normalen Eindruck.«

»Das täuscht.« Rolands herablassender Tonfall bewirkte, dass er Silas schlagartig noch unsympathischer wurde als ohnehin schon. »Obwohl«, fuhr der Kerl fort, »man sich eigentlich nicht zu wundern braucht, wenn man gewisse Dinge über sie weiß.«

Silas' Belustigung verflog. Ein wachsames Misstrauen breitete sich in ihm aus, trotzdem ließ er sich nichts anmerken. »So?«

Roland nickte bedeutungsschwanger. »Ja, sie hat früher einiges erlebt ...«

Silas biss die Zähne zusammen. Der Typ hatte, auf welche Weise auch immer, von ihrer Vergangenheit erfahren. Aber statt dieses Wissen für sich zu behalten und Constanze zu schützen, setzte er es rücksichtslos für seine Zwecke ein. Eiskalte Wut keimte ihn ihm. Dieses Verhalten war nicht nur unterstes Niveau, sondern auch gefährlich für Constanze. Wusste dieser bescheuerte Vollidiot denn nicht, dass Michael von Richtstetten nur darauf wartete, seine Exfrau in die Finger zu bekommen?

Mit versteinerter Miene blickte er zu Roland, der immer noch über Constanzes Vergangenheit orakelte. Er nickte beiläufig auf eine Zwischenfrage und dachte an die Waffe, die gut versteckt unter seinem Sitz lag.

»Ich wollte Sie nur warnen, so etwas ahnt man ja nicht auf den ersten Blick«, beendete Roland seine kleine Ansprache und grinste ihn gönnerhaft an.

Silas lächelte eiskalt zurück. »Es soll aber auch Leute geben, denen man das Arschloch direkt ansieht.« Als er seinen Sitznachbar zusammenfahren sah, wurde sein Lächeln echt. Zugegeben, dieser verbale Tiefschlag war vielleicht auch unterstes Niveau, dafür aber äußerst befriedigend.

»Wie haben Sie das gemeint?« Roland setzte sich aufrecht hin.

Silas lächelte immer noch. »Ach, das war nur so dahingesagt. Wo befindet sich denn die Notaufnahme?«, wechselte er das Thema, ehe er doch noch auf die Idee kam, unter seinen Sitz zu greifen. Gottlob bogen sie bereits auf das Klinikgelände ein.

Roland zeigte auf einen Gebäudekomplex. »Da vorn. In der Notaufnahme bekommt man immer Insulin.«

Silas nickte und hielt vor der Eingangstür.

»Danke.« Roland öffnete die Tür und stieg aus.

»Soll ich Ihnen helfen?« Silas war überzeugt, dass Constanzes Nachbar den Abgang machte, sobald er den BMW von hinten sah.

»Nein, das ist nicht nötig. Wirklich nicht.«

»Ach was, kommen Sie«, erwiderte Silas boshaft und stieg ebenfalls aus. »Das tue ich doch gern.« Unter Rolands panischen Blicken ging er auf zwei heraneilende Sanitäter zu.

»Schnell!« Silas zeigte mit dem Daumen über seine Schulter. »Der Mann braucht dringend eine Insulinspritze. Er redet schon wirres Zeug.«

Die Sanitäter nickten dienstbeflissen und stürzten sich sofort auf Roland. Ehe er noch etwas einwenden konnte, schleiften sie ihn davon. Grinsend stieg Silas in seinen Wagen. Immerhin hatte Constanze jetzt einige Stunden nachbarschaftliche Ruhe.

12.

Beunruhigende Entdeckungen

Als Constanze am nächsten Nachmittag die Tür der Buchhandlung abschloss, war sie völlig erschöpft. Seufzend ließ sie den Schlüsselbund in ihre Tasche fallen und machte sich auf den Weg zum Auto. Sobald sie ihre Einkäufe erledigt hatte, würde sie nach Hause fahren, ein Bad nehmen und direkt ins Bett fallen. Nach der durchwachten Nacht war sie so müde, dass sie selbst auf dem Gehweg geschlafen hätte.

Kaum befand sie sich nach einem Zwischenstopp am Supermarkt auf den etwas ruhigeren Straßen außerhalb des Stadtkerns, wanderten ihre Gedanken zu Daniel. Das war nicht weiter verwunderlich, denn seit gestern Abend kreisten ihre Überlegungen ohnehin ununterbrochen um ihn. Der nächtliche Putzmarathon hatte nur wenig geholfen, zumal sie heute Morgen auch noch mit ihm telefoniert hatte. Allein seine Stimme zu hören, hatte sämtliche Magie wieder aufleben lassen.

Die Erinnerung an seinen Kuss rieselte noch immer heiß durch ihren Körper. So heftig war sie noch nie geküsst worden, nie in ihrem ganzen Leben, nicht einmal von Daniel selbst an jenem Abend nach dem Ball.

Constanze schwirrte der Kopf, wenn sie nur daran dachte, wie erschreckend schnell sie mit ihm in eine derartige Situation gerauscht war. Sie konnte felsenfest behaupten, dass ihr das mit keinem anderen Mann auf diesem Planeten passiert wäre. Daniel brach alle Rekorde. In jeder Hinsicht. Wie weit die Sache gestern wohl gegangen wäre, hätte Roland sie nicht unterbrochen? Und vor allem: Wie weit wäre sie gegangen?

Nach dem, was Daniels Kuss in ihrem Inneren ausgelöst hatte, bekam sie langsam eine vage Vorstellung, wie es sein musste, mit ihm zu schlafen. Constanze zweifelte nicht daran, dass diese Erfahrung sie grundlegend verändern würde. Daniel war kein Mann, der sich mit einem Teil des Preises oder lediglich einem warmen Körper zufriedengab. Er hatte es auf ihre gesamte Seele, ihr ganzes Herz abgesehen, würde alles von ihr fordern, was sie zu geben hatte. Sie spürte es an der Art, wie er an die Dinge heranging. Egal, ob es sich um einen hysterischen Jungen, einen abgestürzten Computer oder was auch immer handelte. Er hatte ein Ziel, und er arbeitete darauf hin. Sein ruhiges Selbstvertrauen war gleichermaßen faszinierend wie beängstigend.

Sie schluckte. Falls sie sich auf Daniel einließ, musste sie sich im Klaren darüber sein, dass es ihr nicht gelingen würde, eine emotionale Barriere gegen ihn zu errichten, wie sie es bei Michael oft getan hatte. Eine derartige Abgrenzung würde Daniel niemals zulassen. Weder innerhalb des Bettes noch außerhalb. Und genau darin lag der wahre Kern des Problems. Es ging nicht nur um ihre Angst, die klaftertiefe Panik vor körperlicher Liebe nicht überspringen zu können. Es ging um mehr. Um den Verlust von etwas, das ihr bisher als lebenswichtig erschienen war. Ihr innerer Schutzwall.

Nur dadurch war es ihr letztlich gelungen, nicht an den brutalen Übergriffen ihres Exmannes zu zerbrechen. Ohne diese letzte Sicherheit fühlte sie sich nackt und verletzlich. Nicht nur körperlich, sondern auch seelisch.

Nach dem gestrigen Abend war Constanze endgültig an einer Kreuzung angelangt, von der aus es nur noch zwei Richtungen gab. Vor oder zurück. Entweder, sie beendete ihre Beziehung zu Daniel mit einem feigen Rückzug, oder sie kratzte ihren Mut zusammen und marschierte weiter – und zwar ohne ihren Schutzwall. Eine andere Option blieb nicht. In aller Konsequenz zu Daniel hin oder endgültig von ihm weg.

So einfach war die Entscheidung – und doch so schwer. Mit Abstand die schwerste ihres Lebens. Egal welchen Weg sie einschlug, es würde nicht leicht werden. Damit musste sie sich gründlich auseinandersetzen. Das konnte sie unmöglich zwischen Tür und Angel entscheiden. Constanze atmete mühsam. Sie brauchte Zeit zum Nachdenken, denn im Moment schaffte sie weder das eine noch das andere. Es war zum Verrücktwerden. Gott sei Dank hatte sie sich mit Daniel erst am Wochenende verabredet. So blieben ihr wenigstens vier Tage.

Ein hässliches Dröhnen aus der Motorhaube holte sie jäh in die Realität zurück. Der kleine Wagen bockte, machte einige klägliche Geräusche, dann gab der Motor den Geist auf.

Constanze nutzte geistesgegenwärtig den verbleibenden Schwung, um das Fahrzeug an den Straßenrand zu lenken, dann blieb sie einfach sitzen. Beide Hände ums Lenkrad gekrallt starrte sie auf die dampfende Kühlerhaube. Das durfte jetzt nicht wahr sein.

Sie hatte wenig Hoffnung, dass der VW noch einmal ansprang, versuchte es aber trotzdem. Minuten später gab sie auf. Frustriert legte sie den Kopf auf ihre Hände. Sie kam nicht einmal mehr einen lächerlichen Meter voran. Jemand musste sie abschleppen.

Ohne lange zu hadern, angelte sie das Handy aus der Tasche. Es half alles nichts, sie musste um Hilfe bitten. Sie zögerte nur kurz, ehe sie Daniels Nummer auswählte. Susanne und Frank waren ohnehin nicht da, und Daniel hatte einmal gesagt, sie könne ihn jederzeit anrufen.

Mit klopfendem Herzen wartete sie, bis die Verbindung zustande kam. Er ging nach dem zweiten Klingeln ran. »Ja?«

Constanzes Herz galoppierte los, obwohl sie heute schon das zweite Mal mit ihm sprach. »Daniel ... hallo, hier ist Sabine.« O Gott, sie klang nach rostiger Gießkanne. Hastig schluckte sie.

»Hi, schön, dass du dich noch mal meldest«, begrüßte er sie weich, doch dann änderte sich sein Tonfall radikal. »Sabine, bist du in Ordnung?«

Constanze starrte verblüfft das Telefon an. Sie hatte doch noch gar nichts gesagt. Entweder, er war unglaublich aufmerksam, oder sie hörte sich wirklich so schräg an wie befürchtet.

»Erzähl mir, was passiert ist«, fragte er besorgt nach, als sie nicht gleich antwortete.

»Mir geht's gut«, krächzte sie, sobald sie ihre Stimme halbwegs wiedergefunden hatte. »Ich hatte eine Panne und stehe jetzt auf dem Seitenstreifen. Der Wagen springt nicht mehr an.«

»Wo genau bist du? Ich komme zu dir.«

Constanze beschrieb ihm ihren Standort.

»Bleib da. Und Sabine ...«

»Ja?«

»Pass auf, dass du nicht überfahren wirst.« Die Wärme in seiner Stimme trug sofort dazu bei, dass sich Constanze ein wenig entspannte. »Ich passe auf, bis gleich.«

Sie verstaute das Handy in ihrer Handtasche und atmete auf. In wenigen Minuten würde Daniel hier sein und ...

Mit einem Mal wurde ihr bewusst, was sie gerade getan hatte. Sie hatte ihn zu sich bestellt. Sie würde ihn treffen. Nicht erst am Wochenende, sondern jetzt gleich. Vier Tage Zeitpuffer hatten sich gerade in Luft aufgelöst.

Ihre Erleichterung war schlagartig wie weggeblasen. Was sollte sie jetzt tun? Unruhig begann sie, auf und ab zu wandern. Am besten, sie verhielt sich ganz normal, so wie gestern. Sie schluckte. So wie gestern Abend? Nein, vielleicht nicht unbedingt genau so.

In einem hilflosen Versuch, ihrer Nervosität Herr zu werden, strich sie sich über den Rock und ordnete die

Haare, was dazu führte, dass sie noch aufgeregter wurde. Seufzend ließ Constanze es bleiben. Und wenn schon, dann trafen sie sich halt – auch ohne einen wohlüberlegten Schlachtplan für ihr weiteres Verhalten.

Was Daniel anging, war sie anscheinend sowieso nicht in der Lage, logisch zu handeln, sonst hätte sie ihn nicht prompt um Hilfe gerufen.

Schicksalsergeben setzte sie sich auf die Leitplanke und wartete. Lange musste sie das nicht. Nicht einmal zwanzig Minuten später scherte ein flacher, schwarz glänzender Wagen aus dem Verkehrsstrom aus und steuerte auf sie zu.

Silas stoppte den Wagen. Er betrachtete Constanze. Sie erhob sich flink und kam auf ihn zu, offenbar unverletzt. Aufatmend stieg er aus. Er hatte sich umsonst Sorgen gemacht.

Kaum war das geklärt, lächelte er. Er hatte nichts dagegen, sie so bald wiederzusehen. Im Gegenteil. Ihr Anruf war ein echter Glücksfall gewesen. Je eher sie sich wieder trafen, desto besser. Rasch nahm er einen Lappen samt Werkzeug aus dem Kofferraum und ging ihr entgegen.

»Hallo Bruchpilot«, begrüßte er sie und bemerkte fasziniert, dass sie trotz ihrer Panne immer noch adrett und frisch aussah. Sogar ihre eigenwilligen Haare steckten ordentlich im Knoten. Schade. Er hatte sie immer noch nicht mit offenen Haaren gesehen. Naja, irgendwann …

»Hallo.« Constanze lächelte verlegen und rang unsicher die Hände. »Danke, dass du mir so schnell zu Hilfe gekommen bist.«

Fast schüchtern blieb sie mit etwas Abstand vor ihm stehen. Jedoch nah genug, dass er seine freie Hand in ihr Genick legen und sie küssen konnte. Ihre Fingerspitzen landeten von allein auf seinem Bauch. Als sie ihm noch einen Schritt entgegenkam, zog er sie ganz an sich. Weil er sie aber nur begrüßen und nicht gleich ins Gebüsch zerren wollte, löste Silas seinen Mund wieder von ihrem.

»Alles klar bei dir?« Er streichelte die zarte Haut hinter ihrem Ohr.

Constanze nickte und versuchte, das elektrisierende Gefühl auf ihren Lippen zu ignorieren. Sie hatten sich so selbstverständlich geküsst, als wären sie ein vertrautes Paar, als wären ihre zermürbenden Gedanken vor wenigen Minuten nur Schall und Rauch gewesen.

Keine Frage, Daniel arbeitete sich weiterhin zielbewusst durch ihre Zurückhaltung – wobei er erobertes Terrain augenscheinlich nicht mehr hergab. Constanze konnte nicht gerade behaupten, dass dieses Wissen dazu beitrug, ihre Nerven zu beruhigen, schon gar nicht, wenn er so nah bei ihr stand. Aber von ihm abrücken wollte sie seltsamerweise auch nicht. Zu ihrer Verblüffung umfasste sie stattdessen seine Mitte. »Es geht mir gut.«

Daniel grinste und hängte locker einen Arm über ihre Schulter, während sie den kurzen Weg zu ihrem flügellahmen Wagen zurücklegten.

»Dann lass uns mal sehen, was er hat.« Mit einer fließenden Bewegung schlüpfte er aus seiner Anzugjacke und gab sie ihr, dann krempelte er die Ärmel auf.

Constanzes Finger schlossen sich um den feinen Stoff, als Daniel mit geübtem Griff die Motorhaube öffnete. Während er nach vorn gebeugt herumhantierte, klebte ihr Blick förmlich am Ausschnitt seines Hemdes. Der geöffnete Kragen gab den Ansatz seiner schön geformten Brustmuskeln frei. Unfreiwillig dachte sie wieder daran, wie er mit nacktem Oberkörper aussah.

Constanze wurde plötzlich selbst für einen Sommertag zu rot im Gesicht. Schnell senkte sie den Blick. Sie konnte ja schlecht dastehen und ihn wie ein Mondkalb anstarren, wenn er zufällig den Kopf hob. Ein Schriftzug mit *Ich liebe dich* auf ihrer Stirn wäre wohl kaum auffälliger.

Um sich von Daniel abzulenken, betrachtete sie angestrengt die Umgebung. Es war unfair, dass ihre Gefühle sie noch empfänglicher für seine ohnehin atemberaubende Ausstrahlung machten. Als wäre er nicht anziehend genug.

Nur wenige Minuten später trat Daniel neben sie und wischte sich die Hände notdürftig an dem Lappen ab. »Dein Kühler hat ein Loch, dadurch ist der Motor überhitzt. Da ist nichts mehr zu machen, wir müssen leider den Abschleppdienst rufen.«

»Damit habe ich fast gerechnet.« Constanze wunderte sich nicht, dass ihr altes Gefährt nun endgültig zum Schrotthaufen degeneriert war. Eigentlich war das nach den Kapriolen der letzten Wochen absehbar gewesen.

Daniel drehte sich zu ihr. »In meiner linken Hosentasche ist das Handy. Ich habe die Nummer vom Abschleppdienst eingespeichert, dann müssen wir nicht lange suchen.«

Angesichts seiner ölverschmierten Hände blieb Constanze nichts anderes übrig, als seiner im Grunde völlig harmlosen Bitte nachzukommen. Sie zögerte, streckte dann aber den Arm aus und beugte sich so nah an ihn heran, dass sich ihre Körper fast berührten. Der Duft seines Aftershaves stieg ihr in die Nase und erinnerte all ihre Sinne an den vergangenen Abend. Plötzlich fiel es ihr überraschend schwer, die harten Beinmuskeln unter ihren suchenden Fingern nicht abzutasten. Gepeinigt schloss sie die Augen. Das wurde ja immer schlimmer.

Dass er wahrscheinlich nichts dagegen gehabt hätte, wenn sie unvermittelt angefangen hätte, an ihm herumzugrapschen, entschärfte die Sache nicht gerade. Sie musste sich unbedingt bremsen, ehe sie noch etwas richtig Dummes anstellte. Wie zum Beispiel unmissverständliche Angebote zu machen, von denen sie wenige Minuten später ohnehin zurückrudern würde. Ehe sie ihre Blockaden nicht überwunden hatte, musste sie vorsichtig sein.

Bis dahin war der krasse Gegensatz zwischen ihren sorgenvollen Gedanken und dem Eigenleben ihres Körpers wirklich zum Davonrennen. Am liebsten hätte sie vor Erleichterung aufgestöhnt, als sie das schmale Telefon endlich in den Fingern hielt.

Silas versuchte überhaupt nicht, sich für sein dreistes Vorgehen zu schämen. Dieser Schachzug war vielleicht nicht weniger plump als die Aktion mit dem nackten Oberkörper, aber seine Absichten hatten sich seit gestern Abend nicht geändert. Er wollte Constanze mehr denn je; wollte ihr die Angst nehmen, mit ihm auf Tuchfühlung zu gehen. Schade, dass sie das immer noch nicht ganz freiwillig tat. Mal sehen, wie lange er daran noch feilen musste …

Mit ruhiger Stimme wies er sie an, welche Tasten sie drücken sollte, und schloss die Motorhaube, während sie telefonierte.

Nach dem knappen Gespräch lehnten sie sich nebeneinander an den Kotflügel und warteten. Sie unterhielten sich über allerlei Dinge, sodass die Zeit bis zum Eintreffen des Abschleppwagens im Nu verging. Allerdings dauerte es fast eine Stunde, Constanzes Auto auf dem Laster zu verstauen.

Als es endlich zum Abtransport bereitstand, musterte der Mann vom Service sie fragend. »Brauchen Sie einen Ersatzwagen? Ich kann ihnen einen vorbeischicken, wenn sie möchten.«

Silas grinste Constanze an. »Hast du Lust, eine Weile BMW zu fahren?«

Constanze nickte verblüfft, in Gedanken an den einzigen BMW, der er ihr im Moment einfiel. Daniels. Sie wollte noch etwas sagen, doch er wandte sich bereits an ihren Helfer.

»Wir kommen schon klar, danke.«

Kaum war der Abschleppwagen abgefahren, nahm Constanze sein Angebot noch mal auf. »Macht es dir nichts aus, mir den Wagen zu überlassen?« Sie warf einen skeptischen Blick auf das edle Coupé.

»Nein, wieso? Ich hab noch ein Motorrad, das reicht bei diesem Wetter völlig.« Er grinste jungenhaft. »Oder denkst du, es schadet meinem männlichen Ego, wenn eine Frau meinen Wagen fährt?«

Constanze lief rot an, denn genau das war ihr durch den Kopf gegangen. So zumindest hätten es die Männer in ihrem bisherigen Umfeld gesehen.

Daniel schmunzelte, als sie nicht antwortete. »Keine Sorge, damit komm ich schon klar. Sollen wir starten?«

Er verstaute ihren Einkaufskorb im Kofferraum und Constanze registrierte verdattert, dass er zum Beifahrersitz marschierte und sich ungerührt draufgleiten ließ.

Etwas verunsichert stieg sie neben ihm ein. »Ich soll jetzt schon fahren? Ich dachte ...« Constanze verstummte, als sie sah, dass sich Daniel bereits anschnallte. Den Arm auf die Tür gestützt, drehte er sich zu ihr.

»Du weigerst dich doch nicht, oder? Ehrlich, das Motorrad kann ich dir nicht überlassen«, neckte er sie und grinste.

Constanze erwiderte seinen Blick in gespieltem Ernst und wollte den Zündschlüssel drehen. Es funktionierte nicht. Sie runzelte die Stirn.

Silas rechnete ihr hoch an, dass sie es nicht noch zweites Mal versuchte. Das hätten vermutlich die meisten Menschen getan. Constanze hingegen zog ihre Hand zurück. Ehe Silas ihr einen Tipp geben konnte, betätigten ihre schlanken Finger den Knopf auf der Mittelkonsole. Sie lächelte, als der Wagen sofort ansprang. Ganz ungeschickt war sie eben doch nicht.

Silas lehnte sich zurück, während sich Constanze umsichtig in den dichten Feierabendverkehr einfädelte. Das elektronische Sicherheitssystem erkannte an dem Chip in seiner Hemdtasche, dass er sich im Fahrzeug befand. Dem Wagen war es egal, wer ihn tatsächlich lenkte. Silas nicht.

Constanze war nicht nur die erste Frau, die seinen BMW fuhr, sie war die erste Person überhaupt, die außer ihm am Steuer saß. Was das zu bedeuten hatte, lag auf der Hand.

Er wollte sie in seinem Leben haben. Unbestreitbar. Jaras Prophezeiung während jenes Telefonats hatte sich vollauf bestätigt. Je öfter er Constanze sah, desto tiefer wuchsen seine Gefühle für sie. Und genau, wie Jara vorhergesagt hatte, wurde es nach jedem Treffen schwieriger, sein Geheimnis zu offenbaren. War es ihm schon auf dem Ball kompliziert erschienen, artete dieses Problem langsam zu einem regelrechten Desaster aus. Er hatte immer noch keinen blassen Schimmer, wie er Constanze sagen sollte, wer er war, ohne ihr aufkeimendes Vertrauen zu zerstören.

Was sich gestern in ihrer Küche zugetragen hatte, machte die Situation noch brisanter, weil mit jedem Kuss, mit jeder Berührung sein Versteckspiel fataler wurde. Vielleicht sollte er einfach versuchen, Constanze so fest an sich zu binden, dass sie ihn im Ernstfall nicht mehr verlassen konnte …

Silas brach den Gedanken ab, bevor er ihn zu Ende geführt hatte. Was für ein beschissener Plan. Und ein blauäugiger obendrein. Constanze hatte einen berüchtigten Waffenhändler angezeigt und sich aus ihrer höllischen Ehe befreit. Das war eine wirklich beachtliche Leistung – und mit Sicherheit keine einfache. Wie konnte er ernstlich annehmen, sie würde nicht augenblicklich das Weite suchen, sobald sie erfuhr, dass er der Magier war?

Er drehte den Kopf und betrachtete ihr schönes Gesicht. Sie bemerkte seinen Blick nicht. Silas fluchte innerlich. Wie sollte er es anstellen, dass sie bei ihm blieb? Das war die Gretchenfrage, das war das Kunststück, um das sich alles drehte.

Bis er eine vernünftige Antwort auf diese Frage gefunden hatte, blieb ihm nichts anderes übrig, als seine Identität geheim zu halten. Ein Teufelskreis, aber leider die einzige Möglichkeit, die er im Moment sah.

»Wohin jetzt?«, fragte Constanze leise, sobald sie den Zubringer erreichten.

»Rechts abbiegen und der B 506 folgen, dann sind es noch circa fünfzehn Kilometer.«

Als sie die Kiesauffahrt zu Daniels Haus entlangrollten, fing es zu regnen an, und Constanze war froh, dass sie nicht mehr an der Straße stand. Neugierig blickte sie sich um. Das historische Gebäude war ihrem nicht unähnlich, hatte aber größere Ausmaße. Zweistöckig und mit Stuck verziert thronte es ehrwürdig und allein vor einem Waldstück.

»Würdest du noch kurz mit reinkommen?«, bat Daniel, als sie punktgenau vor dem Eingang stoppte. »Es gibt da etwas, was ich dir gern zeigen möchte.«

Constanze nickte bereitwillig. »Okay.«

Daniel nahm sein Handy aus dem Ablagefach, in das Constanze es gelegt hatte, und drückte eine Taste. Das Garagentor lief auf. Der Anbau war groß genug, um ohne Schwierigkeiten ins Trockene fahren zu können. Trotzdem manövrierte Constanze vorsichtig in die breite Nische und achtete sorgfältig darauf, dass der Wagen ordentlich in der Mitte stand, ehe sie den Motor ausschaltete.

Schon beim Aussteigen blieb ihr Blick an dem von Daniel erwähnten Motorrad hängen. Die rote Ducatti La Strada nahm sich neben alten Gartengeräten und verstaubten Fahrrädern seltsam futuristisch aus. Der Kontrast zwischen modernster Technik und altehrwürdiger Umgebung, zwischen alt und neu war enorm. Selbst ein Blinder mit Krückstock hätte sofort erkannt, welche Dinge in diesem Haus Daniel gehörten und welche von Anfang an hier gewesen waren.

Constanze rieb sich über den Arm und drehte sich zu Daniel um. »Siehst du, heute wärst du schon nass geworden, wenn du deinen Wagen nicht gehabt hättest.«

Er sah sie übers Autodach hinweg an. »Ist mir schon öfter passiert. Ist nicht weiter schlimm. Muss irgendwas von deinen Einkäufen ins Gefrierfach?«, fragte er und kam leichten Schrittes um das Coupé herum.

»Nein, zum Glück nicht.«

Daniel wartete, bis sie sich ihre Stofftasche über die Schulter gehängt hatte, dann ging er ihr voraus die wenigen Steinstufen zum Eingang des Gebäudes hinauf. »Achtung, die Stufen sind nicht mehr die besten, das Haupthaus ist zehnmal so alt wie wir.«

Das glaubte sie ihm sofort. Staunend betrat sie das Innere. Sie standen in einem großen Wohnzimmer, das von einem dunkel polierten Eichentisch dominiert wurde. Eine alte Standuhr tickte in einer Ecke harmonisch vor sich hin und überdeckte das Geräusch ihrer Schritte auf dem dicken Läufer über alten, in kunstvolle Muster gelegten Holzdielen.

»Das Haus ist ein wahres Schmuckstück. Wie bist du an so etwas Kostbares gekommen?« Langsam folgte sie ihm in die riesige Küche.

Daniel zuckte mit den Schultern und begann, sich die Hände an der Spüle zu reinigen. »Nach dem, was ich gehört habe, hat die Ehefrau den Hausherrn mit einem Mann im Bett erwischt.« Er grinste Constanze verschwörerisch an. »Er musste das Haus schnellstmöglich verkaufen, um die horrenden Scheidungskosten zu bezahlen. Danach ist die Dame mit dem Geliebten ihres Mannes in die Karibik durchgebrannt und er war mit einem Schlag alles los. Sein Haus, seine Frau und seinen Geliebten.«

»Das hast du gerade erfunden, stimmt's?«, empörte sich Constanze und musterte ihn streng.

Er setzte eine Unschuldsmiene auf, die einem Heiligen zur Ehre gereicht hätte, aber in krassem Gegensatz zu dem schelmischen Funkeln seiner Augen stand. Beschwörend hob er beide Hände. »Es ist die reine Wahrheit. Großes Pfadfinderehrenwort.«

Constanze lüftete zweifelnd eine Augenbraue.

Er grinste frech. »Nein, im Ernst. Es ist wahr. Wenn man die richtigen Fragen stellt, bekommt man fast alles raus. Außerdem war der Makler ohnehin sehr gesprächig, da hab ich ihn einfach reden lassen. Ich glaube, er hat erst hinterher kapiert, was er da alles erzählt hat.«

»Du Schlitzohr, danach konnte er ja wohl kaum noch den Höchstpreis fordern.«

»Das hat er auch nicht.« Daniel lächelte geheimnisvoll. »Komm mit, hier ist die Überraschung.« Er streckte die Hand aus und zog sie quer durch das Erdgeschoss.

Sie betraten einen quadratischen Raum.

»Das gibt's nicht.« Constanze drehte sich langsam um ihre eigene Achse. »Das ist ja unglaublich.«

Sie stand in einer beeindruckenden Bibliothek. Riesige, bis zur Decke reichende Regalwände bogen sich unter der

Last jeder Menge Bücher, von denen mehr als nur eines alt und wertvoll aussah. Ehrfürchtig trat sie näher und strich mit den Fingerspitzen vorsichtig über den ein oder anderen Buchrücken. So viel zu ihrem Scherz auf dem Verlegerball. Was Bücher anging, besaß er eindeutig mehr als nur ein japanisches Nachschlagewerk. Etliche mehr ... Kopfschüttelnd drehte sie sich wieder zu Daniel um, der sie lächelnd betrachtete. »Die sind ein Vermögen wert, einfach fantastisch.«

»Ich habe sie beim Kauf des Hauses übernommen.« Er steckte die Hände in die Hosentaschen und lehnte sich gegen den Türrahmen. »Wenn du willst, kannst du dir gern welche aussuchen.«

»Was?« Sie blinzelte fassungslos. »Das ist doch wohl ein Scherz. So was kann ich nicht annehmen.«

Daniel stieß sich leicht ab und kam geschmeidig auf sie zu. Constanzes Puls beschleunigte sich, als er knapp vor ihr stehen blieb.

»Das ist kein Scherz, und ich möchte, dass du es annimmst«, sagte er leise und blickte sie mit seinen außergewöhnlichen Silberaugen an. Ohne sich sonst zu bewegen, neigte er den Kopf. Constanze hielt atemlos still. Seine Lippen trafen auf ihre, berührten sie einige Male, wichen zurück, kehrten wieder und verschlossen ihren Mund mit einem tiefen Kuss.

Sofort erwachten all ihre Sinne. Sie griff nach seinen Schultern und schob sich ihm entgegen. Constanze fühlte sich völlig ungezwungen, weil seine Hände unverändert in den Hosentaschen vergraben waren. Instinktiv rückte sie näher, war ihm fast so nah wie am Tag zuvor in der Küche. Trotzdem bewegte sich Daniel kein bisschen. Er wartete, hielt sie gefangen, allein mit dem Zauber seines Kusses. Ohne willentliche Absicht schlang sie die Arme um seinen Nacken und schmiegte ganz sich an ihn. Sie spürte das Lächeln in seinem Kuss, als er ohne Eile seine

Hände befreite. Er strich ihre Hüfte hinauf und tauchte geschickt unter ihr Oberteil.

Constanze seufzte. Es war das erste Mal, dass er so direkt ihre nackte Haut liebkoste. Erotische Energie schien von seinen Fingerspitzen auszugehen, während er der Vertiefung ihrer Wirbelsäule nach oben folgte. Constanze wurde es heißer und heißer. Fast hatte sie das Gefühl, in Flammen zu stehen. Sie strebte ihm entgegen, ihre Lippen begannen, mit seinen zu verschmelzen. Wie konnte er sie nur so um den Verstand küssen? Schon wieder!

Ihre Hände verselbstständigten sich und wanderten in seinen offenen Hemdkragen. Nach der gestrigen Erfahrung wusste sie nur zu gut, wie sich Daniel unter seiner Kleidung anfühlte. Sie wollte ihn unbedingt wieder spüren. Schüchtern zuerst, dann immer freizügiger, streichelten ihre Finger seine Brust entlang. Alles an ihm war herrlich lebendig, glatt und warm. Am liebsten hätte sie nicht mehr aufgehört, am liebsten hätte sie …

Urplötzlich hielt sie inne. Die Erkenntnis, wohin dieses Spiel unweigerlich führen würde, landete tonnenschwer in der Leichtigkeit des Augenblicks.

Hastig nahm Constanze die Hände weg. Einen Moment sah sie Daniel atemlos an, völlig entgeistert, wie schnell sie mit ihm ständig über neue Grenzen trat, dann beugte sie sich zurück.

Silas dachte nicht daran, seine Arme zu lösen. Diesmal nicht. Er konnte es einfach nicht. Es war viel zu schön, Constanze umschlungen zu halten. Sie wollte im Grunde ihres Herzens auch nicht losgelassen werden, und genau deshalb war es so immens wichtig, dass er es tat. Die Situation war alles andere als harmlos. Seine Finger liebkosten immer noch ihren nackten Rücken. Eine Berührung, deren

Wirkung ihr deutlich klar machen musste, wie nah sie bereits am Abgrund stand.

Silas musterte ihr gerötetes Gesicht. Er konnte ihre aufgewühlten Gedanken regelrecht ticken hören. Verdammt, er ging es viel zu forsch an. Nur weil ihm gestern Abend die Pferde durchgegangen waren, rechtfertigte das noch lange nicht, sich weiterhin so zu benehmen. Auf diesem Weg würde es nicht funktionieren. Constanze war noch nicht so weit.

Eigentlich hatte er auch nicht vorgehabt, sie erneut zu bedrängen, aber mittlerweile ging es ihm wie Adam mit dem Apfel. Er konnte nicht mehr von ihr lassen.

Als sie einen Schritt zurücktrat, nahm er schließlich doch seine Hände von ihr. Er konnte warten. Er war ein geduldiger Mann, vor allem, wenn es um etwas so Wertvolles wie Constanze ging.

»Ich glaube, ich geh dann mal besser.« Gespannt sah Constanze Daniel an. Was er wohl dazu sagen würde? Michaels Antwort hätte sie schon gekannt. Er hätte sie brutal an sich gerissen und ihr seinen Willen aufgezwungen.

Daniel tat nichts dergleichen. Lediglich an der dunklen Färbung seiner Augen erkannte sie, wie gern er weitergemacht hätte.

»In Ordnung«, sagte er leise. »Aber mein Angebot mit den Büchern steht. Vielleicht kommst du mal einen Abend vorbei und wir schauen sie gemeinsam durch.«

Constanze unterdrückte das Bedürfnis, sich ihm vor Erleichterung sofort wieder an den Hals zu werfen. Er steckte rücksichtsvoll zurück. Ein weiteres Mal …

In ihre Erleichterung mischte sich Selbstkritik. Wie lange brauchte sie eigentlich noch? Was musste Daniel noch alles tun, bis sie ihm zugestand, dass er in keinster Weise mit ihrem Exmann zu vergleichen war?

Körperlich hatten die beiden ungefähr so viel gemeinsam wie ein Panther und ein Walross. Bis auf die Größe unterschieden sie sich grundlegend. Und was ihren Charakter anging ... davon brauchte sie gar nicht erst anzufangen. Constanze wusste schon seit geraumer Zeit, dass es sich da ähnlich verhielt. Jetzt musste es nur noch ihr Herz begreifen. »Gern. Das ist ein tolles Angebot.« Voller Vorfreude ließ sie ihren Blick über den Bücherschatz gleiten, dann griff sie zurückhaltend nach seiner Hand. »Das würde ich wirklich gern machen.« Das und eventuell noch mehr, falls sie je den Mut dazu fand, merkte sie in Gedanken an.

Silas hob Constanzes Finger an seine Lippen. »Schön.« Ohne sie loszulassen, begleitete er sie in die Garage. Dort öffnete er die Beifahrertür des BMW und klappte das Handschuhfach auf.

»Hier drin sind die Wagenpapiere und Versicherungsnummer.« Er zeigte ihr das dünne Büchlein. Unauffällig schaltete er den Sicherheitscode des Fahrzeugs aus, bevor er die Klappe wieder schloss. Constanze den Chip zu geben, hätte Erklärungen nach sich gezogen, die zu geben er im Augenblick noch nicht bereit war. Alles zu seiner Zeit. Vielleicht fand sich eine Gelegenheit, wenn sie das nächste Mal bei ihm war. Schließlich konnte sie ihn nicht in seinem eigenen Haus vor die Tür setzen, und er würde schon zu verhindern wissen, dass sie ihm davonlief. Er ließ die Scheibe der Fahrertür herunter und machte ihr Platz.

Nachdem Constanze im Wagen saß, ging er neben ihr in die Hocke, einen Ellbogen auf die offene Tür gestützt. »Kommst du klar oder soll ich dir noch was zeigen?«

Constanzes Finger rutschten über das glatte Leder des Lenkrads, sie schüttelte den Kopf. »Nein. Ich denke, das Gröbste kenne ich schon.«

Er befand sich direkt auf Augenhöhe. Constanze schluckte. So eine Gelegenheit hatte es schon einmal gegeben, nur dass sie jetzt nicht auf einer Treppe standen … Sie beugte sich vor und legte die Finger auf seinen Unterarm. »Vielen Dank, Daniel.«

Dieses Mal küsste sie ihn. Nicht auf die Wange, sondern gleich auf den Mund. Constanze tat es bewusst. Die Tatsache, dass er sie nicht gegen ihren Willen bedrängte, gab ihr eine herrliche Freiheit, ließ sie einen mutigen Schritt nach vorn wagen.

Daniel brummte überrascht, als sie ihre Lippen auf seine drückten, griff mit einer Hand an ihren Hals und erwiderte ihren Kuss.

Sie lösten sich voneinander und Constanze sah ihn ein wenig verlegen an, ehe sie den Wagen startete.

»Sag mir einfach Bescheid, wenn dein Wagen wieder einsatzbereit ist, dann hole ich meinen wieder ab.«

Constanze ritt der Teufel. Ungewohnt frech zwinkerte sie ihm zu. »Denkst du wirklich, ich rücke dein schickes Coupé noch einmal raus, nachdem du es mir so bereitwillig überlassen hast?«

Daniel wirkte verblüfft, doch nur einen Moment, dann ließ er seine weißen Zähne in einem derart verführerischen Lächeln aufblitzen, dass Constanze das Atmen vergaß.

Geschmeidig beugte er sich zu ihr herab. Beide Unterarme auf den Türrahmen gestützt, fixierte er sie aus blitzenden Augen. »Kein Problem, das Auto kannst du behalten – wenn ich dich dafür als Ersatz bekomme.«

Constanzes Herz stockte. Sprachlos blickte sie ihn an. So unverblümt hatte er ihr noch nie gesagt, dass er sie haben wollte. Ihr Puls setzte wieder ein, mit einer Geschwindigkeit, als stünde sie kurz vor einem Bungeesprung. Reize nie einen Tiger. Schon gar keinen, der sich seine Beute bereits ausgesucht hat, schoss ihr unvermittelt durch den Kopf.

»So viel ist meine Gesellschaft nun auch wieder nicht wert«, stammelte sie heiser. »Das würdest du garantiert bereuen.«

Ein unergründliches Licht funkelte in seinen Augen. »So, glaubst du? Darauf würde ich nicht wetten.«

Der gedehnte Klang seiner Stimme jagte elektrische Schauder über ihren Rücken. Sie blieb ihm eine Antwort schuldig, viel zu perplex, um etwas annähernd Vernünftiges sagen zu können.

Daniel lächelte feinsinnig, streckte eine Hand aus und berührte spielerisch ihr Kinn. »Fahr vorsichtig, Kleines. Bis bald.«

Constanze nickte und legte gefasster als sie war den Rückwärtsgang ein. »Ja, bis bald«, antwortete sie, dann rollte sie langsam aus der Garage.

Sie fuhr direkt nach Hause. Allmählich beruhigten sich ihre aufgescheuchten Nerven und sie entspannte sich. Daniels Reaktion auf ihren kleinen Scherz hatte ihr glatt den Boden unter den Füßen weggezogen.

Sich auf dieses Terrain zu begeben war gefährlich. Gefährlich für ihre Sinne. Gefährlich für ihre Vernunft. Und verheerend für ihren Seelenfrieden.

Frustriert schaltete sie einen Gang hoch und wechselte die Fahrspur.

Der Wagen reagierte souverän auf jede noch so winzige Bewegung. Sie lächelte vor sich hin. Genau wie sein Besitzer. Daniel reagierte auch auf jedes ihrer Signale, mochten sie noch so unterschwellig sein. Nie war es nötig, ihre Beweggründe darzulegen, nie musste sie ihn abwehren. Er akzeptierte ihr Verhalten ohne Erklärung, schien zu spüren, dass sie nicht leichtfertig mit einem Mann intim werden konnte. Trotzdem würde er begeistert darauf einsteigen, sollte sie ihm je die Erlaubnis erteilen.

Es war ein seltsames Gefühl, bestimmen zu dürfen, was und vor allem, wie viel geschah. Das war reine, unverfälschte Macht. Eine Macht, wie sie sie garantiert noch nie besessen hatte. Daniel überließ ihr das Tempo, auch wenn er in regelmäßigen Abständen auslotete, wie weit er bereits gehen konnte.

Constanze fiel es nicht schwer, sich einzugestehen, dass es unheimlich aufregend war, die freie Wahl zu haben. Gerade deshalb, weil sie sich nicht vor den Folgen fürchten musste. Daniel war noch einfühlsamer, als sie zunächst angenommen hatte. Er war vieles mehr. Heute hatte er ihr das wieder einmal bewiesen. Kein Wunder, hatte sie sich Hals über Kopf in ihn verliebt. Was er wohl gerade tat?

Ob er sich auf dem Weg in die Küche befand? Vielleicht sah er auch die Bücher noch einmal durch oder hatte beschlossen, unter die Dusche zu gehen – Himmel noch mal. Sie würde jetzt nicht darüber nachdenken, wie er nackt aussah. Nicht einmal aus sicherer Entfernung. Das musste aufhören, so etwas konnte sie sich frühestens dann gestatten, wenn die Aussicht auf Sex sie nicht mehr in ein zitterndes Nervenbündel verwandelte. Also in circa achthundertfünfzig Jahren …

Constanze bog vor ihrem Haus ein und schaltete den Motor aus. Gewissenhaft sicherte sie den Wagen mit der Handbremse und nahm den Wagenschlüssel an sich, während sie sich umblickte. Das Fahrzeug sah gepflegt und sauber aus. Nirgends lag etwas herum oder steckte in der Ablage, obwohl sie an dem Kilometerstand erkannte, dass der Wagen mitnichten neu war.

Bei dem Gedanken, wie pfleglich Daniel Dinge behandelte, die ihm wichtig waren, wurde ihr warm ums Herz. Zärtlich folgten ihre Finger den eleganten Linien des Armaturenbretts, dann schlüpfte sie aus dem Fahrzeug. Beschwingten Schrittes eilte sie zum Kofferraum und schnappte sich ihren Korb. Schon verrückt, wie sorglos er ihr den Wagen überlassen hatte. Was Roland wohl denken würde, käme er jetzt vorbei? Wahrscheinlich würde er angesichts dieses neuerlichen Beweises von Daniels Einzug in ihr Leben glatt aus der Haut fahren. Schon die bloße Vorstellung war befriedigend.

Constanze hatte viele Varianten durchdacht, wie sie Roland ihr Desinteresse verklickern konnte. Dass es letztlich durch das Auftauchen eines anderen Mannes geschehen würde, darauf wäre sie nie gekommen.

Immer noch schmunzelnd ging sie ins Haus, legte das Obst in einen Korb und verstaute die übrigen Lebensmittel im Schrank. Weil es seltsam still im Haus war, wenn Eliah nicht umhersprang, beschloss sie, den Fernseher einzuschalten.

Sie schnappte sich eine Banane, füllte Milch in ein Glas, und trug beides ins Wohnzimmer. Lustlos zappte sie durch die Sender. Nichts konnte ihre Aufmerksamkeit fesseln – bis sie auf eine Wiederholung von *Hart, aber herzlich* stieß. Zufrieden legte Constanze die Fernbedienung beiseite. Die Serie war schon als Teenager ihre liebste gewesen. Der Grund dafür ließ sich nicht schwer erraten. Idyllische Zweisamkeit. Zum damaligen Zeitpunkt hatte sie noch gehofft, selbst einmal eine solch perfekte Ehe führen zu können, wie Stefanie Power und Robert Wagner in ihren Rollen als Jonathan und Jennifer Hart. Was war sie naiv gewesen, verträumt und voller romantischer Vorstellungen.

Unabsichtlich drifteten ihre Gedanken zu Daniel. Die Erlebnisse mit ihm kamen ihren Mädchenträumen verdächtig nahe – mal davon abgesehen, dass er beim besten Willen nicht wie Robert Wagner aussah. Sie lachte und trank einen Schluck Milch. Jetzt grübelte sie schon wieder über Daniel nach.

Das Telefon klingelte.

»Sabine Anger.«

»Hallo Sabine, bist du allein?« Frank war dran.

»Ja«, sagte sie fröhlich, aber dann setzte sie sich abrupt auf. »Ist was mit Eliah?«

»Nein, nein. Das nicht.« Franks Tonfall klang alles andere als heiter.

Irgendetwas stimmte nicht, das wusste Constanze mit absoluter Sicherheit. Ihr Herz rutschte ins Bodenlose.

»Was denn dann?« Sie wagte kaum, die Frage zu stellen.

»Michael ist seit zwei Monaten auf freiem Fuß«, eröffnete er unumwunden. »Im Vierten läuft gerade eine Sendung über seine Entlassung.«

»Was?« Constanzes Finger krampften sich um den Hörer. »Du machst Witze. Das kann doch unmöglich sein.« Hastig packte sie die Fernbedienung. Ihre Hände zitterten.

»Tut mir leid, Biene. Es scheint eine ordnungsgemäße Entlassung zu sein.« Er räusperte sich. »Aber das ist nicht der einzige Grund, warum ich anrufe ... Ich will dich nicht beunruhigen, aber mir ist da was aufgefallen.«

»Und was?«, hauchte sie tonlos.

»Zwischen Michaels Entlassung und Daniels Auftauchen liegt nicht allzu viel Zeit ...«

Constanze wurde eiskalt. Angestrengt schluckte sie gegen die Enge in ihrer Kehle. »Worauf willst du hinaus?«

»Erinnerst du dich, dass ich bei meinen Nachforschungen über Daniel auf ein paar Strafzettel gestoßen bin?«

»Ja.«

»Da war auch einer aus Baden-Baden dabei. Damals fand ich das nicht weiter auffällig, aber jetzt ...« Er räusperte sich. »Das Ausstellungsdatum passt ziemlich genau zu Michaels Entlassung. Daniel war knapp eine Woche später in Baden-Baden. Stand da wohl irgendwo im Halteverbot.«

Constanzes Herz begann laut zu pochen. »Welche Straße, weißt du das noch?«

»Lass mich kurz nachdenken. Lichtentaler oder so ähnlich. Gibt's die dort?«

»Ja.« Constanzes Anspannung ließ ein wenig nach. Die Straße lag nicht einmal annähernd im Stadtteil von Michaels Villa. Das sagte sie auch Frank.

Er brummte zustimmend. »Vielleicht ist das Ganze auch reiner Zufall, schließlich ist Daniel viel unterwegs, da kann es schon sein, dass er einfach nur geschäftlich dort war. Die anderen beiden Strafzettel sind aus Hamburg und Dresden. Möglicherweise ...« Er kam nicht mehr dazu, seine Überlegung auszuführen, weil Susanne sich in das Gespräch mischte.

»Gib mir mal den Hörer«, drang es undeutlich aus dem Hintergrund. Einen Moment lang hörte Constanze nur Rascheln. »Hallo Süße«, sprach Susanne in den Apparat. »Mach dich jetzt bloß nicht verrückt. Das mit dem Strafzettel würde ich nicht überbewerten. Baden-Baden ist eine ziemlich bekannte Stadt. Viele Touristen reisen dorthin. Ich bin sicher, da ist nichts weiter dran. Und was Daniel angeht: Ich mag ihn. Ich kann nicht glauben, dass er was mit der Sache von damals zu tun hat.«

Constanze wechselte den Hörer in die andere Hand, weil ihre verkrampften Finger zu schmerzen begannen. »Schon möglich, Susanne. Vielleicht interpretieren wir einfach zu viel hinein.« Sie rieb sich die Augen. »Trotzdem. Michael wurde aus dem Knast entlassen. Das heißt, er kann sich von nun an frei bewegen. Das macht mir Angst.«

»Und wenn schon«, beschied Susanne ruhig. »Er kann wohl kaum ahnen, wo du und Eliah jetzt lebt.«

Constanze zog die Knie an. »Ich weiß nicht. Ich weiß im Moment gar nichts mehr. Ist mit Eliah wirklich alles in Ordnung?«

»Natürlich, dem kleinen Strolch geht's bestens. Er schläft schon tief und fest. Mach dir keine Sorgen. Frank wollte dich nur informieren. Vergiss nicht, Detektive sehen immer gleich eine gigantische Verschwörung hinter allem.«

Constanze konnte Franks Schimpfen hören, bis Susanne ihm den Geräuschen nach zu urteilen kurzerhand den Mund zuhielt. »Ihr lebt unter falschem Namen hier in Köln«, sprach sie weiter. »Das kann dein Exmann nicht so leicht herausfinden. Wie soll er auch? Es ist über drei Jahre her, seit du untergetaucht bist. Da verliert sich manche Spur.«

Constanze war sich da nicht so sicher. Das klang alles logisch, und noch vor knapp einem halben Jahr hatte der Zeugenschutz ihr versichert, dass sie noch keinen Anlass sähen, ihre Tarnidentität wieder aufzuheben, aber ihre Angst ließ trotzdem nicht nach.

»Du kennst Michael nicht«, murmelte sie leise. »Der ist zu allem fähig. Wenn du wüsstest, was für Methoden ...« Sie stockte, weil ihr Blick unvermittelt am Fernsehbild hängen blieb. Andrea Kressfeld erschien in der Einstellung, offenbar hielt die treu sorgende Sekretärin unverändert zu Michael, dann schwenkte die Kamera weiter. Ihr Exmann tauchte im Bild auf. Feist, arrogant, selbstgefällig wie eh und je. Sein Anblick drehte Constanze endgültig den Magen um. Bruchstücke ihrer Vergangenheit spulten sich vor ihrem inneren Auge ab und lähmten sie. Es war ein Gefühl, als hätte jemand einen Kübel Eiswasser über ihr ausgekippt. Würgend rang sie nach Luft.

»Biene, geht's dir gut?« Susannes besorgter Tonfall holte sie aus ihrer Bewegungslosigkeit.

Am ganzen Körper schlotternd drückte sie den Hörer fester ans Ohr. »Ja«, flüsterte sie, als könnte ein zu laut gesprochenes Wort Michaels Aufmerksamkeit erregen. »Ich bin noch da.«

»Sollen wir nach Köln zurückfahren?« Frank hatte das Telefon wieder erobert. »Wenn du uns brauchst, packen wir sofort unsere Sachen und machen uns auf den Heimweg.«

Constanze biss die Zähne zusammen, damit sie nicht zu klappern anfingen. »N-nein. Das ist nicht nötig. Ich komme zurecht.«

»Bist du sicher?«

»Ja.« Sie presste kurz die Hand vor den Mund. »Wahrscheinlich hat Susanne recht und wir messen dem Ganzen viel zu viel Bedeutung bei. Schließlich ist in den vergangenen zwei Monaten nicht das Geringste passiert.«

»Mmh.« Sie hörte, wie Frank sich über den Bart rieb. »Es tut mir leid, es dir in dieser Situation sagen zu müssen, aber da ist noch etwas. Kommst du wirklich klar?«

Constanze straffte sich. »Was denkst du? Ich glaube nicht, dass es Schlimmeres gibt, als das, was ich bereits hinter mir habe.« Etwas wie ein Riegel legte sich in ihrem Inneren um. Was immer Frank ihr noch zu berichten hatte, es würde sie nicht vollends aus der Bahn werfen. »Also, was ist es?«

»Ich habe weiterhin versucht, etwas über Daniels Vergangenheit herauszufinden. Er stammt aus Tschechien und ist vor neunzehn Jahren dort spurlos verschwunden.«

Das klang zum Glück nicht sonderlich erschütternd. Constanze schwieg und wartete.

»Ich habe einen Freund in der Polizeibehörde mit weitreichenden Beziehungen. Als ich ihn vor einer Woche auf Daniel Lander angesprochen habe, hat er zugesagt, mir ein paar Auskünfte zu besorgen.«

»Herrje Frank, mach es nicht so dramatisch«, tönte Susanne aus dem Hintergrund.

»Ich habe ihn vorhin angerufen und ihn nach Ergebnissen gefragt. Er war ziemlich kurz angebunden, so ist er mir noch nie begegnet. Er hat nur schroff erklärt, dass er mir nicht helfen kann und wird und mir eine Litanei aufgezählt, gegen welche Gesetze seine Auskunft verstoßen würde.«

»Vielleicht ...«

»Warte. Sein letzter Satz war: Es existiert kein Daniel Lander, bitte komm in dieser Sache nicht noch mal auf mich zu.«

Jetzt schwieg auch Frank.

Constanze schaltete den Fernseher aus. Mit zurückgelehntem Kopf versuchte sie, ihre tobenden Gedanken zu sortieren. »Ich ... muss das alles erst mal sacken lassen.«

»Liebes«, schaltete sich Susanne wieder ein. »Bitte denk daran, dass diese Informationen absolut schwammig sind. Es muss sich nichts Schlimmes dahinter verbergen und einen Zusammenhang zu Michaels Entlassung stellen sie auch noch lange nicht her.«

»Ich weiß.«

»Vielleicht sollten wir doch packen und ...«

»Nein. Bitte nicht. Ich will Eliah und euch den Urlaub nicht verderben.« Constanze legte alle Beherrschung in ihre Stimme, zu der sie fähig war. »Ich komme zurecht, hörst du?« Sie wunderte sich, wie energisch sie klang.

»Jedenfalls weißt du jetzt alles«, meinte Frank, »und es ist besser, wir rechnen mit allem, bevor wir nachher mit heruntergelassenen Hosen dastehen.«

Normalerweise hätte Constanze bei seiner zotigen Ausdrucksweise gelächelt, aber nicht in dieser Situation. Sie dachte an ihren kleinen Revolver, den sie gut versteckt in einer Schachtel unter dem Kleiderschrank aufbewahrte. Nein, unvorbereitet würde sie nicht sein.

»Vergiss nicht, dass Michael Bewährungsauflagen hat«, versuchte Frank, sie zu beruhigen. „Und so leicht kann und wird er deine Identität nicht herausfinden. Mach dich also nicht verrückt.«

Constanze drückte die Lippen aufeinander. Notfalls würde sie Michael eher erschießen, als zuzulassen, dass er wieder in Eliahs Nähe kam.

Langsam löste Constanze ihre klammen Finger vom Hörer. Ihr war bis auf die Knochen kalt.

Ihr Exmann war aufgrund eines Verfahrensfehlers vorzeitig entlassen worden. Eines Verfahrensfehlers. Constanze keuchte. Du lieber Himmel. Wie hatte so etwas passieren können? Das war doch nicht zu fassen.

Sie sprang auf und begann, unruhig auf und ab zu wandern. Es war klar, dass Michael nicht bis zum Ende aller Tage im Gefängnis sitzen konnte. Aber musste er so schnell wieder frei sein?

Vor acht Wochen ...

Ihre erste Begegnung mit Daniel lag knapp drei Wochen zurück. Constanze war sich plötzlich nicht mehr sicher, ob es nicht doch einen Zusammenhang geben konnte. Seine schleierhafte Vergangenheit, den Strafzettel in Baden-Baden. *Es existiert kein Daniel Lander.* Wenn sie eines gelernt hatte, dann das: Es gab keine Zufälle. Zumindest nicht solche. Dass Daniel auffällig kurz nach Michaels Entlassung aufgetaucht war, war schlichtweg Fakt. Und überhaupt – was wusste sie eigentlich über Daniel?

Nicht wirklich viel. Er hätte Michaels Golfkumpel sein können, sie hätte keine Ahnung davon gehabt, doch im Grunde ihres Herzens konnte sie nicht glauben, dass er etwas mit Michael zu tun hatte. Natürlich kannte sie nicht seinen detailgetreuen Lebenslauf. Und wenn schon. So konnte sie sich nicht in ihm getäuscht haben, oder? Oder?

Constanze schlief die halbe Nacht nicht, hin- und hergerissen zwischen mahnenden Schreckensvisionen und eingeredeten Beruhigungen. Gegen drei Uhr hielt sie es nicht länger aus. Noch im Pyjama schnappte sie sich Taschenlampe und Autoschlüssel und eilte aus dem Haus. Sie hatte zwar keine Ahnung, was genau sie zu finden gedachte, aber wenn sie noch eine weitere Minute in ihrem Bett lag, würde sie die Wände hochgehen.

Sie schlüpfte ins Fahrzeuginnere und begann, systematisch alle Fächer und Ablagen zu durchsuchen. Neugierig klappte sie die Mittelkonsole auf. Eine Schachtel Kaugummis und eine Straßenkarte von Köln lagen darin. Nichts Verdächtiges. Was hatte sie erwartet? Nacktfotos von anderen Frauen?

Constanze war erstaunt über ihre abstrusen Befürchtungen. Wenn sie so weitermachte, avancierte sie noch zu einer waschechten Psychopathin. Trotzdem konnte sie einfach nicht aus ihrer Haut. Um sich restlos zu beruhigen, suchte sie weiter.

Im Handschuhfach befanden sich außer den von Daniel besagten Papieren noch mehrere CDs und ein Kugelschreiber. Kopfschüttelnd lehnte sie sich zurück. Hier war nichts.

Plötzlich hielt sie den Atem an. In Michaels BMW hatte es ein Geheimfach gegeben, eines, das er extra hatte einbauen lassen und das der Hersteller nur auf ausdrücklichen Wunsch anfertigte. Mit klopfendem Herzen tasteten ihre Finger an der Seite des Fahrersitzes entlang bis hinab zum Bodenblech.

Constanze schloss die Augen, als sie den kleinen Riegel fand. Dieser Wagen hatte also auch solch ein Fach ...

Ihre Finger waren plötzlich so starr, dass es ihr zunächst nicht gelingen wollte, den Mechanismus zu betätigen. Das Licht ihrer Taschenlampe flackerte, während sie das Fach öffnete und den Inhalt ausleuchtete.

Er enthielt einen Schlüsselbund und ein kleines Gerät mit Tastenfeld, dessen Funktion Constanze nicht ergründen konnte. Ohne zu zögern, nahm sie die Schlüssel an sich und drehte sie vor ihren Augen. Sie müsste sich doch schwer irren, wenn das nicht die Hausschlüssel von Daniels Villa waren. Eines der Exemplare war dreidimensional und sah verdächtig nach Spezialschloss aus.

Constanze ließ die Hand sinken. Es war nichts Verwerfliches dabei, Ersatzschlüssel im Auto aufzubewahren. Sie beugte sich zum Beifahrersitz und tastete den Hohlraum darunter ab.

Nichts.

Als sie jedoch die Suche unter dem Fahrersitz fortführte, gefror ihr das Blut in den Adern. Ihre Fingerspitzen ertasteten Metall – und ihr war schlagartig klar, dass es sich nicht um eine Sitzverstrebung handelte. Ihr war speiübel, als sie die Waffe unter dem Sitz hervorzog.

Ihre Rückkehr ins Haus glich einer Flucht. Gehetzt warf sie die Haustür hinter sich ins Schloss und rannte ins Wohnzimmer. Stundenlang saß sie auf dem Sofa, Daniels Waffe in den verkrampften Händen. Egal, wie sie es drehte und wendete, sie wurde das Gefühl nicht los, dass sie sich in seinem Haus umsehen sollte.

Gegen neun rief sie in der Buchhandlung an und entschuldigte ihr Fehlen wegen Unwohlsein. Nach der durchwachten Nacht klang ihre Stimme heiser und schwach. Beate glaubte ihr die Lüge aufs Wort.

Es war schon fast zehn Uhr, bis Constanze endlich den Mut aufbrachte, ihr Vorhaben in die Tat umzusetzen. Um diese Zeit würde Daniel längst im Büro sein – und das Haus so leer wie eine Kirche in der Hölle. Und trotzdem ...

Trotzdem hatte sie Angst vor dem, was sie zu tun gedachte. Sie griff nach den Schlüsseln und drehte sie in den Fingern. Ihr Blick blieb an der kleinen Narbe auf ihrem Handgelenk hängen. Ein kaum sichtbarer weißer Strich war von ihrem Sturz in die Scherben der Vase übrig geblieben. Nachdenklich strich sie mit dem Daumen über die Narbe. Damals hatte sie sich geschworen, nie mehr zuzulassen, dass jemand ihr oder Eliah ein Leid zufügte. Und genau deshalb brauchte sie Gewissheit.

Entschlossen sprang sie auf und rannte die Treppe hinauf ins Schlafzimmer. Sie warf die Schlüssel aufs Bett, nahm eine Jeans sowie ein T-Shirt aus dem Schrank und zog sich in Windeseile an. Aus reiner Vorsicht steckte sie ihren kleinen Revolver in die Handtasche. Sie hatte ihn in der Nacht ihrer Flucht aus Michaels persönlichem Vorrat entwendet – damals in der festen Überzeugung, ihn einmal gut gebrauchen zu können. Hoffentlich behielt sie damit nicht auch noch recht. Daniels Waffe hingegen verstaute sie ganz oben in den Tiefen ihres Kleiderschranks.

Nur wenige Minuten später stieg sie ins Auto. Auf dem Weg zu Daniels Haus vergewisserte sie sich immer wieder im Rückspiegel, ob ihr jemand folgte. Es war traurig, wie schnell sie wieder ihre alten, Michael-geprägten Gewohnheiten annahm.

Langsam rollte sie die Kiesauffahrt hinauf. Wäre Daniel zu Hause, hätte er längst das Knirschen der Räder gehört und wäre hinausgekommen. In ihrer Entschlossenheit, sein Haus zu durchsuchen, hatte sie sich keinen Plan B zurechtgelegt für den Fall, dass er ihr plötzlich gegenüberstand. Zum Glück erwies sich das als überflüssig, denn das Anwesen lag verlassen da.

Nichts deutete darauf hin, dass Daniel zu Hause war.

Mit wackligen Knien stieg sie aus und schritt die wenigen Stufen zum Eingang hinauf, zögerte, dann drückte sie vorsichtshalber die Klingel. Sie hielt den Atem an und wartete auf eine Reaktion. Es kam keine. Sie klingelte erneut. Immer noch rührte sich nichts. Nicht die geringste Kleinigkeit.

Constanze holte tief Luft. Also gut, jetzt oder nie. Sie hob die Hand und schob resolut den Schlüssel ins Schloss.

Lauschend hielt sie inne.

»Hallo? Bist du zu Hause?«, krächzte sie derart leise, dass Daniel sie ohnehin nicht gehört hätte. Constanze räusperte sich, brachte es aber nicht fertig, noch einmal lauter zu rufen.

Schluss damit, das war reine Zeitverschwendung. Daniel war nicht da, sonst hätte er sich längst bemerkbar gemacht.

Fast widerwillig trat sie in die Eingangshalle mit dem dunklen Eichentisch. Das Innere des Hauses lag friedlich und schweigend da. Nur das regelmäßige Ticken der Standuhr unterbrach die Stille. Scham und Angst fochten in ihrem Inneren ein erbittertes Duell, trotzdem durchquerte sie den Raum und ging zuerst in die Küche.

Eine einzelne Kaffeetasse stand auf der Anrichte, daneben eine benutzte Frühstücksschüssel. Die Morgenzeitung lag im Papierkorb und ein Geschirrtuch hing in einem Winkel über der Spüle, der die Vermutung nahelegte, sein Nutzer hätte es im Hinausgehen lässig über die Schulter geworfen. So, wie sie Daniel kannte, konnte das durchaus möglich sein. Er warf Dinge ziemlich treffsicher durch die Gegend. Das hatte sie schon beim Wettbewerb im Park herausgefunden. Langsam drehte sie sich im Kreis. Was tat sie hier?

Sie kehrte in die Eingangshalle zurück, ließ ihre Handtasche auf den Tisch fallen und blickte sich unschlüssig um. Da sie die Räume im Erdgeschoss weitgehend kannte, war es ratsam, erst einmal das Obergeschoss in Angriff zu nehmen. Leise ging sie die L-förmige Treppe hinauf und stand wenig später in einem geräumigen Schlafzimmer.

Die Luft roch angenehm nach Duschgel und Aftershave. Genau wie Daniel. Sein Duft war ihr mittlerweile so vertraut, dass sie einen Augenblick lang das irrige Gefühl hatte, er stünde direkt hinter ihr. Sie ging weiter in den Raum hinein. Als sie unwillkürlich immer wieder über die Schulter sah, schimpfte sie sich eine hysterische Ziege. Daniel war definitiv nicht hier, auch wenn ihre Sinne es ihr noch so oft vorgaukelten. Sie hatte kaum zu Ende gedacht, da pendelte ihr Blick zu den zerknitterten Laken des großen Doppelbetts. Zögernd trat sie näher. Noch ehe sie sich dessen bewusst war, fasste sie auf das kühle Leinen. Nur wenige Stunden zuvor hatte Daniel hier geschlafen. Sie schluckte, weil ihr Herz noch rascher zu pochen begann. Allein, ihn sich in diesem Bett vorzustellen … total entspannt, die schwarzen Haare hoffnungslos zerzaust, bekleidet mit …

Automatisch sah sie sich um. Was er wohl nachts trug? Sie konnte nirgends etwas entdecken, was auch nur annähernd zum Schlafen geeignet wäre. Auf einem antiken Stuhl neben dem Bett hing ein dunkelbraunes Hemd. Das war alles. Sie schluckte und drehte dem Bett abrupt den Rücken zu, ehe sie noch zu der Erkenntnis kam, dass sie deshalb nichts finden konnte, weil er schlichtweg nichts trug.

Der große Wandschrank kam ihr als Ablenkung gerade recht. Konzentriert öffnete sie die Schwingtür und beäugte den Inhalt. Daniels Kleidung bestand ausnahmslos aus geschmackvollen Stücken, aber das wunderte sie nicht, nach dem, was sie bisher an ihm gesehen hatte. Mit den Fingerspitzen glitt sie sacht über den schwarzen Anzug, den er auf dem Ball getragen hatte, dann griff sie entschlossen nach der obersten Schrankschublade.

Systematisch inspizierte sie jedes Fach. Viele waren leer, was bestimmt damit zusammenhing, dass Daniel ein Mann war und vermutlich noch nicht lange in dem Haus lebte. Trotzdem ließ sie keins aus, getrieben von einer unbestimmten Angst, einer dunklen Ahnung, dass er etwas zu verbergen hatte. Sie fand sauber gestapelte T-Shirts und Pullover. Vorsichtig, stets darauf bedacht, nichts zu verändern, hob sie die Wäschestücke an und blickte darunter. Nichts, rein gar nichts. Als sie an der Schublade mit seiner Unterwäsche ankam, biss sie sich auf die Unterlippe. Was tat sie hier? Rechtfertigten Franks Hinweise und die Tatsache, dass sie eine Waffe gefunden hatte, Daniels Privatsphäre zu verletzen und Hausfriedensbruch oder Schlimmeres zu begehen?

Das schlechte Gewissen wurde immer drängender. Wie konnte sie Daniel jemals wieder in die Augen sehen, nachdem sie in seinen Boxershorts gewühlt hatte? Eilig schob sie das Fach wieder zu und schloss gleich den restlichen Schrank – dabei war es für einen Rückzieher ohnehin zu spät. Sie stand ja bereits mitten in seinem Schlafzimmer.

Nervös ließ sie den Raum hinter sich und betrat stattdessen das Bad. Die Einrichtung entsprach vom Stil her der im Nebenzimmer. Spartanisch, aber von guter Qualität. Robuste Teakmöbel und dunkelblaue Handtücher hoben sich von den alten weißen Keramikfliesen ab, gaben dem Raum einen gemütlichen Touch. Constanze vermied jeden Blick in den Spiegel. Auch ohne Beweis wusste sie, dass sie rot wie eine Tomate war. Trotzdem zog sie sich nicht zurück, sondern öffnete auch hier penibel jeden Schrank, fand aber ein weiteres Mal nichts, was nicht in einen normalen Haushalt gehörte.

Sie wiederholte die Prozedur im Arbeitszimmer, in dem es außer einem hochmodernen Laptop nichts Persönliches von Daniel gab. Sie strich leicht darüber, dann klappte sie das ultraflache Teil auf. Prompt erschien das gestochen scharfe Bild eines Wasserfalls. Sonst nichts. Keine Icons, keine Taskleiste. Constanze runzelte die Stirn. Probeweise drückte sie eine Taste und schrak zusammen, als das Gerät sofort leise piepend ausging. Sie wartete einige Augenblicke mit angehaltenem Atem, ob noch etwas geschah, dann klappte sie das Gerät entmutigt wieder zu. Es wäre blanke Selbstüberschätzung gewesen, in den Laptop eines Mannes vorzudringen zu wollen, der Computer auf wundersame Weise wieder zum Laufen brachte.

Darüber, dass Daniel garantiert sofort merken würde, wenn sich jemand an dem Teil zu schaffen gemacht hatte, gab sie sich keinen Illusionen hin. Sie konnte nur hoffen, dass ihr fruchtloses Herumgetippe nicht schon Schaden angerichtet hatte. Nicht, dass das Gerät beim nächsten Start rot blinkend auf den Eindringling hinwies. Womöglich noch gleich mit ihrem aktuellen Passfoto und Fingerabdrücken.

Stopp. Constanze atmete tief durch. Jetzt gingen ihr langsam die Nerven durch. Das hier war kein James-Bond-Film, das hier war das reale Leben.

Die Standuhr im Erdgeschoss schlug melodisch die volle Stunde. Constanze presste eine Hand aufs Herz, dann blickte sie auf die Armbanduhr. Tatsächlich, sie war schon 45 Minuten im Haus. Hastig eilte sie die Treppe hinab und wollte gerade ihre Handtasche vom Tisch angeln, als ihr Blick die Kellertür streifte. Eine wirklich stabile Kellertür ...

Nachdenklich ging sie darauf zu und legte die Hand um den Drehgriff. Sie versuchte es in beide Richtungen und fand den Zugang verschlossen. Eigentlich nichts Ungewöhnliches. Sie hatte ihre Kellertür auch gesichert. Jeder halbwegs vernünftige Mensch tat das.

Als Constanze die Hand vom Knauf nahm, fiel ihr das seltsam anmutende Schloss auf. Mit zusammengekniffenen Augen sah sie genauer hin. Ein Sicherheitsschloss, für einen Spezialschlüssel gemacht ... Moment mal! Ohne den Türknauf aus den Augen zu lassen, fischte sie Daniels Schlüsselbund aus der Hosentasche. Ein Blick auf den kleinsten Schlüssel genügte, und sie probierte ihn aus. Ihre Vermutung entpuppte sich als Volltreffer. Jetzt ließ sich der Griff drehen. Knarrend schwang die Tür auf und gab den Blick auf eine in tiefe Dunkelheit führende Treppe frei.

Völlig unpassend geisterte Constanze ein Satz aus ihrer Kindheit durch den Kopf. *Man findet die Leichen immer im Keller.* Das hatte ihre Betreuerin im Heim oft gesagt.

Constanze zögerte. Sekundenlang stand sie einfach da, uneins, ob sie wirklich hinuntergehen wollte, doch dann entschied sie, lieber gründlich zu sein. Tastend glitten ihre Finger an der rauen Wand entlang, bis sie einen Schalter fand. Bevor sie es sich anders überlegen konnte, drückte sie ihn und trat einen Schritt nach vorn.

Das Licht flammte erstaunlich grell auf. Constanze blinzelte, während sie langsam die Stufen hinabging. Die Helligkeit war regelrecht analytisch. Sie erkannte jede noch so kleine Unebenheit in dem grob behauenen Naturstein der Wände. Trotz der starken Beleuchtung beschlich sie ein Gefühl drohenden Unheils. War sie die ganze Zeit schon aufgewühlt gewesen, wurde ihr jetzt regelrecht mulmig zumute. Eine Reaktion, die sich verstärkte, sobald sie den Fuß der Treppe erreichte. Verblüfft sah sie sich um. Im Gegensatz zum übrigen Haus wirkte das weitläufige Gewölbe hochmodern. Steril und nüchtern, nicht wie ein gewöhnlicher Keller, in dem man üblicherweise eine Vielzahl von Dingen deponierte.

Zaghaft überquerte sie etwas, das nach einer Trainingsmatte aussah, bog um die nächste Ecke und blieb wie angewurzelt stehen. An der gegenüberliegenden Wand stand ein massiver, nagelneuer Metallschrank, der nicht so aussah, als enthielte er nur harmloses Werkzeug. Vor allem deshalb nicht, weil am Rand der Türen ein kleines Tastenfeld angebracht war.

Was immer sich in diesem Schrank befand, es musste wertvoll sein – oder gefährlich.

Die nächste Entdeckung war auch nicht besser. Es handelte sich um einen schmalen Silberkoffer. Er lag auf einer gut sortierten Werkbank direkt daneben. Constanzes Nackenhaare sträubten sich. Auch ohne genauer hinzusehen, wusste sie, was es war, was es nur sein konnte. Sie hatte derartige Koffer in Michael-Zeiten viel zu oft gesehen.

Vor ihr lag ein Gewehrkoffer. Das per Fingerabdruck gesicherte Schloss bestätigte diesen Eindruck. Obwohl sich ihr Innerstes verkrampfte, trat sie näher. In unguter Vorahnung streifte ihr Blick den Messergürtel an der Wand, dann das Feinmechanikerwerkzeug, das ebenfalls auf der Werkbank lag. Aber es war die schlichte braune Mappe dahinter, die ihr Herz stolpern ließ.

Wie von einer fremden Macht gesteuert, griff Constanze danach und klappte sie auf. Schon beim ersten Blick auf den Inhalt wurde ihr eiskalt.

Das konnte unmöglich sein.

Mit zitternden Fingern schob sie die Papiere auseinander und starrte auf das, was mit jedem Blatt deutlicher zutage trat. Sie hatte sich geirrt. Es war möglich. Und wie.

Sie hielt ihre komplette Vergangenheit in Händen. Ausdrucke der Zeitungsberichte, Kopien ihrer Aussage vor der Polizei, der wortgetreue Inhalt der Anklageschrift, die genauen Daten ihrer alten sowie neuen Identität, einfach alles. Doch das Schlimmste lag zuunterst: Es war ein eingescanntes Foto. Sekundenlang blickte Constanze ungläubig darauf, nicht fähig, die immer stärker werdende Panik zu unterdrücken.

Das Bild zeigte sie. Es war ein Portrait vor einer Kokospalme im Licht der untergehenden Sonne. Sie kannte dieses Foto. Sie kannte es sogar sehr gut. Michael hatte die Aufnahme während ihrer Hochzeitsreise auf Bora Bora geschossen und jahrelang in einem goldenen Rahmen auf dem Schreibtisch stehen gehabt. Die darauf vermerkte Zahl war allerdings neu. Eine Eins mit sechs Nullen. Geschrieben in Michaels eckiger Handschrift. Eine Million Euro, ein Kopfgeld – auf sie!

Der Schock ließ Punkte vor Constanzes Augen tanzen. Michael hatte eine Million Kopfgeld geboten. Er hatte jemanden beauftragt, der sie aufspüren und ihre geheime Identität verraten sollte. In blankem Entsetzen krampfte sie die Finger in die Papiere. Jemand?

Nicht irgendjemand ... den Mann, der diese Unterlagen besorgt hatte. Den Mann, dem dieser Waffenkoffer gehörte. Den Mann, der in diesem Haus wohnte. Daniel Lander.

Constanze rang würgend nach Luft. Übelkeit schwappte durch ihren Magen und sie musste mehrmals schlucken, um sich nicht zu übergeben. Also doch. Frank hatte recht gehabt. Daniel war im Auftrag ihres Exmannes hier. Deshalb gab es diesen Strafzettel aus Baden-Baden, deshalb war er kurz nach Michaels Entlassung aufgetaucht, deshalb hatte er all diese Informationen über sie gesammelt.

Wenn man die richtigen Fragen stellt, bekommt man fast alles raus. Das hatte Daniel gestern erst gesagt. Und wie wörtlich er das gemeint hatte, konnte sie mit eigenen Augen ablesen. Er besaß wahrlich jedwede Information, die nötig war, um sie zu finden. Jede noch so winzige Einzelheit – sogar die Daten ihres Zeugenschutzprogramms.

Fassungslos suchte sie nach einer Erklärung, wo er das geheime Material überhaupt herhatte. Von Michael bestimmt nicht. Nicht einmal sie hatte Einsicht in sämtliche Unterlagen gehabt. Also wie war ihm das gelungen? Wie hatte er sich Zugang verschafft? An solche Daten kam normalerweise niemand heran.

Niemand, bis auf … bis auf …

Constanze schüttelte immer wieder abwehrend den Kopf. Nein. Nein! Das konnte doch nicht sein. Der Gedanke war so furchtbar, dass sie ihn nicht zulassen wollte. Sie presste die Hände vor den Mund. Wozu die Waffe im Wagen? Der Waffenkoffer, der Metallschrank. Daniel Lander hatte nicht nur den Auftrag erhalten, sie aufzuspüren. Eine Million Euro wären dafür auch eine unglaubwürdige Summe. Daniels Auftrag lautete, sie zu töten. Plötzlich rasten ihre Gedanken wie die Niagarafälle. Eine Million Euro. Das war selbst für einen Auftragskiller eine ungeheure Summe, sogar für Profis. Aber … für den Besten der Besten? Für …?

Es konnte doch nicht sein, dass hier der Magier seine Finger im Spiel hatte? Ausgerechnet er. Ausgerechnet der schlimmste Killer, von dem sie je gehört hatte. Und Michael kannte ihn, hatte bereits in der Vergangenheit darüber nachgedacht, seine Dienste in Anspruch zu nehmen oder es sogar getan.

Fieberhaft versuchte sie, sich zu beruhigen. Sie irrte sich. Sie irrte sich. Ganz bestimmt. Sie war keine so große Nummer, als dass es dafür den Magier brauchte.

Aber Michael machte keine halben Sachen. Hatte er nicht oft genug betont, dass er sie töten würde? Je länger sie darüber nachdachte, desto logischer erschien es ihr. Schon früher hatte ihr Exmann die Besten engagiert, die er kriegen konnte. Und der Magier war der Beste. Unbestreitbar. Das wusste sogar Constanze. Natürlich würde Michael sich an ihn wenden.

Sie starrte auf die offene Mappe. Jetzt war ihr auch klar, wie Daniel sie gefunden hatte, wie es ihm gelungen war, an die Unterlagen zu kommen, warum er sich blind mit Computern auskannte und sich in jeder Gesellschaftsschicht derart souverän bewegte. Er war der Magier, er hatte ...

Ihr schwindelte, als ihr plötzlich aufging, was sie gerade herausgefunden hatte. Daniel war der Magier. Er war dieser geheimnisvolle Killer, über den so viel spekuliert wurde.

Großer Gott!

Sie kippte gegen die Werkbank. In ihren Ohren begann es verdächtig zu rauschen. Schwer atmend hielt sie sich an der Kante fest, versuchte irgendwie, die grausige Wahrheit zu verarbeiten. Daniel war ein Killer. Gekommen, um sie zu töten. Nur aus diesem Grund war er in diesem Aufzug gewesen, nur aus diesem Grund hatte er sich ihr genähert.

Wieso eigentlich? Wieso hatte er das getan? Er hätte doch einfach ... Es wäre ihm ein Leichtes gewesen ... Warum war sie überhaupt noch am Leben?

Constanze begriff es nicht. Normalerweise kannte der Magier keine Gnade. Wer auf seiner Liste stand, verschwand auf Nimmerwiedersehen von der Bildfläche. Nicht einmal die Leichen tauchten wieder auf. Daniel hätte ein Dutzend Gelegenheiten gehabt, sie umzubringen.

Bei dem Gedanken, was alles zwischen ihnen vorgefallen war, brach sie endgültig zusammen. Weinend rutschte sie zu Boden. Das Dröhnen in ihren Ohren schwoll an, röhrte immer lauter, bis es alles überdeckte, was noch um sie war. Ihr Gesichtsfeld begann sich gefährlich zu verengen und sie spürte, wie die Finsternis nach ihr griff. Nein! Sie durfte nicht ohnmächtig werden. Nicht jetzt. Auf keinen Fall jetzt. Mit letzter Kraft zwang sie sich, tief und gleichmäßig zu atmen. Nach einigen bangen Momenten schwand der Druck von ihren Ohren und ihr Blick klärte sich. Trotzdem brauchte sie noch mehrere Sekunden, bis sie begriff, dass das Dröhnen unverändert laut blieb. Sie horchte. Das Geräusch kam nicht aus ihrem Kopf. Es kam von irgendwo anders her. Genauer gesagt von draußen ...

Wie von einer Tarantel gestochen fuhr sie auf. Von draußen? Und bekannt klang es auch. Eigentlich hörte es sich genauso an wie ein ... Motorrad.

Ihr Herz wollte einfach stehen bleiben. O nein! Daniel war hier. Das war nicht gut, das war gar nicht gut. Sie musste sich verstecken. Sofort!

Adrenalin schoss mit der Macht einer Scudrakete durch ihre Blutbahnen und mobilisierte sämtliche Kräfte. Mit einer Geschwindigkeit, die sie unter normalen Umständen nie zustande gebracht hätte, rannte sie los; in irrsinnigem Tempo durch den Kellerraum und die Stufen hinauf. Gehetzt warf sie die Tür hinter sich zu und sah sich um.

Wo sollte sie hin? Wo nur? Wo?

Sie entschied sich fürs Obergeschoss, dort kannte sie sich inzwischen wenigstens ein bisschen aus. Sie spurtete sie die Treppe hinauf. Vielleicht hatte Daniel bloß etwas vergessen, würde kurz ins Haus kommen und danach wieder verschwinden. Er würde bestimmt nicht ...

Ihre törichten Überlegungen fanden ein jähes Ende, als ihr einfiel, dass sein Auto gut sichtbar vor dem Haus stand. Genauso wie ihre Handtasche gut sichtbar auf dem Tisch lag.

Ihre Tasche samt Waffe ... was war sie doch für eine dämliche Idiotin.

13.

Der Magier

Silas stieg langsam von der Maschine. Constanze war da. Zugegeben, als der Alarm seines Handys ihm angezeigt hatte, jemand habe den Sicherheitsbereich des Hauses verletzt, war sie ihm kurz durch den Kopf gegangen. Aber dann hatte er den Gedanken wieder verworfen, überzeugt, dass sie den Ersatzschlüssel in dem Geheimfach unmöglich gefunden hatte. Ein Irrtum.

Offensichtlich hatte er nicht nur ihren wachen Verstand, sondern auch ihr Misstrauen unterschätzt. Silas rieb sich den Nacken. Er konnte nur hoffen, die Situation noch irgendwie retten zu können, falls Constanze bereits den Zugang zum Keller entdeckt hatte. Stumm betete er, dass ihm das erspart blieb.

Er betrat die Villa. Auch ohne ihre Handtasche, die wie ein symbolischer Leuchtpfeil mitten auf dem Tisch lag, wusste er, dass sie noch im Haus war. Das Sicherheitssystem hatte eine Unterbrechung angezeigt, nicht zwei.

Er ging zur Kellertür und fluchte saftig, als ihm das Fehlen des dünnen Kontrollfadens am Türrahmen bestätigte, dass sie tatsächlich schon unten gewesen war. Dem naiven Wunschtraum, sie würde vielleicht nicht erkennen, was sie dort vorfand, gab er sich keine Sekunde hin. Constanze war die ehemalige Frau eines Waffenhändlers. Nach den Details, die sie über von Richtstetten ausgepackt hatte, wusste sie über dessen Geschäft bestens Bescheid. Sie erkannte einen Waffenkoffer, wenn sie einen sah. Hundertprozentig. Von den umfangreichen Unterlagen ganz abgesehen ...

Da das Kind ohnehin in den Brunnen gefallen war, entschied Silas, den Stier besser gleich bei den Hörnern zu packen. »Constanze, ich weiß, dass du im Haus bist«, rief er. »Wir müssen reden. Bitte zeig dich.«

Constanze, oben hinter der Schlafzimmertür, presste die Zähne aufeinander. Daniel hatte sich nicht einmal mehr die Mühe gemacht, sie mit Sabine anzusprechen. Was für ein gemeiner Mistkerl.

Sie schwieg verbissen. Sollte er doch kommen und sie suchen. Er würde sie ohnehin umbringen. Niemand deckte die Identität des Magiers auf und überlebte.

Einen Moment lang herrschte Stille, dann hörte sie federnde Schritte auf der Treppe. Constanze drückte sich gegen die Wand. Woher wusste er, dass sie hier oben war? Die Antwort war denkbar einfach. Er wusste es nicht. Daniel hatte schlichtweg richtig geraten. Sein Spürsinn war beachtlich, aber so leicht würde sie es ihm nicht machen.

Wie ein kleines Energiebündel kauerte sie sich hinter der Tür zusammen, bereit, sofort loszupreschen, falls er sie entdeckte, was realistisch betrachtet eine Frage von wenigen Sekunden war.

»Constanze, bitte. Ich werde dir nichts tun.«

Seine angenehme Stimme klang bereits so nah, dass Constanze die Luft anhielt. Ihr Herz pochte inzwischen dröhnend laut. Sie war überzeugt, wenn er stehen blieb, würde er es ebenfalls hören.

Schon bewegte sich die Tür, ein Schatten fiel über sie. Constanze sprang auf. Ihre gesamtes Denken zentrierte sich nur noch auf eines: Flucht.

Sie stieß beide Hände gegen Daniels Brust und zwängte sich in Lichtgeschwindigkeit an ihm vorbei. Aber sie war nicht schnell genug. Bei Weitem nicht. Nach nur einem halben Meter hatte er sie schon am Ellbogen gepackt.

«Warte!«

»Lass mich los, lass mich sofort los!« Schluchzend trat sie um sich und versuchte immer wieder, sich zu befreien. »Ich hasse dich! Lass mich los! Ich hasse dich!«

»Constanze.« Daniel lockerte seine Finger, umschlang jedoch gleichzeitig ihre Taille.

So winzig diese Unterbrechung auch war, Constanze nutzte sie. Flink entschlüpfte sie seinem Griff und sprang mit einem verzweifelten Satz von ihm weg.

»Halt, nicht!« Er setzte ihr sofort nach.

Constanze warf sich herum. Einzig darauf aus, seinen stahlharten Armen zu entkommen, hechtete sie rückwärts aus seiner Reichweite. Sie begriff erst, wie nah sie an der Treppe stand, als es bereits zu spät war. Ihr nächster Schritt ging ins Leere. Geistesgegenwärtig angelte sie nach dem rettenden Geländer und – verfehlte es.

Stattdessen packten kräftige Finger ihre Handgelenke. Daniel riss sie ruckartig an sich, konnte aber nicht mehr verhindern, dass sie dennoch die Balance verloren. Ineinander verkrallt kippten sie vornüber. Noch im Fallen drehte er sich mit ihr um und schaffte gerade noch, sie über sich zu bringen, bevor sie auf den kantigen Stufen auftrafen.

Constanze stieß einen Schrei aus, dann landete sie unversehrt auf Daniels durchtrainiertem Körper. Sofort schraubten sich seine Arme um sie. Er drückte sie so eng an sich, dass sie kaum mehr Luft bekam. Trotzdem presste sie sich noch an ihn. Froh, seine schützenden Arme um sich zu haben, während sie unaufhaltsam die steile Treppe hinabstürzten.

Es schien Stunden zu dauern, bis sie unten ankamen. Sie endeten am Knick der Treppe, wo Daniel unsanft mit der Schulter gegen die Wand krachte. Er gab einen dumpfen Laut von sich, danach herrschte Totenstille. Selbst die mächtige Standuhr schien erschrocken innezuhalten.

Bewegungslos, Arme und Beine in einer Weise ineinander verkeilt, dass sie nicht mehr zu trennen schienen, lagen sie da. Der Schreck saß ihr in allen Gliedern und ihr linkes Knie war geprellt. Ansonsten hatte sie sich nichts getan – dank Daniels beherzten Eingreifens. Sie konnte sich ungefähr ausmalen, wie schmerzhaft dieser Sturz für ihn gewesen sein musste. Langsam hob sie den Kopf.

Er hatte die Augen geschlossen, aber den hageren Flächen seines Gesichts war die Anspannung deutlich anzusehen. Nicht zuletzt, weil er für die Rettungsaktion seinen gesamten Körper eingesetzt hatte – mit Folgen. Einige Augenblicke lang rührte er sich nicht, dann dehnte er stöhnend die Muskeln und löste seine Umarmung.

Spätestens da fiel Constanze siedend heiß ein, dass sie dringend von ihm weg musste. Es war nur eine Frage der Zeit, bis er seine fünf Sinne wieder beisammenhatte, und dann Gnade ihr Gott.

Hastig entwirrte sie ihre Beine und robbte von ihm hinunter, doch Daniels Reflexe waren noch intakt. Seine Finger gruben sich in ihren Hosenbund. Er versuchte zwar, sie aufzuhalten, fertig brachte er es jedoch nicht. Constanze hatte keinerlei Schwierigkeiten, seinem Griff zu entwischen. Eilig kroch sie auf allen vieren die restlichen Stufen hinab und plumpste auf den weichen Teppich. Daniel drehte sich auf die Seite und murmelte benommen ihren Namen. Für Constanze gab es nur noch ein Ziel: ihre Handtasche. Sie kämpfte sich auf die Beine und wankte darauf zu. Obwohl sie nicht mehr als vier Meter entfernt sein konnte, hatte sie das Gefühl, vierzig bewältigen zu müssen. Endlich erreichte sie den Tisch. Noch ehe sie die Tasche richtig zu fassen bekam, zerrte sie den Revolver aus dem Innenfutter und wirbelte zu Daniel herum.

Er stand bereits aufrecht am Fuß der Treppe. Wie er so schnell dahin gekommen war, blieb Constanze ein Rätsel. Allein, wie er es überhaupt geschafft hatte, aufzustehen. Im Gegensatz zu ihr hatte er sich durchaus verletzt. Beide Hände auf seine rechten Rippen gedrückt, lehnte er schwer atmend an der Wand. Er wirkte ganz anders als sonst. Die Haare im Gesicht, den Oberkörper leicht gekrümmt, erinnerte er Constanze eher an eine verwundete Raubkatze als an den sorglosen Mann, den sie bisher erlebt hatte. Obwohl er vollkommen ruhig dastand, spürte sie die unterschwellige Spannung in seinen Muskeln. Er sah sie an, hatte seine gesamte Aufmerksamkeit auf sie gerichtet, dennoch sprach er kein Wort.

Constanzes Unterlippe zitterte. In ihrem Kopf drehte sich alles, teils vor Fassungslosigkeit, teils vom Sturz. Die Situation kam ihr so unwirklich vor. Er kam ihr so unwirklich vor. Ihre Finger flatterten bedenklich, trotzdem nahm sie die Waffe in Anschlag. Sie öffnete den Mund und wollte etwas sagen, doch kein Laut drang über ihre ausgetrockneten Lippen. Sie schluckte schwer.

»Bist du der Magier?«, krächzte sie dann so leise, dass die Frage kaum zu hören war.

Silas hob die Hände, ließ sie aber unverrichteter Dinge wieder fallen. Er hatte es so satt. Die Lügen, die Geheimnisse, die Barriere zwischen ihnen, einfach alles.

Schweigend blickte er Constanze an. Irgendwann hätte er es ihr ohnehin sagen müssen. Er hatte nur nicht damit gerechnet, dass es unter solchen Umständen sein würde.

Plötzlich krachte ein Schuss neben ihm in die Tapete – beeindruckend dicht bei seinem Kopf. Silas blinzelte zwar, rührte sich aber keinen Millimeter. Er konnte Constanze nicht verdenken, dass sie auf ihn schoss. Er hoffte nur, sie hatte ihn absichtlich verfehlt. Die andere Alternative wäre für das, was er ihr unbedingt noch sagen wollte, eine äußerst schlechte Basis gewesen.

»Ist es so?«, verlangte Constanze Antwort und zielte unverändert auf ihn. »Bist du es?« Inzwischen schrie sie fast.

Silas schloss die Augen. Einen Moment lang hätte er nichts lieber getan, als einfach alles abzustreiten. Er hätte sein letztes Hemd gegeben, nur um dort weitermachen zu können, wo er mit Constanze vor ihrem Besuch in seinem Keller gewesen war. Doch damit kam er keinen Schritt weiter. Er musste die Dinge klären. Jetzt.

Constanze keuchte erschüttert, als er wortlos nickte. Eine schlichte Geste, die all das bestätigte, was sie längst befürchtet haben musste. Sie konnte nicht ahnen, wie weit sie dennoch von der Wahrheit entfernt lag und es gab nichts, womit er ihr das jetzt hätte beweisen können. Schluchzend senkte sie den Kopf. Jeder Zentimeter ihres Körpers begann in heftigem Weinen zu beben, dennoch hielt sie die Waffe weiterhin krampfhaft auf ihn gerichtet.

Silas betrachtete sie aufgewühlt, hin und her gerissen zwischen dem Drang, Constanze unverzüglich in die Arme zu reißen und dem Wissen, dass sie erst einmal Zeit brauchte, das Ganze zu verdauen. Er fühlte sich, als stünde er auf glühenden Kohlen. Das ertrug er keine Sekunde länger. In purem Egoismus entschied er sich prompt für den aktiven Part. Er musste einfach zu ihr. Lautlos stieß er sich von der Wand ab und bewegte sich auf sie zu.

Constanzes Kopf ruckte hoch. »Nein«, würgte sie. »Keinen Schritt weiter! Bleib,« sie bekam Schluckauf, »stehen!« Ihre Finger krallten sich fester um den Griff des Revolvers. Zum Beweis, dass sie es ernst meinte, zielte sie auf sein Herz.

Doch Silas ließ sich nicht abhalten. Unbeirrbar verringerte er die Distanz zwischen ihnen.

»Bleib! Sofort! Stehen!« Obwohl ihre Arme zunehmend wackelten, hielt sie sie weiterhin gestreckt. »Ich schieße auf dich, wenn du es nicht tust.«

Silas hegte keine Zweifel, dass sie ihn dieses Mal auch treffen würde, dennoch ging er weiter. Es war ihm egal, ob sie abdrückte. Lieber starb er durch ihre Hand, als durch die einer der Verbrecher, hinter denen er sein halbes Leben hergejagt war. Er liebte Constanze. Wenn er dafür ins Gras beißen musste, dann war es eben so.

Mit vor Schreck aufgerissenen Augen verfolgte Constanze, wie er immer näher rückte. »Nein. Nein!« Ihre Stimme brach.

Unfähig, sich zu bewegen, starrte Constanze Daniel an. Ihr Blick begegnete seinen Augen und verfing sich darin. Zwei silbergraue Laser, so sehr auf sie fixiert, dass es fast hypnotisierend wirkte. Verschiedenste Emotionen tobten in seinem Blick – aber Angst war nicht dabei, das wusste Constanze mit absoluter Sicherheit.

Irritiert wich sie zurück. Einen Schritt, und noch einen. So lange, bis sie von der Tischkante gestoppt wurde.

Daniel folgte ihr unverwandt und blieb erst vor ihr stehen, als sich der Lauf der Waffe bereits in seine Brust bohrte. Constanze blickte ihn entgeistert an.

Er sah ihr in die Augen, während er erstaunlich sanft ihre Hände umfasste. Ohne hinzusehen, löste er die Waffe aus ihren starren Fingern, beugte sich vor, und legte sie auf der Holzplatte ab. »Wir müssen reden.«

Constanze schluckte. Mehr ging nicht. Hinter ihr blockierte der Tisch. Vor ihr der Magier. Er war entschieden zu nah. Noch eine winzig kleine Bewegung und ihre Körper würden sich berühren. Stocksteif drückte sie sich an das Möbelstück.

»Ich wollte nicht, dass du es so erfährst.« Müde fuhr er sich durch die Haare, dann sah er sie wieder an. »Wirklich nicht.«

Constanze stand immer noch wie versteinert da. Es dauerte eine Weile, bis sie antwortete. Und als sie es schließlich tat, war es nur ein tonloses Flüstern. »Daniel Lander … Das ist nicht dein richtiger Name, oder?«

Er schüttelte langsam den Kopf. »Nein. Ich heiße Silas Valek.«

Silas. Irgendwie passte dieser Name besser zu ihm als Daniel. Sie schluckte. Und was war mit dem Rest? Es war erschütternd, wie wenig sie diesen Mann in Wahrheit kannte. Von der Tatsache, dass er der Magier war, einmal abgesehen, wusste sie nichts von ihm. Nicht die geringste Kleinigkeit. Was ihn wirklich ausmachte, war möglicherweise so grausam und entsetzlich, dass sie es lieber nicht erfahren wollte. Trotzdem. Es gab eine Frage, die sie ihm unbedingt stellen musste, eine Sache, die sie nicht losließ …

»Warum …« Sie benötigte ihre ganze Kraft, um weiterzusprechen. »Warum hast du es nicht getan? Warum hast du mich nicht umgebracht?«

Silas' Augen verdunkelten sich. Ein wehmütiger Zug legte sich um seine Lippen. »Ist das denn nicht offensichtlich?« Er umfasste ihre Taille. »Ich habe mich in dich verliebt.«

Der weiche Klang seiner Stimme zerrte so sehr an Constanzes überdrehten Nerven, dass sie Gänsehaut bekam. Auch wenn sie die Ehrlichkeit in jeder Silbe spürte, wollte sie es nicht glauben, konnte es auch nicht, nach alldem, was sie in den letzten Minuten herausgefunden hatte. Sie krallte die Finger ineinander. Tränen flossen über ihre Wangen und tropften auf Silas' Unterarme.

»Ich liebe dich, Constanze. Ich weiß, dass du mir das jetzt nicht glaubst, aber es ist die Wahrheit.« Seine Augen forschten in ihren. »Ich wollte es dir schon längst sagen. Bitte, hör mich an. Es ist nicht so, wie du denkst.« Zärtlich streichelten seine Finger ihre Wange entlang.

So vorsichtig diese Liebkosung auch war, sie ließ Constanze wie Glas zersplittern.

»Nein«, keuchte Constanze. »Nein!« Sie riss die Arme hoch und begann wie verrückt nach Silas zu schlagen. »Fass mich nicht an!« Aus ihrer Kehle drang ein hohes Geräusch, schlimmer als alles, was Silas je gehört hatte.

Kalter Selbsthass bohrte sich in seinen Magen und gab ihm das Gefühl, das Herz müsste ihm brechen.

Constanze schlug immer heftiger auf ihn ein. Mit aller Kraft, die sie noch hatte, trommelten ihre Fäuste gegen ihn.

Silas blieb einfach stehen. Unbewegt, die Augen geschlossen, ertrug er ihren Angriff ohne Gegenwehr. Irgendwann hielt er es nicht mehr aus. Wortlos zog er sie in die Arme, drückte ihren Kopf gegen seine Brust und legte das Kinn auf ihren Scheitel. Beinahe im selben Augenblick fiel Constanzes Wut in sich zusammen. Schluchzend kippte sie gegen ihn. Sie weinte haltlos, das Gesicht in seinem Hemd vergraben.

Silas streichelte ihre Haare und betete, dass ihr nicht bewusst wurde, was sie gerade tat.

Er hatte kein Glück. Es dauerte nicht lange, bis Constanze begriff, wozu sie sich hatte hinreißen lassen. Abrupt fuhr ihr Kopf zurück. Sie sah ihn an, als wäre er Luzifer höchstpersönlich – was in ihren Augen vermutlich auch zutraf – dann schob sie sich zitternd an der Tischkante entlang.

»Nicht!« Seine Arme verkrampften sich, weil er sie unter keinen Umständen loslassen wollte. »Bitte bleib.«

Constanze schluckte, versuchte aber unverändert, seitlich an ihm vorbeizukommen.

Silas spürte förmlich, wie sie sich vor ihm verkroch, tiefer als je zuvor. Sie hatte ihm nicht geglaubt, kein einziges Wort. Frustriert umfing er sie fester, doch dann beherrschte er sich und lockerte seine Umarmung. Gewalt brachte nichts. Er musste es anders anfangen. Obwohl sich jede Zelle seines Körpers dagegen sträubte, nahm er seine Hände von ihr.

Constanze zögerte nicht. Ohne ihn eine Sekunde aus den Augen zu lassen, tastete sie erst nach ihrer Handtasche, dann nach der Waffe.

Silas rechnete beinahe damit, sie würde ihn doch noch über den Haufen schießen, da begriff er plötzlich, was sie beabsichtigte. Gar nichts. Sie hatte überhaupt nichts mit ihm vor. Sie wollte einfach nur so schnell wie möglich weglaufen. Das war alles. Ohne ein Wort. Ohne eine Chance für ihn, die Sache bereinigen zu können. Das durfte er nicht zulassen, das musste er verhindern.

Zum ersten Mal, seit er Constanze kannte, brach Silas seine eigene Regel. Gegen ihren Willen schlang er beide Arme um ihre Mitte und hielt sie nun doch fest.

»Constanze, nicht.« Er suchte ihre Augen und flehte sie offen an. Es gab nichts mehr zu verbergen, jetzt nicht mehr. »Bitte bleib bei mir. Lass mich erklären. Ich will dich nicht verlieren. Bitte!«

Constanze versteifte sich. Es war ihr unmöglich, zu sprechen, unmöglich, zu atmen, unmöglich, zu denken. Ihr war überhaupt alles unmöglich. Sie wollte nur noch fort. Fort von Silas, fort von den schrecklichen Beweisen in seinem Keller. Fort von den widersprüchlichen Gefühlen, die er auslöste.

Einen Moment stand sie wie erstarrt, dann reagierte sie. Sie stemmte die Hände gegen seine Brust und versuchte, seine Umarmung zu durchbrechen.

Silas ließ es nicht zu. Sie versuchte es erneut. Er parierte. Ein stummer Ringkampf entbrannte zwischen ihnen. Jedes Mal mit demselben niederschmetternden Ergebnis. Constanze kam keinen Zentimeter voran. Es war klar, dass sie nirgendwo hingehen würde, solange er nicht einlenkte. Zum ersten Mal wurde ihr wirklich bewusst, welch ungeheure Kraft er besaß. Genauso gut hätte sie versuchen können, gegen einen Fels zu kämpfen. Sein Körper stand dermaßen unter Spannung, dass sie überzeugt war, er würde sich eher die Arme ausreißen lassen als sie freizugeben. Die Beharrlichkeit, mit der er sie festhielt, sprach Bände. Er wollte sie unter allen Umständen bei sich halten.

Völlig außer Atem hob Constanze den Kopf und sah ihn an. Der Ausdruck seiner Augen traf sie unvorbereitet. Sie wusste nicht, was sie erwartet hatte, aber nicht diese Qual, die ein Spiegel ihrer eigenen war. Nicht minder schlimm, nicht minder ehrlich. Der Anblick schnitt ihr tief ins Herz. Plötzlich spürte sie den absurden Impuls, sich wider alle Vernunft an Silas zu lehnen, tatsächlich bei ihm zu bleiben – ungeachtet der schrecklichen Dinge, die sie über ihn herausgefunden hatte. Dieser Wunsch erschütterte sie bis in die Grundfesten ihrer Seele. Geschockt begann sie erst recht, sich zu wehren.

»Bitte geh nicht.« Silas gab immer noch nicht auf.

Constanze ebenso wenig. Ohne auf seine leisen Worte zu achten, strampelte sie weiter. Sie musste hier weg, bevor sie wirklich noch darüber nachdachte, was er gesagt hatte. Er war ein Killer. Ein eiskalt berechnender Killer.

Als sie erneut beide Fäuste gegen ihn drückte, obwohl sie dazu eigentlich keinerlei Kraft mehr aufbringen konnte, lockerte er unvermittelt den Griff.

Die Hoffnungslosigkeit, mit der seine Arme von ihr rutschten, ließ Constanze aufschluchzen. Sie taumelte von ihm weg, drehte sich um und stürzte blind vor Tränen aus dem Haus.

Sie rannte den ganzen Kiesweg bis zur Straße. Sie brauchte sich nicht umzusehen. Silas würde ihr nicht folgen, anderenfalls hätte er sie nicht erst gehen lassen. Trotz dieser Gewissheit rannte Constanze weiter. Sie rannte und rannte, als könnte sie dem Schmerz in ihrem Inneren entfliehen.

Sie blieb erst stehen, als ihre Lungen beim besten Willen nicht mehr in der Lage waren, ausreichend Sauerstoff in ihren Körper zu pumpen. Zitternd und erschöpft knickte sie auf der Bank vor einer Bushaltestelle zusammen.

Als der Bus endlich eintraf, stieg sie ein. Ohne zu fragen, wohin die Fahrt ging, ohne auch nur aufzusehen, setzte sie sich auf einen freien Platz. Ihr war egal, wohin diese Linie fuhr, solange der Bus sie nur weit wegbrachte.

Irgendwie würde sie nach Hause gelangen. Dort konnte sie sich verkriechen, bis das Chaos und der Schmerz in ihrem Herzen nachließen. Irgendwann.

Zwei Stunden später stand sie tatsächlich vor ihrem Haus. Alles kam ihr fremdartig vor. Als hätte sich seit dem Morgen die Welt aus den Angeln gehoben. Gewissermaßen traf das auch zu – auf ihren Teil davon. Sie krampfte die Finger um die Tasche und spürte die Umrisse des Revolvers unter dem weichen Leder. Es gab nichts, was bitterer war als die ungeschönte, gnadenlose Realität.

Die Treppe kostete sie die letzte Energie. Drinnen angekommen, fiel ihr alles aus den Händen. Weinend setzte sie sich aufs Sofa. Und dort saß sie. Stundenlang. Die Arme um die Knie gelegt, ganz in sich zusammengekauert. In ihrem Kopf wirbelten unverändert die Ereignisse umher.

Nichts passte zusammen.

Silas' Verhalten passte nicht zu seinem Auftrag.

Ihre Gefühle passten nicht zu ihrer Entdeckung.

Seine Worte passten nicht zu einem Killer.

Ihre Flucht passte nicht zu ihrem Herzen.

Nichts passte zusammen.

Sie konnte immer noch nicht begreifen, was er gesagt hatte. Genauso wenig wie alles, was sie in den letzten Stunden herausgefunden hatte. Wackelig wie eine Neunzigjährige kam sie wieder auf die Füße. Einige Minuten stand sie hilflos da und versuchte, sich zu sammeln. Sie musste dringend überlegen, was sie jetzt tun sollte. Die Polizei anrufen schied aus. Sie wusste zwar ohne jeden Zweifel, dass Michael Silas beauftragt hatte, aber nur aufgrund ihrer Aussage würde man ihren Exmann bestimmt nicht wieder in den Knast stecken. Weglaufen war ebenfalls keine Lösung. Es machte keinerlei Sinn, die Flucht anzutreten, nachdem sie bereits dem Magier Auge in Auge gegenübergestanden hatte. Was konnte noch schlimmer sein, oder wer?

Constanze biss sich auf die Unterlippe und unterdrückte die neuen Tränen. Sie schleppte sich ins Bad und rieb mit einem feuchten Lappen so lange über ihr verquollenes Gesicht, bis das schmerzhafte Pochen in ihren Schläfen nachließ. Trotzdem fühlte sie sich so ausgelaugt und leer, dass sie sich wieder aufs Sofa legte. Erschöpft schloss sie die Augen. Sobald sie wieder etwas Kraft fand, würde sie die einzigen Menschen informieren, denen sie wahrhaft vertrauen konnte. Susanne und Frank. Bei den Gedanken an Eliah bildete sich ein schmerzhafter Kloß in ihrem Hals. Er hatte Silas auch gern gehabt. Wie sollte sie ihm erklären, was geschehen war?

Das Telefon klingelte und Constanze fuhr vor Schreck beinahe aus der Haut. Als der Anrufbeantworter ansprang, starrte sie ängstlich auf das Gerät. »Hier ist die Werkstatt Mauerbrunn. Wir wollten Ihnen mitteilen, dass wir einen günstigen Austauschmotor für ihren VW-Polo gefunden haben und ihn einbauen werden. Sie können den Wagen morgen gegen vierzehn Uhr abholen. Falls sie noch Fragen haben, können sie uns jederzeit anrufen.« Der Anrufer gab die Nummer durch und legte auf.

Constanzes Schultern sackten hinab. Wenigstens war es nicht Silas gewesen. Allein seine Stimme zu hören, hätte dazu geführt, dass sie endgültig zusammengeklappt wäre.

Sie hatte keine Ahnung, wie es weitergehen sollte. Ob er noch einmal versuchen würde, mit ihr zu sprechen? Sie konnte es sich nicht vorstellen, aber genauso wenig konnte sie glauben, dass er es nicht tat.

Langsam wankte Constanze durch das Haus. Am liebsten hätte sie sich im Bett vergraben und die Decke über den Kopf gezogen, so, wie sie es als Kind immer getan hatte, wenn wieder einmal alles schiefgegangen war. Aber damit war ihr leider auch nicht geholfen. Kein bisschen. Sie musste sich wieder fangen. Erneut würde sie ihr Leben hinter sich lassen müssen und irgendwo neu anfangen. Dabei durfte sie sich schon Eliah zuliebe nicht anmerken lassen, wie verletzt und unglücklich sie war. Leider konnte sich Constanze im Moment absolut nichts Schwereres vorstellen.

Als die Dämmerung hereinbrach, saß Silas immer noch auf der Treppe. Bewegungslos, den Kopf auf die Unterarme gestützt, dachte er nach. Die Geschichte war denkbar ungünstig verlaufen. Nein, ungünstig war das falsche Wort. Sie war beschissen verlaufen. Schlechter hätte es nicht kommen können. Er hatte gewollt, dass Constanze irgendwann erfuhr, wer er war. Aber nicht so. Doch nicht so. Und erst recht nicht in dem Glauben, dass er ein skrupelloser Auftragskiller sei.

Er machte sich nichts vor. Alles, was sie ihm je an Vertrauen oder Gefühlen entgegengebracht hatte, war dahin, zerstört von der folgenschweren Entdeckung in seinem Keller. Dass er die Unterlagen im Grunde schon lange hatte vernichten wollen, änderte jetzt auch nichts mehr. Wie er es auch drehte und wendete, sie hatte jetzt ein festsitzendes Bild von dem, was er allem Anschein nach war.

Der Gedanke an das Auffliegen seiner Identität machte ihm weniger Sorgen. Früher wäre das der absolute Supergau gewesen, jetzt nicht mehr. Ihm war es schlichtweg egal. Es wäre nach wie vor ein Leichtes, unterzutauchen und nach Chile zu gehen, aber das würde er nicht tun.

Irgendwie war er sicher, dass Constanze ihr Wissen nicht weitergeben würde. Höchstens an Susanne und Frank, die ohnehin über alles informiert waren, was mit Constanzes Vergangenheit einherging. Er vertraute ihr, sonst hätte er sich niemals so sorglos verhalten. Und das war so, weil er sie liebte. Daher stand außer Frage, dass er sie um jeden Preis zurückerobern musste.

Im Moment hatte er allerdings keine rechte Ahnung, wie er das bewerkstelligen sollte. Er konnte schlecht an ihrer Tür klingeln und sagen: »Hallo, ich bin's wieder, der Killer. Ach übrigens, habe ich dir schon gesagt, dass du zu mir gehörst?«

Er fuhr sich übers Gesicht. Nein, so einfach würde es nicht werden. Im Augenblick wollte sie ihn weder sehen noch sprechen, das hatte sie heute Morgen deutlich demonstriert. Und eine solch schmerzhafte Szene wollte er ihr kein zweites Mal zumuten. Am besten, er gab Constanze einige Tage Zeit, bevor er einen neuen Versuch startete, die Dinge ins Lot zu bringen. Schließlich konnte sie nicht einfach abhauen. Und selbst wenn ... Er hatte sie einmal gefunden, er würde es wieder. So leicht gab er nicht auf.

Silas sprang auf die Füße und machte sich auf den Weg ins Arbeitszimmer. Bereits im Gehen zog er den Ring vom Finger. Er musste dringend Einiges in die Wege leiten.

14.

Unter Schock

Am nächsten Morgen war Constanze selbst überrascht, wie wenig Mühe es ihr bereitete, nach außen ruhig zu wirken. Wahrscheinlich lag es an dem jahrelangen Training an Michaels Seite, dass sie so blind funktionieren konnte. Ein makabrer Gedanke. Ganz ließ sich dieses Verhalten wohl nie abstreifen. Susanne hätte einen Wutanfall bekommen, Gegenstände zerstört und ihren Schmerz hinausgeschrien. Sie hingegen reagierte wie gelähmt.

Constanze betrachtete Beate, die einige Meter entfernt das Schaufenster dekorierte. Vielleicht hatte das auch sein Gutes. Beate hatte sie zwar besorgt gemustert, sich dann aber mit der Erklärung zufriedengegeben, Constanze habe sich lediglich den Magen verdorben. Bis zur Rückkehr ihrer Freunde würde sie den Kummer also mit sich selbst ausmachen. Sie schaffte das. Das war früher an der Tagesordnung gewesen. Außerdem wollte sie Eliahs glückliche Ferientage nicht vorzeitig beenden.

Constanze bediente in gewohnter Freundlichkeit zwei Kunden und zog sich dann ins Lager zurück. Sie musste dringend die neu eingetroffene Ware erfassen und in den Bestand aufnehmen. Wenigstens würde diese Tätigkeit sie davon ablenken, ständig über Silas nachzudenken.

Eine Stunde später war sie immer noch nicht fertig. Wie sehr sie es auch versuchte, sie konnte sich nicht konzentrieren. Ständig unterliefen ihr Tippfehler. Wenn sie so weiterarbeitete, würde sie ihre ganze Buchhaltung durcheinanderbringen. Niedergeschlagen erklomm sie die Treppe zum Laden und suchte nach Beate.

»Du siehst immer noch blass um die Nase aus«, stellte diese sofort fest. »Warum machst du keinen Spaziergang?«

Constanze lag schon eine Ablehnung auf der Zunge, dann besann sie sich. Warum eigentlich nicht? In ihrem derzeitigen Zustand war sie ohnehin mehr eine Last denn eine Hilfe. Außerdem gingen ihr die gestrigen Ereignisse sowieso nicht aus dem Kopf.

Wenig später saß Constanze auf einer Parkbank und blickte in die gemächlichen Fluten des Rheins. Etwas, das sie nach ihrer Ankunft vor vier Jahren oft getan hatte. Sie hatte Stunden auf dieser Bank verbracht, hatte Kraft und Zuversicht geschöpft. Hier war sie sich stets darüber klar geworden, was sie als Nächstes anpacken würde. Jetzt saß sie wieder hier. Und wieder gab es einen Grund.

Unversehens krampfte sich ihr Herz zusammen. Die ganze Nacht hatte sie sich den Kopf zerbrochen, hatte über all das nachgedacht, was Tatsache war, und über Dinge, die sie nur vermuten konnte, hauptsächlich jedoch darüber, was Silas zu ihr gesagt hatte. Sie wusste immer noch nicht, wie sie mit der Situation umgehen sollte. Von welchem Punkt aus sie die Geschichte auch betrachtete, Silas war ein Killer. Er war die mit Abstand tödlichste Person, die ihr je begegnet war.

Beziehungsweise nicht begegnet ... Sie hatte die letzten Wochen mit einem Phantom verbracht. Genau, wie der Bekannte von Frank gesagt hatte, Daniel Lander, der Mann, in den sie sich verliebt hatte, existierte nicht. Seine Unbekümmertheit, seine fürsorgliche Art, die Zielstrebigkeit, mit der er Teil ihres Lebens geworden war ... alles Lügen.

Sie zog die Beine an und legte ihre Stirn auf die Knie. Oder vielleicht doch nicht? Genau das war die Frage, um die sich letztlich alles drehte. Hatte Silas sie wirklich belogen?

Selbst nach stundenlangem Grübeln fiel es ihr schwer, darauf mit Ja zu antworten. Denn es gab noch eine Frage, die ihr keine Ruhe ließ. Wenn alles reines Schauspiel gewesen war, warum entdeckte sie dann ständig Hinweise, die das Gegenteil bewiesen? Silas' Auftrag, sie zu töten, stand außer Zweifel. Trotzdem hatte er beim Sturz von der Treppe dafür gesorgt, dass sie sich nicht verletzte. Er hatte ihr auch später nichts getan, ihr in keinster Weise Schmerzen zugefügt – nicht einmal, als sie mit ihm um ihre Freiheit gekämpft hatte. Und dann war da noch der gewichtigste Punkt überhaupt. Sie lebte. Er hatte seinen Auftrag nicht ausgeführt. Egal, zu welchem Ergebnis sie auch kam, eines blieb unverrückbar: Hätte Silas sie wirklich umbringen wollen, wäre sie längst tot. Wenn sie ihre völlig überdrehten Nerven einmal abzog und versuchte, die Sache nüchtern zu betrachten, musste sie zwangsläufig zu dem Schluss kommen, dass er die Wahrheit gesagt hatte.

Tränen brannten in ihrer Nase. Der Gedanke, dass er sie möglicherweise ehrlich liebte, vielleicht wirklich so war, wie sie ihn bisher eingeschätzt hatte, kippte Wasser auf die Mühlen in ihrem Inneren. Nichts passte zusammen. Ein skrupelloser Mörder konnte nicht lieben und erst recht konnte und durfte sie keine Gefühle für solch ein Monster hegen.

Silas war jedoch kein Monster. Nicht zu ihr.

Aber zu anderen.

Constanze drückte sich enger an die Bank. Nein, sie würde nicht darüber nachdenken, was er jetzt tat. Es war besser, sie malte sich nicht aus, wie es wäre, ihm noch einmal gegenüberzustehen. Das würde sie nicht verkraften. Ihr Körper rangierte ohnehin schon weit oberhalb der Belastungsgrenze. Vor allem, seit sie herausgefunden hatte, dass ihre Liebe zu Silas unverändert fortbestand. Es war erschreckend, wie stur ein Herz sein konnte, hatte es sich erst einmal für jemanden entschieden. Er war der Mann ihrer Träume. Sie hatte ihn vor ihrer Entdeckung geliebt, und sie tat es noch.

Wie sollte sie auch anders? Silas hatte sie aus ihrer Zurückhaltung geholt und im Sturm erobert. Er ging ihr nah wie kein anderer. Er war ihr auch körperlich nähergekommen als jeder andere. Er hatte ihre Sinne aufgewühlt, sie dazu gebracht, Neues zu probieren, war warmherzig und einfühlsam ... und ein Killer.

Ungläubig schüttelte sie den Kopf. Noch immer konnte sie kaum fassen, dass er der berüchtigte Magier war. Jeder Ansatz in diese Richtung entbehrte jeder Logik. So, wie sie ihn kannte, wirkte er ganz und gar nicht wie ein gewissenloser Auftragskiller. Constanze biss sich auf die Unterlippe. Ja, genau. So, wie sie ihn kannte ... Unwillkürlich ging ihr auf, dass sie diese kalte, tödliche Seite, die Silas unbestreitbar haben musste, noch nie erlebt hatte.

Das Klingeln ihres Handys ließ sie zusammenfahren. Constanze presste eine Hand gegen ihre Brust.

»Sabine Anger«, meldete sie sich und verzog das Gesicht. Das hätte sie sich bei Silas sparen können ...

»Hi, Sanne hier. Ich wollte dich nur schnell fragen, ob du das Paar blaue Socken eingepackt hast, das Eliah für seinen Auftritt braucht.«

Constanze atmete erleichtert aus. »Es steckt im unteren Seitenfach der Reisetasche. Wo ist Eliah denn?«

»Er ist mit Frank und den Jungs beim Angeln – Constanze, bist du krank? Du klingst so schlecht.«

»Nein, das ist es nicht ...« Wie sollte sie bloß beginnen?

»Ist was mit Daniel? Hattet ihr Streit?«

Constanze schluckte, weil ihr sofort wieder Tränen in die Augen sprangen. Streit konnte man diesen Albtraum wohl nicht gerade nennen. Aber Susanne hatte dennoch das richtige Thema erwischt. »Franks Vermutung ...«, würgte sie hervor.

»Ja, was ist damit?«

»Er hatte recht.« Constanze flüsterte nur noch. »Silas hat mich nicht zufällig getroffen. Er kennt mich, hat mich gesucht.« Plötzlich brach alles aus ihr heraus. »O Gott, er ist ein Auftragsmörder. Verstehst du? Ein Killer! Er ist nach Köln gekommen, weil er den Auftrag hat, mich umzubringen.« Sie brach ab und klammerte sich schluchzend ans Telefon. Die grausige Wahrheit auszusprechen, machte sie noch furchtbarer.

»Silas wer? Moment mal, was meinst du mit Killer? Constanze? Constanze!«

Sie riss hastig das Telefon wieder ans Ohr. »Ich bin noch dran.« Sie kauerte sich noch kleiner auf der Bank zusammen. »Ich weiß nicht, wo ich anfangen soll. Es ist so viel passiert.«

»Jetzt atme erst mal tief durch und dann erzählst du mir der Reihe nach, was vorgefallen ist. Lass mich nur schnell Frank sagen, dass wir nach Köln zurückfahren.«

»Nein, macht das nicht. Kommt lieber noch nicht her.« Constanze bedeckte mit einer Hand ihre Augen. »Michael hat einen Killer auf mich angesetzt und ich muss mir erst klar werden, was ich jetzt unternehmen soll.«

Zum ersten Mal, seit Constanze Susanne kannte, fehlten ihrer Freundin tatsächlich die Worte und es dauerte eine Weile, ehe sie die Sprache wiederfand. »Michael hat was?«

»Er hat einen Killer auf mich angesetzt«, wiederholte sie leise. »Daniel ist es. Er ist der Killer.«

Schweigen. »Daniel? Aber ... das ist ... Bist du sicher?« »Absolut.«

»Ich werd verrückt. Woher weißt du das? Von diesem Silas? Wer ist das überhaupt?

»Daniel. Daniel ist der Deckname von Silas«, erklärte Constanze. »Ich habe nach Franks Anruf Schlüssel in seinem Wagen gefunden und sein Haus durchsucht. Dabei bin ich auf Papiere über meine Vergangenheit gestoßen. Michael hat Silas eine Million für meine Ermordung geboten.«

Susanne schnappte nach Luft. »O Gott! Du musst sofort verschwinden. Am besten, du fährst gleich los. Komm zu uns. Daniel hat keine Ahnung, wo das Zeltlager ist. Hier bist du in Sicherheit.«

Constanze schüttelte den Kopf. »Nein. Ich glaube nicht, dass er mir etwas tun wird. Ich habe mit ihm gesprochen.«

»Du hast mit ihm gesprochen, nachdem du das alles herausgefunden hast? Um Gottes willen. Und er hat nicht ... du bist nicht ...«

»Er hat mich gehen lassen.« Constanze wischte hastig ihre Tränen ab. »Wenn er mich hätte umbringen wollen, wäre ich längst tot, das kannst du mir glauben.«

»Das begreife ich nicht. Wenn das alles stimmt, dann muss er doch einen Grund gehabt haben, seinen ... Du-weißt-schon-Was nicht auszuführen.«

»Er hat gesagt, er liebt mich.« Constanze hörte sich selbst kaum noch.

Susanne gab ein überraschtes Geräusch von sich. »Das hat er gesagt?« Sie verstummte einen Augenblick. »Und du glaubst ihm natürlich nicht«, schloss sie messerscharf.

»Ich weiß nicht. Alles, was er bisher gesagt und getan hat, könnte eine einzige Lüge sein. Alles.«

»Na, offensichtlich nicht alles«, gab Sanne zu bedenken. »Ich war von Anfang an sicher, dass Daniel etwas für dich empfindet. Das war eindeutig. So etwas kann man nicht heucheln. Nicht so überzeugend. Von daher glaube ich nicht, dass ... du musst dich irren.«

»Er ist ein Killer. Einer der besten. Der kann noch ganz andere Sachen. Dinge vorzutäuschen, gehört bei ihm zum kleinen Einmaleins.«

»Wenn ... wenn deine Vermutung stimmt, musst du schnellstens verschwinden. Pack deine Sachen und komm zu uns. Dann überlegen wir gemeinsam, wie es weitergeht.«

Als Constanze keine Erwiderung gab, sprach Susanne weiter. »Du liebst ihn, nicht wahr?«

»Ja«, gestand Constanze leise. »Ich habe stundenlang darüber nachgedacht. Es ist eigentlich unmöglich, aber ich liebe ihn. Immer noch. Hast du schon einmal etwas so Widersinniges gehört?«

»Was hast du jetzt vor?«

Ein Spaziergänger schlenderte vorbei und Constanze wandte das Gesicht ab. »Das kommt darauf an, was in den nächsten Tagen passiert.«

»Denkst du, Michael kennt deinen Aufenthaltsort?«

»Du meinst von Silas?«

»Ja.«

Darüber brauchte Constanze erstaunlicherweise nicht lange nachzudenken. »Nein, das glaube ich nicht. Nach dem, was ich bisher über Silas' Vorgehensweise weiß, lässt er sich von niemandem in die Karten sehen. Er erledigt seinen Auftrag im Geheimen und verschwindet wieder.«

»Und woher weißt du das so genau? Aus deiner Zeit bei Michael?«

»Ja. Silas ist einer der besten Killer, von denen ich je gehört habe. In Michaels Kreisen nennt man ihn den Magier.« Constanze biss sich auf die Unterlippe. »Angeblich hat er noch nie einen Fehler gemacht. Michael hat mal erwähnt, dass alle Personen, die bisher auf seiner Liste standen, tot sind ... Alle, bis auf mich«, schränkte sie dann zögernd ein.

»Mir ist nicht wohl dabei, dich jetzt allein zu lassen.«

»Ich denke nicht, dass ich im Augenblick in Gefahr bin. Schließlich kann Michael nicht jede Woche einen neuen Killer anheuern«, stellte Constanze mit einem Anflug von Galgenhumor fest, dann wurde sie wieder ernst. »Ich möchte Eliah jetzt nicht hier haben. Bei euch ist er sicher – und bis ich weiß, wie es weitergeht ...«

»Bitte bring dich in Sicherheit.«

»Ich werde nichts riskieren.« Constanze straffte sich. »Es hat gutgetan, mit dir zu reden, Susanne. Ich weiß nicht, was ich ohne dich und Frank tun würde.«

»Wir sind immer für dich da. Melde dich, hörst du?«

»Das werde ich. Bis bald.« Constanze klappte langsam das Handy zu. Das Telefonat hatte sie etwas ruhiger werden lassen, auch wenn der brüllende Schmerz über Silas' wahre Identität unverändert blieb.

Abends ging Constanze mit schwerem Herzen durch ihr Haus. Die Vorstellung, dass Michaels Hass sie vielleicht erneut zwingen würde, ihr Heim aufzugeben, schnitt ihr die Luft ab. Sie hatte immer nur den Traum eines normalen Lebens gehabt. Wie es aussah, würde er wohl niemals in Erfüllung gehen. Gequält schob sie die Gedanken an Silas beiseite. Das führte doch zu nichts. Er war ein Killer. Und sie … sie musste ihre absurden Wunschträume schleunigst vergessen.

Mit energischem Schwung klappte sie ihren Notizblock auf. Sie hatte weiß Gott andere Sorgen, als über ihre Gefühle nachzudenken. Sie musste eine Liste erstellen, welche Sicherheitsmaßnahmen sie treffen konnte, um sich auf mögliche Übergriffe von Michael vorzubereiten. Vielleicht war es sogar ratsam, sich bereits jetzt Gedanken über den Verkauf des Hauses zu machen. Und für ihre geliebte Buchhandlung galt das Gleiche. Es galt im Grunde für alles, was sie nicht tragen konnte … Furchtbar.

Mr. Pepper kam aus der Küche geschlichen, steuerte erst den Futternapf an, blieb dann aber vor ihr stehen, weil er ihre bedrückte Stimmung spürte. Sie nahm ihn hoch.

»Also du kommst auf jeden Fall mit«, versprach sie.

Der Kater sah sie aufmerksam an, dann streckte er sich und rieb in einer tröstend wirkenden Geste den Kopf gegen ihre Wange.

Constanze schluchzte und vergrub das Gesicht in seinem weichen Fell.

Wieder war es das Telefon, das sie aus ihrer Bewegungslosigkeit holte, nur dieses Mal nicht so abrupt. Nach dem gestrigen Tag hatte Constanze die Lautstärke so weit heruntergedreht, dass sie nicht ständig zu Tode erschrak, wenn es klingelte. Trotzdem legte Mr. Pepper die Ohren an und fauchte. Etwas, das er sonst nie tat. Offenbar spürte das Tier ihre innere Anspannung genau.

Constanze streichelte ihm über den Rücken, mehr, um sich zu beruhigen als ihn, dann setzte sie ihn neben sich ab und rappelte sich hoch. Sie blickte sie auf das Display. Unbekannte Nummer. Sollte sie rangehen? Silas war es jedenfalls nicht. Schließlich rang sie sich durch. »Ja?«

»Hallo Sabine. Hier ist Roland.«

Constanze schloss die Augen. »Hallo.« Zum ersten Mal war sie froh, dass es nur ihr Nachbar war.

»Ich wollte mich noch mal entschuldigen, weil ich vor drei Tagen so dumm bei dir reingeplatzt bin.«

Drei Tage? Constanze brauchte einen Moment, bis ihr einfiel, dass das der Abend gewesen war, an dem Silas sie in der Küche geküsst hatte. Sie schluckte gegen die Enge in ihrem Hals. War das erst vor drei Tagen gewesen? Ihr kam es wie in einem anderen Jahrhundert vor.

»Ist schon gut, Roland. Bitte sei nicht sauer, aber ich kann im Moment nicht reden.«

»Du bist böse auf mich, nicht wahr?«

Ihr anfängliche Erleichterung verflog. »Nein, mir geht's im Moment nur nicht gut, Ich ...«

»Was? Warum denn? Soll ich rüberkommen?«, fiel er ihr augenblicklich ins Wort. »Ich könnte dir einen Tee machen, dich umsorgen und so.«

Constanze schüttelte derart heftig den Kopf, dass Mr. Pepper fauchend von ihrem Schoß sprang. »Nein, wirklich nicht. Ich komme gut allein klar, danke.«

»Wenn du meinst.« Es klang enttäuscht. »Darf ich dich später noch einmal anrufen?«

»Nein, Roland.« Bei dem Gedanken, wie sie jedes Mal zusammenfuhr, sobald das Telefon klingelte, würden ihr seine ständigen Anrufe den letzten Nerv rauben.

»Wieso denn nicht? Du bist allein. Was, wenn dir etwas zustößt?«

Diese Frage war so aberwitzig, dass Constanze um ein Haar hysterisch aufgelacht hätte. Was konnte ihr nach dem, was sie gestern mit Silas erlebt hatte, noch Tragischeres zustoßen? Absolut nichts mehr. »Mir passiert schon nichts«, tat sie heiter. »Ich werde mich später etwas hinlegen, dann geht's mir bestimmt besser.«

»Na gut, aber danach rufst du mich an, ja? Bitte, versprochen?« Roland ließ nicht locker. Etwas, das selbst für seine Verhältnisse ungewöhnlich war.

Constanze hatte plötzlich das ungute Gefühl, dass hinter seiner Penetranz vielleicht etwas anderes als die Sorge um ihre Gesundheit stand. Hastig wischte sie den Gedanken beiseite. Jetzt sah sie langsam den Wald vor lauter Bäumen nicht mehr.

»Ich werde dich nicht anrufen«, hörte sie sich sagen. Kurioserweise gelang es ihr ausgerechnet in dieser entsetzlichen Lage, ihn abzuwehren. Vielleicht lag es schlicht daran, dass Roland im Moment wahrlich ihr geringstes Problem war. Sie setzte sich aufrecht hin. »Ich wollte es dir schon lange sagen. Ich weiß zu schätzen, wie sehr du dich um mich bemüht hast, aber wenn ich ehrlich sein soll, möchte ich das nicht. Bitte sei so gut und ruf mich nicht mehr an. Gute Nacht.«

Ehe Roland die Chance hatte, etwas darauf zu erwidern, legte sie auf, zog kurzerhand die Leitung aus dem Stecker und kehrte dem Gerät den Rücken. Wenigstens eine Sache, um die sie sich keine Gedanken mehr machen musste.

15.

Uneingeladene Gäste

Zwei Tage lang geschah nichts Außergewöhnliches. Constanzes Leben ging so alltäglich weiter, als hätte es die traumatischen Ereignisse mit Silas nie gegeben. Lediglich Beate ließ eine Bemerkung fallen, dass Daniel ungewohnt lange nicht in die Buchhandlung gekommen sei. Constanze musste sich abwenden, um ihre Tränen zu verbergen. Es war schwer, sich nicht anmerken zu lassen, wie sehr nur sein Name sie aufwühlte. Irgendetwas sagte ihr, dass dies noch sehr lange so bleiben würde – egal wie oft sie sich vor Augen hielt, dass er ein Killer war, ein Verbrecher der übelsten Sorte. Ein Mörder. Nicht einmal jemand, der aus Emotionen zum Mörder wurde, sondern jemand, der eiskalt Aufträge für Geld ausführte und gnadenlos Leben zerstörte. Schon allein der Gedanke, für einen solchen Menschen Gefühle zu hegen, die sich nicht einstampfen ließen, bereitete ihr Übelkeit.

Am dritten Tag traf morgens ein Päckchen ein. Stirnrunzelnd unterschrieb Constanze die Empfangsbestätigung und legte die Zusendung auf der Ladentheke ab.

Beate warf im Vorbeigehen einen Blick darauf. »Ich wusste nicht, dass du neue Bücher bestellt hast.«

»Habe ich auch nicht. Keine Ahnung, wer das geschickt hat.« Constanze drehte das Päckchen und betrachtete es von allen Seiten. »Es hat ein Postfach als Absender. Vielleicht ist es ein Werbeexemplar von einem neuen Autor.« Sie holte eine Schere aus der Schublade und begann, sorgfältig die Verpackung zu öffnen.

»In dem Film, den ich gestern angesehen habe«, sagte Beate und verschränkte die Arme, »war so etwas eine

Briefbombe. Vielleicht solltest du das Ding lieber nicht aufmachen.« Als sie hörte, wie Constanze nach Luft schnappte, hob sie bestürzt die Hände. »Das sollte doch nur ein Scherz sein.« Sie berührte Constanze am Arm. »Es tut mir leid. Ich wollte dich nicht erschrecken.«

Constanze zwang sich zu einem Lächeln. »Schon gut. Aber wenn uns gleich die Bude um die Ohren fliegt, dann lachst du nicht mehr.« Im Stillen betete sie, dass sie damit nicht auch noch richtig lag. Michael schien jedes Mittel recht zu sein, sie ins Jenseits zu befördern. »Ach, Beate«, murmelte sie, während sie unnötig umständlich die Paketschnur entfernte. »Gehst du bitte mal in den Keller und holst mir eine neue Belegrolle?«

»Klar, kommt sofort.«

Einige Herzschläge lang dachte Constanze ernsthaft darüber nach, ob sie das Päckchen ungeöffnet entsorgen sollte, doch dann riss sie sich zusammen. Sie löste ihre verkrampften Hände und klappte den Karton auf.

Es war ein Buch, aber mit Sicherheit kein Erstlingswerk, dafür wirkte es viel zu abgegriffen.

Irritiert nahm sie es aus seinem Styroporbett und sah es sich genauer an. Ein Gedichtband von Dante Alighieri. Sehr teuer, sehr selten. Es gab nur wenige Sammler, die solch eine literarische Kostbarkeit ihr Eigen nannten. Ihr Herz begann wild zu hämmern. Silas war einer davon ...

Sie hatte den Band in seiner Bibliothek gesehen, an dem Abend, an dem sie die Panne gehabt hatte. Mit zitternden Fingern klappte sie den Umschlag auf. Natürlich gab es keine Widmung. Nur ein absoluter Banause hätte ein derartiges Buch mit einem Eintrag verunstaltet. Probeweise kippte sie die Seiten, ob vielleicht ein Zettel herausfiel.

Beate kehrte zurück. »Wow. Von wem kommt denn das? Das Buch sieht ja richtig teuer aus.«

Constanze klappte es vorsichtig wieder zu. »Das ist es auch.« Mehr konnte sie nicht sagen. Ihre Kehle war wie ausgetrocknet. Kam dieses Buch wirklich von Silas oder ging die Fantasie mit ihr durch?

»Was machst du jetzt damit?«, fragte Beate und legte die Belegrolle in die Kasse ein.

Constanze packte das Werk sorgsam zurück in den Karton. »Wir bewahren es auf. Nicht, dass es versehentlich an die falsche Buchhandlung geschickt wurde.« Diese Möglichkeit bestand immerhin. Es kam ab und an vor, dass Werke dieser Art an Auktionen teilnahmen. Bestimmt interpretierte sie vor lauter Nervosität in diese Sendung völlig falsche Dinge hinein. Es war doch eher unwahrscheinlich, dass Silas etwas mit diesem Buch zu tun hatte.

Zwei Tage später war sie sich da nicht mehr so sicher. Sie hielt bereits das dritte anonym gelieferte Päckchen in der Hand. Wieder enthielt es ein Buch, diesmal ein Werk von Voltaire. Und wieder kam es Constanze verdächtig bekannt vor. Sie schluckte. Langsam gingen ihr die Ideen aus, was die Herkunft der Bücher anging. Tatsächlich deutete alles darauf hin, dass die Zusendungen wirklich aus Silas' Bibliothek stammten. Sie hatte jedes der drei Werke bei ihm gesehen. So viele Zufälle konnte es nicht geben.

Was auch immer Silas vorhatte, kommentarlos aus ihrem Leben zu verschwinden gehörte offenbar nicht dazu. Constanze versuchte, den Ringkampf zwischen Hoffnung und Panik in ihrem Herzen zu ignorieren. Es wollte ihr nicht gelingen. Fahrig brachte sie das Buch in den Keller und verstaute es neben den beiden anderen im Tresor. Sie wünschte, diese Päckchen würden sie weniger aus der Bahn werfen.

Aber so sehr sie sich auch dagegen wehrte, ein Teil ihres Herzens freute sich unbändig über diese Zeichen seiner Zuneigung.

Silas hatte sie eingeladen, seine Bibliothek zu erkunden ... Offenbar wollte er sie an ihr gegebenes Versprechen erinnern. Sie würde ihn wiedersehen, daran hatte sie plötzlich keinen Zweifel mehr.

Den ganzen restlichen Tag stand Constanze unter Hochspannung. Bei jedem Klingeln der Tür fuhr ihr der Schreck in den Magen. Immer damit rechnend, dass Silas vielleicht in die Buchhandlung trat, hetzte sie verkrampft zwischen den Regalen hin und her. Wie sollte sie reagieren, wenn er plötzlich vor ihr stand? Was sollte sie zu ihm sagen?

Er kam nicht.

Trotzdem ließen ihr die Gedanken keine Ruhe. Als sie am späten Nachmittag die Buchhandlung abschloss und sich auf den Heimweg machte, war sie so aufgekratzt, dass sie versehentlich in die falsche S-Bahn stieg. Während sie einen Umweg von einer halben Stunde absaß, fragte sie sich immer wieder, ob sie nicht ihren Mut zusammensuchen und handeln sollte. Sie hatte sogar schon den Gedanken verfolgt, erneut den Schutz der Behörden in Anspruch zu nehmen, doch dazu musste sie Silas anzeigen und das brachte sie nicht fertig. Aber irgendetwas musste sie tun, eine Entscheidung fällen, und zwar bald. Ihr blieben nur wenige Tage, bis Eliah zurückkam – und bis dahin musste sie sämtliche Maßnahmen in die Wege geleitet haben. Wie ihr davor graute ... Weniger die Angst vor Silas hielt sie zurück als die Erinnerung an all das, was sie glaubte, hinter sich gelassen zu haben.

Endlich zu Hause angekommen, ließ sie das Abendessen ausfallen und schleppte sich auf direktem Weg ins Bett. Es war ihr egal, dass es zum Schlafengehen eigentlich noch viel zu früh war. Sie konnte sich ohnehin auf nichts konzentrieren.

Stunden später wälzte sie sich immer noch herum, nicht wirklich überrascht, dass sie auch in dieser Nacht wach lag. Erst als Mr. Pepper kurz vor Mitternacht ins Zimmer tapste und sich in gewohnter Manier zu ihren Füßen einrollte, dämmerte sie in einen unruhigen Schlaf.

Constanze fuhr ruckartig auf und blinzelte in die Dunkelheit. Sie hatte das Gefühl, eben erst eingeschlafen zu sein, aber das war es nicht, was sie senkrecht im Bett sitzen ließ. Etwas stimmte nicht.

Sie lauschte, hörte aber nichts. Trotzdem. Sie war sich sicher, dass es einen Grund gab, weshalb sie mitten in der Nacht aufgeschreckt war. Selbst der sonst so gemütliche Mr. Pepper spähte in Richtung Tür, beide Ohren wachsam gespitzt.

Von seiner Reaktion erst recht beunruhigt, öffnete Constanze die Nachttischschublade. Ihre Finger tasteten zögernd nach dem Revolver. Einen Augenblick lang erwog sie, ob es übertrieben war, ihn an sich zu nehmen – nur zur Sicherheit. Doch dann zog sie die Hand zurück. So etwas durfte sie nicht anfangen.

Sie wollte gerade die Schublade wieder schließen, da ließ ein dumpfes Knacken aus Richtung Erdgeschoss sie mitten in der Bewegung stoppen. Ihre Nackenhaare richteten sich auf.

Im Bruchteil einer Sekunde änderte sie ihre Meinung und griff doch nach der Waffe. Beide Hände um das kalte Metall gelegt, horchte sie in die Stille.

Wieder dieses Knacken. Sie hatte sich nicht getäuscht, irgendetwas war da unten – oder irgendjemand. Silas! Nein, der Magier würde niemals solchen Lärm veranstalten. Wer auch immer da unten herumschlich, war ein Fremder.

Sekundenlang rang sie den Wunsch nieder, sich bis über die Ohren im Bett zu vergraben, dann schlug sie die Decke zurück. Sie musste herausfinden, was im Erdgeschoss vor sich ging. Trotz der sommerlichen Wärme im Zimmer fröstelte sie.

Sie nahm einige tiefe Atemzüge. Es war ungemein wichtig, dass sie sich zuerst ein wenig beruhigte. Solange sie dermaßen übernervös war, konnte sie nichts ausrichten. Falls tatsächlich ein Einbrecher im Haus war, brauchte sie einen kühlen Kopf, denn sonst würde derjenige sie schneller überwältigen als ein hilfloses Schaf.

Sie zählte bis zehn und glitt aus dem Bett. Mr. Pepper tat es ihr nach. Elegant sprang er neben ihr zu Boden und lief voraus. Constanze bemerkte es kaum. Konzentriert bewegte sie sich auf die Tür zu. Die Waffe gab ihr einen Hauch von Sicherheit, obwohl ihr jämmerliches Versagen vor Silas deutlich gezeigt hatte, wie wenig ein Revolver brachte, wenn man nicht in der Lage war, diesen auch zu benutzen.

Penibel darauf bedacht, keine auffälligen Geräusche zu verursachen, bewegte sie sich durch den schwach vom Mondlicht erhellten Raum. Eine neuerliches Scharren aus dem Erdgeschoss eliminierte den letzten mageren Rest an Hoffnung. Sie hatte Besuch.

Constanzes Finger zitterten mittlerweile so stark, dass sie den Türknauf zweimal verfehlte, ehe sie ihn zu fassen bekam. Die Schlafzimmertür war aus Gewohnheit nur angelehnt. Wäre dem nicht so gewesen, hätte sie den Eindringling unmöglich gehört. Stumm dankte sie Gott, dass Eliah nicht im Haus war. Sie lockerte ihre verkrampften Hände, dann schob sie vorsichtig die Tür auf, hinderte aber Mr. Pepper daran, ebenfalls das Zimmer zu verlassen. Unter keinen Umständen wollte sie den Kater im Haus herumstreifen haben, während sie mit gezückter Waffe auf Verbrecherjagd ging. Nicht, dass sie ihn versehentlich noch erschoss. Sie schlüpfte durch die Tür und drückte sie vor seiner Nase wieder zu.

Nur das leise Rascheln ihres Schlafanzugs war zu hören, aber selbst das klang in Constanzes Ohren unnatürlich laut. Prüfend äugte sie um die Ecke. Nichts.

Etwas mutiger geworden schlich sie den kurzen Flur entlang. Constanze wollte gerade die erste Treppenstufe in Angriff nehmen, als unvermittelt die Leuchtfinger von

Taschenlampen durch das untere Geschoss geisterten. Sie hielt inne. Es war nicht nur ein Eindringling, es waren mehrere.

Michaels Männer!

Daran hatte sie plötzlich keinen Zweifel mehr. Warum sonst sollte gleich eine ganze Truppe Einbrecher ein gewöhnliches Einfamilienhaus überfallen? Michaels Säuberungstruppe befand sich im Einsatz.

Gott steh ihr bei!

In ihrem Kopf begann es zu pochen. Schwankend tastete sie mit der freien Hand ans Treppengeländer.

Unmöglich. Sie konnte es unmöglich mit mehr als einem Gegner aufnehmen. Ihr Atem kam in abgehackten Stößen. Verzweifelt fragte sie sich, was sie tun sollte. Die Polizei rufen? Schnell ließ sie den Gedanken wieder fallen. Jedes gesprochene Wort würde die Meute direkt in ihre Richtung lotsen. Die Ordnungshüter kämen dann gerade noch rechtzeitig, um ihre Leiche zu identifizieren.

Fieberhaft überlegte sie, was ihr übrig blieb. Die Antwort war denkbar einfach. Flucht oder Verstecken. Flucht schied aus. Sie hätte durch eines der Fenster klettern müssen, um unbemerkt aus dem Haus zu gelangen, wobei das Obergeschoss aufgrund des historischen Alters des Gebäudes in einer derart luftigen Höhe lag, dass sie sich im besten Fall vier Meter über Grund befand. Mit solch einem waghalsigen Sprung hätte sie den Kerlen ihre Arbeit todsicher abgenommen. Ein gebrochenes Genick war definitiv keine Lösung. Also blieb nur eines. Verstecken.

Gehetzt sah sie sich um. Wo würde kein Mensch nach ihr suchen?

Unter dem Bett? Lächerlich.

Im Schrank? Abgedroschen.

Hinterm Vorhang? Ungeeignet.

Ihre fruchtlosen Ideen brachen abrupt ab, als sie bemerkte, wie einer der Lichtstrahlen auf die Treppe zusteuerte. Kalte Angst peitschte durch ihren Magen. Constanze wich einige Schritte zurück – und prallte abrupt gegen einen harten Widerstand. Einen, der gerade eben noch nicht da gewesen war ...

Der Schreck fuhr ihr in alle Glieder. Sie wollte schreien, doch dazu kam sie nicht mehr, weil sich blitzschnell eine Hand über ihren Mund legte. Noch ehe sie reagieren konnte, wurde die Waffe aus ihren Fingern genommen. Ein kräftiger Arm umschlang ihre Taille und zwang sie dichter an den harten Körper.

Constanzes Muskeln blockierten. Alles, was noch durch ihren Kopf schoss, war: Jetzt werde ich sterben. Genau jetzt.

Komischerweise fühlte sie sich jedoch kein bisschen bedroht – trotz der unnachgiebigen Art, mit der der Mann sie umfangen hielt, trotz seiner Geräuschlosigkeit. Irgendetwas an ihm schien ihr seltsam vertraut. Constanze schluckte. Vertraut? Drehte sie jetzt endgültig durch?

Sie zuckte zusammen, als er sich hinter ihr rührte. Stocksteif wartete sie auf den Tod, doch zu ihrer Überraschung legte er nur sein Kinn gegen ihre Schläfe. Der Daumen seiner Hand, die weiterhin ihren Mund bedeckte, streichelte zärtlich ihre Wange. Zärtlich und äußerst vertraut ...

Die eiserne Lähmung fiel von Constanze ab und ihre Sinne meldeten sich zurück. Mit einem Mal nahm sie ihn wahr. Seinen Duft, die drahtigen Muskeln unter ihren eiskalten Fingern, die seelenruhige Art, mit der er sie im Arm hielt. Hinter ihr stand unbestreitbar Silas. In Fleisch und Blut.

Er hielt sie fest und wartete, bis sie wieder sicheren Stand hatte, dann nahm er langsam die Hand von ihrem Mund und tippte mit dem Zeigefinger gegen ihre Lippen.

Constanze nickte. Sie würde keinen Mucks von sich geben. Sie hielt sich an seinem Unterarm fest, während er sie dicht an seinen Körper gepresst rückwärts wegführte.

Als sie die Nische zu Eliahs Zimmer erreichten, löste er wortlos seinen Arm und schob Constanze hinter sich. Die Geste war eindeutig. Er würde sie beschützen – notfalls mit seinem Leben.

Constanze hatte seinen breiten Rücken direkt vor der Nase. Er stand vor ihr wie eine Mauer. Unerschütterlich. Unüberwindbar. Über ein Meter achtzig geballte Männlichkeit, nur darauf programmiert, sie zu retten. Genauso sah er auch aus. Von Kopf bis Fuß in Schwarz gekleidet, verschwamm er nahezu mit der dunklen Umgebung. Sprungbereit, jeden Muskel angespannt, ähnelte er mehr denn je dem großen, gefährlichen Panther, mit dem sie ihn einst verglichen hatte. Es war beruhigend, zu wissen, dass alle Angreifer erst an ihm vorbeimussten, ehe sie an sie herankamen. Am liebsten hätte sie sich vor Dankbarkeit an ihn geschmiegt. Angesichts ihrer prekären Lage beschränkte sie sich darauf, vorsichtig um seine Hüften zu fassen. Er legte eine Hand über ihre und drückte sie kurz, dann zog er einen glänzenden Gegenstand aus der Halterung an seiner Hüfte.

Der erste Eindringling schlich ahnungslos die Treppe herauf. Constanze sah nur ein metallisches Blitzen, als Silas ruckartig den Arm bewegte. Dann ertönte ein leises Sirren, gefolgt von dem ekelhaft dumpfen Geräusch, mit dem die Klinge ins Fleisch drang. Der Mann auf der Treppe gab ein ersticktes Röcheln von sich und kippte vornüber.

Silas war so schnell bei ihm, dass Constanze sich verblüfft fragte, wie er das gemacht hatte. Noch nie hatte sie jemanden gesehen, der sich derart flink bewegen konnte.

Behände fing er den schlaffen Körper auf, ließ ihn geräuschlos zu Boden sacken und nahm das Messer wieder an sich. Constanze unterdrückte ein Würgen. Sie war sich sicher, dass der Mann nie wieder aufstand. Keuchend hielt sie sich ihren revoltierenden Magen. Sie hatte noch nie eine Leiche gesehen, noch nie.

Aus den Augenwinkeln registrierte sie, dass der nächste Angreifer, einen Komplizen knapp hinter sich, am Fuß der Treppe auftauchte. Ehe Constanze den neuerlichen Schreck verarbeiten konnte, pfiff eine Salve Kugeln zu ihnen herauf.

Silas warf sich in einer geschmeidigen Bewegung herum, traf frontal gegen ihren Körper und riss sie zu Boden. Die Arme um sie geschlungen rollte er sich mit ihr ab, bis er auf ihr zu liegen kam. Constanze hielt sich automatisch an ihm fest. Während sie noch zu begreifen versuchte, was genau passiert war, richtete er sich schon wieder auf. Rasch lockerte sie ihre starren Muskeln. Es fiel ihr schwer, aber sie schaffte es trotzdem – musste es auch schaffen. Alles hing von Silas‹ Bewegungsfreiheit ab. Sie durfte ihn auf keinen Fall behindern.

Silas umfasste sie ohne Schwierigkeit auf Höhe der Rippen und zog sie mit sich.

Sie krochen geduckt durch den Flur bis hinter die Ecke, die Constanze auf ihrem Weg aus dem Schlafzimmer gerade erst umrundet hatte. Silas lockerte seinen Griff, jedoch nur, um einen Wimpernschlag später Constanzes Oberkörper gegen die Wand zu drücken. Er ließ seine warmen Finger auf ihrem Schlüsselbein liegen, weil er sie hinter sich in Deckung halten wollte, und beugte sich nach vorn.

Ohne den Flur eine Sekunde aus den Augen zu lassen, griff er mit der freien Hand ins Schulterhalfter und zog eine matt schimmernde Waffe hervor, neben der sich Constanzes Revolver wie ein Spielzeug ausnahm. Trotz des schwachen Lichts erkannte sie deutlich, wie erschreckend ruhig die Pistole in seiner Hand lag. Warum das so war, musste man ihr nicht lange erklären …

Sie erschauerte, als ihr klar wurde, dass in diesem Augenblick nicht Silas neben ihr saß, sondern der Magier höchstpersönlich. Gebannt sah sie ihn an. Seinem hageren Gesicht war jegliche Mimik abhandengekommen und sie spürte, wie sich eine tödliche Eiseskälte in ihm ausbreitete.

Die Emotionslosigkeit schien sein ganzes Wesen zu erfassen, veränderte ihn vollkommen. Noch nie hatte sie ihn so gesehen. Nie so hart, konzentriert oder gnadenlos. Es war, als betrachtete sie das Gesicht eines Fremden. Nichts mehr ließ auf den zärtlichen, einfühlsamen Mann schließen, den sie bisher erlebt hatte. Zum ersten Mal erkannte sie wahrlich den Killer in ihm. So mussten ihn seine Opfer sehen, kurz bevor er sie umbrachte …

Was hatte sie denn erwartet? Das war kein Spiel, sondern tödlicher Ernst, und er war der Tod. Hier zeigte er sie nun, jene düstere Seite, über deren Existenz sie sich vor einigen Tagen den Kopf zerbrochen hatte. Und langsam schwante ihr, dass sie nicht einmal ansatzweise erriet, was noch alles damit einherging.

Silas warf ihr einen Blick zu, den sie nicht zu deuten vermochte, ließ sie los und spähte um die Kante. Er ortete in diesem kurzen Moment seine Ziele und schoss, ohne hinzusehen. Schwer aufprallende Körper bestätigten, wie genau er wusste, wo sich seine Gegner versteckten.

Unter ihnen wurden Lärm und Schreie laut. Nun hatten die Männer begriffen, dass sie nicht nur einer hilflosen Frau, sondern auch deren ausgeschlafenem Helfer gegenüberstanden. Fast sofort eröffneten sie das Feuer. Die Kugeln schlugen pfeifend in der Ecke ein, rissen Holzsplitter und Putz aus der Wand.

Silas packte Constanzes Nacken und barg ihr Gesicht an seiner Brust. Einen Arm über ihren Kopf gelegt, schützte er ihr Gehör, während die Munition schier endlos auf ihr Versteck einprasselte. Wild gewordene Stahlhornissen, die nur das Ziel hatten, den Tod zu bringen.

Silas' Hand strich über ihre Haare nach oben, bis er die Innentasche seiner Weste erreichte. Er holte eine schwarze, eierförmige Kugel heraus.

Constanze gefror das Blut in den Adern, als sie erkannte, was es war.

Er entfernte mit den Zähnen den Splint und legte die Finger um das Metallgehäuse. Fast gelassen hielt er den Sicherungsbügel gedrückt. Wie konnte er nur so sorglos mit einer Handgranate umgehen? Constanze war knapp davor, aufzuschreien, als er das Teil in einem Bogen um die Ecke schleuderte.

Kaum hatte er losgelassen, hechtete er sich auf Constanze und bedeckte sie mit seinem Körper. Sie hörte nur noch undeutlich das Stakkato, mit dem die Granate die Stufen hinabpolterte, dann brach das Inferno aus.

Die Druckwelle der Explosion fegte über sie hinweg, brachte Verderben und Hitze mit sich. Constanze kauerte sich unter Silas zusammen. Die Augen fest geschlossen, drückte sie sich krampfhaft an ihn, als könnte sie so verhindern, dass ihnen etwas zustieß. Schräg unter ihnen gellten Schreie. Staub und Stofffetzen flogen umher, trotzdem trampelten nur Sekunden später neue Schritte auf der Treppe.

Silas fluchte. Wie viele Männer hatte dieser Drecksack geschickt, um eine wehrlose Frau abzuschlachten?

Er blickte über die Schulter. Nach hinten sah es schlecht aus. Nach vorn noch mieser. Wenn ihm nicht schnell etwas Brauchbares einfiel, saßen sie in der Falle. Sie mussten auf die andere Seite des Flurs, und zwar bevor die Männer oben ankamen.

Constanze weiterhin fest umschlungen stieß er sich mit beiden Füßen von der Wand ab. Schwungvoll rollten sie quer über den Boden. Sobald sie außer Deckung waren, feuerte er in Richtung der Angreifer. Trotzdem blieb ihnen nur wenig Zeit, bis die Maschinengewehre aus dem Erdgeschoss antworteten. Zu wenig.

Silas spürte ein scharfes Reißen am Oberarm. Unbeirrt rollte er weiter, drehte sich so lange mit Constanze, bis sie hinter der nächsten Wand in Deckung lagen. Ohne innezuhalten, richtete er sich mit ihr auf und warf die nächste Granate. Constanze drückte zitternd ihr Gesicht an seine Brust.

Dieses Mal reichte es aus. Nach der Detonation herrschte gespenstische Stille, nur das leise Knacken der zerstörten Einrichtung durchdrang die Stille. Vereinzelte Flammen tauchten die Umgebung in orangefarbenes Licht. Eine geradezu irrwitzige Beleuchtung für die üble Situation, in der sie sich befanden. Silas wechselte das Magazin seiner Waffe und lehnte sich gegen die Wand.

Constanze verharrte stumm an Silas gepresst. Unter ihrer Wange schlug sein Herz kräftig und langsam. Ganz im Gegensatz zu ihrem, das eher an eine Rennmaus erinnerte. Deutlicher hätte ihr nicht demonstriert werden können, in welch unterschiedlichen Welten sie lebten. Für sie war das hier der reinste Horror, Silas hingegen betrachtete es wohl eher als Kaffeekränzchen.

Er wirkte nicht im Mindesten aufgeregt. Seine Augen halb geschlossen, die Waffe ruhig im Anschlag, saß er vollkommen reglos da. Hätte Constanze es nicht besser gewusst, sie hätte darauf getippt, er wäre kurz vorm Einschlafen. Komischerweise half ihr gerade diese absurde Vorstellung, etwas ruhiger zu werden.

Es dauerte ewig, bis sich Silas wieder bewegte. Er rutschte seitlich von Constanze fort und drückte sie gleichzeitig mit einer Hand flach auf den Boden. »Egal was passiert, bleib unten«, befahl er. Seine Hand glitt sanft von ihrem Rücken, dann sprang er behände auf und huschte wie ein Schatten an der Wand entlang.

Constanze blinzelte, da war er schon um die Ecke verschwunden. Sie blieb zähneklappernd zurück, lauschte hellhörig auf jedes Geräusch.

Plötzlich zerriss ein lautes Poltern die gespenstische Stille. Der Lärm endete Sekunden später in einem harten Schlag, der verdächtig nach Holz auf menschlichem Fleisch klang. Ein leises Seufzen, dann Ruhe. Constanze sackte der Magen bis in die Kniekehlen.

Als neuerliches Poltern, begleitet von abgehacktem Keuchen zu hören war, hielt sie es nicht mehr aus. Sie robbte zum Ende der Wand und riskierte einen Blick, genau so, wie sie es bei Silas beobachtet hatte. Was sie sah, nahm ihr erst recht den Atem.

Silas rang mit den letzten beiden Gegnern. Wahrscheinlich hatten die Männer sich nach dem Desaster der ersten Granate im Hintergrund gehalten. Sie griffen ihn gemeinsam an. Silas kämpfte enorm flink, aber trotzdem präzise und effektiv.

Einige gezielte Schläge später hatte er einen der beiden zu Boden gestreckt. Den anderen in mörderischer Umklammerung, trat er dessen Schusswaffe außer Reichweite. Der Mann wehrte sich erbittert, ohne Erfolg. Silas ließ ihn nicht entkommen. Zwischenzeitlich versuchte der erste, noch einmal auf die Füße zu kommen. Just in dem Moment, in dem es ihm zu gelingen schien, hob Silas beiläufig seine Waffe und drückte ab. Constanze zuckte zusammen. Gebannt von dem grausigen Schauspiel verfolgte sie, wie er gleich darauf den angewinkelten Arm kraftvoll drehte, wodurch das Genick seines Gefangenen mit einem schaudererregenden Krachen brach.

Constanze schlug die Hand vor den Mund. Sie konnte nicht glauben, was sie sah. Beide Männer gingen zeitgleich zu Boden.

Silas nahm die Waffe wieder auf Augenhöhe und sicherte konzentriert den restlichen Raum.

Währenddessen lehnte sich Constanze schwer atmend zurück. Niemals, nicht in tausend Jahren, hätte sie damit gerechnet, dem Magier einmal persönlich zu begegnen, geschweige denn, ihn bei der Arbeit zu erleben. Nun war beides eingetreten, doch weder Entsetzen noch Bestürzung beherrschten ihre aufgewühlten Gefühle. Sie war einfach nur froh, am Leben zu sein. Froh, dass sich Silas zwischen sie und diese Kerle gestellt hatte. Froh, dass er seinen Job so gut beherrsche, wie immer erzählt wurde. Wäre Silas heute Nacht nicht bei ihr gewesen ...

Der Gedanke an das, was ihr zugestoßen wäre, verursachte Übelkeit. Constanzes Hand fiel kraftlos herab. Dabei spürte sie etwas Nasses auf ihren Fingern und sah nach unten. Sie runzelte die Stirn. Die dunklen Flecken waren vorhin noch nicht da gewesen. Schock rieselte durch ihre Adern, als sie begriff, worum es sich handelte. Ihre Finger waren voller Blut. Und es war ganz bestimmt nicht ihres ...

Keuchend warf sie sich herum und suchte den Raum nach Silas ab. Wo blieb er nur?

Schon war sie dabei, sich aufzurappeln, da spurtete er leichtfüßig die Treppe herauf. Vor lauter Eile, zu ihm zu rennen, stolperte Constanze über den Läufer und taumelte gegen den Flurschrank.

Silas packte ihre Schultern und drehte sie zu sich. »Bist du verletzt?«

Selbst im Halbdunkel sah sie die Angst, die sich plötzlich in seinem Gesicht spiegelte. Hektisch schüttelte sie den Kopf. »Nein. Ich nicht. Aber du. Du blutest.«

»Ach, das. Nur ein Kratzer.« Silas wechselte die Waffe in die andere Hand und blickte rasch hinter sich. »Wir müssen verschwinden. Sofort.«

Noch bevor er zu Ende gesprochen hatte, drängte er sie in Richtung Treppe. Constanze klammerte sich an ihm fest, weil ihre Knie zu sehr schlotterten, um einen vernünftigen Schritt zustande zu bringen. Ohne lange zu diskutieren, griff Silas unter ihre Beine und hob sie kurzerhand auf die Arme. Genauso kommentarlos umschlang Constanze seinen Hals.

»Mr. Pepper! Er ist noch ...«
»Ich weiß.«

Constanze blinzelte, als ihr auffiel, dass Silas bereits vor der Schlafzimmertür stand. Wann hatte er das herausgefunden? Ohne sie abzusetzen, drückte er mit dem Ellbogen die Klinke und gab der Tür einen Stoß. Nicht einmal eine Sekunde später flitzte der Kater wie ein geölter Blitz an ihnen vorbei. Er umrundete die Ecke in einer Geschwindigkeit, bei der seine Hinterbeine wegrutschten, und sauste die Treppe hinab. Constanze konnte sein Tempo nachfühlen, trotzdem behagte ihr mehr, dass Silas die von Schutt und Bruchstücken bedeckten Stufen langsam hinabging, denn manche sahen aus, als bestünden sie nur noch aus schwelender Holzkohle. Unten angekommen durchquerte er das Wohnzimmer und steuerte den Hinterausgang an, ohne die beiden Leichen auf dem Boden eines Blickes zu würdigen.

Constanze tat es ihm nach. Absichtlich blickte sie in die entgegengesetzte Richtung. Eine Leiche am Abend reichte ihr vollkommen. Sie verspürte nicht das geringste Bedürfnis, noch weitere aus der Nähe zu sehen.

Wenige Schritte später erreichten sie die Hintertür.

Silas prüfte die Umgebung und trat ins Freie. Zielstrebig überquerte er erst das kurze Stück Rasen, dann ihren Gemüsegarten und schließlich das hohe Gras jenseits ihres Grundstücks – kein bisschen beeinträchtigt von der Last auf seinen Armen. Constanze fragte sich allmählich, ob er sie wohl stundenlang durch die Gegend tragen könnte, ohne sich überhaupt anzustrengen. Schon einmal war ihr aufgefallen, welch immense Kraft in seinen durchtrainierten Muskeln steckte. Auch jetzt wirkten seine Bewegungen geschmeidig und leicht, gerade so, als würde ihr Gewicht für ihn überhaupt keine Rolle spielen.

Als sie die Wiese hinter sich gelassen hatten, erreichten sie eine Gruppe von niedrigen Bäumen – und Silas' Wagen. Das schwarze BMW-Coupé stand nahezu unsichtbar hinter den dichten Ästen verborgen. Als sie nur noch wenige Meter entfernt waren, entriegelte sich das Fahrzeug von selbst. Constanze merkte erstaunt auf. Das war etwas, was der Wagen bisher noch nie gemacht hatte.

Silas verlagerte ihren Körper, damit er die Beifahrertür öffnen konnte, und ließ sie behutsam ins Wageninnere gleiten. Kaum saß er neben ihr, startete er den Motor.

Constanze lehnte sich in das kühle Leder, während Silas das Coupé rückwärts vom Grundstück lenkte. Mitten durch die Hecken. Er mähte alles nieder, was ihm in den Weg kam. Dementsprechend schnell erreichten sie die Straße. Als sie über den Gehweg holperten, legte er eine Hand in Constanzes Nacken und drückte ihren Kopf nach unten. Sie wehrte sich nicht, weil sie ahnte, warum er das tat. Niemand brauchte zu sehen, dass sie im Auto saß.

Mit einer Gelassenheit, die Constanze nur erstaunte, folgte er der Straße von ihrem Haus weg. Er tat das so harmlos, als würde er nur mal schnell Zigaretten holen. Niemand, der sie sah, würde auch nur annähernd den Verdacht hegen, dass sie geradewegs aus der Hölle kamen. Polizeiwagen rauschten mit durchdringendem Sirenengeheul an ihnen vorüber und verschwanden in der Nacht. Unbehelligt fuhren sie weiter. Bald schon hatten sie das Wohngebiet verlassen und wechselten auf die Landstraße.

Die sonst so belebte Strecke schien um diese Uhrzeit wie ausgestorben. Silas nutzte die Gelegenheit und liebkoste mit dem Daumen Constanzes Hinterkopf, ehe er sie freigab, damit sie sich wieder aufrichten konnte.

Die Innenbeleuchtung des Wagens tauchte seine Silhouette in rotes Licht und ließ kaum etwas erkennen. Daher dauerte es einen Moment, bis sie die glänzende Flüssigkeit bemerkte, die aus der Wunde am Arm in seine dunkle Kleidung floss. Von wegen nur ein Kratzer. Er blutete immer noch und das nicht zu knapp.

»Dein Arm ...«

»Macht nichts.« Silas ließ in keinster Weise erkennen, ob er Schmerzen hatte, geschweige denn, wie stark. Stattdessen musterte er sie. »Bist du okay?«

Als Constanze zögernd nickte, streichelte er noch einmal ihr Genick, dann blickte er nach vorn. Er prüfte abwechselnd Straße und Rückspiegel und wirkte darüber hinaus völlig entspannt. Constanze glaubte trotzdem keine Sekunde, dass ihm auch nur die geringste Kleinigkeit entging – von seiner Verletzung einmal abgesehen. Der zollte er keinerlei Aufmerksamkeit.

So konnten sie das nicht lassen. Sie musste irgendetwas gegen die Blutung unternehmen. Ohne lange nachzudenken, beugte sie sich hinüber und griff an seine Hüfte.

Silas sah zwar kurz nach unten, als Constanze beherzt eines der Messer aus der Halterung zog, ließ sie aber gewähren. Das körperwarme Metall fühlte sich fast angenehm in ihren kalten Fingern an, auch wenn sie nicht umhinkam, festzustellen, wie scharf die Klinge war, denn sie glitt durch den Stoff ihres Pyjamas wie durch warme Butter. Hastig trennte sie einen langen Streifen aus dem Oberteil und legte das Messer vorsichtig im Fußraum ab.

Silas schenkte ihr ein schnelles Lächeln, als sie den Stoff zusammengeknüllt auf seine Wunde presste. »Danke.«

Constanze nickte, brachte aber keinen Ton mehr heraus, weil sie zusah, wie rasch sich das Päckchen dunkel verfärbte. Schleichend sickerte das erlebte Grauen durch ihren Schockzustand und zerrte an ihrem Nervenkostüm. Nur mit Mühe gelang es ihr, die Tränen zurückzuhalten. Sie blinzelte immer noch heftig, als sie Silas' Haus erreichten.

Er hielt vor der Garage, kam um den Wagen herum, und öffnete die Beifahrertür. Constanze rutschte aus dem Sitz und wollte die Füße auf den Kies stellen, da beugte er sich schon über sie.

»Warte, lass mich.« Ohne ihre Antwort abzuwarten, fasste er unter ihre Beine und hob sie aus dem Wagen.

»Nicht, dein Arm.«

»Der hält das schon noch aus.« Um seine Mundwinkel zuckte ein Lächeln. Er verriegelte den Wagen und machte sich auf den Weg zur Haustür. »So schwer bist du nicht.«

Dort angekommen schloss er auf, trat ins Haus und gab der Tür mit dem Fuß einen Tritt, sodass sie hinter ihm wieder ins Schloss fiel. Er setzte Constanze ab, um sich gleich darauf von ihr wegzudrehen. Verblüfft beobachtete sie, wie er den Lichtschalter unter dem Schlüsselhaken aufklappte und die Alarmanlage entschärfte. Sie hatte bei ihrem Besuch vor einigen Tagen nicht einmal bemerkt, dass es eine gab. Daher hatte er also gewusst, dass sie im Haus war.

Als er sich ihr wieder zuwandte, vergaß sie ihre Überlegungen und fixierte stattdessen seinen Arm. Obwohl sie während der Fahrt unaufhörlich auf die Verletzung gedrückt hatte, war die Blutung nicht wesentlich schwächer geworden. Kein gutes Zeichen.

»Wir müssen unbedingt deine Wunde versorgen.«

Silas warf einen raschen Blick darauf und nickte. »Gleich.« Er schlüpfte aus Schuhen und Weste, bevor er mit geübten Bewegungen sämtliche Waffen ablegte.

Eine ganze Menge, wie Constanze feststellte. Er war für einen Krieg gerüstet gewesen. Offenbar hatte er damit gerechnet, dass es einen Zwischenfall geben würde und sich darauf vorbereitet. Gott sei Dank, dachte sie beklommen, denn ansonsten wäre sie nicht mehr am Leben.

»Wo hast du denn das Verbandsmaterial?«, fragte sie, sobald er sich wieder aufrichtete, und drückte die Kompresse auf seinen Arm.

»Oben im Bad.«

Dicht nebeneinander stiegen sie die Treppe hinauf. Constanze schluckte. Diese Stufen war sie erst wenige

Tage zuvor mit ihm hinabgestürzt. Heute Nacht hatte er zum zweiten Mal ihretwegen Kopf und Kragen riskiert.

Im Badezimmer angekommen öffnete Silas den Spiegelschrank und nahm zielsicher einige Fläschchen sowie Verbandszeug heraus. Constanze überlegte unwillkürlich, ob er sich schon häufiger hatte verarzten müssen. Sein Beruf war nicht gerade das, was man geruhsam nannte.

Als er sich das Shirt über den Kopf streifte, blieb ihr Blick an seinem nackten Oberkörper hängen. Wie oft musste sie ihn wohl noch betrachten, ehe sie sich an seinen fantastischen Anblick gewöhnt hatte? Sie wusste es nicht, aber mehr als zweimal auf jeden Fall ...

Immerhin verstand sie jetzt, warum sein Körper nur aus Kraft und Schnelligkeit bestand. Er war seine Lebensversicherung, die Garantie, dass er flinker und härter reagieren konnte als jeder Gegner.

Ohne Scheu legte sie die Hand auf seine Brust und dirigierte ihn auf den Hocker neben dem Waschbecken. Als er sich gesetzt hatte, tastete sie vorsichtig den Rand der Wunde ab.

Constanze neigte sich so weit vor, dass ihre Haare seine Unterarme kitzelten.

»Die Kugel hat mich nur gestreift. Ich brauche einen Druckverband, mehr ist nicht nötig«, murmelte Silas, ganz abgelenkt von dem seidigen Gefühl auf seiner Haut. Zum ersten Mal, seit er Constanze kannte, trug sie die glänzenden Strähnen offen. Sie reichten ihr bis knapp über die Hüfte und waren um einiges länger, als er vermutet hatte. Umgeben von dem schimmernden kastanienbraunen Vorhang wirkte sie mehr denn je wie eine Elfe. Eine, die im Augenblick massiv unter Schock stand. Silas' Unterkiefer verspannte sich, weil er spürte, wie sehr ihre Hände zitterten, während sie ihm half, die Wunde zu säubern. Am liebsten hätte er sie geradewegs in die Arme geschlossen. Ihm wurde immer noch heiß und kalt, wenn er daran dachte, was in den letzten Stunden mit ihr abgelaufen wäre, hätte er sie nicht überwacht.

Constanze griff nach einer Mullbinde und wickelte sie um seinen Oberarm, dann schnitt sie die Enden auseinander und verknotete sie. Silas hielt still, bis sie fertig war, dann grinste er sie an.

Constanze legte langsam die Schere ab. Fast schüchtern lächelte sie zurück.

Silas stand auf und gab dem Impuls nach, ihr über die Haare zu streicheln, dann wandte er sich ab und nahm aus einem Schrank zwei flauschige Handtücher sowie einen Bademantel. Er stapelte alles auf die Holzablage und öffnete die Duschkabine. »Seife und Shampoo stehen hier. Ich hoffe, es macht dir nichts aus, meines zu benutzen.«

Constanze schüttelte den Kopf. »Nein. Vielen Dank.«

Langsam hob er ihr Kinn an und forschte in ihren Augen. »Brauchst du Hilfe oder kommst du allein klar?«

»Ich glaube, das schaff ich schon«, flüsterte sie. Sie holte zitternd Luft. »Silas?«

»Mmh?«

»Danke, dass du mir das Leben gerettet hast. Ich weiß nicht, was ich heute Nacht ohne dich …«

Seine Finger verschlossen sanft ihre Lippen. Silas überlegte ernsthaft, wie Constanze reagieren würde, sollte er sie jetzt küssen. Leider plagte ihn das untrügliche Gefühl, nicht mehr damit aufhören zu können, fing er erst mal an. Besser, er hielt sich zurück. Nur ein skrupelloser Mistkerl hätte ihre momentane Verletzlichkeit ausgenutzt. Und er wollte lieber nicht austesten, ob er genau solch ein Mistkerl war.

Abrupt sprang Constanze auf und stolperte gegen seine Brust. Silas hielt sie fest, sonst wäre sie gestürzt.

»Eliah! Ich muss sofort …«

»Schsch.« Er strich ihr über den Rücken. »Der Kleine ist in Sicherheit..«

»Aber … woher … ich meine, wenn Michaels Killerkommando wusste, wo sie mich finden, dann wissen sie auch, wo sich Eliah aufhält.«

»Hast du mit jemandem darüber gesprochen, wohin deine Freunde mit den Kindern fahren?«

»Nein.« Constanze schob sich zurück und ließ sich auf den Wannenrand sinken. »Nicht einmal mit Beate. Seit … ich habe die Angewohnheit, solche Informationen grundsätzlich zu verschweigen. Diese Vorsichtsmaßnahme ist mir zur Gewohnheit geworden.«

»Zum Glück.« Silas trat einen Schritt auf sie zu. »Deshalb müssen die Kerle auch davon ausgegangen sein, dass ihr beide im Haus seid. Eliah ist in Sicherheit. Ich weiß es genau.«

»Woher?« Die Zweifel in ihrem Blick brannten wie Säure auf seiner Haut.

»Vertraust du mir?«

Ihr zögerliches Nicken konnte er kaum als Zustimmung werten, dennoch war er überzeugt, dass sie keine Fluchtgedanken hegte und sich bei ihm und in seinem Haus nicht in Gefahr wähnte.

»Ich habe vorgesorgt. Deinem Sohn wird nichts passieren, das musst du mir glauben.«

Dieses Mal fiel ihr Nicken deutlicher aus. Silas legte kurz die Hand auf ihre Schulter und verließ das Bad.

Constanze sah ihm mit klopfendem Herzen nach. Keine Frage, der Magier barg so viele Facetten wie ein Bergkristall. Er hatte ihr das Leben gerettet. Gab es einen Grund, an seiner Aussage zu zweifeln, dass sich Eliah in Sicherheit befand? Wenn sie auch im Moment keinen klaren Gedanken mehr fassen konnte, eines wusste sie gewiss. Der Magier gab keine halbherzigen Versprechen ab oder sicherte unüberlegt etwas zu, das nicht den Tatsachen entsprach.

Erstaunlicherweise fiel es ihr nicht schwer, seinen Worten Glauben zu schenken, obwohl es um das Kostbarste ging, das ihr am Herzen lag. Das Gefühl des Vertrauens übertrug sich sogar auf ihren Körper und lockerte ihre verkrampften Muskeln. Wenn Silas überzeugt war, dass Eliah nichts geschehen konnte, dann gab es keinen Grund, sich länger verrückt zu machen.

Silas konnte kalt und hart sein, wenn es erforderlich war – aber auch einfühlsam in einer Weise, die einem Mann mit seiner Reputation kaum zustand. Sie ging jede Wette ein, dass diese sensible Seite an ihm so gut wie niemand kannte. Nachdenklich stand sie auf und streifte ihren Pyjama ab.

Vor dem Spiegel hielt sie erschrocken inne. Ihr Gesicht starrte vor Schmutz und Ruß, gepaart mit getrockneten Blutspuren von Silas' Verletzung. Die Haare wirr, glich sie einer desillusionierten Gestalt, einem Flüchtling aus einem Katastrophenfilm. Leider war das hier kein Film, sondern bittere Realität. Schnell kehrte sie dem Spiegelschrank den Rücken und trat unter die Dusche.

Das warme Wasser spülte nicht nur die Spannung aus ihrem Körper, es ließ auch ihre Beherrschung wie Zuckerwatte dahinschmelzen. Übrig blieb der ungeschönte Schock, die abgrundtiefe Erkenntnis, was geschehen war. Ihre sorgsam aufgebaute Tarnung war dahin. Alles, was sie in den letzten Jahren getan hatte, um ihre Spuren zu verwischen, völlig umsonst. Michael hatte sie dennoch gefunden. Sie hatte nichts mehr, nur noch die Gewissheit, dass sie aus Köln verschwinden musste.

Wohin konnte sie jetzt noch gehen, nachdem ihr Exmann Bescheid wusste? Sie glaubte keine Sekunde, dass Silas die Quelle dieser Informationen gewesen war, aber das spielte im Grunde keine Rolle mehr. Auf welchem Weg auch immer ihre Geschichte aufgeflogen war, die Chance, zu entkommen, stand ohne neue Identität denkbar schlecht. Sie und Eliah würden nie zur Ruhe kommen und ständig den Tod auf den Fersen haben.

Bei diesem Gedanken brach sie endgültig zusammen. Tagelang aufgestaute Angst und Kummer ließen ihre Nerven versagen. Zuerst begannen ihre Zähne zu klappern, dann knickten ihre Beine weg. Einfach so, ohne dass sie das Geringste dagegen ausrichten konnte.

Weinend rutschte sie zu Boden. Erschöpft, die Knie an den Körper gepresst, saß sie da und starrte auf die weißen Fliesen, während ihr die Ausweglosigkeit der Lage immer deutlicher vor Augen trat. Heute Abend war sie am Ende angelangt. Am Ende ihrer Weisheit, am Ende ihrer Kraft und um ein Haar auch am Ende ihres Lebens. Zum ersten Mal wusste sie nicht mehr weiter. Taub brütete sie vor sich hin, nicht mehr in der Lage, einen vernünftigen Gedanken zu fassen. Erst als das Wasser abgedreht wurde und sich Silas neben sie setzte, spürte sie seine Gegenwart. Kraftlos hob sie den Kopf.

Silas legte stumm einen Arm um ihre Schultern und zog sie zu sich. Constanze ließ sich gegen ihn fallen. Heiße Tränen rannen über ihr Gesicht.

»Ist ja gut.« Er rieb sanft ihren Rücken. »Ich werde nicht zulassen, dass euch etwas zustößt.« Er hob sie auf seine Oberschenkel.

Seine tröstliche Nähe riss den letzten Damm nieder. Haltlos schluchzend warf Constanze die Arme um seinen Hals und murmelte leise seinen Namen.

Constanzes Stimme war kaum mehr als ein Flüstern, aber Silas verstand sie trotzdem. Und auch das Vertrauen darin. Ergriffen küsste er ihre Schläfe. Ihr Anblick tat ihm in der

Seele weh. Wenn er ihren Ex jemals in die Finger bekam, würde er ihn qualvoll umbringen. Langsam genug, dass dieser Mistkerl noch einsah, welch Fehler es gewesen war, Constanze zu verletzen.

Sie weinte, bis sie keine Tränen mehr hatte, bis sie schwächer als eine leere Hülle in seinen Armen hing. Irgendwann stand Silas mit ihr auf und trug sie zu seinem Bett. Vorsichtig legte er sie auf das weiche Laken.

Constanze fiel in tiefen Schlaf, noch ehe ihr Kopf das Kissen berührte. Physisch und psychisch erschöpft suchte ihr Körper nur noch nach Erholung.

Silas betrachtete sie einen Moment. Beide Hände rechts und links von ihr auf die Matratze gestützt, blickte er auf sie hinab. Trotz der außergewöhnlichen Situation beschleunigte sich sein Herzschlag. Constanze lag in seinem Schlafzimmer, in seinem Bett ...

Es wäre eine Lüge gewesen, zu behaupten, dass er sich nicht darüber freute – auch wenn er sich weiß Gott andere Umstände gewünscht hatte. Langsam richtete er sich auf und breitete eine Decke über ihren nackten Leib. Nach einem letzten Blick auf sie ging er ins Bad. Er duschte, wusch sich den Schmutz und das Blut vom Körper und erneuerte den Verband. Nur mit Shorts bekleidet, kehrte er ins Schlafzimmer zurück.

Constanze lag unverändert da. Die Hand unter der Wange, zusammengerollt wie ein kleines Bündel, glich sie einer Traumgestalt. Aber das war sie nicht. Sie war real.

Ohne den Anflug eines Schuldgefühls glitt Silas hinter ihr ins Bett. Einen Arm um sie gelegt, zog er sie sacht an seinen Körper. Er bezeichnete sich zwar nicht gerade als unverschämt, aber ein Heiliger war er eben auch nicht. Zu lange hatte er auf diese Situation hingearbeitet, um sie jetzt ungenutzt verstreichen zu lassen.

Constanze murmelte leise im Schlaf, kuschelte sich aber postwendend an ihn.

Silas lächelte. Anscheinend kam sie mit seiner Nähe inzwischen ganz gut klar. Er schloss die Augen und atmete ihren Duft ein. Wie gut es sich anfühlte, sie im Arm zu halten. Konnte ein Mann sich etwas Schöneres wünschen? Ihm fiel beim besten Willen nichts ein.

Constanzes Bewusstsein tauchte an die Oberfläche, wühlte sich durch die Fetzen des Schlafs wie durch dichten Nebel. Bilder der vergangenen Nacht spulten sich ab und brachten den Schrecken zurück. Warum aber fühlte sie sich dennoch so sicher?

Verwirrt öffnete sie die Augen. Einen Moment blinzelte sie orientierungslos in die trübe Dämmerung, dann registrierte sie eine warme, feste Fläche unter ihrem Gesicht. Ihre Hand ruhte auf nackter Haut und hob sich leicht mit den ruhigen Atembewegungen eines maskulinen Brustkorbs.

Silas schlief bei ihr. Dicht an ihn gekuschelt lag sie neben ihm unter der dünnen Decke.

Nackt.

Seltsamerweise blieb der Schock über diese Entdeckung aus. Etwas ganz anderes stellte sich ein. Geborgenheit.

Constanze war überrascht, wie richtig es sich anfühlte, mit ihm das Bett zu teilen. Fast so, als hätte sie ihr ganzes Leben nichts anderes getan.

Sie spürte, wie ihr aufgewühltes Inneres endlich Frieden fand und sie sich zum ersten Mal erlaubte, lange unterdrückten Träumen nachzugeben. Sie liebte ihn unverändert. Bis in jede Zelle. In seiner Nähe fühlte sie sich freier, wohler, lebendiger als je zuvor in ihrem Leben. Obwohl Silas nüchtern betrachtet noch um einiges gefährlicher war als ihr Exmann, empfand Constanze nicht einmal einen Anflug jener Furcht, die in Michaels Gegenwart ihr ständiger Begleiter gewesen war.

Das lag nicht daran, dass mittlerweile einige Jahre vergangen waren, das lag allein an Silas. An seinem Charakter, an seiner Ausstrahlung. Daran, dass er immer dann wie selbstverständlich zur Stelle gewesen war, wenn sie am dringendsten Hilfe benötigt hatte.

Genau wie heute Nacht. Er war einfach aufgetaucht, hatte sie ohne großes Federlesen aus ihrem Haus geholt und zu sich mitgenommen. Trotzdem machte er keine Anstalten, sich ihr aufzudrängen. Und das, obwohl er sie offenbar unverändert wollte. Seine Präsenz in diesem Bett war nur ein weiterer Hinweis darauf, dass er geduldig wartete, bis sie aus eigenem Antrieb zu ihm kam.

Ihre Finger bewegten sich über Silas' Haut. Der Gedanke meldete sich von allein und ließ sich nicht mehr verscheuchen. Was wäre, wenn? Was wäre, wenn sie wirklich zu ihm kam … Jetzt. Hier. Ohne noch lange darüber nachzudenken …

In einem Anflug von Übermut neigte sie den Kopf und küsste seine Schulter. Ihr Puls raste, als die Handlung in ihrem Gehirn einschlug. War sie völlig übergeschnappt?

Die Antwort kam klar und deutlich. Nein, sie war nicht übergeschnappt – zumindest nicht im Kopf. Schon seit dem Vorfall in der Küche hatte ihr Körper sich danach gesehnt, zu beenden, was dort seinen Anfang genommen hatte. Sie begehrte Silas, sehnte sich danach, ihn zu spüren. Es reichte nicht, nur davon zu träumen. Es reichte einfach nicht, egal wer er war und was er getan hatte.

Wenn sie ehrlich war, wollte sie real erleben, wie es war, mit ihm zu schlafen. Trotz ihrer Ängste, trotz ihrer Vergangenheit. Und trotz seiner Vergangenheit.

Constanze schloss die Augen und atmete tief durch.

Gut. Er lag direkt vor ihr. Sie konnte entscheiden.

Ehe ihr der Mut sank, beugte sie sich über ihn. Vorsichtig, beinahe schüchtern tupfte sie ihre Lippen gegen seinen Hals, dann ließ sie ihre Hand seine Brust hinaufwandern.

Silas war eindeutig hellwach, das erkannte sie an der Geschwindigkeit, mit der sich sein Herzschlag unter ihren Lippen beschleunigte. Lächelnd hielt sie inne. Es war schon denkwürdig, dass es ihr gelang, ihn mehr in Aufruhr zu versetzen als ein Schusswechsel mit gedungenen Mördern ...

Diese Entdeckung gab Constanze neues Selbstvertrauen. Sie hauchte eine Spur von Küssen bis zu seinem Ohr und knabberte daran.

Silas konnte beim besten Willen nicht länger stillhalten. Leise seufzend drehte er den Arm und berührte ihren Nacken. Nur ihren Nacken, was ihm enorme Selbstbeherrschung abverlangte. Am liebsten hätte er Constanze unverzüglich gezeigt, welche Fantasien ihm seit Langem im Kopf herumspukten. Aber das durfte er nicht. Noch nicht. Er musste die Sache behutsam angehen. Auf keinen Fall würde er etwas tun, was das aufkeimende Verlangen in ihr zerstören könnte. Sich wie ein Besessener auf sie zu stürzen war nicht unbedingt der richtige Auftakt. Spielerisch ließ er seine Fingerspitzen ihre Wirbelsäule hinabgleiten.

Er umfasste ihr Kinn und hob es an, bis er ihrem Blick begegnete. Das sinnliche Leuchten in ihren Augen traf ihn wie ein Stromschlag. Damit hatte er nicht gerechnet. Es dauerte nicht einmal eine Millisekunde, dann verpufften all seine edlen Vorsätze ins Nirvana. Ohne noch länger zu zögern, drehte er sich zu ihr. Constanze machte ihm zwar Platz, strich aber mit allen zehn Fingern über ihn. Eine Liebkosung, die Silas durch und durch ging. Einen winzigen Moment sahen sie sich an, dann beugte er sich vor und rieb seine Lippen einladend gegen ihre.

Sie nahm das Angebot erstaunlich bereitwillig an. Ihre Arme landeten in seinem Nacken, während sie ihn küsste.

Als wäre diese Reaktion ein Startschuss für Silas gewesen, spürte sie seine Hände plötzlich überall. Er fuhr aufreizend langsam ihren Hals entlang und zeichnete ihr Schlüsselbein nach. Im nächsten Moment umspannte er ihre Rippen.

Constanze konnte die einzelnen Berührungen nicht mehr voneinander unterscheiden, weil er sie inzwischen so leidenschaftlich küsste, dass sie keinen klaren Gedanken mehr fassen konnte. In dem Versuch, Silas noch näher zu kommen, zog sie an ihm. Er gab sofort nach und rutschte dichter.

Constanze ließ ihn gewähren, stoppte ihn selbst dann nicht, als er sich langsam auf sie schob.

Leise seufzend vergrub Silas das Gesicht in ihren Haaren. Er blieb ruhig liegen und beschäftigte sich damit, ihren Geschmack zu erkunden.

Constanzes Herz raste. Es war fantastisch, ihn so gut wie nackt auf sich zu spüren. Fantastisch, aber auch beklemmend. Zwar fühlte sich sein gestählter Körper komplett anders an als Michaels schwammige Masse, dennoch weckte die Situation böse Erinnerungen. Ohne dass sie es verhindern konnte, knüpften sich Parallelen zu längst vergangenen Ereignissen. Ihre Atmung begann zu fliegen. Unruhig krampfte sie die Finger ineinander. Sie hatte sich überschätzt. Trotz allen Mutes, trotz aller Träumerei bereitete ihr das Kommende immer mehr Angst. Michael war ihr erster und einziger Liebhaber gewesen, hatte ihr außer Schmerz und Demütigung nichts gegeben. Ein Anflug von Panik überrollte sie und Constanze spürte, wie das altbekannte Grauen versuchte, seine fürchterliche Dominanz zurückzugewinnen. Sie kniff die Augen zu.

Nein, bitte nicht. Das durfte sie nicht zulassen, nicht jetzt. Nicht bei Silas. Ihr Körper versteifte sich in dem hilflosen Versuch, die Kontrolle zu behalten.

Gefangen in ihrer Qual dauerte es ein wenig, bis ihr auffiel, dass Silas nichts mehr tat. Unbewegt, das Gewicht auf die Ellbogen verlagert, sah er auf sie herab.

»Schlimme Erinnerungen?« Er nahm ihr Gesicht zwischen seine Hände und wischte zärtlich Tränen beiseite, von deren Existenz Constanze nichts geahnt hatte.

Sie nickte.

Silas war kurz davor, ihren Körper freizugeben, doch dann entschied er sich dagegen, weil er nicht wollte, dass Constanze ihn ausschloss. Bot er ihr jetzt die Chance, sich von ihm zurückzuziehen, würde er es verdammt schwer haben, noch einmal an sie heranzukommen. Sobald sie irgendwelche Anstalten machte, ihn von sich zu schieben, würde er weichen – aber bis dahin blieb er, wo er war.

Constanze forschte in seinen Augen.

Er streichelte mit den Daumen ihr Gesicht. »Wir werden aufhören, wann immer du es wünschst. Vertraust du mir?«

»Ja.«

Constanze wiederholte ihre Antwort noch einmal lauter. Weil es stimmte. Sie vertraute und glaubte ihm, bis in die letzte Faser ihres Seins. Das hier war Silas, der Mann, den sie von Herzen liebte. Er würde sie nie verletzen, ihr niemals Schaden zufügen. Das wusste sie mit unverrückbarer Sicherheit, nicht erst seit den Ereignissen dieser Nacht …

Im Grunde hatte sie es von Anfang an gespürt, an der sensiblen Art, in der er mit ihr umgegangen war. Was konnte also Schlimmes geschehen? Nichts, absolut nichts.

Hoffnung öffnete ihr Herz und nahm der lähmenden Panik langsam den Einfluss. Es war Zeit, die alten Fesseln abzustreifen und Michaels Brandmahl ein für alle Mal von ihrem Körper zu tilgen.

Frei von jeder Spur der Unsicherheit schlang sie wieder die Arme um Silas' Hals.

Er reagierte augenblicklich. Seine Hände streichelten ihre Schläfen entlang, dann folgte er mit zarten Küssen ihrer Kinnlinie. Schritt für Schritt arbeitete er sich nach unten.

Constanze schloss die Augen. »Schlaf mit mir, Silas. Lösch alles aus, was noch zwischen uns steht.« Sie begriff erst, dass sie die Worte ausgesprochen hatte, als er abrupt den Kopf hob.

Er sah sie an. Silbernes Feuer zündete in seinen Augen und fegte sämtliche Zurückhaltung beiseite. Unter der Intensität dieses Blickes verschlug es Constanze den Atem. Jetzt hatte sie es getan. Von nun an begab sie sich unwiderruflich in seine Hände. Flüssige Hitze rauschte durch ihren Körper. Gebannt hielt sie seinen Blick.

Langsam, fast wie in Zeitlupe, beugte er sich wieder herab, sah sie unter dichten Wimpern hervor unverwandt an, während seine Finger in ihre Haare glitten, als würde er sie zum ersten Mal berühren. In gewisser Weise war das auch so. Die Absicht dahinter hatte sich geändert. Bald würde er sie noch ganz anders berühren.

Constanzes Puls begann zu rasen, allein bei dem Gedanken. Unendlich intim trafen ihre Lippen aufeinander, verschmolzen zu einem Kuss, der alle bisherigen in den Schatten stellte.

Von allein verloren Constanzes Glieder die Spannung. Nachgiebig lockerte sie ihre Beine und gestattete Silas, tiefer zu rutschen. Er bewegte sich nicht, ließ ausschließlich sein Körpergewicht für seine Zwecke arbeiten.

Constanze atmete schneller. Sie spürte ihn näher als je zuvor, dennoch unterbrach sie weder den Kuss noch ihre Berührung.

Silas nahm die Hände aus ihren Haaren und strich federleicht abwärts. Seine Fingerspitzen umkreisten ihren Busen und legten sich auf die Rundung. Der Hautkontakt war so zärtlich, dass Constanze ein Wonneschauder durchlief. Fasziniert bog sie sich Silas entgegen.

Er senkte den Kopf und nippte an den Spitzen, reizte ihre Nerven auf sinnlichste Weise.

Constanze stöhnte. Nicht einmal ihre kühnsten Träume hätten sie auf das hier vorbereiten können. Silas warf ihre gesamten bisherigen Erfahrungen über den Haufen – in nur drei Sekunden. Was würde er dann erst in drei Minuten erreichen?

Er brauchte nur wenige Augenblicke, um ihre Vergangenheit restlos auszuknipsen. Ohne Eile folgten seine Lippen dem Bogen ihrer Taille, dann erkundete er die Haut um ihren Bauchnabel.

Constanzes Unterleib zog sich unter kleinen Schockwellen zusammen.

Silas wanderte unbeirrt tiefer. Als seine Haare die Innenseite ihrer Oberschenkel kitzelten, hielt Constanze den Atem an. Er konnte doch nicht …

Sie schnappte nach Luft. Er konnte.

Augenblicklich entflammten ihre Sinne wie Buschfeuer. Ein Brand, zu dem er die Funken lieferte. Ihre Finger wühlten sich unruhig in seine Haare und ihr Kopf fiel haltlos nach hinten. Leise stöhnend ergab sie sich seiner Liebkosung.

Er schickte sie direkt in einen Strudel. Constanzes Empfindungen schraubten sich höher und höher auf etwas zu, das sie nicht recht zu fassen bekam. Irgendwann hielt sie es nicht mehr aus. Überzeugt, keine Sekunde länger warten zu können, holte sie Silas am Nacken wieder zu sich hoch und ließ ihre Beine an seinen Seiten entlangrutschen.

Silas legte die Hände unter ihren Kopf und küsste sie. Dabei erlaubte er sich allmählich eine Wildheit, die sie noch mehr anstachelte. Ihre Finger folgten dem kräftigen Schwung seines Rückens und landeten auf seinem Gesäß. Sie hatte jede Angst verloren. Sämtliches Denken zog sich an den Rand ihres Bewusstseins zurück, während sie Silas neugierig erkundete.

Er strich ihre Beine entlang und brachte eine Hand zwischen ihre Körper.

Constanze zuckte zusammen, wich jedoch nicht aus. Heisere Laute kamen über ihre Lippen, als er sie zunehmend freizügig streichelte. Unter der Hitze seiner Berührung verwandelte sich ihr Körper in reinstes Wachs. Sie drückte ihr Becken gegen seine Hand und flüsterte immer wieder seinen Namen.

Er gab ihren Körper frei, streifte die Shorts ab und warf sie zur Seite. Constanze öffnete die Augen und betrachtete ihn. Nackt schien er nur noch aus drahtiger Kraft zu bestehen. Passend zu seinem flachen Bauch besaß er auch an den schmalen Hüften präzise geformte Muskeln. Er sandte eine atemberaubende Aura aus. Schön und wild zugleich.

Constanze fragte sich, ob ihr rasendes Herz zerspringen würde, wenn er gleich zu ihr kam. Schon die Berührung seiner Hände brachte sie um den Verstand, was würde er erst mit dem Rest seines Körpers anstellen?

Silas' Blick wanderte besitzergreifend über sie, als er sich wieder über sie beugte. Wie hypnotisiert blieben ihre Blicke ineinander hängen. Geschmeidig glitt er auf ihren Leib und schob beide Hände unter ihren Rücken. Spielend leicht hob er sie an.

Ihr Herz flatterte wie ein Kolibri, als er sie mit dem Gefühl seiner nackten Lenden vertraut machte. Sie schloss die Augen und ließ die Empfindung auf sich wirken. Einen flüchtigen Moment blieb er regungslos, dann drang er in sie ein. Sacht, aber dennoch zielstrebig.

Unwillkürlich spannte sich Constanze an. Die konsequente Inbesitznahme, das Gefühl seines Körpers in ihrem. Es war unbeschreiblich. Sie vergaß zu atmen. Ihr Herz vergaß seinen Takt. Sie vergaß die gesamte Welt. Jede einzelne Zelle schien sich um ihn zusammenzuziehen, bis es nur noch eine Mitte gab. Hohes Keuchen kam über ihre Lippen und ein Zauber, wie sie ihn noch nie erlebt hatte, bemächtigte sich ihrer. Sie ließ es geschehen. Bedingungslos. Constanze konnte spüren, wie eisern sich Silas zurückhielt, darauf wartete, dass sie sich zuerst bewegte. Schwer atmend sahen sie einander in die Augen. Stück für Stück, Muskel für Muskel, gab Constanze ihm nach. Irgendwann öffnete sie die Beine und ließ ihn tiefer ein. Silas keuchte vor Anstrengung. Offenbar fiel es auch ihm schwer, die Beherrschung zu wahren. Langsam zog er sich aus ihr zurück, dann schob er sich wieder vor.

Ein Schluchzen drang aus Constanzes Hals. Eine Weile genoss sie Silas' gleitende Bewegung, dann hob sie sich ihm entgegen. Mühelos passte sie sich seinem Takt an und überließ ihm die Führung.

Ihr Rhythmus vereinte sich zu einer Harmonie, die Constanze nie für möglich gehalten hätte. Sie trieben sich gegenseitig in Ekstase, stiegen immer höher hinauf, bis alles Kontrollierte und Willentliche weit zurück blieb. Sie ließ ihre Finger über seinen Rücken tanzen, während er all ihre Sinne zum Klingen brachte wie die Saiten eines Musikinstruments.

Silas zog seine Hände unter ihr hervor und stützte sich ohne innezuhalten ab.

Constanze tastete fiebrig nach seinen Hüften. Sie begriff nicht, was mit ihr geschah. Mit entfesselter Macht schaltete ihr Körper auf Empfang. Ungeahnte Lust rauschte durch ihre Nerven und entriss ihr langsam jegliche Kontrolle.

»Constanze, sieh mich an.« Er berührte ihr Gesicht. »Öffne die Augen, Kleines, und sieh mich an.« Silas wollte, dass sie ihn ansah. Ihn sah. Dadurch würde er die alten Bilder aus ihrem Herzen löschen. Ein für alle Mal.

Der verhangene Ausdruck ihrer Augen, als sie es endlich tat, riss ihn fast in den Abgrund. Verbissen hielt er stand, einzig darauf aus, sie zuerst zu den Sternen zu katapultieren. Unverändert sahen sie sich an. Sie blicken sich direkt in die Seelen, hielten nichts mehr zurück. Constanzes Atem jagte dahin, während sie sich im Gleichtakt immer schneller bewegten. Sie krallte sich an Silas fest, auf der Suche nach einem Halt, den es nicht mehr gab. Er spannte die Armmuskeln an. Im nächsten Moment fasste er um Constanze herum und drückte sie noch enger an sich.

Sie rang nach Luft. Ihre Haare streiften kühl seine Unterarme, als sie ruckartig den Kopf nach hinten warf. Heftige Schauder erschütterten ihren Körper. Plötzlich stoppte sie mitten in der Bewegung. Einen Moment lang schien die Zeit stillzustehen, dann kam sie. Heiser schluchzend, mit einem Lächeln, wie Silas noch keines gesehen hatte. Verklärt ließ sie sich in die Erlösung fallen, schien zu entschweben wie Blütenstaub an einem Sommermorgen.

Silas war so abgelenkt von ihrem Anblick, dass er ihr direkt nachfolgte. Mit unerbittlicher Macht rauschte der Orgasmus durch seinen Körper und schleuderte ihn in eine Welt, in der es nur noch sie beide gab.

Eng umschlungen kippten sie zur Seite.

Gefühlte Stunden später öffnete Constanze wieder die Augen. Als Silas einen Arm bewegte, um mit dem Daumen ihr Ohr zu liebkosen, drehte sie das Gesicht zu ihm.

»Hallo«, begrüßte er sie weich.

Constanze lächelte. Die Nähe, die sie in jeder Hinsicht mit Silas teilte, konnte man nicht mehr mit Worten beschreiben. Am liebsten hätte sie ihn nie wieder losgelassen.

»Geht's dir gut?«

»Und wie.« Sie schnurrte fast. »Können wir das noch einmal machen? Und danach noch einmal, und noch einmal?«

Silas lachte herzhaft. »Du willst mich umbringen, so sieht's doch aus.«

»Nein, überhaupt nicht«, verteidigte sich Constanze und lachte. »Das würde mir im Traum nicht einfallen. Ich meinte nur ... Ich wollte damit sagen ...« Sie blickte ihn an. »Es war unglaublich schön.«

»Keine bösen Gedanken mehr?«

Sie schüttelte den Kopf. »Jetzt nicht mehr.« Tief bewegt zog sie ihn zu einem innigen Kuss herab. Lange küssten sie sich einfach, genossen die Nähe des anderen, während ihre Körper langsam wieder zur Ruhe kamen.

Irgendwann rieb Silas seine Stirn gegen ihre und grinste frech. »Na wie sieht's aus? Sollen wir noch mal nachprüfen, ob die Gedanken auch wirklich weg sind?« Er grinste noch breiter. »Nur so, zur Sicherheit.«

Constanze keuchte leise. »Das fragst du noch?« Sie zog ihn am Nacken zu sich herab.

16.

Der richtige Moment

Sonnenstrahlen tanzten durch die Zweige der Bäume und zeichneten goldene Reflexe auf die Bettdecke, als Constanze verträumt die Augen aufschlug. Sie dehnte ihre malträtierten Muskeln. Gegen das, was sie vergangene Nacht getrieben hatten, war jede Sportart ein Spaziergang. Seufzend drehte sie sich um. Der Platz neben ihr war leer. Silas hatte vor wenigen Minuten das Bett verlassen. Ihr Blick blieb am Türrahmen hängen, als er nackt wieder ins Zimmer trat. Jetzt, im warmen Licht des Morgens, schien noch viel Unglaublicher, was sie mit ihm erlebt hatte. Staunend betrachtete sie seinen Körper, während er unbefangen zu ihr ins Bett schlüpfte. Entspannt ließ sie sich unter ihn ziehen.

Silas stützte sich ab und betrachtete ihr Gesicht. »Na, schon wieder wach?« Sein verruchtes Grinsen ließ keinen Zweifel am Grund dieser Frage.

Statt einer Antwort schlang sie die Beine um seine Hüften und quittierte lächelnd, wie er sofort erregt die Augen zusammenkniff. Keiner von ihnen konnte behaupten, sonderlich viel geschlafen zu haben. Silas hatte sie mindestens ebenso oft geweckt wie sie ihn. Irgendwann hatte sie aufgehört, zu zählen. Lächelnd sah sie zu ihm hoch.

Silas senkte den Blick auf ihre Lippen, dann küsste er sie ausgiebig.

Nach einigen Minuten befreite Constanze atemlos ihren Mund. »Wir sind komplett verrückt. Hier im Bett herumzutrödeln nach allem, was gestern passiert ist.« Trotz ihrer vernünftigen Worte unternahm sie nicht den winzigsten Versuch, ihn aufzuhalten.

»Offensichtlich«, gab er beiläufig zurück und küsste ihren Busen. »Damit beschäftigen wir uns später.« Seine Zunge beschrieb immer kleinere Kreise. »Viel später.«

»Deine Gelassenheit möchte ich haben.« Sie streckte sich seufzend. »Bringt dich eigentlich überhaupt irgendwas aus der Ruhe?«

Silas hielt inne, als müsste er erst darüber nachdenken. »Nein, nichts«, stellte er dann fest, doch schon im nächsten Moment korrigierte er sich lächelnd. »Von dir mal abgesehen.«

»Charmeur.« Constanze verwuschelte seine Haare und kicherte, als ihm die schwarzen Strähnen wild über die Augen fielen. Sie liebte es, wenn er so ungezähmt aussah.

Silas rächte sich prompt, indem er ihr geschickt ihre eigenen Haare ins Gesicht blies. Die sündige Art, mit der er das Ergebnis studierte, trieb neue Hitze durch Constanzes Blutbahnen. Gespannt, was er tun würde, hielt sie regungslos inne. Er neigte sich herab, um an ihrer Haut zu knabbern und rutschte stetig höher. Ehe sie begriff, was er vorhatte, drang er geschmeidig in sie ein.

»Silas!« Keuchend bog sie den Rücken durch und entlockte ihm augenblicklich ein Stöhnen. Erregt spannten sich seine Muskeln an.

Disharmonisches Piepsen riss sie unsanft auseinander.

Sie erstarrten und blickten gleichzeitig in Richtung Arbeitszimmer. Constanze ängstlich, Silas schicksalsergeben.

»Was ist das?«, wisperte sie.

Er gab ihr einen raschen Kuss. »Mein Laptop.« Widerwillig löste er sich von ihr, glitt aus dem Bett und ging federnden Schrittes davon. Vollkommen unbekleidet.

Constanze schüttelte den Kopf und schlang hastig das Betttuch um ihren Körper, bevor sie ihm folgte. So schamlos wie er war sie nun doch wieder nicht. Sie blieb im Türrahmen stehen, während er das Gerät aufklappte und mehrere Tasten drückte. Ihr Blick streifte den Verband an seinem Arm. Die

Mullbinde sah sauber und ordentlich aus, anscheinend hatte er sich schon darum gekümmert. Da er erstmals im Tageslicht mit dem Rücken zu ihr stand, entdeckte sie zwangsläufig die bläuliche Verfärbung unterhalb seiner rechten Schulter. Ihr Herz zog sich zusammen. Diese Verletzung hatte er auch ihretwegen. Vom Sturz auf der Treppe an dem Tag, an dem sie seine wahre Identität herausgefunden hatte.

Unsicher wich sie einen Schritt zurück. Es war vielleicht besser, ihn nicht zu stören. Wer wusste schon, welche Nachrichten der Magier bekam? Constanze hatte es immer noch nicht geschafft, diese Tatsache zu verdauen. Hier, quasi im normalen Leben, wirkte Silas in keinster Weise so. Er benahm sich nicht einmal im Ansatz hart oder emotionslos. Wäre seine eiskalte Professionalität beim gestrigen Überfall nicht gewesen, Constanze hätte erhebliche Schwierigkeiten gehabt, sich den Magier in ihm überhaupt vorzustellen – zumindest so lange, bis sie sah, wie sich sein Gesichtsausdruck veränderte.

Mit steinerner Miene fixierte Silas den Bildschirm, streckte aber trotzdem eine Hand nach ihr aus. Besorgt trat sie an seine Seite. »Was ist los?«

Er fädelte einen Arm unter ihr Betttuch und zog sie an sich. Gemächlich strichen seine Finger über ihre Hüften. »Jemand hat sich in unser Spiel eingeloggt.«

Constanze starrte auf den Bildschirm. Sie verstand zwar, was er damit meinte, mit eigenen Augen sehen konnte sie es jedoch nicht. Fasziniert bestaunte sie das komplizierte Schriftbild, in dem er offenbar las. Sie war sich durchaus im Klaren, dass sie der einzige Mensch außer ihm war, der einen Blick auf die codierten Textzeilen werfen durfte – auch wenn sie damit nichts anfangen konnte.

»Was bedeutet das?«, fragte sie heiser.

»Informationen.« Silas ließ sie los, zog seinen Ring vom Finger und griff nach einem mit dem Laptop verbundenen Kabel.

Überrascht verfolgte Constanze, wie er den Stecker in eine Nut an der Innenseite des Rings einrastete. Keine Sekunde später verwandelten sich die wirren Zeichen in lesbare Wörter.

Als er ihre Miene sah, grinste er breit. »Hast du gedacht, ich trage ihn aus Eitelkeit?« Er lachte leise. »Der Ring enthält alle wichtigen Daten.« Seine Finger liebkosten ihre Wange. »Auch deine.«

Constanze schluckte, schmiegte aber trotzdem ihr Gesicht in seine Hand. »Deshalb legst du ihn nie ab. Ich dachte mir schon, dass er etwas Besonderes ist, aber gleich so was hier?« Sie wies auf die Steckverbindung.

»Das hier …«, Silas entkoppelte den Ring und zog ihn wieder an, »… ist der unauffälligste Weg, Daten bei sich zu tragen.« Seine Hände legten sich auf die Tastatur. »Dann lass uns mal sehen, was inzwischen reingekommen ist.«

Er tippte mehrere Eingaben. So schnell, dass Constanze seinen Bewegungen kaum folgen konnte. Wie er den Computer bei ihr zu Hause so rasch wieder zum Laufen gebracht hatte, wäre damit geklärt. Und dabei hatte er sie die ganze Zeit glauben lassen, er wäre so etwas wie ein Laie.

Als könnte Silas ihre Gedanken lesen, grinste er still vergnügt, tippte aber unbeirrt weiter. Einige Minuten sah sie ihm zu, wie er sich durch die Daten hackte. Sie wollte ihn schon fragen, ob er etwas gefunden hatte, da runzelte er plötzlich die Stirn. Einen Wimpernschlag später gefror seine Miene unter den Nullpunkt.

Constanzes Magen krampfte sich zusammen. Es bedeutete nichts Gutes, wenn er so aussah. Sie schluckte. »Und?«

»Von Richtstetten hat ein weiteres Kopfgeld auf dich ausgesetzt«, erklärte er ruhig und sah ihr in die Augen.

»Was? Noch eins?« Sie krampfte die Hände ins Laken, als sie ihre schlimmsten Ängste bestätigt sah. Es würde nie aufhören. Tränen sammelten sich in ihren Augen. »Er wird so lange weitermachen, bis ich tot bin. Michael wird nie aufgeben.«

Silas drehte sie zu sich um und kam ihr so nah, dass sie seinen Körper durch den Stoff spürte. Behutsam wischte er mit dem Handballen die Tränen von ihrem Gesicht. »Doch, das wird er. Wir werden einen Weg finden.«

Sie blickte zu ihm auf. »Du kannst mich und Eliah nicht ständig beschützen, das kann ich nicht verlangen. Außerdem wäre es auch nicht möglich.«

Er lächelte aufmunternd. »Aber ich kann einiges anderes. Euch beide verschwinden lassen zum Beispiel. Vergiss nicht, wen du vor dir hast.«

Constanze blinzelte atemlos. Bei seinen Worten dachte sie wieder daran, warum man ihn den Magier nannte. Weil er in solchen Dingen unschlagbar war. Er konnte sie tatsächlich von der Bildfläche löschen. Sie holte Luft. »Wie?«

Silas klappte den Laptop zu. »Ich lass mir was einfallen. Aber zuerst«, er trennte das Gerät vom Internetkabel, »muss ich herausfinden, ob jemand den neuen Auftrag angenommen hat. Dafür brauche ich einen offiziellen Zugang. Die Suche dauert zu lange, um das von hier aus zu machen.«

Constanze wurde schlagartig einiges klar. »Deshalb bist du so schwer zu lokalisieren. Du benutzt Internetcafés, stimmt's?«

Silas ging in die Hocke, rollte das Kabel auf und grinste zu ihr hoch. »Die Kandidatin hat hundert Punkte. So bin ich überall und nirgends.« Äußerst interessiert verfolgte er, wie sich Constanzes Betttuch verselbstständigte.

Sie schnappte sich das Leinen, bevor es endgültig von ihrem Körper rutschen konnte, und steckte es wieder fest. »Was passiert, wenn du herausgefunden hast, wer der neue Killer ist?«

Silas zuckte mit den Schultern. »Ich werde ihn überzeugen, dass es gesünder gewesen wäre, den Auftrag nicht anzunehmen.«

Constanze rieb sich die Arme. Sie wollte lieber nicht genau wissen, was mit überzeugen gemeint war. Erneut wurde ihr klar, wie lächerlich ihre Chancen ohne Silas gestanden hätten. Er war wie ein Schutzengel, der immer in ihrer Nähe blieb und dafür sorgte, dass ihr nichts zustieß. Spontan schlang sie die Arme um seinen Hals und gab ihm einen Kuss.

Er kommentierte den frontalen Angriff mit einem überraschten Laut, stieg aber sogleich darauf ein und küsste sie hitzig. Sehr hitzig.

Als Constanzes Beine schon drauf und dran waren, einfach unter ihr wegzuschmelzen, hob er den Kopf. »Wofür war das denn?«, erkundigte er sich und verteilte noch mehr Küsse auf ihrem Hals.

Constanze schnappte sich sein eckiges Kinn und drehte seinen Kopf, bis er sie ansah. »Dafür, dass du dein Leben für Eliah und mich riskierst«, antwortete sie ernst. »Dafür, dass du bei mir bist.«

Er begegnete ihrem Blick genauso ernst. »Ich habe es ehrlich gemeint, als ich sagte, dass ich dich liebe. Du hast mir gezeigt, was es heißt, wirklich zu leben. Glaubst du, das gebe ich leichtfertig auf, nur weil es irgendeinem Kerl nicht passt, dass er dich nicht mehr verletzen kann?« Sanft bog er ihr Genick nach hinten und sah ihr offen in die Augen. »Ich gehöre zu dir. So lange, bis du mich wegschickst, was – so wahr mir Gott helfe – hoffentlich nie passieren wird.«

Constanze sah sprachlos zurück, nur stille Tränen rannen weiter über ihre Wangen. Nie hätte sie gedacht, einmal einen Mann wie ihn zu treffen, einmal eine Liebe wie seine zu finden. Aufschluchzend warf sie sich in seine Arme.

»Ich liebe dich auch, Silas. Mehr als du dir vorstellen kannst. Ich könnte es nicht ertragen, wenn dir etwas passiert.« Sie barg ihr Gesicht an seinem Hals. »Wenn du mir hilfst, wird Michael dich genauso jagen wie mich. Das will ich nicht.«

Silas drückte sie fest an sich. »Wir werden einen Weg finden, diesen Bastard ein für alle Mal abzuschütteln. Glaub mir.«

Hektisch nickend presste sie sich noch dichter an ihn.

Es dauerte eine Weile, bis sie sich voneinander lösten, den Körperkontakt allerdings nicht ganz unterbrachen.

»Bevor wir einen Schlachtplan ausarbeiten, müssen wir erst mal was essen«, schlug Silas vor. »Ich habe einen Bärenhunger und mit vollem Magen denkt's sich besser.«

Constanze seufzte. Sie hatte seit gestern Morgen nichts mehr gegessen, war ständig in Sorge gewesen, wie es mit ihnen weitergehen sollte. Das war nun hinfällig.

Sie folgte Silas in die Küche hinab. Er öffnete die Edelstahltür des Kühlschranks und begann, Lebensmittel auf die Anrichte zu stapeln. Neugierig linste sie um ihn herum. Sein Kühlschrank war erstaunlich reichhaltig gefüllt. »Du bist ja gut sortiert, dafür, dass du allein lebst«, stellte sie fest und wies auf mehrere Becher Fruchtjoghurt.

Er lächelte schuldbewusst. »Ich hatte gehofft, dass ich dich dazu bringe, mit mir zu frühstücken ... früher oder später«, fügte er schnell hinzu, als er ihre argwöhnisch verkniffenen Augen bemerkte.

Sie stützte beide Hände auf die Hüften. »Das heißt ... du hast geplant, mich zu verführen?«

»Ja«, gestand er unverblümt und grinste frech. »Es wäre niederschmetternd, wenn dir das entgangen wäre.«

Constanze ließ lächelnd die Arme fallen. »Das ist mir keineswegs entgangen«, räumte sie ein, während sie an die Szene in ihrer Küche dachte. »Bist du immer so direkt?«

»Nur bei Dingen, die ich haben will.« Er zuckte unbekümmert eine Schulter. »Und dich wollte ich unbedingt.«

Sie schüttelte sprachlos den Kopf, dann hob sie ebenfalls lässig eine Achsel. »Na gut. Jetzt hast du mich ja.« Gott sei Dank, merkte sie innerlich an. Für nichts auf der Welt hätte sie die gemeinsame Nacht mit ihm hergeben wollen.

Eine Weile richteten sie schweigend Häppchen, doch Constanzes Gedanken ruhten nicht. Es gab noch so vieles, was sie Silas fragen, was sie von ihm wissen wollte. Sie musterte ihn zögernd und fasste sich ein Herz.

»Wann hast du dich eigentlich entschieden, mich nicht umzubringen?«, erkundigte sie sich leise, als er gerade einen Apfel zerteilte.

Silas' Hand stoppte einen Moment. Er blickte sie kurz an, dann schnitt er den Apfel ruhig in Streifen. »Als ich dir im Aufzug begegnet bin.«

»Nicht zufällig, will ich mal meinen?«

Er legte das Messer in die Spüle und schüttelte langsam den Kopf. »Nein. Ich wollte mir ein Bild von dir machen.«

»Aber du hattest nicht etwa auch damit zu tun, dass der Aufzug stecken geblieben ist? Denn wenn dem so wäre«, sie fixierte ihn streng, »verdienst du einen Tritt, weil Eliah solche Angst ausstehen musste.«

Er hob abwehrend die Hände. »Das war nicht meine Schuld, Ehrenwort.«

Constanze tat, als hätte sie daran erhebliche Zweifel. Scheinbar nachdenklich griff sie nach der Butter. »Würdest du an meiner Stelle einem Killer glauben?«

»Ja, unbedingt«, antwortete er so überzeugt, dass sie lachen mussten.

»Wie lange machst du das schon?«

»Was?«

»Ähm ... naja, deinen Job halt.«

Silas stapelte den geschnittenen Apfel auf einen Teller, bevor er ruhig antwortete. »Neunzehn Jahre.«

Constanze klappte das Kinn hinunter. »Neunzehn Jahre?«

Er nickte.

»Aber dann warst du ja erst ...«

»Dreizehn.« Er schob den Teller zur Seite und lehnte sich an die Theke. »Ich war dreizehn, als mein Leben den Bach runtergegangen ist.« Es überraschte ihn, wie leicht es ihm fiel, Constanze davon zu erzählen. Dann blickte er in ihr Gesicht und wunderte sich nicht mehr. Er liebte sie. Wenn er ihr seine Geschichte nicht erzählen konnte, wem dann?

Sie setzte sich neben ihn auf die Anrichte und sah ihn interessiert an. Eine stumme Aufforderung, weiterzusprechen.

»Meine Familie gehörte zu den Arbeitern, die in den Gossen von Prag als Tagelöhner arbeiteten«, begann er. »Eines Abends beobachteten mein Vater und ich, wie zwei Männer einen Richter abschlachteten, der sich öffentlich gegen das Verbrechen starkgemacht und sich dafür eingesetzt hatte, dass die Rädelsführer verurteilt wurden. Leider haben die Mörder uns ebenfalls gesehen.«

Constanze schwieg. Sie konnte sich garantiert ausrechnen, was als Nächstes kam. Nicht umsonst war sie mit einem Waffenschmuggler verheiratet gewesen. Sie wusste, wie solche Dinge geregelt wurden.

»Sie haben versucht, deine Familie zu töten, nicht wahr?«

Silas drehte den Kopf und blickte ihr unbewegt in die Augen. »Sie haben meine Eltern und meine Schwestern entführt, bewusstlos geschlagen und sie verbrannt.«

»O Gott.« Sie schlug eine Hand vor den Mund. Tränen liefen über ihre Wangen.

»Ich bin dem Angriff entkommen«, sagte er in einem Ton, als könnte er das selbst noch nicht glauben. »Ich war mit der Gang, der ich damals angehörte, gerade auf Beutezug, als es passiert ist. Ich habe es von einem Bandenmitglied erfahren.«

»Was ist dann passiert?«

»Ich hab mir eine Waffe beschafft, um dafür zu sorgen, dass diese Typen nie wieder so etwas tun konnten.« Er klopfte mit der flachen Hand gegen die Kante der Anrichte. »Damit hat es begonnen.«

»Hast du viele Menschen umgebracht?«

Er zögerte. »Ich bin nicht, was du von mir denkst.«

»Sondern?«

Silas sah keine Möglichkeit, ihr sein Geheimnis preiszugeben. Zu groß war das Risiko, sie damit in noch größere Gefahr zu bringen – selbst in seinem sicher geglaubten Haus. Offenbar deutete sie sein Schweigen als Eingeständnis seiner Schuld.

»Mein Exmann gehört auch nicht zu den Guten. Über ihn habe ich erstmals von deiner Existenz erfahren. Er hatte immer eine Heidenangst vor dir.«

Silas lachte auf. »Dazu hat er jetzt noch mehr Grund.« Mit zwei Schritten trat er zwischen ihre Beine und zog ihr Becken über die Anrichte gegen seinen Körper. »Ich hätte Lust, ihm einen Denkzettel zu verpassen für all das, was er dir angetan hat.«

Constanze legte die Arme um seinen Hals. »Er wird seine gerechte Strafe bekommen – irgendwann. Ich möchte nicht, dass du dich seinetwegen in Gefahr begibst. Das ist er nicht wert.«

»Weißt du eigentlich, dass wir einander schon früher begegnet sind? Viel früher?«

Constanze schüttelte verwundert den Kopf.

»Erinnerst du dich an die Children for Future-Gala?«

»Natürlich.«

Er sah ihr Schlucken. Es lag ihm fern, ihre Erinnerungen zu wecken – aber sie sollte wissen, dass sie damals schon sein Interesse gefesselt hatte. »Prinz Jamal Tahir Benfur.« Er deutete eine galante Verbeugung an und lächelte angesichts ihrer hinabklappenden Kinnlade.

»Du ...?«, fragte sie etwas atemlos.

»Ja. Und ich hätte dich damals schon am liebsten kennengelernt und hatte gute Lust, dich zu entführen.«

»Warum warst du dort?« Sie streichelte seinen Nacken.

»Lassen wir das.« Er küsste ihre Nasenspitze.

»Also ein Auftrag«, resümierte sie und ihre Stimme klang traurig. »Weißt du«, sie fuhr fort, seinen Hals zu streicheln, »ich wünschte, du würdest aufhören, dein Leben bei solchen Aufträgen aufs Spiel zu setzen.«

Er blickte sie an. »Eigentlich warst du mein letzter Auftrag.«

»Ist das dein Ernst? Du willst aufhören?«

»Es ist Zeit, der Sache ein Ende zu machen. Es ist vorbei.«

Constanze sank gegen ihn. »Gut«, sagte sie schlicht.

»Ich werde nach Chile gehen und dort ein neues Leben anfangen.« Er suchte ihre Augen. »Wirst du mich mit Eliah begleiten? Das ist alles, was mir noch wichtig ist. Euch bei mir zu haben.« Besser, er sagte ihr gleich, welche Folgen diese Entscheidung hatte. »Das würde bedeuten, dass ihr beide genau wie ich komplett von der Bildfläche verschwinden müsstet. Ich gehe davon aus, dass du Susanne und Frank ins Vertrauen gezogen hast. Aber wohin wir letztlich gehen, dürftest du ihnen trotzdem nicht sagen. Das Risiko wäre einfach zu hoch. Wenn du und Eliah mit mir untertaucht, fangen wir ganz von vorn an. Wir würden ein vollkommen neues Leben beginnen.«

Constanze nickte. »Ich habe schon einmal alles zurückgelassen. Ich würde es wieder tun.«

Hoffnung keimte in Silas auf. »Dann kommt ihr also mit?«

Constanze antwortete mit einer Überzeugung, die seinen letzten Befürchtungen jede Grundlage nahm. »Wir kommen mit.«

»Gott sei Dank.« Er schloss sie in die Arme.

Eine Weile hielten sie sich fest, küssten sich immer wieder, besiegelten ihr Versprechen. Mitten in diese friedliche Stille hinein knurrte Constanzes Magen.

Lachend lösten sie sich voneinander. Sie stellten das Frühstück auf ein Holztablett und kehrten ins Schlafzimmer zurück.

»Wann kommt Eliah nach Hause?«, fragte Silas, als sie im Bett saßen.

»Sonntag Mittag. Susanne liefert ihn bei mir ab, ich ...« Constanzes Schultern sackten mutlos herab.

Silas gab ihr keine Zeit, länger darüber nachzudenken, dass ihr gemütliches Haus einem Schlachtfeld glich. »Kannst du sie telefonisch erreichen? Sag ihr, sie soll ihn hierher bringen.«

»Ich gebe ihr sofort Bescheid.« Constanze sah sich nach ihrem Handy um, bis ihr offensichtlich aufging, dass sie mit nichts als einem zerstückelten Schlafanzug zu ihm gekommen war.

Silas beugte sich bereits nach hinten, nahm sein Mobiltelefon aus der Schublade und reichte es ihr. »Ich kann nur hoffen, dass du ihre Nummer auswendig weißt«, versuchte er, sie aufzuheitern. »Die hab ich nämlich nicht in meinem Ring.«

»Das überrascht mich jetzt aber.« Sie schenkte ihm tatsächlich ein kleines Lächeln. Schnell tippte sie die Nummer ein.

Zufrieden, dass ihre Wangen wieder etwas Farbe bekommen hatte, lehnte sich Silas zurück und verschränkte die Arme hinter dem Kopf.

»Hallo, hier ist Constanze.«

»Gott sei Dank. Ich habe mir schon Sorgen gemacht. Irgendwas stimmt mit deinem Handy nicht, ich konnte dich heute früh nicht erreichen.«

»Mein Handy ist ...« Constanze schluckte. »Es ist kaputt«, sagte sie stockend, weil sie krampfhaft nach Worten suchte, die Susanne den vergangenen Albtraum vermitteln würden, ohne sie in helle Aufregung zu versetzen.

»So was Blödes, ausgerechnet jetzt«, schimpfte ihre Freundin leise. »Wie geht's dir, ist alles in Ordnung?«

»Es geht mir gut. Aber die Geschichte mit Michael ist noch nicht ausgestanden.« Constanze blickte kurz zu Silas, der sie ruhig beobachtete. »Ich erzähl dir gleich, warum. Aber zuerst muss ich dich was fragen. Würde es euch etwas ausmachen, Eliah bei Silas abzusetzen? Ich bin bei ihm zu Hause.«

»Du bist bei Silas?« Susanne schnappte nach Luft. »Aber … warum … seit wann?«

»Seit gestern Nacht. Ich …« Constanze atmete tief durch und erzählte dann mit sachlichen Worten, was sich in der vergangenen Nacht zugetragen hatte. Den abgrundtiefen Schrecken klammerte sie jedoch weitgehend aus.

»Scheiße!« Susanne keuchte. »Dieser Mistkerl ist wirklich zu allem entschlossen.«

»Auf keinen Fall dürft ihr Eliah mit zu euch nehmen. Kommt auf direktem Weg hierher, bitte.«

»Wie finden wir Silas' Haus?«

Constanze erklärte ihrer Freundin den Weg, gab ihr Silas' Handynummer durch, und verabschiedete sich. Susanne war viel zu geschockt, um noch Fragen zu stellen. Ganz offensichtlich musste sie die Neuigkeiten erst verdauen und Constanze hätte eine Wette darauf abgeschlossen, dass sie bereits Frank in Kenntnis setzte.

»Das gibt's doch nicht«, murmelte Silas, als er am nächsten Morgen aktuelle Informationen auf dem Laptop abrief. Nachdenklich lehnte er sich im Stuhl zurück und öffnete die Dateien.

»Was gibt's nicht?«, fragte Constanze und beugte sich über seine Schulter.

Er zeigte auf den Bildschirm. »Michaels Auftrag wurde angenommen. Unverschlüsselt, ohne jede Firewall. Ich hätte nicht geglaubt, dass es so was heutzutage noch gibt, aber anscheinend habe ich mich getäuscht.«

»Was? Jemand hat den Auftrag angenommen? Ich dachte ...« Sie brach ab. Derart leichtfertig wurde also über Leben und Tod entschieden.

Als Silas ihr entsetztes Gesicht sah, zog er sie auf seinen Schoß. »Eine Million Euro ist eine verlockende Summe. Danach leckt sich so mancher die Finger.« Er drückte eine Taste. »Jetzt muss ich nur noch herausfinden, wer der Neue ist. Schwer kann das nicht sein. Nur Verzweifelte und Anfänger nehmen auf direktem Weg einen Zweitauftrag an. Kein Profi, der etwas auf sich hält, macht das so plump und schon gar nicht, ohne sich über die Hintergründe zu informieren. Wenn ich Glück habe, hat der Kerl so viele Spuren hinterlassen, dass er mir gleich seine Visitenkarte hätte schicken können. Den habe ich bald, keine Sorge.«

Die Überzeugung in seiner Stimme ließ Constanze wieder ruhiger atmen. Silas wusste, was er tat. Schließlich war er nicht umsonst schon jahrelang im Geschäft.

Er überflog eine andere Meldung und runzelte die Stirn. »Die Polizei hat einen Aufruf an die Bevölkerung herausgegeben. Die tappen noch im Dunkeln wegen des Überfalls auf ein Wohnhaus«, er blickte sie bezeichnend an, »vorgestern Abend.«

»Die meinen mich.« Constanze holte tief Luft.

»Sieht danach aus.« Langsam strich er ihr einige Strähnen über die Schulter.

Seit Constanze bei ihm war, trug sie die Haare offen – unter anderem deshalb, weil sie nichts Geeignetes fand, um sie zusammenzubinden.

»Leider kommen wir um einen Besuch bei der Polizei nicht herum. Du musst dich bei der Wache blicken lassen. Es reicht, wenn Michaels Männer nach dir suchen, wir brauchen nicht auch noch irgendwelche Behörden im Schlepptau.«

Constanze nickte. »Es ist das Beste, ich sage, dass es sich um einen Einbruch gehandelt hat und ich bei einer Freundin untergekommen bin. Alles andere wäre zu kompliziert.«

Silas hob skeptisch eine Augenbraue. »Nachdem sie in deinem Haus gewesen sind, haben sie wahrscheinlich so ihre Schwierigkeiten, das zu glauben. Aber das soll nicht unser Problem sein. Hauptsache, sie fangen nicht an, dich als vermisste Person auszuschreiben.«

Constanze raffte das Betttuch enger, das sie wieder um sich gewickelt trug. »Dafür brauche ich aber was zum Anziehen. Ich kann schlecht im Schlafanzug dort auftauchen, dann kaufen sie mir die Geschichte mit der Freundin erst recht nicht ab.«

Silas sah an ihr hinunter. »Och, ich bin sicher, die bekommen nicht allzu viel davon mit, wenn du so dort auftauchst.« Er hob einen Zipfel des Leinens an und spähte darunter.

Constanze zwickte ihn in den Bauch. Wenigstens versuchte sie es, denn viel zu kneifen gab es da nicht. »Du hast gut lachen«, beschwerte sie sich. »Schließlich liegen deine Kleider nicht in Schutt und Asche.«

»Nein, du hast recht. Wir müssen bei dir vorbei.« Er griff nach dem Telefon und klappte es auf. »Am besten, du rufst gleich bei der Polizei an und sagst, dass du heute noch aufs Revier kommst, dann ziehen sie vielleicht die Wachen vor deinem Haus ab. Wir werden das prüfen, ehe wir hineingehen. Ansonsten besorgen wir anderweitig Kleidung für dich.« Silas reichte ihr das Handy.

»Und Michaels Leute? Glaubst du nicht, dass dort noch jemand auf der Lauer liegt?«

»Von der Truppe ist keiner entkommen.«

Constanze nickte und wählte die Nummer der Behörde. Nur wenige Sätze später beendete sie das Gespräch.

Mehr war auch nicht nötig. Wie erwartet hatte man sie unverzüglich zum Revier beordert. Sie ging ins Bad, um sich wenigstens die Haare zu flechten.

Silas marschierte ins Schlafzimmer. Constanze hörte ihn Schränke und Schubladen öffnen, dann näherten sich seine Schritte dem Badezimmer. »Hier. Die Sachen sind dir zwar meilenweit zu groß, aber besser als dein zerfetzter Schlafanzug.«

»Danke.« Sie wickelte sich aus dem Laken. Unter dem glühenden Blick, mit dem Silas sie betrachtete, kroch Röte unter ihre Haut. Trotzdem wandte sie sich nicht ab. Eigentlich unglaublich, wenn man bedachte, wie schüchtern sie noch vor wenigen Stunden gewesen war. Vorgestern um diese Zeit wäre es ihr unmöglich gewesen, sich vor ihm auszuziehen. Wie schnell sich Dinge ändern konnten.

Silas befreite ihren Zopf aus dem Kragen und krempelte ihr galant die Hemdsärmel zurück. »Das Betttuch hat mir zwar besser gefallen, aber ich beuge mich dem Pragmatismus.«

»Es wird dir auch nichts anderes übrig bleiben.« Constanze sah ihm lächelnd zu. »Wie kommen wir eigentlich in mein Haus? Wir haben keinen Schlüssel.« Der hing wahrscheinlich noch an seinem Haken neben der Garderobe.

»Nachdem inzwischen die halbe Stadt bei dir zu Hause war, dürfte das wohl kein Problem sein. Und selbst wenn ... glaubst du wirklich, ich brauche einen Schlüssel, um irgendwo reinzukommen?«

Constanze musste lachen. »Nein.«

»Dann lass uns gehen.«

Auf dem Weg zur Haustür streifte er sich das Waffenhalfter über und Constanze dachte schlagartig daran, dass ihr Vorhaben nicht ganz so ungefährlich war, wie er ihr glauben machte. Leicht nervös wartete sie, bis Silas das Alarmsystem eingestellt hatte.

Eine halbe Stunde später stand Constanze erschüttert in den Überresten ihres Wohnzimmers. Ihr Heim sah noch schlimmer aus als befürchtet. Von außen hatte es, vom gelben Absperrband der Polizei einmal abgesehen, völlig unberührt gewirkt. Im Inneren jedoch bot es ein Bild der Verwüstung. Der Holzboden war verkohlt und an den Stellen, an denen die Handgranaten explodiert waren, gesplittert. Schaurige Muster von Einschusslöchern zierten die Wände und überall roch es nach verbranntem Kunststoff.

Hoffentlich hatte Mr. Pepper überlebt.

Silas griff wortlos nach ihr und zog sie in die Arme. Die Lippen an ihre Schläfe gelegt, drückte er sie an sich. »Es ist nur ein Haus. Das Wichtigste ist, dass du und Eliah am Leben seid.«

Constanze verdrängte die aufkeimenden Tränen. Er hatte recht. Die Geschichte hätte schlimmer ausgehen können, viel schlimmer. Alles Materielle ließ sich irgendwie ersetzen. Auf Menschen traf das nicht zu. Und davon gab es mittlerweile genau zwei, die ihr wichtig waren. Wenn sie die Wahl zwischen ihrem gemütlichen Haus und einem Leben mit Silas in einer Blechbude gehabt hätte, wäre ihr die Entscheidung leicht gefallen. Sie sah zu ihm auf. »Wir müssen nach Mr. Pepper suchen. Er ist bestimmt irgendwo in der Nähe.«

Silas schüttelte den Kopf. »Dafür haben wir keine Zeit, das müssen wir nachts machen. Gib ihm nur etwas Futter. Wir sollten uns beeilen«, erinnerte er sie leise.

»In Ordnung.« Sie machte sich auf den Weg in die Küche und zerrte das Futter aus dem Schrank. Erleichtert sah sie, dass der Napf säuberlich ausgeleckt war. Silas hatte recht, sie konnten unmöglich Zeit mit Suchen vergeuden. Der Kater kam mit der Futtermenge, die sie ihm hinstellte, ein bis zwei Tage gut über die Runden.

Sobald sie fertig war, kehrten sie ins Wohnzimmer zurück. Constanze nahm die Papiere an sich, die nicht bis zur

Unkenntlichkeit verbrannt waren, und stopfte alles in ihre Tasche. Silas behielt währenddessen die Umgebung im Auge. Er stand völlig entspannt da, aber Constanze kannte ihn inzwischen gut genug, um zu wissen, dass seine Reaktion auf eine Gefahr wie aus der Pistole geschossen käme. Wie brisant die Situation wirklich war, erkannte sie daran, dass er nie die Hand weit von der Waffe entfernte, egal was er tat. »Wohin als Nächstes?«, fragte er über die Schulter.

»Nach oben.« Constanze musterte kritisch die Treppe.

Erst nachdem Silas geprüft hatte, ob die Stufen ihrem Gewicht standhielten, ließ er sie ins Obergeschoss. Er tat das in seiner üblich effektiven Weise. Einfach, indem er vorausging.

Während Constanze hastig in Jeans und T-Shirt schlüpfte und die nötigsten Sachen für Eliah und sich in zwei Reisetaschen stopfte, harrte er unbewegt am Fenster aus.

Als sie die Reißverschlüsse der Taschen zuzog, drehte er sich um. »Fertig?«

»Ja.«

Er kam auf sie zu und schnappte sich das Gepäck. »Dann lass uns schleunigst verschwinden.«

An der Haustür hielten sie inne. »Was auch passiert, du bleibst hinter mir, verstanden?«, befahl Silas leise.

Sie folgte ihm so dicht, dass nicht einmal ein Blatt Papier zwischen ihre Körper gepasst hätte. Als sie unbehelligt das Auto erreichten, fiel ihr ein Steinbruch vom Herzen. Ohne sich länger aufzuhalten, schob Silas Constanze in den Wagen, warf die Taschen in den Kofferraum und fuhr los.

Constanze blickte ein letztes Mal auf ihr Haus, das schnell im Rückspiegel kleiner wurde. Beklommen wandte sie sich ab. Es gab keinen Zweifel, dass sie nie wieder darin übernachten würde. Sie biss sich auf die Lippen und kämpfte erneut mit Tränen.

Schweigend griff Silas nach ihrer Hand und drückte sie.

Constanze verschränkte ihre Finger mit seinen, zog Trost aus dieser verständigen Geste. Ihr Leben lang hatte sie nach einem Mann wie ihm gesucht. Jetzt hatte sie ihn gefunden, was machte es da schon, dass ihre Welt in Schutt und Asche lag? Sie konnte nur hoffen, dass ihr genug Zeit blieb, das Zusammensein mit Silas zu genießen.

Er fuhr zum Polizeirevier, ging aber nicht mit hinein. Seine Anwesenheit hätte nur Fragen aufgeworfen, die sie tunlichst vermeiden wollten. Stattdessen gab er ihr sein Handy.

»Wenn du fertig bist, schalt es einfach ein.« Er zeigte ihr, wo. »Ich bin dann sofort da«. Seine Finger in ihren Nacken gelegt wartete er, bis sie es eingesteckt hatte. »Lass dich nicht zu lange aufhalten.«

»Werd ich nicht. Bis gleich.« Constanze gab ihm einen schnellen Kuss und stieg aus. Sobald sie durch die Glastüren getreten war, fuhr er davon. Sie unterdrückte das Bedürfnis, sich noch mal nach ihm umzudrehen, und griff nach der Eingangstür. Er würde nicht weit weg sein. Trotzdem fühlte es sich komisch an, allein in das Gebäude zu gehen. Seit dem Überfall hatten sie jede Bewegung gemeinsam gemacht. Entschlossen straffte sie die Schultern. Damit wurde sie jetzt auch noch fertig.

Das freundliche Lächeln des Polizisten verblasste, als er erfuhr, was ihr zugestoßen war. Ohne größere Umstände begleitete er sie in ein Büro, in dem ein ehrwürdiger, älterer Beamter saß.

»Frau Anger?« Der grauhaarige Kommissar stand auf.

Constanze hätte beinahe aufgelacht, waren die Polizisten doch langsam die Einzigen, die sie noch mit ihrem Decknamen ansprachen. Das machte ihr den Aberwitz der Situation erst recht deutlich.

Sie schüttelte seine Hand.

»Ich bin Hauptkommissar Paul Weber, mein Kollege Kommissar Wilfried Stuck.« Er nickte in Richtung des anderen Beamten im Raum. »Bitte nehmen Sie doch Platz.«

Constanze setzte sich auf den unbequemen Holzstuhl, den er ihr anbot, und wartete, bis er eine Meldung aus dem Stapel Papier neben sich gezogen hatte. Die Behörden konnten ohnehin nichts ausrichten. Das hatten die letzten Stunden zur Genüge demonstriert. Der einzige Mann, der ihr helfen konnte, saß draußen im Wagen und wartete auf ihre Rückkehr. Bei den Gedanken an Silas wurde sie spürbar ruhiger.

»Bitte schildern Sie uns die Ereignisse von vorgestern Nacht.« Weber setzte seine Brille ab und musterte sie.

Constanze überlegte, wo sie beginnen sollte, dann berichtete sie mit fester Stimme, was sich zugetragen hatte. Dass Silas eingegriffen und ihr Leben gerettet hatte, verschwieg sie, genauso wie die Hintergründe, die zu dem Überfall auf ihr Haus geführt hatten.

»Sie sind also sofort nach der Entdeckung des Einbruchs geflohen?«, fasste der Hauptkommissar ihren Bericht zusammen. »Dann können Sie uns also nicht sagen, wer die Männer professionell ausgeschaltet und das halbe Haus in ein Schlachtfeld verwandelt hat, oder?« Wachsam blickte er sie an.

Constanze schüttelte den Kopf. »Nein. Ich war nur darauf aus, so schnell wie möglich zu fliehen – wie Sie sich bestimmt denken können. Tut mir leid.«

Weber wechselte einen Blick mit seinem Kollegen. Beide ahnten offenbar, dass hinter ihrer Geschichte einiges mehr steckte, als sie zuzugeben bereit war. Dennoch blieb ihnen letztlich nichts anderes übrig, als das zu protokollieren, was sie ausgesagt hatte.

Der Hauptkommissar stand erneut auf. »Gut. Wir kommen gegebenenfalls noch einmal auf Sie zu. Falls

Ihnen noch etwas einfällt, scheuen Sie sich nicht, uns anzurufen.« Er öffnete eine Schublade und gab ihr seine Karte. »Ich hoffe, Sie sind versichert? Ihr Haus hat ganz schön was abgekriegt.«

Constanze stand ebenfalls auf. »Ja, das bin ich. Danke.«

Zügig verließ sie die Wache, froh, es hinter sich gebracht zu haben. Sie bog um die Ecke, griff nach Silas' Handy und drückte die Taste, die er ihr gezeigt hatte.

Wenig später saß sie wieder bei ihm im BMW.

»Und, wie war's?« Er setzte den Blinker und folgte der Straße in Richtung Zubringer.

»Ganz gut, glaube ich«. Constanze verstaute ihre Handtasche in der Ablage. »Sie waren etwas überrascht, weil ich ihnen praktisch nichts gesagt habe. Aber das ist mir egal. Ich habe mich schon einmal auf die Polizei verlassen und gesehen, wohin das führt.« Sie rieb sich über das Gesicht. »Wenn ich gewusst hätte, dass Michael schon nach knapp vier Jahren aus dem Gefängnis kommt, wäre ich damals auf eigene Faust verschwunden.«

»Er hat den Richter bestochen«, informierte Silas sie nebenher, ohne den Blick von der Straße zu nehmen.

»Was?« Constanze fuhr herum. »Woher weißt du das?«

»Ich weiß eine ganze Menge, gehört zu meinem Job.«

Das konnte sie sich denken. Plötzlich fiel ihr etwas anderes ein. »Woher wussten Michaels Typen eigentlich, dass ich in Köln bin? Du hast es ja bestimmt niemandem gesagt.«

»Vielleicht solltest du diese Frage mal deinem Nachbarn stellen. Roland kennt deine Vergangenheit und er ist ein ziemlich schlechter Verlierer, so viel kann ich dir schon mal sagen.«

Constanze biss die Zähne zusammen. Das war also des Rätsels Lösung. »Nimmst du vielleicht doch noch einen Auftrag an?« Sie ballte die Hände zu Fäusten. »Ich möchte gern, dass du diesen Schweinehund umbringst.«

Silas schmunzelte. »Sei vorsichtig mit deinen Wünschen, für dich würde ich alles tun.«

Sie beugte sich zu ihm und gab ihm einen innigen Kuss. »Ich weiß.«

Er erwiderte genießerisch ihre Liebkosung, dann wandte er seine Aufmerksamkeit wieder dem Verkehr zu. Da Constanze ihm so nahe war, spürte sie exakt den Moment, in dem er sich verspannte. Die Muskeln unter ihren Fingern wurden bretthart und sein Gesicht nahm jenen Ausdruck an, der ihr jedes Mal einen Heidenschreck einjagte.

»Anschnallen!« Silas packte sie an der Schulter und drückte sie ruckartig nach hinten.

Ehe sie sich versah, hatte er den Gurt um sie gezogen und eingerastet. Kaum ertönte das leise Klicken, riss er das Steuer herum.

Der Wagen brach am Heck aus und beschrieb einen scharfen Bogen. Constanze krallte sich an die Türverkleidung, geschockt von dem rapiden Richtungswechsel. Die Reifen schabten lautstark über den Asphalt, begleitet von einem hohen Pfeifen, das Bruchteile später in einem dumpfen Schlag endete. Constanze schrie und duckte sich.

»Keine Angst.« Silas drehte sich um. »Der Wagen ist kugelsicher.« Einen Arm auf ihre Sitzlehne gelegt preschte er rückwärts von der Hauptstraße. In der nächsten Sekunde trat er auf die Bremse und driftete quer um eine Hausecke, was den BMW wieder in Fahrtrichtung brachte.

Constanze verschlug es den Atem. Silas' Fahrstil passte plötzlich exakt zu seinem Wagen. Wie hatte sie bloß jemals annehmen können, das Coupé wäre ein nettes Spielzeug? Das war es mitnichten. Es gehörte zur Ausstattung des Magiers.

Silas sah in den Rückspiegel, dann drückte er das Pedal bis zum Anschlag durch. Der Wagen schnellte mit neu entfesselter Kraft nach vorn. Als Constanze dämmerte, worauf

Silas es abgesehen hatte, standen ihr die Haare zu Berge. Er steuerte auf eine sehr schmale Seitengasse zu. Er konnte doch nicht ... nicht in diesem wahnsinnigen Tempo.

Silas hielt ungerührt auf den engen Durchgang zu.

In blinder Panik riss Constanze die Arme vors Gesicht, rechnete fest damit, gleich an einer Hauswand zu zerschellen – doch nichts geschah. Sie rasten unverändert weiter.

Keuchend senkte sie die Arme. »Grundgütiger!« Ohne den Blick von den dicht vorbeirauschenden Hauswänden zu nehmen, saß sie stocksteif da. Wie Silas es schaffte, ohne einen Kratzer da hindurchzufahren, blieb ihr ein Rätsel. Dazu brauchte es einiges an Nerven – und mit Sicherheit jede Menge Erfahrung. Constanze schluckte. Silas besaß offensichtlich beides. Sie kannte so einige Fähigkeiten des Magiers nicht.

Sie blickte nach hinten. Niemand war zu sehen. Vorerst. »Wer ist der Kerl?«

Silas griff ins Schulterhalfter. »Wenn es nicht gerade dein Versicherungsvertreter ist ...«, er lächelte freudlos, »schätze, dann bleiben nicht viele Alternativen. Dieser Typ fährt einen Mietwagen, trägt Handschuhe und schießt mit einer 9-mm Halbautomatik.«

Constanze starrte ihn an. Jetzt begriff sie, warum er rückwärtsgefahren war. Silas hatte sich ihren Gegner angesehen. Während sie lediglich registriert hatte, dass ihr Verfolger eine Sonnenbrille trug, wusste Silas schon beinahe dessen Konfektionsgröße. Es war beängstigend, wie viele Informationen der Magier mit einem einzigen Blick speicherte. Und genauso beängstigend war die Ursache seiner Aufzählung. »Du denkst, es ist der neue Killer?« Sie wagte kaum, es auszusprechen.

Er nickte grimmig. »Sieht leider ganz danach aus.«

»Gott, nein!« Constanze sah sich panisch um. »Und was tun wir jetzt?« Als sie den anderen Wagen hinter sich auftauchen sah, schnürte es ihr die Kehle zu. Hatte sie wirklich gedacht, der Kerl würde so leicht aufgeben? Eher das Gegenteil war der Fall. Der Wagen ließ an den Hauswänden zwar Blech und Funken, verlangsamte sein Tempo jedoch nicht. Andauernd prasselten neue Geschosse gegen ihre Heckscheibe. Obwohl es unnötig war, zog Constanze instinktiv wieder das Genick ein. Ihr Herz pochte wild. Das konnte doch alles nicht wahr sein. Die Situation erinnerte an einen der klassischen Gangsterfilme – mit einem entscheidenden Unterschied. Ihre Kugeln waren echt.

»Verfluchter Mist!« Silas bremste so unvermittelt ab, dass Constanze im Gurt nach vorn ruckte. Deftig fluchend legte er den Rückwärtsgang ein und setzte zurück.

»Was machst du?« Constanze riss den Kopf herum. Ihr Blick streifte die Windschutzscheibe, dabei sah sie es ebenfalls. Ein Radfahrer hatte beschlossen, ausgerechnet in diesem Moment die Abkürzung von der anderen Seite her zu nutzen. Das konnte doch nur übel ausgehen. »Und jetzt?«

Silas drückte gnadenlos aufs Gas. »Neue Taktik«, war alles, was sie zur Antwort bekam.

Constanze kämpfte gegen den Drang an, sich im Fußraum zu verkriechen. Silas fuhr immer schneller rückwärts – ungeachtet des anderen Wagens, der stetig näher kam. Was hatte Silas vor? Sie musterte sein regungsloses Profil, als könnte sie darin die Antwort lesen. Plötzlich erinnerte sie sich an die Abzweigung, an der sie vor wenigen Sekunden vorbeigepprescht waren. Eine Ausweichmöglichkeit, aber nur, wenn sie es vor dem anderen Wagen dorthin schafften, was gelinde gesagt, einem Wunder gleichkäme. Das konnte unmöglich klappen, nicht rückwärts.

Silas beschleunigte, was das Zeug hielt. Ohne mit der Wimper zu zucken, nahm er in Kauf, dass sie dieses Mal großzügig alle Wände streiften.

Constanze presste die Lippen aufeinander. Es tat ihr in der Seele weh, das schöne Coupé so zu sehen. Aber sie hatten keine Wahl. Entweder der Wagen nahm Schaden oder sie.

Zwei Sekunden später war klar, dass es ihnen nicht gelingen würde, vor dem anderen Wagen die Seitenstraße zu erreichen. Dennoch machte Silas keine Anstalten, das Tempo zu drosseln. Constanze zählte sich an einem Finger ab, wozu das führte. Sie würden den anderen Wagen rammen.

Sie begann still zu beten, als Silas ihren Gurt packte und ihn straff zurrte. »Dreh dich um und sieh geradeaus«, wies er sie an. »Wird gleich ein wenig holprig.«

Die Untertreibung des Jahrhunderts, dachte Constanze noch, dann krachten sie gegen den Kühler des anderen Fahrzeugs.

Der Aufprall, der brutale Ruck, mit der sie vom Sicherheitsgurt gestoppt wurde, das schaurige Geräusch des berstenden Metalls ... Alles schien gleichzeitig zu geschehen. Der Schock war schlimm, ansonsten blieben sie unverletzt.

»Alles klar?« Silas umfasste ihr Genick und musterte sie rasch.

»Ja.« Constanze schlotterten die Knie. »Alles okay.«

Er trat er aufs Gas und drängte das andere Fahrzeug zurück. Wie zwei ineinander verkeilte Stiere maßen die Wagen ihre Kräfte. Silas fletschte die Zähne, als das Coupé zielsicher an Boden gewann. »Es hat schon seinen Grund, warum ich 420 PS unterm Hintern habe.«

Der Killer feuerte blindlings auf ihre Heckscheibe. Außer einigen spinnennetzartigen Macken erreichte er jedoch nichts. Zum Glück. Constanze wollte sich nicht ausmalen, was geschehen wäre, hätte die Scheibe aus normalem Glas bestanden.

»Jetzt reicht's aber.« Silas griff nach seiner Waffe.

Constanze konnte nur staunen, wie schnell er das Fenster unten und den Arm draußen hatte. Er feuerte zwei Mal kurz nacheinander, ohne groß zu zielen. Wie er in dieser Situation präzise treffen wollte, war Constanze schleierhaft. Dennoch markierten zwei saubere Einschusslöcher genau die Stelle in der Frontscheibe, hinter der sich eben noch der Kopf ihres Gegners befunden hatte.

Sie schnappte nach Luft. Der andere Killer war anscheinend auch nicht gerade langsam. Oder vielleicht doch? Eine makabre Hoffnung keimte auf, als der gegnerische Wagen plötzlich widerstandslos nach hinten driftete. »Hast du ihn getroffen?«

»Nicht so, wie ich wollte.« Silas lenkte den BMW mit einer Hand in den Durchgang, sobald sie ihn annähernd erreicht hatten, auch wenn er dazu einen Teil der Hausecke abrasieren musste. Zum Aufatmen blieb trotzdem keine Zeit. Die nächste Komplikation wartete bereits. Der vermeintliche Fluchtweg endete in einer steilen, nach oben führenden Treppe.

Constanze schnappte nach Luft. »O Gott! Was jetzt?«

Silas schaltete runter. »Langweilig wird's jedenfalls nicht.« Er trat hart auf die Bremse und beschleunigte dann mit allem, was der Motor hergab. Der enorme Satz ließ den Wagen die ersten Treppenstufen ohne größeren Schaden erklimmen, wodurch sie relativ problemlos die Steigung hinaufkamen. Constanze wurde so geschüttelt, dass ihre Zähne aufeinander klapperten. Trotzdem ließ sie die Treppe hinter sich keine Sekunde aus den Augen. Unablässig starrte sie darauf, als könnte sie den anderen Wagen durch schiere Willenskraft am Vorankommen hindern. Es geschah genau das, was sie befürchtet hatte. Der Killer folgte ihnen, wenn auch langsamer.

Als sie die Treppe überwunden hatten, verschwanden sie für einige kostbare Sekunden aus dessen Sichtfeld, und Silas hatte ganz offensichtlich nicht vor, diese zu verschenken. Er nutzte die günstige Gelegenheit und bugsierte sie mit einem halsbrecherischen Manöver in eine offen stehende leere Garage. Constanze stieß sich den Ellenbogen an der Seitenverkleidung, aber das war ihr egal. Hauptsache, sie verschwanden von der Bildfläche.

Silas ließ den Motor laufen.

Gespannt wartete Constanze, ob ihr Verfolger auf den Trick hereinfallen würde. Noch ehe sie den Gedanken zu Ende gedacht hatte, schoss der andere Wagen an ihnen vorbei. Das sich stetig entfernende Dröhnen bestätigte, dass der Mann mit voller Geschwindigkeit einer falschen Spur folgte.

Erleichtert atmete sie auf. »Ich glaube, er fährt weg.«

»Nicht gerade hell, dafür aber schnell.« Silas drehte sich zu ihr und legte eine Hand an ihr Kinn. »Geht's dir gut?«

»Ich denke schon.«

Einen Moment sah es so aus, als wollte er sie küssen, dann senkte er die Hand. »Lass uns verschwinden.« Er legte den Gang ein und fuhr mit unverschämter Seelenruhe aus ihrem Versteck. Nur seiner wachsamen Konzentration konnte man entnehmen, was sie gerade durchgemacht hatten.

Sie brauchten fast eine Stunde, bis sie Silas' Anwesen erreichten. Er wählte einen derart chaotischen Heimweg, dass selbst Constanze zeitweise die Orientierung verlor. Nur so konnten sie sicher sein, von niemandem verfolgt zu werden. Außerdem war es bestimmt nicht ratsam, mit einem übel zugerichteten Wagen durch belebte Straßen zu gondeln.

Als sie Silas' Haus erreichten, fuhr er um das Grundstück herum und näherte sich dem Gebäude von hinten. Vor der Rückwand der Garage blieb er stehen. Die Mauer war stark von Efeu bewachsen, überhaupt sah sämtliche Vegetation aus, als hätte sie noch nie eine Gartenschere gesehen. Constanze fragte sich noch, warum sie ausgerechnet hier anhielten, da stieg Silas bereits aus. Sie zog am Türgriff und schlüpfte ebenfalls aus dem Fahrzeug.

Wie sollten sie von hier aus ins Haus kommen? Neugierig drehte sie sich zu Silas um – und erstarrte. Der Anblick des demolierten Wagens ließ sie alle Fragen vergessen. Sein Zustand war schlimm, noch weit mehr, als sie angenommen hatte. Der einst so elegante BMW bestand nur noch aus einem Haufen Schrott.

»Ach du meine Güte!« Ihr Blick glitt über die übel zugerichtete Seitenfront. Sie beobachtete Silas, der langsam davor in die Hocke ging. »Kriegst du das wieder hin?«

»Schwer zu sagen.« Er rieb sich über den Nacken. »Das Spaltmaß zwischen Motorhaube und Karosserie ist verzogen. Könnte sein, dass die Aufhängung was abbekommen hat. Ansonsten ...« Behände richtete er sich wieder auf, »Ja. Mit etwas Geduld.«

Constanze verstand nicht, warum er das so locker sagte. »Aber brauchst du ihn denn nicht? Das Motorrad ist nicht sicher genug. Ich könnte keine Nacht mehr ruhig schlafen, wenn du damit herumfährst.«

Silas kam zu ihr, pflückte die Handtasche aus ihren steifen Fingern und kramte nach seinem Handy. »Keine Sorge, das werde ich nicht.« Noch während er sprach, ging er ans Efeu, fasste unter ein Holzgerüst, das Constanze bisher nicht aufgefallen war, und tippte gleichzeitig auf sein Telefon.

Plötzlich bewegte sich die Rückseite der Garage. Wie von Zauberhand bewegt, begann die Wand samt Spalier und Efeu nach hinten zu kippen.

Jetzt hatte Constanze ihren Eingang. Er lag direkt vor ihrer Nase. Niemand hätte ahnen können, dass ... sie stutzte. Was war denn das? Sie bückte sich und spähte unter der Torkante hindurch in den dämmrigen Innenraum. Befand sich in der Garage etwa ein Spiegel oder warum sonst sah sie den BWM plötzlich doppelt?

Atemlos klappte sie den Mund auf. »Das ...« Sie betrachtete entgeistert das schwarze Fahrzeug, das sich hinter dem zurückweichenden Tor immer deutlicher abzeichnete. »Du besitzt zwei Coupés?«

»Jepp.« Silas grinste in seiner typisch jungenhaften Art. »Einen zum Fahren, einen zum Reparieren.«

»Ich werd verrückt!« Constanze musterte den Wagen. »Und die sind vollkommen identisch?«

Er nickte und setzte sich wieder hinter das Steuer des Unfallwagens. »Bis zur letzten Schraube.«

Constanze folgte ihm in die breite Garage, als er das beschädigte Coupé neben das andere fuhr. Fasziniert sah sie sich um. Der Wagen war bei Weitem nicht das einzige Interessante in dem versteckten Anbau. Außer dem BMW befand sich noch eine gut ausgestattete Werkstatt darin. An der Wand hing ein Kasten, in dem sich Nummernschilder aller denkbaren Nationalitäten befanden, daneben stand ein buntes Sortiment an Lacken. Reifen in verschiedenster Ausführung lehnten an der Seite.

Silas ließ das Tor wieder zulaufen und schaltete das grelle Deckenlicht ein. »Willkommen in der Welt des Magiers. Die Tür da hinten«, er deutete auf eine Stahltür, »führt nach unten in den Raum, in dem du die Dokumente gefunden hast.«

»Unglaublich. Wie hast du das alles in der kurzen Zeit, in der du hier bist, nur geschafft?«

»Ich habe nie gesagt, dass ich erst seit Kurzem hier bin.«

»Aber ...« Jetzt verstand Constanze überhaupt nichts mehr. »Woher wusstest du dann ... Ich meine, du konntest doch nicht ahnen, dass dich ein Auftrag nach Köln verschlägt.« Sie kam von selbst auf die Lösung. »Du warst schon vorher hier, stimmt's?«

Er nickte. »Hier ist sozusagen mein Hauptwohnsitz.« Silas fuhr sich schmunzelnd durch die Haare. »Du kannst dir sicher denken, wie perplex ich war, als ich nach über sechs Wochen intensiver Suche herausgefunden habe, dass du praktisch vor meiner Haustür wohnst. Es gibt nicht viel, was mich überrascht – aber das gehörte dazu.« Er beugte sich über den Wagen. »Dann wollen wir uns das Baby mal ansehen.«

Schweigend sah Constanze zu, wie seine Hände in fließenden Bewegungen über die beschädigten Stellen strichen. Die Berührung war unglaublich sanft, fast, als wäre das Coupé ein lebendes Wesen, das verletzt war und Hilfe brauchte. Vermutlich empfand Silas es auch so. Constanze sah mit einem Blick, wie viel der Wagen ihm bedeutete. Schon einmal war ihr aufgefallen, wie pfleglich er mit seinen Dingen umging. Und diese Fahrzeuge waren sozusagen das Herzstück seines Jobs. Trotzdem hatte er keine Sekunde gezögert, eines davon ihretwegen zu Schrott zu fahren. Seit sie in der Nacht des Überfalls aus dem Bett geklettert war, zog sie eine Spur der Verwüstung nach sich.

Obwohl sie keinerlei Geräusch von sich gab, hielt Silas inne und hob den Kopf. Er begriff sofort, woran sie gerade dachte. Der einfühlsame Blick, mit dem er sie musterte, trieb Constanze erst recht Tränen in die Augen.

»Hey.« Mit zwei großen Schritten war er bei ihr und nahm sie in die Arme. »Nicht weinen. Alles wird gut, du wirst sehen.«

»Mmh«, krächzte sie erstickt, nicht fähig, etwas zu sagen. Sie legte ihre Hände flach auf seine breite Brust, ihr Kopf kam auf seiner Schulter zur Ruhe. Es tat unendlich gut, ihn zu berühren, seine energiegeladene Nähe zu fühlen. Am liebsten hätte sie die Augen zugemacht, um bis in alle Ewigkeit so mit ihm stehen zu bleiben.

Seine Finger streichelten ihren Rücken herauf. »Morgen Nacht holen wir Mr. Pepper, und sobald Eliah wieder da ist, mache ich mich auf die Socken.« Er neigte den Kopf und drückte seine Lippen auf ihren Scheitel. »Der ganze Horror hat bald ein Ende.« Seine Hand überquerte ihren Hals in Richtung ihrer Wange.

Constanze sah zu ihm auf, als er die Feuchtigkeit von ihrem Gesicht wischte. »Denkst du, du findest heraus, wo sich der Kerl aufhält?« Sie blinzelte, weil seine Fingerknöchel ihre Wimpern streiften.

Silas zuckte die Schultern. »Anhand des Nummernschildes lässt sich leicht ermitteln, wer den Mietwagen gebucht hat. Damit kann ich sicher was anfangen.«

Constanze dachte kurz nach, dann nannte sie ihm die exakte Abfolge des Kennzeichens.

Er hielt inne. »Nicht schlecht! Ich bin beeindruckt.«

»Mir fehlt vielleicht noch die Übung, aber ich lerne schnell.«

»Ohne Frage.« Grinsend fasste er in seine Hosentasche und zog das seltsame Kästchen, das Constanze beim Durchsuchen des Wagens aufgefallen war, heraus. »Dann pass mal auf.«

Gespannt sah sie zu, wie Silas damit auf den verbeulten Kofferraum zuging. Er drückte mit der Hüfte dagegen, bis er sich öffnen ließ, dann zog er das Kästchen wie eine Codekarte über eine flache Stelle der Innenverkleidung. Es gab ein leises Klicken, dann sprang eine Abdeckung auf und gab einen verborgenen Hohlraum preis. Warum das Versteck so geheim war, brauchte er Constanze nicht zu erläutern. Nicht, nachdem sie sah, was darin lag.

Schweigend verfolgte sie, wie Silas eine Maschinenpistole und zwei Scharfschützengewehre herausnahm. Auch einige Exemplare der Handgranaten, mit denen er sich durch ihr Haus gekämpft hatte, befanden sich darin.

Constanze trat zur Seite, als er erst die Waffen und dann ihre Reisetaschen in den unbeschädigten Wagen umlud. Sie schüttelte den Kopf. »Und du hast mir vor ein paar Tagen weisgemacht, du würdest den BMW nicht brauchen.« Sie verschränkte die Arme vor der Brust. »Es ist ja auch das normalste der Welt, dass darin ein ganzes Waffenlager versteckt ist ... Da hast du dir wohl einen Scherz erlaubt.«

Er grinste. »Nur ein wenig. Ich konnte ja schlecht den ganzen Kram vor deinen Augen auspacken.« Ehe sie sich versah, hatte er sie um die Taille gefasst und auf den Mund geküsst.

Sie stützte sich an seiner Hüfte ab. »Schuft.«

»Tut mir leid.« Er sah nicht sehr reuig aus. »Nach deinem Anruf hatte ich einfach keine Zeit mehr, die Waffen aus dem Wagen zu schaffen.«

Constanze nickte langsam. »Was hättest du getan, wenn ich das Fach gefunden hätte?«

Er hob eine Augenbraue. »Vor oder nach deinem Besuch in meinem Keller ...«

»Danach.«

»In Deckung gegangen?«

Constanze keuchte. »Denkst du wirklich, ich hätte mit so einem Ding da«, sie zeigte auf die Maschinenpistole, »auf dich geschossen?«

»Also du warst ganz schön wütend ...«

»Das hätte ich nie fertiggebracht.« Constanze schüttelte den Kopf. »Ich wollte dich einfach nur auf Abstand halten.«

»Hat nicht ganz geklappt«, erinnerte er sie frech.

»Nein. Aber mit einer anständigen Waffe wäre ich vielleicht auch glaubhafter gewesen«, verteidigte sie ihre Ehre.

»Ich will dich ja nicht enttäuschen.« Er ließ sie los und schloss den Kofferraum. »Aber so leicht hält mich nichts von dir fern.«

»Das habe ich gemerkt.« Constanze ging zu ihm und drehte ihn an der Schulter zu sich. »Ich bin wirklich froh, dass du bei mir bist«, gestand sie. »Das kann ich dir nicht oft genug sagen.«

»Nein. Kannst du nicht.« Er lächelte warm. »Lass uns fahren.«

Sie stiegen wieder ein und Silas startete den Motor. Unter Verwendung des gleichen Schlüssels, wie Constanze erstaunt feststellte. Die beiden Fahrzeuge glichen einander offenbar tatsächlich wie ein Ei dem anderen.

Ohne eine Sekunde zu zögern, schnallte sie sich an. Selbst wenn sie nur ums Haus herumfuhren, die Erlebnisse der letzten Stunden hatten einen bleibenden Eindruck hinterlassen.

Wenige Minuten später standen sie wieder in der Garage – dieses Mal allerdings auf der richtigen Seite. Silas trug ihre Taschen ins Haus und zeigte ihr, wo sie ihre Kleider verstauen konnte.

Da sie ohnehin nichts anderes zu tun hatte, fing Constanze sofort damit an. Sinnend legte sie ihre Wäsche in die geräumigen Schrankfächer. Noch vor wenigen Tagen hatte sie sich dafür geschämt, darin herumgewühlt zu haben. Das gehörte der Vergangenheit an. Offensichtlich machte es Silas nicht das Geringste aus, dass sie nun faktisch bei ihm einzog – falls man das bei zwei hastig gepackten Reisetaschen so bezeichnen konnte.

Verstohlen schielte sie zu ihm hinüber. Er lehnte mit lässig verschränkten Armen im Türrahmen. Als er ihren Blick auffing, stahl sich ein Grinsen in sein Gesicht. Er murmelte etwas, das sich verdächtig nach »Wurde auch langsam Zeit« anhörte, schlenderte ins Arbeitszimmer und setzte sich an den Laptop.

Drei Tage später stand Constanze neben Silas auf der Veranda. Leichter Regen prasselte um sie herum auf den Boden und tauchte den Nachmittag in trübes Licht. Sie setzte Mr. Pepper ab, den sie inzwischen umgesiedelt hatten, und sah auf die Uhr. Es konnte sich nur noch um Minuten handeln, bis Eliah, Susanne und Frank ankamen.

Obwohl sich seit ihrer Verfolgungsjagd nichts Bedeutungsvolles mehr ereignet hatte, waren ihre Nerven zum

Zerreißen gespannt. Zum einen, weil sie darauf wartete, ihren Sohn und ihre Freunde in die Arme zu schließen, zum anderen, weil Silas sofort nach deren Ankunft aufbrechen würde. Durch die Sache mit dem Mietwagen hatte es nicht lange gedauert, bis er herausgefunden hatte, wo sich der Killer aufhielt. Der sechsundvierzigjährige Franzose war in einem Hotel in Frankfurt abgestiegen.

Jacques Latour. Schon der Name reichte, um Constanzes Haut unangenehm prickeln zu lassen. Wer war der Mann, dem Silas in wenigen Stunden gegenübertreten würde? Nach dem, was sie bisher über Latour ermittelt hatten, war es sehr unwahrscheinlich, dass er dem Magier gewachsen war. Trotzdem. Constanze schloss die Augen. Sie würde keine ruhige Minute verbringen, ehe Silas nicht unverletzt zurückgekehrt war.

Bedrückt sah sie zu ihm auf.

Er stand so entspannt und gelassen neben ihr wie immer. Die vertraute Wärme seines Körpers strahlte auf sie ab, eine Hand ruhte auf ihrer Hüfte, während er mit der anderen Daten in sein Telefon speicherte. Plötzlich wurde ihr der Gedanke, ihn gehen zu lassen, unerträglich.

»Fahr nicht.«

»Mmh?« Silas sah auf.

»Bitte fahr nicht nach Frankfurt.« In einem Anfall von Panik grub sie die Finger in sein Hemd. »Das ist es nicht wert. Was, wenn dir etwas zustößt?« Constanzes Stimme kippte. Schlagartig brachen sämtliche unterschwelligen Ängste in ihr auf. »Ich könnte es nicht ertragen. Ich will nicht ohne dich sein.«

Silas legte das Telefon auf das Verandageländer und zog sie in seine Arme. »Mir passiert nichts. Ich kann dir nicht versprechen, dass ich schnell wieder da bin, aber zurückkommen werde ich auf jeden Fall, vertrau mir.«

Sie schüttelte heftig den Kopf, nicht in der Lage, seinen ruhigen Worten zu glauben. »Das kannst du nicht wissen.«

Er nahm ihr Gesicht zwischen seine Hände und blickte ihr eindringlich in die Augen. »Doch, das kann ich. Ich habe noch nie ein Versprechen gebrochen. Und schon gar nicht so eins.« Seine Finger streichelten sanft ihre Mundwinkel. »Was auch geschieht, ich werde zu dir zurückkommen, das verspreche ich dir. Wir werden nach Chile gehen und ein neues Leben beginnen. Aber zuerst muss ich den Weg freimachen. Wir können nicht riskieren, dass der Kerl unsere Ausreise gefährdet oder anderweitig unsere Pläne durchkreuzt.«

Constanze kämpfte gegen den Drang, Silas ins Haus zu schleifen und irgendwo einzusperren. Die Tatsache, dass er recht hatte, machte es nicht leichter. Sie wollte nicht, dass er sich in Gefahr begab. Schluchzend lehnte sie sich an ihn.

Silas drückte ihren Kopf gegen seine Brust. »Ich hoffe bei Gott, es ist das letzte Mal, dass wir getrennt werden. Wenn wir erst mal aus Deutschland raus sind, wird alles einfacher.«

Constanze holte tief Luft. »Ich wünschte, wir könnten Eliah schnappen und heute noch in den Flieger steigen.«

Silas brummte zustimmend. »Das wünschte ich auch.«

Ein blauer Van rollte langsam die Auffahrt entlang.

Constanze atmete auf. Endlich. Wenigstens eine Sorge weniger. Ohne Silas loszulassen, wartete sie ungeduldig, bis der Wagen an der Veranda ankam. Kaum öffneten sich die Autotüren, stürzte sie ihrem Sohn entgegen und schloss ihn in die Arme. Für einen Moment war aller Kummer vergessen.

Silas trat neben sie, während Susanne und Frank ebenfalls ausstiegen.

»Hallo«, grüßte Frank reserviert und bedachte Silas mit einem misstrauischen Blick, den dieser freundlich lächelnd ignorierte.

Susanne hielt sich entgegen ihrer sonst forschen Art im Hintergrund.

»Na, Abenteurer?« Breit grinsend ging Silas vor Eliah in die Knie. »Hast du das Zeltlager auf den Kopf gestellt?«

Eliah nickte und löste sich aus Constanzes Umarmung. »Es war toll.«

»Wo sind denn eure Jungs?«, fragte Constanze.

»Die haben wir vorsorglich schon bei meinen Eltern abgeladen. Wir holen sie später wieder ab.«

Dicke Regentropfen platschten auf das Autodach. Constanze warf einen skeptischen Blick in den Himmel. »Sollen wir nicht lieber reingehen?«

Susanne und Frank warfen sich einen unsicheren Blick zu.

»Klar.« Silas klemmte sich Eliah kurzerhand unter den Arm, packte Constanzes Hand und zog sie in Richtung Veranda. Erleichtert hörte Constanze, dass ihre Freunde ihnen folgten.

Silas führte sie ins Wohnzimmer und plötzlich redeten Susanne, Eliah und Constanze wild durcheinander, um ihre Fragen loszuwerden und ihre Erlebnisse zu berichten. Schließlich hob Frank beide Hände. »Halt, jetzt mal jeder der Reihe nach.« Er zeigte auf Silas. »Du fängst an.«

»Welchen Teil willst du denn zuerst hören?« Silas setzte sich mit Eliah neben Constanze aufs Sofa. »Den netten oder den wüsten?«

»Den wüsten«, schlug Eliah mit glänzenden Augen vor.

Silas wuschelte ihm über den Kopf. »Das hättest du wohl gern. Aber so lustig war es nicht.« Er suchte Constanzes Blick.

»Es ist schon in Ordnung. Wir haben keine Geheimnisse voreinander«, sagte sie ruhig. Silas würde keine Ausdrucksweise wählen, die Eliah schlaflose Nächte bereitete.

»Es gibt ein neues Problem«, brachte Silas es auf den Punkt. »Jacques Latour. Es ist sicher, dass er im Auftrag von Richtstetten handelt. Er hat uns vor drei Tagen auf der Straße abgepasst.«

»Was?« Susanne riss die Augen auf. »Nimmt das denn kein Ende?«

Silas schnitt eine Grimasse. »Dem Auftraggeber ist offensichtlich jedes Mittel recht. Aber das ist bei uns genauso. Wir werden alles tun, was nötig ist, um seine Pläne zu durchkreuzen.«

»Silas hat diesen Mann in Frankfurt ausfindig gemacht«, erklärte Constanze. »Er wird ihm einen Besuch abstatten – obwohl ich das für keine gute Idee halte.«

»Besser wir als er«, warf Frank ein. »Wir sind im Vorteil, wenn Latour nicht mit einer Überraschung rechnet. Wie sieht's da aus?«

Silas schüttelte den Kopf. »Er hat keine Ahnung, sonst würde er wohl kaum unter seinem richtigen Namen im Hotel residieren.« Er kitzelte Eliah in den Seiten. »Sag, Kleiner, hast du Lust auf leckere Schlammbowle?«

»Orangensaft mit Vanilleeis«, jubelte Eliah. »Lecker!«

»Deine Mutter hat schon heute Mittag angefangen, die Orangen zu pressen. Im Kühlschrank steht ein Krug. Magst du ihn uns holen?«

Eliah sprang auf. »Wo?«

»Durch den Flur und gleich rechts.«

Kaum hatte Eliah den Raum verlassen, fasste Silas in kurzen Worten zusammen, was er plante. Wie er Latour aus dem Weg schaffen würde, behielt er allerdings für sich. Er stand auf und holte Gläser aus dem Schrank.

»Brauchst du Hilfe?«, fragte Frank. »Gibt es etwas, was man abklären oder besorgen muss?« Seine Augen blitzten unternehmungslustig.

Silas schüttelte den Kopf. »Nein, alles komplett.«

Susanne beugte sich vor. »Können wir hier etwas tun? Sollen wir etwas organisieren, solange du weg bist, vielleicht wegen dieser anderen …?«

Constanze betrachtete ihn ebenfalls. Ihr war nicht wohl bei dem Gedanken, dass Michael möglicherweise weitere

Leute engagiert haben könnte, die vielleicht mit Latour zusammenarbeiten. Doch die Gefahr bestand, das hatten sie mehrfach ins Kalkül gezogen.

»Lasst es mich mal so sagen. Was Köln betrifft, habt ihr freie Hand. Aber um Latour kümmere ich mich allein. Das ist für alle am Ungefährlichsten.«

Constanze hätte beinahe protestiert. Für alle außer ihn.

»Wenn ihr etwas unternehmen wollt, dann versucht in den nächsten Tagen, etwas über Michaels Pläne herauszufinden. Bisher herrscht in diesem Lager zwar Funkstille, aber das wird nicht lange so bleiben.«

»Das übernehme ich«, erbot sich Frank. »Ich habe einen heißen Draht zu privaten Ermittlern, die wissen oft mehr als die Polizei.«

»Ich kann mich um die Buchhandlung kümmern«, schlug Susanne vor und griff nach Constanzes Hand. »Du kannst da unmöglich hingehen, das wäre blanker Selbstmord.«

Sie unterhielten sich noch bis in den Abend hinein. Eliah war längst auf Constanzes Schoß eingeschlafen, als sich Frank und Susanne bis zum nächsten Morgen verabschiedeten.

Silas trug Eliah in das Gästezimmer, das sie kurzfristig in sein Reich umfunktioniert hatten, und sah Constanze zu, wie sie ihn fürs Bett fertig machte. Dann setzten sie sich auf die Terrasse. Es gab nichts mehr zu tun als auf die Nacht zu warten. Aneinandergekuschelt, weich in eine Decke gehüllt, genossen sie die letzten, ruhigen Stunden vor dem nächsten Showdown.

Für Silas war das Entspannen nichts Ungewöhnliches. Er kam stets noch einmal zur Ruhe, bevor er zu einem Auftrag aufbrach. Es war jedoch etwas völlig Neues, diese Zeit mit

Constanze zu verbringen. Schweigend, den Kopf auf seine Schulter gelegt, blickte sie in den Regen. Trotzdem fühlte Silas sich ihr so nah, als wäre er körperlich mit ihr verbunden. Gott, er würde sie vermissen, das wusste er jetzt schon.

Er neigte den Kopf und küsste ihre Schläfe. »Ich bewundere dich, habe ich dir das eigentlich schon mal gesagt?«

Sie sah erstaunt zu ihm hoch. »Nein.«

»Ist aber so. Ich kenne nicht viele Menschen, die eine derart üble Vergangenheit besser gemeistert hätten«, bekannte er leise. »Viele wären irgendwann daran zerbrochen. Aber du nicht. Du bist den härtesten Weg gegangen.«

Sie stützte die Hände auf seine Brust und richtete sich auf. »Du auch. Dein Leben war bisher ja wohl auch nicht gerade ein Spaziergang.«

»Nein.« Er fasste nach einer ihrer Haarsträhnen und rieb sie zwischen seinen Fingern. »Nicht wirklich.«

Constanze kuschelte sich wieder an ihn. »Es hat schon seinen Grund, warum ich mit dem Magier zusammen bin«, frotzelte sie. »Schnöder Alltag langweilt uns zu Tode.«

Silas musste grinsen. Allmählich wurde ihr Humor richtig trocken. »Gut, dass wir das geklärt haben«, fand er und zog sie näher an sich. Doch plötzlich löste er seine Arme wieder. »Wo du gerade zusammen erwähnst ...« Er streckte die Beine und kramte in seiner Hosentasche. »Ich hab noch was für dich.«

»Ja?« Constanze hob neugierig den Kopf. »Was denn?«

Silas öffnete die Finger.

»Deinen Ring?« Sie blickte auf seine linke Hand, dann runzelte sie die Stirn, weil er ihn noch trug.

»Nein.« Silas lächelte. »Deinen Ring.«

»Im Ernst?«

»Ja.« Silas griff nach ihrer Hand und schob ihr den Silberschmuck behutsam über den Ringfinger. »Er enthält dieselben Daten wie meiner.«

»Danke.« Constanze betrachtete andächtig den Ring, der eine Nummer kleiner ausfiel als seiner, aber dennoch die gleiche Funktionalität besaß.

»Ich dachte, das könnte vielleicht hilfreich sein, wenn ich mal nicht da bin«, murmelte er.

Constanze konnte sich denken, was er damit meinte. Beklommen ruhte ihr Blick auf den beiden Ringen, die jetzt dicht beieinanderlagen. Schon bald würde Silas den Killer aufspüren und die Jagd würde beginnen. Keiner konnte vorhersagen, wie das ausging. Ein schrecklicher Gedanke.

»Das ist eine reine Vorsichtsmaßnahme«, ging Silas auf ihren Gesichtsausdruck ein. »Ich habe keineswegs vor, in Frankfurt zu sterben.«

Sie nickte, trotzdem schwammen ihre Augen in Tränen.

Er küsste sie sanft. »Es wird vermutlich einige Tage dauern, bis ich zurück bin – je nachdem, wie sich die Geschichte entwickelt. Deshalb ist es besser, ihr seid auf alle Eventualitäten vorbereitet. Dazu muss ich dir noch ein paar Dinge erklären …«

Constanze hörte genau zu, als er ihr die Passwörter des Laptops nannte. Er sagte ihr, wie sie den Ring einsetzen konnte und was sie tun musste, um damit auf diverse Bankkonten zuzugreifen.

»Er enthält auch die Daten von Schließfächern«, beschrieb er weiter. »Ich habe eine neue Identität für dich aufgebaut. Die Unterlagen findest du am Kölner Flughafen im Schließfach 160.271. Keine Sorge«, merkte er an, als sie die Zahl sofort lautlos wiederholte. »Sobald du deinen Ring an den Laptop angeschlossen und die drei Passwörter eingegeben hast, kannst du alles nachlesen. Die Codezahlen für die fünf Schließfächer sind die in der Datei vermerkten Geburtsdaten.«

»Geburtsdaten? Von wem?«

Ein Schatten legte sich über seine Augen. »Von meinen Schwestern. Die Städte der Flughäfen, in denen sich die Schließfächer befinden, stimmen mit den Anfangsbuchstaben ihrer Namen überein.«

Constanze hörte ihm atemlos zu, während er aufzuzählen begann. »Katica steht für Köln. Pavla für Paris, Brigita für Bern ...« Er nannte ihr fünf Orte. Fünf Schwestern, fünf Schicksale, die alle ein gemeinsames Ende gefunden hatten.

Constanzes Herz krampfte sich zusammen. Auch als sie später an Silas geschmiegt im Bett lag, spürte sie noch den Kummer, den der Tod seiner Familie mit sich gebracht hatte. Sie hatte auch ihre Mutter verloren, aber im Gegensatz zu seiner Familie war ihre Beziehung nicht sehr innig gewesen.

Irgendwann döste sie ein, wachte aber sofort auf, als Silas langsam aus dem Bett glitt.

Der Moment war gekommen. Jetzt würde er gehen ...

Schweigend sah sie zu, wie er sich anzog – als Magier. Er wählte funktionale, eng anliegende Kleidung, die ihn nicht in seiner Bewegungsfreiheit einschränkte. Danach legte er so viele Waffen an, dass Constanze sich unwillkürlich fragte, wie er es schaffte, alles am Körper zu verstecken.

Zum Schluss nahm er die gepackte Reisetasche aus dem Schrank und kam ans Bett. Sie sprachen kein Wort, sahen sich im schwachen Schein der Nachttischlampe nur in die Augen.

Silas atmete geräuschvoll aus und drückte seinen Mund auf ihren. Constanze hielt sich an ihm fest, als wollte sie ihn nie wieder loslassen. Er küsste sie mit ausdrücklicher Leidenschaft und Liebe. Minutenlang. Dabei strichen seine Hände in einer Weise über ihr Gesicht, die klarmachte, dass er sich noch einmal jedes Detail genau einprägte. Constanze wünschte sich von ganzem Herzen, dieser Moment würde ewig dauern. Leider tat er das nicht. Viel zu schnell gab Silas sie frei, berührte ein letztes Mal ihre Haare, dann stand er auf und ging mit federnden Schritten aus dem Zimmer, ohne sich umzusehen.

Constanze blieb eingefroren im Bett sitzen. Sie hörte keinerlei Geräusch, als Silas gewohnt lautlos das Haus durch die Garage verließ. Erst als das leise Brummen des BMW-Motors erklang und sich langsam entfernte, legte sie sich zurück. Sie starrte die Decke an, fand keine Ruhe mehr. Einen furchtbaren Moment lang fragte sie sich, ob sie Silas wiedersehen würde.

17.

Ein bedeutungsvolles Geschenk

Am nächsten Morgen fühlte sich Constanze, als hätte Silas einen Teil ihrer Lebensenergie mitgenommen. Einzig die Anwesenheit von Eliah, Susanne und Frank baute sie den Tag über etwas auf. Wie sollte sie die Zeit der Trennung überstehen, wenn sie ihn schon nach wenigen Stunden vermisste? Darauf fand sie keine Antwort. Dass Eliah und sie das Haus nicht verlassen konnten, machte die Sache nicht einfacher.

Auf der Suche nach Zerstreuung inspizierte sie am späten Abend Silas' Bibliothek. Interessiert ging sie die einzelnen Bücher durch und stellte fest, dass tatsächlich drei spezielle Werke fehlten. Constanze musste trotz ihrer bedrückten Stimmung lächeln, weil sich diese im Tresor ihrer Buchhandlung befanden. Silas war in seiner Mission, sie zu erobern, wirklich einfallsreich gewesen. Sinnend berührte sie das japanische Wörterbuch, das anstelle Dantes Gedichtsammlung im Regal stand. Es wirkte deplatziert zwischen den edlen Büchern und dennoch bedeutete es Constanze mehr als alles andere. Dieses Buch erinnerte sie an den Tag, an dem sie Silas zum ersten Mal begegnet war. Sie seufzte.

Schließlich wählte sie einen historischen Roman von Viktor Hugo und machte sich auf den Weg ins Bett.

Wie gut Susannes Idee, an Constanzes Stelle die Buchhandlung zu übernehmen, wirklich gewesen war, zeigte sich schon am nächsten Tag.

»Du glaubst nicht, wie plump sich Michaels Männer anstellen«, begann Susanne abends das Telefonat.

Hatte sie es doch gewusst. Schon während all der Spekulationen war ihr klar gewesen, dass Michael die Niederlage seiner Männer nicht einfach hinnehmen würde und umgehend neue Leute schicken würde. Erleichterung durchfuhr sie bei dem Gedanken, wie richtig sie gehandelt hatten, als sie beschlossen, dass Susanne und Frank sie nur im Notfall aufsuchen würden. Nicht, dass sie auf dem Weg zu Silas' Haus noch beschattet wurden. Trotz aller Kenntnisse, die Franks Beruf als Detektiv mit sich brachte, wollten sie kein unnötiges Risiko eingehen. Nichts Geringeres als Eliahs und Constanzes Leben hing davon ab, dass niemand ihren Aufenthaltsort herausfand.

Constanze unterdrückte ein bitteres Lachen und presste die Finger um den Hörer. »Waren sie in der Buchhandlung?«

»Das nehme ich schwer an. Zwei Typen, die weder Beate noch ich je zuvor gesehen haben, sind heute Nachmittag in den Laden geschlendert und haben nach dir gefragt.«

»Haben sie euch bedroht?«

»Nein.« Susanne machte ein abfälliges Geräusch. »Sie waren geradezu lächerlich freundlich. Wollten wissen, wann du wiederkommst.«

»Und was hast du gesagt?«

»Das Gleiche, was ich auch Beate erzählt habe. Dass ihr überraschend einen Kuraufenthalt für Eliah genehmigt bekommen habt und auf unbestimmte Zeit verreist seid.«

Constanze nickte. »Denkst du, sie haben es geschluckt?«

Susanne blies geräuschvoll die Luft aus. »Wohl kaum. Sie haben sich jedoch bedankt und sind ohne Schwierigkeiten wieder gegangen. Aber das zeigt, wie recht Silas hatte. Ihr dürft das Haus auf keinen Fall verlassen. Michaels Typen werden irgendwann im Dreieck springen, wenn sie euch nicht ausfindig machen können.« Sie lachte zufrieden. »Damit hat dein Exmann garantiert nicht gerechnet. Er hat bestimmt gedacht, ihr fallt wie reife Pflaumen in seine Hände.«

»Das glaube ich auch. Er macht sich ja nicht gerade Mühe, die Sache geheim zu halten. Trotzdem bin ich froh, wenn wir erst von Köln weg sind.«

»Kann ich mir denken. Hat sich Silas gemeldet?«

»Nein, aber das habe ich auch nicht erwartet. Er hat gesagt, dass wir eine Zeit lang nichts von ihm hören werden.« Sie sprachen noch einige Minuten über den vergangenen Tag, dann legte Constanze auf.

Sie half Eliah, sich fürs Bett fertig zu machen, und blieb bei ihm, bis er eingeschlafen war, dann lehnte sie die Tür an und ging ins Arbeitszimmer. Zögernd streifte sie den Ring ab und trat an den Laptop. Sie klappte ihn vorsichtig auf und schmunzelte, als statt des bekannten Wasserfalls das Bild einer Biene im Flug erschien. Eine Anspielung auf ihren Spitznamen ... und auf ihre bevorstehende Reise. Constanze spürte, wie ihr leichter ums Herz wurde. Offenbar ging Silas fest davon aus, alles würde gut gehen. Und genauso sicher hatte er wohl damit gerechnet, dass sie den Ring ausprobieren würde.

Constanze nahm einen tiefen Atemzug, dann befestigte sie das Kabel am Ring und tippte sorgfältig die drei Passwörter ein. Sie brauchte gut und gern doppelt so lang wie Silas, aber das war ihr egal. Atemlos wartete sie, was geschah. Erst wurde der Bildschirm schwarz, dann erschien eine einzige Textzeile.

Wo habe ich dich das erste Mal richtig geküsst?

Constanze schüttelte lächelnd den Kopf. Wie immer ging der Magier auf Nummer sicher. Sie schrieb *Küche* und drückte die Entertaste. Im nächsten Moment zeigte sich die Datenoberfläche, die Silas ihr beschrieben hatte.

In den nächsten Stunden las sie aufmerksam alles, was er notiert hatte. Als Letztes klickte sie auf den Ordner *Bankkonto*.

»Das ist doch nicht möglich.« Sie keuchte, als sie sah, welchen Betrag Silas ihr für die Zeit seiner Abwesenheit zur Verfügung stellte. Das Guthaben belief sich auf acht Millionen Euro. Sie strich sich mit beiden Händen über die Stirn. Die Summe war geradezu absurd hoch und genau das machte Constanze stutzig. Das Geld war garantiert nicht allein für die nächsten Wochen gedacht. Silas hatte auf diese Weise sichergestellt, dass sie wirklich ein neues Leben beginnen konnte – notfalls auch ohne ihn. Der Gedanke ließ ihr geradewegs wieder übel werden. Hastig beendete sie die Programme und fuhr den Laptop herunter. Darüber wollte sie sich jetzt lieber nicht den Kopf zerbrechen, sonst würde sie endgültig vor Sorgen durchdrehen. Vielleicht sollte sie besser zu ihrem Roman von Viktor Hugo zurückkehren.

Silas verschwand mit einer geschmeidigen Bewegung hinter einer der Steinsäulen einer Hotellobby in Frankfurt. An den kalten Marmor gelehnt wartete er, nach außen in das Studium seines Timers vertieft, bis Latour vorbeigegangen war. Der Killer blickte nicht einmal in seine Richtung. Eine grobe Nachlässigkeit. Silas verzog einen bärtigen Mundwinkel. So viel zur Wachsamkeit seines Gegners. Er ging jede Wette ein, dass der Franzose neu im Geschäft war. Das erklärte auch, weshalb sein Aufenthaltsort so leicht zu ermitteln gewesen war oder warum keine der einschlägigen Quellen etwas von ihm gehört hatte. Schade für Latour, dachte Silas, denn nachdem er sich mit dem Magier angelegt hatte, würde sich daran wohl auch nichts mehr ändern.

Silas klappte den Timer zu und machte sich auf den Weg zum Aufzug. Latour hatte einen Fehler gemacht, als er den Auftrag angenommen hatte. Kein anderer Killer hatte Interesse an einem Kräftemessen mit dem Magier gezeigt. Das allein hätte Latour misstrauisch machen müssen.

Wie erwartet beachtete ihn niemand, als er in seiner Rolle als Geschäftsmann mit Aktenkoffer in den Aufzug stieg. Ohne Zwischenfälle stand Silas kurz darauf vor Latours Zimmer. Nach einem kurzen Blick den Gang entlang zückte er die Keycard, die er dem Zimmermädchen entwendet hatte, und zog sie durch das Türschloss. Die Tür sprang mit leisem Klicken auf.

Zehn Minuten später verließ er genauso unbemerkt das Hotel. Er streifte die hauchdünnen Handschuhe ab und steckte sie in seine Hosentasche. Ohne Eile kehrte er in sein Hotelzimmer zurück. Was er in Latours Zimmer gefunden hatte, hatte ihn nicht wirklich überrascht. Leider. Neben einem gefälschten Ausweis, den der Franzose für das Hotel jedoch nicht benutzt hatte, war er auf genau das gestoßen, was er befürchtet hatte. Fotos von Constanze und sich vor dem BMW. Seinem BMW. Die beiden Wagen mussten verschwinden. Selbst ein Laie würde von nun an ein solches Auto mit ihm in Verbindung bringen.

Es war das erste Mal, dass jemand Bilder vom wahren Magier geschossen hatte. Silas wusste nur nicht, ob dem Fotografen das auch klar gewesen war. Möglicherweise hatte er keine Ahnung, wen er neben Constanze abgelichtet hatte. Silas lockerte die Schultern und warf den Geschäftskoffer aufs Bett. Aber das spielte keine Rolle mehr. Ob Michael von Richtstetten sein Gesicht kannte oder nicht, er würde kein Risiko eingehen, indem er darauf spekulierte, dass Latour noch keine Daten an seinen Auftraggeber übermittelt hatte.

Silas brauchte nur wenige Stunden, um herauszufinden, in welcher Diskothek der Franzose vorzugsweise seine Abende verbrachte. Anscheinend war Latour zu der Überzeugung gelangt, mit dem nächsten Angriff auf Constanze zu warten, bis etwas Gras über die Pleite seiner Verfolgungsjagd gewachsen war. Vielleicht versuchte er auch, erst mehr Geld für den Auftrag herauszuhandeln. Kein abwegiger Gedanke, nachdem er offensichtlich begriffen hatte, dass er es mit einem harten Gegner zu tun hatte. Silas interessierte im Grunde nicht, woher die Untätigkeit des Franzosen rührte. Er jedenfalls würde nicht länger warten.

Es war Zeit, reinen Tisch zu machen.

Er betrat das opulente Bad seines Hotelzimmers. Er hatte sich absichtlich im Grand Hotel Schmiederhoff eingenistet, der Adresse in Frankfurt schlechthin. Das mit Abstand exklusivste und teuerste Hotel vor Ort. Eigentlich viel zu auffällig, um darin unterzutauchen.

Silas legte sein Rasierzeug auf das Marmorwaschbecken. Nicht einmal der gewitzteste Gegner würde auf die Idee kommen, hier nach ihm zu suchen. Sozusagen mitten im Rampenlicht, zwischen der Crème de la Crème. Außerdem hatte die Sache einen angenehmen Nebeneffekt. Von der edlen Unterbringung einmal abgesehen, befand sich sein BMW-Coupé auf dem Parkplatz vor dem Hotel in guter Gesellschaft. Zwischen den anderen Nobelkarossen würde kein Mensch einen zweiten Blick auf den schwarzen Wagen werfen. So weit, so gut. Jetzt musste er nur noch dafür sorgen, dass Latour auch an ihn keinen zweiten Blick verschwendete. Nachdenklich betrachtete er seine graue Perücke. So konnte er jedenfalls nicht in die Diskothek gehen.

Grinsend zupfte er sich das Haarteil vom Kopf. Für heute Abend war wohl eher das Gegenteil angesagt. Er wusch sich die helle Farbe aus dem Bart, dann griff er nach dem Rasierschaum.

Schon nach fünfzehn Minuten blickte ihm ein anderer Mann im Spiegel entgegen. Mit nach hinten gegelten Haaren, braunen Kontaktlinsen und ausrasiertem Bart sah er beinahe wie ein Latino aus. Das musste fürs Erste als Tarnung reichen.

Er wählte ein hautenges weißes Ripp-Shirt und schlüpfte in eine tief sitzende Jeans, die gerade noch von einem breiten Ledergürtel auf seinen Hüften gehalten wurde. Er schnitt eine Grimasse. Der Hosenbund war weniger als zwei Fingerbreit vom Exhibitionismus entfernt. Wenn Constanze ihn so sehen könnte … Sie hätte ihn glatt als Gigolo abgestempelt. Womit sie gar nicht so unrecht gehabt hätte. So etwas in der Art hatte Silas auch vor. Nachdem er wusste, wie sorglos der Franzose Frauenbekanntschaften knüpfte, war das der beste Weg, an ihn heranzukommen. Über die Frau an seiner Seite. Frauen gingen selten ohne Freundin in eine Disco. Und genau die wollte er sich angeln.

Die Brünette, mit der Latour an diesem Abend angebändelt hatte, hatte tatsächlich eine weibliche Begleitung bei sich. Silas folgte der kleinen Rothaarigen unauffällig in Richtung Toilette. Er konnte nur hoffen, dass die junge Dame keine Abneigung gegen Südländer hegte, sonst ging seine Inszenierung den Bach runter, noch ehe sie angefangen hatte.

Relaxed an einen Betonpfeiler gelehnt wartete er, bis sie aus den Waschräumen kam – strategisch genauso platziert, dass sie auf ihrem Rückweg an ihm vorbeigehen musste.

Als sie wenig später in sein Sichtfeld trat, starrte er sie unverblümt an, was zu neunundneunzig Prozent die Aufmerksamkeit jeder Frau erregte. Die Lippen leicht gekräuselt, die Hände gelangweilt in den Hosentaschen, nahm er sie aus schmalen Augen ins Visier. Er ließ seinen Blick so dreist über ihre Figur streifen, dass es schon an Unverschämtheit grenzte. Zuerst furchte die Rothaarige die Stirn, dann prüfte sie, ob ihr knapper blauer Mini auch wirklich korrekt an seinem Platz saß, schließlich blieb sie stehen. In einer typisch weiblichen Geste straffte sie die Schultern und klemmte sich die Handtasche unter den Arm. Silas befürchtete schon, gescheitert zu sein, da warf sie das Haar zurück und kam auf ihn zu.

»Hat dir noch niemand gesagt, dass es unhöflich ist, Leute so anzuglotzen?«

Silas regte keine Miene. »Stört dich das etwa?«

Sie musterte ihn nun ihrerseits von oben bis unten. »Nicht, wenn der Spanner so aussieht wie du«, stellte sie fest. Ihre Stimme klang rauchig. Ob von der Zigarette, die sie in der Hand hielt oder einer ordentlichen Portion Alkohol, konnte Silas nicht genau bestimmen. Aber eines spürte er deutlich. Sie klang nach guten Voraussetzungen.

»Und, gefällt dir der Inhalt meines Kleides?«

Silas' Lächeln ließ sich nur erahnen. »Was glaubst du wohl?«

Sie kam näher. »Ich glaube, dass du scharf auf mich bist.«

Welch ein Irrtum. Silas schüttelte es innerlich. Trotzdem beugte er sich dicht genug über sie, um die Hitze ihrer Haut spüren zu können. »Willst du herausfinden, wie sehr?«

Sie blinzelte kokett. »Vielleicht.«

Seine Hand streichelte butterzart ihren Rücken hinauf. »Erst mal einen Drink?« Wie er gehofft hatte, wich die Frau seiner Liebkosung nicht aus, im Gegenteil.

Ihre Augen glitzerten lüstern. »Klar doch.«

Dicht aneinandergedrängt steuerten sie in Richtung Bar. Sie blieben neben dem Hocker stehen, auf dem Latour und die Freundin von Silas' Eroberung gerade ausgiebig knutschten. Fast hatte es den Anschein, die beiden wollten sich gegenseitig auffressen. Silas betete im Stillen, dass ihm diese Prozedur erspart blieb. Er hatte absolut keinen Bock auf derartige Aktionen. Als sie neben das Paar traten, löste es sich zögerlich.

Die Brünette blickte erstaunt von ihrer Freundin zu Silas, der so knapp dahinter stand, dass er förmlich an deren Rückseite klebte. Er tippte sich frech grinsend an die Schläfe. »Rafael, hi.«

»Mareike«, gab die Brünette zurück und zeigte auf Latour, dann runzelte sie die Stirn. »Wie heißt du noch mal?«

Latour fuhr sich durch die aschblonden Haare. »Jacques.«

Silas beugte sich über seine Rothaarige. »Und du bist?«, hauchte er ihr ins Ohr und knabberte spielerisch daran.

Zufrieden spürte er, wie sie erschauderte. Beinahe stöhnend drehte sie den Kopf. »Kerstin.«

»Das passt zu dir«, flüsterte er leise genug, um sie noch näher an sich heranzuholen. »Was magst du trinken?«

Den Kopf dicht an seiner Schulter überlegte sie kurz. »Einen Mai Thai.«

»So einen will ich auch«, meldete Mareike sich zu Wort, blickte aber unmissverständlich Silas an.

Die Rothaarige begann in einer Weise zu kichern, die seine Nackenhaare aufstellte. In was war er da bloß hineingeraten? Einen flotten Vierer?

Ehe die beiden Frauen noch auf dumme Ideen kamen, machte er den Barkeeper auf sich aufmerksam. Er bestellte die beiden Mai Thais, für sich und Latour einen Schnaps sowie ein Flaschenbier.

»Du legst ja ganz schön los.« Kerstin lachte beeindruckt, als Silas den Schnaps und das Bier vor sich abstellte. »Mir wird von der Mischerei immer fürchterlich übel.«

Silas lächelte sie an. »Keine Sorge, Rotschopf. So schnell mache ich nicht schlapp. Ich bin ziemlich hart im Nehmen.«

»Sehr vielversprechend«, raunte sie, während ein pink lackierter Fingernagel seinen Bizeps nachzeichnete. »Ich auch.«

»Gut.« Silas hob scheinbar amüsiert die Flasche an die Lippen. Er konnte sich nicht erinnern, wann er das letzte Mal eine derart doppeldeutige Unterhaltung geführt hatte. Er nahm einen tiefen Schluck und lehnte sich neben Kerstin gegen die Theke, dicht genug, um mit seiner Hüfte ihre zu streifen.

Sie nutzte die Gelegenheit und fingerte unter sein Shirt. »Bist du eigentlich öfter hier? Ich habe dich noch nie gesehen.« Den Kopf in den Nacken gelegt sah sie ihn an.

Silas grinste unbekümmert, obwohl ihre Finger gefährlich abwärts zu wandern begannen. Ohne mit der Wimper zu zucken, log er ihr das Blaue vom Himmel runter, wer er war, und weshalb er sich in Frankfurt aufhielt. Es war doch immer wieder erstaunlich, wie leicht sich Menschen hinters Licht führen ließen.

Nachdem der Barkeeper auch die Cocktails gebracht hatte, prostete Silas Latour zu, dann kippte er den Schnaps auf Ex. Er rieb sich über den Mund und griff gelassen nach seinem Bier. Was für Außenstehende aussah, als würde er mit dem Bier nachspülen, war in Wahrheit etwas ganz anderes. Es war ein Trick, den Schnaps elegant wieder loszuwerden. Keiner bemerkte, dass Silas, statt zu trinken, unauffällig den Alkohol in die halb leere Flasche spuckte. Die Sache machte sich bezahlt. Je später der Abend, desto mehr leere Gläser türmten sich vor ihnen auf. Mit einschlagendem Ergebnis. Alle waren sturzbetrunken bis auf Silas. Nur, dass ihm das keiner anmerkte.

»Na, was is«, lallte er, als könnte er keinen richtigen Satz mehr formulieren. »Solln wir nich langsam mal auf unsre Privatparty gehn?« In Anbetracht der Tatsache, wo sich Kerstins Hand inzwischen befand, war es ohnehin nur noch eine Frage der Zeit, bis das Sittendezernat anrückte.

Wie erwartet traf sein Vorschlag auf allgemeine Zustimmung. Als sie wenig später die Disco verließen, hielt sich Kerstin so wackelig auf den Beinen, dass Silas sie fast tragen musste. Bei Latour und Mareike sah es nicht besser aus. Sich gegenseitig stützend torkelten sie mit schwerer Schlagseite die Treppe zur Straße hinauf.

Die frische Nachtluft tat ein Übriges.

»Oh«, Kerstin fasste sich stöhnend an den Kopf. »Bei mir dreht sisch alles.«

Silas schaffte es gerade noch, sie zu halten, bevor sie mitten auf dem Gehweg umfiel. Kichernd fasste sie nach seinem Arm, verfehlte ihn und sank gegen eine Hauswand.

Ihre Freundin lehnte sich genauso erheitert daneben.

»Mann Kessi. Isch bin total fertisch.«

Silas sah zu Latour. »Solln wir die«, er zeigte auf die beiden wankenden Frauen, »nich lieber nach Hause bringen? Nich dass noch eine kotzt oder so.«

Latour nickte übertrieben. »Hat sowiescho keinen Sinn mehr.« Die eindeutige Geste, mit der er sich an die Hose fasste, machte klar, was er damit meinte.

»Nee«, pflichtete Silas hicksend bei, auch wenn er nichts lieber getan hätte, als Latour das schmierige Grinsen aus dem Gesicht zu schlagen. Traurig, dass es Frauen gab, die sich tatsächlich mit solchen Typen abgaben.

Obwohl die Freundinnen nur wenige Gehminuten entfernt wohnten, brauchten sie eine geschlagene Stunde, um dorthin zu gelangen. Wahrscheinlich wären sie schneller gewesen, hätten sie den ganzen Weg kriechend zurückgelegt.

»Mann, scheiße«, beschwerte sich Latour, als sie ohne die beiden Frauen wieder vor der Diskothek eintrafen. »Also ich hab keine Luscht, jetzt noch zu Fuß nach Hau ...«, er rülpste laut, »Hause zu latschen.«

Silas legte den Arm um seine Schulter. »Ich fahr diesch.«

»Häh?« Der Franzose musterte ihn aus trüben Augen.

»Meine Karre steht irgendwo da.« Silas machte eine ausgreifende Handbewegung, die nahezu alle Himmelsrichtungen einschloss.

»Schpitze.«

Torkelnd machten sie sich auf den Weg. Silas hatte das Coupé in einer wenig befahrenen Seitengasse geparkt, damit sich keine Verbindung zu der Diskothek herstellen ließ. Während Latour ihm nuschelnd erzählte, was er gern mit den Frauen gemacht hätte, sah sich Silas wachsam um.

Erwartungsgemäß nahm niemand Notiz von zwei betrunkenen Männern.

»Fascht schon gruselig hier«, kicherte Latour, als sie die Seitenstraße mit Silas' BMW erreichten. »Isch habe mal in so einer Gasse ...« Verblüfft brach er ab. Mehrmals blinzelnd musterte er das schwarze Coupé.

»Das isch dein Wagen?« Misstrauisch geworden blickte Latour auf.

Silas nahm die Hand von Latours Schulter. »Ja, warum? Kommt er dir etwa bekannt vor?«

Constanze legte die Zeitung auf Silas' Küchentisch und griff nach dem Wasserkocher. Er war bereits eine Woche fort. Eine Woche, die ihr endlos lang erschien.

Silas hatte immer noch nicht angerufen, aber das wunderte sie nicht. Bei dem, was er tat, konnte er wahrlich nicht ständig am Telefon hängen. Außerdem hatte er gesagt, dass es zu seinen Schutzmaßnahmen für sie beide zählte, nur im äußersten Notfall Kontakt aufzunehmen. Obwohl sich Constanze seit er die Tür hinter sich geschlossen hatte fühlte, als wäre die schlimmste Katastrophe bereits eingetreten, wusste sie doch, dass sie sich nicht lächerlich machen durfte und es um weit mehr ging als ihre Angst um Silas, die neben den wahren Problemen nahezu banal wirkte.

Während das Teewasser heiß wurde, schaltete sie die Nachrichten ein. Es würde mindestens noch eine Stunde dauern, bis Eliah von seinem Mittagsschlaf erwachte.

Der Bildschirm flackerte auf.

»... nach dem gestrigen Vorfall in der spanischen Botschaft hat sich die baskische Untergrundorganisation ETA zu dem Anschlag bekannt. Die Behörden gehen zwischenzeitlich ...«

Constanze öffnete den Schrank und nahm verschiedene Packungen Tee heraus, die Susanne ihr besorgt hatte. Nach kurzem Zögern wählte sie Eliahs Lieblingssorte und hängte einen Beutel in die Tasse. Sie goss das kochende Wasser auf und ging mit der Tasse in das geräumige Wohnzimmer. Seufzend sah sie sich um. In Silas' Haus konnte man es wirklich aushalten.

»Frankfurt. Auf dem Parkplatz des Grand Hotels Schmiederhoff kam es in den frühen Morgenstunden zu einer Explosion, nachdem ein Wagen aus bisher noch ungeklärter Ursache Feuer gefangen hatte ...«

Constanze blickte auf.

»... Feuerwehr zum Einsatz. Der zweiunddreißigjährige Fahrzeuginsasse konnte nur noch tot geborgen werden. Den bisherigen Ermittlungen zufolge wird Brandstiftung ausgeschlossen. Die Polizei nimmt jedoch Hinweise entgegen, die zur weiteren ...« Das Foto eines ausgebrannten Wracks wurde eingeblendet.

Constanze blieb stehen. Die Größe ... die flache Form der Karosserie ... Der Wagen sah exakt aus wie ... Unbehaglich sah sie genauer hin. Ihr erster Eindruck wurde zur Gewissheit. Die Aufnahme zeigte eindeutig ein zerstörtes BMW-Coupé.

Zweiundreißigjähriger Insasse ...

Explosion ...

O Gott. Die Tasse rutschte aus ihren Fingern und zerschellte klirrend auf den Holzdielen. Scherben spritzten umher, heiße Tropfen sprenkelten ihre Beine. Wie gelähmt starrte Constanze auf das Polizeifoto. Das war Silas' Wagen. Diese Meldung betraf ihn. Der Raum begann sich zu drehen und ihr Herz setzte aus, als wollte es nie wieder schlagen.

Tot geborgen ...

Ihre Knie verloren den Halt, dann sackte sie zu Boden. Noch vor sechs Tagen hatte sie mit Silas gesprochen, ihn berührt. Und jetzt sollte er tot sein? Einfach gestorben, verbrannt in seinem Wagen? Der Schock peitschte durch ihren Körper und presste sämtliche Luft aus ihren Lungen. Sie stürzte in ein allumfassendes Vakuum. Grelle Lichtblitze zuckten hinter ihren geschlossenen Lidern, dann empfing sie gnädige Dunkelheit.

»Mama?« Eliah rüttelte an Constanzes Arm. »Mama, wach auf!«

Wie in Zeitlupe öffnete sie die Augen. Zuerst erkannte sie nur ein helles Oval, dann Eliahs besorgtes Gesicht, das direkt über ihr schwebte. Warum lag sie auf dem Boden?

Verwirrt setzte sie sich auf. Sie blinzelte und entdeckte Scherben einer Tasse, kreisförmig um sie verstreut. Schlagartig kehrte ihre Erinnerung zurück – und mit ihr die grausige Realität. Das Wrack. Silas.

Mit einem wimmernden Laut presste sie eine Hand vor den Mund. Neue Tränen sprangen in ihre Augen. Langsam drehte sie den Kopf. Ihr Sohn hatte noch keine Ahnung, was passiert war.

»Ist dir schlecht, Mama?« Eliah setzte sich neben sie.

»Sei vorsichtig, Spätzchen.« Sie schob einige Scherben zur Seite und schlang beide Arme um Eliah. Wortlos drückte sie ihn an sich. Ihr Kummer drohte, sie zu überwältigen, dennoch riss sie sich zusammen. Bemüht, ihre verkrampfte Umarmung zu lockern, atmete sie einige Male flach durch den Mund. Sie schluckte die Tränen hinunter und räusperte sich.

»Ja, mir ist schlecht.« Sie versuchte etwas, das ihr Sohn hoffentlich als Lächeln wahrnahm. »Ich glaube, ich habe heute Mittag etwas Falsches gegessen.« Mit erzwungener Ruhe rappelte sie sich auf. »Es geht schon wieder. Alles in Ordnung.«

Silas, mein Gott! Sie blinzelte heftig, um der Tränen Herr zu werden. Unter keinen Umständen wollte sie sich vor Eliah etwas anmerken lassen. Nicht, solange sie nicht sicher wusste, was in Frankfurt passiert war.

Eliah beäugte sie skeptisch, folgte ihr aber zu der Holztruhe, wo sie einige seiner Spielsachen herausnahm und vor ihm abstellte. »Worauf hast du Lust?, fragte sie erzwungen fröhlich. »Puzzle oder Rennbahn?«

Den restlichen Tag verbrachte sie wie in Trance. Als Eliah beim Zubettgehen nach Silas fragte, brach sie endgültig zusammen. Hastig löschte sie das Licht, um zu verhindern, dass er ihre Tränen sah. »Es wird bestimmt noch einige Tage dauern, bis er wiederkommt«, flüsterte sie erstickt. »Du musst jetzt schlafen, mein Schatz.« Sie strich ihm über die Haare, während sie still weinend neben ihm am Bett saß. Schmerz und die verzweifelte Hoffnung, Silas' Tod würde sich als tragischer Irrtum erweisen, schickten sie durch ein Wechselbad der Gefühle. Sie konnte einfach nicht glauben, was heute Morgen geschehen war. Ihr Verstand, ihr ganzer Körper wehrte sich dagegen. Es konnte einfach nicht sein.

Erst als sie sich sicher war, dass Eliah wirklich eingeschlafen war, verließ sie das Zimmer. Auf kraftlosen Beinen schleppte sie sich die Treppe hinunter, um endlich Susanne anzurufen.

Als sie ihrer Freundin berichtet hatte, was sie in den Nachrichten gehört hatte, machte Susanne sich trotz aller Sicherheitsvorkehrungen sofort auf den Weg. Nur wenig später lagen sie sich vor Silas' Haustür in den Armen.

»Ich kann nicht glauben, dass er tot sein soll«, sprach Susanne das aus, was Constanzes Herz ebenfalls nicht begreifen wollte. »Ich meine, es kann ja auch ein Zufall gewesen sein, dass es sich bei dem Wrack um einen BMW handelt.«

Sie schlossen die Eingangstür und setzten sich aufs Sofa.

Constanze schüttelte den Kopf. »Sie sprachen von einem zweiunddreißigjährigen Insassen. Und Silas ist im Moment in Frankfurt. Er geht nicht an sein Handy. So viele Zufälle kann es nicht geben.«

»Warten wir's erst mal ab.« Susanne strich ihr über den Rücken. »Frank hat sich gleich nach deinem Anruf ans Telefon gehängt. Vielleicht erfährt er über seinen Detektivkreis mehr als das, was wir aus den Nachrichten wissen.« Sie legte einen Arm um Constanze. »Was auch immer Silas zugestoßen ist, Biene. Wir werden nicht aufgeben, bis wir es herausgefunden haben.«

Constanze nickte unter Tränen. In diesem Moment klingelte das Telefon. Sie zuckten zusammen.

Susanne hob ab. »Ja?« Sie lauschte einen Moment. »Hallo, wer ist denn da?« Sie schüttelte verständnislos den Kopf, dann legte sie auf. »Es hat sich niemand gemeldet.«

Eine Minute später begann der Apparat, erneut zu klingeln. Susanne griff wieder nach dem Hörer. »Hallo?« Sie drehte sich um und nickte Constanze kurz zu. »Ja, Frank? Ach du warst das gerade eben.« Sie hörte einige Augenblicke zu, dann schluckte sie. »Mmh. Und was heißt das?« Kurze Pause. »Ja.« Wieder eine Pause. »Bist du sicher?«

Constanze verfolgte in stummem Entsetzen das kurze Gespräch. Schon bevor ihre Freundin das Telefon einhängte, sah sie deren Gesicht an, welch schlechte Nachrichten sie hatte. Susanne drehte sich mit Tränen in den Augen zu ihr um. »Sie ...« Erschüttert griff sie nach Constanzes Händen. »Sie haben über das Nummernschild den Besitzer des Fahrzeugs ermittelt«, erzählte sie krächzend. »Es ist auf Daniel Lander eingetragen ... Du hattest recht.«

Eine Woge der Übelkeit donnerte über Constanze hinweg. »O Gott, nein. Nein!« Wimmernd presste sie die Hand vor den Mund. Silas war tot. Er war tot. Tot. Tot.

Eine eiskalte Leere breitete sich in ihr aus, fast, als würde jede Zelle ihres Körpers unwiderruflich absterben.

»Es tut mir so leid, Liebes.« Erschüttert drückte Susanne sie an sich.

Aneinandergeklammert saßen sie auf dem Sofa. Weinend. Fassungslos. Constanze wusste nicht, wie lange. Es konnten Stunden gewesen sein oder nur Minuten. Irgendwann ließ ein leises Geräusch sie aufsehen. Ihr Magen knotete sich zusammen, als sie Eliah blass und verängstigt am Fuß der Treppe stehen sah.

»Warum weinst du, Mama? Ist dir wieder schlecht?« Besorgt kam er näher.

Constanze rutschte vom Sofa, fiel vor ihrem Sohn auf die Knie und schloss ihn in die Arme. Eliah legte seine kleinen Hände um ihren Nacken.

»Ich muss dir was sagen, Eliah.« Constanze schluckte unter Tränen. »Silas.« Ihre Stimme kam von sehr weit her. »Er hatte einen Unfall.«

Eliah hob den Kopf und löste sich von ihr. »Was? Wann denn? Hat er dir davon erzählt?«

»Er ...« Constanze schluckte und kniff die Augen zu. Sie brauchte all ihre Kraft, um ihn wieder anzusehen. »Es ist etwas Furchtbares passiert, Eliah.« Ihre Finger schlossen sich um seine. »Silas ... er ... er ist ...« Sie brach ab, konnte das Unbegreifliche einfach nicht aussprechen.

»Muss er für länger in Frankfurt bleiben? Aber er kommt doch wieder, oder?«

Constanze begann haltlos zu weinen, dann schüttele sie abgehackt den Kopf. »Nein.« Sie biss sich auf die Lippe. »Nein, er kommt nicht wieder.«

Eliah sah sie bestürzt an. »Nie mehr?«

Constanze brachte keinen Ton mehr heraus, aber das musste sie auch nicht. Eliah las die schreckliche Antwort in ihrer Miene.

»Nein«, rief er. »Das stimmt nicht. Er kommt wieder. Ganz bestimmt. Er hat's versprochen.« Er wiederholte die Worte immer wieder, selbst noch, als Constanze ihn erneut in die Arme schloss. Das Gesicht an ihrem Hals vergraben, ließ er seinen Tränen freien Lauf.

Constanze weinte mit ihm. Schock und Entsetzen über das, was in Frankfurt geschehen war, stürzten zentnerschwer auf ihr Herz. Jetzt blieb nichts mehr, kein Irrtum, keine Hoffnung. Nur noch gnadenloser Verlust.

Sie bemerkte kaum, wie sich Susanne neben sie setzte. Sie knieten zu dritt auf dem Boden. Gemeinsam gelähmt von dem unfassbaren Schock.

Erst als Eliah erschöpft in einen unruhigen Schlaf fiel, schaffte Constanze es, sich mit Susannes Hilfe langsam wieder aufzurichten. Millionen von Nadeln stachen in ihre tauben Beine, während sie sich kraftlos auf die Füße kämpfte. Eliah immer noch an sich gedrückt, wankte sie neben Susanne die Treppe hinauf und legte sich mit ihm auf Silas' Bett. Mechanisch zog sie ihm Schuhe und Hose aus, dann blieb sie einfach bei ihm liegen.

Susanne berührte sanft ihren Arm. »Ich übernachte im Wohnzimmer. Wenn du mich brauchst, ruf einfach.«

Constanze nickte und drückte Susannes Hand. »Danke«, murmelte sie schwach.

»Ist schon gut. Versuch, ein wenig zu schlafen, Liebes.« Susanne strich ihr eine tränennasse Strähne aus dem Gesicht, dann ging sie leise zur Tür.

Constanze lag, beide Arme um ihren schlafenden Sohn geschlungen, unbewegt da. Obwohl sie körperlich und mental am Ende war, fand sie keine Ruhe. Sie nahm schwach Silas' Geruch wahr, der den Kissen immer noch anhaftete, und drückte verzweifelt ihr Gesicht hinein. Ihre Gedanken kreisten unablässig um ein und dieselbe Frage. Was war in Frankfurt geschehen?

Silas hatte gewusst, auf was er sich einließ. Er hatte seinen Gegner mit voller Absicht aus der Deckung gelockt. Das hatte er ihr gesagt. Er war ein Profi. Als Michaels Schergen in ihre Wohnung eingedrungen waren, hatte er nicht eine Sekunde lang den Überblick verloren. Egal wie verfahren die Lage auch gewesen war, er hatte sie gemeistert. Wie konnte es sein, dass er jetzt bei einer Explosion ums Leben kam? Er war der Magier. Er konnte nicht so einfach sterben. Blicklos starrte sie auf die mondbeschienene Zimmerdecke, während Tränen über ihre Wangen rannen. Hatte Michael ihm eine Falle gestellt? Oder der andere Killer? War er ihretwegen ein zu hohes Risiko eingegangen? Der Gedanke verursachte ihr Atemnot. Nein, nicht Silas. Er war seinem Gegner stets einen Schritt voraus. Er hatte immer jedwede Eventualität bedacht. Es gab nichts, was ihn überraschen konnte. Und das war so, weil er ein sagenhaftes Gespür besaß, Situationen richtig einzuschätzen – trotzdem war sein Wagen explodiert.

Constanze hob die Hand und betrachtete den Silberring, den er ihr vor seiner Abreise gegeben hatte und den sie seither ununterbrochen trug. Ihr Herz brannte vor Schmerz. Nur wenige Tage waren vergangen, seit sie Silas das letzte Mal berührt hatte. Es kam ihr plötzlich wie Jahrzehnte vor. Sie konnte noch immer nicht glauben, dass er für immer fort sein sollte, nie wieder zurückkehren, sie nie wieder in seine Arme schließen würde.

Als ließe sich die Qual damit lindern, presste sie die Hand mit seinem Ring zur Faust und rollte sich schluchzend zusammen. Sie weinte, bis sie keine Tränen mehr hatte. Sie weinte um die Liebe ihres Lebens, um den Mann, mit dem sie bis ans Ende der Welt gegangen wäre. Dieser Verlust war schlimmer als alles, was sie je erlitten hatte. Zum ersten Mal verstand sie, warum ein Mensch aus Kummer sterben konnte.

Susanne wich in den folgenden Tagen keine Minute von Constanzes Seite.

Sie rief in der Buchhandlung an und beauftragte Beate, dass sie das Geschäft bis auf Weiteres schließen solle, kümmerte sich um den Haushalt und half Constanze in jeder denkbaren Weise.

Constanze stand völlig neben sich. Nur Eliah zuliebe riss sie sich zusammen. Er war sehr blass und sprach kaum ein Wort. Sie hatte ihm noch nicht gesagt, warum Silas nicht mehr nach Köln zurückkam. Irgendetwas in ihr verschloss sich davor, ihm zu berichten, dass Silas tot war. Sie konnte es selbst noch nicht akzeptieren. Selbst nachdem sie drei Nächte darüber verbracht hatte, selbst nachdem Frank ihr die erdrückenden Beweise erneut bestätigt hatte, wehrte sich jede Faser ihres Körpers dagegen. Sie begriff nach wie vor nicht, warum Silas gestorben war. Vielleicht würde sie das nie.

»Was willst du denn jetzt unternehmen?«, fragte Susanne, als sie am Abend gemeinsam den Tisch abräumten. Trotz Franks heroischen Kochversuchen hatte kaum jemand etwas gegessen.

Constanze schluckte. »Ich werde so schnell wie möglich mit Eliah untertauchen. Das hätte ich schon lange tun sollen, dann wäre Silas vielleicht noch am Leben.«

»Das weißt du nicht.« Susanne atmete schwer. »Außerdem ist das keine endgültige Lösung – selbst wenn wir dich in unserem Ferienhaus in München unterbringen. Ohne neue Identität ist es nur eine Frage der Zeit, bis Michael dich erneut findet. Damit gewinnst du bestenfalls einige Monate. Wenn du hierbleibst, bist du wenigstens nicht allein. Du kannst jederzeit auf uns zählen.«

Constanze drängte die allgegenwärtigen Tränen zurück. »Das ist lieb. Aber ich will euch unter keinen Umständen mit hineinziehen. Eliah und ich müssen verschwinden.«

Erst vor wenigen Wochen hatte sie ähnliche Überlegungen angestellt. Mit dem Unterschied, dass sie dieses Mal wirklich gehen würde. Sie konnte sich nicht bis zum Ende aller Tage in Silas' Haus verstecken. Jede weitere

Minute, die sie in Köln blieb, erhöhte das Risiko, umgebracht zu werden. Dann wäre Silas' Tod völlig umsonst gewesen. Der Gedanke war furchtbar. Sie durfte nicht aufgeben. Ihm zuliebe würde sie das Ganze durchstehen. Sie berührte seinen Ring. Er hatte ihr damit alle Türen für eine Flucht geöffnet. Egal was sie benötigte, sie würde es bekommen, denn dieser Ring enthielt den Schlüssel zum Reich des Magiers.

»Ich habe eine neue Identität«, sagte sie langsam und hob den Kopf. »Silas hat sie mir beschafft.«

»Du hast Glück gehabt, dass du ihn getroffen hast. Er war das Beste, was dir passieren konnte. Egal, wer oder was er war.«

Constanze spürte, wie sie trotz des unendlichen Schmerzes neue Kraft schöpfte. Sie hatte vielleicht nur wenig Zeit mit Silas verbracht, aber es war die bedeutendste ihres Lebens gewesen. Sie straffte die Schultern und blickte Susanne an. »Morgen werde ich einen Makler mit dem Verkauf der Buchhandlung beauftragen. Und dann muss ich überlegen, wo wir am besten untertauchen. Wir können nicht auf Dauer in eurem Ferienhaus bleiben.«

Susanne stellte nachdenklich das Geschirr in den Schrank. »Aber ihr könntet in München bleiben«, überlegte sie laut. »Wir haben vor ein paar Tagen erfahren, dass ein ehemaliger Schulfreund von Frank die Wohnung seiner Mutter in der Innenstadt von München verkaufen will. Und mit dem Geld, das Silas dir hinterlassen hat ...« Sie blickte Constanze an und begann in der Küche auf und ab zu wandern. »Außerdem wäre dort genug Platz für euch beide. Ihr hättet Strom, ein Telefon. Eigentlich alles, was man zum Leben braucht.«

»Würde es nicht auffallen, wenn wir dort plötzlich auftauchen?«

Susanne blieb stehen. »Wir müssen Franks Schulfreund ja nicht sagen, dass du uns kennst.«

Frank betrat mit dem Brotkorb die Küche. »Susanne hat recht. Das ist keine schlechte Lösung. Darauf kommt Michael nie. Es gibt keinerlei Verbindung zwischen der Wohnung und dir. Du müsstest nicht herumsuchen. Es gäbe nichts vorzubereiten. Du könntest quasi mit dem Inhalt eines Reisekoffers umziehen. Du brauchst kein Geschirr, keine Möbel, absolut nichts.«

»Es ist genial. Niemand würde wissen, wohin du gegangen bist. Und Frank könnte sicher dafür sorgen, dass du gleich morgen oder übermorgen einziehen kannst, egal wie lange die Formalitäten für den Kauf dauern.«

Constanze sah von einem zum anderen, mehr und mehr überzeugt von der Idee der beiden. »Das könnte funktionieren.«

18.

Neustart

»o, das wär's dann fürs Erste.« Der beleibte Mann gab Constanze die Schlüssel. »Ich wünsche Ihnen alles Gute in Ihrer neuen Wohnung.«

»Danke.« Sie stellte die Tasche mit Silas' Laptop ab und nahm den Schlüsselbund entgegen.

»Wenn Sie noch Fragen haben oder etwas brauchen, können Sie mich gern anrufen.« Er zwinkerte ihr zu. »Das muss ja eine enorme Umstellung für Sie sein. Aus einem kleinen Ort direkt in die Innenstadt von München zu ziehen. Wie sagten Sie noch, hieß er? Oberweiler?«

»Ottersweier«, korrigierte Constanze. »Ja, Sie haben recht. Es wird sicher einige Tage dauern, bis ich mich an den Trubel hier gewöhnt habe.« Sie begleitete den Mann zur Tür.

Kaum waren sie allein, blickte sie zu Eliah. »Und, wollen wir mal deine Sachen in dein Zimmer bringen?«

Er nickte lustlos. Constanze wurde das Herz schwer. Seit Silas' Unfall waren drei Tage vergangen. Eigentlich hatte sie nicht damit gerechnet, so rasch in eine neue Wohnung umziehen zu können, geschweige denn in diese. Aber dann hatte Franks Schulfreund ihr spontan den Zuschlag erteilt und nun waren sie hier.

Schon morgen würde sie Eliah in seinen neuen Kindergarten bringen und übermorgen zu einem Bewerbungsgespräch gehen. Auch wenn das Geld, dass Silas ihr zur Verfügung gestellt hatte, dicke ausreichte, wollte sie eine Beschäftigung haben. Über das Internet hatte sie eine Stellenausschreibung als Verkäuferin in einer Buchhandlung gefunden und gleich zum Telefonhörer gegriffen. Sie verschwieg, dass das letzte Buchgeschäft, in dem sie gearbeitet hatte, zufällig ihr eigenes gewesen war, aber dennoch hatte sie genug Fachkenntnis an den Tag gelegt, um sich beinahe sicher zu sein, den Job zu bekommen. Trotz aller Umstände war sie froh, dass sie wieder unter Menschen kam. So war sie wenigstens zeitweise von ihrem Schmerz abgelenkt.

Sie drückte Eliah einen Moment innig an sich, dann nahm sie ihn bei der Hand und ging mit ihm in sein neues Zimmer.

Constanze arbeitete ihren ersten Samstagnachmittag in der Buchhandlung. Sie belud einen kleinen Wagen mit Büchern und schob ihn zum Regal. Versunken in ihre Arbeit entging ihr, dass jemand hinter sie trat.

»Hallo Constanze.«

Sie wirbelte herum. In Bruchteilen von Sekunden erkannte sie die Stimme, deren öliger Klang sie wohl bis an ihr Lebensende verfolgen würde. Constanzes Magen sackte ins Bodenlose. Geschockt schloss sie die Augen. Jetzt war es also so weit. Er war persönlich gekommen.

Ihr Exmann musterte sie mit derart bedrohlicher Arroganz, dass Constanze allen Mut benötigte, um nicht zurückzuweichen. Sein Blick streifte abfällig den kaffeebraunen Rollkragenpulli, den sie über einer cremefarbenen Stoffhose trug, und blieb schließlich an ihren aufgesteckten Haaren hängen. Ein herablassender Zug umspielte seine Lippen.

»Also ich verstehe wirklich nicht, was dem Kerl an dir so den Kopf verdreht hat«, beschied er, nachdem er sie unverschämt lange betrachtet hatte. »Deine Heißblütigkeit im Bett kann es wohl nicht gewesen sein.« Er lächelte gemein. »Nun ja. Das Thema hat sich ja inzwischen anderweitig heiß erledigt, nicht wahr?«

Constanze ballte ob der fiesen Anspielung auf Silas' Tod die Fäuste. Krampfhaft rang sie den brüllenden

Schmerz nieder. Es war klar, dass Michael nur darauf aus war, sie zu treffen. Er versuchte, ihr eine Reaktion zu entlocken, die ihm einen Aufhänger gab, nach ihr zu greifen. Und das war etwas, was Constanze unter allen Umständen vermeiden wollte. Trotzdem kostete es sie alle Kraft, nicht in Tränen auszubrechen.

»Was willst du?«, fragte sie in einem Ton, der keine Regung erkennen ließ, und nutzte das Buch als Vorwand, sich einige Meter entfernen zu können. Nach außen hin gelassen stellte sie den Band ins Regal zurück. Michael folgte ihr auf dem Fuß. Ehe Constanze etwas dagegen unternehmen konnte, packte er sie am Arm. In gewohnter Grobheit.

»Du läufst nicht einfach davon, solange ich mit dir rede. Kapiert, Frau Haberstroh?« Das letzte Wort spie er förmlich. »Diese Tour hast du schon einmal abgezogen. Ein zweites Mal gelingt dir das nicht, dafür werde ich sorgen.«

Constanze brach kalter Schweiß aus. Nicht nur, weil er ihren neuen Decknamen herausgefunden hatte, sondern auch, weil er sie näher heranzog. Wollte er sie etwa gleich hier und jetzt aus dem Laden schleifen?

Sie war allein. Heute hatte sich Melanie, ihre Chefin, einen Tag freigenommen. Ausgerechnet heute. Ihre Beine begannen so stark zu schlottern, dass sie schon fürchtete, er würde es bemerken. Welche Befriedigung ihm das verschafft hätte. Es war niederschmetternd, wie spielend leicht er sie noch immer in Angst versetzen konnte.

Asthmatisches Räuspern ließ sie herumfahren. Ein älterer Mann mit Hut und Hornbrille war zwischen den Regalreihen aufgetaucht. Er betrachtete sie mit stoischem Gesicht. »Entschuldign Se. I suach jemand voam Buachlade.«

Zu Constanzes Erstaunen ließ Michael sie unverzüglich los. Zittrig atmete sie auf. Wahrscheinlich hatte der betagte Herr keine Ahnung, dass er gerade zu ihrem Retter avanciert war.

»Das bin ich«, antwortete sie eifrig und ging auf ihn zu. »Kann ich Ihnen helfen?«

Michael folgte wohl oder übel in angemessenem Abstand.

»Scho möglich, Fräulein«, brummte der grauhaarige Alte mit einer Stimme, die nur langjährigen Rauchern zu eigen war. Dementsprechend faltig wirkte auch seine Haut, fast so, als bestünde sie aus trockenem Pergament. »I soll soan damischs Buach für mei Tochter bsorge.« Er kratzte sich den Bart und rückte die Brille über seinen verkniffenen Augen zurecht. »Wenn i nur no gscheit wüsst, wies heißt. I krieg da vermaledeite Titel nimma zamme.«

»Das macht nichts«, beruhigte Constanze ihn lächelnd. Offensichtlich war der Gute halb blind. Sie hatte schon viele Kunden ein und aus gehen sehen, aber dieser hier war ungelogen am Rande der Mumifizierung. Als sie an ihm vorbeiging, machte sie einen strengen Geruch nach Mottenkugeln aus. »Wir haben sehr viele Bücher im Verzeichnis, bestimmt lässt sich Ihres ausfindig machen.« Im Sprechen steuerte sie bereits den Computer an.

Der Alte trottete langsam hinterher. Constanze tippte das Passwort in den Computer und spähte zu Michael. Ihr Exmann stand einige Meter entfernt und blätterte scheinbar interessiert in einem Bildband über die Alpen. Constanze zweifelte keine Sekunde, dass er wie eine Hyäne darauf wartete, bis sie wieder allein waren. Verkrampft blickte sie auf ihren grauhaarigen Kunden. Von ihm durfte sie keine Hilfe erwarten. Für eine Auseinandersetzung mit Michael war er zu alt und mit Sicherheit nicht kräftig genug. Constanze schluckte. Auf diese Weise konnte der Mann ihr definitiv nicht beistehen – aber er konnte etwas anderes für sie tun. Ihr Zeit verschaffen.

Sie blickte auf den Bildschirm. Der greise Kunde trat dicht neben sie, als sie die Computer-Maus bewegte. Kurzsichtig beugte er sich etwas näher, wodurch seine massige

Gestalt zwangsläufig Michaels Sicht auf Constanze blockierte. Froh, der Überwachung ihres Exmannes wenigstens vorübergehend entkommen zu sein, klickte sie umständlich auf alle möglichen Schaltflächen, obwohl eine einfache Tastenfolge ausgereicht hätte, das Verzeichnis zu starten. Welches Buch auch immer dieser Kunde suchte, sie würde ihn so lange wie möglich hinhalten – selbst wenn es sich um den aktuellen Bestseller handelte.

»Um welches Thema geht es denn?«, erkundigte sie sich. »Dann können wir immerhin schon mal den Suchbereich eingrenzen.« Geschäftig legte sie die Hände auf die Tastatur und tat, als müsste sie erst nach dem Eingabefeld suchen. Hoffentlich wirkte sie nicht völlig inkompetent. Aber selbst wenn, es gab Schlimmeres als das. Weitaus Schlimmeres ...

»Mmh, lassn's mi überlegn.« Er nahm langsam die Brille ab. »I glaub, 's geht um Angst in Aufzügn.«

Constanzes Finger erstarrten. Wie in Zeitlupe drehte sie den Kopf und sah dem Mann ins Gesicht. Ihr Blick begegnete wachsam glitzernden Augen, die plötzlich rein gar nichts Verkniffenes mehr hatten. Huskyaugen.

Ihr Herz setzte einen Takt aus, dann trommelte es wie verrückt gegen ihre Rippen. Silas. Dieser urige Alte war Silas. Sie hatte nicht den Hauch einer Ahnung, wie das sein konnte, dennoch war es so. Er stand vor ihr. Lebendig und unversehrt – trotz der Explosion in Frankfurt, trotz des brennenden Wagens, trotz der erdrückenden Beweise. Irgendwie hatte er geschafft, das Ganze unbeschadet zu überstehen. Er war am Leben. Und er war hier. Erleichterung und Freude rauschten durch ihren Körper. Sämtliche Muskeln versagten ihren Dienst. Um ein Haar wäre sie einfach umgekippt.

Sie klammerte sich an die Tischkante und starrte ihn an. Er zwinkerte ihr zu, neigte aber warnend den Kopf.

»Ja, i glaub, so was in da Art war's«, merkte er an – nur um ihre stumme Fassungslosigkeit zu überbrücken.

Constanze versuchte, wieder zu Atem zu kommen. Nach einem Blick in Michaels Richtung nickte sie beinahe unmerklich, dann zwang sie ihr Gesicht in eine ausdruckslose Maske. Die härteste, die sie je gespielt hatte. Noch nie war es ihr schwerer gefallen, keine Emotionen zu zeigen. Am liebsten hätte sie Silas angesprungen und besinnungslos geküsst. Jede Faser, jede Zelle schrie danach, sich blindlings auf ihn zu stürzen.

Wie gebannt hing sie an seinen hellgrauen Augen. Die Gefühle darin glichen einer Naturgewalt. Er bewegte sich nicht, aber an seiner steinharten Kinnlinie erkannte sie deutlich, dass ihm die Zurückhaltung ebenso schwer fiel wie ihr. Sie räusperte sich hastig. »Ja ... dann lassen Sie uns mal sehen, ob wir was Passendes haben.«

»Das wolln ma doch hoffn. Schließlich hat's lang gnug dauert, bis i herkomm konnt.« Silas sprach ihr aus der Seele.

Constanze zögerte nur einen Moment, dann gab sie flink blanken Unsinn ein. Gerade so viel, um schnellstmöglich zur variablen Textfläche zu gelangen. Silas, der ihre Eingaben sah, schmunzelte. Am Feld angekommen, tippte sie: *Gott sei Dank, du lebst. War der Unfall inszeniert?* Laut sagte sie: »Das hier vielleicht?«

»Ja. Das könnt's scho gwesen sei«, meinte er und runzelte die Stirn.

Einen Moment hatte Constanze das Gefühl, er wollte noch etwas sagen, doch dann rieb er sich nur über den struppigen Bart. »Ham's no was andres?«

Ich liebe dich. »Entspricht dies eher Ihren Erwartungen?«

»Jo, klingt net schlecht.« Seine Augen schienen sie zu streicheln. Silas zog ein schmuddeliges Taschentuch aus dem Revers und putzte umständlich seine Brille, wie um sich davon abzuhalten, sie zu berühren. »Ham's vielleicht au was mit Übungn drin?«

Constanze verstand, worauf Silas hinauswollte. »Aber sicher ...« Beschwingt gab sie neuerlichen Blödsinn ein.

Sie trieben das Spiel so lange, bis zwei weitere Kunden das Geschäft betraten. Als Constanze Michaels wütende Miene sah, hätte sie beinahe aufgelacht. So hatte er sich das Treffen mit ihr sicher nicht vorgestellt.

»Wissn's was, Fräulein?«, brummte Silas und legte in väterlich wirkender Geste eine faltige Hand auf ihre. »I glaub, i schau mi no a bissarl um, dann könn's solang die andern Kundn bedien.« Sein Daumen liebkoste unauffällig ihren Handrücken.

Constanze drückte verstohlen seine Finger. »Tun Sie das, wir haben bis achtzehn Uhr geöffnet.«

Sie wandte sich ab und ging auf die Kundschaft zu, ein junges Paar, das sich bereits umzusehen begann. Aus den Augenwinkeln verfolgte sie, wie Silas mit trägem Gang an Michael vorbeischlurfte. Der würdigte ihn keines Blickes.

Constanze grinste in sich hinein. Silas war schon ein Teufelsbraten. Ironischer ging's fast nicht mehr.

Das Wissen, dass er sich bei ihr im Laden befand, trug erheblich dazu bei, ihrer Angst vor Michael Herr zu werden. Freundlich sprach sie die Kunden an. Sie hatte Glück, denn diese beiden suchten wirklich ein außergewöhnliches Buch.

Zwanzig Minuten später riss Michael der Geduldsfaden. Constanze und das Paar blickten überrascht auf, als er unvermittelt zu ihnen trat.

»Entschuldigung, darf ich das hier«, er wedelte mit einem Stadtplan, »schnell bezahlen? Dauert nicht lange, versprochen.«

Als die beiden sofort ihr Einverständnis gaben, begleitete Constanze Michael zur Kasse. Sie nahm ihm den Stadtplan ab, den er todsicher nur kaufte, weil er sie einen Moment ungestört sprechen wollte, und scannte den Preis.

Schräg hinter ihr fiel polternd ein Buch zu Boden, dann hörte sie eine rauchige Stimme schimpfen. »Herrschaft's Zeitn, was ham's denn hier au soan schlechts Liacht.«

Constanze unterdrückte ein Glucksen. Mit gesenktem Kopf verstaute sie den Einkauf in einer Papiertüte und reichte sie ihrem Exmann. »Sieben fünfundneunzig, bitte.«

An der hervortretenden Ader an Michaels Schläfe las sie deutlich ab, wie kurz er davor war, gewalttätig zu werden. Er fixierte sie mit einem Blick, der sie früher in Todesangst versetzt hätte, und öffnete die Brieftasche. Ungehalten knallte er ihr das Geld auf die Theke, dann beugte er sich aggressiv weit vor. »Wir beide sprechen uns noch.«

Constanze zuckte nicht einmal mit der Wimper. Obwohl Silas mindestens vier Meter von ihr entfernt stand, konnte sie seine schützende Nähe körperlich spüren. Ein beruhigendes Gefühl.

Gefasst nahm sie das Wechselgeld aus der Kasse und legte es zusammen mit dem Beleg auf die Tüte, dann blickte sie ihren Exmann unerschrocken an. »Wir haben nichts mehr zu besprechen, Michael.« Mit diesen Worten ließ sie ihn einfach stehen – etwas, was vor wenigen Minuten noch undenkbar gewesen wäre. Bewundernswert ruhig nahm sie einen Stapel Postkarten und begann, diese in den Ständer neben der Theke einzusortieren.

Michaels Blicke bohrten sich wie Dolche in ihren Rücken. Unwirsch riss er die Tüte an sich und kam um die Ladentheke herum. Constanzes Nacken prickelte unangenehm, als er dicht hinter sie trat.

»Das wird dir noch leidtun«, zischte er gefährlich freundlich. Sein unterschwelliger Zorn brandete gegen sie wie eine heiße Woge, doch Constanze ließ sich nicht einschüchtern. Mit geschlossenen Augen blieb sie stehen. Dass er nicht handgreiflich wurde, hatte sie allein Silas' Nähe zu verdanken. Michael war auch früher nie in Gegenwart von Zeugen aus der Rolle gefallen, selbst dann nicht, wenn diese ihm so unbedeutend erschienen wie ein alter Tattergreis.

Stumm hoffte sie, er würde einfach gehen.

Ihr Exmann trat einen Schritt zurück. »Das nächste Mal erwische ich dich allein, verlass dich drauf.« Er beugte sich ein letztes Mal vor und seine Stimme war so leise, dass nur Constanze ihn hören konnte. »Dieses Mal habe ich mir was Besonderes für dich ausgedacht, Täubchen. Aber vorher werde ich dich noch so hernehmen, dass du mich nie mehr vergisst.«

Voller Ekel drückte Constanze die Lippen aufeinander. Michael ließ von ihr ab und stapfte hämisch lachend aus der Buchhandlung.

Kaum hatten sich die Türen hinter ihm geschlossen, blickte Constanze in Silas' Richtung und stutzte. Er stand näher als vor wenigen Minuten. Erheblich näher. Offenbar hatte nicht mehr viel gefehlt und er hätte sich auf Michael gestürzt. Noch immer fixierte er die Tür. Die silberne Eiseskälte in seinen Augen vermittelte Constanze eine ungefähre Ahnung, was Michael geblüht hätte, wäre er noch zudringlicher geworden. Constanze schluckte. Ob ihrem Exmann klar war, wie sorglos er gerade mit dem Tod geflirtet hatte? Wohl eher nicht, wenn man bedachte, dass er sie direkt vor den Augen des Magiers bedroht hatte.

Silas drehte den Kopf. Als sein Blick auf Constanzes traf, verschwand die Kälte aus seinen Augen und machte einer besorgten Wärme Platz. Constanze nickte leicht zum Zeichen, dass mit ihr alles in Ordnung war. Silas entspannte sich und lächelte zurück. Einige Herzschläge lang hielten sie Blickkontakt. Der Austausch war so intensiv, dass Constanze das Gefühl hatte, in einem gigantischen Kraftfeld zu stehen. Hitze sammelte sich unter ihrer Haut und ließ sie erröten. Silas formte mit den Lippen einen Kuss, dann wandte er sich langsam ab. Mit einer Seelenruhe, als wäre der Zwischenfall mit Michael überhaupt nicht geschehen, schlenderte er zum nächsten Regal.

Constanze blickte ihm seufzend nach. Einfach unglaublich. Man konnte unmöglich erkennen, dass unter diesem korpulenten, ungepflegten Alten ein durchtrainierter, atemberaubend attraktiver Silas Valek steckte. Ihr Puls hörte nicht mehr auf zu rasen, wenn sie nur daran dachte. Er war tatsächlich hier. In München. In der Buchhandlung. Nur wenige Schritte von ihr entfernt. Zu gern hätte sie ihn berührt. Leider ging das nicht. Zumindest nicht, solange Michael irgendwo da draußen auf der Lauer lag.

Ihr Blick irrte zu den großen Glasscheiben der Buchhandlung, die den Laden wie ein Aquarium einsehbar machten. Natürlich war ihr Exmann nicht mehr zu sehen – vorerst. Aufgewühlt beschäftigte sie sich wieder mit den Postkarten. Dabei warf sie rasch einen Blick auf das junge Pärchen, das gottlob völlig versunken in den Büchern schmökerte. Sie würde unverzüglich zu den beiden zurückkehren, sobald sie zu einem Mindestmaß an Gelassenheit gefunden hatte. Tief atmend schloss sie kurz die Augen.

Constanze hatte sich fast wieder im Griff, als die Türglocke erneut klingelte. Ihre beherrschte Ruhe zerplatzte schneller als eine Seifenblase. Ängstlich blickte sie auf. Aus den Augenwinkeln verfolgte sie, dass Silas ebenfalls wachsam den Kopf hob.

Eine junge Familie betrat den Laden.

Constanze ließ erleichtert die Schultern fallen. Diszipliniert entspannte sie ihre Hände und zwang ihren Puls zu normaler Gangart. Michael würde bestimmt kein zweites Mal in der Buchhandlung anrücken. Heute war sie allein gewesen, aber das war nicht immer so. Im Regelfall war Melanie da und … Sie stockte. Er hatte es gewusst.

Michael hatte gewusst, dass er sie heute allein antreffen würde. Die Erkenntnis verursachte ein ungutes Gefühl in ihrer Magengegend. Er beobachtete sie. Vermutlich schon seit Tagen. Er hatte nur auf einen günstigen Zeitpunkt gewartet, sie abzupassen. Plötzlich hegte sie keinen Zweifel mehr, dass er sich bei ihrem nächsten Treffen ähnlich verhalten würde. Es ging nicht nur darum, wann sie ihm noch einmal begegnete, sondern vielmehr, wo. Sie gab sich keiner Illusion hin. Michael würde ihr das Leben zur Hölle machen. Sie kannte keine hinterhältigere Person als ihren Exmann. Mit den finanziellen Mitteln, die ihm offenbar unverändert zur Verfügung standen, hielt er alle Trümpfe in der Hand. Im Grunde war sie keinen Schritt weiter als vor vier Jahren. Nichts, aber auch gar nichts, hatte sich geändert.

Als könnte Silas Gedanken lesen, ging er in diesem Moment dicht an ihr vorbei. Sie spürte seine Berührung kaum und doch gelang es ihm, ihr geschickt einen kleinen Zettel in die Hand zu schieben. Ohne sich umzublicken, verließ er das Geschäft. Ein alter Mann, der den ganzen Tag Zeit zu haben schien.

Constanzes Finger krümmten sich um das Stück Papier. Ungeduldig wartete sie, bis niemand in ihre Richtung sah, dann entfaltete sie die Nachricht. Mit klopfendem Herzen las sie Silas' schwungvolle Handschrift.

Ich bin immer in deiner Nähe.

Bewegt schluckte sie gegen die plötzliche Enge in ihrer Kehle. Es hatte sich etwas ganz Entscheidendes geändert. Dieses Mal besaß sie ebenfalls einen Trumpf. Und was für einen. Sie stand unter dem Schutz des Magiers – und der war wesentlich lebendiger als ihr Exmann annahm.

Den restlichen Tag hegte Constanze insgeheim die Hoffnung, Silas würde sich noch einmal blicken lassen. Natürlich tat er das nicht. Derartige Sentimentalitäten konnten sie sich nicht leisten. Vor allem nicht, nachdem sie inzwischen die Gewissheit hatte, dass Michael sie observieren ließ. Bereits mehrmals waren ihr zwei grobschlächtige Männer aufgefallen, die in unregelmäßigen Abständen an der Buchhandlung vorbeimarschierten. Trotz dieses Wissens ertappte sich Constanze immer wieder dabei, wie sie nach einem speziellen alten Tattergreis Ausschau hielt.

Silas war in keinster Weise zu sehen und doch spürte sie seine Gegenwart. So deutlich, als stünde er unmittelbar neben ihr. Lächelnd erinnerte sie sich an den Abend im Aufzug. Schon damals hatte sie eine körperliche Verbindung zu ihm wahrgenommen. Irgendwie hatten sie von Anfang an einen inneren Draht gehabt. Sie liebte ihn. Mehr, als Worte auszudrücken vermochten. Und sie dankte Gott, dass er noch am Leben war.

Auch bei Feierabend konnte Constanze Silas nirgends entdecken. Michaels Schergen waren dagegen weitaus weniger begabt. Als sie die Buchhandlung verließ, standen sie am Eingang der gegenüberliegenden Kneipe und sahen mit auffälligem Desinteresse zur Seite, während sie an ihnen vorbeiging.

Constanze bog um die Ecke. Sie hatte keinen Zweifel, dass die beiden die Verfolgung aufnehmen würden, sobald sie außer Sicht war. Nervös blickte sie hinter sich. Der Drang, kopflos zu fliehen, wurde immer stärker. Nur durch reine Willenskraft schaffte sie es, nicht zu rennen. Noch nie war ihr der Weg zu ihrer Wohnung so lang oder so unheimlich erschienen. Jede dunkle Nische, jeder Schatten schien sie zu verspotten. Mit zusammengebissenen Zähnen kämpfte sie um Kraft. Sie würde sich nicht wieder in das schreckhafte Nervenbündel verwandeln, das sie früher einmal gewesen war. Egal welche Register Michael zog, diesen Gefallen würde sie ihm nicht tun.

Mit forschem Schritt ging sie an einer schmalen Nebenstraße vorbei und unterdrückte das Bedürfnis, zwanghaft hineinzusehen. Sie würde keine Furcht zeigen. Jetzt nicht. Morgen nicht. Überhaupt nicht.

Constanze hatte den Vorsatz kaum zu Ende gedacht, da schossen zwei faltige Hände aus dem Nichts und zogen sie ruppig in die dunkle Gasse. Es gelang ihr gerade noch, Luft zum Schreien zu holen, dann wurde sie stürmisch geküsst.

Ihr Körper erkannte den Angreifer sofort. Silas. Sämtliche Panik wich mit einem Schlag aus ihren Gliedern. Widerstandslos ließ sie sich von ihm gegen die Wand drücken. Sie packte seine Schultern und erwiderte den Kuss mit ungezügelter Wildheit.

Silas umfing ihre Rippen, wobei er sie anhob, damit er zwischen ihre Beine treten konnte. Constanze gab ihm bereitwillig nach. Es war egal, dass sie an der kalten Fassade lehnte. Egal, wie rau sein Bart über ihre Wange scheuerte oder dass er sich seltsam schwammig anfühlte. Ihr war alles egal, Hauptsache, er war bei ihr. Ohne zu zögern, schlang sie die Arme um ihn.

Silas küsste sich ihren Hals hinab und atmete Constanzes blumigen Duft ein. Wie schmerzlich er sie vermisst hatte. Die vergangenen Tage waren eine Qual gewesen. Er hätte alles dafür gegeben, sie hier und jetzt nackt spüren zu können. Doch davon war er meilenweit entfernt. Buchstäblich, denn die dicken Schaumstoffeinlagen unter seiner Kleidung wirkten wie ein Bremsklotz. Auch wenn er sie zur Tarnung dringend brauchte, hätte er im Moment nichts lieber getan, als sich den ganzen Kram vom Leib zu reißen. Leider musste das noch warten.

Er setzte Constanze vorsichtig ab und hob den Kopf. Einen Moment sahen sie sich schwer atmend in die Augen, dann fluchte er leise, griff um ihr Kinn und begann, sie voller Sehnsucht erneut zu küssen. Eine ganze Weile kam keiner dazu, etwas zu sagen.

»Silas. Gott sei Dank«, wisperte Constanze, sobald er ihren Mund freigab.

»Ja, endlich.« Er küsste sie immer wieder. Schnell und in kurzen Abständen. »Es ging nicht früher. Ich musste zuerst herausfinden, was Michael vorhat. Die Warterei war schrecklich.« Seine Stimme klang undeutlich, weil er das Gesicht in ihren Haaren vergraben hatte. »Du darfst niemandem sagen, dass ich hier bin«, ermahnte er sie. »Höchstens Eliah. Aber benutze dafür nicht das Telefon, hast du verstanden?« Beide Hände um ihr Gesicht gelegt, fixierte er eindringlich ihre Augen. »Ich erkläre dir später, warum.«

Sie nickte hektisch. »Okay.«

Er rieb kurz ihren Nacken, dann ließ er sie widerstrebend los. »Ich muss gehen. Nicht, dass sich noch ein Passant fragt, warum sich eine so hübsche junge Frau von einem alten Knacker betatschen lässt.«

»Warte«, protestierte Constanze und zog ihn prompt wieder näher. »Noch nicht.« Sie packte sein Revers und begann nun ihrerseits ihn zu küssen. Silas wehrte sich kein bisschen. Augenblicklich lehnte er sich an sie, drückte sie ein weiteres Mal gegen die Mauer und küsste sie mit einer Intension zurück, die Constanzes Knochen in Gelee verwandelten. Er hielt sie fest. Dann legte er keuchend seine Stirn gegen ihre. »Ich muss gehen«, wiederholte er. Unablässig liebkoste er ihren Körper, unfähig, den Hautkontakt länger als ein paar Sekunden zu unterbrechen.

»Nein, bitte.« Constanze klang genauso außer Atem.

»Ich muss.«

Constanze schluckte. »Wann sehe ich dich wieder?«

»Bald.« Er berührte zärtlich ihre Wange – und fort war er. Mit zwei Schritten in der Dunkelheit verschwunden.

Constanze kippte seufzend den Kopf gegen die Wand. Tief atmend versuchte sie, ihren galoppierenden Herzschlag wieder einzufangen. Was hätte sie dafür gegeben, einfach mit ihm gehen zu können. Aber damit wäre keinem geholfen, weder ihm noch ihr. Dass Michael nichts von Silas' Anwesenheit wusste, war ein entscheidender Vorteil. Vielleicht der entscheidende Vorteil. Den durften sie nicht einfach leichtfertig aufgeben, nur weil sie zusammen sein wollten.

Diszipliniert stieß sie sich von der Fassade ab und strich sich die Kleidung glatt. Die sorgfältigen Bewegungen halfen ihr, wieder zur Ruhe zu kommen. Mit neu gewonnener Kraft trat sie auf die Straße. Wenige Sekunden später setzte sie ihren Weg fort, als hätte der kleine Abstecher in die Seitengasse nie stattgefunden.

Constanze blickte sich weder um noch machte sie andere Bewegungen, die auf ihre innere Nervosität schließen ließen. Sie marschierte einfach weiter. Eine Frau, die jeden Abend zu Fuß nach Hause ging. Nie, nicht in tausend Jahren, würde jemand vermuten, dass sie wenige Stunden zuvor die Klinge mit ihrem brutalen Exmann gekreuzt hatte.

Nachdem Constanze das Glas in die Spüle gestellt hatte, schaltete das Licht aus. Sie wartete einen Moment, bis sich ihre Augen an die Dunkelheit gewöhnt hatten, dann näherte sie sich dem Wohnzimmerfenster. Vorsichtig spähte sie auf die Straße hinunter. Nichts.

Ohne sich zu bewegen, wartete sie einige Minuten. Suchend glitt ihr Blick über die dunkle Umgebung. Immer noch nichts.

Seltsam. Entweder ihre beiden Verfolger hatten sich gut versteckt, oder sie waren schlichtweg fort und hatten tatsächlich ihre Spur verloren, nachdem Silas sie in die Gasse gezogen hatte.

Sie verharrte noch weitere zehn Minuten – mit demselben Ergebnis. Außer einer alten Frau mit Hund, die sich als die Dame aus 1B entpuppte, und einem jugendlichen Radfahrer blieb ihr Sichtfeld menschenleer. Etwas streifte ihre Beine. Constanze fuhr herum und hätte vor lauter Anspannung beinahe aufgeschrien. Leises Miauen drang zu ihr herauf.

»Mr. Pepper!« Seufzend presste sie eine Hand auf ihr klopfendes Herz. »Du kleines Ungeheuer. Du hast mich zu Tode erschreckt.« Sie ging in die Hocke und nahm den Kater auf den Arm. Kopfschüttelnd blickte sie in seine halb geschlossenen grünen Augen. »Wenn du dich noch mal hinterrücks an mich heranschleichst, liefere ich dich beim nächsten Chinesen ab, hast du verstanden?«, schalt sie ihn, kraulte aber liebevoll seinen Kopf.

Nach einem letzten Blick auf die Straße brachte sie ihn zur Haustür und entließ ihn auf seinen nächtlichen Streifzug. Nachdenklich ging sie ins Bad und putzte sich die Zähne. Dass sie Silas nirgends entdecken konnte, war kein Wunder, aber diese Männer? Nach der plumpen Art, wie sie sich bisher benommen hatten, gehörten sie wohl nicht gerade zu den Meistern der Überwachung. Es schien fast, als wollte Michael sie absichtlich spüren lassen, dass er über jeden ihrer Schritte genauestens informiert war. Das nannte man psychologische Kriegsführung. Michaels Spezialgebiet ...

Mit ungutem Gefühl kontrollierte sie jedes der Sicherheitsschlösser, die sie noch am Tag ihres Einzugs an allen Fenstern und Türen angebracht hatte. Noch immer stand ihr vor Augen, wie wenig Schutz selbst ihr relativ sicheres Haus in Köln geboten hatte. Auch wenn sie letztendlich nichts gegen einen gewaltsamen Einbruch ausrichten konnte, hoffte sie doch, die Riegel würden lange genug halten, um ihr einen Anruf bei der Polizei zu ermöglichen.

Wie an jedem Abend beendete sie ihren Rundgang in Eliahs Zimmer. Ihr Sohn war erst vor wenigen Minuten eingeschlafen. Er war völlig aus dem Häuschen gewesen, als sie ihm erzählt hatte, dass Silas heute leibhaftig und topfit in der Buchhandlung erschienen war. Über eine Stunde hatte er sie aufgeregt mit einer Unmenge an Fragen bombardiert, von denen sie die meisten jedoch erst würde beantworten können, wenn sie mit Silas gesprochen hatte.

Silas. Selbst jetzt noch, Stunden nach ihrer Begegnung, konnte ihr Herz nicht aufhören zu jubilieren. Nie hätte sie gedacht, ihn noch einmal wiederzusehen. Es war ein Wunder. Der Magier war ins Leben zurückgekehrt. Und sie mit ihm. Zum ersten Mal seit Wochen konnte sie wieder frei atmen. Das Wissen um seine Nähe durchfloss sie wie ein stetiger Energiestrom, der ihr neue Kraft gab. Lächelnd holte sie seinen Zettel aus der Hosentasche und folgte seiner Handschrift mit den Fingerspitzen. Sie war im Kampf gegen ihren Exmann nicht allein, Silas stand ihr bei – schon die ganze Zeit über, wie sie jetzt wusste. Ansonsten wäre er nach Michaels Auftauchen in der Buchhandlung niemals so schnell da gewesen.

Behutsam zog sie Eliahs Decke höher und steckte sie um ihn fest. Vielleicht würde sich doch noch alles zum Guten wenden.

Es war einfach unglaublich, wie grundlegend sich die Situation durch Silas' Auftauchen verändert hatte. Trotzdem durfte sie jetzt nicht leichtsinnig werden. So gern sie Frank und Susanne angerufen und die freudige Nachricht mitgeteilt hätte, es ging nicht. Es hatte seine Berechtigung, warum Silas sie davor gewarnt hatte. Deshalb würde sie auch weiterhin auf Eliahs und ihre Sicherheit achten. Silas war vielleicht der Magier, aber schließlich konnte nicht einmal er überall gleichzeitig sein.

Constanze nahm Eliah den Walkman mit dem Hörspiel ab, das er oft zum Einschlafen hörte, und legte ihn leise auf dem Nachttisch ab. Sie hatte sich angewöhnt, den Rundgang zu machen, wenn er schon zu Bett gegangen war. Die penible Genauigkeit, mit der sie jeden Abend die Wohnung sicherte, hätte ihn nur beunruhigt. Aus demselben Grund hatte sie ihm auch nichts von Michaels Aufenthalt in München erzählt, geschweige denn von seinen Drohungen. Blieb nur zu hoffen, dass ihr Exmann sie nicht gerade dann abpasste, wenn Eliah bei ihr war.

Constanze hauchte ihrem Sohn einen Kuss auf die Stirn, dann schlich sie aus dem Zimmer. Ohne das Licht einzuschalten, schlüpfte sie in ihren Pyjama, dann ging sie zielsicher durch die dunkle Wohnung. Tagelang hatte sie sich die Wege in völliger Dunkelheit eingeprägt. Sie wusste auf den Zentimeter genau, wo jedes Möbelstück stand, kannte die exakte Schrittzahl vom Schlafzimmer zum Telefon genauso wie die zur Tür. Noch nie hatte sie sich in der Dunkelheit besser zurechtgefunden. Das war bei einem Überfall zwar nur ein kleiner Vorteil, aber immerhin besser als gar keiner. Eine unbedeutende Kleinigkeit konnte manchmal über Leben und Tod entscheiden.

Im Schlafzimmer angekommen griff sie zuerst unter das Kopfkissen. Sorgfältig prüfte sie ihren kleinen Revolver. Mit geschlossenen Augen kippte sie die Munition in die offene Hand und legte sie wieder ein. Auch eine Übung, die sie mittlerweile blind beherrschte. Etwas entspannter schob sie die Waffe an ihren Platz zurück und glitt zwischen die kühlen Laken. Sie konnte einer Konfrontation mit Michael vielleicht nicht ewig aus dem Weg gehen, aber bis es so weit war, würde sie alles daransetzen, so gut wie möglich vorbereitet zu sein.

Tief atmend rollte sich Constanze auf der Seite. Eine Hand unter die Wange geschoben, schlief sie ein.

Sie träumte von Silas, wie so oft in den letzten Wochen. Und doch war es diesmal anders. Der Traum kam nicht vage und zusammenhanglos wie gewöhnlich, sondern lebendig und real.

Sie sah ihn neben sich auf der Wiese im Kölner Park liegen. Die Sonne brach sich hell in seinen grauen Augen und ließ sein schwarzes Haar glänzen wie das Gefieder eines Raben. Verzaubert rutschte sie näher. Die Szene war irrational schön und dabei so unwirklich, wie es nur ein Traum zustande brachte. Trotzdem glaubte sie, eine zarte

Berührung auf ihrer Haut zu spüren. Sie vermisste Silas mehr als Worte auszudrücken vermochten. Alles an ihm. Sein Geruch, seine Nähe, seine energiegeladene Präsenz.

»Constanze.«

Sie runzelte die Stirn. Jetzt konnte sie sogar seine Stimme hören und fühlen, wie seine Lippen langsam ihren Hals ... blinzelnd klappte sie die Augen auf.

Völlige Dunkelheit umgab sie. Von dem intensiven Traum noch aufgekratzt hatte sie tatsächlich einen Moment das Gefühl gehabt, jemand beugte sich über sie. Das war absurd. Das konnte unmöglich sein. Da war wohl eher der Wunsch Vater des Gedankens. Trotzdem hob sie die Hand.

Ihre Fingerspitzen landeten geradewegs auf nackter, herrlich warmer Haut. Überrascht hielt sie inne, dann streckte sie keuchend beide Hände aus und ertastete eine steinhart modellierte Brust.

»Silas«, flüsterte sie ungläubig.

»Hi«, murmelte er über ihrem Mund, dann küsste er sie. Erst sanft und spielerisch, dann immer verlangender.

Schlagartig erblühten Constanzes Sinne. Erregung verjagte die letzten Spuren des Traums und ließ ihre Nerven kribbeln. Das war keine Einbildung. Silas war wirklich hier. Er lag tatsächlich bei ihr im Bett.

Leise stöhnend rutschten ihre Hände auf seine Schultern. Als er sich sofort geschmeidig auf sie rollte, wickelte sie die Beine um seine schmalen Hüften und zog ihn näher.

»Ich kann nicht glauben, dass du da bist.« Sie befühlte sein Gesicht, das ohne Bart wieder das gewohnt markante Profil aufwies.

»Ich wollte dich unbedingt sehen«, antwortete er heiser. »Heute Nacht noch.« Ein Finger umrundete ihre Unterlippe.

Constanze schmiegte ihre Wange in seine Hand. »Wie bist du denn hereingekommen? Alle Fenster und Türen waren doch verriegelt.«

Sie spürte, wie er in der Dunkelheit grinste. »Durch Magie.« Neckend strichen seine Lippen über ihre. »Nein, im Ernst. Du glaubst doch nicht wirklich, dass ein paar lächerliche Schlösser mich von dir fernhalten?«

»Gott sei Dank nicht.« Ihre Hand wanderte neugierig seinen Rücken hinab. Er war nackt. Nicht schlecht. Davon etwas abgelenkt brauchte sie einen Moment, bis ihr einfiel, was sie ihn noch hatte fragen wollen. »Wird das Haus nicht beobachtet? Wo sind Michaels Handlanger?«

»Machen ein kleines Nickerchen.«

»Ein Nickerchen, soso.« Constanze schüttelte den Kopf. »Also dich wollte ich nicht zum Feind haben, das ist bestimmt alles andere als lustig.«

»Das hast du nicht«, murmelte Silas leise. »Das hattest du nie.« Seine Hände massierten zärtlich ihre Schläfen. »Ich hab dich vermisst.«

Constanze zog als Antwort seinen Kopf zu einem langen Kuss herab.

Silas vergrub die Finger in ihren Haaren. Genießerisch liebkoste er ihre Kehle, entfesselte Leidenschaft mit jeder Berührung seiner Lippen. Als er an ihrem Brustansatz ankam, hatte Constanze nur noch ein Ziel: Sie wollte seinen Körper ungehindert auf ihrem spüren – und zwar sofort. Die Fragen, die Erklärungen, all das konnte warten … Er war hier, das genügte für den Moment. Hastig schälte sie sich aus ihrem Oberteil. Silas brauchte keine zweite Einladung. Er schob seine Hände unter den Stoff und streifte ihr das Kleidungsstück kurzerhand samt Unterwäsche über den Kopf. Einen Wimpernschlag später folgte ihre Pyjamahose. Sie stöhnten, als ihre nackte Haut endlich aufeinandertraf, schmiegten sich aneinander wie zwei Puzzleteile, doch das war noch nicht genug. Silas gab einen hungrigen Laut von sich, drehte Constanzes Hüfte und drang so ungestüm in sie ein, dass sie beinahe augenblicklich gekommen wäre. Schwer keuchend hielten sie inne, gefangen in dem erregenden Gefühl der Vereinigung. Ein Tanz auf dem Vulkan.

Constanze schloss die Augen und schnurrte, als Silas sich schließlich bewegte. Er tat es unendlich langsam, um jeden Augenblick in seiner Essenz auszukosten. Pure Lust rauschte durch ihre Adern. In Sekundenschnelle hatte sie alles um sich herum vergessen. Die unsichere Zukunft, die Bedrohung durch Michael, jedweder Gedanke blieb zurück. Es gab nur noch Silas. Und Silas gab ihr alles.

Seine Bewegungen gewannen an Tempo, wurden kraftvoller und rissen sie immer tiefer in den Orkan. Eine Hand unter ihre Hüfte gelegt, nahm er sie bald wie ein Süchtiger seine Droge. Constanze hatte ihn noch nie so ungezähmt erlebt. Berauscht strebte sie ihm entgegen, passte sich seinem wilden Rhythmus mit einer Freizügigkeit an, deren Hingabe keine Grenzen kannte.

Silas stöhnte. Irgendwo in seinem Kopf flackerte eine Warnung, dass er bei dieser Gangart viel zu schnell die Kontrolle verlieren würde. Es war ihm egal. Er musste Constanze haben. So nah und ungefiltert, wie es nur ging.

Sie liebten sich, als gäbe es kein Morgen. Constanze hielt sich am Bettpfosten fest. Ihr heiseres Keuchen nagte an seinem Verstand und machte es ihm noch unmöglicher, Zurückhaltung zu wahren.

Bei jeder Bewegung rieb sie sich hitziger an ihm, setzte alles daran, nahtlos mit ihm zu verschmelzen. Silas gab auf. Er umschlang ihre Taille, wirbelte sie herum und überließ seinem brennenden Körper die Führung.

Der wilde Ritt brachte Constanze gezielt zum Höhepunkt. Schluchzend bog sie den Rücken durch. Ihre Beine schmiedeten sich um Silas' Lenden, während sie wieder und wieder auf ihm erschauderte. Er biss die Zähne zusammen, um nicht laut aufzustöhnen, dann kam er ebenfalls. Schwer atmend zog er sie zu sich herab und umfing sie in einer Weise, als wollte er sie in sich hineindrücken.

Seine beschützende Geste sagte mehr als tausend Worte, zeigte deutlich, wie wichtig sie ihm war. Constanze blinzelte und hatte plötzlich Tränen in den Augen. Das Gefühl seiner Nähe war allgegenwärtig. Es gab nichts, was diese Liebe noch steigern konnte. Absolut nichts.

Sie flüsterte seinen Namen, barg das Gesicht an seinem Hals und schloss die Augen.

Für die nächsten Minuten lag Silas faul wie eine große, satte Raubkatze unter ihr. Constanze seufzte, ohne sich auch nur im Geringsten an ihrer unebenen Liegefläche zu stören. Auf der ganzen Welt gab es keinen sichereren Platz, keinen schöneren Ort, kein himmlischeres Fleckchen. Vertraut strich sie mit den Fingerspitzen über seine Brust. Wenn sie daran dachte, wie viele Sorgen sie sich anfangs über die Intimität mit ihm gemacht hatte ... Unvorstellbar. Jetzt konnte sie nicht genug von ihm bekommen.

Angesichts ihrer Streicheleinheiten blieb Silas erst recht ruhig liegen. Arme und Beine wirr mit ihren verschlungen, genoss er ihre Berührung und brummte wohlig. Irgendwann drehte er sich zur Seite, jedoch nur, um ihre Haare unter seiner Schulter hervorzuziehen, dann holte er sie wieder eng zu sich. Ohne Eile begann er das erotische Spiel von Neuem. Constanze umfasste lächelnd seinen Nacken. Anscheinend gab es da noch jemand, der nicht genug bekommen konnte ...

Energisches Piepsen riss Constanze aus dem Schlaf. Benommen schielte sie zum Wecker. Sieben Uhr. Eigentlich Zeit, aufzustehen.

Unwillig schloss sie wieder die Augen. Sie hatte sich angewöhnt, auch sonntags früh aus den Federn zu springen. Nur so hatte sie ausreichend Zeit, sämtliche Hausarbeit, die sich die Woche über angesammelt hatte, erledigen zu können.

Von springen konnte heute keine Rede sein. Nicht einmal von kriechen. Diese Pflichten mussten definitiv noch warten.

Wohlig geborgen kuschelte sie sich an den kräftigen Körper in ihrem Rücken. Silas war noch da. Gott sei Dank. Es hätte sie nicht überrascht, wenn er genauso lautlos in der Dunkelheit verschwunden wäre, wie er gekommen war. Sie hätte es verstanden. Es war reinster Luxus, die ganze Nacht in seinen Armen zu verbringen. Selig lächelnd rieb sie ihre Wange gegen seinen Arm.

Ihre Hände lagen übereinander. Die fast identischen Silberringe schimmerten matt im blassen Licht der Morgensonne. Constanze schluckte. Sie gehörte zu ihm. Genau wie diese beiden Ringe war sie mit Silas zu einer untrennbaren Einheit verbunden. Das würde sich nie ändern, egal was noch geschah.

Hinter ihr rührte er sich. Eigentlich ein Wunder, wenn man bedachte, was sie den Löwenanteil der Nacht getrieben hatten. Er gähnte herzhaft, dann begann sein Daumen verschlafen ihren Handrücken zu liebkosen. Wenige Augenblicke später erkundeten seine Lippen ihr Schulterblatt – gar nicht mehr verschlafen. Constanze seufzte und ließ sich von ihm umdrehen.

»Hallo Kleines.« Im dämmrigen Zwielicht leuchteten seine weißen Zähne. »Du willst doch nicht schon aufstehen, oder?«

»Mmh. Heute nicht.« Constanze legte das Kinn in die Vertiefung seiner Brustmuskulatur und machte es sich auf ihm bequem. Er war hagerer geworden, seit sie ihn das letzte Mal gesehen hatte. Hagerer und noch durchtrainierter – falls das überhaupt möglich war. Der dunkle Bartschatten und die zerwühlten Haare taten ein Übriges. Er wirkte wie ein sündiger Abenteurer. Ihr sündiger Abenteurer ... Zufrieden registrierte sie seine wandernden Fingerspitzen auf ihrem Rücken.

»Was habt ihr beide heute vor?«

Constanze überlegte kurz. »Eigentlich wollte ich mit Eliah ins Deutsche Museum gehen. Aber nach dem, was gestern passiert ist ...« Sie kaute auf ihrer Unterlippe.

»Museum ... Das ist keine schlechte Idee.« Silas streckte sich und verschränkte entspannt die Arme hinter dem Kopf. Ein Sinnbild maskuliner Schönheit.

Constanze stützte sich auf seiner Brust ab und sah ihn fragend an.

Er zuckte mit den Schultern. »Das Museum ist voller Menschen. Michael kann es sich nicht leisten, euch vor Hunderten von Zeugen anzugreifen. Wahrscheinlich seid ihr dort sogar sicherer als hier.«

»Ja, das glaube ich auch. Und was wirst du tun? Ich meine, schließlich kannst du ja schlecht mit uns zusammen aus der Wohnung spazieren.«

»Oh, ich kann schon.« Er grinste.

Nachdem Constanze ihn nur entgeistert anblinzelte, sprach er weiter. »Die Wohnung neben deiner steht leer und wird gerade renoviert. Es gibt einen gemeinsamen Lüftungsschacht, der hinter beiden Bädern vorbeiläuft. Keinem wird auffallen, wenn ein Elektriker mit euch das Haus verlässt.« Er zeigte auf die Arbeitskleidung, die über einem Stuhl in der Ecke des Schlafzimmers hing. »Außerdem würde Michael niemals vermuten, dass jemand bei dir ist.«

Constanze schüttelte den Kopf. An das Abzugsgitter im Bad hatte sie nicht gedacht. »Also so bist du hereingekommen. Ganz schön gerissen. Langsam verstehe ich, woher du deinen Ruf hast.«

»Und zum ersten Mal bin ich wirklich froh darüber.« Er tippte leicht gegen ihre Nasenspitze. »So kann ich jederzeit bei dir sein.«

»Ich habe gedacht, ich würde dich nie wiedersehen«, gestand sie in Gedanken an den Horror der letzten Wochen. »Am liebsten würde ich dich nicht mehr weglassen.« Sie küsste die Fläche zwischen seiner Schulter und dem Brustbein.

»So schnell wird Michael mich nicht los.« Silas schloss die Augen und gab sich entspannt ihrer zarten Liebkosung hin. »Da muss er sich schon was Besseres einfallen lassen. Dieser Latour war ja nicht gerade … Moment mal.« Er hob den Kopf und sah sie forschend an. »Was meinst du mit nie wiedersehen?«

»Dieser Morgen vor dem Hotel«, begann sie heiser. »In den Nachrichten haben sie ein brennendes Wrack gezeigt. Der Meldung nach wurde die Leiche eines Mannes gefunden. Und als Frank mir dann auch noch bestätigt hat, dass es dein Wagen war und du über dein Handy nicht zu erreichen warst, da dachte ich … ich dachte …«

Silas runzelte die Stirn. Plötzlich kam ihm ein grausiger Verdacht, nicht zuletzt, weil ihm einfiel, was sie in der Buchhandlung eingetippt hatte. *War der Unfall inszeniert?* Sie hatte doch gewusst, dass das Ganze ein Trick war. Das hatte sie doch, oder? Beunruhigt umrahmte er mit beiden Händen ihr Gesicht. »Was dachtest du?«

Wie sollte sie ahnen, dass die Leiche weder Latour noch er gewesen war, sondern ein unbekannter Obdachloser, der aus einem Leichenschauhaus in einem weit entfernten Ort Deutschlands verschwunden war. Diese Praktik mochte für manchen unästhetisch sein, entsprach in gewissen Kreisen allerdings einer gängigen Praktik.

Constanze antwortete nicht.

Als Silas Tränen in ihren Augen schimmern sah, brach ein bestürzter Laut aus seiner Kehle. »Hast du etwa geglaubt, ich bin es?« Seine Finger spannten sich an. »Sag jetzt bitte nicht, dass du das gedacht hast. Ich habe dir doch versprochen, ich komme zurück.«

»Ja, schon«, würgte Constanze hervor. »Aber der Unfall war sehr überzeugend.« Sie schluckte. »Ich habe tagelang um dich geweint.«

»Verdammt!« Silas presste die Augen zu. »Das war nicht meine Absicht. Das war wirklich das Letzte, was ich bezwecken wollte.« Er zog sie in die Arme. Als er bemerkte, dass er sie fast zerquetschte, lockerte er seinen Griff. »Warum hast du mich denn nicht angerufen? Ich bin felsenfest davon ausgegangen, dass du dich meldest, sobald dir etwas Sorgen bereitet.«

»Habe ich ja versucht.« Constanze schniefte. »Aber du bist nicht drangegangen.«

Elender Mist! Er hatte drei Anrufe von einer unbekannten Nummer gesehen, aber niemals damit gerechnet, dass es Constanze gewesen sein könnte. Er hatte eher auf Nevio getippt, dem es sicher langsam unter den Nägeln brannte, dass Silas den Auftrag zu Ende brachte und sich um seinen Rückzug kümmerte. »Von wo aus hast du versucht, mich zu erreichen?«

»Susanne und Frank haben mir ein neues Handy mit einer Prepaid-Karte besorgt. Frank meinte, es wäre sicherer und …«

Da lag also der Hase im Pfeffer. Hätte sie sein Telefon benutzt, hätte er es anhand der extra eingeschalteten Rufnummernübermittlung sofort mitbekommen.

»O Kleines«, murmelte er und zog sie noch fester an sich.

Es war ja nicht so, dass er nach ihrem Umzug nach München nicht selbst versucht hätte, Constanze zu erreichen. Er hatte es versucht. Es war kein Problem gewesen, ihre neue Nummer herauszufinden. Doch benutzen hatte er sie letztendlich nicht können. Einfach weil es unmöglich gewesen war, sie gefahrlos zu sprechen. Michael hatte keine Zeit verschwendet und das Telefon in ihrer Wohnung angezapft, schon ab dessen Freischaltung. Er war praktisch noch vor Constanze bei der Telefongesellschaft gewesen. Und das Ganze betraf auch die Buchhandlung. Es war beschämend, was man mit Bestechungsgeld alles erreichen konnte. Und das war leider nicht das Einzige, was ihr Exmann getan hatte. Darüber würde er Constanze informieren müssen – später.

Silas rieb sich über das Gesicht. »Wenn ich das gewusst hätte, wäre ich eher zurück gewesen.«

Constanze griff behutsam an sein Kinn und küsste ihn auf den Mund. »Hauptsache, du bist überhaupt wieder da. Das ist alles, was zählt.«

»Ich hoffe, von nun an bleibt das auch so. Ich würde dich nur ungern noch mal so lange allein lassen. Es reicht, was die Aktion mit dem Unfall an Kummer ausgelöst hat.«

»Du konntest ja nicht ahnen, dass Frank sich einklinkt.«

»Nein. Aber ich kann mir denken, was er herausgefunden und dir berichtet hat.« Er hob die Hand in einer bezeichnenden Geste. »Genau das, was ich mit der ganzen Aktion beabsichtigt hatte ...« Er suchte ihren Blick. »Die Explosion war die beste Lösung, von der Bildfläche zu verschwinden. Aber eigentlich war die Show nur für die Öffentlichkeit bestimmt. Nicht für dich. Ich habe nicht damit gerechnet, dass du auch nur ein Wort glaubst.« Allmählich begriff er die Zusammenhänge. »Deswegen bist du nach München gezogen. Du hast gedacht, Latour hätte mich erwischt und wolltest untertauchen.«

»Ja. Nach dem Unfall schien es mir das Beste, Köln umgehend zu verlassen.«

Silas drückte ihre Hand. »Das war auch richtig. Das hätte ich an deiner Stelle genauso gemacht.«

»Warst du die ganze Zeit in Frankfurt?«

»Nein.« Er streichelte ihre Kehrseite. »Nachdem ich das Problem Latour gelöst habe, heftete ich mich an Michaels Fersen. Vor drei Tagen ist er durch Zufall dahintergestiegen, dass du in München bist.«

»Wie denn? Ich habe deine neue Identität verwendet, und alles genau so gehandhabt, wie du mir gesagt hast.«

»Ich weiß.« Silas lächelte sie stolz an. »Es war nicht deine Schuld.« Er schnitt eine Grimasse. »Dieser idiotische Makler hat die Überweisungsbestätigung vom Verkaufserlös der Buchhandlung an deine alte Adresse geschickt. Michael hat die Post geöffnet und ist deiner neuen Bankverbindung nachgegangen.«

»Nein! Und das, obwohl ich dem Kerl x-mal eingebläut habe, unter allen Umständen das Postfach zu verwenden.«

»Blöde Sachen passieren leider immer wieder.«

»Und du? Seit wann wusstest du denn, wo ich bin?«

Silas umfasste grinsend ihre linke Hand und hob sie demonstrativ hoch. »Ich wusste es die ganze Zeit.«

Constanze gab ein verblüfftes Keuchen von sich. »Der Ring?«

Silas nickte. »Er enthält einen kleinen Sender.«

»O du Schuft!« Sie knuffte ihn in die Seite. »Von wegen Magier. Wohl eher technischer Zauber.«

»Wohl eher Sehnsucht«, gab er offen zu. »Dich auf konventionelle Weise suchen zu müssen, hätte mir einfach zu lange gedauert.« Mühelos rollte er sich mit ihr herum, bis sie unter ihm lag.

Constanzes Beschwerden hörten augenblicklich auf, stattdessen schlang sie die Arme um seine Hüften.

Ein Geräusch vor der Tür her ließ sie beide aufsehen. Ehe Constanze überhaupt reagieren konnte, hatte Silas sie schon umgedreht und das Betttuch über ihre Körper gezogen. Keine Sekunde zu früh, denn bereits im nächsten Augenblick streckte Eliah schüchtern den Kopf ins Zimmer.

»Mama, mit wem sprichst ...« Entgeistert blickte er Silas an.

»Hallo Eliah, haben wir dich geweckt?« Er stützte sich auf den Ellbogen.

»Silas!« Freudig quietschend sprang Eliah zu ihnen aufs Bett.

Silas fing ihn auf und rutschte in Richtung Wand.

Eliah machte es sich zwischen ihnen bequem. »Warst du schon die ganze Nacht hier? Warum hast du mich denn nicht geweckt? Ich hätte doch bei euch schlafen können.«

Silas lachte herzhaft. Diskretion ... Fehlanzeige. »Glaubst du, dafür hätte der Platz ausgereicht?«

Eliah musterte sorgfältig Silas' Schultern, die einen großen Teil von Constanzes schmalem Bett beanspruchten. »Nee, das wäre bestimmt eng geworden.« Aufgeregt setzte er sich auf. »Bleibst du zum Frühstück?«

»Bleibe ich?« Silas blickte zu Constanze, die ihm lächelnd zunickte. »Ich bleibe.«

»Super!« Eliah strampelte sich vom Bett und tobte aus dem Zimmer.

Silas hob Constanzes Hand an seine Lippen und küsste ihre Finger. »Unser erstes gemeinsames Frühstück in München.«

Sie schmiegte sich an ihn. »Hoffentlich nicht unser letztes.«

»Sicher nicht.« Silas strich ihr eine Strähne aus dem Gesicht. »Sobald wir Michael außer Gefecht gesetzt haben, verschwinden wir von hier.«

»Was soviel heißt wie ...?«

Silas lächelte zurück. »Ich habe Unterlagen in seiner Wohnung fotografiert, die ihn direkt wieder in den Knast einfahren lassen.«

Constanze bekam den Mund nicht mehr zu. »Deshalb warst du so lange weg. Du warst in seiner Villa in Baden-Baden?«

»Ja«, gab Silas leichthin zu und erkundete mit dem Fingerknöchel die Unterseite ihres Busens. »Weil ich wissen wollte, was er als Nächstes plant.« Er verzog das Gesicht. »Die Skorpione passen ja zu ihm. Ich weiß nicht, was schmieriger ist, die Viecher oder er. Hatte er die Dinger früher auch schon?«

Er sah Constanze an der Nasenspitze ihre Verblüffung an, die sie hinderte, einen Ton herauszubringen. Sie nickte.

Silas beugte den Kopf und saugte an einer Brustspitze. Bereitwillig hob Constanze sich ihm entgegen.

»Mama, Silas? Wo bleibt ihr denn?«, drang Eliahs Stimme aus der Küche.

Silas schnitt eine Grimasse. »Mist, das Frühstück. Wer darf zuerst ins Bad?«

Constanze zog ihm übermütig die Decke weg. »Ich.«

Constanze hüpfte aus dem Bett, wickelte das Laken um sich und drehte sich zu Silas um. Bewundernd glitt ihr Blick über seinen Körper. Sein Anblick verzauberte sie immer wieder aufs Neue. Alles an ihm strahlte pures Testosteron aus. Nicht nur, weil seine gebräunte Haut einen sagenhaften Kontrast zu den himmelblauen Laken bot, es reichte schon, dass er in ihrem Bett lag.

Silas Augen begannen erwartungsvoll zu glitzern, als Constanze wieder zu ihm trat. Sie beugte sich vor, eine Hand auf seine Schulter gelegt, und küsste ihn zärtlich. Ihre andere Hand wanderte genüsslich über seine angespannten Bauchmuskeln. Silas umfasste ihren Kopf, unternahm aber keinen Versuch, sie näher an sich zu ziehen. Diese Zurückhaltung fiel ihm sichtlich schwer, aber sie konnten Eliah unmöglich noch länger warten lassen. Und wenn er sie erst wieder bei ihm im Bett hatte, würde Eliah lange, sehr lange warten müssen, verriet sein Blick.

Constanze schüttelte tadelnd den Kopf. »Nimmersatt.«

Silas näherte sich geschmeidig der Bettkante. »Drei ... zwei ...«

Lachend schlüpfte Constanze aus dem Zimmer.

»Wie hast du deine Hände gestern Mittag denn so auf alt getrimmt?«, fragte Constanze, als sie wenig später am Frühstückstisch saßen. »Ich hätte dich fast nicht erkannt.«

»Silikonspray«, erklärte Silas und biss in seinen Toast.

»Wow, toll«, meldete sich Eliah zu Wort. »So was will ich auch haben.«

Silas schnippte ihm lachend einen Krümel vom Pullover. »Wofür brauchst du denn so was? Älter wirst du von ganz allein.«

Eliah grinste breit zurück. »Aber so geht's schneller.«

Silas zuckte hilflos mit den Schultern. »Das ist ein Argument.«

Constanze schenkte Eliah ein Glas Milch ein.

»Wie lange werdet ihr im Museum sein.«

»So bis vier. Eliah hat um sechs noch Schwimmen, sonst wird die Zeit zu knapp. Im Waldstrandbad werden wir bis gegen sieben bleiben.« Sorgfältig beschrieb sie ihm den restlichen Tagesablauf. Je genauer er Bescheid wusste, desto einfacher würde es für ihn sein, sich in ihrer Nähe aufzuhalten.

»Wie lange bist du denn schon in München, Silas?«, fragte Eliah dazwischen.

Silas verschränkte die Arme und stützte sich auf die Tischkante. »Seit drei Tagen.« Sein Blick suchte Constanzes.

Sie verstand sofort, was die stumme Botschaft bedeutete. Er war seit drei Tagen hier, genau wie Michael. Constanze schüttelte unmerklich den Kopf, um ihm anzuzeigen, dass Eliah von der Anwesenheit seines Vaters noch nichts wusste. Das sollte er auch möglichst nicht, denn das

Thema war längst weitgehend aus seinem Gedächtnis gelöscht und dabei sollte es auch bleiben. All die bisherigen Gespräche, die er mitbekommen hatte, mussten ihm wie ein Abenteuer erscheinen, doch letztlich war er zu klein, um die Zusammenhänge zu begreifen und sie hatten immer darauf geachtet, in seiner Gegenwart nichts auszusprechen, was Eliah in Angst hätte versetzen können. Dass er dabei sein durfte, stärkte sein Selbstvertrauen, auch wenn er die Gespräche der Erwachsenen nicht verstand.

»Bist du fertig, Schatz? Wir müssen langsam los.«

Eliah stopfte sich den letzten Löffel Müsli in den Mund. »Kommst du auch mit, Silas?«

»Nein, ich habe noch etwas zu erledigen. Wir sehen uns später.«

Gemeinsam räumten sie den Tisch ab, dann rannte Eliah in sein Zimmer, um seinen Rucksack zu packen. Constanze wollte ihm folgen, doch Silas griff um ihre Taille und zog sie in die Küche zurück.

»Wie gut kann Eliah schwimmen?«, erkundigte er sich.

Sie blickte ihn überrascht an. »Sehr gut. Wie eine Wasserratte. Warum fragst du?«

»Ich hab da so eine Idee.« Er lehnte sich gegen die Anrichte, Constanze zwischen seinen Beinen. »Wir müssen schleunigst handeln. Michael hat dein Telefon angezapft und dafür gesorgt, dass die Polizei dich strafrechtlich sucht. Und das ist erst der Anfang. Er wird dir Prügel in den Weg legen, wo es nur geht.«

»Dieser Mistkerl! Er wird mich nie in Ruhe lassen.«

Silas strich ihr beruhigend über den Rücken. »Keine Sorge. Dein Exmann wird schon bald das bekommen, worauf der ganze Mist letztendlich abzielt.«

»Und das wäre?«

Silas verzog keine Miene: »Deinen Tod.«

»Meinen …« Sie schluckte. »O… okay. Und wie willst du das anstellen?«

Silas legte lächelnd beide Hände auf ihre Hüfte. »Hey, vor dir steht der Magier, du scheinst das ständig zu vergessen.«

Sie kniff die Augen zusammen. »Du hast doch nicht schon wieder irgend so eine irre Nummer vor, oder?«

Er zuckte unbekümmert mit den Schultern. »Vielleicht. Manchmal ist die abgefahrenste Idee die beste.«

»Und was ist mit den Unterlagen, die du aus Baden-Baden hast?«, warf sie ein. »Reicht das nicht, um ihn aufzuhalten?«

Silas hakte die Daumen in den Bund ihrer Jeans. »Schon, aber das geht nicht schnell genug«, meinte er beiläufig.

Zu beiläufig …

Constanze durchzuckte plötzlich ein Verdacht. »Da ist doch noch mehr. Du weißt doch noch etwas.« Sie lehnte sich zurück und sah ihm geradewegs in die Augen. »Was hast du wirklich herausgefunden?«

Silas erwiderte ruhig ihren Blick. »Michael plant immer noch, dich aus dem Weg zu schaffen, aber nicht sofort. Dieses Mal ist er nicht mehr nur darauf aus, dich zu töten, er will dich vorher auch noch quälen, indem er dir Eliah wegnimmt. Er hat Unterlagen gefälscht, die bezeugen, dass du psychisch schwer gestört bist. Deshalb auch diese Anzeigen bei der Polizei. Wenn er dich irgendwann umbringen lässt, wird dein Tod für alle wie Selbstmord aussehen.«

»O Gott, nein!«

Silas umfasste ihre Schultern. »Das wird ihm nicht gelingen.« Seine Finger kneteten ihre verspannte Muskulatur. »Wir kommen ihm zuvor, das verspreche ich dir. Aber wir müssen uns beeilen.«

Eliah kam in die Küche und Constanze wischte sich hastig die Tränen ab.

»Ich bin so weit.« Er blickte von Silas zu ihr. »Was hast du, Mama?«

»Sie hatte eine Wimper im Auge. Ist aber schon wieder vorbei.« Silas drehte sich so, dass sein breiter Rücken Constanzes Gesicht verdeckte, zog den blauen Overall nach oben und schloss den Reißverschluss.

Constanze warf ihm einen dankbaren Blick zu. Schnell blinzelte sie die restlichen Tränen zurück, dann machte sie einen Schritt um ihn herum und ging vor ihrem Sohn in die Hocke. Prüfend nahm sie ihm den Rucksack ab und spähte hinein. »Hast du auch alles? Frische Wäsche? Und dein Duschgel?« Ihr gelang ein Lächeln.

»Ihr kommt also vor dem Schwimmen nicht mehr nach Hause?«

Constanze schüttelte den Kopf. »Nein, wir essen in der Stadt zu Abend. Alles andere wäre ein riesiger Umweg.« Sie schrieb die Anschrift des Restaurants, in das sie gingen, auf einen Zettel und reichte ihn Silas.

Er steckte ihn ein, dann zog er eine zu seiner Arbeitskleidung passende Schildkappe auf. Constanze fragte sich unwillkürlich, woher er immer derart glaubwürdige Requisiten nahm.

»Denkst du, ich kann vom Restaurant aus Susanne und Frank kurz anrufen?«, fragte sie zögernd. Sie hatte durch Michaels Lauschangriff noch gar keine Gelegenheit gehabt, ihren Freunden von Silas Erscheinen zu berichten. »Das Telefon dort wird bestimmt nicht überwacht und ich möchte den beiden unbedingt sagen, dass du noch am Leben bist.«

»Natürlich. Tu das.« Silas ließ ein schräges Lächeln sehen. »Dann kannst du Frank gleich einen Gruß von mir bestellen. Er ist ein erstklassiger Detektiv.«

Constanze seufzte. »Ja, aber manchmal kann das auch von Nachteil sein.« Sie blickten sich einen Herzschlag lang in die Augen, dann schulterte Silas den Werkzeugkoffer, den er als Tarnung mitgebracht hatte, und begleitete sie zur Tür.

»Dann wollen wir mal.« Grinsend setzte er sich die speckige Brille auf, die Constanze schon aus der Buchhandlung kannte, und klebte sich mit einem Handgriff einen Schnauzer an. Das Ergebnis war beeindruckend. Nie im Leben würde ein zufälliger Beobachter vermuten, dass sie gerade mit diesem Mann das Bett geteilt hatte.

Silas zog schwungvoll die Tür auf. »Also, das nächste Mal, junge Frau«, trompetete er fast unfreundlich und betrat leicht gebückt den Flur, »rufen Sie mich, bevor das halbe Bad unter Wasser steht, dann wird's auch nicht so teuer.«

Constanze musterte ihn, restlos überrascht, wie sehr diese Körperhaltung seine Ausstrahlung beeinflusste. Sie ging jede Wette ein, dass jeder, der Silas so zu Gesicht bekam, ihn älter und kleiner geschätzt hätte, als er tatsächlich war.

»Ja«, gab sie rasch Antwort, als ihr einfiel, dass sie auf seinen Tadel etwas sagen musste. »Trotzdem danke. Es war nett, wie schnell Sie gekommen sind.«

Silas zwinkerte ihr zu und grinste so anzüglich, dass Constanze heiß wurde. Also so hatte sie das jetzt eigentlich nicht gemeint.

Immer noch grinsend drückte er rasch Eliahs Hand, dann stapfte er nicht gerade leise die Treppe hinab.

Eliah strahlte begeistert zu ihr hoch. »Er ist echt klasse«, flüsterte er.

»Ja, das ist er.«

Den ganzen Tag hielt Constanze mit Argusaugen nach der Polizei Ausschau. Sie war froh, dass Silas sie über Michaels bösartige Absicht in Kenntnis gesetzt hatte, auch wenn sie sich jetzt noch mehr Sorgen machte. Wie konnte Michael nur planen, ihr Eliah zu entreißen? Er wusste doch, wie eng ihr Verhältnis zueinander war.

Vielleicht beabsichtigte er es gerade deshalb. Sie hatte immer gewusst, dass ihr Exmann an Gemeinheit kaum zu überbieten war. Trotz des Vorfalls in der Nacht ihrer Flucht hatte sie nicht damit gerechnet, sein Zorn könnte sich auch noch Jahre später gegen Eliah richten. Andererseits ... Was konnte er ihr Schlimmeres antun, als den Menschen zu schaden, die ihr am Herzen lagen? Mit ungutem Gefühl erinnerte sie sich an Michaels zufriedenes Grinsen, als er sie an Silas' vermeintlichen Tod erinnert hatte. Der Mann war ein Schwein. In jeder Hinsicht.

Wie erwartet summte das Museum vor Menschen. Als würde Silas ahnen, dass sie mentale Unterstützung brauchte, ließ er sich tatsächlich gelegentlich zwischen den anderen Besuchern sehen. Und zwar jedes Mal so, dass sie gerade einen kurzen Blick auf ihn erhaschen konnte. Er trug ein weites Sakko und hatte sein attraktives Gesicht mit einem neuen Bartmodell verunstaltet. Trotzdem wusste Constanze mit absoluter Sicherheit, dass er es war – weil er seinen Ring trug. Zum ersten Mal, seit sie sich in Köln begegnet waren, erregte er kein weibliches Interesse. Lächelnd korrigierte sie sich. Zum zweiten Mal, sie hatte den Auftritt in der Buchhandlung vergessen. Unwillkürlich fragte sie sich, wie oft sie ihm in den letzten Tagen schon über den Weg gelaufen war und es nicht begriffen hatte.

Obwohl sie mittlerweile um seine heimliche Nähe wusste, tat es doch unendlich gut, ihn leibhaftig zu sehen. Sie hatte nicht den Eindruck, verfolgt zu werden, und Silas' Verhalten bestätigte das, dennoch ließ sie sich mit keiner Regung anmerken, dass sie ihn kannte.

Als sie einige Stunden später im Schwimmbad eintrafen, war Silas sogar für Constanze nicht mehr auszumachen. Wie auch? Es war ziemlich schwer, in Badeshorts eine glaubwürdige Tarnung zustande zu bringen – selbst für den Magier.

Während sie mit Eliah im Wasser herumplanschte, fragte sie sich immer wieder, was Michael konkret beabsichtigte. Noch immer hatte sich keiner seiner Handlanger blicken lassen. Der einzige fremde Mann, der in ihre Nähe gekommen war, hatte sich als Ehemann einer der anderen Mütter entpuppt.

Dennoch blieb Constanze angespannt. Ein Gefühl, das sich noch verstärkte, als sie zu Hause ankamen und ein Päckchen vor ihrer Tür stand. Constanze konnte nicht sagen, warum, aber plötzlich lief ihr ein unbehagliches Gefühl den Rücken hinab. Vielleicht lag es an dem merkwürdigen Geruch, der dem Päckchen anhaftete, vielleicht auch an der Tatsache, dass sie den Absender nicht entziffern konnte. Sie hatte zwar hölzerne Buchstützen im Internet bestellt, aber es war doch äußerst unwahrscheinlich, dass diese sonntags geliefert wurden ... Irgendetwas stimmt hier nicht.

Ohne sich vor Eliah etwas anmerken zu lassen, stellte sie das Paket ungeöffnet auf die Anrichte, fest entschlossen, es Silas zu zeigen. Nicht, dass es sich diesmal wirklich um eine Briefbombe handelte.

Eliah bekam von alledem nichts mit. Er warf seinen Rucksack in die Badewanne, riss die feuchten Badesachen heraus und klaubte sie auseinander. Constanze nahm sie ihm ab. »Wenn du magst, kannst du ein wenig fernsehen«, schlug sie vor, damit er ihre Nervosität nicht bemerkte. Seit sie das Päckchen entdeckt hatte, zitterten ihre Finger.

Eliah hüpfte aus dem Bad. »Wann kommt Silas?«, rief er über die Schulter, schon halb im Wohnzimmer.

»Spät.« Constanze schüttelte das Badetuch aus. »Auf jeden Fall erst Stunden, nachdem du im Bett bist.« Sie hörte ihn maulen und streckte den Kopf aus dem Bad. »Du wirst ihn bald jeden Tag sehen, bis dahin musst du dich noch ein bisschen gedulden.« Und ich auch, merkte sie in Gedanken an. Sie verstand ihren Sohn nur zu gut. Nicht zum ersten Mal wünschte sie sich, sie wären schon gemeinsam auf dem Weg nach Chile.

Während Eliah gebannt die Sesamstraße sah, machte sie ihm Milch warm. Immer wieder schielte sie zu dem Päckchen. Wahrscheinlich enthielt es etwas absolut Harmloses und sie machte sich den ganzen Abend völlig unnötig Sorgen. Nachdenklich öffnete sie eine Dose Katzenfutter und füllte Mr. Peppers Napf auf. Michael würde wohl kaum einen erneuten Mordanschlag begehen, solange das Risiko bestand, dass man ihn damit in Verbindung brachte. Es hatte Zeugen gegeben, als er in der Buchhandlung aufgetaucht war. Menschen, die ihn identifizieren konnten. Nein, so ein Vorgehen konnte sie sich beim besten Willen nicht vorstellen.

Sorgfältig wusch sie die Dose aus und warf sie in den Müll. Hoffentlich täuschte sie sich nicht. Es konnte sein, dass Michael ihr etwas antat, das für unbeteiligte Dritte wie ein natürlicher Tod aussah. Sozusagen das makabere Gegenstück zu Silas' Idee.

Misstrauisch beäugte sie wieder das Päckchen. Ehe sie sich davon abhalten konnte, trat sie dicht davor und beugte sich leicht darüber. Noch immer verströmte es einen leicht süßlichen Geruch. Constanze runzelte die Stirn und versuchte, ihn etwas Bekanntem zuzuordnen. Irgendwie erinnerte sie dieser Geruch an Desinfektionsmittel, aber nicht nur ...

Als sie plötzlich bemerkte, dass es zweifelsfrei auch nach angebrannter Milch roch, stürzte sie wieder zum Herd. Leise schimpfend rupfte sie den Topf von der Platte und wischte alles sauber. Schluss damit! Sie landete noch im Irrenhaus, wenn sie anfing, hinter jedem und allem Gespenster zu sehen.

Sämtlichen autodidaktischen Ruhe-Ermahnungen zum Trotz sicherte sie dennoch jede Tür und jedes Fenster, sobald sie Eliah wenig später ins Bett gebracht hatte. Dann setzte sie sich mit einer Tasse Tee in den Wohnzimmersessel und wartete auf Silas.

Er kam kurz nach Mitternacht. Obwohl sie den Fernseher lautlos gestellt hatte, hörte sie ihn nicht. Plötzlich stand er vor ihr, vollkommen dunkel gekleidet, wie immer nahezu unsichtbar. Constanze blinzelte sprachlos. Es war einfach faszinierend, wie perfekt es ihm gelang, sich unbemerkt zu nähern. Dieses Mal würde er nicht bis zum Morgen bleiben, stellte sie bedauernd fest, denn er war eindeutig auf Nacht getrimmt.

»Hallo, schwarzer Mann.« Sie sprang auf und gab ihm einen innigen Kuss.

Silas zog sie an sich. Seine geschickten Hände wanderten unter ihren Pullover, während er ihren Kuss ausgiebig erwiderte. »Wie war dein Tag?«, fragte er eine Ewigkeit später.

Constanze stellte plötzlich fest, dass er inzwischen im Sessel saß – und sie auf ihm. Sie kuschelte sich in seine Arme. »Zu lange. Ich habe ständig damit gerechnet, dass irgendwas passiert.«

Er rieb mit dem Gesicht über ihre Schläfe. »Nur noch zwei Tage, dann ziehen wir unsere ›irre Nummer‹ durch – wie du es genannt hast.«

»Hast du schon einen Plan?«

»Ja.« Silas lehnte sich zurück, klaute ihre Tasse und nippte daran. »Aber nur, wenn ihr beide euch gut vorbereiten könnt.«

Constanze setzte sich auf. »Sag mir, was du dir überlegt hast.«

Er gab ihr die Tasse zurück. »Jeden Montagabend um acht fährt ein Ausflugsschiff von Rottach aus quer über den Tegernsee«, begann er. »Diese sogenannte Lichterfahrt findet bei jedem Wetter statt. Egal was kommt, die nehmen immer die gleiche Route.«

Constanze nickte gespannt.

»Auf Höhe von Bad Wiessee gibt es eine Stelle, an der zwei Strömungen aufeinandertreffen. Es sieht schlimmer aus, als es ist, aber durch die starke Oberflächenbewegung und die Schatten der Berge ist das Wasser um diese Zeit nahezu undurchsichtig.«

»Das klingt gruselig.«

Silas striegelte sich etwas verlegen durch die Haare. »Ich hatte eigentlich gehofft, dass du das erst sagst, wenn ich fertig bin. Das Üble kommt erst noch.«

»Wir sollen über Bord springen und im Schutz der Nacht ans Ufer schwimmen«, schlug sie salopp vor.

»So in etwa.«

Constanze verschluckte sich am Tee und musste husten. »Das war eigentlich als Scherz gemeint«, keuchte sie, als sie wieder Luft bekam.

Silas schüttelte langsam den Kopf. »Leider kein Scherz. Das ist im Groben der Plan. Für etwas anderes reicht die Zeit einfach nicht.«

Noch immer erschrocken schwieg sie.

»Wenn du das Vorhaben für zu riskant für Eliah hältst, werde ich einen anderen Weg finden müssen.«

Sie holte tief Luft. »Glaubst du, es klappt?« Trotz ihrer mutigen Worte schwankte ihre Stimme.

»Es ist machbar«, versuchte er, sie zu beruhigen. »Wichtig ist nur, dass wir auf alles vorbereitet sind, ganz besonders Eliah. Der Erfolg hängt davon ab, wie überzeugend ihr beide seid.«

»Wird es nicht komisch aussehen, wenn wir mir nichts, dir nichts über Bord fallen?«

»Nicht, wenn es einen Feueralarm gibt.«

Constanze holte in böser Vorahnung Luft. »Du meinst … du hast doch nicht vor …«

Er schüttelte sofort den Kopf. »Nein. Wo denkst du hin? Ich verursache nur einen Feueralarm, kein Feuer. Ein Brand wäre viel zu gefährlich. Aber irgendetwas muss passieren, damit an Bord Unruhe ausbricht und ihr in Panik vor aller Augen, vor allem vor denen von Michaels Männern, ins Wasser stürzen könnt.«

»Werden die nicht misstrauisch, wenn sie herausfinden, dass es nur ein Fehlalarm war?«

Silas lächelte geheimnisvoll. »Es wird kein Fehlalarm sein. Ich werde im Maschinenraum einen Kabeldefekt verursachen, der die Plastikabdeckung des Steuerungskastens durchschmoren lässt. Die kann ich leicht durch ein Spezialmaterial ersetzen, das bei Hitze genügend Rauch entwickelt um das ganze Schiff einzunebeln.

»Nicht schlecht.« Constanze überlegte, wie das Ganze ablaufen sollte. »Und wie sollen wir unbemerkt ans Ufer kommen? Würde nicht sofort jemand versuchen, uns herauszufischen?«

»Nicht, wenn ihr abtaucht. Ich werde unter Wasser auf euch warten.«

Allmählich begriff Constanze, worauf er hinauswollte.

»Glaubst du, von deinem Tauchkurs auf Bora Bora ist noch was hängen geblieben?«

»Ja, ich denke schon. Wir müssen nur mit Eliah üben«, überlegte sie, nicht im Mindesten überrascht, dass er davon wusste. »Aber ich bin sicher, er schafft das.«

»Okay.« Silas griff in seine Hosentasche und zog sein Handy heraus. »Dann sage ich Nevio und Jara Bescheid, dass wir Ende der Woche nach Chile kommen.«

Constanze sah atemlos zu, wie er mit einer Hand eine Nummer eintippte und das Gerät ans Ohr hielt. Sie wusste inzwischen zwar, wer Nevio und Jara waren, aber es war das erste Mal, dass er sie in ihrer Anwesenheit anrief. Wahrscheinlich lag das schlicht daran, dass er das meistens nachts tat. Sie sah auf die Uhr. In Chile musste es jetzt Nachmittag sein. Nach zweimaligem Klingeln wurde am anderen Ende bereits abgehoben.

»Hallo Sil, was gibt's Neues?«

Constanze hielt das Gesicht an Silas' Handrücken, damit sie mithören konnte.

Er legte einen Arm um sie. »Hallo Nevio. Ich bin gerade bei Constanze. Wir haben den Plan besprochen. Die Sache steigt in zwei Tagen.«

»Gut. Wir werden alles vorbereiten. Warte mal einen Moment.« Nevio rief nach seiner Frau.

Constanze musste lächeln, als sie anhand der Leitungsgeräusche ablesen konnte, dass Jara offenbar genau wie sie das Ohr an die Außenseite des Telefons drückte.

Es war beeindruckend, wie gut Nevio deutsch sprach. Silas hatte zwar erwähnt, dass sein Freund auf seinen Diebeszügen rund um den Globus auch etliche Jahre in Deutschland verbracht hatte, trotzdem war sie überrascht, wie problemlos sie ihn verstand.

»Welche Tarnung benutzt ihr?«, fragte Nevio.

»Pavla.«

Constanze wusste sofort, was Silas meinte. Sie würden von Paris aus nach Chile fliegen. Interessiert hörte sie zu, wie die beiden alles weitere besprachen. Als Silas das Telefonat wenige Minuten später beendete, war klar, dass ihre Zukunft ausschließlich vom Verlauf der Schifffahrt auf dem Tegernsee abhing, denn alles Übrige war perfekt organisiert.

Silas schob das Handy zurück in seine Hose und küsste sie zärtlich auf den Mund. »Kannst du Eliah hier in der Wohnung vorbereiten?« Er zog sie wieder auf seinen Schoß und griff nach der Tasse. »Es wäre zu auffällig, wenn ihr in den nächsten Tagen ständig ins Schwimmbad geht.«

»Was ist mit meinem Job? Ich denke, es wäre am besten, ich verhalte mich genau so, wie Michael es erwartet.«

»Und was denkst du, was er erwartet?«

»Er wird in den nächsten Tagen nicht mehr persönlich auftauchen«, mutmaßte Constanze. »Aber er wird trotzdem durchblicken lassen, dass er mich bei der Arbeit beobachtet. Er wird dort mit Abwesenheit glänzen und sich an der Gewissheit erfreuen, mich dadurch erst recht unsicher zu machen. Und so werde ich mich in der Buchhandlung auch benehmen. Unsicher und verängstigt.« Sie presste die Lippen aufeinander. Plötzlich fiel ihr wieder das Päckchen ein, das noch ungeöffnet auf der Anrichte lag. »Apropos unsicher und verängstigt«, murmelte sie und sprang von Silas' Schoß. »Heute ist ein Päckchen gekommen.« Sie eilte in die Küche und kehrte mit der Sendung zurück.

Silas stellte sofort die Tasse ab. An der Art, wie sich seine Augen wachsam verengten, erkannte Constanze, dass ihre Befürchtungen mitnichten so sehr aus der Luft gegriffen waren wie angenommen.

»Darf ich mal sehen?« Er streckte eine Hand aus.

»Denkst du, es hat etwas mit Michael zu tun?«

»Schon möglich.« Silas drehte das Päckchen um, dann tat er erstaunlicherweise genau das, was Constanze auch getan hatte. Er hob es an seine Nase. Ihr rutschte das Herz eine Etage tiefer, als sie sah, wie sich unvermittelt seine Wangenmuskeln verhärteten.

»Was ist? Was riechst du?«

Silas' Blick suchte ihren. Zuerst schien es, als wollte er nicht antworten. »Verwesung«, sagte er schließlich leise.

Constanze konnte ihn nur ungläubig anstarren. »Was? Ich verstehe nicht.« Sie rieb sich über die Arme. »Ich dachte, es ist ein Desinfektionsmittel oder so was in der Art. Ein Klebstoff vielleicht, mit dem ...« Sie verstummte, als Silas langsam den Kopf schüttelte.

»Das überlagert den Geruch nur. Jemand wollte nicht, dass du etwas von dem Kadaver bemerkst, bevor du das Päckchen öffnest.«

»Kadaver«, hauchte Constanze und wagte kaum, die Frage zu formulieren. »Von was denn?«

»Von einem Tier vielleicht.«

Constanze sackte das Blut in die Füße, weil sie schlagartig begriff, worauf er möglicherweise hinauswollte. »O Gott!« Sie hob die Hände langsam vor ihren Mund. »O Gott, nein!« Tränen sprangen in ihre Augen.

Mit zwei Schritten war Silas bei ihr und umfasste ihre Taille, damit sie nicht umkippte. »Sag jetzt bitte, dass Mr. Pepper irgendwo in der Wohnung ist.«

Constanzes ersticktes Schluchzen beantwortete seine Frage zur Genüge. Erschüttert drückte er sie an sich.

Minutenlang klammerte sich Constanze an ihn und weinte. »Michael ist ein sadistisches Schwein. Eliah darf unter keinen Umständen erfahren, was ...«, sie schaffte kaum, den Namen auszusprechen, »Mr. Pepper zugestoßen ist.« Sie schluckte gegen die Tränen, hob den Kopf und blickte Silas an. »Ich hätte nie gedacht, dass ich das einmal über einen Menschen sage, aber ich hasse ihn.« Neue Tränen rannen über ihre Wangen, aber dieses Mal waren es Tränen der Wut. »Ich hasse ihn, Silas. Ich hasse ihn bis zum letzten Atemzug. Ich wünschte wirklich, wir könnten ihm all das heimzahlen. Jeden einzelnen Schmerz, den er Eliah und mir zugefügt hat.«

Silas strich ihr die Haare aus dem Gesicht. »Das werden wir. Ich habe immer noch den Inhalt der Unterlagen, die ich in Baden-Baden abfotografiert habe.«

»Aber du hast doch selbst gesagt, die Polizei würde zu lange brauchen ...« Sie verstummte, als sie seinen Gesichtsausdruck sah.

Er betrachtete sie wieder auf diese ganz spezielle Weise, die ihr jedes Mal signalisierte, dass sie auf dem Holzweg war.

»Ich habe nie gesagt, ich würde die Unterlagen der Polizei übergeben«, klärte er sie auf, dann glitzerten seine Augen kalt. »Das wäre zu harmlos. Dieses Mal schlagen wir von Richtstetten buchstäblich mit seinen eigenen Waffen.«

»Das hat aber nicht zufällig etwas mit dem Magier zu tun, oder?«, hakte Constanze vorsichtig nach, bereit, Silas gehörig die Meinung zu geigen, falls er vorhatte, sich erneut in Gefahr zu begeben.

Er schüttelte den Kopf. »Nein. Der Magier ist offiziell tot, und das wird auch so bleiben.« Seine Finger schlossen sich um ihre Hand. »Die Unterlagen gehen an einen Waffenring, den Michael durch seine Kontaktaufnahme mit dem nahen Osten vom Markt gedrängt hat.« Er lächelte boshaft. »Die Jungs sind immer noch richtig sauer, weil jemand ihnen die Geschäfte vermasselt hat. Es dürfte unangenehme Folgen für Michael haben, wenn die Schmuggler erfahren, dass er derjenige gewesen ist.«

Constanze freute sich normalerweise nicht darüber, wenn jemanden ein Unglück ereilte, doch bei ihrem Exmann machte sie großzügig eine Ausnahme. Es war mehr als gerecht, wenn Michael zur Abwechslung selbst einmal in die Schusslinie geriet. Sie würde ihn garantiert nicht bedauern.

Silas musterte sie abwartend. »Was hältst du davon?«

»Deine Idee gefällt mir ausgezeichnet.« Ihre Stimme hatte einen ungewohnt harten Klang.

Er nickte zufrieden. »Gut. Das wollte ich vorher noch klären.« Seufzend rutschte er aus dem Sessel und stellte Constanze auf die Füße. »Dann werde ich mal der Schiffsflotte am Tegernsee einen Besuch abstatten.« Er zeigte an sich hinunter. »Wenn ich schon so durch die Nacht schleiche.«

Constanze umfasste seinen Nacken, drückte sich an seine hochgewachsene Gestalt und küsste ihn. »Morgen um die gleiche Zeit?«

Er nickte, die Hände besitzergreifend um ihre Mitte gelegt. »Ich werde pünktlich sein.«

19.

Ein riskanter Plan

Zwei Tage später blickte Constanze mit klopfendem Herzen in die wirbelnde Strömung des Tegernsees. Die hereinbrechende Dunkelheit ließ die Fluten noch ungastlicher wirken.

Nervös krallte sie ihre Finger in die Reling. Schon der bloße Gedanke an das, was sie gleich inszenieren würden, ließ ihr kalter Schweiß ausbrechen. Zum hundertsten Mal in den letzten Minuten fragte sie sich, ob sie das Richtige tat. Sie wünschte, Silas wäre bei ihnen. Aber der befand sich bereits im Wasser – schätzungsweise sieben, acht Meter unter ihnen.

Konnte sie Eliah wirklich zumuten, was sie hier planten? Sie fühlte sich verantwortungslos, ihren Sohn überhaupt wissentlich einer Gefahr auszusetzen. Befände sie sich nicht in dieser ausweglosen Zwangslage, hätte sie nie im Leben auch nur den Gedanken an solche eine Aktion zugelassen.

Sie drehte sich zu Eliah um. Ihr Sohn hatte ihr die Geschichte um Mr. Peppers Verschwinden gottlob abgekauft. Er war traurig gewesen, als sie ihm erzählt hatte, der Kater habe aufgrund ihres Weggangs nach Chile ein neues Zuhause bekommen, es dann aber akzeptiert.

Constanze war inzwischen froh, dass sie das Päckchen nicht geöffnet hatten. Sie war sich sicher, den Anblick seines Inhalts hätte sie nie wieder vergessen können.

Eliah hüpfte um sie herum, ehe er in Richtung Reling davonsprang. Constanze löste ihre schmerzvollen Gedanken von dem geliebten Haustier und sah ihrem Sohn nach. Er betrachtete das Kommende wohl eher als Abenteuer, denn er benahm sich schon die ganze Zeit recht übermütig. Ein Verhalten, das ihrer geplanten Geschichte unabsichtlich noch mehr Glaubwürdigkeit verlieh.

Sie ging vor ihm in die Knie und streichelte seine Wange, nicht wirklich überrascht, dass ihre Finger zitterten. »Bereit, Spätzchen?«

Eliah nickte und seine glänzenden Augen bestätigten Constanzes Eindruck von seinem Gemütszustand. Keine Frage, ihr Sohn hatte jede Menge Spaß. Noch. Sie konnte nur hoffen, das änderte sich nicht schlagartig, sobald sie in dem kalten Wasser untertauchten. Dementsprechend schwer fiel es ihr auch, seine Hand loszulassen.

Unauffällig behielt sie die Uhr im Auge, während Eliah wie abgesprochen außerhalb ihrer Reichweite auf dem Schiffsgeländer herumzuturnen begann. Als der Zeiger ihrer Armbanduhr auf 19:23 Uhr sprang, machte auch Constanzes Herz einen atemlosen Satz – noch bevor der Feueralarm tatsächlich mit schrillem Läuten einsetzte. Ihr Puls begann zu rasen. Jetzt kam es drauf an. Jetzt ging es um alles.

Wie von Silas prognostiziert, quollen wenige Augenblicke später schwarze Rauchwolken aus dem Bauch des Schiffes und vernebelten zuverlässig jede Sicht. Erste Schreie wurden laut, einige Passagiere rannten erschrocken zum noch rauchfreien Heck des Schiffes.

»Eliah?«, rief Constanze laut und es fiel ihr kein bisschen schwer, Panik in ihre Stimme zu legen. »Eliah!« Der Qualm wurde immer dichter. Aus den Augenwinkeln erkannte sie schemenhaft die beiden Männer, die ihnen den ganzen Nachmittag auf den Fersen geblieben waren. Der eine hielt sich etwas Weißes, vermutlich ein Taschentuch, vors Gesicht und bewegte sich ebenfalls von den Rauchschwaden weg. Der andere sah immer wieder in ihre Richtung, folgte dann aber nichtsdestotrotz seinem Komplizen.

Eine bessere Gelegenheit würden sie nicht bekommen. Constanze stürzte sich auf Eliah, der immer noch auf dem Geländer der Reling stand, und rief den vereinbarten Satz.

»Eliah, komm sofort da runter!«

Ihr Sohn drehte sich raffiniert so ungünstig, dass sie ihn nicht zu fassen bekam. Im nächsten Augenblick ließ er sich wie geplant durch die Streben des Geländers rutschen.

Constanze schrie gellend.

Hin und her gerissen zwischen Angst und Stolz sah sie zu, wie Eliah platschend ins Wasser fiel. Er hätte einen Orden verdient für diese mutige Vorstellung.

Ohne eine Sekunde zu zögern, schüttelte sie den Mantel von den Schultern, warf ihn zusammen mit ihrer Handtasche aufs Deck und griff nach dem Geländer.

Sie hörte noch jemanden rufen. »Halt, warten Sie auf den Rettungsring«, dann holte sie tief Luft und sprang.

Die eiskalten Wassermassen schlugen wie nasse Tücher über ihr zusammen. Einen Moment lang hörte sie das laute Perlen der Luftblasen in den Ohren, dann durchbrach sie wieder die Oberfläche. Hektisch sah sie sich nach Eliah um. Er befand sich ungefähr drei Meter neben ihr und kam bereits mit schnellen Bewegungen auf sie zugepaddelt. Ein rascher Blick nach oben gab ihr die Sicherheit, dass man sie durch den Rauch von Bord aus tatsächlich nicht sehen konnte.

Constanze biss die Zähne zusammen. Sie strampelte die Schuhe von den Füßen und machte sich daran, ihrem Sohn entgegenzuschwimmen. Beide Hände ausgestreckt ruderte sie durch das dunkle Wasser, bis sie seinen Arm zu fassen bekam. Einige Meter über ihr wurden Hilfeschreie laut, ein Rettungsring kaum durch den Rauch geflogen und landete ziellos im Wasser. Constanze drückte Eliah an sich. Sie durften keine Zeit mehr verlieren, mussten so schnell wie irgend möglich untertauchen.

Sie sah Eliah in die Augen, küsste ihn kurz auf die Stirn und begann leise zu zählen. »Drei, zwei, eins.«

Sie wartete auf Eliahs tiefen Atemzug, dann gingen sie beide unter. Constanze knickte ihren Körper und schwamm einhändig in die Tiefe, wobei sie Eliah an der anderen Hand hinter sich herzog. Sie kam nicht einmal zwei Meter weit, dann hörte sie hinter sich ein lautes Rauschen. Strampelnd kämpfte sie sich voran. Jemand war ihnen hinterhergesprungen. Das durfte doch nicht wahr sein.

Constanze verdoppelte ihre Anstrengung, bis sie einen Ruck am Arm spürte, dann hatte der vermeintliche Retter Eliah von ihr weggerissen. Voller Panik drehte sie sich um, bereit, ihm zu folgen, doch wie aus dem Nichts erschien plötzlich eine dunkle Gestalt neben ihr und hielt sie zurück. Silas griff nach ihr, wobei er sie zu sich herumdrehte. Constanze ruderte heftig mit den Händen, um ihm zu signalisieren, dass etwas schiefgegangen war. Einen Moment befürchtete sie, er könnte sie nicht sehen, doch dann umfassten seine behandschuhten Hände zielsicher ihr Gesicht. Er trug eine seltsam geformte Taucherbrille, die offenbar das Restlicht verstärkte. Sie streckte den Arm aus und zeigte hektisch nach oben. Silas schüttelte den Kopf, drückte ihr einen Atemregler zwischen die eiskalten Lippen und zerrte sie mit kräftigen Flossenschlägen in die Tiefe.

Constanzes Herz klopfte wild, als sie sich erstaunlich schnell vom Boot entfernten. Immer wieder sah sie nach oben, voller Angst, was mit Eliah geschehen würde. An der unscharfen Lichtbewegung der Wasseroberfläche konnte sie ableiten, dass er mit seinem Retter aufgetaucht war. Der Drang, sich loszureißen und zu ihrem Sohn zu schwimmen, war schier übermächtig. Nicht umsonst hielt Silas ihre Hand in schraubstockartigem Griff. Sie konnte nicht zurück, so gern sie es wollte.

Schon wenige Sekunden später erreichten sie eine Tiefe, in der es nur noch pechschwarze Finsternis gab. Silas hielt Constanze dicht an seinen Körper gepresst. Beide Arme um sie geschlungen nahm er sie mit sich. Die präzisen Bewegungen, mit denen er durch die Dunkelheit pflügte, bestätigten ihren Eindruck, dass es sich bei seiner seltsamen Taucherbrille um eine Art Nachtsichtgerät handelte. Er wusste genau, wo es hinging – sie nicht. Constanze erkannte rein gar nichts. Trotzdem versuchte sie, im Einklang mit ihm zu schwimmen. Zwar halfen ihre Bewegungen nicht wirklich dabei, voranzukommen, aber wenigstens ließ sich so die Kälte besser ertragen.

Obwohl es sich wie Stunden anfühlte, vergingen in Wahrheit nur sieben Minuten, bis sie zwischen dem Schilf am Ufer auftauchten. Silas schob sich die Maske aus dem Gesicht und fasste augenblicklich unter Constanzes Beine, um sie aus dem kalten Wasser zu holen. »Bist du okay, geht's dir gut?« Ohne innezuhalten, trug er sie ans Ufer.

Constanze schlotterte. Teils vor Kälte, teils vor Angst um Eliah. »Ja«, krächzte sie. »Aber Eliah! Um Himmels willen, sie haben Eliah.«

»Ich weiß.« Silas setzte sie zwar ab, drückte sie aber gleich wieder an sich. »Wir werden ihn zurückholen, das verspreche ich dir. Aber zuerst müssen wir von hier verschwinden und aus den nassen Sachen raus.«

Sie huschten einige Meter am Ufer entlang, bis sie vor einem abseits der Straße stehenden Wohnmobil ankamen.

»Was ist mit deinem zweiten BMW?« Nein, der konnte noch nicht repariert sein. Wann hätte Silas das tun sollen?

Er schob sie in den warmen Innenraum und verriegelte rasch die Tür hinter sich. »Geschichte. Genau wie der erste. Er liegt im Rhein.« Silas schnitt eine Grimasse, als er Constanzes bestürztes Gesicht sah. »Hat mir auch wehgetan, ging aber nicht anders. Der Wagen ist mittlerweile zu bekannt.« Er schaltete den Generator ein, dann griff er nach ihr. »Zieh alles aus. Auch die Unterwäsche.« Sofort nestelte er an der Knopfleiste ihrer Bluse.

Constanze ließ sich bereitwillig von ihm helfen, zumal er wesentlich geschickter vorging als sie. Mühsam schälte sie sich aus den triefenden Sachen. Sie fror mittlerweile so stark, dass ihre Zähne hart aufeinanderklapperten.

»Was können wir wegen Eliah unternehmen?«, fragte sie abgehackt, sobald das Zittern ihres Unterkiefers ein wenig nachließ. »Er ist bestimmt völlig verängstigt.« Schon wieder brannten Tränen in ihren Augen.

Silas blickte auf seine Taucheruhr. »Das Schiff wird frühestens in einer Stunde am Steg ankommen, je nachdem, wie lange sie im Wasser nach dir suchen. Ich werde dort sein, wenn sie anlegen, dann kann ich nach ihm sehen.« Noch im Sprechen wickelte er sie in ein flauschiges Badetuch und begann, ihre Haut trocken zu reiben. »Leider kann ich ihn nicht mitnehmen. Sein plötzliches Verschwinden würde Fragen aufwerfen, die die ganze Aktion zunichtemachen. Wir müssen ihn auf anderem Weg zurückholen. Noch einmal können wir euren Tod nicht glaubhaft vortäuschen.«

Obwohl es Constanze fast das Herz zerriss, sah sie doch ein, dass er recht hatte. »Ich würde so gern mit ihm reden«, flüsterte sie. »Ich würde ihm gern sagen, dass wir in seiner Nähe sind. Es ist so furchtbar, ihn das allein durchstehen zu lassen.« Heiße Tränen rannen in Strömen über ihre Wangen.

Silas ersetzte das feuchte Tuch durch eine dicke Wolldecke und packte sie fürsorglich darin ein, ehe er die Arme um sie schlang. »Ich werde versuchen, ihm ein Zeichen zu geben. Er hat sich bisher tapfer geschlagen, er ist ein großartiger Junge«, machte er ihr Mut. »Es wird das alles wahrscheinlich leichter meistern als du und ich annehmen.«

Constanze nickte zwar, konnte aber trotzdem nicht aufhören zu weinen. Silas wunderte das überhaupt nicht. In den letzten Wochen hatte sie Nerven aus Drahtseilen bewiesen, aber selbst die rissen irgendwann ...

Er hielt sie so lange im Arm, bis es Zeit war, die Anlegestelle aufzusuchen. Damit Constanze nicht die ganze Zeit in der Decke herumsitzen musste, reichte er ihr die Kleidung, die sie ihm vor ein paar Tagen mitgegeben hatte. Während sie sich anzog, wechselte auch er seine Sachen. Er brauchte nicht lange, um sich wieder in einen ganz speziellen Klempner zu verwandeln – dieses Mal jedoch ohne Overall und Werkzeugkiste.

Constanze drückte ihm schweigend den krausen Oberlippenbart unter der Nase fest. Eliah würde Silas in dieser Verkleidung auf jeden Fall wiedererkennen – auch ohne das ganze Zubehör.

Er blickte prüfend in den Spiegel. Der Bart saß perfekt. Er konnte jetzt nur beten, dass der Junge ihn nicht durch eine offensichtliche Reaktion verriet. Aber das Risiko musste er eingehen, schon Constanze zuliebe. Sie wirkte unnatürlich ruhig – selbst für die anstrengenden Stunden, die hinter ihr lagen. Man brauchte kein Genie zu sein, um zu begreifen, wie kurz sie vor dem Zusammenbruch stand. Es würde ihr erheblich besser gehen, wenn sie wusste, dass mit Eliah alles in Ordnung war.

Fünfzehn Minuten später bildete Silas einen Teil der Menschenmenge, die am Bootssteg der Ankunft des Unglücksschiffs entgegenfieberte. Polizei und Notarzt hatten die Anlegestelle abgesperrt, damit die Passagiere unbehelligt aussteigen konnten.

Eliah war einer der Ersten, die von Bord gingen. In mehrere Decken gewickelt schlurfte er über die Metallstiege. Er schien unversehrt, wirkte nur ein wenig blass. Das war die gute Nachricht.

Die schlechte stand rechts und links neben ihm. Er befand sich in Begleitung von Michaels Männern. Silas' Wangenmuskeln verspannten sich, als er sah, wie unnachgiebig die beiden ihn flankierten. Eliah zog ein trotziges

Gesicht, täuschte ein Niesen vor und sah sich unbemerkt um – mit einer Raffinesse, die Silas Bewunderung abverlangte. Der Junge hatte es für sein Alter wirklich faustdick hinter den Ohren. Man spürte, dass er und Constanze schon viel gemeinsam durchgestanden hatten.

Da er keine andere Möglichkeit sah, ihn auf sich aufmerksam zu machen, hustete er laut. Michaels Männer sahen gemeinsam mit Eliah in seine Richtung. Zum Glück. Denn so entging ihnen der freudige Gesichtsausdruck des Jungen. Ein Notarzt verstellte Silas kurz die Sicht. Er redete einen Moment mit Eliah, dann wandte er sich an die Männer in seiner Begleitung. Der kleine Held schielte nur Augenblicke später unauffällig um die Beine des Arztes herum. Silas machte zwei knappe Handzeichen und hoffte, dass Eliah ihn verstand. Der überlegte kurz, dann wiederholte er die Zeichen. Schweigen und warten. Silas nickte.

»Was geht hier vor?«, erklang plötzlich eine herrische Stimme.

Die Menschenmenge teilte sich und wurde, dort, wo sie es nicht freiwillig tat, unwirsch zur Seite geschoben. Michael von Richtstetten marschierte auf den Steg. Offenbar hatten seine Männer ihn sofort nach dem Vorfall angerufen.

»Das ist mein Junge«, setzte er den Polizisten laut in Kenntnis und fasste auf Eliahs Rücken, was diesen stocksteif werden ließ. Diese Reaktion entging den meisten Anwesenden, Silas jedoch nicht. Lautlos fluchend beobachtete er die Szene.

Michael erkundigte sich mit geradezu oskarreifer Bestürzung nach dem Verbleiben seiner Exfrau und schluckte zutiefst betroffen, als man ihm mitteilte, man habe sie bisher nicht finden können. Eliah schwieg. Selbst dann, als Michael ihn in scheinbarer Fassungslosigkeit an sich drückte. Silas stand zu weit weg, um alle Worte genau verstehen zu können, die danach zwischen den Männern und der Polizei gewechselt wurden, aber es sah ganz danach aus, als würde Michael den Jungen mit sich nehmen. Silas presste die Lippen aufeinander, obwohl er im Grunde schon mit etwas Ähnlichem gerechnet hatte. Immerhin war von Richtstetten der leibliche Vater des Kindes, so grotesk diese Tatsache zu den wahren Umständen auch passen mochte.

Er wartete, bis die Menschenmenge sich so weit verlor, dass ein Zurückbleiben auffällig erschienen wäre, und trollte sich dann in die Richtung, aus der Michael den Steg betreten hatte. Das Auto, mit dem Constanzes Exmann gekommen war, war nicht schwer zu finden. Es gab nur eine silberne S-Klasse mit Baden-Badener Kennzeichen auf dem nahe gelegenen Parkplatz. Silas sah sich nach allen Seiten um, dann ging er in die Hocke und rollte flink unter das benachbarte Fahrzeug. Keine Sekunde zu früh. Nur wenige Augenblicke später näherten sich Schritte.

»... endlich gehen. Nicht zu glauben, wie lange das gedauert hat«, war Michaels verächtliche Stimme zu hören. »Wenn es nicht so schade wäre, dass Constanze mir durch ihr Absaufen die Rache genommen hat, könnte ich mich jetzt totlachen.« Er grunzte abfällig. »Sie hatte schon immer ein unglaubliches Talent, einem jeden Spaß zu verderben, nicht nur im Bett.«

Silas ballte die Hände zu Fäusten. Dieser miese Drecksack! Und das vor Eliah. Er war kurz davor, seine Deckung zu verlassen, um von Richtstetten zu Brei zu schlagen. An den Fußbewegungen neben sich erkannte er, wie der Junge nicht gerade liebevoll ins Auto geschubst wurde. Von Rücksichtnahme keine Spur. Warum auch? Es war nicht länger nötig, dass Michael den besorgten Vater mimte. Silas Zähne knirschten, so sehr musste er sich zurückhalten.

»Was sollen wir jetzt mit dem Kind machen, Boss?«, erkundigte sich einer der Männer, während sie einstiegen.

»Wir nehmen ihn in die Schweiz mit, dort kann er wenigstens keinen Unsinn anstellen. Ich wollte sowieso ...« Die Autotür fiel zu und verschluckte den Rest, aber Silas hatte genug gehört.

Schweiz. Damit konnte Constanze sicher etwas anfangen! Er wartete, bis der Mercedes vom Parkplatz gefahren war, dann schlüpfte er aus seiner Deckung hervor.

Constanze lauschte gebannt seinem Bericht, als er wenig später wieder bei ihr im Wohnmobil saß. Sie hatte sich die Haare getrocknet und ihr Gesicht wies wieder etwas Farbe auf, trotzdem zitterte sie immer noch.

»Natürlich«, sagte sie sofort, als Silas die Schweiz erwähnte. »Er hat dort ein Anwesen. Es liegt in der Nähe von Zermatt. Wir waren früher oft über Weihnachten dort.«

»Gut.« Silas reichte ihr einen Teller der Suppe, die er auf dem kleinen Herd aufgewärmt hatte. »Kannst du mir das Anwesen so genau wie möglich beschreiben?« Er nickte in Richtung seines Laptops, das auf dem kleinen Einbautisch lag. »Dann kann ich mir überlegen, wie wir am besten an Eliah ran kommen.«

Constanze setzte sich auf das schmale Bett. »Es handelt sich um ein ehemaliges Gestüt«, begann sie. »Ich war das letzte Mal vor knapp fünf Jahren dort.«

Silas setzte sich neben sie, aß seine Suppe und hörte aufmerksam zu. Auch ohne die genauen technischen Daten zu kennen, wurde ihm schnell klar, dass das Anwesen in seiner Einbruchssicherheit der Villa in Baden-Baden in keinster Weise nachstand. Es würde nicht leicht werden hineinzugelangen, zumal er auf seinem Rückweg nicht allein sein würde – jedenfalls nicht, wenn alles glattlief. Der Weg hinaus musste daher auch für einen kleinen Jungen zu bewältigen sein. Keine leichte Aufgabe.

Constanze sah ihn gespannt an. »Und, was denkst du?«

»Ein Spaziergang wird's nicht. Aber wir schaffen das.«

Constanze straffte die Schultern und setzte sich gerade hin. »Ja. Vor allem, weil ich mich dort gut auskenne. Das ist sicher hilfreich, wenn ... Was ist?« Erstaunt registrierte sie, dass Silas verlegen grinste.

Er kratzte sich das Ohr. »Mit wir meinte ich eigentlich nicht dich und mich, sondern Nevio und mich.« Silas griff nach ihrer Hand und spielte mit ihren Fingern. »Nevio kennt meine Arbeitsweise und hat jede Menge Erfahrung, was unerlaubtes Eindringen angeht, das kannst du mir glauben. Außerdem wäre es gefährlich, dich dorthin mitzunehmen. Wir können nicht riskieren, dass du Michael begegnest. Du solltest hierbleiben, in Sicherheit.«

Diesen Argumenten musste Constanze widerwillig zustimmen, trotzdem wäre sie liebend gern mit ihm gegangen. Nicht nur, damit sie frühestmöglich bei Eliah war, sondern auch, weil sie gern in Silas Nähe bleiben wollte. Der Gedanke, noch einmal untätig auf seine Rückkehr warten zu müssen, während er sich in Gefahr begab und tagelang verschollen blieb, behagte ihr nicht.

Silas strich ihr mit beiden Händen die Haare aus dem Gesicht. »Auch auf die Gefahr hin, dass ich mich wiederhole: Du musst dir keine Sorgen machen. Nevio und ich sind ein eingespieltes Team. Außerdem haben wir den Überraschungseffekt auf unserer Seite.«

Constanze musterte ihn weiterhin zweifelnd.

»Habe ich dir eigentlich schon einmal die Geschichte erzählt, wie Nevio und ich uns kennengelernt haben? Wir hätten uns beinahe gegenseitig über den Haufen geschossen.«

Ihre Lippen verzogen sich zu einem kleinen Lächeln. »Das ist nicht wahr. Du versuchst nur, mich vom Thema abzulenken.«

»Ein bisschen vielleicht«, gab er ertappt grinsend zu. »Aber ich möchte dir auch klarmachen, warum du auf Nevios Fähigkeiten voll und ganz vertrauen kannst. Von ihm habe ich eine ganze Menge gelernt.« Er lehnte sich an die Rückwand des Bettbereichs und zog Constanze zwischen seine Beine.

Am frühen Morgen angelte Silas nach seinem Handy und rief in Chile an. Constanze rutschte dicht an ihn heran, damit sie mithören konnte. Wie immer wurde am anderen Ende unverzüglich abgenommen. »Sil? Na wie sieht's aus?«

»Bescheiden«, kam Silas sofort auf den Punkt. »Wir haben nur die halbe Miete. Der Plan hat sich geändert.«

Es entstand eine kurze Pause, doch Constanze hatte keinen Zweifel, dass Nevio auch ohne lange Erklärung verstand, worauf Silas hinauswollte. Seine Antwort bestätigte ihren Eindruck sogleich. »Wann sollen wir kommen?«

»Sofort.« Silas winkelte ein Bein an und drückte Constanze fester an sich. »Wir treffen uns bei Brigita. Bring deinen Spezialkoffer mit.«

»Wie in alten Zeiten?«

»Wie in alten Zeiten.«

»Ich melde mich, sobald wir mehr wissen.«

»Geht klar.« Silas klappte das Handy zu und warf es neben sich aufs Bett.

»Brigita … also müssen wir nach Bern?«

Silas legte den Unterarm aufs Knie. »Genau. Wir machen uns heute noch auf den Weg. So, wie ich Nevio kenne, steht er schon mit gepackten Koffern in den Startlöchern, bevor Jara auch nur den Flug gebucht hat.«

Nach dem, was Constanze am vergangenen Abend über Silas' Freunde gehört hatte, glaubte sie das sofort. »Jara kommt auch mit?«

Silas nickte. »Sie wird bei dir bleiben, bis wir wieder zurück sind. Die beiden haben eine elfjährige Tochter. Glaub mir, Jara kann sehr gut nachfühlen, wie es dir gerade geht.«

Constanze setzte sich auf. »Ich möchte sie aber nicht damit belasten. Das ist wirklich nicht nötig. Ich will nicht, dass sie meinetwegen ihr Kind zurücklassen. Solche Umstände kann ich ...«

Silas brachte sie mit einem Kuss zum Schweigen. »Jaras Eltern passen auf die Kleine auf. Außerdem würde Jara Nevio vierteilen, wenn er sie nicht mitnehmen würde. Sie möchte dich schon eine ganze Weile kennenlernen.«

»Vierteilen, soso«, wiederholte Constanze ernst. »Das muss sie mir bei Gelegenheit unbedingt mal zeigen. Dann kann ich dir das das nächste Mal auch androhen, wenn du wieder allein losziehen willst.«

Silas umfasste ihr Kinn und sah ihr tief in die Augen: »Es wird hoffentlich kein nächstes Mal geben.«

Constanze schluckte. »Das hast du schon mal gesagt.«

Er atmete zischend aus. »Dann wird es höchste Zeit, dass es wahr wird.« Er rieb die Lippen gegen ihre Stirn. »Sobald wir Eliah zurückhaben, machen wir uns auf Nimmerwiedersehen aus dem Staub.«

Constanze schloss die Augen und genoss seine Berührung. Wenn es doch nur schon so weit wäre.

Silas löste sich von ihr, sprang aus dem Bett und öffnete seine Reisetasche. »Lass uns erst mal frühstücken. Und danach machen wir aus dir eine waschechte Italienerin.« Er zwinkerte vielsagend, griff in die Tasche und schwenkte eine dunkelbraune Perücke. »La bella Donna.«

Eine Stunde später verfolgte Constanze, inzwischen mit braun gelockter Mähne, wie Silas routiniert die holländischen Nummernschilder des Wohnmobils durch italienische ersetzte. Sie waren nun offiziell in Rom zu Hause.

»Sprichst du denn italienisch?«, erkundigte sie sich und zerrte ihren Wollpulli etwas tiefer über die Jeans.

Silas nickte. »Genug, dass es nicht auffällt. Du glaubst nicht, wie viele meiner Aufträge aus Italien kamen.«

Constanze verschränkte die Arme vor der Brust. »Wohl doch kein Klischee, das mit der Mafia.«

Silas lachte herzhaft. »Also die brauchen mich sicher nicht, die haben ihre eigenen Leute.« Er ging an ihr vorbei und verstaute die alten Kennzeichen hinter dem Ersatzrad. Sich umdrehend nahm er sie genau in Augenschein. »Wir haben ungefähr vier Stunden Fahrt vor uns, aber Nevio und Jaras Flug dauert mindestens fünfzehn Stunden. Uns bleibt also jede Menge Zeit. Bist du so weit?«

Constanze strich sich die falschen Locken aus der Stirn. »Sí. Naturalmente.«

»Oha.« Silas grinste sie begeistert an. »Vielleicht sollte ich besser den Mund halten und dich sprechen lassen.«

Constanze lächelte zurück. »Nein. Ich fürchte, viel mehr als das bekomme ich nicht zusammen.« Sie rieb die Hände gegeneinander, der Morgen war kalt. »Denkst du, wir fallen auf?«

»Nervös?« Silas griff auf ihre Schultern und trat so nah an sie heran, dass sich ihre Körper berührten.

Constanze nickte.

»Musst du nicht.« Er rieb aufmunternd mit dem Daumen über ihr Schlüsselbein. »Hilft es dir, wenn ich dir sage, dass ich das schon zig Mal gemacht habe und nie jemand Verdacht geschöpft hat? Du musst dich einfach ganz normal benehmen, das ist alles.«

»Aha. Ganz normal also ...« Sie blickte mit erhobener Augenbraue zu ihm auf. »Bist du nicht ein wenig zu groß für einen Italiener?«, neckte sie ihn.

Silas drehte sie lachend um, schob sie vor sich her zur Beifahrertür des Wohnmobils und setzte sich danach hinters Steuer. »Noch ein Klischee, das es zu widerlegen gilt.«

Am späten Nachmittag erreichten sie Bern. Zu Constanzes Überraschung war es wirklich genau so, wie Silas gesagt hatte. Niemand schien etwas Auffälliges an ihrer Erscheinung zu bemerken. Nicht einmal, als sie zum Mittagessen an einem Autobahnrestaurant angehalten hatten, hatte jemand Notiz von ihnen genommen. Vielleicht lag das auch größtenteils daran, dass Silas jedes Mal, wenn sie das Wohnmobil verließen, den Arm so um ihren Hals drapierte, dass seine Hand locker über ihrer Brust baumelte. Kein Mann, der nicht auf Streit aus war, würde bei dieser besitzergreifenden Geste einen zweiten Blick auf sie riskieren. Constanze konnte nicht gerade behaupten, dass sie mit Silas' gespielten Machoallüren ein Problem hatte. Eher das Gegenteil traf zu. Früh genug würde er nach Zermatt aufbrechen. Bis dahin war es einfach schön, ihn so nah bei sich zu haben.

Sie checkten in einem Motel unweit des Flughafens ein, dann war erst einmal Warten angesagt. Nevio hatte sie inzwischen per SMS informiert, dass Jara und er am nächsten Tag gegen 14 Uhr in Bern landen würden.

Constanze pflanzte sich im Schneidersitz aufs Bett und beobachtete Silas, der konzentriert am Laptop Daten über die Umgebung des Anwesens in Zermatt einholte. Eine Weile sah sie ihm zu, wie er dem Internet in seiner üblichen Hackergeschwindigkeit Informationen entlockte. Plötzlich kam ihr eine Idee. Constanze sprang auf und trat hinter ihn.

»Denkst du, wir können Frank und Susanne eine E-Mail schicken, bevor wir nach Chile abreisen? Ich würde mich gern noch von ihnen verabschieden.«

Silas drehte sich auf dem Hocker um, wobei er sie auf seinen Schoß zog. »Kannst du das so formulieren, dass ein Dritter mit der Mail nichts anzufangen weiß?«

Sie überlegte, dann nickte sie. »Ja, schon. Ich verwende einfach meinen Spitznamen, den kennt kaum jemand.«

»Dann dürfte es kein Problem sein. Wir können die Nachricht quasi noch vom Flughafen aus schicken.«

Constanze atmete tief durch. »Okay. Die beiden warten bestimmt schon darauf, noch mal was von uns zu hören.

Hoffentlich kann ich ihnen bald schreiben, dass wir unversehrt auf dem Weg nach Chile sind.«

Silas rieb mit dem Finger über die blasse Narbe an ihrem Handgelenk. »Ganz bestimmt. Wir sind bald in Sicherheit, auch wenn du dafür alles andere aufgeben musst.«

Constanze schüttelte den Kopf. »Nicht alles ...« Sie griff an sein Gesicht und bog es zurück, bis sie ihm in die Augen blicken konnte. »Dich nicht.«

»Nein.« Beide Hände um ihre Hüften gelegt zog er sie näher. »Mich wirst du nicht so schnell los.«

»Da sind sie, lass uns gehen.« Silas nahm Constanzes Hand und steuerte mit ihr ohne Eile in Richtung Bushaltestelle. Obwohl sie unauffällig jedes infrage kommende Paar analysierte, das aus dem Flugterminal trat, machte sie Jara und Nevio beim besten Willen nicht aus. Möglicherweise waren die beiden genau wie sie in eine andere Identität geschlüpft.

Ratlos blickte sie zu Silas, der gelassen auf den Bus zuging. Er sah sich weder um noch ließ er sich in anderer Weise anmerken, dass er jemanden der umherschwirrenden Fluggäste kannte. Trotzdem war Constanze überzeugt, dass sich das chilenische Paar in unmittelbarer Nähe zu ihnen befand. Nevio hatte kurz nach der Landung angerufen und Silas gesagt, welchen Ausgang sie benutzen würden. Das war vor über einer Stunde gewesen. Trotzdem hatte Constanze die beiden noch nicht zu Gesicht bekommen. Jedenfalls nicht wissentlich, denn sie hatten ausgemacht, sich erst im Motel zu begrüßen. Wie immer ging der Magier kein Risiko ein. Das galt insbesondere, wenn es um die Sicherheit seiner Freunde ging. Obwohl Constanze wegen der bevorstehenden Rettungsaktion immer noch mit unterschwelliger Angst zu kämpfen hatte, fand sie es doch aufregend, Teil eines geheimen Treffens zu sein. Es war das erste Mal, dass sie in einem Team mitwirkte. Und dann auch noch in einem, das sich blind verstand.

In ihrem bisherigen Leben hatte sie sich nie irgendwo zugehörig gefühlt – das hatte sich geändert. Jetzt war ihr Platz an Silas' Seite. Lächelnd blickte sie zu ihm auf. Er grinste zurück, wobei seine weißen Zähne hell aus dem schwarzen Vollbart hervorstachen. Constanze rückte schmunzelnd ihre dünne Drahtbrille zurecht. Das Ganze hatte doch sehr viel von einer Verschwörung.

Sie stiegen mit einer Gruppe von Fluggästen in einen Bus, der ins Stadtzentrum fuhr. Von dort aus wechselten sie zweimal die Linie, bis sie schließlich ihr Motel erreichten. Immer noch konnte Constanze keine Spur von Jara und Nevio entdecken. Langsam zweifelte sie an ihrer Wahrnehmung, denn es gab schlichtweg kein Paar mehr, das mit ihnen an der letzten Haltestelle ausstieg. Restlos verwirrt betrat sie vor Silas das Motelzimmer und wartete gespannt, bis es eine halbe Stunde später an die Tür klopfte.

Silas sprang grinsend auf und öffnete. »Guten Tag, die Herren. Wie war Ihr Flug?«

Constanze klappte endgültig das Kinn hinunter, als sie im Türrahmen die beiden jüdischen Rabbis entdeckte, die sie zwar gesehen, aber nicht weiter beachtet hatte. Kein Wunder. Sie hatte nach einem Paar gesucht, nicht nach zwei Männern. Der kleinere der beiden musste Jara sein. Kaum hatte Silas die Tür geschlossen, fiel sämtliche Zurückhaltung von den Dreien ab. Lachend schlossen sie sich in die Arme. Silas zog an Jaras falschem Schnurrbart und hob sie kurz vom Boden ab, um sie an sich zu drücken, danach drehte er sich zu Constanze. Gerührt nahm sie seine ausgestreckte Hand. Das war also Silas' Familie ...

»Jara, Nevio. Ich möchte euch Constanze vorstellen.« Er grinste, weil sie sich hastig die Lockenperücke vom Kopf rupfte.

411

Constanze hatte keine Zeit, sich über die Art der Begrüßung Gedanken zu machen, weil sie schon im nächsten Moment herzlich von Jara und Nevio umarmt wurde.

»Du bist ja genauso hübsch, wie Sil dich beschrieben hat«, dröhnte Nevio mit tiefer Bärenstimme, die nicht zu seiner schlaksigen Gestalt passen wollte.

Constanze errötete. »Danke. Es ist wirklich nett, dass ihr so schnell kommen konntet.« Nach der innigen Begrüßung fiel Constanze die vertraute Anrede leicht.

Jara, erheblich kleiner als ihr Mann und auch etwas runder, umfasste ihr Hände. »Das ist doch gar keine Frage. Du gehörst jetzt zu Silas, und damit auch zu uns. Du kannst jederzeit auf uns zählen.«

»Danke. Ich weiß gar nicht, was ich sagen soll.«

Jara winkte ab, aber ihre klugen Augen blitzten amüsiert. »Du kannst dir nicht vorstellen, wie froh ich bin, dass Sil dich getroffen hat. Ich habe schon befürchtet, dass er sich nie verliebt. Er war schon immer ein Einzelgänger. Aber jetzt ...« Sie strahlte über ihr ganzes freundliches Gesicht.

Constanze bemerkte, wie sich Silas hinter ihr verlegen die Haare rieb und musste schmunzeln. Auch Nevio und Jara blickten sich grinsend an und Constanze verstand plötzlich, warum er sich bei den beiden so wohl fühlte. Das Paar strahlte dieselbe glückliche Harmonie aus wie Susanne und Frank.

Silas hatte ihr vor ein paar Tagen erzählt, dass die beiden schon seit fast zwanzig Jahren verheiratet waren. Irgendwie brachte es Constanze immer noch zum Staunen, derart zufriedene Eheleute zu sehen. Ihr Blick streifte Silas, der dicht hinter sie trat, während er Nevio und Jara kurz berichtete, was am Tegernsee vorgefallen war. Immer dann, wenn er seine Worte nicht gerade mit Gesten untermalte, kamen seine Hände auf ihren Hüften zur Ruhe. Constanzes Herz weitete sich, als ihr plötzlich bewusst wurde, dass es noch ein Paar gab, auf das diese glückliche Harmonie langsam zutraf. Sie und ihn ...

Sie schluckte. Das war sie, die innige Verbundenheit, von der sie immer geträumt hatte. Sie lebte sie, genau hier, genau jetzt. Ihre Liebe zu Silas hatte das Undenkbare möglich gemacht. Sie hatte ihre schlimme Ehe überwunden, war nicht länger ein emotionaler Krüppel. Die Panik vor Intimität war wie fortgewischt. Sie fühlte sich wie eine normale Frau. Endlich. Der Gedanke leuchtete wie ein heilendes Signalfeuer in ihrer Seele, tilgte die letzten Schatten ihrer Vergangenheit. Tief bewegt sah sie zu Silas auf. Seine Worte an Nevio kamen kurz ins Stocken, als er ihren Blick einfing. Zärtlich lächelnd schmiegte er sie an sich.

Den Kopf an seine Schulter gebettet, lauschte Constanze seiner Schilderung. An der präzisen Art, mit der Nevio Fragen stellte, erkannte sie schnell, dass Silas mit seiner Aussage, der Chilene sei mit allen Wassern gewaschen, nicht übertrieben hatte. Es war offenkundig, dass er genau wie Silas nur darauf brannte, Michael in die Schranken zu weisen. Diese Tatsache ließ Constanze erst recht warm ums Herz werden. Es war, wie Jara gesagt hatte. Sie standen füreinander ein wie eine Familie.

»Ihr müsst Eliah so befreien, dass Michael keinen Verdacht schöpft«, gab Jara zu bedenken, als Nevio vorschlug, eine Entführung zu inszenieren. »Es wäre schlecht, wenn er die Täter in Constanzes Freundeskreis vermutet. Das müssen wir verhindern. Aber wie?«

Silas grinste boshaft. »Indem wir es so drehen, dass es wie ein Racheakt eines gegnerischen Waffenrings aussieht. So was Ähnliches hatte ich schon mal vor. Das passt immer noch. Dadurch sind von Richtstetten die Hände gebunden. Er kann damit schlecht zu den Behörden rennen.«

»Die Idee ist genial«, schaltete sich Constanze ein. »Michael würde nie vor der Polizei offenlegen, dass er unlautere Geschäfte tätigt. Das käme einer Selbstanzeige gleich.«

Je detaillierter sie die Idee durchspielten, desto klarer wurde, dass sie darin des Rätsels Lösung gefunden hatten. Jetzt blieb nur noch die Frage, wie sie es technisch über die Bühne bringen konnten. Darin waren Silas und Nevio Spezialisten. Sie begannen, mit Fachbegriffen um sich zu werfen, die es Constanze schon nach wenigen Minuten unmöglich machten, dem Gespräch weiter zu folgen. Sie blickte etwas ratlos zu Jara. Die zuckte nur fröhlich die Schultern, als wollte sie sagen, dass dies nichts Neues war.

Bis die beiden Entführer in spe eine geeignete Vorgehensweise erarbeitet hatten, dämmerte bereits der Morgen herauf. Dennoch störte sich keiner daran. Zu ergiebig war die durchwachte Nacht gewesen. Niemand brauchte auszusprechen, dass sie nicht tagelang Zeit hatten, die Sache zu planen. Sie mussten schleunigst handeln. Nicht nur, weil keiner wusste, wie lange von Richtstetten letztlich in der Schweiz blieb, sondern auch um Eliah schnellstmöglich von seinem brutalen Vater wegzuholen. Constanze betete im Stillen, dass Michael seinem Sohn nichts antat. Da er sie für tot hielt, fehlte ihm eigentlich der Grund dafür. Aber sicher konnte man bei einem Mann wie Michael nie sein.

Am frühen Nachmittag brachen Silas und Nevio mit dem Wohnmobil nach Zermatt auf. Jara und Constanze standen auf dem Parkplatz des Motels und blickten ihnen nach.

Einfühlsam legte Jara einen Arm um Constanze, als sie sah, wie sehr sie mit den Tränen rang. »Mach dir keine Sorgen. Die beiden sind schon einzeln fantastisch, aber zusammen sind sie unschlagbar. Du hättest sie früher mal erleben sollen. Manchmal hat es fast den Anschein, der eine kann die Gedanken des anderen lesen. Ich bin sicher, alles geht gut.«

»Das hoffe ich.«

Sie kehrten in das Motelzimmer zurück.

»Es ist nur diese Ungewissheit«, sprach Constanze weiter, als sie die Tür hinter sich geschlossen hatten. »Du kennst Michael nicht, Jara. Er ist der hinterhältigste Mensch, den es gibt. Bei ihm weiß man nie, was er als Nächstes plant.«

Jara nahm die Kanne aus der Kaffeemaschine und schenkte Constanze und sich eine Tasse ein. »Denkst du, er ahnt, dass jemand nach Eliah sucht?«

Constanze strich sich eine Haarsträhne hinters Ohr. »Michael hat jede Menge Feinde. Selbst wenn er nicht konkret mit einem Angriff rechnet, ist er trotzdem immer auf der Hut. Er ist furchtbar misstrauisch. Das war er früher schon.«

Jara nippte an ihrem Kaffee. »Klingt nach einem echten Herzblatt«, meinte sie. »Sil hat gesagt, du warst fast fünf Jahre mit ihm verheiratet.« Sie fasste über den Tisch und legte mitfühlend ihre Hand auf Constanzes. »Wie hast du das bloß ausgehalten? Das muss doch eine einzige Qual gewesen sein.«

»Ja. Das war es auch«, bestätigte Constanze schlicht, weil sie langsam selbst nicht mehr begreifen konnte, wie sie das so lange hatte mitmachen können. »Ich hätte ihn viel früher verlassen sollen. Dann wäre Eliah und mir viel erspart geblieben.« Oder es gäbe Eliah nicht, gestand sie sich ein. Zumindest hatte ihr die Zeit mit Michael eines gebracht: einen wundervollen Sohn.

»Ich kann dich gut verstehen.« Jaras goldene Augen verdunkelten sich. »Mein Vater war auch ein übler Schläger. Er hat meine Mutter und mich regelmäßig verprügelt. Ich habe Jahre gebraucht, bis ich das hinter mir lassen konnte.« Sie beugte sich vor und blickte Constanze eindringlich an. »Es geht nicht darum, wann du gehst, sondern dass du es tust. Das ist alles, worauf es am Ende ankommt.«

Constanze drückte ihre Hand. »Ich bin froh, dass du das gesagt hast, Jara«, gestand sie. »Irgendwie fragt man sich doch, warum man sich das alles gefallen lassen hat.«

»Du musst dir verzeihen, Constanze. Familie, Erfahrungen, Angst vor der Zukunft. Es gibt tausend Gründe, weshalb wir tun, was wir tun. Niemand ist perfekt. Und du kannst stolz darauf sein, was du erreicht hast. Du wirst sehen, wenn du erst mal mit Silas in Chile lebst, wirst du nicht mehr glauben können, was für schlimme Zeiten hinter dir liegen. Er ist ein wahrer Schatz. Ich kenne ihn, seit er ein frecher Dreizehnjähriger war. Ihr passt wunderbar zusammen, in jeder Hinsicht. Ich nehme mal an, er hat dir inzwischen von seiner Kindheit erzählt?«

Constanze nickte. »Ja. Man merkt ihm nicht an, was er in seinem Leben schon alles verloren hat. Dieses ganze Leid ...« Sie schluckte. »Er wirkt immer so gelassen und unbeschwert.«

Jara lachte leise. »Gelassen war er schon immer, das stimmt. Aber unbeschwert ist er erst, seit er dich kennt.« Sie zwinkerte Constanze zu. »Ich habe ihn noch nie so glücklich erlebt. Ich bin wirklich froh, dass ihr euch gefunden habt.«

»Ich auch.« Constanze seufzte so inbrünstig, dass sie beide lachen mussten. Jäh wurde sie wieder ernst. »Da ist nur eines, was mir noch immer schwer im Magen liegt.« Seit Wochen hatte sie konsequent jeden Gedanken verdrängt, der sie an Silas' Job erinnerte. Sie hatte sich untersagt, das Wort *Auftragskiller* auch nur zu denken, geschweige denn *Mörder*.

»Du meinst seinen Job.«

Jara musste Gedanken lesen können. Constanze nickte schwach.

»Du glaubst also, Sil ist ein Auftragskiller?« Jara lachte.

Constanze hob langsam den Kopf. Sie verstand nicht, warum Jaras rundes Gesicht schier zu leuchten schien vor Erheiterung.

»So lustig finde ich ...«

Jara griff nach ihrer Hand und beruhigte sich von einer Sekunde zur anderen. »Nein. Es ist nicht lustig. Aber ein

Grund zur Freude ... für mich. Du liebst ihn, obwohl du ihn für einen unbarmherzigen Mörder hältst?«

Constanze schoss das Blut in den Kopf. »Ja.« Verlegen senkte sie den Blick.

»Dann kann ich dich beruhigen.«

»Was? Wieso ...?«

»Der Magier ist in der Unterwelt als Auftragskiller bekannt. In Wahrheit arbeitet er wie Nevio für einen Geheimdienst.«

»Aber ...«

»Silas wäre nach dem Unglück mit seiner Familie beinahe auf die schiefe Bahn geraten. Zum Glück ist er in jener Nacht Nevio begegnet. Mein Mann war damals schon Agent. Er erkannte Silas' Talent und heuerte ihn an. Die echten Identitäten der beiden sind streng geheim, und dafür ihre erschaffenen Existenzen umso ausgefeilter und gefährlicher.«

Constanzes Herzschlag drohte, ungesunde Ausmaße anzunehmen. »Und die vielen Morde?« Sie legte ihre eiskalten Fingerspitzen auf die glühenden Wangen.

»Reine Show. Silas hat garantiert keines seiner vermeintlichen Opfer umgebracht. Er zieht die Delinquenten nur dauerhaft aus dem Verkehr. Er bereitet den Weg vor, sorgt für ihre Kampfunfähigkeit. Anschließend greift eine weitere Spezialeinheit zu und schnappt sich die Verbrecher. Wusstest du nicht, dass niemals eine der Leichen der angeblich von Silas ermordeten Personen aufgetaucht ist?«

»Ich habe davon gehört.«

»Nun, dann weißt du jetzt, was mit ihnen passiert ist.«

»Nicht wirklich«, erwiderte Constanze in einem Anflug von Übermut. Silas war kein Mörder. Kein skrupelloser Auftragskiller. Es gab eine harte, kalte Seite an ihm – das schon. Aber er spielte nicht Selbstjustiz und mordete nicht erbarmungslos.

»Keines der Opfer«, Jara spuckte das Wort beinahe aus, »ist unschuldig an dem, was ihm passiert ist. Es ist für viele andere ein Segen, dass sie aus dem Verkehr gezogen wurden. Niemand im Team weiß, wo sie sind. Aber aus ihrem Wissen schöpft man Informationen, um die Strukturen der kriminellen Organisationen zu unterwandern und an die Hintermänner heranzukommen.«

»Im Team?«

Dieses Mal lachte Jara wieder. »Du erfährst gerade eines der Geheimnisse, für das du getötet werden müsstest. Nevio und ich arbeiten ebenfalls für die Organisation.«

»Und die wäre?«

»Später, meine Liebe.« Jara tätschelte ihre Hand.

Sie redeten noch bis spät in den Abend hinein. Jara erzählte ihr von Chile und von dem Leben, das Constanze und Eliah dort erwartete, doch immer wieder glitten Constanzes Gedanken ab und nur ein einziger Satz tobte durch ihren Kopf. Silas war kein Mörder!

»Eines verstehe ich noch nicht«, meinte sie und brachte Jara aus dem Konzept, die gerade etwas über Chiles Flora und Fauna erzählt hatte.

»Was denn?«

»Wieso hat Silas den Auftrag angenommen, mich umzubringen? Wäre ich auch ...«, sie stockte, »... aus dem Verkehr gezogen worden?«

»Nein. Fälle wie deine lehnt die Organisation normalerweise ab. Sil hat eigenmächtig gehandelt.«

Constanze schnappte nach Luft. »Hat das Konsequenzen für ihn?« Auf keinen Fall wollte sie der Grund dafür sein, dass er Schwierigkeiten bekam. Gleich welcher Art.

»Keine Bange. Silas' Ausscheiden aus dem Dienst war beschlossene Sache, bevor dein Exmann den Auftrag herausgegeben hat. Nevio und ich waren gerade dabei, alles für seinen Neubeginn in Chile vorzubereiten. Nevio und ich arbeiten nur noch im Innendienst. Sil hätte in Kürze die Ausbildung der neuen Rekruten übernommen – oder sich entschlossen, komplett auszusteigen.«

»Danke, dass du mir das alles erzählt hast.« Constanze drückte Jaras Hand. »Und wehe Silas, wenn er zurückkommt.« Sie zog eine Miene, die Jara unmissverständlich deuten musste, was sie mit ihm vorhatte. Das breite Grinsen bestätigte, dass Jara sie ganz genau verstand.

Als Constanze sich fürs Bett fertig machte, wusste sie, dass sie eine neue Freundin gefunden hatte.

Zwei Tage später kniete Constanze ergriffen vor Eliah und drückte ihn schluchzend an sich. Ihrem Sohn ging es gut. Er war zwar etwas blass und müde, ansonsten jedoch wohlauf. Nevio und Silas war es gelungen, ihn auf dem Weg zum Zahnarzt seinen Bewachern zu entreißen. Der Grund dafür war allerdings gewesen, dass Silas sich hatte erwischen lassen. Nevio und Eliah waren ohne ihn zurückgekehrt.

»Sil hat die Typen abgelenkt, sonst hätte ich mit Eliah nicht entkommen können«, erklärte Nevio die Geschehnisse, nachdem sich alle wieder etwas beruhigt hatten.

Constanze hörte ihm geschockt zu. Ihr war sterbensschlecht. Furcht und Sorge um Silas bohrten sich in ihren Magen. Sie hatte ihren Sohn wieder – aber zu welchem Preis? Auch wenn sie ihr eigenes Leben für ihn gegeben hätte, sie hatte nie gewollt, dass Silas ... Sie konnte nur hoffen, dass Michael nicht wusste, dass sein Gefangener der Magier war. Andernfalls gab sie sich keiner Illusion hin, ihn noch einmal lebend wiederzusehen. Diese Befürchtung teilte sie auch Nevio mit, nachdem er mit seinem Bericht geendet hatte.

Er schüttelte den Kopf. »Nein. Das kann von Richtstetten unmöglich vermuten. Wir haben genug Hinweise hinterlassen, die auf diesen russischen Waffenring hindeuten. Dein Exmann geht garantiert davon aus, dass Sil nur ein bezahlter Handlanger ist. Sil hat mir eingebläut, dass wir nichts wegen ihm unternehmen sollen. So, wie ich ihn kenne, wird er sich irgendwie allein hinausmanövrieren.

Er hat gesagt, wir sollen mit dem Wohnmobil nach Paris fahren und ihn dort treffen.«

»Denkst du, er schafft es, meinem Vater zu entwischen?«

Constanze drückte Eliah enger an sich. Genau das war es, was auch ihr Angst einjagte. Was, wenn Silas die Flucht nicht gelang?

Nevio streichelte ihm über die zerzausten Haare und sah dabei auch Constanze an. »Da bin ich mir ganz sicher. Sil ist das achte Weltwunder, wenn es ums Ausbrechen geht. Wir halten uns an den Plan, wie es abgesprochen war. Nicht, dass wir ihn in Paris verfehlen.«

Constanze schluckte gegen den Kloß in ihrer Kehle. »Nein«, hörte sie sich sagen. Sie räusperte sich. »Nein«, wiederholte sie noch einmal lauter. »Ihr müsst ohne mich nach Paris fahren. Ich werde Silas nicht in Michaels Gewalt zurücklassen.« Ihre Stimme klang so fest, dass Jara, Nevio und sogar Eliah sie stumm ansahen. Sie holte tief Luft. »Ich kenne mich auf dem Anwesen in Zermatt aus. Ich werde hinfahren und ihm bei der Flucht helfen.«

»Auf keinen Fall!« Nevio sprang auf die Füße. »Das kann ich nicht verantworten! Sil reißt mich in Stücke, wenn ich dich auch nur in die Nähe des Anwesens lasse.«

»Das wäre eine unverzeihliche Dummheit, Constanze. Was willst du dort denn ausrichten?«, stimmte ihm Jara sofort zu.

»Mir wird schon etwas einfallen.« Constanze ließ sich nicht von ihrem Vorhaben abbringen. »Silas hat immer wieder sein Leben für mich und Eliah aufs Spiel gesetzt. Nun werde ich zur Abwechslung einmal etwas für ihn tun.«

»Das ist purer Wahnsinn.« Nevio griff nach ihrem Arm. »Lass uns gemeinsam eine Lösung finden. Du kannst das nicht allein …«

Auch Jara musterte sie besorgt.

Constanze schüttelte energisch den Kopf. »Ich kann es nur allein schaffen. Nur ich kenne Michael und das Anwesen gut genug, um mich ihm gefahrlos nähern zu können. Ich bin jahrelang vor ihm davongelaufen. Dieses Mal werde ich mich umdrehen und kämpfen. Ich werde Silas nicht im Stich lassen.« Sie strich ihrem Sohn über den Rücken und blickte ihn ernst an. »Was sagst du dazu, Eliah?«

»Ich hab ihn lieb, Mama«, flüsterte er mit dünner Stimme. »Ich möchte, dass er wieder bei uns ist.«

Constanze drückte ihn mit Tränen in den Augen an sich. »Das möchte ich auch. Und genau deshalb werde ich nach Zermatt gehen.«

Nevio und Jara blickten sich schweigend an. »Okay«, gab Nevio nach einer Weile langsam nach. »Dann lass uns sehen, wie wir dich unterstützen können.« Er rieb sich seufzend das Gesicht und überlegte. »Du brauchst einen Mietwagen. Geld. Eine gute Tarnung«, zählte er an den Fingern ab. »Und eine Waffe solltest du auch mitnehmen. Für den Notfall.«

Jara stand auf. »Ich kümmere mich um den Mietwagen.«

Nevio griff nach seinem Zimmerschlüssel. »Ich um die Waffe.«

»Und ich um die Tarnung.« Constanze öffnete Silas' Reisetasche.

»Und ich?«, fragte Eliah und sah von einem zum anderen. Constanze reichte ihm zwei Kleidungsstücke. »Du hilfst mir bei der Tarnung.«

Am nächsten Morgen kniete Constanze wieder vor Eliah. Dieses Mal, um sich von ihm zu verabschieden. Er würde gleich in das Wohnmobil steigen und mit Jara und Nevio nach Paris aufbrechen. Minutenlang drückte sie ihn einfach nur an sich.

»Und du bist schön brav und hörst auf das, was Jara und Nevio dir sagen, ja?«, bat sie leise.

»Versprochen.« Eliah nickte und knetete ihre Schultern. »Wann kommt ihr?«

Constanze räusperte sich. »Sobald wir aus dem Anwesen raus sind. In ein paar Tagen wahrscheinlich«, wenn alles gut geht, beendete sie den Satz in Gedanken. Sie wollte sich nicht ausmalen, was alles passieren konnte. Es gab hundert Möglichkeiten. Aber diese Sorge sprach sie nicht aus. Ihr Entschluss, Silas zu retten, stand fest. Trotzdem war sie sich im Klaren, welches Risiko sie einging. Nicht nur für sich, sondern auch für Eliah. Michael von Richtstetten wollte ihren Tod. Würde er herausfinden, dass sie noch am Leben war, ging der ganze Albtraum von vorn los. Im schlechtesten Fall würde er sein Ziel erreichen.

Sie schluckte trocken und ihr Blick begegnete über Eliahs Wuschelkopf hinweg Jaras. Sie sprachen kein Wort, und dennoch nickte Jara leicht. Die Botschaft war klar. Constanze nickte dankbar zurück und blinzelte gegen die Tränen. Sollte ihr etwas zustoßen, würden die beiden sich um ihren Sohn kümmern. Der Gedanke, Eliah möglicherweise ohne Mutter zurückzulassen, setzte ihr schwer zu. Aber genauso unvorstellbar war es, ein Leben ohne Silas in Kauf zu nehmen.

Beherzt drückte sie Eliah ein letztes Mal an sich, dann richtete sie sich auf. Nevio und Jara umarmten sie innig, ehe Nevio ihr die Wagenschlüssel des Mietwagens gab.

»Viel Glück.« Jara drückte ihren Arm. »Wir bleiben in Verbindung.«

Constanze nickte, zu bewegt, um etwas sagen zu können. Sie gab Eliah einen letzten Kuss auf die Wange, setzte sich die Schildkappe und Brille auf, die sie als Tarnung benutzen würde, und stieg in den Wagen. Nach einem tiefen Atemzug startete sie den Motor.

20.

In geheimer Mission

Fünf Stunden später kauerte Constanze mit einem Fernglas in den Händen hinter einem Felsen auf einer kleinen Anhöhe. Sie befand sich unweit des Anwesens und beobachtete das Haupthaus.

Unentwegt ließ sie ihren Blick über das weitläufige, von Wald umgrenzte Gelände schweifen, in innigster Hoffnung, etwas erspähen zu können, was ihr einen Hinweis über Silas' Anwesenheit gab. Sie harrte so lange aus, bis ihre Füße vom langen Warten in der Kälte gefühllos waren. Als sie gerade entmutigt zum Parkplatz zurückkehren wollte, wurde ihre Ausdauer belohnt.

Von einem Moment auf den nächsten traten drei Männer aus dem Eingang des Wirtschaftsgebäudes. Constanze hielt vor Schreck den Atem an. Bei dem Mann, der seltsam gebeugt zwischen Michaels Schlägertypen ging, handelte es sich um Silas.

Sie schluchzte und umklammerte das Fernglas so fest, dass ihre Fingerknöchel schmerzten. Silas war hier und er war am Leben. Noch. Tränen schnürten ihre Kehle zu und ließen das Bild vor ihren Augen verschwimmen. Was hatten diese Dreckskerle ihm angetan?

Sie war definitiv zu weit weg, um Silas' Verletzungen genau bestimmen zu können, aber nach der Art, wie er sich bewegte, waren seine Rippen geprellt, wenn nicht sogar gebrochen. Sie verfolgte jeden seiner Schritte. Starrte ihn an, als könnte sie dadurch Verbindung zu ihm aufnehmen. Die Männer bewegten sich einige Meter in ihre Richtung, dann bogen sie um eine Hausecke und schleiften ihren Gefangenen zu den früheren Stallungen.

Als besäße Silas einen sechsten Sinn, sah er kurz auf. Constanze hielt den Atem an, doch dann begriff sie, dass er sich unauffällig nach einer Fluchtmöglichkeit umsah. Einige Sekunden später waren die Männer aus ihrem Blickfeld verschwunden. Constanze holte tief Luft und wischte sich hastig die Tränen ab. Jetzt wusste sie immerhin, dass sie mit ihrer Vermutung recht behalten hatte. Silas wurde tatsächlich im Kellergewölbe unter den ehemaligen Stallungen gefangen gehalten. Jetzt musste sie nur noch einen Weg finden, dort hineinzugelangen und was viel wichtiger war, sie musste mit Silas zusammen auch wieder herauskommen.

Lange saß sie da, grübelte und spielte Ideen durch, wie sich ihr Vorhaben in die Tat umsetzen ließ. Es war erstaunlich, aber die wenigen Sekunden, in denen sie Silas gesehen hatte, hatten neue Kräfte mobilisiert. Die Tatsache, dass er sich praktisch nur dreihundert Meter von ihr entfernt aufhielt, gab ihr Hoffnung. Irgendwie würden sie es schaffen, zu entkommen. Sie würde so lange hierbleiben, bis es ihr entweder gelang, Silas zu befreien oder sie bei dem Versuch dabei erwischt wurde. So oder so. Sie würde nicht ohne ihn nach Chile gehen.

Eine Bewegung an der Haupttür weckte ihre Aufmerksamkeit. Rasch hob sie das Glas wieder an die Augen.

Eine Blondine kam mit eleganten Schritten die breite Treppe herunter und trat auf den Hof.

Constanze presste das Fernglas näher ans Gesicht. Das konnte doch nicht sein. Sie sah genauer hin. Doch, kein Zweifel möglich. Die Frau war eindeutig Andrea Kressfeld, Michaels Sekretärin.

Sie trug ein elegantes blaues Wollkleid und stöckelte in halsbrecherisch hohen Pumps auf die Garage zu. Constanze konnte sich noch gut daran erinnern, wie viel Wert Michael früher auf derartige Schuhe gelegt hatte ... und offensichtlich noch immer.

Während Andrea sich das zum Kleid passende Kopftuch über die Haare band und die Sonnenbrille aufsetzte, lief das große Garagentor auf. Ein feuerwehrroter Mercedes CLK kam zum Vorschein, eine neuere Version des Wagens, den Michael ihr zum ersten Hochzeitstag gekauft hatte. Constanze schnaubte verächtlich. Alles beim alten, nur die Frau hatte gewechselt.

Sie stutzte. Ihr Herz begann aufgeregt zu klopfen. Die Frau wechseln ... Das war es. So würde sie ins Haus kommen.

Andrea Kressfeld war ihre Eintrittskarte.

Constanze stopfte hastig das Fernglas in die Umhängetasche und rannte den Hügel bis zum Mietwagen hinunter. Zweige zerrten an ihrer Kleidung und zerkratzten ihre nackten Arme. Es kümmerte sie nicht. Sie hatte nur noch ein Ziel. Sie musste an der Straßenkreuzung sein, wenn Andrea diese erreichte.

Constanze sprang in den Mietwagen und fuhr los. Sie raste ihn gefährlichem Tempo den Hang hinab, bis sie den Waldsaum erreichte. Kaum befand sie sich in Sichtweite der Hauptstraße, zwang sie sich zu einem gemäßigten Tempo. Ein wie wahnsinnig über den Feldweg dahinschießender Wagen hätte unter Garantie Andreas Aufmerksamkeit erregt und das wollte Constanze unbedingt verhindern. Diese Gelegenheit war womöglich die einzige Chance, auf Michaels Grundstück zu gelangen, und die galt es, zu nutzen. Constanze fasste sich an die Baseballmütze und zog sie tiefer in ihre Stirn.

Gerade als sie die Kreuzung erreichte, rauschte der rote Mercedes vorbei. Constanze heftete sich an Andreas Fersen. Sorgfältig hielt sie sich immer ein bis zwei Wagen hinter ihr, so kam niemand auf die Idee, dass sie dem Mercedes folgte. Silas wäre stolz auf sie gewesen, hätte er sie jetzt sehen können. Bei dem Gedanken an ihn zog sich ihr Herz zusammen. Sie musste sich beeilen. Wer wusste schon, was Michael noch Sadistisches mit ihm plante? Sie kannte ihren Exmann zu gut, um sich darüber keine Sorgen zu machen.

Krampfhaft überlegte sie, wie sie Andrea beikommen sollte. Sie konnte schlecht neben ihr anhalten und freundlich um Hilfe bitten.

Noch ehe Constanze eine durchführbare Lösung einfiel, stoppte Andrea an einer Tankstelle. Sie warf einen missmutigen Blick in den dunkler werdenden Himmel und ließ die getönten Scheiben zufahren.

Constanze schickte ein kurzes Stoßgebet zum Himmel. Jetzt war das Innere des Fahrzeugs von außen nicht mehr einsehbar. So hatte sie die Möglichkeit, sich im Wagen zu verstecken – vorausgesetzt, ihr würde gelingen, unbemerkt in dessen Nähe zu kommen.

Langsam fuhr sie an den Zapfsäulen vorbei und stellte sich nur wenige Meter von Andrea entfernt vor die Waschanlage. Die Anlage war leer, aber das konnte man von den Zapfsäulen aus nicht einsehen. Automatisch steckte sie ihre Pistole in den Hosenbund, lehnte sich scheinbar gelassen zurück und tat, als wartete sie auf das Freiwerden der Waschanlage. Im Stillen betete sie, dass nicht ausgerechnet jetzt irgendein Schweizer sein Auto waschen wollte. Sie klammerte ihre zitternden Hände ums Lenkrad, während sie beobachtete, wie Andrea nach wenigen Minuten zum Bezahlen in das Gebäude ging. Kaum hatten sich die Schiebetüren hinter ihr geschlossen, sprang Constanze aus dem Wagen.

Im Laufen sah sie sich rasch um. Das Glück war ihr gewogen, niemand war zu sehen. Sie öffnete die Wagentür und schlängelte sich in den schmalen Fußraum hinter dem Fahrersitz. Dort wartete sie mit angehaltenem Atem und gezückter Pistole, bis Andrea zurückkehrte. Es dauerte nur wenige Minuten, aber Constanze kam die Zeit wie Stunden vor. Sie kauerte sich eng zusammen, in ständiger

Angst, jemand könnte an die Scheibe klopfen und sie fragen, was zum Teufel sie da eigentlich tat.

Die Wagentür wurde geöffnet. Constanze schluckte und wünschte sich, wenigstens einmal in ihrem Leben unsichtbar zu sein. Ihre Sorge war unbegründet. Andrea verschwendete keinen Blick ins Heck des Wagens. Sie warf ihre Handtasche auf den Beifahrersitz, streifte das Tuch vom Haar und startete den Motor. Bei dem lauten Krachen, mit dem sie den ersten Gang einlegte, zuckte Constanzes Finger um den Waffenknauf. Eigentlich sollte man Andrea schon allein deshalb erschießen, weil sie so rücksichtslos mit dem teuren Wagen umging.

Während der Mercedes aus der Einfahrt der Tankstelle schoss, überlegte Constanze fieberhaft, wann sie sich bemerkbar machen sollte. Völlig unpassend fiel ihr das Versteckspiel ein, das sie als Kind im Waisenhaus gespielt hatte. Man zählte bis zehn ...

Sie schloss die Augen und zählte. Sie zählte und zählte. Bei einunddreißig schaffte sie es endlich, sich aufzurichten.

Andrea fuhr mit einem Aufschrei herum.

Constanze richtete sofort die Waffe auf sie. »Lass die Hände am Steuer und fahr einfach weiter.« Sie war selbst erstaunt, wie ruhig sie klang.

Andrea wurde unter ihrer Solariumbräune aschfahl. »Constanze, bist du das? Mein Gott! Ich dachte, du bist tot. Michael hat gesagt ... Was machst du hier? Und was soll die Waffe?«

»Michael hat noch etwas, was zu mir gehört.«

Andreas Gesicht verzog sich. »Wegen Eliah kommst du zu spät, der Junge wurde gekidnappt. Von zwei Männern. Einer hat ihn vor drei Tagen mitgenommen ...«

»Und wegen des anderen bin ich hier«, beendete Constanze den Satz. »Und jetzt dreh dich nach vorn.«

»Du bist wegen des schwarzhaarigen Kerls hier? Woher kennst du ...«

Sie verstummte, als Constanze eine bezeichnende Geste mit der Waffe machte. Hastig blickte sie auf die Straße. »Und was willst du dann von mir?« Andreas Stimme zitterte.

»Nur deine Identität«, antwortete Constanze leichthin. Dabei wurde ihr schlagartig bewusst, wie sehr ihr gegenwärtiges Verhalten zu der Welt des Magiers gehörte. Der Gedanke ließ sie fast schmunzeln. Noch vor wenigen Wochen hätte sie die Situation in heillose Panik ausbrechen lassen, jetzt nicht mehr. Sie war wirklich froh über jede winzige Kleinigkeit, die sie von Silas gelernt hatte.

»Und wie willst du das anstellen? Mich umbringen?« Das letzte Wort kreischte Andrea fast.

»Nur, wenn du es darauf anlegst.« Constanze ließ sich nicht aus der Ruhe bringen. Natürlich hatte sie keinesfalls vor, Andrea auch nur ein Haar zu krümmen, aber das musste sie dieser ja nicht gerade auf die Nase binden.

Als sie Andreas entsetztes Gesicht sah, begriff sie schlagartig, dass es nicht allein ihr Verhalten war, was sich in den letzten Monaten geändert hatte. Sie selbst hatte sich verwandelt, ihre gesamte Persönlichkeit. Die Zeit mit Silas hatte sie stärker gemacht. Bevor sie ihn getroffen hatte, war sie voll und ganz Michaels Opfer gewesen. Vielleicht nicht mehr körperlich, dafür aber seelisch. Wie ein dunkler Fleck, der sich nicht abwaschen ließ, hatte er all die Jahre jede Handlung, jeden Gedanken oder Traum beeinflusst. Erst durch Silas war es ihr gelungen, mit diesem Muster zu brechen. Er hatte ihr gezeigt, was es hieß, wahrhaft glücklich zu sein. Sie würde nicht zulassen, dass Michael all das wieder zerstörte. Es war so, wie sie Jara und Nevio gesagt hatte. Sie würde zum ersten Mal in ihrem Leben wirklich gegen ihren Exmann kämpfen.

Als das kleine Motel in Sicht kam, wies Constanze Andrea an, auf den hinteren Parkplatz zu fahren. Ohne sie eine Sekunde aus den Augen zu lassen, stieg sie nach der

Blondine aus dem Fahrzeug. Die Waffe unter der Jacke verborgen reichte sie ihr den Motelschlüssel. »Zimmer 14.«

Die Sekretärin nahm ihn widerwillig entgegen. »Was immer du vorhast, es wird nicht klappen«, zischte sie. »Du hast wohl vergessen, wer Michael ist und welchen Umgang er pflegt. Du hast nicht die geringste Chance gegen ihn.«

Constanzes Lächeln war echt. »Du kennst meinen Umgang nicht, da würdest du dich wundern ... und jetzt mach die Tür auf und geh ins Zimmer.«

»Wen meinst du?« Andrea lachte abfällig. »Irgend so einen intellektuellen Spargeltarzan? Gott, bist du naiv.«

Constanze musste erst recht grinsen. Als Spargeltarzan würde sie den Magier vielleicht nicht gerade bezeichnen ...

»Wir werden sehen«, antwortete sie schlicht und trat hinter ihrem Gast ins Zimmer. Als Andrea Constanzes erheiterte Miene sah, bröckelte ihre selbstsichere Haltung. Allmählich begann ihr wohl zu dämmern, dass sie einer vollkommen anderen Frau gegenüberstand als vor vier Jahren.

Constanze dirigierte sie geradewegs ins Bad, nahm ihr die Handtasche ab und legte sie aufs Bett. »Wenn du dich bitte ausziehen würdest ...?«

»Was?« Andrea starrte sie fassungslos an. »Nein. Warum sollte ich?«

Constanze holte kommentarlos die Waffe unter der Jacke hervor.

»Dreckiges Miststück, scher dich doch zum Teufel«, giftete Andrea, machte sich aber augenblicklich daran, ihr Kleid zu öffnen.

Constanze ging nicht auf die Beleidigung ein. Sie hatte zu Michaels Zeiten weit Schlimmeres gehört – und erlebt. Unbeeindruckt zeigte sie auf Andreas Füße. »Die Schuhe auch.« Geduldig verfolgte sie, wie sich Andrea auszog. Als sie die blauen Flecken und Bisse auf deren Haut entdeckte, kam ihr fast die Galle hoch.

»Gott Andrea, warum tust du dir das an?«, flüsterte sie, ehe sie die Worte zurückhalten konnte. Die Erinnerung an den Schmerz und die Demütigung nahm ihr jede Luft zum Atmen.

Einen Wimpernschlag lang huschte so etwas wie Qual über Andreas Miene, dann bekamen ihre Augen einen harten Glanz. »Du hast nie begriffen, worum es dabei geht. Michael gibt mir alles, was ich will. Geld, Schmuck, Macht. Das hier«, sie wies beiläufig auf die Male, »ist der Preis dafür. Du warst einfach zu schwach, ihn zu bezahlen.«

Constanze schüttelte den Kopf und sah ihr geradewegs in die Augen. »Nein, der Preis war mir zu hoch. Geld, Schmuck, Macht«, wiederholte sie leise, »für nichts auf der Welt würde ich mit dir tauschen, Andrea.«

»Er will dich ohnehin nicht mehr«, schoss diese zurück. »Mit mir kann er Dinge erleben, von denen du nicht mal zu träumen wagst.« Sie lächelte triumphierend.

»Das freut mich für dich«, erwiderte Constanze.

Michael hatte Andrea gegenüber wohl nicht erwähnt, dass er seiner Exfrau angedroht hatte, sie wieder in sein Bett zu zwingen ...

Schweigend gab sie Andrea Jeans und Sweatshirt als Ersatz für ihre Kleidung.

Überzeugt, Constanze ausgestochen zu haben, streifte sich die Blondine die Sachen über. Obwohl sie ungefähr gleich groß waren, bekam sie die Hose nicht zu. Hasserfüllt musterte sie Constanze.

Sie verkniff sich ein Lächeln. »Keine Angst, du musst damit nicht in die Öffentlichkeit. Und für hier drinnen genügt es vollauf.« Mit diesen Worten griff sie nach der Badezimmertür und zog sie der verblüfften Andrea direkt vor der Nase zu. Sorgfältig drehte sie den Schlüssel und nahm ihn an sich.

Andrea schlug erfolglos gegen die in Schweizer Gründlichkeit gebaute Tür. »Damit kommst du nicht durch, du

Schlampe! In drei Minuten habe ich das ganze Dorf zusammengeschrien, und dann wird Michael dir endgültig den Garaus machen.«

Constanze beugte sich dicht an das Holz: »Du kannst schreien und toben, so viel du willst, Andrea. Es kommt niemand. Die Hauptsaison ist längst vorbei, du bist der einzige Gast. Außerdem wäre ich an deiner Stelle etwas höflicher. Vor allem, wenn man bedenkt, dass der Lichtschalter auf meiner Seite der Tür ist.« Demonstrativ betätigte sie ihn mehrmals.

Schlagartig verstummte im Badinneren jedes Geräusch. Constanze nickte zufrieden. Der kleine Raum hatte keine Fenster und vor Jahren hatte Andrea ihr einmal erzählt, sie fürchte sich im Dunkeln. Offenbar hatte sie damals nicht gelogen.

»Ich sehe schon, wir verstehen uns.« Constanze wandte sich ab. »Ich bin in ein paar Minuten zurück.« Natürlich brauchte sie in Wahrheit mehrere Stunden, aber das musste Andrea ja nicht wissen. Je weniger sie ihr erzählte, desto besser.

»Dafür wirst du bezahlen. Warte nur, wenn Michael dich in die Finger kriegt,« keifte Andrea erneut los, allerdings erheblich leiser. »Er wird dich umbringen. Hast du verstanden? Er wird dich umbringen!«

»Du wiederholst dich.« Constanze wandte sich ab. Die Zeiten, in denen sie sich von Worten hatte einschüchtern lassen, waren definitiv vorüber.

Ohne das gewaltige Schimpfen weiter zu beachten, legte sie das blaue Kleid samt Schuhen aufs Bett, dann griff sie nach Andreas Handtasche und kippte den Inhalt heraus. Sofort blieben ihre Augen an dem dünnen Terminbüchlein hängen, das die Frau schon vier Jahre zuvor ständig mit sich herumgeschleppt hatte.

So viel zu Andreas Gründlichkeit. Einmal Sekretärin, immer Sekretärin. Constanze schlug es auf und blätterte zum aktuellen Datum. Als sie die vielen Kosmetik- und Wellnesstermine sah, schob sie den letzten Rest an Gewissensbissen, die sie sich wegen Andrea noch gemacht hatte, beiseite. Diese Frau verdiente einen Mann wie Michael.

Ihre Finger glitten über das dünne Papier, während sie die aktuellen Termine durchlas. Sie hatte Glück. Michael war den ganzen Tag unterwegs. Andrea hatte akribisch notiert, wo sie ihn erreichen konnte. Volltreffer. Der Weg zu Silas war frei. Zumindest bis zwanzig Uhr, denn da war eine Reservierung zum Abendessen für zwei Personen vermerkt. Und so wie Constanze Michael kannte, würde er sich vorher nochmals zu Hause umziehen.

Sie blickte auf die Uhr. 15:24. Sie musste sich beeilen, wollte sie ihm nicht direkt in die Arme laufen. Ohne zu zögern, suchte sie die Autoschlüssel des Mercedes aus dem Haufen an Lippenstiften und Schminkutensilien und rückte ihre Fensterglasbrille unter der Basketballmütze zurecht. Kurz bevor sie das Zimmer verließ, stellte sie das Fernsehgerät an. Nur für den Fall, dass Andrea tatsächlich auf die Idee kam, ein nie da gewesenes Schreikonzert zu veranstalten.

Sie setzte sich hinter das Steuer des CLKs und fuhr zur Tankstelle zurück. Wie befürchtet stand mittlerweile einer der Angestellten vor ihrem Wagen und blickte sich ratlos um.

Constanze stoppte direkt neben ihm. »Das ist aber nett, dass sie auf den Wagen aufgepasst haben«, redete sie ohne Einleitung los. »Meiner schwangeren Schwester wurde plötzlich schlecht, da hab ich sie ins Krankenhaus gefahren. Ich bin gerade mit ihren Sachen wieder auf dem Weg dorthin.« Sie setzte eine bittende Miene auf. »Macht es Ihnen etwas aus, wenn der Wagen bis morgen Mittag auf Ihrem Parkplatz stehen bleibt?« Constanze biss sich auf die Zunge. Langsam log sie schon richtig professionell.

Der junge Mann musterte sie freundlich. »Nein. Ich denke, das geht schon in Ordnung.« Er grinste breit. »Ich bin selbst vor einer Woche Vater geworden. Was kriegt ihre Schwester denn?«

Constanze setzte ihr strahlendstes Lächeln auf. »Ein Mädchen.« Insgeheim betete sie, dass der frischgebackene Vater nicht ausgerechnet jetzt vorhatte, sie in eine Fachsimpelei zu verstricken. Dafür hatte sie keine Zeit. Leider sah es ganz danach aus, denn der Mann begann regelrecht zu schwärmen und schien kein Ende mehr zu finden. »Meine Frau hätte auch gern ein Mädl gehabt«, erzählte er, als Constanze nervös einen Blick auf die Uhr riskierte. »Mir war ein Junge lieber. Sie wissen schon, Nachfolger und so ...«

Sie nutzte rasch seine Atempause. »Ja, äh. Bitte entschuldigen Sie. Aber meine Schwester wartet im Krankenhaus auf mich. Ich sollte langsam mal los ...«

»Ja, natürlich. Entschuldigung.« Verlegen trat er einen Schritt zurück. »Ich wollte Sie wirklich nicht aufhalten. Meine Frau sagt auch immer, ich rede viel zu viel.« Er sah so betreten aus, dass er Constanze richtig leidtat.

»Kein Problem, ist nicht weiter schlimm. Es war nett, mit Ihnen zu plaudern, ehrlich.«

Er wurde rot. »Wenn Sie möchten, kann ich Ihren Wagen um die Ecke fahren und den Schlüssel an der Kasse hinterlegen. Sie können ihn jederzeit dort abholen.«

»Das wäre wirklich sehr freundlich. Vielen Dank.« Ohne lange zu zögern, drückte Constanze ihm die Schlüssel in die Hand. Diese Lösung war genial, denn so war der Mietwagen nicht nur optimal versorgt, sondern gleichzeitig auch noch leicht zugänglich, weil die Tankstelle direkt an der Hauptstraße lag.

Er trat einen Schritt zurück. »Also bis morgen dann. Und viele Grüße an ihre Schwester.«

»Danke. Die werde ich ihr ausrichten.« Constanze fuhr langsam los, winkte noch kurz und bog auf die Straße ein. Hoffentlich fuhr sie nicht in die falsche Richtung. Sie hatte keine Ahnung, wo das hiesige Krankenhaus lag.

Offenbar benahm sie sich unauffällig, denn der nette Tankwart winkte zurück und stieg in den Mietwagen. Constanze lehnte sich erleichtert im Sitz zurück. Das war noch mal gut gegangen.

Kaum war sie außer Sichtweite, bog sie in eine Nebenstraße und hielt schon wenig später vor dem Friseurgeschäft, das sie mithilfe des Telefonbuchs ausfindig gemacht hatte.

Die Tür quietschte schwergängig, als sie den Salon betrat. Sofort sprang eine Frau von einem Drehstuhl auf und flatterte ihr entgegen. Eine Frau mit schwarzgrün gefärbten Haaren und Nasenpiercing ... Constanze schluckte. Himmel, wo war sie denn da hingeraten? Vielleicht hätte sie doch ein weniger abgelegenes Geschäft auswählen sollen. Doch für einen Rückzug war es zu spät. Dafür fehlte ihr schlichtweg die Zeit. Beherzt ging sie der Frau entgegen, fest entschlossen, ihr Vorhaben wie geplant in die Tat umzusetzen.

»Hallo, was kann ich für Ihre Haare tun?«, begrüßte die Friseurin sie mit einer Stimme, deren weicher Singsang in krassem Gegensatz zu ihrem Furcht einflößendem Äußeren stand. Als Constanze den fachmännischen Blick sah, mit dem die Frau ihre geflochtenen Haare ins Auge fasste, entspannte sie sich ein wenig. Vielleicht war ihre Wahl doch nicht so verkehrt gewesen. Sie holte Luft. »Ich möchte mich verändern.«

Das Gesicht der Frau leuchtete begeistert. »Wirklich, das höre ich gern.« Sie fasste nach dem dicken mokkabraunen Zopf. »Woran hatten sie gedacht? Strähnchen? Ein wenig stufen? Mehr würde ich nicht machen, sie haben wirklich tolle Haare. Ganz außergewöhnlich dicht und ...«

»Danke. Eigentlich dachte ich eher an Platinblond ... und kurz. So bis hier etwa.« Sie zeigte die Länge an.

Die Augen der Friseurin weiteten sich ungläubig. »Ehrlich jetzt? Sind Sie sicher? Das ist ja wirklich ein ganz schöner Schritt. Haben Sie sich das auch gut überlegt?«

Constanze nickte und hob das Kinn ein wenig. »Ja.«

»Okay.« Die Frau grinste unternehmungslustig. »Dann lassen Sie uns gleich mal loslegen.«

Während Constanze ihr zu einem Spiegelplatz folgte, sah sie sich diskret um. Außer ihr gab es nur noch eine weitere Kundin. Eine ältere Dame, die dermaßen in eine Zeitschrift vertieft war, dass sie keinen Blick in ihre Richtung verschwendete. Constanze seufzte erleichtert und setzte sich in den Sessel. Je weniger Zeugen ihre Umwandlung in Andrea mitbekamen, desto besser. Sie neigte sich helfend vor, als die Frisörin ihr schwungvoll den Umhang um die Schultern legte. Darunter krampfte sie die Hände ineinander. Jetzt kam es darauf an. Der wichtigste Teil ihrer Tarnung hing vom Geschick dieser Frau ab.

Eineinhalb Stunden später betrachtete Constanze verblüfft ihr Spiegelbild. Sie sah komplett anders aus. Wie eine Fremde, wie eine Schickimicki-Tussi ... wie Andrea. Die Ähnlichkeit war bereits jetzt frappierend und würde mit Andreas Sonnenbrille und Kleidung noch zunehmen. Constanze drehte prüfend den Kopf hin und her. Das müsste eigentlich locker ausreichen, um Michaels Torwache hinters Licht zu führen. Unentwegt zupften ihre Finger an den kurzen blonden Fransen. Was Silas wohl dazu sagen würde?

Es dauerte einen Moment, bis ihr auffiel, dass die Friseurin offenbar auf irgendeine Reaktion wartete. Constanze ließ ein begeistertes Lächeln erblühen, obwohl ihr eher nach Weinen zumute war. Ihre schönen langen Haare. Sie kratzte ihre Stimme zusammen. »Ganz toll. Genauso habe ich es mir vorgestellt. Danke!«

Die Friseurin nickte zufrieden. »Das freut mich. Die meisten Kundinnen bekommen einen Mordsschreck, wenn sie sich nach so einer Veränderung zum ersten Mal im Spiegel sehen.«

Völlig zu recht, stimmte Constanze ihr in Gedanken zu und bemühte sich, nicht weiter an ihren nicht mehr vorhandenen Haaren herumzufummeln. Nachdem sie bezahlt und ein großzügiges Trinkgeld gegeben hatte, fuhr sie zum Supermarkt.

Ihre Einkaufsliste war denkbar kurz. Andreas roter Nagellack. Eine Taschenlampe samt passender Batterien und etwas Verpflegung.

Kurz darauf sperrte sie die Tür zu ihrem Motelzimmer auf. Aus dem Badezimmer drang keinerlei Laut, alles war unverändert. Erleichtert ließ Constanze die Schlüssel aufs Bett fallen und stellte das Fernsehgerät aus. Gleich darauf hörte sie ein Ächzen, dann wurde heftig an die Badtür gehämmert. »Helfen Sie mir. Ich bin hier drin. Eine wahnsinnige Irre hat mich eingesperrt.«

Constanze schüttelte lächelnd den Kopf. Offenbar hatte Andrea sich noch nicht beruhigt.

»Hallo? Wer ist denn da?«

Constanze entriegelte die Tür und öffnete sie. »Die wahnsinnige Irre.«

Andrea blinzelte einige Sekunden in das dunklere Zimmer, dann schnappte sie ungläubig nach Luft. »Was ...« Sie kniff die Augen zusammen. »Meine Haarfarbe steht dir nicht«, beschied sie dann herablassend. »Du siehst damit wie ein billiges Flittchen aus.«

»Oh danke.« Constanze lächelte zufrieden. »Jetzt bin ich mir wenigstens sicher, dass die Täuschung funktioniert.«

Im gleißenden Neonlicht der Badbeleuchtung konnte sie deutlich sehen, wie Andreas Gesicht vor Wut rot anlief. Ehe ihre Gefangene Gift und Galle spucken konnte, drückte Constanze ihr das gekaufte Sandwich und die Plastikflasche mit Saft in die Hand und schloss kurzerhand wieder die Tür.

»Was soll das? Was soll ich denn mit dem Mist?« Ein lauter Rums bezeugte, dass Andrea die Flasche gegen die

Wand geworfen hatte. Constanze schüttelte den Kopf. Was für eine Furie.

Sie trat dicht vor die Tür. »Ich weiß, du hast dir dein Abendessen heute etwas nobler vorgestellt, aber wenigstens musst du bis morgen nicht hungern. Sieh's mal so.«

»Wieso bis morgen?«, fauchte die Sekretärin durch die Tür zurück. »Du kannst mich doch nicht die ganze Nacht hier drin eingesperrt lassen.«

»Doch. Ich kann und ich werde. Die Putzfrau kommt morgen früh gegen zehn Uhr. Bis dahin musst du dich leider gedulden.« Hinter der Badtür entlud sich eine ganze Tirade wüster Beschimpfungen. Constanze hörte nicht mehr zu. Sie musste sich ohnehin beeilen. Ein rascher Kontrollblick auf die Uhr bestätigte ihr, dass inzwischen nur noch knapp eineinhalb Stunden Zeit blieben, Silas zu befreien.

In Windeseile lackierte sie ihre Fingernägel, dann schminkte sie ihre Lippen mit dem Lippenstift aus Andreas Handtasche und setzte die Sonnenbrille auf.

Das Ergebnis konnte sich sehen lassen. Nur einem genauen Beobachter würde auffallen, dass sie nicht Andrea Kressfeld war. Und Constanze hatte nicht vor, jemandem derart nahe an sich heranzulassen, um den Schwindel aufdecken zu können.

Sie holte tief Luft und schnappte sich die Autoschlüssel. Showtime!

Mit der Eleganz jahrelanger Übung stöckelte sie durch das Zimmer und trat ins Freie. Als sie den Motor des Mercedes startete, begannen ihre Finger merklich zu zittern. Langsam ließ sich nicht mehr verdrängen, welch waghalsiges Manöver vor ihr lag. Von nun an hing alles von ihr ab, und nur von ihr. Nur sie allein konnte dieses Unterfangen zum Erfolg bringen – oder zum Misserfolg ...

Auf der Fahrt zu Michaels Anwesen ermahnte sie sich unentwegt zur Ruhe. Sie würde es schaffen. Sie würde

Silas retten. Alles würde gut gehen. Constanze sprach sich diese Worte so oft vor, bis sie sich einem Mantra gleich von allein in ihrem Kopf wiederholten. Es half. Zumindest kurzfristig, denn als sie in die Auffahrt zu Michaels Haus einbog, klopfte ihr Herz augenblicklich wieder so laut, dass sie froh über das Dröhnen des Motors war. Als sie bemerkte, wie ihre Geschwindigkeit unmerklich abnahm, drückte sie entschlossen aufs Gas. Andrea war eine rücksichtslose Fahrerin. Im Schneckentempo die Auffahrt heraufgekrochen zu kommen, war der denkbar dümmste Weg, das Misstrauen der beiden Wachposten auf sich zu lenken.

Obwohl die Männer oft die Schicht wechselten, erkannte Constanze die beiden Wachposten am Tor sofort. Sie waren auch schon Jahre zuvor Teil von Michaels Truppe gewesen. Die beiden Stiernacken waren zwar gehorsam und skrupellos, zeichneten sich aber nicht gerade durch gesteigerte Intelligenz aus. Umso besser. Trotzdem fahndete Constanze angestrengt nach den Namen der Männer, aber so sehr sie sich auch bemühte, es fiel ihr nur der des kleineren Mannes ein. Constanze schüttelte ihr Unbehagen ab. Wenigstens ein Name. Immerhin besser als gar keiner.

Knapp vor dem schmiedeeisernen Tor bremste sie scharf und erzeugte damit eine kleine Staubwolke auf dem Kies. Der Mann, an dessen Namen sie sich nicht erinnern konnte, trat vor und tippte sich kurz an die Stirn. »Tag, Frau Kressfeld. Ham se was vergessen?«

Constanze straffte ihre Schultern. »Wonach sieht's denn aus?«, blaffte sie zurück. »Los, machen Sie schon das Tor auf. Ich habe nicht den ganzen Tag Zeit.«

Augenblicklich trat der Mann zurück. »Entschuldigung. Natürlich.« Er griff sofort hinter sich und drückte einen Knopf. Leise glitt das Tor auf. Constanze sah ihn entgeistert an. Es hätte nicht viel gefehlt, und ihr wäre auch noch der Kiefer heruntergeklappt. Es war so einfach gewesen. Kaum zu glauben, was ein schroffes Auftreten alles bewirken konnte. Hastig riss sie sich zusammen, drehte hochmütig den Kopf und brauste durch das halb offene Tor.

Kaum war sie außer Sichtweite, fiel die arrogante Haltung von ihr ab. Um ihren rasenden Puls zu verlangsamen, atmete sie mehrmals tief durch. Die erste Hürde wäre geschafft ... Jetzt musste sie nur noch Silas finden, ihn in den Kofferraum packen und wieder verschwinden. Nur noch ...

Constanze war sich durchaus im Klaren, dass sie eine verdammt gute Ausrede brauchte, wenn jemand auf die Idee kam, sie zu fragen, was sie bei dem Gefangenen zu suchen hatte. Dieser Frage entging sie nur, wenn Michael Silas nicht wie einen Staatsfeind bewachen ließ.

Sie erreichte die großzügige Kiesfläche vor dem Haupthaus, wendete den Mercedes und parkte ihn so, dass seine Motorhaube in Richtung Auffahrt zeigte. So konnte sie im Notfall losfahren, ohne noch lange herumkurven zu müssen.

Als sie aus dem CLK stieg, schlotterten ihre Knie so stark, dass sie sich an der Autotür festhalten musste. Constanze presste kurz die Augen zu und wiederholte noch einmal das Mantra. Es würde alles gut gehen. Sie hatte schon weitaus Schlimmeres überstanden. Es wollte ihr im Moment zwar nichts einfallen, aber davon durfte sie sich jetzt nicht beirren lassen.

Mit purer Willenskraft ließ sie die Tür los, warf sie zu und ging gemessenen Schrittes über den Hof. Niemand war zu sehen, als sie kurz darauf durch die Torbogen der Stallungen stöckelte und das Innere des Gebäudes betrat.

Drinnen herrschte milchig trübe Dämmerung.

Constanzes Augen brauchten einen Moment, bis sie sich an die neuen Lichtverhältnisse gewöhnt hatte, trotzdem ging sie zielbewusst weiter. Schon seltsam, wie gut sie sich an die Beschaffenheit der Räume erinnern konnte. Sie hatte sich früher einmal in diesem Gebäude vor Michaels Wutanfall versteckt. Ohne Erfolg. Hastig verdrängte sie die grausigen Erinnerungen und steuerte die massive Steintreppe an, von der sie wusste, dass sie nach unten zu den Kellerräumen führte. Geräuschlos schlüpfte sie aus ihren Schuhen. Als ihre Füße den kalten Steinboden berührten, biss sie sich auf die Unterlippe. Es gab sicher Angenehmeres, als im Winter barfuß herumzuspazieren, aber sie wollte keinesfalls ein Risiko eingehen. Es fehlte gerade noch, dass sie mit den dünnen Bleistiftabsätzen auf den unebenen Stufen das Gleichgewicht verlor und die Treppe hinabstürzte. Das hätte ein wahrhaft unrühmliches Ende ihrer Rettungsaktion bedeutet.

Bibbernd huschte sie die Stufen hinab. Sie hatte Glück, niemand kam ihr entgegen. Auf der Treppe nicht und auch nicht auf dem Gang, der zu dem Lagerraum führte, in dem sie Silas vermutete. Etwas überrascht hängte sie sich die Handtasche mit der Waffe über die Schulter und zog die Schuhe wieder an. Langsam ging sie weiter.

Kurz darauf erreichte sie eine verschlossene Stahltür. Sie drückte lauschend das Ohr dagegen, konnte aber nichts hören. Nach kurzem Zögern klopfte sie, erreichte jedoch keinerlei Reaktion. Sie hielt den Atem an und versuchte es erneut. Immer noch nichts. Sie klopfte noch einmal, diesmal so laut, wie sie es sich traute. Als aus dem Innern des Raums immer noch kein Geräusch drang, lief ihr ein ungutes Gefühl über den Rücken. Was, wenn Silas ohnmächtig war – oder gar tot?

Schwer schluckend wischte sie die Horrorvision beiseite. So oder so, nichts würde sie aufhalten, diesen Raum zu betreten. Sie fasste nach dem Riegel und schob ihn mit einem kräftigen Ruck zurück. Bis in die Haarspitzen angespannt drückte sie die Tür auf, machte sich innerlich auf einen entsetzlichen Anblick gefasst. Ihr Herz stockte panisch, als sie tatsächlich einen Mann mit dem Gesicht nach unten in der Ecke liegen sah. Sie wollte gerade wie von Sinnen zu ihm rennen, da begriff sie, dass es nicht Silas war. Der Körper am Boden wirkte zu massig, außerdem waren die Haare braun und nicht schwarz. Der Mann musste einer von Michaels Wachleuten sein. Hektisch sah sie sich in dem Gewölbe um. Wo war Silas? Gewissenhaft kontrollierte sie jeden Raum, jede noch so kleine Nische. Sie ließ keinen einzigen Zentimeter aus, und doch entdeckte sie ihn nirgends.

Damit hatte sie zuletzt gerechnet. Silas war nicht hier unten – oder nicht mehr, korrigierte sie sich, als sie im letzten Raum die aufgebrochenen Stahlfesseln an der Wand bemerkte. Auch das wild verstreute Essgeschirr nährte ihren Eindruck, dass es einen kurzen, aber heftigen Kampf gegeben haben musste. Offenbar zugunsten des Magiers, denn der war unbestreitbar fort ...

Schwindelnd stützte sie sich auf ein Regal. Silas war geflohen. Eine Mischung aus Erleichterung und Unglaube tobte durch ihr Inneres, während sie die Spuren auf dem Boden genauer betrachtete. Angesichts der kaum versickerten Flüssigkeit neben dem umgefallenen Becher konnte es noch nicht lange her sein. Möglicherweise hatte sie ihn nur um wenige Minuten verpasst.

Keuchend drückte Constanze die Hände gegen die Schläfen. Was sollte sie jetzt tun? Fieberhaft kehrte sie in den ersten Raum zurück. Wenn Silas die Stallungen wirklich erst vor Kurzem verlassen hatte, musste er sich noch irgendwo auf dem Gelände befinden. So einfach kam man aus dem gut überwachten Anwesen nicht heraus. Selbst als Magier nicht. Der einzige Weg führte durch das Haupttor, es gab keinen anderen – zumindest keinen ungefährlichen. Michael hatte das Anwesen nach seinem Kauf in ein zweites Fort Knox verwandelt. Jede denkbare Flucht scheiterte an der intelligenten Überwachung der Außenmauer.

Silas' Chancen standen schlecht – es sei denn, sie half ihm. Noch konnte ihr ursprünglicher Plan, ihn im Kofferraum von Andreas Wagen durchs Tor zu schleusen, gelingen. Vorausgesetzt, sie fand ihn.

Aufgewühlt rang sie die Hände. Genau darin lag das Problem. Den Magier finden ... Wie in Gottes Namen sollte sie das anstellen? Sie konnte schlecht das ganze Anwesen nach ihm durchkämmen, geschweige denn laut seinen Namen rufen.

Etwas Pelziges tippelte über ihren linken Fuß. Constanze gelang es zwar, einen Schrei zu unterdrücken, aber seelenruhig stehen zu bleiben, während eine Ratte auf ihren nackten Füßen herumturnte, überstieg dann doch ihre Beherrschung. Reflexartig sprang sie von dem Nager weg, stolperte rückwärts und prallte mit der Hüfte gegen ein niedriges Regal. Die darauf gestapelten Weinflaschen wackelten bedenklich. Zwei kippten um. Flink streckte Constanze die Hände aus, erwischte aber nur noch eine der beiden. Die andere rollte ungerührt über die Kante des Holzbretts, sauste eine Millisekunde lang im freien Fall und zerschellte laut klirrend auf dem Boden. Das disharmonische Geräusch klang selbst in Constanzes Ohren wie ein Paukenschlag. Ängstlich riss sie den Kopf herum.

Was sie hinter sich sah, bestätigte ihre schlimmste Befürchtung. Der Mann in der Ecke war aufgewacht. Er stöhnte leise, schüttelte den Kopf und sah nun seinerseits in ihre Richtung. Dann kam er erschreckend zügig auf die Beine. Constanze stockte der Atem. Sie musste sofort hier raus. Wenn Michaels Wachmann sie zu fassen bekam, war alles vorbei. Noch bevor er eine weitere Bewegung machen konnte, reagierte sie. Geistesgegenwärtig packte sie mehrere Weinflaschen und warf sie in schneller Abfolge nach ihm. Im nächsten Augenblick spurtete sie los. Dumpfes Krachen hinter ihr, gepaart mit schmerzvollen Flüchen bewies, wie treffsicher sie gezielt hatte. Dennoch verschwendete Constanze keine Zeit, den Schaden zu begutachten. Ohne nach rechts oder links zu sehen, hetzte sie zur Tür, stürzte hindurch und schleuderte sie hinter sich ins Schloss. Einen Wimpernschlag später wirbelte sie herum und riss den Riegel vor.

Keine Sekunde zu früh. Beinahe sofort donnerten wutentbrannte Schläge von der anderen Seite dagegen. Constanze wich zurück. Schreckensstarr fixierte sie die Tür, als fürchtete sie, der massive Stahl könnte wie durch ein Wunder doch noch nachgeben. Natürlich war das nicht der Fall. Schluchzend presste sie eine Hand auf ihr klopfendes Herz, dann rannte sie weiter. Den Gang entlang und die Treppe hinauf. Erst als sie das dritte Mal schmerzhaft umknickte, drosselte sie das Tempo. Bis sie endlich oben ankam, war sie völlig außer Atem. Schwer keuchend lehnte sie sich gegen die Mauer. Tränen brannten in ihren Augen, aber sie drängte sie zurück. Keinem war geholfen, wenn sie jetzt zusammenbrach. Das konnte sie immer noch, sobald Silas in Sicherheit war. Sie nahm einen tiefen Atemzug und setzte sich in Bewegung. Sie hielt sich im Schatten der Torbögen, die die Stallungen zum Hof hin einrahmten, und spähte alle paar Schritte zwischen den weiß gekalkten Säulen hindurch, ständig auf einen Hinweis hoffend, welche Richtung Silas eingeschlagen hatte. So wie die Gebäude angeordnet waren, erschien es ihr am wahrscheinlichsten, dass er sich in der Nähe der Garage versteckt hielt. Das rechteckige Bauwerk stand relativ abseits und war von dichten Büschen umsäumt. Hoffentlich lag sie mit dieser Vermutung nicht falsch, denn wenn sie sich irrte, blieb nur noch das verhasste Haupthaus, und dahin wollte sie nur im äußersten Notfall gehen …

Mehrere Minuten lang prüfte sie sorgfältig die Umgebung, dann straffte sie die Schultern und trat auf den Hof. Bis in die letzte Faser angespannt marschierte sie quer über die offene Kiesfläche. Sie hielt den Blick gesenkt, weil ihr selbst unter Aufbietung aller Kräfte nicht gelingen wollte, den Kopf zu heben. Als sie bemerkte, dass sie auch noch eine Hand gegen ihren Hals drückte, nahm sie sie schnell hinunter. Für die Öffentlichkeit war sie die Dame des Hauses. Und die würde keinesfalls wie ein verschrecktes Kaninchen über den Hof schleichen. Beherzt ging sie weiter, die Handtasche unter den Arm geklemmt – so, wie sie es bei Andrea gesehen hatte.

21.

Zwei zu eins

Silas huschte geduckt an der Garagenmauer entlang. In seinem Brustkorb tobte ein stechender Schmerz und machte jeden Atemzug zur Qual. Folge seiner übel geprellten Rippen. Trotzdem blieb er nicht stehen. Er atmete flach, um es erträglich zu halten, und ignorierte alles Weitere. Mit der Effizienz jahrelangen Trainings konzentrierte er sich auf das Wesentliche. Sein Ticket nach draußen. Er wusste, wie knapp die Zeit war. Lange würde es nicht mehr dauern, bis jemandem auffiel, dass der Wachposten für seinen Kontrollgang durch den Keller der Stallungen ungewöhnlich lange brauchte.

Aufmerksam inspizierte er den Hof. Sofort blieben seine Augen an dem roten CLK hängen, der vor wenigen Minuten noch nicht da gestanden hatte. Andrea Kressfeld, Michaels Geliebte, musste eingetroffen sein. Durch einen schnellen Rundblick vergewisserte er sich, dass niemand aus dem Haus kam, dann bewegte er sich, weiterhin die Deckung der Büsche nutzend, auf die Auffahrt zu. Dicht bei der Außenmauer gab es eine tiefe, mit Gittern abgedeckte Regenrinne. Auf diese Weise würde er verschwinden. Er war zwar nicht gerade scharf darauf, bei dieser Kälte durch einen Ablaufkanal zu tauchen, der schmal und mit Sicherheit lang genug war, um darin problemlos ertrinken zu können, aber einen anderen Weg gab es nicht. Entweder ihm gelang die Flucht auf diese Weise oder er starb bei dem Versuch.

Leise knirschender Kies weckte seine Aufmerksamkeit. Ohne eine Sekunde zu zögern, ließ er sich geschmeidig fallen. Er biss vor Schmerz die Zähne aufeinander, rutschte aber dennoch zwischen das dichte Strauchwerk. In Sekundenschnelle verschmolz er mit seiner Umgebung und spähte vorsichtig durch die Büsche.

Er entdeckte eine blonde Frau, die aus dem Torbogen des gegenüberliegenden Gebäudes hervortrat. Silas runzelte die Stirn. Was zum Teufel hatte die Kressfeld bei den Stallungen zu suchen? Ausgerechnet dort, wo er gefangen gehalten worden war.

Mit eleganten Schritten, den Kopf gesenkt, stöckelte sie über den Hof – direkt auf ihn zu. Silas kniff die Augen zusammen. Irgendwas stimmte da nicht. Sein Herz begann schneller zu pochen. Irgendwas stimmte an der ganzen Frau nicht. Langsam zweifelte er an seinem Verstand, aber die Blondine kam ihm seltsam bekannt vor. Ihre Figur, die Art, wie sie sich bewegte, erinnerte ihn fast schon an …

Sie hob die Hand und fasste sich nervös an den Hals. In einer Geste, die es nur ein einziges Mal auf dieser Welt gab.

Silas traf es wie ein Blitz. Constanze. Also doch. Vollkommen fassungslos starrte er sie an. Wieso war sie hier? Und wieso zur Hölle war sie blond?

Er brauchte mehrere Sekunden, um diese unglaubliche Tatsache zu verdauen, dann sprang er alarmiert auf die Füße. Constanze war hier. Hier, in Michaels Reichweite. War sie denn von allen guten Geistern verlassen? Warum um Himmels willen hatte sie das getan? Eliah musste doch bestimmt schon längst in Paris sein? Und wieso spazierte sie kreuz und quer über das Anwesen? Tausend Fragen auf einmal stoben durch seinen Kopf, bevor der Groschen fiel. Sie war wegen ihm hier. Constanze war gekommen, um ihn zu retten.

Heiße Wärme durchflutete seinen Körper. Sie hatte nur seinetwegen dieses Risiko auf sich genommen. Der Wunsch, sie augenblicklich in die Arme zu reißen, gleichzeitig wegen dieser Dummheit zu schütteln und sie besinnungslos zu küssen, war so stark, dass er sich am liebsten ohne Rücksicht auf Verluste auf sie gestürzt hätte. Silas rang den Drang mit eiserner Selbstbeherrschung nieder. So schnurgerade konnte er nicht zu ihr. Sie stand auf freier Fläche. Wachsam sah er sich nach allen Seiten um. Behände pirschte er durch die Büsche näher an sie heran. Als er noch ungefähr vier Meter von ihr entfernt war, ging er in die Hocke. Er nahm einen tiefen Atemzug und wollte gerade wie ein Hundert-Meter-Läufer aus der Deckung sprinten, da hörte er den Wagen.

Constanze fuhr der Schreck in alle Glieder, als sie das tiefe Brummen hörte. Sie kannte dieses Motorengeräusch. Es gehörte zu einer silbernen S-Klasse – Michaels Wagen. Sie hielt panisch die Luft an und sah sich hektisch um, suchte nach einem Versteck, nach irgendeinem Schutz, hinter dem sie sich verbergen konnte. Dummerweise gab es nichts, denn sie befand sich immer noch mitten auf dem Hof.

Constanze schluckte und ahnte schon, dass es für eine Flucht sowieso zu spät war. Der Wageninsasse hatte sie zweifelsohne längst gesehen. Wenn sie jetzt auch noch kopflos davonrannte, würde sie erst recht auffallen. Mit einer Ruhe, die sie bei Weitem nicht empfand, drehte sie der Auffahrt den Rücken zu und ging gemessenen Schrittes in Richtung Haupthaus. Vielleicht hatte sie Glück. Aufgrund ihrer Verkleidung konnte es gut sein, dass Michael davon ausging, Andrea wolle sich nur rasch für das Abendessen umziehen. Dann würde er sie ohne Probleme gewähren lassen …

Ihre Rechnung ging leider in keinster Weise auf. Der Mercedes steuerte nicht wie erwartet auf den Parkplatz, sondern direkt auf sie zu und schnitt ihr dadurch auch noch den Weg ab. Nur wenige Meter vor ihr stoppte das

Fahrzeug, dann wurde die Wagentür aufgerissen. Constanzes Nackenhaare richteten sich auf. Ruckzuck änderte sie ihren Plan, wechselte die Richtung und steuerte nun den CLK an. Eine lächerliche Maßnahme, um Zeit zu gewinnen, aber leider die einzige, die ihr noch einfiel. Sie hörte, wie Michael hinter ihr ausstieg. Obwohl Constanze ihm den Rücken kehrte, spürte sie regelrecht, wie sich seine unheilvolle Aufmerksamkeit auf sie richtete. Eine Drohung, allein schon, wie er die Tür zu schlug.

»Andrea!« Er rief den Namen nicht gerade freundlich. »Bist du betrunken oder was? Wohin willst du eigentlich?«

Constanze kniff die Augen zu und ging schneller. Sie hörte seine Schritte auf dem Kies und wusste, dass er ihr folgte.

»Andrea, verdammt noch mal, bleib stehen.« Jetzt klang er definitiv wütend. »Peterson hat gesagt, er hätte deinen Wagen vor dem Bergblick-Motel parken sehen. Was hattest du da verloren?« Seine Stimme wurde immer ungehaltener. »Andrea! Dreh dich gefälligst um, wenn ich mit dir rede.«

Constanzes Atmung begann zu flattern. Sie hatte jetzt genau zwei Möglichkeiten. Sie konnte ungerührt weitergehen, in der Hoffnung, er würde aus heiterem Himmel jegliches Interesse an ihr verlieren – oder seiner Aufforderung Folge leisten. Da Ersteres ohnehin völlig abwegig war, blieb sie stehen. Beide Hände in die Handtasche gekrallt, wappnete sie sich für eine Begegnung, deren Stattfinden sie unter allen Umständen hatte vermeiden wollen.

Michael war inzwischen so nah, dass sie sich keine Illusion mehr machte, er würde vielleicht nicht erkennen, wen er vor sich hatte. Das würde er sehr wohl. Ihre Verkleidung war gut, aber so gut nun auch wieder nicht. Ohne zu zögern, öffnete sie die Handtasche und umfasste den Griff der Pistole. Sie wusste nicht, ob sie es wirklich fertigbringen würde, auf einen Menschen zu schießen –

selbst wenn dieser Mensch Michael von Richtstetten hieß. Dennoch entriegelte sie den Sicherungshebel.

Michael runzelte jähzornig die Stirn, als sie sich langsam zu ihm umdrehte. Irritiert gaffte er einen Moment in ihr Gesicht, dann auf ihre Hand, die in der Tasche steckte, schließlich wieder in ihr Gesicht.

»Das ist nicht möglich.« Er stieß ein ungläubiges Lachen aus. »Constanze!«

Eines musste man Michael von Richtstetten lassen, er begriff erstaunlich schnell. »Du bist nicht ertrunken.« Er machte einen Schritt auf sie zu. »Dieser Unfall ... das war alles geplant, habe ich recht?«

Er griff derart flink nach ihr, dass Constanze keinerlei Zeit mehr hatte, die Waffe tatsächlich zu ziehen, geschweige denn, sie zum Einsatz zu bringen. Es gab Situationen, in denen jede Sekunde zählte, und dies war eine. Eine, die sie ungenutzt hatte verstreichen lassen. Constanze biss die Zähne zusammen, als sich seine Finger brutal um ihr Handgelenk schmiedeten. Es kam einem medizinischen Wunder gleich, dass ihre Knochen nicht augenblicklich brachen.

»Was hast du da?« Er zerrte ihre Hand aus der Tasche. »Wolltest du mich etwa abknallen?« Er lachte gemein und entwand ihr spielend leicht den Revolver. Eigentlich kein Kunststück, denn ihre Finger waren von seinem harten Griff schon nahezu gefühllos.

»Bist du deshalb von den Toten auferstanden?« Seine Stimme bekam einen hässlichen Klang. »Oder bist du wegen meines Gastes hier? Diesem drahtigen Teufel.« Er riss sie an sich. Sein heißer Atem wehte über ihr Gesicht und verursachte ihr Übelkeit. »Los, spuck's aus!«

Constanze schwieg, aber die Gefühle, die sie ausstrahlte, verrieten sie. Michael kniff bösartig den Mund zusammen. »Wer hätte das gedacht? Du bist wegen ihm hier. Ein neuer Liebhaber, in so kurzer Zeit? Constanze«, er schnalzte tadelnd mit der Zunge, »du erstaunst mich. Du wirst ja langsam ...« Plötzlich stutzte er, dann breitete sich ein fieses Grinsen auf seinem Gesicht aus. »Nein. Kein neuer ...«, murmelte er und pfiff leise durch die Zähne. »In meinem Keller logiert der Magier ... Habe ich recht?« Er packte sie an den Haaren und schüttelte sie grob.

Der Schmerz trieb Constanze Tränen in die Augen, trotzdem blieb sie ihm die Antwort schuldig.

Michael brauchte auch keine. Er hatte längst eins und eins zusammengezählt. Voller sadistischer Vorfreude warf er den Kopf zurück und lachte. »Das wird ja immer besser. Ausgerechnet der tot geglaubte Magier. Das ist ja das reinste Leichentreffen hier ... und wie ein Sechser im Lotto. Er und ich haben sowieso noch ein Hühnchen zu rupfen.« Seine Augen glitzerten. »Vielleicht lass ich dich zuschauen, wie er abkratzt – oder umgekehrt, ich weiß noch nicht so genau.« Er leckte sich die Lippen.

»Haber, Larsen«, rief er über die Schulter nach den beiden Wachmännern, die inzwischen ums Haus herumgekommen waren und in gebührendem Abstand warteten. »Ich möchte mich mit der Gespielin des Magiers«, die letzten Worte ließ er sich genüsslich auf der Zunge zergehen, »privat unterhalten.«

Er warf Haber Constanzes Waffe zu. »Sorgt dafür, dass unser Gast aufwacht. Es wäre doch zu schade, wenn ihm dieses Event entgeht. Und noch was ...« Er verzog das Gesicht. »Sucht Andrea.« Mit diesen Worten zerrte er Constanze an den Haaren zur Treppe.

Silas ballte die Hände. Kalter Hass peitschte durch seine Adern, während er verfolgte, wie Michael mit Constanze umsprang. Jede einzelne Faser seines Körpers, sein gesamtes Fühlen und Denken schaltete auf Killermodus. Dieses

Mal würde er Michael von Richtstetten schlachten. Der Mann hatte gerade sein persönliches Todesurteil unterzeichnet. Zuzusehen, wie dieses Schwein seine dreckigen Finger an Constanze legte ... Das war schlimmer als jede Folter, die sie ihm angetan hatten.

Aus verengten Augen beobachtete er, wie Michael Constanze ins Haus schleifte. Jeden Muskel bis zum Zerreißen gespannt wartete er, bis die Wachmänner das Feld geräumt hatten, dann hechtete er zwischen den Büschen hervor.

Michael zwang Constanze durch die Eingangshalle, direkt die Treppe hinauf. Sie stolperte mehrmals, doch das kümmerte ihn nicht. Constanze ahnte, dass er sie ins Kaminzimmer bringen würde. Aufgrund der dicken Holzvertäfelung war der Raum so gut wie schalldicht. Nicht, dass das eine Rolle gespielt hätte. Es hatte schon früher niemanden interessiert, was Michael dort veranstaltete. Die Erinnerung an das, was er ihr auf dem massiven Schreibtisch angetan hatte, ließ Constanze das Entsetzen unter die Haut kriechen. Es war offensichtlich, warum Michael auch jetzt diesen Raum auswählte. Genau aus diesem Grund.

Ohne ihr auch nur eine winzige Chance auf Flucht zu lassen, riss er die Tür auf und schleuderte sie in den Raum. Constanze fühlte sich in die Vergangenheit zurückversetzt. Sie strauchelte und fiel. Hastig rappelte sie sich wieder auf. Wie erwartet lähmte sie das blanke Grauen, als sie die altbekannten Einrichtungsgegenstände sah. Die schweren Brokatvorhänge waren zugezogen, im Kamin brannte ein heimeliges Feuer. Eine geradezu höhnische Atmosphäre für den Albtraum, der sich hier bald abspielen würde. Constanze betete inbrünstig, dass Silas oder sie nicht in diesem Raum starben. Sie konnte nur hoffen, dass ihm mittlerweile die Flucht gelungen war.

»Na, kennst du die?« Michael packte ihren Oberarm und wirbelte sie herum, bis sie sah, was er meinte. Das Terrarium mit den Skorpionen stand neben der Kaminbrüstung. »Ich gehe mal davon aus, dass du deine Abneigung vor Skorpionen nicht überwunden hast.« Er lachte gemein. »Vielleicht darfst du später zusehen, wie der Magier mit ihnen Freundschaft schließt.« Der Gedanke schien ihm zu gefallen. »Ich wollte schon immer mal testen, ob man an dem Gift wirklich so qualvoll krepiert, wie es immer heißt.«

Constanze würgte. Angst schnürte ihr die Kehle zu. Nicht nur um sich, sondern vor allem um Silas. Sie konnte sich denken, wie Michael ihn als seinen Gefangenen behandelt hatte. Aber das war noch nichts gegen das, was er ihm nun antun würde, jetzt, da er wusste, dass er der Magier war – und der Mann, den sie liebte. Ein doppelter Grund für ihren Exmann, ihn bestialisch zu foltern.

Als sie auf seine Frage nicht reagierte, stieß Michael Constanze rücksichtslos vor sich her. Sie prallte gegen den Kamin und erwischte gerade noch die Brüstung, bevor sie das Gleichgewicht verlor. Um ein Haar wäre sie erneut zu Boden gegangen.

»Irgendwie kommt mir das Ganze bekannt vor. Hm, lass mich mal überlegen.« Er tat, als würde er nachdenken, dann bleckte er die Zähne. »Ach ja, richtig. Die Nacht, in der du zur Polizei gerannt bist.« Er knöpfte langsam seine Weste auf. »Wo waren wir damals noch stehen geblieben?«

Constanze wünschte, sie hätte mit ihrer Vermutung nicht recht behalten. Er würde sie aufs Brutalste vergewaltigen, daran gab es keinen Zweifel. Er würde ihr Dinge antun, die furchtbarer waren als alles, was sie je hatte ertragen müssen. Krampfhaft presste sie sich gegen den rauen Stein, etwas anderes blieb ihr vorerst nicht übrig. Es gab keinen Fluchtweg. Rechts von ihr befand sich die Wand, links der Glaskasten mit den Skorpionen. Sie konnte nur nach vorn – und da stand Michael. Wenige Armlängen entfernt baute er sich vor ihr auf. Massig, gnadenlos, brutal.

»Ich denke, es wird Zeit, alte Erinnerungen aufzufrischen, meinst du nicht, Täubchen?« Er rieb sich den Schritt.

Constanzes Magen rebellierte. Mit einer Kraft, die nur aus der Verzweiflung geboren wurde, stieß sie sich ab und ging auf ihn los. Sie hatte keine Chance. Noch ehe sie mit den Fingernägeln auch nur annähernd sein Gesicht erreichen konnte, fegte Michael sie an den Kamin zurück. Als sich das Steinsims in ihren Rücken bohrte, rang sie nach Luft.

Michael feixte angesichts ihrer schmerzerfüllten Miene. Mit großer Geste streifte er seine Weste ab. Er nahm sich dafür reichlich Zeit, kostete die Hilflosigkeit, in die er sie getrieben hatte, in vollen Zügen aus. Sein Blick maß gierig ihre Gestalt, dann streckte er die Hand nach ihr.

»Fass sie an und du bist tot«, stoppte ihn plötzlich eine eiskalte Stimme von der Tür her.

Sowohl Constanze als auch Michael zuckten herum. »Was zum Teufel ...« Sein Fluch verstummte schlagartig, als er sah, wer lautlos den Raum betreten hatte. Constanzes Herz hingegen begann freudig zu pochen. Noch bevor Michaels breiter Körper die Sicht auf ihren Retter freigab, wusste sie, dass es Silas war. Seine Stimme hätte sie überall erkannt. Doch als sie die dunkel gekleidete Gestalt im Türrahmen tatsächlich zu Gesicht bekam, verschlug es sogar ihr den Atem. Es war Silas. Aber ein Silas, wie sie ihn noch nie gesehen hatte ...

Er war nass und vollkommen verdreckt – außerdem bis an die Zähne bewaffnet. Von irgendwoher hatte er sich eine Maschinenpistole besorgt, deren Lauf nun unmissverständlich auf Michael wies. In seinem Gürtel steckte so ziemlich alles, was er auf dem Weg ins Obergeschoss gefunden haben musste. Constanze entdeckte einen Dolch und Wurfsterne aus Michaels Sammlung sowie etwas, das verdächtig an eine kleine Axt erinnerte. Aber das war nicht der Grund, weshalb ihr schier das Herz versagte. Silas selbst war es. Im flackernden Licht des Kaminfeuers wirkte er wie ein leibhaftiger Racheengel.

Seine Haltung sah gefährlich aus. Den Kopf leicht gesenkt, fielen ihm die schwarzen Strähnen wild übers Gesicht und betonten seine grauen Huskyaugen, in denen ein Ausdruck loderte, den man bestenfalls als blanke Mordlust beschreiben konnte. Er war unfassbar wütend. Der sonst so lockere Magier stand kurz davor, jegliche Beherrschung zu verlieren. In diesem Zustand jagte er selbst Constanze Angst ein.

Es war ein Wunder, dass Silas ihren Exmann nicht einfach kommentarlos über den Haufen geschossen hatte. Schon einmal hatte Michael sie in Anwesenheit des Magiers bedroht – ohne Konsequenzen. Dieses Glück hatte er jetzt nicht mehr.

»Geh weg von ihr«, knurrte Silas und machte eine ruppige Kopfbewegung. »Sofort!« Er sprach nicht einmal laut. Aber das musste er auch nicht. Allein die Worte klangen, als könnte man damit Glas schneiden. Jeden Muskel seines durchtrainierten Körpers angespannt, musterte er Constanze. Die Tränenspuren auf ihrem Gesicht, den Zustand ihrer Kleidung. Nichts entging seiner Aufmerksamkeit. In seinem steinharten Gesicht traten die Kiefermuskeln hervor.

Offenbar schien Michael den Ernst der Lage durchaus zu begreifen, denn seine arrogante Art war plötzlich wie weggeblasen. Vorsichtig, beide Hände von sich haltend, wich er zurück. »Schon gut«, krächzte er. »Ich werde ihr nichts tun.«

»Da liegst du richtig.« Um Silas' Mund spielte ein grausamer Zug. »Du wirst sie nicht anrühren. Nie mehr. Denk darüber nach, die drei Minuten, die du noch hast.«

Ohne Michael aus den Augen zu lassen, streckte er eine Hand nach Constanze. Sie brauchte keine zweite Aufforderung. Sofort huschte sie an seine Seite und ergriff seine Finger. Er zog sie kraftvoll hinter sich, bevor er sie mit seinem Körper rückwärts dirigierte. Als sie an der Tür ankamen, blieb er stehen. »Geh ins Nebenzimmer«, befahl er, obwohl er sich unverändert auf Michael konzentrierte, und schloss ihre Finger um die Waffe. »Nimm die sicherheitshalber mit. Ich komme gleich nach.«

Constanze dämmerte plötzlich, warum er Michael nicht erschossen hatte. Wegen ihr. Ausschließlich wegen ihr. Nur ihre Gegenwart hatte ihn daran gehindert, abzudrücken. Aus diesem Grund wollte er auch, dass sie jetzt ging. Der Magier beglich eine Rechnung ... Diese Tatsache hätte sie erschrecken sollen, aber das tat sie nicht. Erschreckend war eher, wie wenig es ihr ausmachte.

Sie nickte und nahm die Waffe in beide Hände. Sobald sie die Maschinenpistole in sicherem Griff hatte, ließ Silas sie los. Noch im selben Moment zog er den Dolch aus dem Gürtel. Die sparsame Routine seiner Bewegung ließ keinen Zweifel daran, was er vorhatte.

Todesangst flackerte in Michaels Blick, als er sah, dass Constanze sich tatsächlich anschickte, den Raum zu verlassen. »Damit kommt ihr nicht durch«, keuchte er hektisch. »Ihr kommt hier nie raus.« Angestrengt blickte er immer wieder zur zweiten Tür. »Meine Männer sind überall. Sie werden jeden Moment hier auftauchen. Und dann ...«

Er brauchte den Satz nicht zu Ende zu sprechen, weil schon in diesem Moment die gegenüberliegende Tür aufgerissen wurde. Sie knallte mit einem Krachen gegen die Wand, als mehrere Männer gleichzeitig ins Zimmer stürmten.

Silas reagierte augenblicklich. In Bruchteilen von Sekunden schleuderte er den Dolch auf Michael, der sich wie durch ein Wunder gerade noch rechtzeitig duckte, dann griff er nach den Wurfsternen.

Constanze gefror das Blut in den Adern. Silas stand vor ihr wie eine Zielscheibe, ohne jegliche Deckung – dabei kämpfte er mit mittelalterlichen Waffen gegen modernste Technik. Das konnte nie und nimmer gut gehen.

Noch bevor sie sich ganz im Klaren war, was sie tat, schwenkte sie die Maschinenpistole um ihn herum und drückte ab. Die Kugelsalve traf die Männer unvorbereitet und fegte sie buchstäblich von den Beinen, denn sie erwischte sie auf Kniehöhe. Schreiend gingen sie zu Boden. Constanze wurde speiübel, trotzdem zielte sie erneut. Entschlossen, so lange zu feuern, bis sie jeden Gegner endgültig außer Gefecht gesetzt hatte, drückte sie den Abzug, doch nichts geschah. Die Waffe blieb stumm, stattdessen wirbelten blitzende Metallteile durch die Luft.

Silas beendete ihre Arbeit, indem er alles warf, was noch an Material in seinem Gürtel steckte. Plötzlich verstand Constanze, weshalb er solche Unmengen an Waffen bei sich trug. Die Maschinenpistole hatte einfach nicht mehr genug Munition gehabt, um sie ausreichend schützen zu können.

Sie wollte gerade zu Silas aufsehen, da packte er plötzlich ihr Genick und riss sie so hart an sich, dass sie frontal gegen ihn prallte. Constanze erschrak zu Tode, konnte aber trotzdem den Luftzug spüren, mit dem der Pfeil dicht an ihren Haaren vorbeizischte.

»Runter!« Silas drückte sie nach unten. Bevor sie noch begriff, woher der Angriff eigentlich gekommen war, schubste er sie kurzerhand hinter einen Sessel und spurtete los. Constanze warf sich herum und sah gerade noch, wie er mit vollem Körpergewicht gegen Michael krachte. Der hatte bereits einen zweiten Pfeil in eine Armbrust eingelegt, die bis vor Kurzem als Dekoration über dem Kamin gehangen hatte. Offenbar waren sie nicht die Einzigen, die sich der ausgestellten Waffen bedienten.

Silas nutzte seinen Schwung und legte seine ganze Kraft in den nächsten Schlag. Michael brüllte, als sein Nasenbein mit hörbarem Knacken brach. Verzweifelt setzte er sich zur Wehr. Hektisch um sich schlagend versuchte er jeden schmutzigen Trick, den er auf Lager hatte, riss dabei sogar den Vorhang herunter. Er flatterte in den Kamin und fing sofort Feuer. Constanze rappelte sich auf die Füße. Die beiden Männer registrierten den Brand kaum. Verbissen hieben sie aufeinander ein. Ineinander verkeilt taumelten sie an der Wand entlang, rammten erst die Kaminbrüstung, dann das Terrarium. Constanze schrie auf, doch es war zu spät. Mit lautem Bersten brach das Glas und befreite die vier Skorpione aus ihrem Käfig.

Constanze blieb das Herz stehen. Ohne noch eine Sekunde zu zögern, stieß sie sich vom Sessel ab und rannte auf Silas zu. Die Angst, er könnte von einem Skorpion gestochen werden, verlieh ihr ungeahnte Kräfte. Sie erreichte ihn just in dem Moment, in dem er zusammen mit Michael unter einem Regen aus Glassplittern und Sand zu Boden ging.

Schon bevor Silas Constanzes Schrei hörte, wusste er, dass Michael und er sich einen denkbar ungünstigen Platz zum Landen ausgesucht hatten. Geistesgegenwärtig rollte er sich ab, versuchte, so schnell wie möglich von dem tödlichen Inhalt des Terrariums wegzukommen.

Constanze rutschte schlitternd neben ihn zu Boden, beachtete weder ihren Exmann noch das Feuer, das langsam auf den Teppich übergriff. Mit einer Kraft, die er ihr nie zugetraut hätte, packte sie seine Beine und zerrte ihn außer Reichweite der wild um sich stechenden Spinnentiere. Silas kam es vor, als attackierten tausend Stacheln seinen Rücken. Einen Herzschlag lang dachte er, es wäre einer der Skorpione, dann begriff er, dass der Schmerz von den Glasscherben stammte.

Michael hatte weniger Glück. Durch seinen enormen Körperumfang war er einfach nicht flink genug. Constanze presste die Hand vor den Mund, als sie sah, wie zwei der Tiere auf ihn losgingen.

Er schrie hysterisch und schlug verzweifelt nach den kleinen Angreifern. Umsonst. »Verflucht, Constanze hilf mir!« Speichel tropfte von seinen Lippen. »Komm her! Mach schon!«

Constanze starrte bewegungslos zurück. Ihre Hände krallten sich in Silas Schultern. Ob vor Schock oder weil sie verhindern wollte, dass er Michael zu Hilfe eilte, konnte er nicht genau sagen. Constanze jedenfalls machte keinerlei Anstalten, aufzustehen. Silas hätte sie gern in den Arm genommen, ließ es aber sein. Diese Entscheidung konnte nur sie allein treffen. Michael schrie immer lauter, dem Wahnsinn nahe. Constanze schluckte, aber als sie in Silas' Augen sah, war ihr Blick klar und fest. »Lass uns gehen.«

Er umfasste ihr Kinn. »Bist du sicher?«

Sie nickte. »Wir können ihm ohnehin nicht mehr helfen.«

»Gut.« Silas kam auf die Füße und zog Constanze mit sich in die Höhe. »Ich kann nicht gerade behaupten, dass ich darüber traurig bin.« Er legte den Arm um ihre Taille und schob sie rückwärts.

Constanze drückte sich an ihn und sah ein letztes Mal zu Michael. Der rang inzwischen keuchend nach Luft. Das Feuer umrahmte seine massige Gestalt wie ein groteskes Bühnenbild. Krämpfe tobten durch seinen Körper, ließen ihn spastisch zucken, während sich das Skorpiongift unaufhaltsam durch seine Blutbahnen fraß.

Constanze konnte an der Veränderung seines Gesichtsausdrucks erkennen, wann er begriff, dass sie vorhatten, ihn seinem Schicksal zu überlassen.

»Das kannst du nicht tun«, schrie er panisch. »Hol das Gegengift! Schnell!« Sein Gesicht verzerrte sich zu einer irren Maske. »Du nutzlose Schlampe, hol es! Sofort!« Reinste Todesangst spiegelte sich in seinen Augen.

»Das hilft dir auch nicht.« Constanze wich Schritt für Schritt mit Silas vor den Flammen zurück. »Neurotoxin wirkt tödlich, weißt du noch? Du hast die Skorpione extra deswegen ausgesucht.«

»Du elendes Miststück«, brüllte er mit sich überschlagender Stimme und versuchte, etwas nach ihr zu werfen. »Fahr zur Hölle, hörst du? Fahr doch zur Hölle!«

»Du zuerst«, gab Constanze leise zurück, dann wandte sie sich ab und drückte ihr Gesicht an Silas' Hals. Er legte eine Hand um ihren Nacken, schnappte sich Michaels Weste vom Stuhl und bedeckte damit Constanzes Mund und Nase. Zügig steuerte er in Richtung Tür. Sie mussten schleunigst den Raum verlassen. Die Hitze und der Rauch nahmen beständig zu und machten jeden Atemzug zur Qual. Hustend blickte er sich um. Ein Blick auf die am Boden liegenden Männer bestätigte ihm, dass zumindest von dort aus keine Gefahr mehr drohte. Michaels Handlanger waren viel zu sehr damit beschäftigt, ihre eigene Haut zu retten. Nicht von ungefähr, denn das Feuer griff rasend schnell um sich. Sämtliche Vorhänge und ein Teil der Decke standen bereits in Flammen. Silas beugte sich schützend über Constanze, damit sie nicht von brennenden Stücken getroffen wurde, und schob sie unbeirrbar durch den Raum. Er spürte bereits das Feuer nah an seinem Rücken, da erreichten sie die Tür. Ohne anzuhalten, kämpften sie sich die Treppe hinunter. Michaels Gebrüll war noch zu hören, bis sie durch die Eingangshalle stolperten, dann brach es abrupt ab.

Silas drückte Constanze fester an sich, zog sie aber unverändert weiter. Erst als sie sich im Freien befanden, blieb er stehen. Besorgt sah er auf sie hinab. »Wie geht es dir?«

Ihre Augen tränten vom Rauch. Obwohl sie mehrmals blinzeln musste, erwiderte sie seinen Blick. »Besser.«

Aneinandergedrückt humpelten sie auf den CLK zu, der gottlob noch immer unbehelligt im Hof parkte. Silas riss die Wagentür auf, doch Constanze packte ihn am Arm.

»Warte! In deinem Zustand kannst du nicht fahren.«

Silas gab ihr ausnahmslos recht. Unerträglicher Schmerz pochte in seinen Rippen und seine Lungen fühlten sich an, als hätte er pures Feuer geatmet. Ohne Diskussion ließ er ihr den Vortritt und setzte sich auf den Beifahrersitz. Constanze kroch hinters Lenkrad und drehte den Zündschlüssel, den sie in weiser Voraussicht hatte stecken lassen. Der zuverlässige Motor sprang sofort an. Schon im selben Moment stieg Constanze aufs Gaspedal. Silas erkannte ziemlich schnell, dass sie fast auf gleichem Niveau fuhr wie er. Schock und Entsetzen peitschten ihren Adrenalinspiegel in die Höhe und ließen sie Unglaubliches leisten. Sie rauschte in einer Geschwindigkeit die Auffahrt hinunter, die sie sich unter normalen Umständen garantiert nie zugetraut hätte.

Vor dem geschlossenen Tor bremste sie scharf ab. Die Wachposten hatten längst ihren Platz aufgegeben. Wahrscheinlich gehörten sie zu den Männern, die sie in dem Kaminzimmer zurückgelassen hatten.

Constanze riss die Tür auf und stürmte das Pförtnerhäuschen. Sie war zurück, während das Tor noch auffuhr, und drückte das Gas durch. Der rote Sportwagen schnellte wie ein flüchtendes Tier auf die Straße. Mit quietschenden Reifen folgte sie der Kurve um die Außenmauer und brauste in den Wald hinein.

Sie behielten die halsbrecherische Geschwindigkeit bei, bis sie die Anhöhe hinter sich gebracht hatten und eine gerade Strecke vor ihnen lag. Unmerklich erst, dann immer spürbarer, begann Constanze zu zittern. Zuerst bebten nur ihre krampfhaft um das Lenkrad gelegten Finger, dann klapperten ihr die Zähne.

Silas legte behutsam eine Hand auf ihren Oberschenkel. »Halt an«, sagte er ruhig. »Wir sind weit genug.«

Constanze setzte fahrig den Blinker, trat auf die Bremse und bog schlingernd in einen unbefestigten Waldweg.

Nach einigen Metern kam der Wagen zum Stehen. Schwer atmend saß sie da. Unbewegt, dann drehte sie den Kopf zu Silas. Einen Herzschlag lang sahen sie sich an, dann riss er sie in die Arme.

»Mein Gott, Constanze.« Er küsste sie wie verrückt. »Was um Himmels willen machst du hier?« Er presste sie fest an sich, küsste sie immer wieder.

Sie grub die zitternden Finger in seine Haare. »Ich bin so froh, dass du am Leben bist. Als Nevio und Eliah allein zurückgekommen sind, bin ich vor Angst um dich fast durchgedreht. Nevio hat mir gesagt, was passiert ist. Ich wollte dich retten.«

»Und deshalb bringst du dich in Gefahr?« Er schüttelte ungläubig den Kopf, nicht in der Lage, das Grauen zu unterdrücken, das durch sein Herz wirbelte. »Du hättest bei dem Versuch, mich zu retten, sterben können.«

Constanze schluchzte erstickt. »Das war mir egal.«

»Das sollte es aber nicht. Du musst auch an Eliah denken. Du bist alles, was er hat.«

Sie blinzelte die Tränen zurück. »So wie du. Er braucht dich genauso wie ich. Du bist ein Teil unserer Familie. Ohne dich können wir nicht leben.«

Silas drückte gerührt seine Stirn gegen ihre. »Das müsst ihr auch nicht.« Er schluckte. »Der Albtraum ist vorbei. Endgültig. Wir brechen sofort nach Chile auf.«

Ein Wagen fuhr vorbei. Silas hob den Kopf, senkte ihn aber wieder, als er sah, dass es sich nur um einen Obstlaster handelte. Er umfasste Constanzes Hände, die trotz der ausgestandenen Hitze eiskalt waren. »Bist du allein hier?«

Sie nickte. »Nevio und Jara sind mit Eliah nach Paris aufgebrochen, so, wie es geplant war.

»Gut.« Er rieb über die Rußflecken auf ihrer zarten Haut. »Dann treffen wir sie unterwegs. Alles andere wäre zu umständlich. Wir fliegen zunächst über Bern.« Silas berichtete ihr von dem weiteren Vorgehen, bis er spürte, dass sie wieder ruhiger wurde, dann ließ er sie den Wagen starten.

Im Schutz der Dämmerung fuhren sie in die übernächste Kleinstadt. Silas lotste sie so lange durch die Gassen, bis sie einen abgelegenen Parkplatz erreichten.

Er öffnete die Beifahrertür. »Bleib im Auto, ich bin gleich wieder da.« Für einen Mann mit seiner Verletzung glitt er erstaunlich zügig aus dem tiefen Sitz.

Constanze sah ihm besorgt nach, als er um den Wagen herumging und quer über den dunklen Parkplatz spazierte. Es wurde höchste Zeit, dass sie ausruhten. Sie waren beide völlig erschöpft. Lange hielten sie nicht mehr durch. Sie strengte die Augen an, konnte Silas aber bald nicht mehr erkennen. Offenbar schien er ein bestimmtes Ziel zu haben. Weil ihre Pupillen vor Müdigkeit flimmerten, legte sie das Gesicht aufs Lenkrad und schloss die Lider. Angespannt wartete sie auf seine Rückkehr.

Die Minuten tropften wie Stunden dahin, dann hörte sie ein leises Motorengeräusch hinter sich. Beunruhigt riss sie den Kopf herum und musterte den dunkelblauen Fiat Punto, der am Heck des CLK zum Stehen kam. Panik kroch in ihr hoch, löste sich jedoch sofort wieder auf, als Silas aus dem Wagen stieg. Constanze entsicherte ihren Gurt, rutschte aus dem Mercedes und stakste auf ihn zu. »Wo hast du denn so schnell einen Wagen her?«, fragte sie verblüfft.

»Ausgeborgt«, nuschelte er undeutlich.

»Du meinst wohl eher geklaut.«

Er hob verschlagen die Schultern. »Schlimm?«

»Nein.« Sie öffnete die Autotür. »Praktisch.«

Silas ließ seinen Blick kurz über die menschenleere Umgebung schweifen, dann stieg er ein. »Ich fahre.«

22.

Auf und davon

Bis die Putzfrau die Reste ihrer Kleidung finden würde, konnten Stunden vergehen. Constanze warf einen letzten Kontrollblick auf ihren falschen Bauch und die glatte Perücke, dann straffte sie die Schultern und verließ gemessenen Schrittes die Toilette.

Unauffällig blickte sie sich in der Abflughalle des Berner Flughafens nach Silas um. Obwohl sie jeden Mann genau inspizierte, konnte sie ihn nirgends entdecken. Jetzt bereute sie, dass sie ihn nicht gefragt hatte, wie er nach seiner Verwandlung aussehen würde. Mit dem für Hochschwangere typisch watschelnden Gang steuerte sie eine gemütliche Sitzgruppe an und ließ sich seufzend darauf nieder. Schwer fiel ihr das nicht. Sie waren die halbe Nacht mit dem Punto durchgefahren, ehe sie sich in den frühen Morgenstunden eine kleine Verschnaufpause gegönnt hatten. Sie hatten beide nur wenige Stunden geschlafen, weil sie so schnell wie möglich ihre Reise beginnen wollten. Aber immerhin waren sie nicht mehr zum Umfallen müde. Scheinbar angestrengt wühlte Constanze in ihrer Tasche, jedoch ohne ihr Umfeld aus den Augen zu lassen. Wo blieb er nur?

Als ein großer Schwarzer mit Afrofrisur und Hawaiihemd vor ihr stehen blieb, sah sie auf. Was um Himmels willen wollte der schräge Typ von ihr? Ausgerechnet jetzt.

Der Mann ließ ein breites Grinsen sehen. »An den Anblick könnte ich mich gewöhnen.« Er zeigte auf ihren Bauch. »Bist du so weit, Honey? Wir sollten dann los.«

Constanze blieb vor Überraschung der Mund offen stehen. Silas' warme Stimme war unverkennbar. Das war jedoch das Einzige, was an ihn erinnerte. Unglaublich! Er schaffte es doch immer wieder, sie total zu überrumpeln. Hastig fing sie sich wieder. »Ich bin ja schon so gespannt, wie unser Kind aussieht, Darling«, konnte sie sich nicht verkneifen zu sagen, dann streckte sie ihm die Hand entgegen. Galant zog er sie aus dem niederen Sitz an seine Seite.

»Und ich erst«, murmelte er und legte fürsorglich einen Arm um ihre neuerdings umfangreiche Taille. »Alles klar?«, flüsterte er so nah an ihrem Ohr, dass es für Außenstehende nach einem zärtlichen Kuss aussehen musste.

Constanze nickte lächelnd und schmiegte sich an ihn. Noch immer saß ihr der Schock der Erlebnisse in Michaels Haus in den Knochen. Sie wollte sich nicht ausmalen, was geschehen wäre, hätte ihr Exmann es geschafft, ihn umzubringen. Zum ersten Mal konnte sie nachvollziehen, was Silas als Dreizehnjähriger dazu getrieben hatte, einen Rachefeldzug zu starten. Schon einmal hatte sie gedacht, ihn für immer verloren zu haben, das wollte sie auf keinen Fall noch einmal durchmachen müssen.

Ohne größere Eile gingen sie auf das Terminal zu, an dem bereits andere Fluggäste auf das Boarding warteten.

Silas' Lippen streiften ihre Schläfe. »Lass mich reden. Wenn dich jemand etwas fragt, lächelst du einfach und schaust nett.«

Constanze drehte den Kopf, um ihn richtig küssen zu können, doch angesichts seiner Gesichtsfarbe zögerte sie.

Silas' braun getönte Augen blitzten, dann beugte er sich herunter. »Keine Sorge, ich färbe nicht ab.« Das bewies er ihr auch gleich, indem er seine Lippen auf ihre senkte.

Constanze legte die Arme um seinen Oberkörper und gab sich einen Moment dem innigen Gefühl hin. Viel zu schnell kamen sie an die Reihe.

Mit klopfendem Herzen wartete sie, bis die Stewardess ihnen die Bordkarten gab. Insgeheim war sie stolz auf sich, wie sorglos sie neben Silas stand. Seine Schminke färbte vielleicht nicht ab – seine unglaubliche Coolness jedoch schon. Das hatte sie bereits gegenüber Andrea bemerkt. Es hatte einiges für sich, mit dem Magier zusammen zu sein …

Silas blickte gähnend auf seine Uhr. Innerlich war er jedoch hellwach und spähte unauffällig über die Sitzreihen. Nach allem, was er bisher beobachtet hatte, wurden sie nicht verfolgt. Das hätte ihn auch schwer gewundert. Nicht einmal den besten Profis war es bisher gelungen, seiner Fährte zu folgen, und Michaels Männer waren alles andere als geschickt, wenn es darum ging, seine nächsten Schritte zu erahnen. Das hatte ihr stümperhaftes Verhalten bei seiner Gefangenschaft gezeigt. Andernfalls wäre es ihm nie gelungen, sich aus dem Kerker zu befreien. Ohne sich um den Trubel um sich herum zu kümmern, lehnte er sich zurück.

Als die Maschine sich eine halbe Stunde später in der Luft befand, lächelte er zufrieden. Der erste Schritt war getan. Jetzt mussten sie nur noch sicher in Holland landen und dort den nächsten Flieger zurück in die Schweiz erwischen. Eigentlich war dieser Reiseweg komplett unsinnig. Und genau das war es, was ihn so genial machte. Niemand würde auf die Idee kommen, dass sie hierher zurückkehrten. Von da ab ging es weiter über London nach Kanada. Und dort …

Sein Herz begann ungewohnt schnell zu klopfen. Naja, vielleicht nicht mehr ganz so ungewohnt. Das war immer so, wenn er daran dachte, was er in Kanada zu tun gedachte.

Er wollte Constanze heiraten. Nicht nur zur Show, sondern real. Silas hatte nicht den leisesten Zweifel an diesem Wunsch. Was er allerdings nicht ganz so sicher wusste, war ihre Reaktion darauf. Ob Constanze ihm überhaupt abkaufen würde, dass sie tatsächlich Mann und Frau wurden? Im Moment jagte eine außergewöhnliche Situation die nächste. Sie täuschten ihr Umfeld, was das Zeug hielt. Wahrscheinlich würde Constanze angesichts ihrer Lage nichts mehr überraschen. Sie stellte sich auf alles ein – selbst wenn er eine Zwischenlandung auf dem Jupiter vorgeschlagen hätte, wäre sie kommentarlos mit ihm gegangen. Ihre Flexibilität war erstaunlich und stand seiner in nichts nach.

Silas drehte den Kopf und betrachtete sie liebevoll. Constanze war, erschöpft von den Strapazen der letzten Tage, an seiner Schulter eingeschlafen. Zärtlichkeit stieg in ihm auf. Wie sollte er ihr das mit der Ehe am besten begreiflich machen? Er konnte nur hoffen, die Erfahrungen mit Michael würden sie nicht allzu sehr abschrecken. Noch nie war ihm eine Sache so richtig erschienen, noch nie so bedeutend wie diese Ehe.

Constanze murmelte und schlug blinzelnd die Augen auf. »Hast du etwas gesagt? Ich glaube, ich bin eingenickt.« Benommen schob sie sich eine Haarsträhne ihrer Perücke hinter das Ohr und setzte sich gerade hin.

»Nein, bisher nicht.« Silas verschränkte seine Hand mit ihrer und spielte mit ihren Fingern. Plötzlich konnte er keine Sekunde länger warten. »Aber wenn du schon wach bist …«, begann er und drehte sich zu ihr. »Ich wollte dich ohnehin etwas fragen.« Er beugte sich näher. »Hast du schon einmal darüber nachgedacht …« Silas verstummte. Nein, das war es nicht. Das klang blöd. Rasch startete er einen neuen Versuch. »Ich meine, könntest du dir vorstellen, dass wir … du und ich …« Kopfschüttelnd brach er ab.

Constanze blickte Silas verwundert an. Was war denn mit ihm los? So nervös kannte sie ihn nicht. Schlagartig war sie hellwach.

»Ist was passiert?«

Er fasste um ihr Kinn und bog ihr Gesicht wieder zu sich. »Nein. Alles okay. Ich wollte nur ... ach, verdammt! Dass ich mich dabei so dämlich anstelle, hätte ich auch nicht gedacht.«

Constanze runzelte die Stirn. »Wobei denn?« Sie verstand immer noch nicht, was er ihr sagen wollte. Er sprach in absoluten Rätseln. Aber was deren Inhalt auch war, es musste etwas Wichtiges sein. Forschend blickte sie in seine Augen. »Worum geht's dir eigentlich?«

»Um dich«, brachte Silas heraus und erwiderte ihren Blick. »Ich wollte dich fragen, ob du meine Frau werden willst«, stieß er dann erstaunlich zusammenhängend hervor und umfasste wieder ihr Gesicht. »Constanze, willst du mich heiraten? In echt, nicht zur Tarnung ... sondern so richtig ... ganz offiziell.«

Constanze schluckte. Zum ersten Mal, seit sie Silas kannte, stotterte er tatsächlich herum. Diese Tatsache ging ihr fast noch mehr ans Herz als die Frage selbst. Um ihn zu erlösen, legte sie kurzerhand einen Finger auf seine Lippen, genau, wie er es einst an ihrer Haustür bei ihr getan hatte.

»Vielleicht lässt du mich einfach antworten?«, schlug sie vor und lächelte.

Silas klappte sofort den Mund zu.

Sie kam ihm so nahe, dass sich ihre Lippen fast berührten. »Ja.« Sie küsste ihn. »Ja.« Sie küsste ihn noch mal. »Ich will, und wie.«

Silas gab einen tiefen Laut von sich, zog sie an sich und nahm ihren Mund. Er küsste sie im Halbdunkel der Maschine derart stürmisch, das sich Constanzes Verstand in Sekundenschnelle verflüchtigte. Leise seufzend schlang sie die Arme um seinen Hals und rutschte näher. Sie schmiegten sich aneinander – soweit Constanzes falscher Bauch das zuließ. Wären sie nicht in der Öffentlichkeit gewesen, hätten sie sich postwendend aufeinander gestürzt.

Nur der nachtschlafenden Atmosphäre der Kabine war es zu verdanken, dass sie nicht auffielen.

Eine gefühlte Ewigkeit später hob Silas den Kopf. »Gott sei Dank.« Er grinste erleichtert. »Du glaubst nicht, wie glücklich du mich machst.«

»Ungefähr so wie du mich?« Constanze sah immer noch lächelnd zu ihm auf, obwohl sie mittlerweile so schnell atmete, als wäre sie pausenlos durchs Flugzeug gerannt. Küssen mit Silas war alles andere als herzschonend.

Er lehnte sich ihr zugewandt im Sitz zurück. »Lass uns so schnell wie möglich heiraten.«

»Und wo?«, fragte sie etwas atemlos.

»In Kanada. Wie hört sich das an?«

»Klingt wunderbar.« Constanze streichelte nachdenklich seinen Nacken. »Aber brauchen wir dafür nicht Papiere, Geburtsurkunden und solche Dinge?«

»Doch.« Silas blickte plötzlich schuldbewusst drein. »Aber das ist eigentlich kein Problem. Nicht in der St. Andrew's Church in Oakville, Kanada.«

Constanze fehlten die Worte. So genau wusste er das? »Diese Idee mit der Hochzeit«, dachte sie laut nach. »Das war kein spontaner Einfall, oder?«

Silas kratzte sich am Ohr. »Nun ja, wenn du mich so fragst … nein«, gab er dann unverblümt zu. »Ich hab's seit einiger Zeit geplant.« Als sie erstaunt keuchte, schmunzelte er. »Was ist? Nach allem, was du über mich weißt, dürfte dich das eigentlich nicht überraschen.«

»Nicht überraschen?« Constanze schnappte nach Luft. »Ich bin überrascht, gerade weil ich einiges über dich weiß.« Trotz der unglaublichen Zweisamkeit, die sie mit ihm geteilt hatte, war sie davon ausgegangen, der Magier würde sich niemals fest an etwas oder jemanden binden wollen. Das sagte sie ihm auch.

»Bisher war das auch so«, bestätigte er ihre Vermutung. »Bis zu dir jedenfalls. Es hat zwar ein Weilchen gedauert, bis ich dahintergestiegen bin, dass ich dich liebe, aber als ich es erst mal kapiert hatte, war das der nächste logische Schritt. Bei meiner Reise nach Tschechien habe ich einen Bekannten beauftragt, die nötigen Papiere anzufertigen und sie über den großen Teich verschickt. Sie liegen in einem Postfach in Oakville.«

»In Tschechien hast du sie abgeschickt?« Constanzes Herz machte einen Satz, als sie daran dachte, wann er dort gewesen war. Im Sommer. »So lange bist du schon in mich verliebt?«

Er grinste entschuldigend. »Du hast mich gnadenlos umgehauen.« Sein Blick glitt zärtlich über sie. »Dabei reichst du mir grad mal bis ans Kinn.«

Constanze lächelte und schmiegte sich an ihn. »Damit hast du wohl nicht gerechnet«, konnte sie es nicht lassen, ihn aufzuziehen.

Er schüttelte den Kopf. »Nein. Trotzdem bin ich froh darüber. Eigentlich sollten wir Michael dankbar sein, dass er uns zusammengebracht hat.«

Sie verzog das Gesicht. »Ja. Das ist dann aber auch das Einzige, was er Gutes in seinem Leben vollbracht hat.«

Silas zeichnete mit dem Finger ihre Schläfe nach. »Gewissensbisse?«

»Wegen Michael?«

Er nickte. »Mmh.«

»Nein. Eigentlich sollte ich mich schämen, aber ich bin erleichtert, dass er tot ist.« Sie atmete tief durch. »Es ist, als wäre mir ein tonnenschwerer Ballast von der Seele gefallen.«

Silas beugte sich vor und hauchte zarte Küsse auf ihren Mund. »Das freut mich. Von allen Typen, die mir in den letzten Jahren begegnet sind, war dein Exmann haushoch der widerlichste.«

»Und du warst nicht einmal mit ihm verheiratet«, scherzte Constanze unvermittelt.

Silas grinste. »Nein. Aber mit dir werde ich es bald sein.«

Constanze seufzte sehnsüchtig. »Wie lange dauert es denn noch, bis wir Kanada erreichen?«

Silas sah auf seine Uhr. »Circa sechsunddreißig Stunden.« Als er ihr verhaltenes Stöhnen hörte, musste er lachen. »Keine Sorge, ich weiß dich schon zu beschäftigen.« Sprach's und senkte seine Lippen auf ihre.

Constanze beklagte sich nicht mehr.

Circa sechsunddreißig Stunden später stand Constanze wieder in einer Flughafentoilette. Dieses Mal als schwarzhaarige Rockerbraut mit Stirnband. Geduldig verstaute sie ihren gefälschten Reisepass mit dem kanadischen Einreisestempel in der Umhängetasche und wartete, bis die Toilette leer wurde.

Sie hatte keine Eile. Nachdem Silas und sie von Holland aus wieder zurück in die Schweiz, von dort aus nach London und schließlich nach Kanada geflogen waren, beherrschte sie dieses Bäumchen-wechsel-dich-Spiel fast mit professioneller Routine.

Unvermittelt begann ihr Herz schneller zu schlagen. Wenn sie nur daran dachte, dass sie nun an dem Ort angekommen war, an dem sie Silas heiraten würde ... Pure Vorfreude flutete durch jede Zelle ihres Körpers und ließ sie glücklich lächeln.

Scheinbar in ihr Spiegelbild vertieft, überprüfte sie ihren dick aufgetragenen Kajalstrich, während die andere Toilettenbesucherin sich neben ihr die Hände wusch. Kaum hatte die Frau die Waschräume verlassen, schlüpfte Constanze in eine der Kabinen und zog sich um. Sie rieb sich mit einem feuchten Kosmetiktuch das Make-up aus dem Gesicht und löste die dunkle Perücke aus ihren Haaren. Sie brauchte für ihre Verwandlung erstmals weniger als fünf Minuten. Nicht zuletzt, weil sie sich von nun an nicht mehr verkleiden würde. Ungeschminkt, in bequemer Stoffhose und Strickweste trat sie erneut ans Waschbecken. Sie sah wieder wie sie selbst aus – von der blonden Fransenfrisur mal abgesehen. Aber daran ließ sich momentan leider nichts ändern. Was Eliah wohl dazu sagen würde, wenn er sie morgen wiedersah? Auch darauf freute sie sich unbändig. Irgendwie hatten Jara und Nevio es möglich gemacht, zusammen mit ihrem Sohn ebenfalls nach Kanada zu kommen. Sie hatten die drei von Holland aus kurz angerufen und ihnen ihre Pläne erläutert. Constanze klingelten jetzt noch die Ohren, wenn sie daran dachte, wie begeistert Eliah ins Telefon gekreischt hatte, als sie ihm erzählt hatte, was sie und Silas vorhatten. Irgendwie wurde sie das Gefühl nicht los, dass ihr Sohn nur darauf gewartet hatte, sie beide heiraten zu sehen.

Bei der Antwort-Mail, die sie von Susanne und Frank erhalten hatte, war es ähnlich gewesen. Ihre Freundin hatte ihr schon von Anfang an prophezeit, dass sie in Silas – noch zu Zeiten seiner Daniel-Rolle – ihren Mann fürs Leben gefunden hatte. Lächelnd schulterte sie ihre Umhängetasche und machte sich auf den Weg zu Silas, der seine Metamorphose sicherlich ebenfalls hinter sich gebracht hatte. Sie entdeckte ihn unweit der Damentoilette an einem Blumenkübel lehnend. Er trug Jeans, einen grünen Wollpullover und hatte die Hände locker in den Hosentaschen vergraben. Seine Haare waren nicht mehr braun, sondern glänzten wieder in ihrem natürlichen Tiefschwarz.

Schmunzelnd ging sie auf ihn zu, plötzlich an den Tag im Kölner Park erinnert, an dem er in ähnlicher Haltung an der Erntedanksäule auf sie gewartet hatte. Was seitdem alles geschehen war ... einfach unglaublich.

Silas' helle Huskyaugen blitzten, als sie dicht vor ihm stehen blieb.

»Hallo Herr Valek«, begrüßte sie ihn lächelnd und strich ihm die zerzausten Haare aus der Stirn.

»Hallo Frau Valek in spe«, grinste er zurück und schlang einen Arm um ihre Hüfte. »Wollen wir?«

»Jederzeit.« Sie legte ebenfalls einen Arm um ihn und schlenderte an seiner Seite zum Ausgang.

Zwei Tage später standen sie wenige Meter vor einem Eingang. Hand in Hand blickten sie auf die malerische St. Andrew's Church in Oakville, Kanada. Nevio, Jara und Eliah waren bereits vorausgegangen und warteten im Inneren der Kirche auf den Einmarsch des Brautpaares.

Constanze strich sich lächelnd über das enge weiße Kleid, das sie trug, und sah zu Silas auf. Er befestigte sorgfältig eine lose gewordene Blume in ihrem Haar, dann blickte er sie mit so viel Liebe in den Augen an, dass ihr ganz schwindlig wurde.

»Na, bereit für ein Leben an der Seite des ehemaligen Magiers?«, fragte er weich und hob ihre Hand an seine Lippen, um zärtlich ihre Fingerspitzen zu küssen.

Constanze lehnte sich an ihn und blickte in seine glitzernden Augen. »Selbst wenn er mich noch einmal um die ganze Welt schleift.«

Er lächelte breit und nickte in Richtung Kirchentür. »Also zuerst mal da rein, wenn es dir recht ist.«

Constanze zog seinen Kopf zu sich und küsste ihn kommentarlos. Beide Arme um sie geschlungen hob er sie vom Boden ab. Wie immer vergaß Constanze die Welt um sich herum, sobald er ihren Kuss erwiderte, als gäbe es nichts Wichtigeres für ihn.

Sie küssten sich immer noch, als irgendwann der Pfarrer den Kopf zur Tür herausstreckte. Schmunzelnd schüttelte er das ehrwürdig ergraute Haupt. »So, wie ich das hier sehe, sollten wir schleunigst mit der Trauung beginnen. Oder was meinen Sie?«

Silas setzte Constanze grinsend ab. »Einem Pfarrer darf man nie widersprechen«, flüsterte er ihr ins Ohr.

»Das hatte ich auch nicht vor«, antwortete sie genauso leise und legte lächelnd ihre Hand in seine. Ihre Finger verschränkten sich, dann drehten sie sich um und rannten, ohne noch eine Sekunde zu zögern, auf die Kirche zu.

– Ende –

Fünf
Doris Rothweiler

ISBNs:
978-9963-724-58-1 (P-Book)
978-9963-724-59-8 (.pdf)
978-9963-724-60-4 (.epub)
978-9963-724-61-1 (.mobi)
978-9963-724-62-8 (.prc)
Preise:
(E-Book & App)   4,99 EUR
(P-Book)   12,99 EUR

Nach dem Mord an einem kleinen Mädchen erleidet die junge, unerfahrene Kommissarin Katrin Schwarz einen Zusammenbruch. Nur langsam erholt sie sich von den Eindrücken, die der Fall auf ihrer Seele hinterlassen hat. In dieser Zeit lernt Katrin den Deutschamerikaner Daren Grass kennen und verliebt sich in den gut aussehenden Journalisten. Doch schon bald erschüttert ein weiteres Verbrechen das beschauliche Städtchen Hüfingen am Rand des Schwarzwaldes: Die fünfjährige Julia Göggel wurde entführt und kurz darauf ermordet aufgefunden.

Noch bevor das Ermittlerteam dem bestialischen Serienmörder auf die Spur kommt, wird ein weiteres fünfjähriges Mädchen entführt, dessen Versteck der Täter nicht preisgibt. Es beginnt ein Wettlauf um das Leben des Kindes, an dessen Ende Katrin alles zu verlieren droht.

Mords-Crescendo
Ute Kissling

ISBNs:
978-9963-724-18-5 (P-Book)
978-9963-724-19-2 (.pdf)
978-9963-724-20-8 (.epub)
978-9963-724-21-5 (.mobi)
978-9963-724-22-2 (.prc)
Preise:
(E-Book & App)   4,99 EUR
(P-Book)   11,99 EUR

Kommissarin Belle James, die den Anblick von Leichen nicht mehr ertragen kann, und ihr ehrgeiziger Kollege Jan Perkos stehen vor einem Rätsel. Auf dem Gelände einer abgebrannten Villa in der beschaulichen süddeutschen Kleinstadt Benenbach wurde eine Leiche in einer Bauerntruhe gefunden. Erschlagen und grausam verstümmelt. Bei ihren Ermittlungen geraten James und Perkos in ein Gespinst aus Lügen und Intrigen. Sie begegnen Ass, einem Junkie, der keiner ist. Sie lernen Graf von Ellenbach kennen, auf dessen Gelände die Tote gefunden wurde und der offensichtlich Dreck am Stecken hat. In den Mittelpunkt der Ereignisse rücken die Mitarbeiter der privaten Musikschule von Benenbach.

Die neu engagierte Querflöten-Lehrerin Annika Griebel ahnt, dass ihre Kollegen nicht immer die ganze Wahrheit erzählen. Als ein zweiter Mord geschieht, beginnt Annika auf eigene Faust zu recherchieren und gerät in tödliche Gefahr.

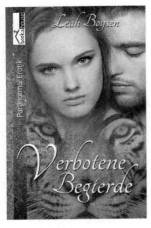

Verbotene Begierde
Leah Boysen

ISBNs:
978-9963-722-15-0 (P-Book)
978-9963-722-17-4 (.pdf)
978-9963-722-18-1 (.epub)
978-9963-722-16-7 (.mobi)
978-9963-722-19-8 (.prc)
Preise:
(E-Book & App)   4,99 EUR
(P-Book)   13,99 EUR

Seit die junge Ärztin Vanessa Carter von ihrem Lebensgefährten verlassen wurde, wünscht sie Männer zum Teufel, versinkt gleichzeitig in Liebeskummer, ist mit ihrem Sexualleben unzufrieden und quält sich zudem mit Vorwürfen, weil sie glaubt, einen Fehler bei der Behandlung eines verstorbenen Patienten gemacht zu haben. Abends im Park begegnet ihr ein geheimnisvoller Fremder. Entgegen jeglicher Vernunft geht Vanessa auf sein dreistes Angebot ein und nimmt den Unbekannten mit nach Hause, ohne zu ahnen, damit einer lauernden und tödlichen Gefahr knapp entkommen zu sein. Sie gerät in einen Strudel aus Begierde, sexuellen Höhepunkten und Vergessen. Vanessa und ihre Freundin Lauren verfallen dem Charme der Gestaltwandler Jack, Dylan und Alec, die ein unfaires Spiel mit ihnen treiben – bis Ereignisse aus der Vergangenheit die Gegenwart einholen und ein erbitterter Feind gnadenlos zuschlägt.

Rückkehr nach St. Elwine
Britta Orlowski

ISBNs:
978-9963-724-63-5 (P-Book)
978-9963-724-64-2 (.pdf)
978-9963-724-65-9 (.epub)
978-9963-724-67-3 (.mobi)
978-9963-724-66-6 (.prc)
Preise:
(E-Book & App)   5,99 EUR
(P-Book)   15,99 EUR

Elizabeth Crane kehrt nach Jahren an den Ort ihrer Kindheit zurück. Sie nimmt die Stelle der Oberärztin am St. Elwine Hospital an und widmet sich mit großem Elan ihrer Arbeit.

Dank des Einflusses ihrer Freundin Rachel schließt sich Liz der örtlichen Patchworkgruppe an. Bereits nach wenigen Wochen trifft sie auf ihren alten Gegenspieler aus der Highschool – Joshua Tanner.

Glaubt er, noch immer der unwiderstehliche Herzensbrecher zu sein? Elizabeth ahnt: Irgendetwas hat sich geändert. Sie kann nicht verhindern, dass ihr Leben erneut kompliziert wird und schon bald steht sie vor der schwersten Entscheidung ihres Lebens ...

Gefährlich begabt
Simone Olmesdahl

ISBNs:
978-9963-724-03-1 (P-Book)
978-9963-724-04-8 (.pdf)
978-9963-724-05-5 (.epub)
978-9963-724-06-2 (.mobi)
978-9963-724-07-9 (.prc)
Preise:
(E-Book & App)   4,99 EUR
(P-Book)   14,99 EUR

Nach dem Tod ihrer Tante erbt die 17-jährige Anna ein besonderes Talent: Von nun an kann sie als Medium Kontakt ins Totenreich aufnehmen.

Sogleich gerät sie in einen Strudel gefährlicher Verstrickungen, denn skrupellose Erbschleicher ziehen durchs Land, um allen begabten Menschen ihr Talent zu rauben und sie danach zu beseitigen. Die Hexe Marla nimmt sich Annas an und bringt ihr bei, mit der neuen Gabe umzugehen. Als sich Anna ausgerechnet in Marlas Ziehsohn verliebt, den charmanten, aber todbringenden Empathen Sebastian, weiß sie noch nicht, dass eine uralte Prophezeiung bald von ihr verlangen wird, ihn umzubringen …

Himmlische Versuchung
Kira Licht

ISBNs:
978-9963-724-53-6 (P-Book)
978-9963-724-54-3 (.pdf)
978-9963-724-55-0 (.epub)
978-9963-724-56-7 (.mobi)
978-9963-724-57-4 (.prc)
Preise:
(E-Book & App)   5,99 EUR
(P-Book)   14,99 EUR

Stell dir vor, du bist eine Blutdämonin.

Jung, gut aussehend und mit einem
ziemlich coolen Job.

Du jagst Engel, denn sie sind arrogant, überflüssig
und vor allem: dein absoluter Todfeind.

Und nun stell dir vor,
ausgerechnet du verliebst dich in einen ...

www.e-sticks.com

Das E-Book zum Anfassen!

Und nicht nur das: Das E-Book zum *Verschenken*, zum *Sammeln*, *Tauschen*, zum *Verleihen* im privaten Freundeskreis oder auch zum *Weiterverkaufen* nach dem Lesen – ganz wie ein gedrucktes Buch.

Ausführliche weitere Informationen
auf unserer Homepage.